A MOST

WANTED

MAN

존 르 카레 장편소설

김승욱 옮김

JOHN
le CARRÉ

모스트 원티드 맨

A MOST
WANTED
MAN

RHK
알에이치코리아

아마존 올해의 책(Editor's Choice) 선정작(2008)

"이것은 르 카레의 가장 강렬하고, 가장 힘이 넘치는 소설이다. 완벽한 내러티브는 물론이고 휴머니즘의 감동도 놓치지 않는다. 그가 써온 모든 소설 중 최고다."_뉴욕 타임스

"출간 즉시 고전의 반열에 오를 작품이다. 오직 마스터 르 카레만이 구사할 수 있는 충격적이고 선동적인 결말도 대단하다."_USA 투데이

"간담이 서늘할 정도로 놀랍다. 완벽에 가까운 소설."_샌 프란시스코 크로니클

"복잡한 플롯, 아름다운 문장, 이야기의 힘, 윤리적인 견지… 모든 것들이 최고이지만 무엇보다 오늘날의 민감한 사안을 다룬 주제의식이 최고다."_로스앤젤레스 타임스

"르 카레의 작품은 바로 당신의 책장에도 한두 권 꽂혀 있는 고전 중의 고전이다. 스파이와 정치 스릴러의 이 전설적인 거장은 여전한 솜씨로 이 시대의 사안과 도덕에 대해 열변을 토한다."_시카고 선 타임스

"르 카레는 자신의 주제의식을 우아한 속박의 형식으로 풀어내는 작가다. 작품 속 그의 대화체는 매우 팽팽하고 또 예리하다. 주제의식도 훌륭하지만 그의 문장 역시 학구적인 가치가 있다."_보스턴 글로브

"테러와의 전쟁에 대한 힘 있는 비판. 르 카레는 이 혼잡한 현실에서 순수함과 휴머니즘에 대해서도 이야기한다."_GQ

"르 카레의 문장은 그 누구와도 비교가 불가능하다."_뉴스위크

"아름다운 책이다. 르 카레와 같은 통찰력과 상상력을 지닌 작가는 과거에도 지금도 미래에도 없을 것이다."_선데이 타임스

"복잡하지만 만족스러운 작품이다. 명확하면서도 긴 여운을 남기는 결말이 인상적이다."_텔레그래프

"어둡고도 영리한 작품이다. 책을 읽으며 자신도 모르게 이 작품의 최면에 걸려 있을지도 모른다."_인디펜던트 온 선데이

"르 카레는 복잡다단하면서도 인간적인 캐릭터, 그리고 설득력 있는 캐릭터를 창조해내는 능력이 있다."_메일 온 선데이

"신은 그레이엄 그린과 조셉 콘래드의 최고 장점들만 초자연적으로 결합시켜 르 카레에게 선물했다."_위크엔드 오스트레일리언

"문학에 있어 독자의 마음을 열게 하는 가장 중요한 요소는 무엇일까? 그것은 바로 캐릭터이다.《모스트 원티드 맨》은 바로 이 전형을 보여준다."_세인트 루이스 포스트 디스패치

"르 카레의 소설은 심리학과 이데올로기, 사회와 개인의 교차점에서 일어나는 혼란을 잘 보여준다. 그의 작품은 극한의 사실주의와 희망적인 휴머니즘이 혼합되어 있다."_어소시에이트 프레스

"르 카레의 작품은 천천히 음미하며 읽어야 한다. 그의 주제, 그의 문장, 그의 통찰력은 천천히 읽을수록 그 진수를 느낄 수 있다."_클리블랜드 플레인 딜러

"《모스트 원티드 맨》은 테러와의 전쟁 속에서 무고하게 희생된 수많은 피해자들을 위한 무서우리만치 현실적인 소설이다."_오레고니언

"정당한 신념을 위해 조직과 맞서는 개인의 치열한 투쟁을 다룬 르 카레만의 독특한 이야기 구조가 이 작품에서도 여전히 빛을 발휘한다."_라이브러리 저널

"르 카레는 자신의 주제의식을 우아한 속박의 형식으로 풀어내는 작가다. 주제의식도 훌륭하지만 그의 문장 역시 학구적인 가치가 있다."_보스턴 글로브

Contents
||||||||||||||||||

01 검은 코트를 입은 사내　　　　　　10

02 대지의 저주받은 사람들　　　　　　32

03 바흐만의 칸타타　　　　　　66

04 아버지의 약속　　　　　　97

05 헌법수호부　　　　　　139

06 구원의 손길　　　　　　164

07 함부르크의 영국인　　　　　　192

08 생크추어리　　　　　　229

09 선택　　　　　　258

10 브뤼와 아나벨　　　　　　278

11 설득　　　　　　311

12 신의 사람, 책의 사람, 꿈의 사람　　　　　　330

13 5퍼센트의 악한 면　　　　　　360

14 내부의 적　　　　　　388

15 정의(正義)의 정의　　　　　　420

감사의 말　　　　　　451

이미 태어난 손주들과 앞으로 태어날 손주들을 위해

우리가 사랑하는 사람들이 우리에게서 벗어날 수 있게 돕는 것,
그것이 황금률이다.

-프리드리히 폰 휘겔

어머니와 팔짱을 끼고 함부르크의 거리를 한가로이 거닐던 터키 출신의 헤비급 권투 챔피언이 검은 외투 차림의 비쩍 마른 청년의 미행을 눈치채지 못한 것은 어쩌면 당연한 일이다.

이웃들이 찬탄을 담아 덩치 큰 멜릭이라고 부르는 그는 정말로 거인 같은 친구였다. 털이 많아서 텁수룩하지만 상냥한 그는 자연스럽게 활짝 웃음을 짓곤 했다. 검은 머리는 뒤에서 하나로 묶었고, 걸음걸이는 자유롭고 편안하게 흐르는 듯했다. 워낙 덩치가 컸기 때문에 어머니가 없더라도 혼자서 인도의 절반을 차지할 정도였다. 이제 스무 살인 그는 주위 사람들 사이에서 나름대로 유명인사였다. 단순히 뛰어난 권투 솜씨 때문만은 아니었다. 그는 자신이 다니는 이슬람 스포츠클럽에서 청소년 대표로 선발되었고, 북독일 선수권대회 접영 100미터에서 세 번 연속 입상했으며, 그것만으로도 부족하다는 듯이 토요일에는 축구팀에서 스타 골키퍼로 활약했다.

덩치 큰 사람들이 대개 그렇듯이, 그도 자기 쪽에서 남을 바라보기보다는 남이 자기를 바라보는 쪽에 더 익숙했다. 그 비쩍 마른 청년이 사흘 연속 밤이나 낮이나 그를 미행했는데도 들키지 않은 데에는 이런 이유도 있다.

두 청년의 눈이 처음으로 마주친 것은 멜릭이 어머니 레일라와 함께 알움마 여행사에서 막 나왔을 때였다. 두 사람은 앙카라 외곽의 고향 마을에서 열리는 멜릭의 누이 결혼식에 참석하기 위해 막 비행기 표를 사서 나오는 길이었다. 멜릭은 누군가가 자신을 바라보는 것을 느끼고 주위를 둘러보다가 키는 크지만 한숨이 나올 정도로 여윈 청년과 눈이 딱 마주쳤다. 그 청년은 키가 대략 멜릭과 비슷했는데, 턱수염은 제멋대로 헝클어졌고, 빨갛게 충혈된 눈은 움푹 파였으며, 마법사 세 명이 충분히 들어갈 만한 긴 검은색 외투를 입고 있었다. 목에는 흰색과 검은색이 섞인 케피예(아랍인들이 머리띠로 고정시켜서 쓰는 두건—옮긴이)를 둘렀고, 어깨에는 관광객들이 들고 다니는 낙타 가죽 안장주머니를 둘러멘 모습이었다. 그는 멜릭과 레일라를 차례로 빤히 바라보았다. 그러더니 다시 멜릭에게 시선을 돌렸는데, 그동안 눈을 한 번도 깜박이지 않았다. 움푹 파였지만 불같은 그 눈으로 뭔가를 말하려는 듯 멜릭을 바라볼 뿐이었다.

하지만 그 청년의 절박한 분위기가 멜릭에게는 그다지 영향을 미치지 못했다. 여행사가 철도역 중앙홀 끝부분에 있어서 독일인 부랑자, 아시아인, 아랍인, 아프리카인, 또는 멜릭만큼 운이 좋지 않은 터키인 동포 등 다양한 낙오자들이 그 주위에서 하루 종일 서성거리곤 했기 때문이었다. 다리가 없어서 전기 휠체어를 타고 다니는 사람, 마약상과 마약을 사러 온 사람, 개를 데리고 있는 거지들은 말할 것도 없었다. 카우보이모자에 은색 징이 박힌 승마용 가죽바지를 차려입은 일흔 살의 카우보이도 있었다. 그중에 직업이 있는 사람은 거의 없었고, 심지어 독일 땅에 있어서는 안 되는 사람도 드문드문 섞여 있었지만 정부는 빈민정책 때문에 의도적으로 그들을 묵인해주다가 대개 새벽에 한꺼번에 추방해버리곤 했다. 이곳에서 위험한 존재는 신참이나 일부러 무모한 짓을 벌이는 사람들뿐이었다. 불법체류에 이골이 난 사람들은 역과는 멀리 떨어진 곳을 맴돌았다.

멜릭이 그 비쩍 마른 청년을 무시한 또 다른 이유는 바로 클래식 음악이었다. 이 역을 운영하는 사람들은 일부러 이 구역을 겨냥해서 설치한 대형 스피커로 클래식 음악을 쾅쾅 틀어댔다. 사람들 사이에 평화롭고 편안한 느낌을 퍼뜨리는 것과는 아주 거리가 먼 목적을 위해서였다. 이곳의 부랑자들이 짐을 싸서 떠나게 만드는 것.

이런 장애물이 있었는데도 그 비쩍 마른 청년의 얼굴은 멜릭의 머릿속에 각인되었다. 그래서 멜릭은 순간적으로나마 자기가 이렇게 행복한 것이 당혹스러울 정도였다. 내가 이렇게 행복해도 되나? 방금 뭔가 굉장한 일이 일어난 것 같았다. 그는 한시라도 빨리 누이에게 전화를 걸어 6개월 동안 죽어가는 남편을 돌보고 그 뒤 1년 동안 남편의 죽음을 슬퍼한 어머니 레일라가 딸의 결혼식에 참석한다는 생각에 기뻐 어쩔 줄 모르며 그날 무엇을 입을지, 지참금은 충분한지, 멜릭의 누이를 비롯한 모든 사람의 말처럼 신랑이 정말로 미남인지 궁금해서 난리라고 말해주고 싶었다.

그러니 멜릭이 어머니와 수다를 떨며 길을 걸으면 안 될 이유가 없지 않은가. 그는 집에 도착할 때까지 내내 신이 나서 떠들어댔다. 멜릭은 나중에 그 비쩍 마른 청년의 모습이 마음에 남은 이유를 생각해보고는 그의 적막한 모습 때문이라는 결론을 내렸다. 나만큼 젊은 얼굴이지만 세월의 주름이 나 있고, 화창한 봄날에 겨울 같은 표정을 짓고 있었잖아.

그것이 목요일의 일이었다.

그리고 금요일 저녁에 멜릭과 레일라가 함께 모스크에서 나왔을 때 또 그가 있었다. 바로 그 청년이 역시나 지나치게 큰 외투에 똑같은 케피예를 두른 차림으로 어둠침침한 문간의 그림자 속에 웅크리고 있었다. 이번에는 이 비쩍 마른 청년의 몸이 비스듬히 기울어져 있는 것이 멜릭의 눈에 띄었다. 마치 그가 진실의 길에서 튕겨 나가 계속 그 각도를 유지하고 있는 것 같았다. 누군가가 그에게 몸을 똑바로 펴도 된다고 말해 줄 때까지. 청년의 이글거리는 시선은 전날보다 한층 더 밝게 타올랐다. 멜릭은 그의 시선을 정면으로 맞받았다가 그러지 말 걸 그랬다고 후회하면서 시선을 피했다.

이 두 번째 만남은 확률로 따져서 첫 번째보다 훨씬 더 가능성이 낮았다. 레일라와 멜릭이 원래 모스크에 거의 가지 않는 사람들이기 때문이다. 두 사람은 터키어를 쓰는 온건파 모스크에도 가지 않았다. 9·11 이후 함부르크에서 모스크는 위험한 곳이 되었다. 자칫 모스크를 잘못 찾아가거나, 괜찮은 모스크라도 이맘(이슬람 교단의 지도자─옮긴이)을 잘못 만난다면 자신은 물론 가족들까지 평생 경찰의 감시대상이 될 수 있었다. 기도를 하려고 늘어선 사람들 속에 밀고를 업으로 삼는 끄나풀들이 득시글거린다는 사실을 의심하는 사람은 없었다. 무슬림이든, 경찰의 끄나풀이든, 아니면 무슬림이면서 끄나풀이든, 이 함부르크라는 도시가 9·11 사건의 범인 세 명뿐만 아니라 함께 일을 꾸민 조직원들까지 모두 자기도 모르게 품고 있었다는 사실을 잊을 수 있을 것 같지 않았다. 첫 번째 비행기를 몰고 쌍둥이 빌딩으로 돌진한 모하메드 아타가 함부르크의 한 허름한 모스크에서 그가 섬기는 분노의 신에게 예배를 드렸다는 사실 역시 잊을 수 없을 것 같았다.

레일라 모자의 경우에는, 아버지가 돌아가신 뒤 신앙이 느슨해졌다는 사실 또한 작용했다. 아버지는 물론 무슬림이었다. 성직자가 아니라 그냥 평신도이기는 했지만. 아버지는 노동자들의 권리를 지키기 위해서는 폭력이라도 동원해야 한다고 생각하는 사람이었기 때문에 고국에서 쫓겨났다. 금요일에 레일라가 모스크에 간 것은 갑작스러운 충동 때문이었다. 그녀는 행복했다. 자신을 무겁게 짓누르던 슬픔이 점점 가벼워지고 있었다. 하지만 남편의 1주기가 다가오고 있었으므로 그녀는 그와 대화를 나누며 좋은 소식을 전해줘야 할 것 같았다. 사실 금요일의 가장 중요한 기도시간이 이미 지나버렸으므로 그냥 집에서 기도를 해도 됐을 것이다. 하지만 레일라의 변덕이 곧 법이었다. 레일라는 개인적인 기도는 저녁에 드릴 때 신의 귀에 닿을 가능성이 더 높다는 올바른 논리를 내세워 그날의 마지막 기도에 꼭 참석해야 한다고 고집을 부렸다. 말이 난 김에 말하자면, 그 시간에 모스크는 사실상 텅 빈 것이나 다름없었다.

그러니까 멜릭이 그 비쩍 마른 청년을 두 번째로 만난 것은 첫 번째와 마찬가지로 순전한 우연임이 분명했다. 우연이 아니면 무엇이겠는가? 사람 좋은 멜릭은 이렇게 간단히 생각해버렸다.

다음 날인 토요일에 멜릭은 버스를 타고 시내를 가로질러 가문의 양초 공장에서 일하는 부유한 작은아버지를 만나러 갔다. 작은아버지와 아버지의 관계는 때로 삐걱거리기도 했지만, 아버지가 돌아가신 뒤 멜릭은 작은아버지의 정을 받아들이는 법을 배웠다. 그런데 그가 버스에 뛰어 올랐을 때 누가 눈에 띄었을까? 유리로 지붕을 씌운 버스 정류장에 그 비쩍 마른 청년이 앉아 그가 떠나는 것을 지켜보고 있었다. 그리고 여섯 시간 뒤 그가 그 버스 정류장으로 돌아왔을 때도 그 청년은 여전히 그 자리에 있었다. 케피예와 마법사의 외투로 몸을 감싸고 정류장 구석에 그대로 웅크리고 앉아 그를 기다리고 있었다.

그를 보자 멜릭은 평생 모든 인류를 똑같이 사랑하겠다고 맹세했는데도 차가운 혐오감에 사로잡혔다. 저 비쩍 마른 청년이 왠지 자기를 비난하는 것 같아서 화가 났다. 설상가상으로 그 청년은 우월감을 느끼고 있는 것 같았다. 그렇게 비참한 몰골을 하고 있으면서도. 저 웃기지도 않은 검은 외투는 도대체 왜 입고 나온 거야? 저걸 입으면 투명인간이라도 되는 줄 아나? 아니면 자기가 서구 문화를 전혀 모르기 때문에 지금 자기 몰골이 어떤 이미지를 떠올리게 하는지도 전혀 모른다고 과시하는 거야 뭐야?

어느 쪽이든 멜릭은 그 청년을 떨쳐버리기로 했다. 그래서 다른 때 같으면 그에게 다가가 도움이 필요한지, 어디가 아픈 건 아닌지 물어봤겠지만 이번에는 그냥 성큼성큼 전속력으로 집을 향해 걷기 시작했다. 저 비쩍 마른 청년이 자기 걸음을 쫓아오는 건 절대 불가능할 거라고 자신하면서.

아직 봄인데도 날이 유난히 더웠다. 사람들로 붐비는 길 위에는 햇빛이 이글이글 쏟아지고 있었다. 그런데도 그 비쩍 마른 청년은 기적처럼 멜릭의 속도를 쫓아왔다. 다리를 절룩거리고 숨을 헐떡이면서, 씩씩 숨을 몰아쉬고 땀을 흘리면서. 그러다 가끔 어디가 아픈 사람처럼 허공으로 펄쩍 뛰어오르곤 했지만, 그러면서도 횡단보도에서 멜릭의 옆자리에 설 만큼 잘 쫓아왔다.

멜릭은 벽돌로 지은 자그마한 집으로 들어갔다. 온 식구가 수십 년 동안 아끼고 아낀 끝에 이제는 어머니의 소유가 된 집이었다. 빚은 거의 없었다. 그가 집으로 들어와 몇 번 숨을 쉬기도 전에 종소리 같은 초인종 소리가 났다. 그가 다시 아래층으로 내려와 보니 그 비쩍 마른 청년이 안장가방을 어깨에 메고 문간에 서 있었다. 빠르게 걷느라고 힘들어서 눈이 이글거렸고, 얼굴에서는 여름날 빗줄기처럼 땀이 흘러내렸으며, 떨리는 손으로는 다음과 같은 문장이 터키어로 적힌 갈색 마분지를 들고 있었다. "저는 이슬람을 믿는 의대생입니다. 몸이 지쳐서 당신의 집에 머무르고 싶습니다. 이사." 이 말을 더욱 강조하기라도 하려는 듯이 그가 손목에 찬 고급 금팔찌에 코란 모양의 자그마한 황금 장식물이 대롱대롱 매달려 있었다.

하지만 멜릭은 이미 머리끝까지 화가 나 있었다. 그가 학교에서 머리가 제일 좋은 학생이 아닌 건 인정하지만, 그렇다고 공연히 죄책감과 열등감을 느끼기는 싫었다. 건방진 거지한테 미행을 당해 먹잇감이 되는 것도 싫었다. 아버지가 돌아가신 뒤 멜릭은 자랑스레 가장의 자리를 차지하고 어머니의 보호자를 자처했다. 그리고 자신의 지위를 더욱 강조하기 위해 아버지가 돌아가시기 전에 미처 해내지 못했던 일을 해냈다. 터키에서 온 2세대 이민자로서 어머니와 함께 독일 시민권을 얻기 위해 길고 험한 여정을 시작한 것이다. 당국은 이 모자의 삶에 현미경을 들이댔다. 8년 동안 아무런 문제도 일으키지 않는 것이 첫 번째 조건이었다. 그러니 의대생이라고 주장하며 문간에 나타나 잠자리를 구걸하는 정신 나간 부랑자가 반가울 리 없었다.

"당장 꺼져." 그는 문간에 버티고 서서 그 비쩍 마른 청년에게 터키어로 소리쳤다. "당장 꺼져. 우리 뒤를 쫓아다니지도 말고 다시 찾아오지도 마."

청년이 마치 한 대 맞은 사람처럼 수척한 얼굴을 움찔한 것 외에는 아무 반응도 보이지 않았기 때문에 멜릭은 독일어로 같은 말을 반복했다. 하지만 문을 쾅 하고 닫으려다가 레일라가 등 뒤의 계단에 서 있는 것을 발견했다. 레일라는 걷잡을 수 없이 벌벌 떨리는 손에 마분지 조각을 들고 있는 그 청년의 모습을 아들의 어깨너머로 바라보고 있었다.

그녀의 눈에는 벌써 연민의 눈물이 고여 있었다.

일요일이 지나고 월요일 아침이 되자 멜릭은 핑계를 대고 벨렁스뷔텔에 있는 사촌의 채소가게에 나가지 않았다. 그는 아마추어 권투 선수 권대회를 위해 집에서 연습해야 한다고 어머니에게 말했다. 체육관과 올림픽 수영장에 가서 운동도 해야 한다고 했다. 하지만 사실 그가 집에 남은 것은 어머니가 과대망상에 사로잡힌 저 껑충한 사이코와 단둘이 집에 있는 것이 안전하지 않다고 생각했기 때문이었다. 그 사이코 녀석은 기도를 하거나 벽을 빤히 들여다보거나 아니면 집 안을 이리저리 돌아다니면서 마치 오래전 추억 속의 물건을 보는 사람처럼 모든 물건을 어루만졌다. 아들의 눈에 레일라는 세상에 둘도 없는 여인이었지만, 남편이 죽은 뒤로는 변덕스러워져서 순전히 기분 내키는 대로 행동했다. 그녀는 일단 누군가에게 정을 주면, 그 사람을 철저히 믿었다. 이사는 부드러운 매너, 수줍어하는 태도, 갑자기 행복을 깨닫는 듯한 표정 덕분에 순식간에 레일라의 사랑을 받는 사람들 대열에 합류했다.

　월요일은 물론 화요일에도 이사는 자고, 기도하고, 목욕하는 일 외에 다른 일은 거의 하지 않았다. 말을 할 때는 목구멍을 울려서 내는 소리가 많은 독특한 발음으로 엉터리 터키어를 썼는데, 마치 말이 금지된 곳에 있기라도 한 것처럼 은밀한 표정으로 뚝뚝 끊어지는 말투를 사용했다. 그런데도 어찌 된 영문인지 멜릭의 귀에는 그 말투가 설교조로 들렸다. 앞에서 열거한 세 가지 행동을 하지 않을 때는 음식을 먹었다. 그 많은 음식이 도대체 다 어디로 들어가는 걸까? 하루 중 언제라도 멜릭이 부엌으로 들어가 보면 그가 있었다. 그는 양고기와 밥과 채소가 담긴 그릇에 고개를 처박고 한시도 숟가락을 쉬지 않으며 누가 음식을 빼앗아갈세라 좌우를 두리번거렸다. 식사가 끝나면 빵 조각으로 그릇을 깨끗이 닦아 먹고는 중얼거리듯이 "신께 감사드립니다." 하고 말한 뒤 살짝 능글맞은 미소를 지었다. 마치 이 집 식구들한테는 말해주기도 아까운 비밀을 알고 있다는 듯이. 그는 그릇을 싱크대로 가져가서 수돗물로 씻었다. 그건 레일라가 아들이나 남편에게는 결코 허락한 적이 없는 행동이었다. 부엌은 그녀의 영역이었으므로 남자는 침범할 수 없었다.

"그래, 의학 공부는 언제 시작할 생각이야, 이사?" 어머니가 듣고 있었으므로 멜릭은 일부러 무심히 물었다.

"신의 뜻이라면 곧 하겠지요. 난 강해져야 해요. 거지는 안 돼요."

"거주 허가를 얻어야 될 거야. 학생증도 있어야 하고. 하숙집을 구하는 비용으로 10만 유로가 있어야 한다는 건 말할 필요도 없지. 여자친구를 태우고 놀러가려면 자그마한 2인승 자동차도 한 대 있어야 하고."

"신께서는 오로지 자비로우세요. 내가 거지가 아니면 신께서 마련해주실 거예요."

멜릭이 볼 때 이런 자신감은 단순한 신앙심의 차원을 넘어서는 것이었다.

"쟤 때문에 돈이 너무 많이 들어요, 어머니." 이사가 다락방으로 올라간 뒤 그는 부엌으로 달려와 어머니에게 단언했다. "쟤 먹는 것 좀 보세요. 목욕은 또 얼마나 자주 하는지."

"너보다 많이 들진 않아, 멜릭."

"그거야 그렇지만, 쟤랑 저는 다르잖아요, 안 그래요? 우린 쟤가 누군지도 몰라요."

"이사는 우리 손님이야. 저 애가 건강을 되찾으면 알라의 도움으로 우리가 저 애의 장래를 생각해보자." 어머니가 고상한 표정으로 말했다.

이사는 자신의 존재를 드러내지 않으려고 믿을 수 없을 만큼 애를 썼지만, 멜릭이 보기에는 그 때문에 오히려 더욱더 눈에 띌 뿐이었다. 옆걸음질로 비좁은 복도를 걸어올 때나 레일라가 잠자리를 마련해준 다락방으로 가려고 사다리를 오르려 할 때 이사는 사슴 같은 눈으로 허락을 구하거나, 멜릭과 레일라를 위해 벽에 몸을 착 붙이고 지나갈 공간을 마련해주었다. 멜릭이 보기에는 그가 일부러 지나치게 조심스레 행동하는 것 같았다.

"이사는 감옥에 갔다 왔어." 어느 날 아침 레일라가 너무나 태평하게 단언했다.

멜릭은 경악했다. "그거 확실해요? 우리가 지금 전과자를 데리고 있는 거예요? 경찰도 그 사실을 알아요? 그 녀석이 어머니한테 직접 말한 거예요?"

"이스탄불의 감옥에서는 하루에 빵 한 조각과 밥 한 그릇밖에 안 준다고 하더라." 레일라가 말했다. 그러고는 멜릭이 또 뭐라고 하기 전에 죽은 남편이 비장의 무기처럼 즐겨 쓰던 말을 덧붙였다. "우리는 손님을 대접하고, 어려운 사람들을 도와야 해. 모든 자선은 낙원에서 반드시 보상받을 거야." 마치 읊조리는 듯한 말투였다. "네 아버지도 터키에서 감옥에 갔다 왔잖아, 멜릭. 감옥에 가는 사람이 모두 범죄자인 건 아냐. 이사나 네 아버지 같은 사람들에게 감옥은 명예의 상징이야."

하지만 멜릭은 어머니가 다른 생각을 품고 있으면서도 내색하지 않으려 한다는 것을 알 수 있었다. 이사는 그녀의 기도에 알라가 보내준 답이었다. 잃어버린 남편 대신 아들 하나를 더 보내준 것이다. 그가 과대망상 증세가 있고, 반쯤은 제정신이 아니며, 불법 체류자에 전과자라는 사실은 그녀에게 전혀 문제가 되지 않는 듯했다.

그는 체첸 출신이었다.

셋째 날 저녁에 멜릭 모자는 거기까지 알아낼 수 있었다. 그날 레일라가 목젖을 울리는 소리로 체첸어 문장을 두어 개 말하는 것을 보고 멜릭과 이사는 깜짝 놀랐다. 멜릭이 평생 한 번도 보지 못한 어머니의 모습이었다. 이사의 수척한 얼굴이 환해지면서 놀란 미소가 갑자기 나타났다가 순식간에 사라져버렸다. 그 뒤로 이사는 내내 벙어리 행세를 하려는 듯했다. 하지만 레일라가 체첸어를 배우게 된 사연은 알고 보니 아주 간단했다. 터키에 살던 어린 시절에 마을에서 체첸 아이들과 함께 놀며 그쪽 말을 몇 마디 배웠다는 것이다. 그녀는 이사를 처음 봤을 때부터 체첸 출신일 거라고 짐작했지만, 드러내놓고 말을 하지는 않았다. 체첸인들이 어떤 반응을 보일지는 아무도 모르는 일이기 때문에.

이사는 체첸 출신이고, 이사의 어머니는 돌아가셨다. 이사가 갖고 있는 어머니의 유품이라고는 미니 코란이 장식물로 달린 황금 팔찌뿐이었다. 어머니는 숨을 거두기 전에 그 팔찌를 그의 손목에 둘러주었다. 하지만 어머니가 언제 어떻게 돌아가셨는지, 어머니에게서 그 팔찌를 받았을 때 나이가 몇 살이었는지에 대해서 이사는 질문을 알아듣지 못한 척하거나 아예 대답하지 않으려 했다.

"체첸 사람들은 어디서나 미움을 받고 있어." 레일라가 멜릭에게 설명해주었다. 이사는 고개를 푹 수그리고 계속 먹기만 했다. "하지만 우린 그 사람들을 미워하지 않아. 내 말 듣고 있니, 멜릭?"

"당연히 듣고 있죠, 어머니."

"모두들 체첸 사람을 박해하지만 우린 아냐." 어머니가 말을 계속했다. "러시아뿐만 아니라 전 세계가 똑같아. 체첸 사람뿐만 아니라 러시아 무슬림도 어디서나 그래. 푸틴은 그 사람들을 박해하고, 부시 대통령은 푸틴을 부추기고 있어. 푸틴은 테러와의 전쟁이라는 명분을 내세워서 체첸인들한테 무슨 짓이든 할 수 있어. 그걸 막고 나설 사람이 하나도 없으니까. 그렇지, 이사?"

하지만 이사가 순간적으로 지었던 기쁨의 표정은 이미 사라진 지 오래였다. 그의 망가진 얼굴에는 다시 그늘이 졌고, 사슴 같은 눈에는 고통의 불꽃이 일었으며, 여윈 손은 팔찌를 보호하려는 듯 감싸고 있었다. '말을 해, 이 망할 놈아.' 멜릭은 화가 나서 이런 생각을 했지만 소리 내서 말하지는 않았다. 전혀 예상치 못했던 사람이 갑자기 터키어를 해서 나를 놀래준다면 나도 터키어로 대답할 거야. 그런 게 예의라고! 너도 우리 어머니한테 체첸어로 친절하게 몇 마디 해야 하잖아. 어머니가 공짜로 주는 음식을 와구와구 먹어대느라고 말할 틈도 없는 거냐?

그에게는 걱정거리가 또 있었다. 이제는 아무도 침범할 수 없는 이사만의 영역이 되어버린 다락방을 몰래 조사한 결과(이사는 여느 때처럼 부엌에서 어머니와 이야기를 하고 있었다) 그는 의미심장한 물건들을 몇 가지 발견했다. 마치 도망칠 계획을 짜는 사람처럼 몰래 숨겨둔 음식과 지금 결혼식을 앞둔 멜릭의 누이가 열여덟 살 때 찍은 사진. 머리부터 어깨까지 나온 그 사진은 원래 금박을 입힌 자그마한 액자에 담겨 다른 식구들의 사진과 함께 거실에 놓여 있었는데 이사가 훔쳐 온 모양이었다. 그 사진들은 어머니가 애지중지 아끼는 보물이었다. 아버지가 쓰시던 돋보기도 함부르크 전화번호부 위에 놓여 있었다. 전화번호부는 이 도시 안의 여러 은행들 전화번호가 있는 부분이 펼쳐져 있었다.

"신께서는 네 누이에게 다정한 미소를 주셨어." 레일라가 흡족한 표정으로 말했다. 이사가 불법 체류자일 뿐만 아니라 변태이기도 한 것 같다고 멜릭이 펄펄 뛰며 난리를 친 뒤였다. "네 누이의 미소가 이사의 마음에 불을 밝혀줄 거야."

이사가 체첸어를 하든 안 하든, 일단 체첸 출신이라는 말을 믿어주기로 했다. 부모님은 모두 돌아가셨지만, 멜릭 모자가 부모님에 대해 물으면 그는 아무것도 모르겠다는 표정으로 눈썹을 치켜세우며 방구석을 다정하게 응시했다. 그는 나라도 없고, 집도 없고, 전과자에 불법 체류자였지만 일단 거지 신세를 벗어나기만 하면 알라께서 의학을 공부할 수 있게 해주실 거라고 믿었다.

뭐, 멜릭도 한때 의사를 꿈꾼 적이 있었다. 심지어 아버지와 작은아버지에게서 학비를 대주겠다는 약속까지 받아내기도 했다. 의학 공부를 하려면 가족들이 상당한 희생을 감수해야 하기 때문이다. 만약 그가 조금만 덜 놀고 시험을 조금만 더 잘 봤더라면 지금쯤 의대에 다니고 있을 터였다. 가문의 명예를 위해 죽어라 공부하는 의대 1학년생. 이처럼 멜릭이 보기 좋게 실패한 일을 이사는 알라의 도움으로 할 수 있게 될 거라고 간단히 믿어버렸다. 그러니 멜릭이 레일라의 경고를 무시해버리고 너그러운 마음씨도 잃어버린 채 이 불청객을 조사하기 시작한 것은 충분히 이해할 수 있는 일이었다.

지금 이 집은 그의 차지였다. 레일라는 장을 보러 나갔기 때문에 오후가 절반쯤 지난 뒤에야 돌아올 터였다.

"그럼 의학을 공부한 적이 있는 거지?" 그는 이사 옆에 친밀하게 바싹 붙어 앉으며 말했다. 자신이 세상에서 가장 꾀바른 수사관이 된 것 같은 상상을 하면서. "훌륭해."

"전 병원에 있었어요, 선생님."

"학생으로?"

"아팠어요, 선생님."

왜 말끝마다 선생님을 붙이는 거지? 이것도 감옥에 있을 때 붙은 버릇인가?

"환자와 의사는 다르지, 안 그래? 의사는 환자 몸에 무슨 문제가 생긴 건지 알아야 하는 사람이고, 환자는 가만히 앉아서 의사가 문제를 바로잡아주기를 기다리기만 하면 되잖아."

이사는 복잡한 표정으로 이 말을 생각해보았다. 그는 무슨 말이든 항상 복잡하게 생각했다. 허공을 향해 히죽거리기도 하고, 거미 같은 손가락으로 턱수염을 긁적이기도 하면서. 그러다가 눈부신 미소를 지었지만 멜릭의 말에 대답하지는 않았다.

"너 몇 살이야?" 멜릭이 다그치듯 물었다. 원래 계획과 달리 그는 점점 더 퉁명스러워지고 있었다. "내가 이런 걸 물어봐도 되는지 잘 모르겠지만." 비꼬는 말투였다.

"스물세 살이에요, 선생님." 이번에도 역시 한참 동안 생각한 끝에 나온 대답이었다.

"그럼 상당히 나이가 많은 거잖아. 내일 당장 거주 허가를 얻는다 해도 서른다섯 살은 돼야 의사 자격을 따겠다. 게다가 독일어도 배워야 하는데. 그것도 돈을 내야 돼."

"그리고 신께서 허락하신다면 훌륭한 아내를 맞아 아이를 많이 낳겠죠. 아들 둘, 딸 둘."

"그래도 내 누이는 절대 안 돼. 미안하지만 다음 달에 결혼하기로 돼 있다고."

"신께서 허락하신다면 그분도 아들을 많이 낳을 거예요, 선생님."

멜릭은 그를 공격할 다음 수를 생각해본 뒤 그대로 돌진했다. "함부르크에는 어떻게 오게 된 거야?" 그가 물었다.

"그건 하찮은 일이에요."

하찮은 일? 이런 말은 또 어디서 배운 거야? 그것도 터키어로.

"독일에서도 여기가 유독 난민 대접이 나쁘다는 거 몰랐어?"

"함부르크는 내 고향이 될 거예요, 선생님. 그 사람들이 날 여기로 데려와요. 이건 알라의 신성한 명령이에요."

"누가 널 데려왔는데? 그 사람들이 누구야?"

"그건 조합이었어요, 선생님."

"무슨 조합?"

"아마 터키인, 아니면 체첸인. 우리가 그 사람들한테 돈을 주면 그 사람들이 우리를 배로 데려가요. 우리를 컨테이너에 넣어요. 컨테이너에 공기가 거의 없었어요."

이사는 식은땀을 흘리고 있었지만, 멜릭은 여기까지 와서 뒤로 물러설 수 없었다.

"우리? 우리라니?"

"집단이었어요, 선생님. 이스탄불에서 온. 나쁜 집단. 나쁜 사람들. 난 그 사람들을 존경하지 않아요." 또 그 우쭐거리는 말투였다. 서투른 터키어로 말하면서도.

"몇 명이나 됐는데?"

"스무 명쯤. 컨테이너가 추웠어요. 몇 시간 뒤에 아주 추웠어요. 이 배는 덴마크로 갈 거예요. 난 기뻤어요."

"코펜하겐을 말하는 거지? 덴마크의 코펜하겐, 수도."

"예." 코펜하겐이 반갑다는 듯 이사의 얼굴이 환해졌다. "코펜하겐으로. 코펜하겐에 가면 준비가 돼 있을 거예요. 난 나쁜 사람들한테서 자유로워질 거예요. 하지만 이 배는 코펜하겐으로 곧장 가지 않았어요. 이 배는 먼저 스웨덴으로 가야 해요. 고텐부르크로. 맞죠?"

"스웨덴에 고텐부르크라는 항구가 있었던 것 같아." 멜릭이 순순히 말했다.

"고텐부르크에서 배가 항구에 들어가 짐을 싣고 코펜하겐으로 갈 거예요. 배가 고텐부르크에 도착했을 때 우리는 많이 아프고 배고파요. 배에서 그 사람들이 우리한테 말해요. '소리 내지 마. 스웨덴 사람들은 독해서 너희를 죽일 거야.' 우리는 소리를 안 내요. 하지만 스웨덴 사람들이 우리 컨테이너를 안 좋아해요. 스웨덴 사람들은 개를 데리고 있어요."

그는 잠시 생각에 잠겼다. "성함이 뭐죠?" 그가 읊조리듯 말한다. 목소리가 커서 멜릭은 자기도 모르게 허리를 곧추세웠다. "서류를 보여주시죠. 감옥에서 출소하셨나요? 무슨 죄목이죠? 탈옥한 건가요? 어떻게요? 의사들은 훌륭해요. 난 이 의사들을 찬양해요. 그 사람들은 우리를 재워요. 난 이 의사들한테 감사해요. 언젠가 나도 그런 의사가 될 거예요. 하지만 신께서 허락하신다면 난 도망쳐야 해요. 스웨덴으로 도망치는 건 가망이 없어요. NATO 철망이 있어서. 경비병도 많아요. 하지만 화장실도 있어요. 화장실에는 창문이 있어요. 창문 뒤에는 항구 출입구가 있어요. 내 친구가 그 문을 열 수 있어요. 내 친구는 배에서 왔어요. 나는 배로 돌아가요. 배가 나를 코펜하겐으로 데려가요. 드디어. 코펜하겐에 함부르크로 가는 화물차가 있었어요. 선생님, 난 신을 사랑해요. 하지만 나는 서양도 사랑해요. 서양에서 나는 자유롭게 신을 섬길 거예요."

"화물차가 널 함부르크로 데려왔다고?"

"미리 준비된 거예요."

"체첸 화물차?"

"내 친구가 날 먼저 도로로 데려가야 해요."

"네 친구는 선원이야? 아까 그 친구? 똑같은 사람?"

"아뇨, 선생님. 다른 친구였어요. 도로까지 가는 게 힘들었어요. 화물차 전에 우리는 들판에서 하룻밤 자야 해요." 그는 시선을 들었다. 순수한 기쁨의 표정이 그의 수척한 얼굴을 순간적으로 가득 채웠다. "별들이 있었어요. 신께서는 자비로워요. 신께 찬양을."

멜릭은 이 믿을 수 없는 이야기를 이해하려고 애쓰며 그 열정에 감탄했지만, 군데군데 빠진 부분이 많은 데다 자신이 그 부분을 짐작조차 할 수 없다는 점에 화가 났다. 그 분노가 팔과 주먹으로 퍼져 나가면서 그의 투사기질이 뱃속에서 단단히 하나로 뭉치는 것이 느껴졌다.

"그럼 그 차가 널 어디에 내려줬는데? 난데없이 나타난 그 마법의 화물차 말이야. 그게 널 어디에 내려줬어?"

하지만 이사는 이미 그의 말을 듣고 있지 않았다. 애당초 그의 말을 들은 적이 있었는지도 장담할 수 없지만. 갑자기, 그러니까 상황을 이해할 수는 없어도 정직한 멜릭이 보기에는 갑작스레, 이사의 내부에서 점점 차오르던 것이 터져버렸다. 그는 술 취한 사람처럼 일어서서 한 손을 오므려 입을 막고 몸을 구부린 채 절룩거리며 문으로 갔다. 문이 잠겨 있지 않았는데도 그는 한참 씨름한 끝에 간신히 문을 열더니 복도 아래쪽의 화장실로 비틀거리며 달려갔다. 잠시 후 울부짖는 소리와 구역질하는 소리가 집 안을 가득 채웠다. 아버지가 돌아가신 뒤로는 들어본 적이 없는 소리였다. 그 소리가 점차 멈추더니 절벅절벅 물소리가 나고, 화장실 문을 여닫는 소리, 다락방 사다리가 삐걱거리는 소리가 연달아 들려왔다. 이사가 사다리를 올라가는 모양이었다. 그다음에는 깊고 불안한 침묵이 내려앉았다. 레일라의 전자시계에서 15분마다 새가 튀어나와 지저귀는 소리만이 그 침묵을 깨뜨릴 뿐이었다.

같은 날 오후 4시에 레일라가 장을 잔뜩 봐서 집으로 돌아와 집 안 분위기를 보고는 멜릭에게 손님을 대접하는 주인의 의무를 지키지 않아서 아버지의 이름을 더럽혔다며 심하게 꾸짖었다. 그러고는 그녀 역시 자기 방으로 들어가서 저녁 식사를 준비할 시간이 될 때까지 틀어박혀 있었다. 그녀가 식사 준비를 시작하자 이내 음식 냄새가 집 안을 가득 채웠지만 멜릭은 그냥 침대에 누워 있었다. 8시 30분에 레일라가 놋쇠로 만든 저녁 식사 종을 두드렸다. 그 종은 레일라가 귀하게 여기는 결혼선물이었지만, 멜릭의 귀에는 항상 꾸중 소리처럼 들렸다. 이런 때에는 레일라가 꾸물거리는 걸 전혀 참아주지 않는다는 사실을 알기 때문에 멜릭은 어머니의 시선을 피하며 살금살금 부엌으로 갔다.

"이사, 애야, 얼른 내려와!" 이렇게 소리쳐도 대답이 없자 레일라는 죽은 남편의 지팡이를 잡고 고무테로 천장을 두드렸다. 그러면서 나무라는 시선으로 멜릭을 바라보자 멜릭은 어머니의 서릿발 같은 시선을 받으며 용감하게 다락으로 올라갔다.

이사는 속옷 차림으로 매트리스에 모로 누워 땀에 흠뻑 젖은 채 웅크리고 있었다. 그는 손목에 차고 있던 어머니의 팔찌를 벗어 땀에 젖은 손으로 꼭 쥐고 있었다. 목에는 끈으로 묶은 더러운 가죽 가방이 둘러져 있었다. 그는 눈을 크게 뜨고 있었는데도 멜릭의 존재를 알아차리지 못하는 것 같았다. 멜릭은 그의 어깨를 잡으려고 손을 뻗었다가 깜짝 놀라서 뒤로 물러났다. 이사의 상반신은 파란색과 오렌지색 멍투성이였다. 채찍질 자국처럼 보이는 것도 있고, 몽둥이 자국처럼 보이는 것도 있었다. 발바닥(함부르크의 거리를 쿵쿵 밟으며 걸었던 바로 그 발)에는 담뱃불 크기만 한 곪은 상처들이 보였다. 멜릭은 이사의 몸에 팔을 두르고 담요를 허리에 묶어 몸을 가려준 뒤 꼼짝도 하지 않는 그를 부드럽게 들어 올려 다락방 문을 통해 아래로 내려주었다. 아래에서는 레일라가 팔을 벌리고 기다리고 있었다.

"내 침대에 눕혀요." 멜릭이 눈물을 흘리며 속삭이듯 말했다. "내가 바닥에서 잘게요. 난 괜찮아요. 누이를 데려다가 이 사람을 위해 웃어주라고 하고 싶은 심정이에요." 그는 이사가 다락방에 훔쳐다 놓은 자그마한 사진을 떠올리며 이렇게 말한 뒤 그 사진을 가지러 다시 사다리를 올라갔다.

이사의 멍투성이 몸이 멜릭의 욕실 가운에 싸여 누워 있었다. 그의 멍든 다리는 멜릭의 침대 끝에서 밖으로 삐져나왔다. 그는 금팔찌를 여전히 한 손에 움켜쥔 채 멜릭의 명예의 전당이라고 할 수 있는 벽을 결연한 표정으로 바라보았다. 그가 승리를 거둬 챔피언이 됐을 때 신문에 실린 사진, 챔피언 벨트와 결승전에서 끼었던 글러브가 거기 걸려 있었다. 침대 옆 바닥에는 바로 멜릭이 웅크리고 있었다. 그는 자기 돈을 들여서라도 의사를 부르고 싶었지만, 레일라가 못하게 했다. 너무 위험해. 이사뿐만 아니라 우리한테도. 우리가 시민권을 얻는 데 영향이 있을 거야. 아침이 되면 열도 내리고 상태도 괜찮아질 거야.

하지만 열은 내리지 않았다.

레일라는 있지도 않은 추격자들을 따돌리기 위해 스카프로 얼굴을 완전히 감싸고, 택시를 타고 가다 중간에 내려 걸어가는 방식으로 시내 반대편의 모스크를 몰래 찾아갔다. 듣자 하니 터키인 의사 한 명이 새로 이사 와서 그 모스크에 다닌다고 했다. 세 시간 뒤 그녀는 분노에 차서 집으로 돌아왔다. 새로 이사 온 젊은 의사가 멍청한 사기꾼이라고 했다. 아는 게 하나도 없어. 가장 기초적인 자격도 갖추질 못했어. 종교적인 의무감도 전혀 없어. 십중팔구 진짜 의사가 아닐 거야.

한편 자신이 집을 비운 사이 이사의 열이 비로소 조금 내렸기 때문에 레일라는 예전에 식구들이 돈이 없거나 위험해서 병원에 갈 수 없던 시절에 익힌 기초적인 간호솜씨에 의지해서 그를 돌보았다. 그녀는 만약 이사가 내상을 입었다면 절대 그 많은 음식을 먹어치울 수 없었을 거라고 단언했다. 그러니 열을 내리기 위해 아스피린을 먹이거나, 미음에 터키식 약초 물을 섞은 그녀만의 수프를 먹여도 된다는 것이었다.

이사가 건강할 때는 물론 심지어 죽은 뒤에도 레일라가 자신의 맨몸을 만지는 것을 허락할 리가 없음을 알고 있었으므로, 그녀는 멜릭에게 수건과 차가운 물을 주며 한 시간마다 한 번씩 몸을 닦아주라고 했다. 이마에 얹을 물수건도 만들어주었다. 그동안 이사를 홀대한 것 때문에 죄책감에 사로잡힌 멜릭은 어머니의 지시에 따르기 위해 이사가 목에 두르고 있는 가죽 가방을 풀 수밖에 없었다.

그래도 그는 오랫동안 망설이며 순전히 병든 손님을 위해 이렇게 하는 것이라고 자신을 타일렀다. 그걸로도 모자라서 그는 이사가 반대편 벽으로 고개를 돌리고 러시아어로 뭐라고 중얼거리며 선잠이 든 뒤에야 가죽 가방의 끈을 풀어 입구를 느슨하게 벌렸다.

그가 그 안에서 가장 먼저 본 것은 누렇게 바랜 러시아 신문기사 조각들이었다. 그 기사들은 돌돌 말려서 고무줄에 묶여 있었다. 멜릭은 고무줄을 벗겨 내고 기사들을 바닥에 펼쳤다. 모든 사진에 붉은 군대 장교 한 명이 군복 차림으로 등장했다. 그는 거친 인상이었으며, 이마가 넓고, 아래턱이 두툼했다. 나이는 60대 중반쯤인 것 같았다. 기사들 중 두 개는 장례식을 알리는 내용이었는데, 그리스정교의 십자가와 그 장교가 속한 연대의 상징으로 장식되어 있었다.

멜릭이 두 번째로 발견한 것은 미화 50달러짜리 뭉치였다. 신권 열 장이 지갑 대용으로 쓰이는 지폐클립에 끼워져 있었다. 이 돈을 보자 그가 예전에 품었던 모든 의심이 한꺼번에 되살아났다. 집도 없고, 돈도 한 푼 없고, 몸은 멍투성이인 도망자가 가방 속에 빳빳한 새 돈으로 500달러를 갖고 있다고? 훔친 돈인가? 위조지폐? 그래서 감옥에 갔다 온 건가? 이스탄불에서 밀입국을 알선해준 사람들, 약속대로 그를 배 안에 숨겨준 선원들, 코펜하겐에서 함부르크까지 몰래 실어다 준 화물차 운전사에게 수고비를 주고 남은 돈인가? 남은 돈이 500달러라면, 처음에는 돈을 얼마나 갖고 있었던 거야? 의학을 공부하겠다는 환상이 터무니없는 소리만은 아닌 것 같은데.

그가 세 번째로 발견한 것은 누군가가 쓰레기통에 던져버리려다 마음을 바꾼 듯 꾸깃꾸깃하게 구겨져 있는 더러운 흰 봉투였다. 우표도, 주소도 없고, 봉투를 여미는 부분은 뜯겨 나간 상태였다. 멜릭은 봉투를 매끈하게 편 뒤 그 안에서 구겨진 편지 한 장을 꺼냈다. 키릴 문자로 타자를 쳐서 작성한 편지였다. 편지지 맨 위에는 주소, 날짜, 편지를 보낸 사람(멜릭의 짐작)의 이름이 커다란 검은색 글씨로 찍혀 있었다. 그로서는 도저히 읽을 수 없는 편지 본문 밑에는 역시 읽을 수 없는 서명이 파란 잉크로 적혀 있고, 그 밑에는 손으로 쓴 여섯 자리 숫자가 있었다. 마치 '이걸 명심하라'는 듯이 숫자 하나하나마다 여러 번 정성들여 눌러 쓴 흔적이 역력했다.

그가 마지막으로 발견한 것은 열쇠였다. 권투를 하는 그의 손마디 관절 크기와 비슷한, 작고 가느다란 열쇠. 기계로 깎은 그 열쇠는 삼면에 복잡한 모양의 이가 있었다. 감방 열쇠라고 하기엔 너무 작고, 배가 있는 곳으로 이어진 고텐부르크의 문 열쇠라고 하기에도 너무 작았다. 하지만 수갑 열쇠라면 크기가 꼭 맞았다.

멜릭은 이사의 소지품을 가방 안에 다시 집어넣은 뒤 이사가 깨어났을 때 찾을 수 있게 땀에 젖은 베개 밑으로 밀어 넣었다. 하지만 다음 날 아침에도 그를 사로잡은 죄책감은 사라지려 하질 않았다. 그는 이사가 누워 있는 침대 옆의 바닥에 누워 밤새 이사를 돌보면서 순교자처럼 고통을 당한 이사의 몸에 대한 기억 때문에, 그리고 자신이 부족한 사람이라는 깨달음 때문에 괴로워했다.

그는 격투기 선수였으므로 고통이 어떤 건지 알고 있었다. 아니, 그 자신은 그렇게 생각했다. 터키 출신이었으므로 어렸을 때 거리에서 남을 때린 적도, 남에게 맞은 적도 많았다. 최근의 챔피언전에서는 상대방에게 난타를 당해 현기증이 나서 눈앞이 빨갛고 까맣게 변하는 경험도 했다. 권투선수들은 그런 경험을 할 때면 그대로 죽어버릴까 봐 두려워하곤 한다. 독일인들을 상대로 수영을 할 때도 그는 자신의 인내력을 한계까지 밀어붙였다. 아니, 그 자신은 그렇게 생각했다.

하지만 이사에 비하면 그가 겪은 시련은 시련도 아니었다.

이사는 어른이고 난 아직 어린애야. 항상 형이 있었으면 했으면서 막상 신께서 형을 집으로 보내주니까 나는 거부해버렸어. 이사는 진심으로 신앙을 지키는 사람처럼 고통을 받았는데, 나는 링에서 싸구려 영광에 추파나 보내고 있었어.

새벽이 되자 밤새 멜릭을 긴장시킨 불규칙한 숨소리가 마침내 거칠지만 고른 숨소리로 바뀌었다. 멜릭은 이마의 물수건을 갈아주며 열이 내린 것을 확인하고 안도했다. 오전 중반이 되자 이사는 거실에서 술이 많이 달린 레일라의 황금색 벨벳 쿠션들에 둘러싸여 터키의 장군처럼 반쯤 몸을 기대고 앉아 있을 수 있었다. 레일라는 기운을 북돋아주는 자기만의 죽을 그에게 먹여주었다. 이사는 자기 어머니의 유품인 황금 팔찌를 다시 손목에 차고 있었다.

멜릭은 자괴감에 어쩔 줄 모르며 레일라가 문을 닫고 나갈 때까지 기다렸다가 이사의 옆에 무릎을 꿇고 고개를 푹 떨어뜨렸다.

"형의 가방 안을 봤어." 그가 말했다. "그동안 내가 한 짓이 부끄러워 죽겠어. 자비로운 알라께서 날 용서해주시길."

이사는 여느 때처럼 한없이 침묵하다가 여윈 손을 멜릭의 어깨에 얹었다.

"절대 자백하지 마, 친구." 그가 멜릭의 손을 움켜쥐며 졸린 목소리로 충고했다. "자백하면 놈들이 널 영원히 거기 가둬둘 거야."

그다음 주 금요일 저녁 6시, 브뤼 프레르 개인은행이 문을 닫고 주말 휴무에 들어갔다. 전에는 글래스고, 리우데자네이루, 비엔나에 있던 이 은행이 지금은 함부르크에 있었다.

5시 30분 정각에 근육질 경비원이 비넨 알스터 호수 옆의, 예쁜 테라스가 있는 별장, 즉 은행 건물의 정문을 닫았다. 그러고서 몇 분 되지 않아 출납국장이 금고를 잠그고 경보장치를 가동했으며, 비서실장은 여직원들을 모두 퇴근시킨 뒤 그들이 쓰던 컴퓨터와 쓰레기통을 확인했다. 그리고 이 은행에서 근속연수가 가장 오래된 엘렌베르거 씨가 전화기를 자동응답으로 돌려놓고 베레모를 쓴 뒤, 뜰에 매어둔 자전거 체인을 풀고 학원에서 무용을 배우고 있는 조카 손녀를 데리러 가려고 페달을 밟았다.

하지만 그녀는 중간에 잠시 자전거를 멈추고 토미 브뤼 행장에게 농담을 건넸다. 행장은 이 은행의 파트너 중 유일하게 살아 있는 인물이자, 이 유명한 가문의 이름을 이은 후계자였다. "행장님, 우리 독일인들보다 더 지독하시네요." 그녀는 행장의 개인 사무실 너머로 고개를 내밀며 완벽한 영어로 말했다. "왜 그렇게 일만 하면서 자학하세요? 이 좋은 봄날에! 크로커스와 목련을 못 보셨어요? 행장님도 이제 예순 살이시잖아요. 그러니 댁으로 가서서 그 아름다운 정원에서 부인과 포도주라도 한 잔하셔야죠! 안 그러면 아주 지쳐서 몸이 다 풀어져버릴 거예요." 이 말은 행장의 생활방식을 바꿔놓기 위해서라기보다 베아트릭스 포터(영국의 유명 동화작가-옮긴이)에 대한 자신의 애정을 과시하기 위한 것이었다.

브뤼는 오른손을 들어 빙글빙글 돌리며 교황이 온화한 표정으로 축복을 내리는 모습을 흉내 냈다.

"잘 가요, 엘리 씨." 그는 짐짓 잔소리에 지쳤다는 표정을 지으며 그녀를 재촉했다. "직원들이 주중에 날 위해서 일하려 하지 않으니 내가 주말에 직원들 몫까지 하는 수밖에요. 잘 가요." 그는 키스를 불어서 보내는 시늉을 했다.

"그만 가볼게요. 훌륭하신 부인께 안부 전해주세요."

"그러죠."

말은 이렇게 하지만, 현실은 다르다는 걸 두 사람 모두 알고 있었다. 전화기도 복도도 잠잠했고, 그에게 큰 소리로 뭔가를 요구하는 고객도 없었으며, 그의 아내 미치는 친구인 폰 에센스 일가와 함께 브리지 게임을 하러 외출했으므로 브뤼의 왕국에는 그 혼자뿐이었다. 그러니 지나간 한 주를 되돌아보든, 새로 다가올 한 주를 맞을 준비를 하든 그가 마음대로 정할 수 있었다. 마음이 내킨다면, 결코 죽지 않을 자신의 영혼에게 조언을 구할 수도 있을 터였다.

계절에 맞지 않게 더운 날씨 때문에 브뤼는 셔츠에 멜빵바지 차림이었다. 맞춤 양복의 상의는 문 옆의 낡은 목제 빨래걸이에 깔끔하게 걸쳐져 있었다. 그 옷을 만든 '글래스고의 랜들스'는 브뤼 가문 사람들이 4대 전부터 단골로 다니던 곳이었다. 그가 일하고 있는 책상은 은행 설립자인 던컨 브뤼가 1908년에 가슴에 품은 희망과 주머니 속에 든 소버린 금화 50개 외에는 아무것도 없이 스코틀랜드를 출발하는 배에 오를 때 가지고 탔던 바로 그 물건이었다.

한쪽 벽을 전부 차지한 커다란 마호가니 책장도 역시 가문의 전설이 담긴 물건이었다. 책장의 장식 유리 뒤에는 가죽으로 장정한 세계적인 걸작들이 줄줄이 늘어서서 휴식을 취하고 있었다. 단테, 괴테, 플라톤, 소크라테스, 톨스토이, 디킨스, 셰익스피어의 작품들. 조금 이상하기는 해도, 잭 런던의 작품 역시 거기 섞여 있었다. 이 책장은 브뤼의 할아버지가 악성 채무자에게서 빚 대신에 받은 물건이었다. 그 안에 꽂힌 책들도 마찬가지였다. 브뤼의 할아버지가 그 책들을 꼭 읽어보아야겠다고 다짐했느냐고? 전설에 따르면 그렇지 않았다. 브뤼의 할아버지는 그 책들을 은행에 맡겼다.

브뤼는 책장과 마주 보는 벽에 마치 자신의 앞길에서 항상 경고를 발하는 교통 신호등처럼, 손으로 그린 가계도 원본을 도금한 액자에 넣어 걸어두었다. 나이 많은 떡갈나무의 뿌리처럼 뻗어나간 가문의 뿌리들은 은빛으로 반짝이는 테이 강 일대로 깊숙이 뻗어 있었다. 가지들은 동쪽의 옛 유럽과 서쪽의 신세계로 퍼져 나갔다. 브뤼 가문 사람들이 외부인과 결혼해서 재산을 늘린 도시들은 황금빛 도토리로 표시되어 있었다.

브뤼 자신도 이 고귀한 혈통에 걸맞은 후손이었다. 비록 그가 마지막 후손이기는 했지만 말이다. 마음속 저 깊은 곳에서 브뤼는 프레르(브뤼 가문 사람들만 은행을 이렇게 불렀다)가 이미 버림받은 관행들의 오아시스임을 알고 있는 것 같았다. 프레르보다는 그가 먼저 사라지겠지만, 은행은 이미 수명을 다한 거나 마찬가지였다. 브뤼가 첫 번째 아내와의 사이에서 낳은 딸 게오르기가 있기는 했다. 하지만 브뤼가 알고 있는 게오르기의 마지막 주소는 샌프란시스코 외곽의 아쉬람이었다. 게오르기는 은행을 중요하게 생각한 적이 단 한 번도 없었다.

외모만 보면 브뤼는 결코 시대에 뒤떨어진 사람 같지 않았다. 그는 몸매가 탄탄하고, 잘생긴 얼굴은 신중했으며, 넓은 이마에는 주근깨가 있었다. 머리카락은 스코틀랜드인답게 억세고 붉은 기가 도는 갈색이었는데, 그는 무슨 방법을 썼는지 그 억센 머리카락을 얌전히 길들여 가르마를 탔다. 그는 부자들 특유의 자신감이 있었지만, 결코 오만하지는 않았다. 직업상 필요할 때는 남에게 속내를 보이지 않으려고 표정을 억제했지만, 그렇지 않을 때에는 상냥한 인상이었다. 평생을 은행업에 종사했는데도, 아니 어쩌면 바로 그 때문에, 주름 하나 없는 얼굴이 산뜻했다. 독일인들이 그를 보고 전형적인 영국인(English, 영국인과 잉글랜드인이라는 두 가지 뜻이 있음—옮긴이)이라고 하면 그는 폭소를 터뜨리면서 스코틀랜드인다운 의연함으로 그 모욕을 이겨내겠다고 다짐했다. 그는 이제 사라져가는 일족에 속해 있었지만, 바로 그 점 때문에 내심 즐거워하고 있었다. 토미 브뤼는 지상의 소금, 어두운 밤에 만난 착한 사람 같은 존재이며, 결코 야심가가 아니기 때문에 훨씬 더 좋았다. 그는 또한 저녁 식탁에서는 최고의 아내처럼 귀한 존재였으며, 골프 솜씨도 괜찮은 편이었다. 아니, 그 자신은 자신의 평판이 이렇다고 믿었다. 그의 생각이 맞을 것이다.

마감을 앞둔 주식시장을 마지막으로 한 번 살펴보고 장세가 은행 소유주식에 어떤 영향을 미칠지 계산해본 뒤(금요일이면 으레 그렇듯이 시장은 하락세였다. 전혀 걱정할 일이 아니었다), 브뤼는 컴퓨터를 끄고 엘렌베르거 씨가 한 번 살펴봐야 한다고 표시해서 쌓아둔 서류철들을 눈으로 훑었다.

한 주일 내내 그는 너무 복잡해서 거의 이해 불능인 현대 금융업의 세계와 씨름했다. 요즘은 자기가 돈을 빌려주는 대상이 누군지 알아내기가 그 돈을 직접 찍어낸 사람을 알아내는 것만큼 어려웠다. 하지만 금요일이 되면 그는 당위성뿐만 아니라 기분에 따라 할 일을 정하곤 했다. 기분이 좋으면 고객의 자선 신탁기금을 무료로 재조정해주며 저녁 시간을 보내고, 기분이 나쁠 때는 종마 사육장이나 온천이나 카지노를 돌아다녔다. 증권 공모 시기가 되면, 말러의 음악을 틀어놓고 여러 브로커, 벤처캐피털 회사, 연금 기금 등의 공모 안내서를 자세히 살펴보았다.

하지만 오늘 밤에는 그런 선택의 자유를 누리지 못했다. 중요한 고객한 명이 함부르크 증권거래소의 조사대상이 되었기 때문이다. 조사위원장인 하우그 폰 베스터하임이 브뤼에게 그가 소환될 일은 없을 거라며 안심시켜주었지만, 브뤼는 이 사건과 관련된 최신 소식을 열심히 알아보아야 할 것 같았다. 하지만 먼저 그는 의자에 등을 기대고 앉아 하우그가 스스로 철통같이 지키던 비밀보장 원칙을 깬 믿을 수 없는 순간을 돌이켜보았다.

대리석으로 화려하게 장식된 앵글로-저먼 클럽에서 반드시 약식 예복을 입고 참석해야 하는 화려한 만찬이 한창일 때였다. 함부르크 금융계의 내로라하는 인사들이 자기들과 마찬가지로 함부르크 금융계의 거물인 토미 브뤼를 축하해주는 자리였다. 그가 예순 살이 되는 밤. 그의 아버지인 에드워드 아마데우스가 "토미, 아들아, 우리가 하는 일 중에서 거짓말과 전혀 상관없는 부분이 하나 있다면 그건 바로 산수야."라는 말을 즐겨 했으므로, 토미는 자신의 나이를 믿을 수밖에 없었다. 다들 행복한 분위기에 들뜨고, 음식도 맛있고, 포도주는 더 맛있었다. 여기 모인 부자들은 행복했다. 칠순의 나이로 선단 소유주이자 거물 브로커이며,

재치 넘치는 친영파인 하우그 폰 베스터하임이 브뤼를 위한 축배를 제안했다.

"토미, 내 사랑하는 후배, 우린 자네가 오스카 와일드의 작품을 너무 많이 읽는다는 결론을 내렸네." 가느다란 목소리의 그가 영어로 말했다. 그는 샴페인 잔을 손에 들고 여왕의 젊은 시절 모습을 그린 초상화 앞에 서 있었다. "혹시 도리안 그레이라고 들어봤나? 들어봤을 거야. 우리가 보기엔 자네가 도리안 그레이의 줄거리를 따르고 있는 것 같네. 자네 은행의 금고 안에는 실제 나이만큼 끔찍하게 늙은 자네의 초상화가 있을 걸. 자네는 소중한 여왕님과 달리 우아하게 나이를 먹고 있어. 거기 앉아서 우리를 향해 미소 짓는 모습이 꼭 스물다섯 살 먹은 엘프 같구먼. 자네가 7년 전에 우리가 힘들게 번 돈을 빼앗아가려고 빈에서 이리로 왔을 때 우리를 향해 미소 짓던 그 모습과 똑같아."

박수갈채가 끊이지 않고 이어지는 가운데 베스터하임은 브뤼의 아내 미치의 우아한 손을 잡고, 그녀가 빈 출신이라는 이유로 유난히 정중하게 손에 입을 맞췄다. 그러고는 브뤼와는 달리 그녀의 미모야말로 참으로 영원하다고 사람들에게 선포했다. 기쁨에 휩싸인 브뤼는 베스터하임의 호의에 보답하는 뜻으로 그의 손을 잡아주려고 자리에서 일어섰지만, 포도주와 승리감에 도취한 이 노인은 그를 힘차게 포옹하며 갈라진 목소리로 그의 귓가에 속삭였다. "토미, 내 사랑하는 후배… 자네의 고객 한 명에 관한 문의 말인데… 그걸 처리해야 할 거야…. 먼저 기술적인 이유를 들어 연기한 다음… 그걸 엘베 강에 빠뜨리는 거지…. 생일 축하하네, 토미, 내 친구… 자넨 괜찮은 친구야…."

브뤼는 알의 절반만 테에 감싸여 있는 안경을 추켜올리면서 자기 고객이 받고 있는 혐의를 다시 조사해보았다. 다른 은행가 같았으면, 벌써 베스터하임에게 전화를 걸어 조용히 귀띔해줘서 고맙다고 말했을 것이다. 그가 먼저 정보를 줬음을 분명히 하기 위해서. 하지만 브뤼는 그렇게 하지 않았다. 자신의 예순 번째 생일파티가 절정에 이르렀을 때 그 노인이 성급하게 내뱉은 말을 빌미로 부담을 지우는 짓은 차마 할 수 없었다.

그는 펜을 들어 엘렌베르거 씨에게 보내는 메모를 썼다. "월요일에 출근하자마자 윤리위원회 사무총장에게 전화해서 날짜가 정해졌는지 물어봐요. 고마워요! TB."

됐다. 그는 속으로 생각했다. 이제 그 노인네가 청문회를 밀어붙일 건지 아니면 무산시킬 건지 차분히 결정할 수 있을 거야.

그날 저녁에 반드시 처리해야 하는 두 번째 일은 미친 마리안(브뤼는 엘렌베르거 씨 앞에서만 이 호칭을 사용했다)과 관련된 업무였다. 함부르크에서 번성하던 목재상의 미망인인 마리안은 브뤼 프레르에서 개인은행이라면 으레 겪게 되어 있는 일들을 모조리 일으킨 가장 오래된 고객이었다. 최근에는 서른 살의 덴마크 출신 루터교 목사에게 이끌려 개종하더니 그 목사가 장악하고 있는 수수께끼의 비영리 재단에 자신의 재산(정확히 말해서 이 은행 준비금의 30분의 1이나 되는 금액)을 넘겨주겠다고 선언하기 직전이었다.

브뤼가 개인적으로 의뢰한 조사결과가 지금 앞에 놓여 있는데, 그다지 달가운 내용이 아니었다. 문제의 목사는 최근에 사기 혐의로 기소되었다가 증인이 한 명도 나서지 않은 덕분에 무죄로 방면된 적이 있었다. 여러 여성과의 사이에서 사생아를 낳기도 했다. 오랜 고객인 마리안을 잃어버리지 않으려면 신앙에 도취된 그녀에게 이 사실을 어떻게 알려야 할까? 미친 마리안은 기분이 아주 좋을 때에도 나쁜 소식을 잘 참아 넘기지 못하는 사람이다. 그도 이미 여러 번 직접 경험한 적이 있었다. 예전에 그녀가 말만 번지르르한 골드만삭스의 애송이한테 넘어가서 거래은행을 그쪽으로 바꾸려 했을 때 그는 자신의 매력을 모조리(분명히 말하지만 최후의 수단은 쓰지 않았다!) 동원한 끝에 간신히 그녀를 막을 수 있었다. 마리안이 이번에 재산을 종교재단에 넘기면 그녀의 아들은 유산을 잃게 될 것이다. 마리안도 예전에는 아들을 끔찍이 아끼던 시절이 있었다. 하지만 또 한 번의 반전이 일어나, 그 아들은 지금 타우누스 산속의 재활시설에 들어가 있었다. 은밀히 프랑크푸르트에 한 번 다녀오면 혹시 해결책이 생길지도….

브뤼는 언제나 충성스러운 엘렌베르거 씨에게 보낼 두 번째 메모를 작성했다. "재활원 원장에게 연락해서 그 아이가 방문객(나!)을 만날 수 있는 상태인지 물어보세요."

책상 옆에 늘어선 전화기에서 무슨 소리가 나서 브뤼는 그쪽을 흘깃 바라보았다. 전화기에서 불빛이 깜박이고 있었다. 그것이 전화번호부에 기재되지 않은 핫라인 번호로 들어온 전화라면 그가 받았겠지만, 그렇지 않기 때문에 그는 프레르의 반년간 보고서 초고로 다시 주의를 돌렸다. 은행의 재정상태가 건전하기는 했지만, 보고서에 조금 윤기를 더할 필요가 있었다. 그가 그 작업을 시작한 지 얼마 안 되었을 때 전화 소리가 다시 그의 주의를 끌었다.

누가 메시지를 남기는 건가? 아니면 아까 들었던 전화 소리가 머릿속에 남아 착각을 일으킨 건가? 금요일 저녁 7시에 일반 전화로 누가 전화를 건 거지? 틀림없이 잘못 걸린 전화일 거야. 브뤼는 호기심을 이기지 못하고 재생버튼을 눌렀다. 먼저 삐 하는 소리가 들리더니 엘렌베르거 부인이 정중한 말투로 메시지를 남기거나 아니면 근무시간 중에 다시 전화를 걸어달라고 말하는 내용이 독일어와 영어로 흘러나왔다.

그 말이 끝나자 어떤 여자의 목소리가 들려왔다. 젊은 여자였다. 독일인. 성가대 소년처럼 순수한 목소리.

브뤼가 편한 사람들과 함께 스카치위스키 한두 잔을 마신 뒤 점잔을 빼며 즐겨 하는 말이 있었다. 개인은행을 운영하는 사람의 삶에서 빼놓을 수 없는 요소가 현금이라고들 생각하겠지만 사실은 그렇지 않다고. 주식시장이 상승세인지 하락세인지도 중요하지 않았다. 헤지펀드나 파생상품도 마찬가지였다. 개인은행 운영자의 삶에서 빠질 수 없는 요소는 바로 혼란이었다. 배설물이 환풍기에 부딪쳐 사방으로 튀는 것 같은 혼란이 항상 이어지는 것. 그는 심지어 '항상'이라는 말 대신 '영원히'라는 말을 써도 된다고 생각할 정도였다. 그냥 말을 세련되게 다듬으려고 그런 생각을 하는 것이 아니었다. 그러니 항상 포위당한 것 같은 삶을 즐기는 사람이 아니라면, 개인은행의 세계에 맞지 않을 가능성이 높았다. 그는 생일파티에서 베스터하임 노인의 축사에 대한 답사로 미리 준비한 연설에서도 이 점을 이야기해 어느 정도 호응을 얻었다.

개인은행 업계의 혼란에 익숙한 베테랑으로서 브뤼는 충격에 맞서는 두 가지 방법을 개발했다. 전 세계의 눈이 자신에게 쏠린 가운데 이사회에 참석 중이라면 자리에서 일어나 엄지손가락을 허리춤에 찔러 넣고 차분하기 짝이 없는 표정으로 천천히 방 안을 한 바퀴 돈다.

아무도 보는 사람이 없을 때는 충격적인 소식을 들었을 때의 자세 그대로 굳은 채 집게손가락으로 아랫입술을 튕기곤 했다. 지금 그가 여자의 메시지를 두 번째, 세 번째로 처음부터 다시 들으면서 하고 있는 행동이 바로 그것이었다.

"안녕하세요. 저는 아나벨 리히터라는 변호사입니다. 제 고객을 대신해서 가능한 한 빨리 토미 브뤼 행장님과 만나 긴히 말씀드릴 것이 있습니다."

고객을 대신한다면서 이름은 말하지 않는군. 브뤼는 벌써 세 번째로 똑같은 생각을 했다. 말씨가 또렷또렷하지만 남부 말씨가 섞여 있고, 교육수준이 높고, 에둘러 말하는 걸 참지 못하는 성격이야.

"저의 고객께서 안부를 전해달라고 하신 분이 계십니다. 저…" 그녀는 마치 원고를 확인하는 듯이 잠시 말을 멈췄다. "리피잰더 씨께요. 다시 말씀드립니다. 리피잰더 씨입니다. 말 이름과 같아요, 그렇죠, 브뤼 행장님? 빈에 있는 스페인 승마학교의 저 유명한 백마 말입니다. 빈은 행장님의 은행이 예전에 있던 곳이죠? 행장님의 은행에서도 리피잰더 씨를 잘 알고 계실 겁니다."

그녀의 목소리가 높아졌다. 백마에 관한 이야기를 하던 중에 성가대 소년 같은 목소리에 스트레스가 섞여 들었다.

"브뤼 행장님, 제 고객은 시간이 아주 없는 분입니다. 따라서 저도 전화로는 더 이상 자세한 이야기를 하고 싶지 않습니다. 어쩌면 행장님께서 제 고객의 처지에 대해 저보다 더 잘 알고 계실지도 모르겠습니다. 그렇다면 일을 신속히 처리할 수 있을 텐데요. 따라서 이 메시지를 들으신 뒤 제 휴대전화로 연락을 주시면 감사하겠습니다. 그때 만날 약속을 잡기로 하죠."

여기서 전화를 끊을 수도 있었을 텐데 그녀는 그렇게 하지 않았다. 성가대 소년의 목소리가 조금 날카로워졌다.

"늦은 밤에 전화를 하셔도 괜찮습니다, 행장님. 아주 늦은 시간도 상관없습니다. 지금 행장님의 사무실 앞을 지나는 중인데 사무실에 불이 켜져 있군요. 행장님이 이미 퇴근했다 해도 누군가가 사무실에서 일을 하고 있는 모양입니다. 그렇다면 부탁이니 이 메시지를 토미 브뤼 행장님께 시급히 전달해주시기 바랍니다. 오로지 토미 브뤼 행장님만이 이 문제를 처리할 권한을 갖고 있기 때문입니다. 시간을 내주셔서 감사합니다."

당신도 시간을 내줘서 고마워요, 아나벨 리히터 씨. 브뤼는 자리에서 일어서서 엄지와 검지로 여전히 아랫입술을 잡은 채 불룩한 모양의 창문으로 향했다. 마치 그곳이 가장 가까운 탈출구이기라도 한 것처럼.

그래, 우리 은행이 리피잰더를 아주 잘 아는 건 사실이지, 리히터 씨. 당신이 말한 '은행'이라는 게 나와 내가 속내를 털어놓는 엘리 씨 두 사람만 뜻하는 거라면 말이야. 그 밖에는 아무도 몰라. 우리 '은행'은 리피잰더의 마지막 생존자가 지평선을 넘어가서 원래 고향인 빈으로 돌아가 다시는 이곳으로 돌아오지 않게 할 수만 있다면 돈이 얼마가 들든 상관하지 않을 거야. 혹시 당신도 이미 그걸 알고 있나?

역겨운 생각이 들었다. 아니, 지난 7년 동안 줄곧 그런 생각이 그의 곁에 머무르고 있다가 이제야 어둠 속에서 모습을 드러낸 것 같았다. 혹시 당신이 원하는 게 바로 그 돈인가, 아나벨 리히터 씨? 시간이 아주 없다는 당신의 그 고귀한 고객과 일당인 거야?

혹시 날 협박할 생각인가?

성가대 소년처럼 순수한 목소리와 전문직 종사자답게 고상한 분위기로, 리피잰더 말들이 태어날 때는 새까만 색이었다가 나이를 먹으면서 비로소 흰색으로 변하는 특이한 녀석들이라는 사실을 나한테 슬쩍 암시하는 건가? 당신의 공범, 아니 미안, 고객과 함께 미리 짜고서? 내 사랑하는 선친이신 저 유명한 에드워드 아마데우스 브뤼 경께서 애당초 조금 유별난 형태의 계좌에 리피잰더라는 이름을 붙인 것도 바로 거기서 착안한 거야. 나는 지금도 다른 면에서는 모두 아버지를 존경하고 있어. 몰락하는 악의 제국에서 빠르게 닳아 없어지던 철의 장막을 통해 검은 돈이 트럭째 넘어오던 시절, 빈에서 아버지가 마지막 전성기를 누리면서 청렴한 은행가로서 든든히 버티고 계셨으니까 말이야.

브뤼는 천천히 방을 한 바퀴 돌았다.

도대체 왜 그러셨어요, 아버지?

왜? 평생 조상들과 아버지 자신이 쌓아올린 훌륭한 평판을 바탕으로 거래를 하시면서 공적인 자리에서나 사적인 자리에서나 그 이름을 지키며 스코틀랜드인답게 신중하고, 빈틈없고, 믿음직하게 처신하는 최고의 전통을 지키셨잖아요. 그런데 왜 동쪽에서 넘어온 사기꾼과 협잡꾼들을 위해 그런 위험을 무릅쓰신 거예요? 조국에 자산이 가장 필요한 순간에 그 자산을 빼돌린 것 외에는 한 일이 전혀 없는 놈들인데.

왜 그놈들한테 은행 문을 활짝 열어주신 거예요? 은행을 그렇게 사랑하고 아끼셨으면서. 왜 놈들이 노략질한 물건에 안전한 피난처를 제공해주면서 전례 없는 비밀보장을 약속하신 거예요?

왜 모든 규칙과 규제를 도저히 봐줄 수 없는 수준까지 어겨가면서 러시아 조폭들의 뒤를 봐주는 은행이 되려고 그토록 무모하고 필사적으로(이건 브뤼 자신이 그 당시 아버지의 행동을 보며 생각한 것이었다) 애쓰신 거예요?

그래요, 아버지는 공산주의를 증오하셨고, 그때 공산주의는 죽음을 앞두고 있었죠. 아버지는 하루빨리 공산주의의 장례식을 보고 싶으셨을 거예요. 하지만 아버지가 그토록 친절하게 맞아준 그 사기꾼들도 공산주의 정권의 일원이었다고요!

이름은 밝힐 필요 없습니다, 동무들! 그냥 여러분이 노략질해온 재산을 우리한테 5년 동안 맡기기만 하세요. 그러면 우리가 계좌번호를 드리겠습니다! 이 리피잰더 계좌를 소유한 여러분이 다음에 우리를 만나러 오실 때면, 이 계좌는 백합처럼 하얗게 자라서 여러분 돈의 훌륭한 피난처가 되어 있을 겁니다! 우리 은행의 방식은 스위스 은행과 똑같지만, 우리는 영국인이니까 당연히 실력이 더 좋습니다!

하지만 사실은 그렇지 않아. 브뤼는 뒷짐을 지고 창가에 서서 밖을 내다보며 슬픈 표정으로 이런 생각을 했다.

그렇지 않아. 늙어서 분별을 잃어버린 위대한 사람들은 그냥 죽어버리니까. 돈이 스스로 다른 자리를 찾아가듯이 은행도 그러니까. 규제 당국자라는 낯선 사람들이 등장하면 과거가 사라져버리니까. 아냐, 사실은 결코 사라지지 않지, 안 그래? 성가대 소년 같은 목소리가 몇 마디 했을 뿐인데, 모든 기억이 그를 향해 달려왔다.

그가 있는 곳에서 15미터 아래에서는 유럽에서 가장 부유한 도시의 병사들이 갑옷 차림으로 집을 향해 포효하며 달려가고 있었다. 그들은 아이들을 안아주고, 식사를 하고, 텔레비전을 보고, 사랑을 나눈 뒤 잠들 것이다. 호수에서는 작은 배와 요트들이 붉은 노을 속에서 물 위를 떠갔다.

그 여자가 저기 어디에 있어. 그는 속으로 생각했다. 내 방에 불이 켜져 있는 걸 봤다고 했잖아.

그 여자가 저기 어디서 그 고객이라는 자와 함께 저울질을 하고 있어. 리피젠더 계좌에 대해 떠벌리지 않는 대가로 날 얼마나 쩔러댈 건지를 놓고 계속 입씨름을 하고 있겠지.

어쩌면 행장님께서 제 고객의 처지에 대해 저보다 더 잘 알고 계실지도 모르겠습니다.

글쎄, 내가 모를 수도 있는데, 아나벨 리히터 씨. 솔직히 말해서 알고 싶지도 않고 말이야. 아무래도 내가 반드시 알고 있어야 하는 일인 것 같기는 하지만.

당신이 전화로는 고객에 대해 더 이상 아무것도 알려주지 않을 테고 (당신이 그렇게 신중을 기하는 걸 나도 이해해), 나한테 무슨 초능력 같은 게 있어서 아직 총에 맞지도 않고, 감옥에 갇히지도 않고, 술에 취해 흥청망청 살다가 그 돈을 어디에 숨겼는지 까맣게 잊어버리지도 않은 리피잰 더 계좌 주인들(그런 사람들이 정말로 있다면 말이지만) 중 당신 고객이 누군지 알아낼 수 있는 것도 아니니 어쩔 수 없지. 협박을 받은 사람답게 당신의 요구를 받아들이는 수밖에.

그는 그녀의 휴대전화 번호를 눌렀다.

"리히터입니다."

"브뤼 은행의 토미 브뤼입니다. 안녕하십니까, 리히터 씨."

"안녕하세요, 브뤼 행장님. 가능한 한 빨리 시간이 나는 대로 만나 뵙고 싶은데요."

지금 당장 만나는 건 어떠세요? 그녀가 전화에 간절한 메시지를 남길 때보다 조금 덜 아름답고, 조금 더 날카로운 목소리로 말했다.

아틀란틱 호텔은 은행에서 걸어서 10분 거리에 있었다. 호숫가를 따라 자갈을 깔아 놓은 길에는 사람들이 북적였다. 그 길 옆에 뻗은 또 다른 길에서는 자전거를 타고 집으로 돌아가는 사람들이 투덜거리며 지나갔다. 서늘한 바람이 불어왔다. 하늘은 이미 검푸른 색으로 변해 있었다. 굵은 빗방울이 떨어지기 시작했다. 함부르크 사람들이 바늘 다발이라고 부르는 비였다. 7년 전 브뤼가 이곳에 처음 왔을 때는 영국인답게 삼가는 태도가 아직 남아 있어서 사람들을 뚫고 나아가는 속도가 느렸을지 몰라도 오늘 밤에는 육식동물 같은 우산을 막으려고 팔꿈치에 힘을 준 채 거침없이 앞으로 나아갔다.

호텔 입구에서 빨간 외투를 입은 도어맨이 그에게 모자를 들어 인사했다. 로비로 들어가자 접수계원인 슈바르츠 씨가 미끄러지듯 곁으로 다가와서 자리로 안내했다. 브뤼가 은행이 아닌 다른 곳에서 고객을 만나 업무를 이야기할 때 즐겨 앉는 자리였다. 한자동맹(중세 시대 독일의 상인

45

동맹—옮긴이)의 선단을 그린 유화와 대리석 기둥 사이로 깊숙이 들어가 있는 그 자리 옆의 벽에서는 바다처럼 파란색 타일을 붙여 표현한 2대 카이저 빌헬름이 까탈스러운 눈빛으로 아래를 내려다보고 있었다.

"아직 만난 적이 없는 여자 분을 오늘 여기서 만나기로 했어요, 페테르." 브뢰는 남자들끼리만 통하는 미소를 지으며 비밀 이야기를 털어놓듯이 말했다. "리히터 씨라는 분인데, 아무래도 젊은 분이지 싶어요. 미모도 뛰어난 분인지 이따가 보고 말해주면 좋겠는데."

"최선을 다해보겠습니다." 슈바르츠 씨가 진지한 표정으로 약속했다. 20유로의 팁을 받아 챙긴 다음이었다.

브뢰는 딸 게오르기가 아홉 살 때 나눴던 고통스러운 대화를 느닷없이 떠올렸다. 그때 그는 엄마와 아빠가 여전히 서로를 사랑하지만 떨어져 살기로 했다고 딸에게 설명하는 중이었다. 서로 싸우기만 하느니 떨어져 살면서 계속 사랑하는 편이 더 나아. 그는 딸에게 이렇게 설명했다. 밉살스러운 정신과의사가 이렇게 말하는 편이 좋다고 했기 때문이다. 그는 불행하게 한 집에 사느니 두 집에서 행복하게 사는 게 더 낫고, 게오르기는 언제든 엄마와 아빠를 만날 수 있다고 설명했다. 다른 점이라고는 전처럼 한 집에서 살지 않는다는 것뿐이라면서. 하지만 게오르기는 새로 산 강아지에게 더 관심이 있었다.

"이 세상에 마지막으로 딱 하나 남은 오스트리아 실링을 아빠가 갖고 있다면, 그걸로 뭘 할 거예요?" 게오르기가 생각에 잠긴 표정으로 배를 긁으며 다그치듯 물었다.

"글쎄다, 당연히 투자를 하겠지. 넌 뭘 할 건데?"

"팁을 줄 거예요."

게오르기보다 자기 자신에게 더 당황한 브뢰는 자기가 왜 지금 그 괴로운 이야기를 떠올렸는지 생각해보았다. 틀림없이 목소리가 비슷한 탓일 거야. 그는 한쪽 눈으로 회전문을 계속 바라보며 이런 결론을 내렸다. 그 여자가 녹음기를 몰래 숨겨서 가지고 올까? 만약 그녀가 '고객'을 데려온다면, 그 '고객'이 녹음기를 숨겨서 가지고 있을까? 그렇다 해도 별다른 성과를 기대할 수는 없을 것이다.

브뤼는 전에 협박꾼을 만났을 때를 떠올렸다. 다른 호텔에서 만난 다른 여자. 그녀는 빈에 살고 있는 영국인이었다. 브뤼는 오로지 자신에게만 고민을 털어놓고 상담을 청한 고객의 설득에 넘어가 남의 눈에 잘 띄지 않는 자허 호텔 별관에서 그녀를 만나 차를 마시며 이야기를 나눴다. 그녀는 남편과 사별하고 상복을 입은, 위엄 있는 부인이었다. 딸의 이름은 소피였다.

"그 애는 내가 가장 자랑스러워하는 아이예요. 소피 말이에요. 그러니 당연히 나도 부끄러워요." 검은 밀짚모자 차양 밑에서 그녀의 목소리가 흘러나왔다. "그 애는 이 일을 신문에 폭로할 생각을 하고 있어요. 내가 그러지 말라고 했지만, 말을 안 듣네요. 아직 너무 어려서. 행장님 친구분은 좀 거친 면이 있어요. 항상 친절하기만 한 건 아니죠. 어쨌든, 자기 이야기가 실리는 걸 바라는 사람은 없을 거예요. 그렇죠? 신문 말이에요. 널리 알려진 대기업의 임원이라면 그렇죠. 다치니까요."

하지만 브뤼는 이미 빈 경찰국장과 상담을 하고 온 길이었다. 경찰국장도 마침 프레르의 고객이었기 때문이다. 경찰국장의 충고대로 그는 그 모녀의 입을 막는 대가로 엄청난 금액을 주기로 얌전히 합의했다. 그동안 사복형사들이 근처 탁자에서 두 사람의 대화를 녹음하고 있었다.

하지만 이번에는 그를 도와줄 경찰국장이 없었다. 그리고 그 여자가 노리는 대상 역시 고객이 아니라 그 자신이었다.

바깥의 거리와 마찬가지로 아틀란틱 호텔의 커다란 홀에도 사람들이 북적거렸다. 브뤼는 앉은 자리에서 드나드는 손님들을 편안히 관찰할 수 있었다. 모피 외투에 모피 목도리를 두른 사람도 있고, 기업체 고위 임원들의 제복이라 할 수 있는 장례식 분위기의 정장을 입은 사람도 있고, 백수 백만장자처럼 찢어진 청바지를 입은 사람도 있었다.

만찬용 정장을 차려입은 할아버지들과 번쩍이는 스팽글 장식이 달린 드레스를 입은 할머니들이 안쪽 복도에서 줄지어 나타났다. 호텔 종업원이 셀로판지로 싼 꽃다발 수레를 밀며 그들을 앞에서 이끌고 있었다. 돈 많은 노인이 생일파티라도 하는 모양이지. 브뤼는 속으로 생각했다. 저게 혹시 자기 고객의 파티라면 엘리 씨가 술이라도 한 병 보냈는지 모르겠다는 생각이 잠깐 들었다. 그래도 나보다 나이가 많지는 않을 거야. 그는 자기 생각이 맞을 거라고 자신했다.

사람들이 그를 정말 노인으로 볼까? 십중팔구 그럴 것이다. 그의 첫 번째 아내인 수는 그가 태어날 때부터 노인이었던 것 같다고 투덜거리곤 했다. 뭐, 그래도 예순 살이면 예나 지금이나 노인이지. 그것도 운이 좋아서 그 나이까지 살아 있을 때의 얘기지만. 게오르기가 옛날에 불교를 믿기 시작하면서 뭐라고 했더라? "죽음의 원인은 탄생이에요."

그는 금장 손목시계를 살짝 확인했다. 에드워드 아마데우스가 스물한 번째 생일에 선물로 준 시계였다. 2분만 지나면 그 여자가 약속 시간을 어기는 셈이 되는군. 하지만 변호사와 은행가는 결코 지각하는 법이 없지. 아마 협박꾼도 마찬가지일걸.

회전문 밖의 거리에서는 차가운 북서풍이 불고 있었다. 실크해트를 쓴 도어맨의 외투가 쓸모없는 날개처럼 펄럭였다. 그는 차례로 들어오는 리무진들 사이를 바삐 돌아다니고 있었다. 갑자기 폭우가 쏟아지면서 자동차와 사람들이 우윳빛 안개 같은 빗줄기 속으로 사라져버렸다. 그런데 볼품없는 옷차림을 하고 머리와 목에 스카프를 두른 땅딸막한 여자가 마치 눈사태를 이기고 혼자 살아남은 사람처럼 그 안개 밖으로 모습을 드러냈다. 브뤼는 그녀가 어깨에 아이를 메고 있는 줄 알고 순간적으로 경악을 금치 못했다. 하지만 알고 보니 그것은 사람 크기의 배낭이었다.

그녀는 계단을 올라와 회전문의 흐름에 몸을 맡기더니 로비로 들어와 멈춰 섰다. 그녀는 뒤를 이어 들어온 사람들의 길을 막고 서 있었지만, 그 사실을 안다 해도 별로 신경 쓰지 않는 것 같았다. 그녀는 빗방울이 묻은 안경을 벗더니 후드가 달린 재킷 속에서 꺼낸 스카프 끝자락으로 안경을 닦아 다시 썼다. 슈바르츠 씨가 다가가자 그녀는 무뚝뚝하게 고개를 한 번 끄덕했다. 두 사람 모두 브뤼 쪽을 바라보고 있었다. 슈바르츠 씨가 그녀를 안내해주려 했지만 그녀는 단호히 고개를 저었다. 그러고는 배낭을 다른 쪽 어깨로 고쳐 메면서 탁자들 사이를 뚫고 브뤼에게 다가왔다. 그녀의 시선은 다른 손님들을 무시한 채 똑바로 앞을 향하고 있었다.

화장기는 전혀 없고, 목 아래로는 맨살을 손톱만큼도 내놓지 않았군. 브뤼는 그녀를 맞이하려고 일어서면서 속으로 생각했다. 옷차림은 지저분했지만, 그 안의 자그마한 몸은 단호하고 유연하게 움직였다. 좀 군인 같지만 요즘 여자들이 다 그렇지. 둥근 안경, 테는 없고. 샹들리에 불빛을 받아 알이 반짝이는군. 눈을 전혀 깜박이지 않아. 피부는 아이 같고. 나보다 서른 살쯤 아래인 것 같은데. 키는 30센티미터쯤 작고. 뭐, 몸집이 큰 협박꾼도 있고 몸집이 작은 협박꾼도 있는 법이지. 요즘은 나이가 점점 어려지는 경향도 있고. 성가대 소년 같은 목소리에 걸맞게 얼굴도 성가대 소년 같은걸.

공범이 함께 온 것 같지는 않았다. 네이비블루 청바지에 군화 차림. 미인이지만 미모를 감추고 있었다. 강인하지만 약해 보이는 모습. 자신의 여성적 따스함을 감추려고 온갖 애를 썼지만 별로 효과는 없었다. 게오르기.

"리히터 씨입니까? 놀랍군요. 제가 토미 브뤼입니다. 그래, 무슨 일로 저를 찾으셨나요?"

여자의 손이 워낙 작아서 그는 본능적으로 손에서 힘을 뺐다.

"물 좀 마실 수 있을까요?" 그녀가 안경 너머로 그를 노려보며 말했다.

"물론이죠." 그는 웨이터를 손짓으로 불렀다. "걸어오셨나요?"

"자전거로 왔어요. 그래도, 뭐. 레몬은 넣지 마시고 상온으로 갖다 주세요."

그녀는 그의 맞은편에 앉았다. 가죽 옥좌의 중앙에 등을 꼿꼿이 세우고. 손으로는 팔걸이를 꽉 잡고, 무릎은 단단히 붙였다. 배낭은 발치에 내려놓았다. 그러면서 그를 유심히 살폈다. 처음에는 그의 손을, 그다음에는 금장 시계와 구두를, 그다음에는 눈을. 하지만 그건 아주 잠깐에 불과했다. 그에게서 뜻밖의 구석을 발견하지는 않은 것 같았다. 브뤼도 그녀 못지않게 자세히 상대를 살펴보았다. 비록 티를 내지 않으려고 애쓰기는 했지만. 그녀는 훈련받은 자세로 물을 마셨다. 팔꿈치를 붙이고, 팔로 상체를 감싼 자세. 그녀는 이 화려한 분위기가 마음에 안 든다는 결론을 내린 듯했지만, 여전히 자신감이 넘쳤다. 겉으로 잘 드러나지는 않았지만 교양 있는 사람 같았고, 열심히 감추려고 하는데도 멋쟁이의 모습이 살짝살짝 드러났다.

그녀가 머리에 쓴 스카프를 벗자 모직 베레모가 나타났다. 황금빛이 도는 갈색 머리카락 한 다발이 모자 밖으로 삐져나와 이마에 늘어져 있었다. 그녀는 그 머리카락을 모자 속으로 되돌려놓고는 물을 한 번 마시고 다시 그를 살피기 시작했다. 안경 때문에 크게 보이는 그녀의 눈동자는 회색이 도는 초록색이었으며 흔들림이 없었다. '꿀 같은 점들이 흩어져 있는 눈.' 이런 말을 어디서 읽었더라? 미치가 항상 침대 곁에 두는 10여 권의 소설 중 한 권인 것 같았다. 작지만 높이 솟은 가슴. 일부러 속내를 감춘 표정.

브뤼는 파란색 비단으로 안감을 댄 상의 안주머니에서 명함을 꺼내 정중한 미소와 함께 탁자 너머로 그녀에게 건넸다.

"왜 프레르예요?" 그녀가 물었다. 손에 반지는 전혀 없고, 손톱도 아이처럼 짧았다.

"증조부님이 붙이신 이름입니다."

"프랑스인이셨나요?"

"아닐 걸요. 프랑스인이 되고 싶어 하시긴 했지만." 브뤼는 미리 준비한 답변들을 자랑스레 내놓았다. "스코틀랜드인이셨어요. 스코틀랜드인들 중에는 잉글랜드보다 프랑스를 더 가깝게 여기는 사람이 많습니다."

"증조부님께 형제가 있었나요?"

"아뇨. 저도 마찬가지고요."

그녀는 몸을 숙여 배낭 안쪽의 지퍼들을 차례로 열었다. 브뤼는 그녀의 어깨너머로 재빨리 가방 안을 살폈다. 티슈, 콘택트렌즈 세척제 한 병, 휴대전화, 열쇠 뭉치, 종이철, 신용카드, 소송사건 적요서처럼 여러 가지 표식과 번호가 붙은 담황색 서류철. 녹음기나 마이크는 보이지 않았지만, 요즘은 기술이 워낙 좋으니 확신할 수 없었다. 저런 옷차림이라면 11킬로그램짜리 폭탄 벨트를 허리에 두르고 있어도 드러나지 않을 것이다.

그녀가 그에게 명함을 건넸다.

'생크추어리 노스. 독일 북부 지역의 무국적자와 유랑민을 보호하기 위한 기독교 자선재단.' 사무실은 시내 동편에 있었다. 전화번호, 팩스

번호, 이메일 주소. 코메르츠방크의 계좌번호. 혹시 월요일에 이 단체의 관리자한테 조용히 연락해서 이 여자에 대해 조사해봐야 할지도 모르겠군. '아나벨 리히터, 변호사.' 아버지의 말씀이 떠올랐다. '아름다운 여자는 절대 믿지 마라, 토미. 그런 여자들은 범죄자야. 그것도 최고의 범죄자.'

"이것도 살펴보시는 게 좋을 거예요." 그녀가 그에게 신분증을 불쑥 내밀며 말했다.

"이런, 그런 필요는 없는데요." 그는 이렇게 이의를 제기했지만, 속으로는 그걸 볼 필요가 있다는 생각을 하고 있었다.

"제가 신분을 위장했을 수도 있잖아요."

"정말입니까? 그럼 원래는 누구신데요?"

"변호사를 사칭하는 사람들이 종종 제 고객들에게 접근하는 경우가 있어요."

"세상에 그럴 수가. 충격적이군요. 난 그런 일을 당하지 말아야 할 텐데. 하기야 이미 당했는지도 모르죠, 그렇지 않습니까? 저야 알 수 없는 일이니까요. 생각만 해도 끔찍하군요." 그는 일부러 경박한 척했다. 하지만 그녀는 맞장구를 쳐주지 않았다.

신분증에 붙은 사진에서 그녀는 머리를 늘어뜨린 모습이었다. 안경은 더 구식이었고, 얼굴은 똑같았지만 노려보는 눈빛은 없었다. 아나벨 리히터는 1977년 프라이부르크 임 브레스가우에서 출생했다. 그렇다면 독일 변호사치고는 아주 젊은 편이었다. 정말로 변호사라면 그렇다는 말이지만. 그녀는 라운드 중간에 휴식을 취하는 권투선수처럼 의자에 축 늘어져 있었지만, 할머니 같은 안경 너머로 커다란 옷을 꼭꼭 여며 입은 자기 몸을 지나 여전히 그를 살피고 있었다.

"우리에 대해 들어본 적 있으세요?" 그녀가 물었다.

"예?"

"생크추어리 노스 말이에요. 우리가 하는 일에 대해 들어본 적 있으세요? 아무런 얘기도 들어보신 적이 없나요?"

"못 들은 것 같은데요."

그녀는 천천히 고개를 저으며 어떻게 그럴 수 있느냐는 표정으로 로비를 한 바퀴 둘러보았다. 아름다운 옷을 차려입은 노부부들, 바에서 소란스럽게 술을 마시는 젊은 부자들, 아무도 듣지 않는 사랑 노래들을 연주하는 피아니스트가 차례로 그녀의 시야에 들어왔다.

"그 자선단체의 후원자는 누굽니까?" 브뤼가 지극히 사무적인 말투로 물었다.

그녀는 어깨를 으쓱했다. "교회 두어 곳. 함부르크 시도 착한 일을 하고 싶을 때는 돈을 내요. 그럭저럭 꾸려나갈 정도는 돼요."

"그럼 그 사업을 하신 지는 얼마나 됐죠? 그러니까 그 단체 말입니다."

"우린 사업을 하는 게 아니에요. 무료봉사라고요. 5년 됐어요."

"그럼 당신은요?"

"2년쯤."

"상근직원인가요? 다른 직업은 없어요?" 따로 부업을 하지는 않느냐는 뜻이었다. 부업으로 협박을 하는 것 아냐?

그녀는 질문에 진력이 난 모양이었다.

"고객의 일이라고 말씀드렸잖아요, 행장님. 공식적으로 그 고객의 일을 맡은 건 생크추어리 노스지만. 그래도 바로 얼마 전에 그분이 정식으로 제게 일을 맡기셨어요. 행장님의 은행과 관련된 일을 처리해줄 개인 변호사로. 그리고 제가 행장님에게 연락하는 데 동의하셨죠. 그래서 연락한 거고요."

"동의라고요?" 그의 일그러진 미소가 한층 더 진해졌다.

"지시라고 하죠. 그래봤자 달라지는 것도 없지만. 전화로 말씀드렸듯이, 제 고객은 함부르크에서 민감한 처지에 있어요. 그분이 제게 털어놓을 수 있는 이야기에도 한계가 있고, 제가 행장님에게 드릴 수 있는 이야기에도 한계가 있어요. 제 고객과 몇 시간을 함께 보낸 끝에 제가 내린 결론은, 그분이 해준 이야기가 얼마 안 되긴 해도 모두 진실이라는 거예요. 그분이 진실을 전부 말해준 게 아니라 저를 위해 일부만 잘라내서 말해준 거지만 그래도 진실은 진실이죠. 우리 단체에서는 먼저 그 점을 분명히 해야 하거든요. 우리는 얼마 안 되는 정보로 그럭저럭 일을 해내고 있어요. 냉소주의자가 되느니 차라리 사기를 당하는 게 낫다는 게 우리 생각이에요. 우리가 지키려는 게 바로 그런 거니까요." 도전적인 말투였다. 말로 하지는 않았지만, 브뤼에게 당신은 우리와 다른 사람이라고 비난하는 듯했다.

"잘 알았습니다." 그가 말했다. "훌륭한 일을 하시는군요." 그는 적당한 말로 상황을 넘기려는 중이었다. 방법은 잘 알고 있었다.

"우리 고객들은 이른바 '정상적인' 고객들이 아니에요, 브뤼 행장님."

"그래요? 저도 정상적인 고객은 만나본 적이 없는 것 같은데요." 이번에도 그녀는 농담에 맞장구를 쳐주지 않았다.

"우리 고객들은 기본적으로 프란츠 파농이 '대지의 저주받은 사람들'이라고 표현했던 사람들이라고 할 수 있어요. 그 책을 아시나요?"

"들어는 봤습니다. 읽지는 않았고요."

"그 사람들은 사실상 나라가 없어요. 정신적인 충격에 시달리는 경우도 많고요. 자기들이 왔다가 떠나가는 이 세상뿐만 아니라 우리도 무서워하고 있어요."

"그렇군요." 말은 이렇게 했지만 이해가 가지 않는 이야기였다.

"제 고객은, 그게 맞는 생각인지 틀린 생각인지는 모르겠지만, 행장님을 구세주로 생각하고 있어요. 제 고객이 함부르크에 온 이유가 바로 행장님이에요. 행장님 덕분에 제 고객은 합법적인 체류자격을 얻어서 독일에 머무르며 공부할 수 있게 될 거예요. 행장님이 없으면, 제 고객은 지옥으로 돌아가야 할 처지예요."

브뤼는 '아이고 이런'이나 '정말 슬픈 일이군요' 같은 말을 할 생각이었지만, 흔들림 없는 그녀의 눈을 보고는 마음을 고쳐먹었다.

"제 고객은 행장님에게 '리퍼잰더 씨'라는 말과 함께 특정한 참고 번호를 제시하기만 하면 된다고 말했어요. 그 번호가 무엇을 가리키는지는 저도 몰라요. 어쩌면 제 고객도 모르는 것 같기도 해요. 어쨌든 그 번호만 있으면 마법의 주문처럼 문이 모두 열릴 거라고 했어요."

"그 고객이 여기 온 지 얼마나 됐는지 물어도 될까요?"

"몇 주쯤 됐을 거예요."

"그런데 이제야 나한테 연락을 했다고요? 일부러 날 만나러 여기까지 왔다면서? 그것 참 이해하기 어렵군요."

"여기 도착했을 때 워낙 몸도 안 좋고 겁에 질려 있었어요. 여기 아는 사람도 전혀 없었고요. 서구 국가에 온 게 처음이거든요. 독일어도 전혀 못해요."

그는 다시 '그렇군요'라고 말하려다가 생각을 바꿨다.

"그리고 무슨 이유 때문인지는 저도 전혀 모르겠지만, 제 고객은 행장님에게 이런 식으로 반드시 연락을 취해야 한다는 사실에 몹시 거부감을 느끼고 있어요. 계속 굶주리는 한이 있더라도 자신의 처지를 부인하고 싶은 마음이 절반쯤은 되는 것 같아요. 하지만 안타깝게도 지금으로서는 행장님이 제 고객의 유일한 희망이에요."

이제 브뤼가 말할 차례였지만, 할 말이 없었다. '수렁에 빠졌을 때는 땅을 파지 말고, 방책을 더 많이 세워라, 토미.' 이것 역시 아버지 말씀이었다.

"죄송하지만, 리히터 씨." 그가 정중하게 입을 열었다. 물론 자신이 그녀에게 죄송하다고 말해야 할 짓을 저질렀다는 생각은 눈곱만큼도 없었다. "댁의 고객은 우리 은행이 그런 기적을 일으킬 수 있다는 이야기, 아니 느낌이라고 해야겠군요, 그런 느낌을 어디서 얻었다고 하던가요?"

"단순히 행장님 은행만 이야기하는 게 아니에요. 행장님도 직접 관련된 일이에요."

"미안하지만 무슨 말인지 알 수가 없군요. 댁의 고객이 그런 정보를 어디서 얻었는지 물었습니다만."

"아마 어떤 변호사한테서 들은 것 같아요. 우리들 중 한 명한테서요." 그녀가 말했다. 자신이 한심하다는 말투였다.

그는 다른 방식을 써보기로 했다. "이런 걸 물어도 되는지 잘 모르겠습니다만, 리히터 씨는 그 고객에게서 어떤 언어로 그런 정보를 들으셨나요?"

"리피잰더 씨에 대해서요?"

"다른 것들도 포함해서요. 이를테면 내 이름 같은 것."

그녀의 젊은 얼굴이 바위처럼 단단히 굳었다. "제 고객이 그 질문을 들었다면, 하찮은 일이라고 했을 거예요."

"댁의 고객이 사정을 이야기할 때 중간에 말을 통역해준 사람이 따로 있었나요? 이를테면 정식 통역사 같은 사람 말입니다. 아니면 리히터 씨가 고객과 직접 이야기를 나눌 수 있는 건가요?"

조금 아까 베레모 밖으로 삐져나왔던 머리카락이 다시 모자 밖으로 도망쳐 나왔다. 그녀는 이번에는 그 머리카락을 붙잡아 배배 꼬면서 찡

그린 얼굴로 주위를 둘러보았다. "러시아어." 그녀는 이렇게 말하고 나서 갑자기 열성적인 표정이 되어 그에게 물었다. "러시아어를 할 줄 아세요?"

"어느 정도는요. 사실 꽤 잘 하는 편이죠." 그가 대답했다.

이 말이 그녀의 여성적인 의식을 조금 일깨운 것 같았다. 그녀는 미소를 지으며 처음으로 그를 똑바로 바라보았다.

"어디서 배우셨어요?"

"나 말인가요? 아, 파리였을 겁니다. 아주 퇴폐적인 곳이죠."

"파리! 왜 파리였어요?"

"아버지가 날 그리로 보내셨거든요. 강력히 고집하셨습니다. 소르본에서 3년간 지내면서 턱수염을 기른 이민자 시인들을 많이 만났죠. 리히터 씨는요?"

순간적으로 생겨났던 유대감이 사라져버렸다. 그녀는 배낭 속을 뒤지고 있었다. "제 고객이 어떤 번호를 줬어요. 리피잰더 씨의 문을 열게 할 특별한 숫자예요. 어쩌면 행장님의 문도 열 수 있을지 모르죠."

그녀는 종이철에서 종이 한 장을 찢어 그에게 주었다. 여섯 자리 숫자가 손 글씨로 적혀 있었다. 그녀가 직접 쓴 것 같았다. 77로 시작하는 숫자였다. 리피잰더 특유의 표식.

"맞아요?" 그녀가 그 가차 없는 시선으로 그를 쏘아보며 다그치듯 물었다.

"맞다니, 뭐가요?"

"방금 드린 그 숫자가 브뤼 프레르 은행에서 쓸 수 있는 계좌번호 맞냐고요. 아니에요?" 마치 고집 세게 반항하는 아이에게 하는 말 같았다.

브뤼는 그녀의 질문을 생각해보았다. 아니 정확히 말하면, 답을 피할 방법을 생각해보았다. "저, 리히터 씨, 리히터 씨도 저처럼 고객의 비밀보장을 아주 소중히 생각하시겠죠." 그는 편안한 말투로 입을 열었다. "우리 은행은 손님들의 신분이나 거래 내역을 떠들어대지 않습니다. 리히터 씨도 그 점은 양해해줄 거라 믿어요. 법에 따라 반드시 공개해야 하는 정보가 아니라면, 우리는 아무것도 공개하지 않습니다. 리히터 씨가 나한테 '리피잰더 씨'라고 말하면 나는 그냥 들을 뿐입니다. 리히터 씨가 나한테 계좌번호를 주면 나는 기록을 확인해볼 뿐이고요." 그는 잠시 말을 끊고 그녀가 자신의 말을 인정하는지 살폈지만, 그녀의 얼굴에는 절대로 받아들일 수 없다는 표정이 굳건히 자리 잡고 있었다. "리히터 씨도 틀림없이 대낮의 해처럼 정직한 분이겠죠." 그는 말을 계속했다. "틀림없이 그럴 겁니다. 하지만 세상에 사기꾼 같은 사람들이 얼마나 많은지 알면 깜짝 놀랄 거예요." 그는 웨이터에게 신호를 보냈다.

"제 고객은 사기꾼이 아니에요, 행장님."

"물론이죠. 댁의 고객이니까요."

두 사람은 이제 일어서 있었다. 누가 먼저 일어섰는지는 알 수 없었다. 십중팔구 그녀인 것 같았다. 그는 이 만남이 짧게 끝날 거라고는 예상하지 않았다. 그런데 지금 머릿속이 복잡하게 소용돌이치고 있는데도, 이 만남이 조금만 더 길었으면 좋겠다는 생각을 자기도 모르게 하고 있었다. "조사가 끝나면 연락하겠습니다. 괜찮겠죠?"

"언제요?"

"상황에 따라 다르죠. 조사해도 나오는 게 없으면 시간이 아주 조금밖에 안 걸릴 겁니다."

"오늘 밤이요?"

"어쩌면요."

"지금 은행으로 돌아가실 건가요?"

"안 될 것도 없죠. 리히터 씨 말처럼 정말로 안타까운 상황이라면 최선을 다해 봐야죠. 당연히. 누구나 그렇죠."

"제 고객은 물에 빠져 죽기 직전이에요. 행장님은 손만 내밀어주시면 돼요."

"그렇죠. 미안하지만, 이 일을 하면서 자주 듣는 소리 같은데요."

그의 말투에 그녀가 발끈했다. "제 고객은 행장님을 믿고 있어요."

"어떻게요? 한 번도 날 만난 적이 없는데요."

"좋아요, 제 고객이 행장님을 믿는 건 아니지만, 그 사람 아버지는 그랬어요. 행장님은 제 고객의 유일한 희망이에요."

"정말 혼란스러운 상황이군요. 나뿐만 아니라 리히터 씨도 그럴 것 같은데요."

그녀는 배낭을 어깨에 메고 행군하듯 씩씩하게 로비를 걸어 회전문으로 향했다. 회전문 뒤에서는 모자를 쓴 도어맨이 그녀의 자전거를 잡고 대기 중이었다. 폭우가 여전히 쏟아지고 있었다. 그녀는 자전거 핸들에 묶어둔 나무상자에서 챙이 있는 모자를 꺼내 머리에 쓰고 고리로 고정시킨 뒤 방수 바지를 입었다. 그러고는 뒤를 돌아보거나 손을 흔들지도 않고 그냥 가버렸다.

프레르의 금고는 건물 뒤편의 반지하실에 있었다. 가로세로가 각각 3.5미터, 2.5미터였으며, 옛날에는 사람들이 돈을 갚지 않은 채무자들을 거기에 몇 명이나 가둘 수 있을지 농담을 하곤 했다. 그래서 우블리에트(중세에 성내에 있던 비밀 지하 감옥—옮긴이)라는 별명이 붙었다. 현대적인 기술이 등장하면서 다른 개인은행들은 자료실은 물론 금고까지 없애버렸지만, 프레르는 등에 지고 있는 역사를 내려놓지 않았다. 이 금고가 바로 그 역사의 유물이었다. 안전한 화물차에 실어 빈에서 여기까지 가져와서 벽돌로 쌓은 벽을 하얗게 칠한 납골당 안에 안치한 유물. 제습기가 심장처럼 펄떡이며 돌아가고, 암호와 엄지 지문과 두어 마디의 다정한 말이 있어야만 작동하는 숫자판과 불빛들이 이곳을 지키고 있었다. 보험사는 홍채인식 시스템을 설치하라고 채근했지만, 브뤼는 왠지 반감이 일어서 그러기 싫었다.

금고 안으로 들어온 그는 곰팡내 나는 안전금고들을 지나 맨 안쪽 벽에 자리 잡은 강철 캐비닛으로 향했다. 그는 암호를 입력해서 문을 열고는 아나벨 리히터가 준 종이를 참조해가며 서류철들을 뒤진 끝에 원하는 것을 찾아냈다. 표지는 바랜 오렌지색이었으며, 금속 클립에 서류들이 하나로 묶여 있었다. 서류철 등줄기에는 계좌번호만 있을 뿐 이름은 전혀 없었다. 그는 천장의 희미한 불빛에 의지해서 고른 속도로 종이를 넘겼다. 서류를 읽는다기보다는 훑어본다고 해야 맞았다. 그는 다시 캐비닛 안으로 손을 뻗어 더듬거리다가 낡은 카드들을 넣어둔 구두상자를 꺼내 서류철과 번호가 같은 카드를 찾았다.

'카르포프.' 그는 카드를 읽었다. '그리고리 보리소비치, 붉은 군대 대령. 1982년. 창립 멤버.'

한창 실적이 좋던 해로군. 그는 속으로 생각했다. 나의 독배. 카르포프라는 이름은 들어본 적이 없지만, 그게 당연하지. 안 그래? 리피잰더 계좌들은 아버지의 것이었으니까.

'이 계좌의 모든 변동 내역과 고객의 모든 지시사항에 대해 어떤 조치를 취하기 전에 즉시 EAB에게 직접 보고할 것. 에드워드 아마데우스 브뤼가 서명함.'

아버지에게 직접 보고하라고요? 러시아 사기꾼들은 아버지만의 영역이었으니 그렇겠죠. 그보다 급이 떨어지는 사기꾼들, 그러니까 투자 관리자, 보험 중개인, 금융계 동료들은 대기실에서 30분씩 기다리다가 결국 출납국장만 만나고 돌아가게 되더라도 러시아 사기꾼들은 아버지의 직접적인 명령에 따라 곧바로 아버지를 만나게 된단 말이죠?

타자로 친 서류는 없었다. 엘리 씨가 고무도장을 찍은 서류도 없었다. 당시 그녀는 아주 젊었으며, 아버지의 헌신적인 개인비서였다. 혹시 누가 아무 생각 없이 이 서류를 보다가(그런 사람이 아직 한 명도 없었다는 건 하느님이 아십니다) EAB가 에드워드 아마데우스 브뤼 경이라는 걸 알아차리지 못할까 봐, 항상 쓰시던 그 만년필에 파란 잉크를 담아 직접 확실히 서명까지 하셨네요. 평생 단 한 번도 규칙을 어기지 않다가 마지막에 모든 규칙을 어겨버린 그 은행가라는 걸 모를까 봐.

브뤼는 캐비닛과 금고를 차례로 잠근 뒤 서류철을 팔 밑에 끼고 우아한 계단을 올라갔다. 두 시간 전에 평화로운 주말이 잔인하게 공격당한 그 방을 향해. 책상 위에 흩어져 있는 미친 마리안의 서류들이 1년은 된 것처럼 느껴졌다. 이제 함부르크 주식거래소의 윤리 문제도 별로 중요하지 않았다.

하지만 다시 같은 의문이 떠올랐다. '왜?'

그 돈이 꼭 필요한 것도 아니었잖아요, 아버지. 우리 모두 돈이 필요하지 않았어요. 그냥 예전 그대로 살아가시기만 하면 됐는데. 빈 금융계에서 존경받는 부유한 원로로 건실함을 좌우명으로 삼아.

어느 날 저녁 제가 아버지 사무실로 쳐들어가서 엘렌베르거 씨, 아니 그때는 아가씨였죠. 발랄하고 예쁜 아가씨. 어쨌든 그녀에게 잠시 자리를 비켜달라고 하고는 단호하게 문을 닫은 뒤 커다란 잔 두 개에 스카치위스키를 따른 다음 사람들이 우리를 마피아 프레르라고 부르는 소리를 들을 때마다 속이 뒤틀린다고 했을 때, 아버지는 어떻게 하셨죠?

은행가다운 미소를 지으며, 예, 그게 고통스러운 미소였다는 건 저도 인정합니다. 어쨌든 그런 미소와 함께 제 어깨를 두드리면서 세상에는 사랑하는 아들에게조차 말하지 않는 편이 더 나은 비밀이 있는 법이라고 하셨죠.

그런 말을 하시다니. 그런 교묘한 감언이설. 심지어 엘렌베르거 양도 저보다는 많은 걸 알고 있었는데, 아버지는 그녀가 견습직원으로 근무를 시작한 첫날부터 침묵의 맹세를 시키셨어요.

그렇게 해서 최후에 웃는 자가 되셨죠. 안 그래요? 그때 이미 아버지는 죽음을 앞에 두고 있었으니까. 그러면서 그 사실도 저한테는 털어놓지 않고 비밀에 부치셨어요. 그런데 죽음의 신과 빈 당국이 아버지를 먼저 잡으려고 박빙의 경주를 벌이는 것 같은 상황이 벌어졌을 때, 베스터하임 노인이 사랑하는 영국 여왕께서 도저히 짐작할 수 없는 이유로 느닷없이 나서서 아버지를 영국 대사관으로 부르셨죠. 여왕님께 충성하는 대사가 거기서 마땅히 화려한 의식과 함께 아버지에게 대영제국 4급 훈작사의 지위를 줬어요. 나중에 듣자 하니 그건 아버지가 평생 탐내던 명예였다더군요. 아버지는 절대로 저한테 직접 그런 얘기를 하지 않으셨지만.

그 수여식에서 아버지는 울음을 터뜨리셨어요.

저도 그랬고요.

아버지의 아내인 어머니도 그 자리에 있었다면 역시 울음을 터뜨리셨을 거예요. 죽음의 신이 이미 오래전에 어머니를 데려가서 그 자리에 참석하지 못했지만.

아버지가 '하늘의 행복한 은행'에 먼저 가 있던 어머니와 합류할 즈음, 그러니까, 아버지는 신중하기로 유명하던 예전 모습으로 돌아가셨는지 수여식이 있은 지 겨우 두 달 뒤에 어머니와 합류하셨죠. 어쨌든 그때쯤에는 함부르크로 은행을 옮기는 것이 그 어느 때보다 더 매력적으로 보였어요.

'우리 고객들은 이른바 정상적인 고객들이 아니에요, 행장님.'

브뤼는 손으로 턱을 받친 채 내용이 빈약해서 별다른 정보를 찾을 수 없는 서류철을 뒤적거렸다. 색인에 누가 손을 댄 흔적이 있었고, 계좌 주인의 신분을 감추기 위해 일부 서류를 없애버린 흔적도 있었다. 면담 보고서(이건 리피잰더 계좌 주인에게만 해당되는 보고서였다)에는 못된 고객과 못된 은행가가 만난 시간과 장소가 기록되어 있었지만, 면담의 의제는 나와 있지 않았다.

계좌 주인의 돈은 바하마의 역외 관리펀드에 투자되었다. 이건 리피잰더 계좌의 일반적인 관행이었다.

그 관리펀드의 소유자는 리히텐슈타인의 어떤 재단이었다.

이 리히텐슈타인 재단에서 계좌 주인이 갖고 있는 지분은 무기명 채권의 형태로 프레르에 예치되어 있었다.

은행은 '자격을 갖춘 청구인'이 '관련 계좌번호, 신분을 만족스럽게 입증하는 서류, 그리고 계좌 접근에 필요한 도구'를 제시하면 채권을 내놓아야 했다. '계좌 접근에 필요한 도구'라니, 참으로 교묘한 표현이 아닐 수 없었다.

더 자세한 정보를 알고 싶으면 계좌 주인의 개인정보 파일을 보아야 했지만, 에드워드 아마데우스 브뤼 경이 아들에게 은행 열쇠를 공식적으로 넘겨주던 날 그 파일이 재가 되어 사라져버렸기 때문에 지금은 보고 싶어도 볼 수 없었다.

간단히 말해서 공식적인 이체가 불가능하고, 정당한 절차를 밟기도 힘들다는 뜻이었다. 그냥 운 좋게 계좌번호를 소유하게 된 사람이 운전면허증과 함께 이른바 '계좌 접근에 필요한 도구'를 들고 나타나 "안녕하세요? 나예요." 하고 말하기만 하면, 비밀리에 보관 중이던 정크본드가 더러운 손에서 더러운 손으로 건네진다. 돈세탁을 하려는 사람들에게는 꿈같은 일이 아닐 수 없었다.

"다만…." 브뤼는 큰 소리로 말했다.

다만 예전에 붉은 군대 소속이었던 그리고리 보리소비치 카르포프 대령의 경우, '자격을 갖춘 청구인'으로 밝혀진다 하더라도 자신이 돈을 찾기 위해 직접 나서야 한다는 사실이 싫어서 차라리 굶는 편을 선택하는 '대지의 저주받은 사람들' 중 한 명이라는 점이 문제지. 게다가 이 사람은 지금 물에 빠져 죽어가고 있다고 했어. 내가 손만 뻗으면 된다고. 이 사람은 나를 구세주로 믿고 있다고 했지. 내가 나서지 않으면 지옥으로 돌아갈 거라고도 했어.

하지만 그가 기억하는 것은 아나벨 리히터의 손이었다. 반지도 전혀 없고, 아이처럼 손톱을 짧게 깎은 손.

도로에는 차가 드물었다. 금요일이니까. 미치가 브리지를 하러 가는 날. 브뤼는 손목시계를 흘깃 보았다. 세상에, 무슨 시간이 이렇게 빨리 흐른 거야? 내가 어쩌다 이렇게 늦어진 거지? 아냐, 늦다니? 아내의 브리지 게임은 때로 새벽까지 이어지기도 했다. 아내가 이기고 있었으면 좋겠다는 생각이 들었다. 그건 아내에게 중요한 일이었다. 돈을 따는 게 아니라, 이기는 게. 딸 게오르기는 완전히 반대였다. 마음이 여린 아이였다, 게오르기는. 자기가 지고 있어야만 행복해하는 아이. 눈을 가리고 사내놈들이 가득 있는 방에 그 아이를 집어넣는다면, 그 아이는 누가 봐도 가능성이라고는 눈곱만큼도 없는 녀석을 금방 찾아내서 한편이 될 거라는 데에 전 재산을 걸어도 될 것이다.

생크추어리 노스의 아나벨 리히터, 당신은 어느 쪽이지? 승리를 좋아해, 패하는 쪽을 좋아해? 세상을 구하겠다고 나섰다면, 십중팔구 후자겠지. 하지만 당신은 사방에서 총탄이 빗발치는 가운데 장렬히 쓰러질 거야. 틀림없어. 에드워드 아마데우스가 당신을 봤다면 아주 좋아했을 텐데.

브뤼는 더 이상 아무런 생각도 하지 않고 그녀의 휴대전화로 다시 전화를 걸었다.

이사가 이 도시에 왔음을 알리는 최초의 보고가 이름 한번 거창한 함부르크 헌법수호부(쉽게 말하면 국내 정보부) 건물에 들어 있는 해외자산국의 비좁은 사무실까지 뚫고 들어간 것은 그가 도시를 헤매고 다닌 지 나흘째 되던 날 늦은 오후였다. 그는 그때 레일라의 집 문간에서 식은땀을 흘리고 몸을 부들부들 떨면서 잠자리를 구걸하고 있었다.

헌법수호부는 해외자산국의 존재를 달가워하지 않았기 때문에, 그냥 자산국이라고 줄여서 불렀다. 해외자산국은 시외에 있는 헌법수호부 단지의 본부 건물이 아니라, 마당 하나를 사이에 두고 본부와 가장 멀리 떨어진 쪽에 자리 잡고 있었다. 단지를 둘러싼 레이저와이어에 간신히 베이지 않을 만큼 벽에 바짝 달라붙어 있는 거나 마찬가지였다. 자산국의 직원은 열여섯 명이었으며, 조사원, 감시원, 감청원, 운전사 등 보충요원도 빈약하기 짝이 없었다. 이 부서가 들어 있는 볼품없는 건물은 예전에 SS(나치 친위대-옮긴이)가 마구간으로 쓰던 곳으로, 고장 난 시계탑이 서 있고, 쓰다 버린 자동차 타이어와 황폐해진 정원이 잘 바라다보였다.

최근 베를린에서 구성된 합동조정위원회(조각조각 나뉘었을 뿐만 아니라 무능하기로 유명한 독일 정보부서들의 리모델링을 맡고 나선 위원회)의 요청으로 헌법수호부에 설치된 자산국은 구조개편이라는 미명하에 여러 부서들간의 구분을 없애버리려는 계획의 전조로 여겨졌다. 서류상으로는 지방정부 산하에 소속되어 연방경찰과 같은 권한이 없었지만, 자산국은 헌법수호부의 함부르크 지부나 쾰른 본부의 지휘를 받지 않고 자신과 마찬가지로 실체가 불분명하면서도 전능한 힘을 지니고 있어서 애당초 헌법수호부에 자산국 설치를 강요한 베를린 위원회의 지휘를 받았다.

그렇다면 베를린의 이 전능한 위원회는 어떤 사람들로 구성되어 있을까? 이 위원회의 존재 자체가 꼭꼭 몸을 숨긴 독일 정보계 고수들에게는 공포였다. 합동조정위원회가 명목상으로는 주요 부서에서 차출된 최고위급 인사들로 구성되어 있으며, 독일 영토 내에서 하마터면 테러가 발생할 뻔했던 최근의 사태에 비추어 부서들간의 협조체제를 강화할 책임을 맡고 있는 것은 사실이었다. 이 위원회가 6개월간의 잉태기(이것이 공식적인 설명이었다)를 거쳐 독일 정보업무의 쌍둥이 센터인 내무부와 총리실에 권고사항을 제출하면 대체로 임무가 끝나는 셈이었다.

하지만 사실은 그렇지 않았다.

합동조정위원회의 실제 업무는 그야말로 경천동지할 의미를 지니고 있었다. 크고 작은 정보부서들을 모두 지휘하고 통제하는 시스템을 완전히 새로 만드는 임무를 맡고 있었으니까 말이다. 이 시스템은 지금까지의 독일 연방정부 시스템과는 달리 전례 없이 강력한 힘을 지닌 새로운 스타일의 정보 코디네이터(차르)의 지휘를 받게 될 예정이었다.

그렇다면 이 무시무시한 코디네이터가 될 사람은 누구일까?

정체가 확실히 드러나지 않은 합동조정위원회 위원들 중에서 코디네이터가 임명될 것임을 의심하는 사람은 한 명도 없었다. 하지만 과연 어떤 파벌 사람이 임명될 것인가? 독일의 정치 안정이 변덕스러운 연정이라는 덫에 걸려 있는 마당에, 새 정보 코디네이터는 과연 어느 쪽으로 기울게 될까? 그는 과연 어떤 신조, 어떤 생각으로 만만찮은 임무를 수행하게 될까? 그가 지켜야 하는 과거의 약속들이 있다면 과연 무엇일까? 그리고 그는 새로 얻은 권력을 휘두르면서 과연 누구의 목소리에 귀를 기울일까?

예를 들어, 연방경찰이 국내 정보 분야의 주도권을 쥐려는 유서 깊은 권력투쟁에서 사면초가의 처지가 된 헌법수호부를 계속 능가하게 될까? 연방 해외정보국이 앞으로도 여전히 비밀 해외업무를 수행하는 유일한 기관으로 남을까? 만약 그렇게 된다면, 해외정보국이 해외 지국에 죽은 나무처럼 어지럽게 흩어져 있는 전직 군인과 사이비 외교관들을 마침내 솎아내게 될까? 시민 폭동 시 독일 대사관을 방어하는 문제라면 그들 모두 훌륭한 인력이었지만, 비밀요원을 새로 영입하고 정보망을 운영하는 섬세한 임무에는 많이 서툴렀다.

이런 의심과 불안이 독일 정보부서들을 휩쓸고 있는 형편이니, 베를린에서 침입자처럼 쳐들어온 정체불명의 자산국 직원들과 마지못해 그들을 맞아들인 함부르크 헌법수호부 요원들의 관계가 아무리 잘 보아주어도 냉랭한 수준에 머물러 있어서 일상적인 업무의 아주 작은 부분에까지 영향을 미칠 정도가 된 것도 무리는 아니었다. 그러니 이사의 존재가 마당 한쪽 구석의 사무실에 알려지면서 흥미를 불러일으켰다고 해서 중앙의 사무실에서도 반드시 흥미를 보일 것이라고 장담하기는 어려웠다. 사실 자산국의 변덕쟁이 직원 귄터 바흐만의 상상력(그의 상상력이 지나치다고 보는 사람들도 있었다)이 없었다면, 이사라고 이름을 밝힌 남자의 밀입국 사실이 아예 눈에 띄지 않고 그냥 지나가버릴 수도 있었다.

그렇다면 베를린에서 온 이 귄터 바흐만이라는 친구는 원래 정확히 어떤 사람인가?

만약 이 세상에 첩보원이 유일한 천직인 사람이 있다면, 바흐만이 바로 그런 사람이었다. 독일과 우크라이나의 피를 이어받은 화려한 여인이 여러 민족의 사람들과 결혼했다 헤어지는 과정에서 태어난 그는 여러 나라 사람들의 피가 섞인 혼혈이었으며, 자산국에서 학력 자격요건을 제대로 갖추지 못한 유일한 직원이라는 소문이 나 있었다. 중학교 때 퇴학당한 것이 학력의 전부라는 바흐만은 서른 살이 되기 전에 바다로 도망쳐서 힌두쿠시 산맥을 돌아다니고, 콜롬비아에서 감옥에 갇히기도 하고, 1천 쪽 분량의 미발표 소설을 쓰기도 했다.

그런데 이처럼 현실 같지 않은 경험들을 하던 도중에 그는 자신이 속한 나라와 천직을 어찌어찌 깨닫게 되었다. 그래서 아주 먼 나라에 있는 독일 정보 전초기지의 임시직원으로 출발해 외교관 신분이 없는 해외 비밀요원이 되어서 바르샤바에서는 폴란드어 실력을, 아덴, 베이루트, 바그다드, 모가디슈에서는 아랍어 실력을 발휘했다. 하지만 엄청난 규모의 스캔들을 일으켜 베를린으로 불려 와서 대기발령을 받았다. 그가 일으킨 스캔들의 내용에 대해서는 아주 대략적인 윤곽만 사람들 입에 오르내렸을 뿐이다. 소문에 따르면, 지나친 열정 탓에 협박을 시도하다가 자살사건이 발생했고, 독일 대사가 서둘러 소환되었다고 했다.

얼마 뒤 바흐만은 다른 이름으로 조심스레 베이루트로 돌아가 비록 규정을 정확히 지키지는 않지만 자신이 누구보다 잘하는 일을 다시 시작했다. 사실 베이루트에서 규정 따위가 무슨 소용이 있겠는가? 그는 수단과 방법을 가리지 않고 현장 요원들을 포섭하고 영입해서 운영했다. 그것이 바로 정보수집 현장의 황금률이었다. 하지만 결국은 베이루트가 너무 위험해지자 갑자기 함부르크의 사무실이 세상에서 가장 안전한 곳처럼 보이게 되었다. 바흐만 본인은 아니더라도, 베를린에 있는 그의 상사들 생각은 그랬다.

하지만 바흐만은 현장에서 물러나란다고 흔쾌히 그렇게 할 인물이 아니었다. 함부르크의 자리가 그에게는 징계와 같다고 말한 사람들이 있었는데, 그건 사정을 모르는 소리였다. 이제 40대 중반이 된 그는 꾀죄죄하고 성질 급한 잡종이었다. 어깨가 딱 벌어진 그는 상의 옷깃에 담뱃재를 묻히고 다닐 때가 많았는데, 그의 오랜 동료이자 조수이며 악명이 높은 에르나 프레이가 그 재를 털어주곤 했다. 바흐만은 열성적이고, 카리스마가 강한 일중독자였지만, 미소를 지을 때는 사람의 혼을 쏙 빼놓을 만큼 매력적이었다. 이마에는 주름이 자글자글했지만, 모래 빛깔 머리카락은 너무 젊어 보였다. 그는 마치 배우처럼 상대에게 아첨할 수도, 상대를 매혹시킬 수도, 위협할 수도 있었다. 한 문장을 말하면서 달콤한 말과 험한 말을 자유자재로 구사하기도 했다.

"놈을 자유로이 풀어두고 싶어." 그가 에르나 프레이에게 말했다. 두 사람은 SS 마구간의 습한 조사원 작업실에 나란히 서서 이 부서의 스타 해커인 막시밀리안이 이사의 사진들을 연달아 화면으로 불러내는 모습을 지켜보는 중이었다. "놈이 누구든 만나고 싶은 사람을 만나고, 지시받은 장소를 찾아가 기도하고, 잠을 자게 내버려두고 싶어. 우리보다 앞서서 다른 누가 저놈 일에 끼어드는 건 사절이야. 마당 건너편의 저 고약한 녀석들은 말할 것도 없지."

이사가 처음 목격되었을 때는 아무도 흥미를 보이지 않았다. 스톡홀름의 스웨덴 경찰본부가 유럽연합 조약의 규정에 따라 조약 가입국들에게 러시아 출신의 불법 이민자가 스웨덴 경찰을 피해 달아나 현재 행방이 묘연하다며 이름, 사진, 기타 인적사항을 담은 '수배 공고'를 보낸 것이 시작이었다. 그런 공고는 하루에서 대여섯 건씩 나오기 마련이었다. 마당 맞은편의 헌법수호부 작전센터에서는 그 공고를 내려받아 휴게실 벽을 줄줄이 장식하고 있는 비슷한 공고들 옆에 붙여두고는 그냥 무시해버렸다.

하지만 이사의 얼굴이 막시밀리안의 머릿속에 박힌 모양이었다. 그 뒤로 몇 시간 동안 바흐만의 조사원 작업실 분위기가 달아오르면서 마구간의 다른 사무실들에서 일하던 동료들이 하나둘씩 들어와 흥분을 함께 나누기 시작했다. 스물일곱 살의 막시밀리안은 심한 말더듬이였지만, 열두 권짜리 사전 분량과 맞먹는 기억력과 전혀 관계없는 정보 조각들을 직관적으로 꿰어 맞추는 재능을 지니고 있었다. 그는 저녁 식사 시간이 한참 지난 뒤에야 비로소 컴퓨터 앞에서 물러나 의자 등받이에 몸을 기대며 적갈색 뒤통수에서 주근깨가 난 긴 손가락을 깍지 꼈다.

"한 번 더 돌려볼래, 막시밀리안?" 바흐만이 보기 드물게 영어로 말하며 교회를 연상시키는 침묵을 깼다.

막시밀리안은 얼굴을 붉히며 사진들을 다시 불러냈다.

스웨덴 경찰이 찍은 이사의 상반신 사진이었다. 정면 사진과 양쪽 측면 사진. 사진 위에는 '수배 중'이라는 말과 그의 이름 '이사 카르포프'가 대문자로 경고등처럼 박혀 있었다.

굵은 글씨로 된 열 줄짜리 설명에 따르면, 그는 도주한 무슬림 투사였으며, 23년 전 체첸 그로즈니에서 출생했고, 폭력적이라고 알려져 있으므로 조심스레 접근해야 한다고 되어 있었다.

다들 입술을 꾹 다물었다. 미소를 지은 사람도 없었고, 미소가 허용되는 분위기도 아니었다.

냄새나는 어두운 컨테이너에서 며칠을 보낸 사람들은 고통 때문에 저마다 눈을 크게 뜨고 있었다. 다들 수염이 텁수룩하고 수척했으며, 절박한 표정이었다.

"저자가 본명을 댄 게 확실해?" 바흐만이 물었다.

"아니." 이번에는 에르나 프레이였다. 막시밀리안도 대답을 하려고 했지만 아직도 말을 더듬는 중이었다. "놈이 체첸 이름을 댔지만, 컨테이너에 함께 있던 사람들이 고자질한 거야. 이사 카르포프가 본명이라고. 도망친 러시아 귀족이라고 했대."

"귀족?"

"보고서에 있어. 컨테이너에 있던 사람들은 저놈이 거만을 떤다고 생각했나 봐. 무슨 특별한 존재처럼 군다고. 컨테이너 안에서 무슨 짓을 하면 거만을 떠는 것처럼 보이는지 그 비결을 좀 배워야겠어."

막시밀리안이 마침내 말더듬이 증세를 극복하고 입을 열었다. "스웨덴 경찰은 놈이 다시 배로 가서 선원들에게 셈을 치른 걸로 보고 있어요." 그의 입에서 말이 봇물처럼 쏟아져 나왔다. "그 배가 마지막으로 들른 곳은 코펜하겐이에요." 그가 이 도시 이름을 말했다는 것은, 타고난 장애를 의지로 극복했다는 확실한 증거였다.

여윈 몸매에 턱수염을 기르고, 긴 검은색 외투를 입고, 케피예를 두르고, 갈지자 무늬가 있는 정수리 모자를 쓴 남자가 한밤중에 화물차 뒤에서 내리는 모습을 담은 흐릿한 동영상이 화면에 떴다.

화물차 운전사가 손을 흔든다.

하지만 차에서 내린 남자는 마주 손을 흔들지 않는다.

함부르크 중앙역의 낯익은 모습, 연한 노란색 택시들이 줄줄이 늘어서 있는 모습이 이어진다.

그 여윈 남자가 역 벤치 위에 누워 있다.

그 여윈 남자가 일어나 앉아서 손짓으로 뜻을 전달하려 애쓰는 뚱뚱한 남자와 이야기하다가 그에게서 음료수가 담긴 종이컵을 받아 홀짝거린다.

스웨덴 경찰이 찍은 이사의 사진과 이 여윈 턱수염 남자의 모습을 캡처해서 확대한 사진이 화면에 떴다.

이어서 이 여윈 턱수염 남자가 역 구내에 서 있는 모습을 캡처한 전신 사진이 화면에 떴다.

"스웨덴 경찰이 놈의 치수를 쟀어요." 막시밀리안이 두어 번 시도한 끝에 말하는 데 성공했다. "키가 커요. 2미터에 육박해요."

턱수염 남자가 벤치에 누워 있는 장면, 일어나 앉은 장면에 가상의 자가 나타난다. 자의 눈금이 1미터 93센티미터를 가리킨다.

"그런데 도대체 어쩌다가 함부르크 기차역의 필름을 볼 생각까지 한 거야?" 바흐만이 투덜거렸다. "누가 너한테 스웨덴 경찰이 찍은 사진을 줬는데, 너는 그 남자가 덴마크로 갔다는 소리를 듣고 함부르크 역에서 술 취한 부랑자들을 찾아봤다고? 너 혹시 무슨 심령술사라도 되는 것 아냐?"

너무 기뻐서 얼굴이 빨갛게 달아오른 막시밀리안이 굳이 그러지 않아도 되는데 한 손을 치켜들며 사람들의 주의를 끌더니 다른 손으로는 마우스를 눌렀다.

아까 화면에 나왔던 화물차가 기차역 구내에 서 있는 모습을 잡아 확대한 사진이 떴다. 측면 사진이었는데, 눈에 띄는 표식은 없었다.

이번에는 그 화물차의 뒷면을 확대한 사진이었다. 막시밀리안은 번호판을 확대했다. 검은 천이 번호판을 일부 가리고 있었지만, 유럽연합 상징 일부와 덴마크 자동차 번호의 앞자리 숫자 두 개가 보였다. 막시밀리안은 말을 하려고 애썼지만 실패했다. 아랍의 피가 섞였으며 오디오 부서에서 일하는 그의 예쁜 여자친구 니키가 그를 대신해서 말했다.

"스웨덴 경찰이 다른 밀입국자들한테 놈에 대해 물어봤대요." 막시밀리안은 그녀의 말을 들으며 고개를 끄덕였다. "놈은 함부르크로 가는 길이었대요. 다른 곳은 절대 안 된다면서. 함부르크에 가면 모든 일이 잘 풀릴 거라고 했대요."

"어떻게 잘 풀린다는 얘기도 했대?"

"아뇨. 온통 비밀투성이였대요. 사람들은 놈이 그냥 미친 줄 알았다는 데요."

"컨테이너에서 나올 때쯤에는 그 사람들 전부 제정신이 아니었을걸. 놈이 어느 나라 말을 썼대?"

"러시아어요."

"러시아어만? 체첸어는 안 쓰고?"

"스웨덴 경찰에 따르면 그래요. 놈한테 체첸어로 말을 걸어보지 않아서 그런 건지도 모르죠."

"이름이 이사잖아. 그건 예수라는 뜻이야. 예수 카르포프. 성은 러시아식인데 이름은 이슬람식이라. 도대체 그놈은 어쩌다 그런 이름을 갖게 된 거야?"

"니키가 그 이름을 지어준 것도 아니잖아, 귄터." 에르나 프레이가 중얼거렸다.

"게다가 부칭(patronymic, 러시아인의 이름 중 아버지의 이름을 딴 것으로 이름과 성 사이에 옴—옮긴이)도 없어." 바흐만이 투덜거렸다. "러시아식 부칭은 어떻게 된 거야? 감옥에 버리고 나왔나?"

니키는 그의 질문에 대답하지 않고, 애인이 하고 싶어 하는 말을 다시 대변하기 시작했다. "막시밀리안이 좋은 생각을 해냈어요, 귄터. 만약 그 배가 코펜하겐에 마지막으로 기항할 예정이었고 놈의 목적지는 함부르크였다면 코펜하겐에서 열차가 들어오는 시간에 함부르크 역 플랫폼을 찍은 동영상을 확인해보면 어떨까 하는 거였죠."

워낙 칭찬에 인색한 바흐만은 니키의 말을 듣지 못한 척했다. "번호판을 가린 저 덴마크 화물차에서 내린 사람이 이사 카르포프뿐이었나?"

"혼자였어요. 그렇지, 막시밀리안? 혼자였어요." 막시밀리안이 열심히 고개를 끄덕였다. "덴마크 화물차에서 내린 사람은 저놈밖에 없어요. 운전사는 운전석에 계속 앉아 있었고요."

"그럼 저 뚱뚱한 자식은 누구야?"

"뚱뚱한 자식이요?" 니키는 순간적으로 당황했다.

"종이컵을 든 뚱뚱한 자식 말이야. 나이가 좀 있는 뚱뚱한 자식이 역구내에서 저놈한테 말을 걸었잖아. 선원들이 쓰는 검은 모자를 쓰고 있었어. 그 뚱뚱한 자식을 본 사람이 나밖에 없는 거야? 아니지. 저놈이 그 나이 많은 뚱뚱한 자식한테 뭐라고 대꾸를 했다고. 둘이 어느 나라 말로 이야기를 했을까? 러시아어? 체첸어? 아랍어? 라틴어? 고대 그리스어? 아니면 저놈이 독일어를 할 줄 아는데 우리가 그걸 미처 몰랐던 걸까?"

막시밀리안이 또 손을 치켜들었다. 그러고는 다른 손으로 그 나이 많은 뚱뚱한 자식이 나온 화면을 불러내서 확대했다. 처음에는 정상 속도로 화면을 돌리다가 슬로모션으로 속도를 늦췄다. 그는 몸집이 건장한 대머리 남자였으며, 군인 같은 자세에 기병대 부츠를 신고 폴리스티렌 컵인지 종이컵인지 모를 물건을 정중하게 내밀었다. 그 모습이 왠지 기묘하게 품위가 있어서 마치 사제 같았다. 그리고 그 나이 많은 뚱뚱한 자식과 문제의 녀석이 서로 대화를 나누고 있음을 화면에서 분명히 알아볼 수 있었다.

"손목을 확대해 봐."

"손목이요?"

"저놈 손목." 바흐만이 쏘아붙였다. "오른쪽 손목 말이야. 커피를 받을 때. 그걸 확대해 봐."

금이나 은으로 만든 고급 팔찌가 있었다. 펼친 책 모양의 자그마한 장식품이 거기에 매달려 대롱거렸다.

"카를 어딨어? 카를 좀 불러와." 바흐만이 소리치며 강도라도 당한 사람처럼 양팔을 벌리고 제자리를 맴돌았다. 하지만 카를은 그의 바로 앞에 서 있었다. 카를은 드레스덴 출신으로 청소년 시절에 거리를 떠돌다가 소년원을 세 번이나 드나든 전력이 있지만, 사회학으로 학위를 땄다. 카를은 수줍은 표정으로 도와달라고 말하는 듯한 미소를 짓곤 했다.

"역으로 한번 가 봐, 카를. 저 나이 많은 뚱뚱한 자식과 저놈이 우연히 만난 게 아닐지도 몰라. 저놈이 접선자를 만나서 지시를 듣는 장면인지도 몰라도. 뭐, 저 노인이 새벽 2시에 기차역에서 잘생긴 젊은 부랑자들한테 커피를 주는 게 낙인 슬픈 인생을 살고 있는 건지도 모르지만. 거기서 전도를 하는 선교회 사람들한테 부랑자들에 대해서 좀 물어봐. 한밤중에 저놈한테 커피인지 뭔지를 준 사람이 누군지 물어보라고. 어쩌면 저 노인이 저기에 자주 나오는 사람인지도 몰라. 사진은 절대 보여주지 마. 그랬다간 저쪽에서 겁을 먹을 테니까. 그 달콤한 말솜씨를 좀 발휘해 봐. 역 구내 경찰관들 눈에 띄지 않게 조심하고. 듣기 좋고 동화 같은 이야기를 하나 준비해 가야 할 거야. 저 뚱뚱한 노인네가 오래전에 사라진 삼촌이라든가, 네가 저 노인네한테 빚을 진 게 있다든가. 하여튼 조심해야 돼. 아주 조용히, 눈에 안 띄게. 넌 그런 거 잘하잖아. 알았지?"

"예."

바흐만이 그 자리에 모인 모두를 향해 말을 이었다. 니키와 그녀의 친구인 로라, 카를과 함께 여기까지 온 거리 청소년 출신 직원 두어 명, 막시밀리안, 에르나 프레이.

"지금 우리 상황을 정리해보지. 우린 부칭을 쓰지 않고, 정상적인 것과는 전혀 관계가 없는 남자를 찾고 있어. 기록에 따르면, 체첸 출신의 호전적인 러시아인이고, 폭력적인 범죄를 저질렀으며, 터키의 감옥에서 뇌물을 써서 탈출했어. 아니 그런데 이 자식 터키의 감옥에는 왜 들어간 거야? 그다음에는 스웨덴 항구 경찰을 물 먹이고, 타고 온 배로 가서 다시 돈을 먹여 코펜하겐으로 밀항한 다음, 화물차를 빌려 타고 함부르크로 와서 나이 많고 뚱뚱한 자식한테서 음료수를 받아먹었어. 이 뚱뚱한 자식과 대화를 나눴는데 어느 나라 말을 썼는지는 모르겠고, 황금 코란이 달린 팔찌를 차고 있어. 이런 놈이라면 우리가 상당히 주의를 기울여줄 자격이 있지. 아멘?"

말을 마친 그는 쿵쿵거리며 자기 사무실로 돌아갔다. 에르나 프레이가 언제나 그렇듯이 그의 뒤를 바짝 따랐다.

두 사람은 부부일까?

사람들이 아는 한 모든 면에서 바흐만과 에르나 프레이는 서로 정반대였다. 그러니까 어쩌면 부부인지도 몰랐다. 바흐만은 운동을 끔찍이 싫어하고, 담배를 피우고, 욕도 잘 하고, 위스키를 너무 많이 마시고, 일이 아닌 다른 것에는 결코 마음을 붙이지 못하는 사람인 반면 에르나 프레이는 키 크고, 날씬하고, 검소했다. 머리는 짧고 단정했으며, 성큼성큼 걷는 걸음걸이에는 절도가 있었다. 그녀의 이름은 독신으로 살고 있는 친척 아주머니의 이름을 물려받은 것이었다. 부유한 부모가 저명인사의 딸들이 다니는 함부르크의 엘리트 수녀원 학교에 그녀를 보낸 덕분에 그녀는 정절, 근면, 경건함, 정직, 명예 등 독일식의 엄격한 미덕들을 잔뜩 몸에 지니게 되었다. 나중에 신랄한 유머감각과 건전한 회의주의가 그 모든 미덕을 끝장내버리기는 했지만. 다른 여자 같았으면 고색창연한 이름을 신식 이름으로 바꿨을지도 모른다. 하지만 에르나는 아니었다. 테니스 경기가 열리면 그녀는 상대가 남자든 여자든 칼처럼, 총처럼 라켓을 휘둘러 승리를 거뒀다. 등산을 가면 자기 나이의 절반밖에 안 되는 남자들보다 더 앞서 나갔다. 하지만 그녀가 무엇보다 좋아하는 것은 혼자 요트를 모는 것이었다. 그녀는 세계일주를 할 요트를 사기 위해 버는 돈을 한 푼도 남김없이 저축한다고 알려져 있었다.

하지만 이 어울리지 않는 한 쌍은 직장에서 마치 부부처럼 한 방을 쓰면서 전화, 서류, 컴퓨터를 공유하고, 서로의 체취와 습관도 공유했다. 바흐만이 규정을 어기고 그 밉살스러운 러시아제 담배에 불을 붙이면, 에르나 프레이는 일부러 티 나게 기침을 하며 창문을 열어젖혔다. 하지만 그녀의 항의는 그것으로 끝이었다. 바흐만이 계속 담배를 뻑뻑 피워대서 방 안에 훈제생선 공장처럼 연기가 가득 차더라도 그녀는 한 마디도 하지 않았다. 두 사람이 잠자리를 같이 하는 사이일까? 소문에 따르면, 두 사람이 섹스를 한 번 시도해보고는 섹스가 자기들에게는 재난구역이나 마찬가지라는 결론을 내렸다고 한다. 하지만 두 사람이 늦게까지 남아 일을 할 때는 복도 끝의 비좁은 비상용 침실에서 주저 없이 함께 잠을 잤다.

이제 막 출범한 자산국 직원들이 새로운 본거지가 된 이 마구간 건물 위층의 복도에 처음 모였을 때 바흐만이 가장 좋아하는 바덴 포도주와 에르나가 직접 요리한 멧돼지와 산딸기가 그들을 환영했다. 실내를 급하게 새로 꾸민 기색이 역력한 이곳에서 두 사람이 서로를 어찌나 아끼며 죽이 척척 맞았는지 둘이 손을 잡고 있는 모습이 눈에 띄더라도 별로 놀랍지 않을 것 같았다. 물론 바흐만이 새로 결성된 자기 부대를 향해 앞으로 해야 할 일이 무엇인지 설명하기 시작하면서 분위기가 달라지기는 했지만. 상스러운가 하면 메시아의 예언처럼 들리기도 하는 그의 연설은 특이한 역사 강의인 동시에 전투의 시작을 알리는 외침이기도 했다. 이 연설이 바흐만의 칸타타로 불리게 된 것은 불가피한 일이었다. 그

연설의 내용은 다음과 같았다.

"9·11이 발생했을 때, 그라운드제로는 두 곳이었다." 그가 단언했다. 그가 복도 한쪽에서 말을 시작하더니 금세 뒤쪽으로 갔다가 직원들 앞에 불쑥 모습을 드러내는 것을 보고 있자니 마치 땅딸막한 정령 같았다. 그는 말을 한 마디 할 때마다 양손으로 허공을 후려쳤다. "그 두 곳 중 한 곳은 뉴욕에 있었지만, 여러분이 익히 들어보지 못한 또 한 곳의 그라운드제로는 바로 여기 함부르크였다."

그는 팔로 창문을 쿡 찔렀다.

"저 밖의 저 마당이 높이가 30미터나 되는 쓰레기에 파묻혔지. 종이 쓰레기. 그리고 독일 정보계의 한심한 거물들은 자기들이 도대체 어디서 그토록 끔찍한 잘못을 저지른 건지 찾아내려고 그 쓰레기 더미를 뒤지고 있었다. 북반구의 천재들이 사방에서 날아와 우리에게 조언을 하기도 하고, 자기들의 잘못을 덮기도 했다. 쾰른에서 우리의 신성한 헌법을 수호하던 자들, 하느님, 그 수호자들로부터 저희를 지켜주소서." 이 대목에서 웃음이 일었지만 그는 무시했다. "저 훌륭한 해외정보국의 첩보 거물들, 모르는 것이 없는 분데스타그(독일 하원-옮긴이) 정보 감시위원회의 훌륭한 신사숙녀들, 내가 들어본 적도 없는 기관에서 나온 미국인들, 마지막으로 세어보니 모두 열여섯 명이나 되더군. 이 사람들이 서로 남의 문 앞에 똥 덩어리를 내다버리려고 이전투구를 벌였다. 분명히 말하지만, 그때 그 현명한 새끼들이 지혜의 말을 어찌나 많이 쏟아냈는지 업무를 계속하면서 쓰레기를 치우려고 애쓰던 한심한 작자들은 그 새끼들이 몇 주 전에 왔더라면 좋았을 거라는 생각을 하지 않을 수 없었다. 그때는 모하메드 아타도 없고, 원숭이 새끼처럼 악악대는 기자들이 신경을 긁지도 않을 때니까 말이다."

그는 복도를 한 바퀴 돌았다. 팔꿈치를 바깥쪽으로 내밀고 주먹을 꽉 쥔 자세였다.

"그때 함부르크는 난장판이었다. 다른 곳도 전부 난장판이었지만, 함부르크가 타격이 컸어." 그는 광대처럼 익살을 부리며 기자회견장에서 질문하는 사람과 대답하는 사람, 양쪽을 모두 흉내 냈다. "국장님, 한마디 여쭙겠습니다. 현재 국장님이 계신 기관의 이쪽 지국에 아랍어 구사 능력이 있는 직원이 정확히 몇 명이나 됩니까?" 그는 왼쪽으로 펄쩍 뛰어 자리를 옮기며 투덜거리듯이 말을 이었다. "최근에 확인해본 결과 한 명 반입니다." 그는 다시 오른쪽으로 펄쩍 자리를 옮겼다. "국장님, 이번 아마겟돈이 발생하기 전 몇 달 동안 정확히 어떤 사람들을 도청하고 미행하셨습니까?" 펄쩍. "글쎄요, 지금 생각해보니… 우리 산업 비밀을 노리는 것으로 의심되던 중국인 신사 두어 명과… 유대인 묘비에 나치스의 상징을 페인트로 그린 네오나치 청소년들… 적군파 분파의 차세대 대원들… 아, 동독을 되살리고 싶어 하는 전직 공산당원 노인 스물여덟 명도 있군요."

바흐만은 직원들의 시야에서 사라졌다가 복도 저쪽 끝에서 다시 나타났다. 어두운 표정이었다.

"함부르크는 유죄다." 그가 조용히 단언했다. "의식적인 면에서도, 무의식적인 면에서도. 어쩌면 함부르크가 그 비행기 탈취범들을 길러낸 건지도 모르지. 놈들이 우리를 선택한 걸까, 아니면 우리가 놈들을 선택한 걸까? 함부르크는 서구세계를 아작 내고 싶어서 안달이 난 평범한 반시온주의 이슬람 테러리스트들한테 과연 무슨 신호를 보냈던 걸까? 수백 년에 걸친 반유대주의 역사? 함부르크에는 그런 역사가 있다. 강제수용소? 함부르크에는 그것도 있었다. 그래, 나도 인정한다. 히틀러가 블랑케네즈(함부르크 서편의 근교도시─옮긴이)에서 태어나지는 않았다. 하지만 블랑케네즈에서 그런 인물이 나올 가능성이 아주 없었던 것 같지는 않다. 바더마인호프(적군파의 분파인 테러집단―옮긴이) 무리는 어떻고? 여기서 그리 멀지 않은 곳에서 태어난 울리케 마인호프는 함부르크가 자랑스러워하던 딸이었다. 울리케는 아랍에서 훈련까지 받았어. 그러다 미친놈들과 한패가 돼서 같이 비행기를 탈취하겠다고 나섰지. 어쩌면 울리케가 모종의 신호였는지도 모른다. 잘못된 이유로 독일을 사랑하는 아랍인이 너무 많아. 9·11 때 비행기를 탈취한 놈들도 그랬는지 모르지. 우리는 놈들한테 물어본 적이 없다. 그런데 이제는 영원히 물어볼 수 없게 돼버렸어."

그는 잠시 침묵이 이어지게 내버려두더니 마음을 다잡는 것 같았다.

"하지만 함부르크에 밝은 면도 있다." 그가 쾌활한 표정으로 다시 입을 열었다. "우리는 바다 사람들이야. 세상 물정에 밝고, 자유주의 좌파이고, 문호를 활짝 개방한 도시국가지. 우리는 이윤이 있는 곳을 잡아내는 세계적인 코와 세계적인 항구를 지닌 세계적인 무역상이야. 우리에게는 외국인이 낯설지 않다. 외국인이 화성인처럼 보이는, 내륙의 작은 마을이 아니란 말이다. 외국인은 이 도시 풍경의 일부야. 수백 년 동안 모하메드 아타를 닮은 수많은 사람들이 우리의 맥주를 마시고, 우리의 창녀들과 그 짓을 하고, 자기 배로 돌아갔다. 우리는 그들에게 환영인사도, 작별인사도 하지 않았고, 여긴 왜 왔느냐고 묻지도 않았다. 그들이 여기 있는 게 당연하다고 생각했으니까. 우린 독일의 일부지만, 독일에서도 유별난 곳이다. 우린 독일 전체보다 더 나아. 우린 함부르크인 동시에 뉴욕이다. 그래, 여기에 쌍둥이 빌딩은 없지만 이젠 뉴욕에도 없어. 게다가 우린 매력적이다. 지금도 우린 엉뚱한 사람들에게 매력적인 냄새를 풍기고 있어."

또 침묵이 내려앉았다. 그는 자신이 방금 한 말을 가만히 돌이켜보았다. "하지만 우리가 무슨 신호를 보냈는지 논하려면, 얼마 전부터 등장한, 종교와 인종에 대한 망할 놈의 관용을 탓해야 한다. 죄를 지은 도시가 과거의 죄를 보상하려고 지칠 줄 모르고 무차별적으로 놀라운 관용을 과시한 것, 그래 그것도 일종의 신호였다. 그건 사실상 이리 와서 우리를 한번 시험해보라는 초대장이나 마찬가지야."

그는 이제 자기가 가장 좋아하는 주제를 향해 다가가고 있었다. 모두들 기다리던 주제. 그들이 베를린과 뮌헨에서 끌려 나와 함부르크의 황폐한 SS 마구간으로 쫓겨난 이유. 바흐만은 서구 정보기관들의 참담한 실패를 비난했다. 특히 독일 정보기관이 심했다. 이슬람권의 정보를 알려줄 괜찮은 정보원 하나 구하지 못하다니.

"9·11 이후에 모든 것이 바뀌었다고 생각하나?" 그가 다그치듯 물었다. 직원들에게 화가 난 것 같았다. 아니, 자신에게 화가 난 것 같기도 했다. "9월 12일에 우리의 훌륭한 해외정보국이 테러의 위협이라는 세계적인 비전을 원동력으로 삼아 케피예를 두르고 아덴과 모가디슈와 카이로와 바그다드와 칸다하르의 시장으로 가서 이 다음에는 언제 어디서 폭탄이 터질 건지, 폭파장치의 단추를 누가 누를지에 관한 정보를 사들인 것 같나? 그래, 우리 모두 잘 아는 질 나쁜 농담이 있기는 하지. 아랍인을 돈으로 살 수는 없지만 빌릴 수는 있다는 말. 빌릴 수 있기는 무슨, 젠장! 두어 가지 숭고한 예외가 있기는 하지만, 그런 얘기는 지루할 테니 그만두고, 우리 정보원이라는 게 죄다 똥 덩어리나 다름없었다. 그때도 그렇고 지금도 그래. 그래, 의협심 넘치는 독일 기자, 사업가, 구호요원들을 우리 편으로 만들기는 했지. 심지어 독일인이 아닌 사람까지 포섭하기도 했고 말이야. 하지만 그놈들은 세금도 붙지 않는 부수입을 올리면서 자기네 산업폐기물을 우리한테 팔아넘기는 데만 열심이었어. 게다가 생생한 정보원도 아니었지. 타락하거나, 환멸을 느끼거나, 과격한 사상에 빠진 이맘도 아니고, 폭탄 띠를 몸에 두르는 운명을 향해 반쯤 다가간 이슬람 청소년도 아니었으니까. 오사마 빈 라덴의 비밀 첩자도, 인재 발굴 요원도, 전령도, 병참장교도, 경리 담당도 아니었으니까. 사돈의 팔촌까지 다 뒤져봐도 그런 사람들과는 아무 관련이 없는 놈들이었으니까. 놈들은 그냥 저녁 식사에 손님으로 초대하면 좋은 상대일 뿐이야."

그는 웃음소리가 가라앉을 때까지 기다렸다.

"그러다가 우리는 정신을 차리고 자신이 갖고 있지 못한 것, 찾아내지 못한 것이 무엇인지 깨달았다."

'우리.' 직원들은 이 말에 주목했다. 베이루트에서 활동하던 '우리', 모가디슈와 아덴에서 활동하던 '우리'. 바흐만의 핵심 측근들인 '우리'. 바흐만은 생생한 정보원을 찾아냈다. 진짜 정보원, 훌륭한 정보원. 모든 비밀요원들이 그렇게 말했다. 그가 정보원을 돈으로 샀든, 빌렸든 무슨 상관인가. 그런데 그도 정보원을 잃어버린 것 같았다. 아니면 보안상 그들과 연락을 끊을 수밖에 없었거나.

"우리는 그들을 꾀어서 우리 쪽으로 넘어오게 만들 수 있을 줄 알았다. 착한 표정과 두둑한 지갑으로 그들을 꾀어낼 수 있을 줄 알았어. 우리는 밤새 주차장에서 기다렸다. 고위급 망명자가 우리 차 뒷좌석으로 들어와 우리와 거래를 하게 되기를. 그런데 아무도 나타나지 않았다. 우리는 놈들의 암호를 해독하려고 방송을 훑었다. 그런데 망할 놈의 암호라는 것 자체가 없었어. 왜일까? 우리의 전쟁은 이제 냉전이 아니었기 때문이다. 우린 15억 명이나 되는 순종적인 인구를 거느린 이슬람이라는 나라의 조각들과 싸우고 있었어. 우리는 전에 했던 방식대로 하면 될 줄 알았지만, 그건 너무 순진하고 멍청한 생각이었다. 완전 틀린 생각이었어."

그는 일부러 다른 이야기를 하며 화를 가라앉혔다. "난 전에도 이런 일을 겪은 적이 있다." 그가 비밀을 털어놓듯이 말했다. "아랍을 상대하기 전에는 소련 정보원들과 게임을 벌였지. 난 사람을 사기도 하고 팔기도 했다. 가명을 얼마나 많이 썼는지 나중에는 내가 누군지 알 수 없을 지경이었어. 하지만 누가 내 머리를 잘라버리겠다고 달려든 적은 없다. 처자식이 발리에서 일광욕을 즐길 때, 또는 학교에 가려고 마드리드나 런던행 기차에 타고 있을 때 누가 폭탄을 터뜨린 적도 없지. 규칙이 바뀌었다. 그런데 문제는, 우리 규칙은 그대로라는 거야." 그는 여기서 말을 뚝 끊고 성큼성큼 자리를 옮겨 다시 표정을 바꾸더니 말을 이었다.

"9 · 11 이후에도 우리의 사랑하는 조국은, 그래, 하이마트(Heimat, 조국을 뜻하는 독일어–옮긴이)는 걱정할 필요가 없었다. 당연하지!" 그는 씁쓸한 웃음과 함께 소리쳤다. "우리 독일인들은 어디든 맨몸으로 돌아다닐 수 있었어! 여전히! 아무도 우리를 건드리지 않았다. 우린 정말이지 걱정할 필요가 없는 독일인이었으니까. 그래, 이슬람 테러리스트 몇 명이 이 나라에서 살았던 건 사실이다. 그중 세 명이 미국으로 건너가서 쌍둥이 빌딩과 국방부를 폭파한 것도 사실이고. 하지만 그게 뭐? 놈들은 원래 그런 목적으로 이곳에 왔다가 목적을 완수한 건데. 무엇이 문제인가. 놈들은 사탄의 심장을 공격했고, 그 과정에서 자살했다. 우린 놈들에게 발사대였어, 젠장. 놈들의 과녁이 아니었다고. 그러니 걱정할 필요 없잖아. 그래서 우리는 가엾은 미국인들을 위해 촛불을 들었다. 가엾은 미국인들을 위해 기도도 했다. 자유의 연대감도 아주 많이 보여주었다. 하지만 내가 굳이 말하지 않아도 알 것이다. 이 나라에는 미국이라는 요새가 한번 뜨거운 맛을 본 것에 별로 신경 쓰지 않는 개자식들이 아주 많다는 걸. 그런 자식들 중에는 베를린에서 상당히 높은 자리에 있는 놈도 있다. 그때나 지금이나 마찬가지야. 이라크 전쟁이 시작되었어도 우리 착한 독일인들은 무심히 멀리 떨어져 있었기 때문에 더욱더 걱정할 필요가 없어졌다. 마드리드에서 일이 터졌다. 아, 그래? 런던에서도 일이 터졌다. 아, 그래? 하지만 베를린, 뮌헨, 함부르크에서는 아무 일도 없었다. 우린 그런 일 따위 정말로 걱정할 필요가 없었던 거야."

그는 복도 구석으로 다시 자리를 옮겨 직원들을 비스듬히 바라보며 더욱더 비밀스러운 말투로 말을 이었다.

"하지만 작은 문제가 두 가지 있었다. 첫 번째 문제는, 독일이 미국에 별 다섯 개짜리 군사기지를 제공하고 있다는 것. 그건 미국이 전쟁에서 우리한테 이겨서 우리 나라의 주인 행세를 하던 시절에 맺은 조약의 잔재였다. 선거로 뽑힌 우리 지도자들이 브란덴부르크 문에 내걸었던 검은 깃발이 기억나나? '우린 당신들과 함께 슬퍼하고 있습니다.' 이렇게 적혀 있었지. 그게 어쩌다 실수로 거기에 내걸린 건 아니었다. 두 번째 문제는 우리가 자격도 없는 주제에 죄책감에 사로잡혀서 누가 뭐래도 꿈쩍도 않고 이스라엘을 지원하고 있다는 것이었다. 우리는 이집트, 시리아, 팔레스타인에 맞서서 이스라엘을 지지했다. 하마스나 헤즈볼라와도 맞섰다. 이스라엘이 레바논을 공습해서 주민들의 혼을 빼놓았을 때에도 우리 독일인들은 불안한 양심에 손을 얹고 생각한 끝에 씩씩하고 작은 나라 이스라엘의 방어대책에 관해서만 떠들어댔다. 그리고 바로 이스라엘의 방어를 위해 우리의 씩씩한 청년들에게 군복을 입혀 레바논으로 보냈다. 레바논 사람들이나 다른 아랍인들이 보기에는 부시나 블레어 같은 용감한 세계 지도자들의 허락과 격려를 받으며 제멋대로 날뛰고 있는 깡패 녀석을 우리가 보호하겠다고 서둘러 나선 꼴이었을 테니 곱게 보이지 않았겠지. 세계 지도자들은 겸손을 떠느라고, 이스라엘에 기여한 사람들 명단에 자기 이름이 빠지기를 원했는데 말이다. 그래서 우리가 정신을 차리고 보니, 레바논인들이 독일 철도에 폭탄을 설치했다는 걸 알게 되었다. 만약 그게 터졌다면, 런던이나 마드리드 사건은 본 공연을 위한 연습처럼 보였을 거다. 그 일 이후에는 우리 나라 정치가들도 겉으로는 미국을 조롱하면서 사실은 알랑방귀를 뀐 대가를 치러야 한다는 현실을 받아들였다. 독일의 도시들이 언제 피해를 입을지 알 수 없었다. 지금도 그렇다."

그는 직원들의 얼굴을 한 명씩 차례로 유심히 바라보았다. 막시밀리안은 그의 말에 반대한다는 듯 한 손을 쳐들고 있었다. 그 옆에 앉은 니키도 마찬가지였다. 다른 사람들도 그 뒤를 따랐다. 이것을 보고 기분이 좋아진 그는 활짝 웃음을 지었다.

"그래, 굳이 말할 필요 없다. 철도에 폭탄을 설치한 레바논인들이 처음 일을 꾸밀 때는 최근의 레바논 사태에 대해 알지도 못했다는 말을 하고 싶은 거겠지. 맞나?"

손들이 내려갔다. 맞는 모양이었다.

"그 녀석들은 예언자 무함마드(마호메트─옮긴이)를 깎아내린 덴마크 만화 때문에 화가 나 있었다. 독일의 일부 신문들이 그 만화를 받아서 실었지. 그게 자유를 위한 용감한 행동인 줄 알고. 맞지?"

반대가 없었다.

"그럼 아까 내가 한 말이 틀린 건가? 아니, 틀리지 않았다! 놈들이 무엇 때문에 그런 짓을 했는지는 전혀 중요하지 않아. 중요한 건, 지금 우리를 위협하는 자들이 개인적인 죄책감과 집단적인 죄책감을 구분하지 않는다는 점이다. 놈들은 '당신도 착하고 나도 착하지만 여기 에르나는 전혀 착하지 않다'는 식으로 말하지 않는다. '우리 모두 착하지 않은 배교자, 신성모독범, 살인자, 간음한 자, 신을 증오하는 자이니 그냥 쳐버리자'는 식이다. 그런 놈들한테 이 싸움은 서구와 이슬람의 대결이며, 중도라는 건 존재하지 않는다."

이제 그는 핵심을 꺼냈다.

"우리가 여기 함부르크에서 새로 규합하게 될 정보원들, 그 밑바닥 인생들은 자기가 살아 있다는 사실도 모른다. 우리가 말해주기 전에는 자기가 이 세상에 존재한다는 사실도 모른다. 놈들이 우리를 찾아오지는 않을 테니, 우리가 놈들을 찾아내야 한다. 규모를 키우지는 않을 것이다. 우리는 거리에 머무르면서, 웅대하고 거창한 것을 좇기보다는 세세한 점에 집중할 것이다. 놈들에게 살펴보라고 지시할 대상이 미리 정해지지는 않았다. 우리는 그런 상대를 찾아내서 놈이 무엇을 갖고 있는지 알아보고, 놈이 마음껏 행동하게 내버려둘 것이다. 놈이 아니라 여자일 수도 있겠지. 우리는 아무도 손대지 않는 사람들을 조사할 것이다. 헐렁한 옷을 입고 모스크에서 활동하며 독일어라고는 세 마디밖에 모르는 놈들. 우리는 그런 놈들과 친구가 되고, 그놈의 친구와도 친구가 될 것이다. 우리는 조용한 신참 이주민, 눈에 안 띄게 끊임없이 이동하며 이 집에서 저 집으로, 이 모스크에서 저 모스크로 돌아다니는 녀석들을 지켜볼 것이다. 우리는 마당 건너편에서 아르니 모르를 비롯한 헌법수호부 친구들이 작성한 미결 서류들을 샅샅이 훑고, 용두사미로 끝나버린 옛날 사건들을 다시 살필 것이다. 용의자가 도망치거나 다른 도시로 가서 정착했는데, 그곳 지부 요원들이 워낙 멍청해서 그놈을 어떻게 처리해야 할지도 모를 뿐만 아니라 아예 손을 대고 싶어 하지 않는 바람에 그냥 푸시시 불이 꺼져버린 사건 말이다. 우리는 이 건물 주인의 항의를 무시하고 옛날의 이 용의자들을 추적할 것이다. 그래서 다시 놈들의 간을 보고 바람을 일으킬 것이다."

이제 마지막으로 직원들에게 주의를 주는 것만 남았다. 하지만 이 주의의 말 역시 그답게 무정부적이었다.

"우리가 불법적인 조직이라는 걸 명심해라. 얼마나 불법적인지는, 내가 이 정보세계의 수많은 위엄 있는 동료들과 달리 훌륭한 변호사가 아니라서 잘 모른다. 하지만 사람들 말을 종합해 보면, 고위급 재판관들, 베를린의 합동조정위원회, 그리고 사랑스러운 연방 경찰이 문서로 동의해주지 않는 한 우리 똥구멍도 닦을 수 없는 처지인 것 같다. 연방 경찰은 첩보 업무가 뭔지 눈곱만큼도 모르는 주제에 온갖 권한을 지니고 있지. 정보기관들은 자칫 게슈타포처럼 변할까 봐 그런 권한을 다 빼앗겼는데 말이다. 그게 옳은 일이기도 하고. 자, 이제 제대로 일을 좀 해보자. 난 일단 뭘 좀 마셔야겠다."

밤새 영업하는 그 술집의 이름은 함펠만스였다. 역 근처의 골목에 위치한 집이었다. 길은 자갈로 포장되어 있었다. 조명이 흐릿한 현관 베란다 위에는 철을 세공해서 만든, 뾰족 모자를 쓰고 춤추는 남자의 조각이 대롱대롱 매달려 있었다. 오늘 밤 이곳에는 귄터 바흐만의 팀이 나이 많고 뚱뚱한 자식이라고 부르던 남자가 와 있었다. 다른 날에도 밤이면 자주 이곳에 나타나는 것 같았다.

그 남자는 밀러라는 평범한 이름을 지니고 있었다. 이건 이제 바흐만의 팀도 아는 사실이었다. 하지만 함펠만스의 단골들은 그를 항상 제독이라고 불렀다. 다른 이름은 알지 못했다. 그는 히틀러의 북부함대에서 잠수함에 근무했다는 이유로 소련에서 10년 동안 구금생활을 하다 돌아왔다. 드레스덴 출신으로 거리의 아이였다가 개과천선한 카를이 그를 찾아내서 그의 이름과 소재지를 전화로 알린 뒤 그의 옆자리에서 계속 조용히 지켜보고 있었다. 말더듬이 컴퓨터 천재 막시밀리안은 그의 생년월일, 삶의 궤적, 경찰 기록을 겨우 몇 분 만에 마술처럼 찾아냈다. 그래서 이제는 바흐만이 직접 나서서 이 지하 술집과 이어진, 연기 자욱한 벽돌 계단을 내려가는 중이었다. 거리의 아이 카를이 그의 옆을 슬쩍 지나쳐서 밤거리로 나갔다. 새벽 3시였다.

　처음에 바흐만의 눈에 보이는 것이라고는 계단에서 새어 들어오는 빛과 가장 가까이 앉은 사람들뿐이었다. 하지만 이내 탁자마다 놓여 있는 전기 촛불이 눈에 들어왔고, 점차 사람들의 얼굴도 알아볼 수 있었다. 검은 양복에 검은 넥타이를 맨 말라깽이 남자 둘이 체스를 두고 있었다. 바에 혼자 앉아 있던 여자는 그에게 술을 한 잔 사달라고 말했다. 다음에 하지요. 죄송합니다. 바흐만은 이렇게 대꾸했다. 우묵하게 들어간 자리에서는 청년 네 명이 웃통을 벗고 당구를 치고 있었고, 눈빛이 죽은 아가씨 둘이 그들을 지켜보았다. 우묵하게 들어간 또 다른 자리는 박제한 여우, 은빛 방패, 소총을 엇갈려 놓은 모양이 새겨진 색바랜 소형 깃발 등이 차지하고 있었다. 그리고 그다음의 우묵한 자리는 먼지 낀 유리상자에 들어 있는 전함 모형, 배에서 쓰는 밧줄, 낡아빠진 모자 리본, 한창 때의 잠수함 선원들 모습이 담긴 낡은 사진에 둘러싸여 있었다. 바로 거기에 아주 나이 많은 노인 세 명이 열두 명은 족히 앉을 수 있을 것 같은 원탁에 앉아 있었다. 두 명은 몸이 마르고 약해 보여서 아무래도 나머지 한 명이 대장 노릇을 하는 것 같았다. 그 대장 노인은 번득이는 대머리, 불룩 나온 가슴과 배 덕분에 나머지 두 노인을 한꺼번에 상대할 수 있을 것처럼 보였다. 하지만 언뜻 보기에 제독은 대장이라는 지위를 별로 중요하게 생각하지 않는 것 같았다. 오목하게 구부린 모습으로 탁자 위에 얹힌 채 꼼짝도 하지 않는 그의 커다란 손은 그를 괴롭히는 기억들을 움켜쥘 힘이 없는 듯했다. 이미 오래전에 머리통 속으로 깊숙이 물러나버린 자그마한 눈은 자신의 내면을 바라보고 있는 것 같았다.

　바흐만은 세 명 모두를 향해 한 번 고개를 끄덕하고는 제독 옆에 조용히 앉아 뒷주머니에서 검은 지갑을 꺼내 키엘에 본부를 둔 준정부기관 '실종전담국'의 신분증을 내보였다. 물론 실종전담국이라는 기관은 존재하지 않았다. 실종전담국 신분증은 그가 평일에 만일의 경우를 대비해서 즐겨 가지고 다니는 여러 종류의 신분증 중 하나였다.

"우린 선생님이 얼마 전 밤에 철도역에서 만났던 러시아 청년을 찾고 있습니다." 그가 설명했다. "젊고, 키가 크고, 굶주린 청년이었죠. 태도가 당당했고요. 정수리 모자를 썼는데, 기억나십니까?"

제독은 상념에 잠겨 있다가 퍼뜩 정신을 차리며 그 커다란 머리를 돌려 바흐만을 유심히 뜯어보았다. 다른 사람들은 바위처럼 꼼짝도 하지 않았다.

"댁이 말하는 우리가 누구요?" 제독이 바흐만의 수수한 가죽 재킷, 셔츠와 타이, 그리고 그가 사람들을 만날 때 상투적으로 내보이는 점잖고 걱정스러운 표정(이건 사실 상황에 거의 합당한 표정이기도 했다)을 확인하고는 이렇게 물었다.

"그 청년은 지금 정상이 아닙니다." 바흐만이 설명했다. "그 청년이 자해를 할까 걱정입니다. 다른 사람들을 해칠 수도 있고요. 우리 사무실의 보건 담당자들이 그 청년에 대해 진심으로 걱정하고 있습니다. 나쁜 일이 벌어지기 전에 그 청년을 찾으려 하고 있어요. 나이는 젊지만 힘들게 살아온 청년입니다. 선생님처럼 말이죠."

제독은 그가 마지막에 덧붙인 말을 듣지 못한 것 같았다.

"당신 포주요?" 그가 물었다.

바흐만은 고개를 저었다.

"경찰?"

"경찰보다 제가 먼저 그 청년을 찾는 게 그 청년한테도 좋을 겁니다." 그가 이 말을 하는 동안 제독은 계속 그를 쏘아보았다. "선생님한테도 좋은 일이고요." 바흐만은 말을 이었다. "선생님이 청년에 대해 기억나는 대로 말해주면 100유로를 드리겠습니다. 나중에 제가 딴소리를 하지는 않을 테니 걱정 마세요."

제독은 커다란 손을 들어 생각에 잠긴 표정으로 입가를 훔치더니 몸을 똑바로 펴고 일어서서 가만히 앉아 있는 동료들을 거들떠보지도 않은 채 옆의 우묵한 자리로 향했다. 어둠에 잠긴 그곳에는 한 사람도 없었다.

제독은 엄청난 양의 종이 냅킨을 사용해서 항상 손을 깨끗하게 유지하며, 재킷 주머니 속에 가지고 다니는 타바스코 소스를 음식에 듬뿍 뿌려 품위 있게 식사를 했다. 원래 바흐만은 보드카를 한 병 주문했다. 거기에 제독이 빵, 오이절임, 소시지, 절인 청어, 틸싯 치즈 한 접시를 추가했다.

"그자들이 날 찾아왔었소." 마침내 그가 말했다.

"그자들이라니요?"

"선교회 사람들. 그 사람들은 제독이라면 다 알지."

"선생님은 그때 어디 계셨습니까?"

"선교회 쉼터지, 어디겠소?"

"주무시고 계셨나요?"

제독은 삐딱한 미소를 지었다. 마치 잠을 자는 행위는 다른 사람들이나 하는 짓이라고 말하는 듯했다. "난 러시아어를 할 줄 알아요. 함부르크의 부둣가를 생쥐처럼 맴도는 신세이긴 해도 웬만한 독일인들보다는 러시아어를 잘하지. 어디서 배웠는지 아시오?"

"시베리아." 바흐만이 말하자 제독이 말없이 그 거대한 머리를 끄덕였다.

"선교회 사람들은 러시아어를 못 해요. 하지만 제독은 할 줄 알지." 그는 엄청난 양의 보드카를 들이켰다. "의사가 되고 싶다더군."

"그 청년이요?"

"여기 함부르크에서. 인류를 구하고 싶대. 누구한테서? 그것도 당연히 인류지. 타타르인이야. 어쨌든 제 입으로 그랬어. 이슬람교도이고. 알라의 명령으로 함부르크에 왔다고 했소. 여기서 공부하면 인류를 구할 수 있게 될 거라더군."

"알라가 왜 그 청년을 선택했답니까?"

"자기 아버지가 학살한 가엾은 놈들한테 보상을 해야 한대."

"그 가엾은 놈들이 누구인지 말하던가요?"

"러시아인들은 아무나 죽여요, 이 양반아. 사제, 아이들, 여자, 아무나 마구잡이로 죽인다고."

"그 청년 아버지가 죽인 사람이 동료 이슬람교도들이었나요?"

"죽은 사람들이 누군지는 구체적으로 말하지 않았소."

"자기 아버지 직업은 말하던가요? 애당초 어쩌다가 그렇게 많은 사람들을 죽였답니까?"

제독은 한 번 더 보드카를 쭉 들이켰다. 그리고 또 한 번. 그러고는 잔을 다시 채웠다. "그 청년은 함부르크의 돈 많은 은행가들 사무실이 어디 있는지 궁금해하더군."

노련한 심문자인 바흐만은 아무리 터무니없는 정보라도 놀라는 법이 없었다. "그래서 뭐라고 하셨습니까?"

"웃었지. 나도 그런 걸 할 수 있다오. '은행가는 왜 찾아? 현금으로 바꿀 수표라도 있나? 그런 거라면 내가 도와줄 수도 있는데.'"

바흐만은 그 농담을 알아들었다. "그래, 그 청년이 그 말을 어떻게 받아들이던가요?"

"'수표라니요? 수표가 뭐죠?' 이러더니 은행가들이 사무실에서 사는지, 아니면 집이 따로 있는지 물었소."

"그래서요?"

"이봐, 자네는 예의바른 친구야. 그리고 알라께서 자네더러 의사가 되라고 했다며. 그러니 은행가들에 대한 멍청한 질문은 그만두고, 벼룩이 들끓는 우리 호텔로 와서 좀 쉬면서 진짜 침대에서 잠도 자고, 인류를 구하고 싶어 하는 우리 쪽 신사들도 좀 만나 봐.'"

"청년이 그렇게 했나요?"

"내 손에 50달러를 불쑥 쥐어주더군. 굶주림에 시달리는 미친 타타르인 청년이 길바닥 생활에 이골이 난 이 늙은이가 준 형편없는 수프 한 컵 값으로 빳빳한 50달러짜리 지폐를 주더라니까."

제독은 바흐만에게서도 돈을 받아 챙기고, 탁자 위에 남은 음식마저 모조리 주머니에 쑤셔 넣고, 보드카 병도 싹 비운 뒤 옆자리의 동료들에게 돌아갔다.

제독을 만난 뒤 며칠 동안 바흐만은 침묵 속으로 빠져들었다. 그가 이런 순간의 침묵을 워낙 소중하게 생각했기 때문에 에르나 프레이는 그를 거기서 빼올 생각을 하지 않았다. 청년을 실어다준 화물차 운전사가 밀입국 알선 혐의로 덴마크에서 체포되었다는 소식도 처음에는 그의 침묵을 깨뜨리지 못했다.

"그 운전사?" 그가 말했다. "함부르크 철도역에 그놈을 내려준 화물차 운전사 말이야? 그 운전사?"

"그래, 그 운전사." 에르나 프레이가 쏘아붙였다. "두 시간 전 상황이야. 내가 그때 이미 당신한테 소식을 보냈는데, 당신이 워낙 바쁘더군. 코펜하겐에서 베를린의 합동조정위원회로 소식을 보냈고, 합동위원회가 우리한테 다시 보냈어. 정보가 꽤 많더라고."

"덴마크인이래?"

"응."

"덴마크 출생이고?"

"응."

"그런데 이슬람교로 개종했다?"

"그런 거 아냐. 한 번만이라도 이메일 좀 확인해보지 그래? 그 친구는 루터교 신자고, 식구들도 루터교 신자야. 그 사람한테 죄가 있다면, 폭력 조직에 가담한 형을 둔 게 죄지."

이 말이 그의 주의를 끌었다.

"그 못된 형이 착한 동생한테 2주 전에 전화를 걸어서 여권을 잃어버린 부잣집 도련님이 이스탄불에서 오는 어떤 화물선을 타고 코펜하겐에 도착할 예정이라고 알려줬대."

"부잣집?" 바흐만이 불쑥 끼어들었다. "부자라니?"

"그 친구를 부두에서 빼내는 비용이 선불로 5천 달러, 함부르크까지 안전하게 데려다주는 비용이 또 5천 달러."

"지불은 누가 하고?"

"그 도련님."

"본인이 안전하게 도착한 뒤에? 자기 주머니에서 직접? 5천 달러를?"

"그런 것 같아. 착한 동생은 빈털터리였기 때문에 멍청하게 그 일을 맡았어. 손님 이름은 물어보지도 않았대. 러시아어도 할 줄 모르고."

"나쁜 형은 어디 있어?"

"역시 감옥에. 당연하지. 당국이 두 사람을 격리시켜 두었어."

"형은 뭐래?"

"잔뜩 겁을 집어먹었어. 일주일 만에 러시아 마피아한테 살해당하느니 차라리 감옥에 있겠다고 한대."

"그 마피아 보스 말인데, 그냥 러시아인이야, 이슬람교를 믿는 러시아인이야?"

"나쁜 형의 모스크바 연락책은, 그 나쁜 형의 말에 따르면, 점잖고 혈통 좋고 손이 큰 러시아 조폭이래. 최고급 폭력조직과 관계를 맺고 있다더군. 이슬람교도라면 누구를 막론하고 거들떠도 안 보고, 차라리 그놈들이 볼가 강에 빠져 죽기를 바라는 사람이래. 그 사람이 이 나쁜 형과 계약을 맺은 건 친구의 부탁 때문이라고 했어. 그 친구가 누군지는, 이 하잘것없는 덴마크인 사기꾼이 감히 물어볼 수 있는 문제가 아니지."

그녀는 의자에 등을 기대며 눈을 내리깔고 바흐만이 자신에게 굴복하기를 기다렸다.

"합동위원회는 뭐래?" 그가 물었다.

"거품을 물지. 위원회는 쾌락에 빠진 어떤 이맘에게 집착하고 있어. 그 이맘은 지금 모스크바에 살면서 수상쩍은 이슬람 자선단체로 돈을 보내고 있지. 러시아 당국도 그걸 알아. 이맘도 러시아 당국이 그걸 안다는 걸 알고 있고. 러시아 당국이 왜 내버려두는지는 몰라. 합동위원회는 이맘이 그 마피아 보스의 정체 모를 친구라고 굳게 믿고 있어. 지금까지 알려진 바로는, 그 이맘이 함부르크에서 의학을 공부하려고 도망치는 체첸계 러시아인 부랑자에게 돈을 대준 기록이 전혀 없는데 말이야. 아, 그 사람이 그 친구한테 외투도 줬어."

"그 사람이 누구야?"

"그 청년을 함부르크로 실어다 준 착한 동생이 청년을 불쌍히 여겨서 이 추운 북부에서 감기로 죽을까 봐 외투를 줬다고. 길고 검은 외투야. 그것 말고도 보석 같은 정보가 또 있어."

"그게 뭔데?"

"마당 건너편의 이고르 씨가 쾰른의 러시아정교회에 초특급 비밀 정보원을 심어 놓았어."

"그래서?"

"이고르의 이 대담한 정보원에 따르면, 함부르크에서 멀지 않은 곳에서 고립된 생활을 하는 정교회 수녀들이 얼마 전에 정신이 약간 이상하고 굶주림에 시달리던 젊은 러시아인 이슬람교도를 돌봐줬다는 거야."

"부자래?"

"그 청년이 부자인지는 확인되지 않았어."

"하지만 예의는 발랐겠지?"

"아주 많이. 이고르는 이 이야기의 나머지 부분을 듣는 대가로 얼마를 내놓아야 하는지 협상하기 위해 오늘 밤에 철저한 비밀엄수를 조건으로 그 정보원을 만날 거야."

"이고르는 나쁜 놈이고, 그놈이 갖고 오는 이야기는 전부 개수작이야." 바흐만은 이렇게 단언하면서 책상 위의 신문을 한데 모아 낡은 서류가방에 쑤셔 넣었다. 가방이 워낙 낡아서 절대 도둑맞을 일이 없을 것 같았다.

"어디 가?" 에르나 프레이가 다그치듯 물었다.

"마당 건너편으로."

"왜?"

"용감한 수호자님들께 그놈은 우리 거라고 말하려고. 경찰을 끌어들이지 말라는 말도 하고. 경찰이 그 친구를 찾아낼 리는 없겠지만, 혹시 그렇게 된다면 무장대응팀을 보내서 전투를 벌이는 짓 같은 건 하지 말고 눈에 안 띄는 곳으로 물러나서 우리한테 즉시 알리라고 하라는 말도 해야지. 이 청년이 가능한 한 오랫동안 자기가 할 일을 계속하는 게 나한테는 좋으니까."

"열쇠를 두고 가면 어떻게 해?" 에르나 프레이가 말했다.

'철도를 이용하지 않아도 좋지만, 택시를 타고 카페로 오지는 마세요.'

아나벨 리히터는 브뤼의 옷차림에 대해서도 양보가 없었다. '제 고객에게 양복 입은 남자는 모두 비밀경찰입니다. 편안한 복장을 해주시면 감사하겠습니다.' 브뤼에게 최대한 편안한 복장이란, 글래스고의 랜들이 만든 스포츠 코트와 회색 플란넬 셔츠 차림이었다. 이건 그가 골프장에 갈 때 입는 옷이었다. 그는 또 폭우가 올 때를 대비해서 아쿠아스쿠툼 레인코트도 챙겼다. 그리고 리히터의 말에 따랐음을 확실히 보여주기 위해 넥타이를 매지 않았다.

시내는 어두컴컴했다. 낮에 폭우가 내린 덕분에 밤하늘이 깨끗했다. 서늘한 바람이 호수 위로 불어가는 가운데 그는 택시에 올라타 그녀가 일러준 방향을 그대로 운전사에게 전달했다. 그렇게 수수한 동네에 도착해서 낯선 인도에 혼자 서 있다 보니 순간적으로 가난해진 것 같은 느낌이 들었지만, 그녀가 말한 도로 표지판이 눈에 들어오자 다시 기운이 났다. 이슬람식 고기를 파는 식품점의 과일 판매대는 온통 빨간색과 초록색 천지였다. 그 옆에 있는 케밥집의 하얀 불빛이 거리 건너편까지 환히 비췄다. 그 가게 안 구석 자리의 밝은 자주색 탁자에 아나벨 리히터가 물 한 병을 앞에 두고 앉아 있었다. 갈색 설탕을 뿌린 타피오카처럼 보이는 음식이 담긴 그릇은 옆으로 밀려나 있었다.

그녀의 옆 자리에서는 노인 네 명이 도미노 게임을 하고 있었다. 그리고 또 다른 자리에서는 가장 좋은 옷을 차려입은 젊은 남녀가 떨리는 표정으로 데이트 중이었다. 아나벨 리히터의 방한용 재킷은 의자에 걸쳐져 있었다. 그녀는 볼품없는 풀오버에 지난번과 똑같이 목선이 높은 블라우스 차림이었다. 휴대전화는 탁자 위에, 배낭은 발치에 있었다. 브뤼는 그녀의 맞은편 자리에 앉으면서 그녀의 머리카락에서 따스한 냄새를 맡았다.

"이 정도면 됩니까?" 그가 물었다.

그녀는 그의 스포츠 코트와 플란넬 셔츠를 눈으로 훑었다. "자료는 찾아보셨어요?"

"확실히 더 깊이 조사해볼 필요가 있겠더군요."

"그게 다예요?"

"지금으로서는 그래요."

"그럼 행장님이 모르시는 것 두어 가지를 제가 말씀드리죠."

"내가 모르는 게 그것 말고도 많겠죠."

"제 고객은 무슬림이에요. 그게 첫째예요. 독실한 신자죠. 그러니까 여자 변호사와 일하는 게 제 고객에게는 힘든 일이에요."

"하지만 오히려 리히터 씨 쪽이 더 힘들 것 같은데요?"

"제 고객은 저더러 머리에 스카프를 쓰라고 해요. 그래서 썼죠. 자기네 전통을 존중하라고 해서 그것도 존중해줘요. 제 고객은 무슬림 이름인 이사를 사용하고 있어요. 전에도 말씀드렸듯이, 러시아어를 사용하고, 지금 머무르는 집 식구들과는 엉터리 터키어로 이야기해요."

"그 집주인들이 누군지 물어도 되겠습니까?"

"터키인 미망인과 아들이에요. 그분 남편이 생크추어리 노스의 고객이었어요. 우리의 도움으로 그분이 시민권을 얻기 직전이었는데 그만 돌아가셨죠. 지금은 아들이 가족을 대표해서 시도하고 있어요. 다시 말해서, 처음부터 다시 시작해야 한다는 뜻이에요. 가족들이 한 명씩 따로 시민권을 받아야 한다는 뜻이기도 하고요. 그래서 그 아들이 겁을 집어먹고 우리한테 연락한 거예요. 그 모자는 이사를 아끼지만, 자기들 손에서 내려놓고 싶어 해요. 불법 체류자를 숨겨준 혐의로 이 나라에서 쫓겨날 거라고 생각하거든요. 무슨 말을 해도 두 사람은 생각을 바꾸지 않을 거예요. 사실 요즘 같아서는 두 사람 생각이 맞는 것 같기도 해요. 두 사람은 딸의 결혼식에 참석하려고 비행기표를 이미 사두었는데, 집에 이사만 남겨두고 떠나는 건 생각도 할 수 없는 일이래요. 그 모자는 행장님 이름을 몰라요. 이사는 행장님 이름을 알지만 그 모자한테 알려주지 않았어요. 앞으로도 말하지 않을 거고요. 행장님은 이사를 도울 수 있는 위치에 있는 사람일 뿐이에요. 그 두 사람이 행장님을 이렇게 알고 있어도 괜찮겠어요?"

"괜찮겠죠."

"확실하지는 않은 건가요?"

"괜찮아요."

"저는 그 두 사람한테 행장님이 당국에 두 사람의 이름을 절대 밝히지 않을 거라고 말했어요. 그럴 수밖에 없었거든요."

"내가 왜 그래야 하는데요?"

그녀는 도와주려는 그의 손을 무시한 채, 재킷을 입고 배낭을 한쪽 어깨에 둘러멨다. 브뤼는 문으로 향하면서 덩치가 아주 큰 젊은이가 인도를 어슬렁거리는 것을 보았다. 두 사람은 적당한 거리를 두고 그 청년의 뒤를 따라가 골목길로 접어들었다. 청년과 거리가 멀어질수록 청년의 몸집이 더 커지는 것 같았다. 어떤 약국 앞에서 청년은 재빨리 도로를 이쪽저쪽 살피며 길가에 세워진 자동차, 주택의 창문들, 보석상 앞에서 진열창을 열심히 들여다보는 중년 여성 두 명을 확인했다. 보석상 진열창 한쪽 옆에는 꿈처럼 아름다운 신랑신부가 밀랍으로 만든 꽃을 들고 있는 모습이 그려진 신부용품점이 있었고, 다른 쪽 옆에는 니스를 두텁게 바른 문과 불빛이 밝혀진 초인종이 있었다.

아나벨은 길을 건너려다가 걸음을 멈추고 배낭을 반쯤 내려 스카프를 꺼내 머리에 쓰고는 스카프 양쪽 끝을 목 근처에서 조심스레 묶었다. 가로등 불빛 속에서 그녀의 얼굴에 갑자기 긴장감이 떠오르면서 실제보다 더 나이 들어 보였다.

덩치 큰 청년은 문의 자물쇠를 열고 두 사람을 재촉해서 안으로 들어온 뒤 엄청나게 커다란 손을 내밀었다. 브뤼는 그 손을 잡고 악수했지만 자신의 이름을 밝히지는 않았다. 레일라라는 여인은 몸집이 작고 탄탄했으며, 손님을 맞이하기 위해 스카프와 하이힐에 주름 깃이 달린 검은 정장을 차려입고 있었다. 그녀는 브뤼를 빤히 바라보다가 불편한 기색으로 그의 손을 잡았다. 악수를 하는 동안 내내 그녀의 시선은 아들에게 고정되어 있었다. 브뤼는 레일라를 따라 거실로 들어온 순간 이 집이 두려움에 휩싸여 있음을 깨달았다.

벽지는 암갈색이고, 가구는 황금색이었다. 의자 팔걸이에는 레이스 덮개가 걸쳐져 있었다. 탁자용 램프의 유리 밑동 안에서는 플라스마 덩어리들이 빙글빙글 돌면서 서로 합쳐졌다 떨어지기를 반복했다. 레일라는 브뤼에게 가장의 옥좌를 권했다. 죽은 남편의 자리예요. 그녀는 불안한 표정으로 스카프를 벗으며 이렇게 설명했다. 남편은 30년 동안 다른 자리에는 앉을 생각도 안 했어요. 장식이 화려하고, 모양이 기괴하고, 몹시 불편한 의자였다. 브뤼는 예의상 의자를 칭찬했다. 그의 사무실에도 이것과 비슷한 의자가 있었다. 할아버지가 물려주신 것인데, 거기 앉는 것은 지옥과 같았다. 그는 그런 말을 할까 하다가 하지 않기로 했다. 난 도울 수 있는 위치에 있는 사람이야. 그뿐이야. 최고급 도자기 접시에는 시럽에 담근 삼각형 바클라바(근동 지방 사람들이 먹는 과자의 일종─옮긴이), 작은 조각으로 자른 레몬크림 케이크가 있었다. 브뤼는 케이크 한 쪽과 사과차 한 잔을 받아 들었다.

"훌륭하군요." 그는 케이크를 맛본 뒤 이렇게 말했지만, 아무도 그의 말을 듣지 못한 것 같았다.

두 여성 중 한 명은 아름답고 다른 한 명은 땅딸막했지만, 둘 다 심각한 표정으로 무명 벨벳 소파에 앉아 있었다. 멜릭은 문을 등지고 섰다. 그는 천장을 바라보고 소리에 귀를 기울이며 이사가 금방 내려올 거라고 말했다. 이사가 준비를 하고 있어요. 이사가 불안한 모양이에요. 기도를 하고 있는지도 모르죠. 곧 내려올 거예요.

"그 경찰관들은 리히터 씨가 집을 나서자마자 들이닥쳤어요." 레일라가 브뤼에게 불쑥 말했다. 그동안 속을 끓이고 있었음이 분명했다. "리히터 씨가 나간 뒤 제가 문을 닫고 접시를 부엌으로 가져갔는데, 5분 뒤에 그 사람들이 나타나서 초인종을 울렸어요. 그 사람들이 신분증을 보여주기에 제가 그 사람들 이름을 적었어요. 옛날에 남편이 하던 대로요. 사복 경찰이었어요. 내가 그렇게 하는 거 봤지, 멜릭?"

그녀는 메모지 뭉치를 브뤼의 손에 불쑥 쥐어주었다. 경사 한 명과 경감 한 명의 이름이 적혀 있었다. 그는 그 종이를 어떻게 해야 할지 몰라서 어색하게 일어나 아나벨에게 보여주었다. 아나벨은 자기 옆의 레일라에게 종이를 다시 건네주었다.

"놈들은 어머니가 집에 혼자 남을 때까지 기다린 거예요." 멜릭이 문 앞에 서 있다가 끼어들었다. "저는 수영팀 친구들과 경기가 있었어요. 200미터 계영이요."

브뤼는 진심으로 공감하며 고개를 끄덕였다. 자신이 주도하지 않는 모임에 참석한 것이 참으로 오랜만이었다.

"늙은 경찰과 젊은 경찰이었어요." 레일라가 다시 불평을 늘어놓기 시작했다. "이사가 다락에 있었던 게 천만다행이지. 이사는 초인종 소리를 듣고 계단을 걸어 올린 뒤에 문을 닫아버렸어요. 그 뒤로 줄곧 다락에서 내려오질 않아요. 경찰이 다시 올 거라면서. 경찰이 가버린 척하다가 다시 와서 자신을 추방해버릴 거라면서요."

"그 사람들은 그냥 자기가 맡은 일을 할 뿐이에요." 아나벨이 말했다. "터키인 마을에 사는 사람들을 일일이 만나는 중이죠. 자기들 말로는 그게 봉사활동이래요."

"처음에 경찰은 우리 아들의 이슬람 스포츠클럽 때문에 왔다고 하더니, 그다음에는 다음 달에 터키에서 열리는 우리 딸 결혼식 얘길 꺼냈어요. 우리더러 결혼식에 참석했다가 독일에 재입국할 확신이 있느냐고 묻더라고요. 난 당연히 확신한다고 말했죠. 하지만 경찰은 인도적인 이유로 독일 체류를 허락받은 사람이라면 반드시 그렇지만은 않다고 했어요. 난 '그건 20년 전 일이에요!'라고 말했죠."

"레일라, 공연한 걱정은 하지 말아요." 아나벨이 엄격한 표정으로 말했다. "그건 점잖은 무슬림들 중에서 나쁜 사과를 골라내려는 심리전이에요. 그뿐이라고요. 그러니까 진정해요."

이 성가대 소년 같은 목소리에 지나친 확신이 담긴 것 같은데, 브뤼는 속으로 생각했다.

"웃기는 얘기 하나 해드릴까요?" 멜릭이 브뤼에게 물었다. 하지만 그의 표정은 유머와는 거리가 멀었다. "이사를 도울 작정이라면 제 얘기를 들으셔야 할 거예요. 저는 지금까지 이사 같은 무슬림을 만난 적이 없어요. 이사가 신자인지는 몰라도, 사고방식은 무슬림이 아니에요. 행동도 무슬림이 아니고요."

멜릭의 어머니가 터키어로 뭐라고 쏘아붙였지만 아무 소용이 없었다.

"몸이 약했을 때 말인데요, 그러니까, 이사가 몸져누워서 건강을 회복하고 있을 때, 제가 코란을 읽어줬어요. 아버지가 갖고 계시던 코란이요. 터키어로 돼 있죠. 그런데 이사가 직접 읽고 싶다고 하더라고요. 터키어로 된 코란을. 자기 터키어 실력이 거룩한 말씀을 이해할 정도는 된다면서요. 그래서 저는 코란을 놓아둔 탁자로 가서 책을 펼쳤어요. 그리고 '비스밀라'라고 말했죠. 아버지가 가르쳐주신 대로요. 그러고는 코란에 입을 맞추는 시늉을 했어요. 그것도 아버지가 가르쳐주신 거예요. 저는 코란을 제 이마에 잠깐 댔다가 이사의 손에 건네줬어요. '여기 있어, 이사. 이건 우리 아버지의 코란이야. 원래는 침대에 누워서 읽으면 안 되는데, 지금은 형이 아프니까 괜찮겠지.' 그런데 한 시간 뒤에 제가 다시 방에 와봤더니 코란이 어디 있었게요? 바닥에 있었어요. 우리 아버지의 코란이 바닥에 뒹굴고 있었다고요. 우리 아버지는 둘째 치고, 점잖은 무슬림이라면 그건 생각조차 할 수 없는 일이에요! 그래서 저는 이렇게 생각했어요. 좋아, 화를 내면 안 돼. 형은 지금 아프니까 힘이 없어서 코란을 놓쳤을 거야. 용서해주자. 너그러운 사람이 되는 건 옳은 일이야. 그런데 제가 이사한테 고함을 질렀더니, 이사는 그냥 손을 뻗어서 책을 집어 들었어요. 그것도 두 손이 아니라 한 손으로. 그러고는 그걸 저한테 주는데, 마치…." 그는 적당한 비유가 금방 떠오르지 않는 모양이었다. "마치 서점에서 파는 평범한 책처럼 다루더라고요! 세상에 그런 사람이 어디 있어요? 그런 사람은 처음이에요! 이사가 체첸인이든, 터키인이든, 아랍인이든, 아니면, 그러니까… 이사는 내 형이에요, 아시겠어요? 전 이사를 사랑해요. 이사는 진짜 영웅이에요. 그런데 바닥에… 한 손으로… 기도도 안 하고… 아무것도 안 했다고요.”

레일라는 더 이상 참을 수 없다고 생각한 모양이었다.

“어떻게 형을 감히 그런 식으로 헐뜯는 거냐, 멜릭?” 그녀가 아들에게 쏘아붙였다. 그 자리에 있는 다른 사람들을 배려한 듯 독일어를 쓰고 있었다. “넌 침실에서 밤새 추잡한 독일어 랩음악을 틀어대잖아. 네 아버지가 보셨다면 뭐라고 하셨을 것 같아?”

홀 쪽에서 낡아빠진 사다리를 조심스레 내려오는 발소리가 들렸다.

“게다가 이사는 누이의 사진을 가져다가 자기 방에 놔뒀어요.” 멜릭이 말했다. “그냥 가져갔다고요. 아버지가 살아계셨다면 제가 이사를 죽여버리든지 했을 거예요. 제 형인 건 맞지만 이상한 사람이에요.”

성가대 소년 같은 아나벨 리히터의 목소리가 나서서 분위기를 휘어잡았다.

“빵을 만들어야 하는 날 일을 못 했죠, 레일라.” 그녀가 부엌과 거실을 구분해주는 불투명한 막을 의미심장한 시선으로 흘깃 바라보며 말했다. “그 사람들 때문이죠, 뭐.”

“그럼 지금이라도 빵을 좀 굽는 게 어때요?” 아나벨이 차분하게 말했다. “그러면 이웃들도 당신이 거리낄 것이 전혀 없다는 걸 알게 될 거예요.” 아나벨은 이제 멜릭에게 시선을 돌렸다. 멜릭은 창가에 자리를 잡고 있었다. “당신이 그렇게 파수를 보고 있으니 다행이에요. 계속 그렇게 해줘요. 누가 와서 초인종을 울리더라도 절대로 안으로 들이면 안 돼요. 스포츠 프로모터들하고 회의 중이라고 말해요. 알았죠?”

"알았어요."

"경찰이 다시 오면 다음에 다시 오든지, 나랑 얘기하라고 해요."

"이사는 진짜 체첸인도 아니에요. 그냥 그런 척하는 거예요." 멜릭이 말했다.

문이 열리더니 키는 멜릭만큼 크지만 몸집은 절반밖에 안 되는 사람이 느린 걸음으로 들어왔다. 브뤼는 은행가다운 미소를 지으며 일어서서 은행가다운 손을 내밀었다. 아나벨이 그를 따라 자리에서 일어서는 모습이 시야의 한구석에 잡혔지만, 그녀는 앞으로 나서지는 않았다.

"이사, 이분은 당신이 만나고 싶다고 한 바로 그분이에요." 아나벨이 빼어난 러시아어로 말했다. "이분의 정체에 대해서는 의심할 필요가 없다고 확신해요. 이분은 오늘 밤 특별히 당신을 만나러 오셨어요. 당신의 요청으로. 그리고 여기 온다는 사실을 아무에게도 말하지 않았어요. 이분은 러시아어를 할 줄 알기 때문에 당신에게 직접 중요한 질문 몇 가지를 물어보실 거예요. 우리 모두 이분에게 고마워하고 있어요. 당신 자신은 물론 레일라와 멜릭을 위해서라도 당신이 최선을 다해 협조해줄 거라고 믿어요. 난 옆에서 이야기를 듣다가 필요하다고 생각되면 즉시 나서서 당신을 대변할 거예요."

이사는 레일라의 황금색 카펫 한가운데까지 와서 팔을 옆구리에 붙이고 명령을 기다리듯 서 있었다. 하지만 아무도 명령을 내리지 않자 그는 고개를 들고 오른손을 심장 부근에 올려놓은 뒤 감탄하는 시선으로 브뤼를 뚫어지게 바라보았다.

"정말로 감사합니다, 선생님." 그가 중얼거렸다. 자기도 모르게 미소를 짓는 것 같은 표정이었다. "정말 영광입니다, 선생님. 선생님이 훌륭한 분이라는 얘기를 들었습니다. 선생님의 얼굴과 아름다운 옷에도 확실히 드러나 있군요. 아름다운 리무진도 갖고 계십니까?"

"뭐, 메르세데스가 있습니다."

이 자리를 기념하기 위해서인지 아니면 자신을 보호하기 위해서인지는 몰라도, 이사는 검은 외투를 입고, 낙타가죽 가방을 어깨에 둘러멘 모습이었다. 수염도 깎았다. 레일라가 2주 동안 어머니처럼 그를 돌봐준 덕분에 크레바스처럼 움푹 팼던 뺨이 매끈해져서 브뤼는 마치 환상 속의 천사를 보는 것 같은 기분이었다. '이렇게 예쁜 청년이 고문을 당했다고?' 한순간 브뤼는 이사를 전혀 믿을 수 없었다. 저 눈부신 미소, 과장된 말투, 지나친 미사여구, 억지로 침착한 척하는 태도, 이 모든 것은 남의 신분을 사칭하는 사람들의 전형적인 특징이었다. 하지만 레일라의 테이블에 마주 앉은 뒤 브뤼는 이사의 이마에 엷게 땀이 배어 있는 것을 보았다. 시선을 좀 더 아래로 내리자 그가 탁자 위에서 양 손목을 맞대고 있는 것이 보였다. 마치 수갑이 채워지기를 기다리는 것 같았다. 그의 손목을 감싼 훌륭한 금팔찌, 그를 보호하는 부적처럼 거기 매달려 있는 황금 코란도 보였다. 그는 지금 자신의 눈앞에 있는 사람이 완전히 망가져버린 아이임을 깨달았다.

하지만 그는 자신의 감정을 통제했다. 상대가 고문을 당한 경험이 있다는 이유만으로 그가 열등감을 느낄 필요가 있는가? 같은 이유로 올바른 판단을 유보할 필요가 있는가? 이건 원칙의 문제였다.

"자, 우선, 이 나라에 온 걸 환영합니다." 그는 밝은 목소리로 입을 열었다. 정식으로 잘 배운 그의 러시아어 실력과 조심스러운 목소리가 이사의 러시아어 말투와 묘한 대조를 이뤘다. "아무래도 시간이 별로 없는 것 같군요. 그러니 짧은 시간 안에 효과적으로 일을 처리해야 할 것 같습니다. 내가 이사라고 불러도 되겠습니까?"

"좋습니다, 선생님." 또 아까의 그 미소였다. 이사는 곧이어 창가에 있는 멜릭을 흘깃 바라보더니 시선을 떨어뜨려 아나벨을 피했다. 아나벨은 방의 반대편 구석에 비스듬히 앉아서 무릎이 보이지 않게 한 다음, 무릎 위에 서류철을 얌전히 올려놓고 있었다.

"하지만 난 당신에게 내 이름을 알려주지 않을 겁니다." 브뤼가 말했다. "그건 이미 합의가 됐다고 봐도 되겠죠?"

"맞습니다, 선생님." 이사가 재빨리 대답했다. "전부 선생님 뜻대로 하겠습니다! 제가 한마디 하는 걸 허락해주시겠습니까? 부탁입니다."

"물론입니다."

"짧게 하겠습니다!"

"그러시죠."

"전 다만 의학을 공부하고 싶을 뿐입니다. 정돈된 삶을 살면서 알라의 영광을 위해 모든 인류를 돕고 싶습니다."

"예, 훌륭한 생각입니다. 앞으로 그 문제도 다루게 될 겁니다." 브뤼는 이렇게 말하고 나서, 자신이 일 때문에 여기에 왔음을 상기시키기 위해 한쪽 안주머니에서 가죽장정이 된 수첩을, 다른 쪽 안주머니에서 황금색 볼펜을 꺼냈다. "하지만 그 전에 몇 가지 기본적인 사실들을 확인해봅시다. 괜찮겠죠? 먼저 당신 이름부터 시작하죠."

이건 이사가 원하는 말이 아님이 분명했다.

"선생님!"

"예, 이사."

"프랑스의 위대한 사상가 장 폴 사르트르의 작품을 읽으셨습니까, 선생님?"

"읽지는 못했는데요."

"사르트르처럼 저도 미래에 대한 향수를 지니고 있습니다. 제게 미래가 생기면 과거는 사라질 겁니다. 제게는 오로지 신과 미래만 남을 겁니다.”

브뤼는 아나벨의 시선을 느꼈다. 눈으로 보이지는 않아도 그녀가 자신을 보고 있는 것이 느껴졌다. 아니, 그런 것 같았다.

“하지만 오늘 밤에는 반드시 현재를 다뤄야 합니다.” 그는 매끄럽게 받아넘겼다. “그러니까 성과 이름을 모두 말씀해주시죠.” 그는 금방이라도 이름을 받아 적을 수 있게 펜을 들고 있었다.

“살림입니다.” 이사가 잠시 망설이다 대답했다.

“그게 전부입니까?”

“마흐무드.”

“그럼 이사 살림 마흐무드군요.”

“예, 선생님.”

“이건 본명입니까, 아니면 나중에 당신이 새로 선택한 이름입니까?”

“신께서 선택해주신 겁니다, 선생님.”

“그렇군요.” 브뤼는 신중한 표정으로 혼자 미소를 지었다. 긴장을 좀 풀기 위해서이기도 하고, 자신이 주도권을 쥐고 있음을 보여주기 위해서이기도 했다. “그럼 이걸 한번 여쭤보겠습니다. 우린 지금 러시아어로 이야기를 하고 있습니다. 당신은 러시아인이고요. 신께서 지금의 이름을 선택해주시기 전에, 러시아식 이름이 있었습니까? 러시아식 부칭도 있었나요? 예를 들면, 당신의 출생증명서를 누가 본다면 거기서 어떤 이름을 보게 될까요?”

이사는 시선을 내리깔고 아나벨과 상의한 뒤 뼈만 남은 손을 외투 속으로 불쑥 집어넣어 셔츠 앞섶에서 영양 가죽으로 만든 더러운 지갑을 꺼냈다. 그리고 그 안에서 빛바랜 신문기사 조각 두 장을 꺼내 탁자 건너편으로 넘겨주었다.

“카르포프.” 브뤼는 그 기사를 읽은 뒤 생각에 잠긴 표정으로 말했다.

"카르포프가 누굽니까? 카르포프가 당신의 성입니까? 이 신문기사를 왜 나한테 준 겁니까?"

"그건 하찮은 일입니다, 선생님. 부탁입니다. 전 할 수 없습니다." 이사는 땀에 젖은 머리를 흔들며 중얼거렸다.

"글쎄요, 나한테는 이게 중요한 문제인 것 같은데요." 브뤼는 자신의 주도권을 잃어버리지 않는 선에서 최대한 상냥하게 말했다. "아주 중요한 문제입니다. 그리고리 보리소비치 카르포프 대령이 당신 친척이라는 얘기를 하고 싶은 겁니까? 그런 겁니까?" 그는 아나벨에게 시선을 돌렸다. 사실 속으로 그는 지금까지 내내 그녀를 상대로 이야기를 하고 있었다. "이건 좀 어려운 문제입니다, 리히터 씨." 그는 독일어로 투덜거렸다. 처음에는 딱딱한 말투였지만, 이내 본능적으로 어조가 누그러졌다. "리히터 씨의 고객이 권리를 주장하려면 자신의 정체를 확실히 밝히든지, 아니면 권리 주장을 철회해야 합니다. 이건 나더러 혼자 모든 걸 알아서 하라는 식이에요."

부엌에서 레일라가 멜릭에게 터키어로 푸념 같은 말을 늘어놓자 멜릭이 어머니를 달래는 소리가 들려오는 바람에 잠시 분위기가 혼란스러워졌다.

"이사." 소란이 가라앉은 뒤 아나벨이 말했다. "변호사로서 말하는 건데, 아무리 고통스럽더라도 이분의 질문에 대답하려고 일단 노력이라도 해보아야 해요."

"선생님, 신께서는 위대하시기 때문에 저는 단지 정돈된 삶을 살고 싶을 뿐입니다." 이사가 목이 졸린 것 같은 목소리로 같은 말을 되풀이했다.

"그래도 내 질문에 대답해야 합니다."

"카르포프가 제 아버지라는 건 논리적인 진실입니다, 선생님." 이사가 마침내 우울한 미소를 지으며 고백했다. "카르포프는 아버지라는 말을 듣는 데 필요한 모든 행동을 했습니다. 하지만 저는 한 번도 카르포프의 아들이었던 적이 없습니다. 지금도 카르포프의 아들이 아닙니다. 신께서 허락하신다면, 선생님, 전 평생 동안 결코 그리고리 보리소비치 카르포프 대령의 아들이 되지 않을 겁니다."

"하지만 카르포프 대령은 이미 세상을 떠난 것 같은데요." 브뤼가 탁자 위에 놓인 신문기사들을 손으로 가리키며 지적했다. 의도했던 것보다 좀 더 거친 말투가 나왔다.

"대령은 죽었습니다. 그리고 신께서 허락하신다면, 대령은 지금 지옥에 있을 것이고 앞으로도 영원히 지옥에 있을 겁니다."

"그런데 대령이 죽기 전에, 아니 당신이 태어났을 때라고 하는 편이 낫겠군요. 그때 대령이 부칭 외에 어떤 이름을 당신에게 지어주었습니까? 부칭은 아마 그리고레비치겠죠?"

이사는 고개를 늘어뜨리고 좌우로 저었다.

"대령은 가장 순수한 이름을 택했습니다." 그가 고개를 들고 당신도 다 알지 않느냐는 표정으로 차가운 미소를 지으며 말했다.

"어떤 의미에서 순수하다는 겁니까?"

"세상의 모든 러시아식 이름 중에서 가장 러시아다운 것. 저는 대령의 이반이었습니다, 선생님. 체첸에서 태어난 대령의 귀여운 이반."

아픈 순간이 더 악화돼서 곪아터지게 내버려두면 안 되는 법이지. 브뤼는 재빨리 화제를 바꾸기로 했다.

"내가 알기로 당신은 터키에서 여기로 왔습니다. 비공식적인 루트를 통해 왔다고 해야겠죠?" 브뤼는 칵테일파티에서나 쓸 법한 쾌활한 목소리로 말했다. 레일라는 아나벨의 지시를 어기고 부엌에서 거실로 돌아와 있었다.

"전 터키 감옥에 있었습니다, 선생님." 이사는 손목에 차고 있던 금팔찌를 풀어서 손에 들고 흔들어대며 말했다.

"얼마 동안 있었는지 물어도 되겠습니까?"

"정확히 111일 하고 한나절이었습니다, 선생님. 터키 감옥에서는 시간의 산술을 공부하는 데 커다란 보상이 따릅니다." 이사는 이 세상의 것 같지 않은 거친 웃음을 터뜨리며 소리쳤다. "터키로 가기 전에는 러시아에서도 감옥에 있었습니다! 사실 세 곳의 감옥을 전전했죠. 다 합하면 814일 일곱 시간입니다. 원하신다면, 세 곳의 감옥을 생활의 질 순서로 나열할 수도 있습니다." 그가 흥분한 표정으로 말했다. 흥분에 들뜬 목소리가 열렬하고 고집스러웠다. "저는 꽤 훌륭한 감식가입니다, 선생님! 제가 있던 감옥 중에는 워낙 인기가 좋아서 당국이 세 부분으로 나눈 곳도 있습니다. 그렇고말고요! 셋 중 한 곳은 우리가 자는 곳, 또 한 곳은 우리가 고문받는 곳, 나머지 한 곳은 우리를 회복시켜주는 병원이었습니다. 고문은 효과적이었습니다. 고문을 받고 나면 편안히 잘 수 있죠. 하지만 불행히도 병원은 수준 이하였습니다. 현대 러시아의 문제가 바로 그것이라고 할 수 있습니다! 간호사들은 수면부족 상태에서 자격시험을 치렀고, 기타 의료지식도 눈에 띄게 부족했습니다. 제가 관찰한 것을 말씀드리겠습니다, 선생님. 훌륭한 고문자가 되려면 연민의 감정이 풍부한 기질이 절대적으로 필요합니다. 고문 상대에게 안쓰러움을 느끼지 못하는 사람이라면 고문이라는 예술의 진정한 경지에 이르지 못하죠. 저는 지금까지 최고급 고문자를 한두 명밖에 만나지 못했습니다."

브뤼는 혹시 이야기가 더 있나 하고 잠시 기다렸지만, 이사는 흥분 때문에 검은 눈을 크게 뜬 채 브뤼의 말을 기다리고 있었다. 이번에도 무심코 긴장을 풀어준 사람은 레일라였다. 이사가 흥분한 이유는 이해하지 못할망정 어쨌든 지나치게 흥분한 모습에 걱정이 된 그녀는 서둘러 부얼으로 달려가서 코디얼(과일주스에 물과 설탕을 탄 음료-옮긴이) 한 잔을 가져와 이사 앞에 놓으며 꾸짖는 듯한 시선으로 브뤼와 아나벨을 차례로 바라보았다.

"애당초 왜 감옥에 가게 됐는지 물어도 되겠습니까?" 브뤼가 다시 질문을 시작했다.

"아, 그럼요, 선생님! 제발 물어봐주세요! 정말 반가운 질문입니다." 이사가 소리쳤다. 이제는 사형선고를 받고 교수대에 선 학자처럼 물불을 가리지 않는 태도였다. "체첸인으로 태어난 것 자체가 범죄입니다, 선생님. 그럼요. 우리 체첸인들은 태어날 때부터 엄청난 죄를 지었습니다. 차르 시대 이래로 우리 코가 납작한 것도 죄고, 머리카락과 피부가 검은 것도 죄입니다. 이것이 공공질서를 끊임없이 해치고 있습니다, 선생님!"

"하지만 내가 보기에 당신 코는 납작하지 않은데요."

"저도 그것이 안타깝습니다, 선생님."

"어쨌든 당신은 터키로 갔습니다. 그리고 거기서도 탈출했고요." 브뤼가 달래듯이 말했다. "그렇게 해서 함부르크까지 왔습니다. 그건 정말 굉장한 업적입니다."

"알라의 뜻이었습니다."

"하지만 당신도 좀 도왔겠죠."

"선생님이 저보다 더 잘 아시겠지만, 사람이 돈이 있으면 무슨 일이든 해낼 수 있습니다."

"아, 그런데 그건 누구의 돈이죠?" 브뤼가 능글맞게 물었다. 이제 돈 얘기가 나왔으니 그의 행동도 빨랐다. "당신이 그렇게 여러 번 훌륭하게 탈출하는 비용을 누가 대주었는지 궁금합니다."

"그렇다면, 선생님." 이사가 한참 동안 자기 영혼을 탐색한 끝에 대답했다. 그가 생각에 잠겨 있는 동안 브뤼는 이사가 또 알라를 들먹일지도 모른다고 생각했다. "그렇다면 저는 그의 이름이 아마 아나톨리일 거라고 말하겠습니다."

"아나톨리요?" 브뤼는 머릿속에서 그 이름을 한 번 굴린 뒤 말했다. 돌아가신 아버지의 아련한 과거도 한 번 뒤져보았다.

"예, 아나톨리입니다, 선생님. 아나톨리가 모든 비용을 대준 사람입니다. 그중에서도 특히 탈출 비용을 대췄습니다. 그 사람을 아십니까, 선생님?" 그가 기대에 찬 표정으로 불쑥 물었다. "그 사람은 선생님의 친구입니까?"

"아닌 것 같은데요."

"아나톨리에게는 돈이 삶의 목적입니다. 죽음도 마찬가지라고 할 수 있습니다."

브뤼는 이 주제를 더 파고들려고 했지만, 마침 그때 멜릭이 창가에서 입을 열었다.

"그 사람들이 아직도 있어요." 그가 커튼 틈새로 밖을 내다보며 독일어로 투덜거렸다. "그 할머니 두 명. 이젠 보석상 진열창에 관심이 없는 모양이에요. 한 명은 약국 창문에 붙은 공고문을 읽고 있고, 다른 한 명은 어떤 집 문간에서 휴대전화로 통화 중이에요. 아무리 이런 동네라지만 매춘부라고 하기에는 너무 못생겼어요."

"그 사람들은 그냥 평범한 여자야." 아나벨이 창가로 가서 밖을 내다보며 엄한 목소리로 멜릭을 나무랐다. 레일라는 손을 오목하게 오므려 얼굴을 가리며 애원하는 표정으로 눈을 감았다. "이건 드라마가 아냐, 멜릭."

하지만 이 말이 이사에게는 위로가 되지 못했다. 그는 멜릭의 말에 담긴 의미를 이해하고는 가방을 가슴 앞으로 멘 채 벌써 일어나 있었다.

"거기 뭐가 보여요?" 그가 비난이 담긴 표정으로 고개를 움직여 아나벨을 마주보며 비명 같은 목소리로 애원하듯 물었다. "또 이 나라 KGB 예요?"

"아무것도 아니에요, 이사. 문제가 생기더라도 우리가 당신을 돌봐줄 거예요. 그래서 우리가 이 자리에 있는 거예요."

이번에도 브뤼는 성가대 소년 같은 그 목소리가 아무렇지 않은 척하려고 지나치게 애쓴다는 느낌을 받았다.

"자, 그 아나톨리 말입니다." 브뤼는 분위기가 조금 가라앉자 마음을 다잡고 다시 질문을 시작했다. 레일라는 아나벨의 강력한 요청으로 신선한 사과차를 타오려고 부엌으로 갔다. "당신하고 아주 친한 사이인 것 같군요."

"선생님, 정말이지 아나톨리는 죄수들의 좋은 친구라고 할 수 있습니다. 의문의 여지가 없어요." 이사가 지나치게 재빨리 브뤼의 말에 수긍했다. "하지만 불행히도 아나톨리는 강간범, 살인자, 조폭, 개혁운동가하고도 친구입니다. 아나톨리는 마음이 넓어서 많은 친구를 사귀는 것 같아요." 그는 손등으로 땀을 닦으며 다소 무서운 미소를 애써 지었다.

"그 사람이 카르포프 대령과도 친한 사이였습니까?"

"아나톨리는 살인범과 강간범에게 최고의 친구라고 할 수 있습니다, 선생님. 카르포프를 위해 아나톨리는 저를 모스크바 최고의 학교에 넣어주었습니다. 제가 퇴학을 당한 뒤에도요."

"그리고 당신이 감옥에서 탈출하는 비용을 대준 것도 아나톨리였죠. 그 사람이 왜 그랬을까요? 당신이 어떤 식으로든 그에게 은혜를 베푼 적이 있습니까?"

"카르포프가 돈을 냈습니다."

"미안하지만, 아까 아나톨리가 돈을 냈다고 하지 않았나요?"

"죄송합니다, 선생님! 제 실수를 용서해주세요! 선생님 지적이 옳습니다. 설마 이걸 제 기록에 남기시지는 않겠죠?" 그가 여전히 물불을 가리지 않는 태도로 말을 이었다. 이번에는 그가 애원하는 대상에 아나벨도 포함되어 있었다. "카르포프가 돈을 냈습니다. 그것이 피할 수 없는 진실입니다, 선생님. 돈은 체첸의 사망자들 목과 손목에 걸려 있던 귀한 황금 장신구에서 나왔습니다. 그것이 사실입니다. 하지만 교도소장과 간수들에게 뇌물을 준 건 아나톨리였습니다. 존경하는 선생님 앞으로 된 소개장을 제게 준 사람도 아나톨리였습니다. 아나톨리는 부패한 감옥 관리들이 나름대로 설정한 청렴결백의 기준을 넘지 않으면서 그들과 거래하는 법을 잘 아는 현명하고 현실적인 조언자입니다."

"소개장이라고요?" 브뤼가 말했다. "난 소개장 같은 건 보지 못했습니다." 그는 아나벨을 바라보았지만 아무 소용이 없었다. 그녀도 얼음처럼 딱딱한 표정을 짓는 능력이 그 못지않았다. 아니, 오히려 더 나았다.

"그건 마피아 소개장입니다, 선생님. 마피아 변호사 아나톨리가 예전 붉은 군대 소속이었으며 살인자이자 강간범이었던 그리고리 보리소비치 카르포프 대령의 죽음에 관해 쓴 편지입니다."

"누구한테요?"

"저한테요, 선생님."

"지금 그걸 갖고 있습니까?"

"항상 제 가슴에 있습니다." 그는 팔찌를 다시 손목에 끼고, 검은 외투 속에서 지갑을 다시 끄집어내서 브뤼에게 구겨진 편지를 건네주었다. 로마자와 키릴 문자로 인쇄된 편지의 첫머리에는 모스크바에 있는 어떤 법률회사의 이름과 주소가 적혀 있었다. 러시아어로 타이핑된 본문은 '친애하는 이사'라는 말로 시작되었다. 편지의 작성자는 이사의 아버지가 사랑하는 전우들이 지켜보는 가운데 뇌졸중으로 세상을 떠났음을 애통해했다. 이사의 아버지는 군대식 장례의식을 통해 땅에 묻혔다고 했다. 하지만 카르포프라는 이름은 한 번도 언급되지 않았다. 다만 '토미 브뤼'라는 이름과 '브뤼 프레르'라는 이름이 굵은 글씨로 찍혀 있고, 맨 아래쪽에 '리피잰더'라는 단어와 계좌번호가 차례로 적혀 있을 뿐이었다. 서명자는 아나톨리. 그의 성은 밝혀져 있지 않았다.

"이 아나톨리라는 분이 내 은행과 내가 당신에게 정확히 무슨 일을 해줄 수 있다고 말씀하시던가요?"

불투명한 칸막이를 통해 레일라가 컵과 접시를 시끄럽게 덜그럭거리는 소리가 들려왔다.

"선생님이 저를 보호해주실 거라고 했습니다. 저를 선생님의 보호막으로 감싸주실 거라고요. 아나톨리 자신이 그런 것처럼. 선생님은 착하고 힘 있는 분이며, 이 훌륭한 도시의 올리가르흐(원래는 과두정치체제의 독재자를 뜻하는 말이지만, 소련이 붕괴한 후 등장한 러시아의 재벌을 가리키는 말이기도 함—옮긴이)라고 했습니다. 선생님의 훌륭한 은행 덕분에 저는 의사가 되어서 신과 인류에게 봉사하며, 선생님의 훌륭하신 선친께서 범죄자이자 살인범인 카르포프와 맺은 엄숙한 서약에 따라 정돈된 삶을 살게 될 겁니다. 그 서약은 선친께서 돌아가신 뒤 아들에게 전해졌지요. 선생님이 그 아들이십니다."

브뤼는 노련한 미소를 지었다. "그래요, 당신과는 달리 나는 아버지의 아들이 맞습니다." 그가 이렇게 수긍하자 이사는 괴로움과 두려움에 가득 찬 시선을 아나벨에게 옮기며 또 한 번 지나치게 눈부신 미소를 지었다. 그는 마치 그녀에게 푹 빠진 사람처럼 잠시 그녀를 바라보다가 시선을 돌려버렸다.

"선생님의 선친은 이 카르포프 대령에게 좋은 약속을 많이 하셨습니다, 선생님!" 이사가 다시 한 번 두려움과 흥분에 압도당해 벌떡 일어서면서 불쑥 말했다. 그는 급히 숨을 한 번 들이쉬더니 심하게 얼굴을 찡그리며, 브뤼의 아버지를 흉내 내려는 듯 거칠고 오만한 목소리를 냈다. "그리고리, 내 친구! 자네의 어린 아들 이반이 날 찾아오면, 그게 아주 먼 훗날이라면 더욱 좋겠네만, 그때가 되면 내 은행은 그 아이를 우리의 피붙이처럼 대우할 걸세." 이사는 한쪽 팔을 쑥 내밀어 그 신성한 맹세를 손에 쥐려는 듯 손끝으로 허공을 할퀴며 소리쳤다. "만약 내가 이미 이 세상에 없다면, 내 아들 토미가 자네 아들 이반을 대접할 걸세. 내 자네한테 맹세하지. 이건 내가 마음으로 하는 엄숙한 약속이야, 내 친구 그리고리. 그리고 이건 리퍼잰더 씨의 약속이기도 하네." 이사는 다시 현실로 돌아와 비틀린 목소리를 냈다. "이것이, 선생님, 마피아 변호사 아나톨리가 제게 들려준, 존경하는 선생님 선친의 말씀입니다. 아나톨리는 제 아버지에 대한 변태적인 사랑 때문에 제가 많은 불행을 겪는 동안 제 구세주가 되었습니다." 그는 말을 마쳤다. 그의 목소리가 갈라지고, 숨도 가빠졌다.

그 뒤를 이은 침묵 속에서 멜릭이 자신의 기분을 털어 놓았다.

"조심하세요." 그가 독일어로 브뤼에게 거칠게 경고했다. "형을 너무 심하게 조이면, 형이 발작을 일으킬지도 몰라요." 그러고는 브뤼가 혹시 자기 말을 제대로 이해하지 못했을 수도 있다는 생각이 들었는지 말을 덧붙였다. "살살 대하라고요, 아셨죠? 이사는 제 형이에요."

한참 만에 브뤼는 독일어로 입을 열었다. 그는 일부러 무심한 말투로 이사가 아니라 아나벨을 향해 말했다.

"그럼 그 엄숙한 약속이 문서로 작성되어 있습니까, 리히터 씨? 아니면 아나톨리 씨가 다른 사람에게서 전해 들었고, 당신 고객이 다시 우리에게 전달해준 말을 그냥 받아들여야 하는 겁니까?"

"문서로 돼 있는 건 선생님 은행의 계좌번호와 이름뿐이에요." 그녀가 팽팽하게 긴장된 목소리로 대답했다.

브뤼는 곰곰이 생각에 잠긴 척했다. "문제가 좀 있습니다, 이사." 그는 러시아어로 입을 열었다. 자신의 머릿속에서 소리를 질러대는 여러 가지 목소리 중 그가 선택한 것은 차분히 합리적으로 계산을 하는 듯한 목소리였다. "당신 말에 따르면, 아나톨리는 당신 아버지의 변호사였습니다. 그리고 역시 당신 말에 따르면, 카르포프 대령은 당신의 생부이지만 당신은 그 사람을 아버지로 인정하지 않습니다. 그런데 정작 당신이 누군지 우리는 알지 못합니다, 그렇죠? 당신의 신분에 관한 서류도 없고, 당신은 스스로 인정한 것처럼 꽤 오랫동안 감옥생활을 했습니다. 수감된 이유가 무엇이든 은행가에게 그리 반가운 일은 아닙니다."

"저는 무슬림입니다, 선생님!" 이사가 항변했다. 그는 흥분해서 목소리를 높이며 도움을 요청하듯 다시 아나벨을 흘깃 바라보았다. "저는 나쁜 체첸 놈입니다! 감옥에 가는 데 다른 이유는 필요 없습니다."

"내가 납득할 만한 설명이 필요합니다." 브뤼는 멜릭의 험상궂은 표정을 무시한 채 준엄하게 말을 이었다. "당신이 내 은행의 귀한 고객에 관한 특별한 정보를 갖게 된 경위를 알아야겠습니다. 가능하다면, 당신의 가문에 대해서도 좀 더 조사해보아야 합니다. 우선, 이 세상의 모든 좋은 일과 나쁜 일의 출발점인 어머니부터 시작해보죠." 그는 자신이 잔인하게 굴고 있음을 알고 있었다. 이건 오히려 그가 바라는 일이기도 했다. 멜릭이 이미 경고했지만, 이사가 에드워드 아마데우스를 기괴하게 흉내내는 모습을 보니 속이 뒤틀렸다. "모친은 어떤 분입니까? 혹시 이미 세상을 떠나셨습니까? 형제자매가 있습니까? 이미 죽은 사람까지 포함해서 말하는 겁니다."

처음에 이사는 아무 말도 하지 않았다. 그는 비쩍 마른 몸을 앞으로 쭉 늘여서 팔꿈치로 탁자를 짚었다. 그 바람에 팔찌가 여윈 팔뚝의 중간 지점까지 흘러 내렸고, 길쭉한 손은 위로 세운 검은 외투의 깃 속에서 머리를 받치고 있었다. 그의 얼굴에 갑자기 아이 같은 표정이 떠오르더니 이내 어른의 표정이 되었다.

"어머니는 돌아가셨습니다, 선생님. 많이 돌아가셨습니다. 여러 번 돌아가셨습니다. 어머니는 카르포프의 부대가 마을에서 어머니를 붙잡아 막사로 데려가던 날 돌아가셨습니다. 거기서 카르포프에게 능욕을 당하셨습니다. 열다섯 살 때입니다. 어머니는 부족의 장로들이 어머니가 스스로 능욕당하는 데 협조했다는 결정을 내리고, 부족의 전통에 따라 어머니의 남자형제 중 한 명에게 가서 누이를 죽이라고 명령하던 날 돌아가셨습니다. 어머니는 저를 낳으려고 기다리는 동안 매일 돌아가셨습니다. 저를 낳자마자 어머니 자신은 이 세상을 떠나야 하며, 아이는 능욕당한 체첸 여인들이 낳은 아이들을 위해 세워진 군대 고아원으로 보내질 것임을 알고 계셨으니까요. 어머니가 죽음을 예상한 것은 옳았지만, 그 원인을 제공한 남자의 행동은 제대로 예측하지 못했습니다. 카르포프는 부대가 모스크바 귀환 명령을 받자 아이를 전리품으로 데려가기로 했습니다."

"그때 당신의 나이는 몇 살이었습니까?"

"선생님, 아이는 일곱 살이었습니다. 체첸의 숲, 산, 강을 이미 본 다음이었습니다. 신께서 허락하신다면 언제든 그곳으로 돌아오고 싶어 할 만큼 자란 뒤였습니다. 선생님, 더 말할 것이 있습니다."

"말씀하세요."

"선생님은 친절하고 중요한 분입니다. 선생님은 명예로운 영국인입니다. 러시아의 야만인이 아닙니다. 체첸인들은 한때 영국 여왕에게 러시아 독재자로부터 자신을 보호해달라고 부탁할 꿈을 꾸었습니다. 저는 선생님의 존경하는 선친께서 카르포프에게 약속하신 대로 선생님의 보호를 받아들일 겁니다. 그리고 신의 이름으로 마음에서 우러난 감사를 드릴 겁니다. 하지만 만약 지금 말씀하시는 문제가 카르포프의 돈과 관련된 것이라면, 저는 유감스럽게도 그 돈을 거절할 수밖에 없습니다. 단 1유로도, 1달러도, 1루블도, 1파운드도 싫습니다. 그것은 제국주의 강도, 불신자, 십자군들의 돈입니다. 그것은 고리대금으로 불어난 돈입니다. 고리대금은 저희의 신성한 법에 어긋납니다. 그것은 제가 여기까지 힘겹게 오는 동안 꼭 필요한 돈이었지만, 저는 더 이상 그 돈에 손대지 않을 겁니다. 부탁이니 저를 위해 독일 여권과 체류허가를 얻어주세요. 제가 의학을 공부하며 겸허히 기도드릴 수 있는 집도 필요합니다. 제가 부탁하는 건 이것뿐입니다, 선생님. 감사합니다."

이사는 상반신을 탁자 위로 쑥 내밀며 팔짱을 낀 자신의 팔 속에 얼굴을 묻었다. 레일라가 부엌에서 달려 나와 흐느끼는 그를 달랬다. 멜릭은 마치 더 이상의 공격으로부터 이사를 보호하려는 듯 브뤼 앞에 버티고 섰다. 아나벨도 일어서 있었지만, 예의범절을 고려해서 고객의 곁으로 다가가지는 않았다.

"나도 당신에게 감사합니다, 이사." 브뤼는 오랫동안 침묵이 이어진 뒤 이렇게 대답했다. "리히터 씨, 나랑 단둘이 이야기를 좀 할 수 있겠습니까?"

두 사람은 멜릭의 침실에서 샌드백 옆에 서로 60센티미터 거리를 두고 서 있었다. 만약 아나벨의 키가 30센티미터쯤 더 컸다면 서로 같은 높이에서 얼굴을 마주 보게 되었을 것이다. 꿀색 반점이 있는 그녀의 눈동자가 안경 뒤에서 바위처럼 꿈쩍 않고 그를 바라보았다. 그녀는 천천히 신중하게 숨을 쉬었다. 그런데 생각해 보니 브뤼 자신도 그렇게 숨을 쉬고 있었다. 그녀는 한 손으로 스카프의 매듭을 풀어 얼굴을 드러냈다. 그에게 먼저 한 방 날려보라고 도전하는 듯했다. 하지만 그녀가 게오르기처럼 두려움을 모르는 데다가 도저히 공격할 수 없을 만큼 아름다웠기 때문에 그는 자신이 이 싸움에서 졌음을 머리 한구석에서 이미 알고 있었다.

"지금 들은 얘기 중에 리히터 씨가 미리 알고 있던 게 얼마나 됩니까?" 그가 다그치듯 물었다. 자신의 목소리가 낯설었다.

"그건 제 고객의 문제예요. 행장님이 신경 쓰실 일이 아니에요."

"리히터 씨의 고객은 권리를 주장하면서, 주장하지 않기도 합니다. 내가 어떻게 하면 되겠습니까? 리히터 씨의 고객은 권리 주장을 거둬들였지만 여전히 내 보호를 원해요."

"맞아요."

"난 보호하는 사람이 아닙니다. 은행가예요. 체류허가를 받아주는 사람도 아닙니다. 독일 여권을 얻어주는 사람도, 의대에 입학시켜주는 사람도 아니에요!" 그는 자연스레 손짓을 하며 말을 하고 있었다. 그에게는 아주 드문 일이었다. '아니에요'라는 말을 할 때마다 그는 오른손 주먹으로 왼손 손바닥을 두드렸다.

"제 고객은 행장님이 고위관리인 줄 알아요." 그녀가 반박했다. "행장님이 은행을 갖고 있으니, 이 도시도 소유하고 있을 거라는 거죠. 행장님 부친과 제 고객의 부친은 모두 사기꾼이었어요. 그러니 두 분은 피를 나눈 형제나 마찬가지죠. 행장님이 제 고객을 보호해주는 건 당연한 일이에요."

"선친은 사기꾼이 아니었습니다!" 그는 마음을 가다듬었다. "좋습니다, 리히터 씨는 지금 감정적이에요. 나도 그런 것 같고요. 그럴 수밖에 없겠죠. 리히터 씨 고객의 사정은 비극적이고, 리히터 씨는…."

"그냥 힘없는 여자라고요?"

"고객을 위해 최선을 다하는 양심적인 변호사입니다."

"저 사람은 행장님의 고객이기도 해요."

다른 상황이었다면 브뤼는 이 말을 열심히 반박했겠지만, 이번에는 그냥 내버려두었다. "저 사람은 고문을 당했어요. 모르긴 몰라도, 그 때문에 정신상태가 불안할 겁니다." 그가 말했다. "안타까운 일이지만, 그렇다면 저 사람이 진실을 말하고 있다고 볼 수 없어요. 저 사람이 감옥에서 다른 죄수의 소지품과 신분증을 빼앗아서 원래 그 사람의 것이었던 권리를 주장하며 사기를 치는 게 아니라고 누가 보장할 수 있겠습니까? 내 말이 우습습니까?"

그녀는 미소를 짓고 있었지만, 그것은 오로지 고객의 이익을 위한 것이었다. "방금 그것이 그 사람의 권리라고 인정하셨습니다."

"난 아무것도 인정하지 않았습니다!" 브뤼가 발끈해서 외쳤다. "내가 한 말은 정반대예요. 난 그것이 그 사람의 권리가 아닐 수도 있다고 말한 겁니다! 그리고 설사 그것이 그 사람의 권리라 해도 그 사람이 그것을 주장하지 않겠다는데, 다를 것이 없잖습니까?"

"행장님의 그 빌어먹을 은행만 아니면 제 고객이 이리로 오지도 않았을 거라는 사실이 다른 점이에요, 브뤼 행장님."

두 사람은 잠시 휴전하면서 그녀가 갑자기 내뱉은 놀라운 단어에 대해 생각해보았다. 그는 공격적으로 나가려 했지만, 마음이 내키지 않았다. 오히려 점점 그녀의 주장이 옳다는 쪽으로 생각이 바뀌고 있었다.

"리히터 씨."

"행장님."

"압도적인 증거가 없다면, 난 나의 은행, 아니 나의 아버지가 러시아 사기꾼들한테 도움과 편의를 제공해줬다는 주장을 절대 인정하지 않을 겁니다."

"그럼 뭘 인정하실 건가요?"

"먼저, 리히터 씨의 고객이 반드시 권리를 주장해야 합니다."

"안 할 거예요. 아나톨리한테서 받은 돈 중에 500달러가 아직 남아 있는데, 제 고객은 그 돈에도 손을 대려 하지 않아요. 여길 떠날 때 레일라에게 그 돈을 줄 생각이에요."

"권리를 주장하지 않겠다면, 내가 할 수 있는 일이 전혀 없습니다. 지금 상황 전체가… 이론적으로만 존재하는 상황이에요. 아니 그렇지도 않죠. 그냥 아무것도 아닌 상황입니다."

그녀는 곰곰이 생각에 잠겼지만 시간을 길게 끌지는 않았다. "좋아요. 제 고객이 그 권리를 주장한다고 쳐요. 그럼 그다음에는 어떻게 되는 거죠?"

그녀가 불의의 일격을 가하려 한다는 느낌이 들었기 때문에 그는 망설였다. "글쎄요, 먼저 최소한의 기본적인 증거가 필요하겠죠."

"최소한이라는 게 무슨 뜻이죠?"

브뤼는 이미 알고 있는 정보를 바탕으로 생각을 해보았다. 그는 처음 리피잰더 계좌를 만들 때부터 회피할 목적이었던 규정들을 방패처럼 이용하고 있었다. 그때는 그때고, 지금은 지금이야. 그는 이렇게 자신을 타일렀다. 지금 나는 예순 살이야. 말년에 망령이 난 에드워드 아마데우스와는 달라.

"저 사람의 신분을 증명하는 서류가 필요해요. 우선 출생증명서부터."

"그걸 어디서 구해요?"

"저 사람이 그런 서류를 구할 방도가 없다면, 내가 베를린에 있는 러시아 대사관에 협조를 구하겠습니다."

"그다음에는요?"

"저 사람 아버지가 죽었다는 증거, 그 사람이 작성한 유언장, 그리고 공증을 거친 변호사의 진술서가 필요합니다. 당연한 일이죠."

그녀는 아무 말도 하지 않았다.

"낡은 신문기사 조각과 수상쩍은 소개장 한 장만 믿고 일을 할 수는 없습니다."

그래도 아무 말이 없었다.

"그게 정상적인 절차예요." 그는 용감하게 말을 이었지만, 이번에는 정상적인 절차가 적용되지 않는다는 사실을 절감할 뿐이었다. "필요한 증거를 구하고 나면, 리히터 씨가 저 사람을 독일 법정으로 데려가서 유언을 공식적으로 검인받거나 법원의 명령을 얻어내야 할 겁니다. 우리 은행도 여기서 허가를 받고 사업하는 곳이에요. 내가 함부르크 주와 연방 공화국의 법을 준수해야 한다는 것이 허가의 조건입니다."

그녀는 여전히 불안한 침묵을 지키며 강렬한 눈빛으로 그를 유심히 살폈다.

"그게 규칙이라는 거죠?" 그녀가 물었다.

"일부는 그렇죠."

"행장님이 규칙을 어기면 어떻게 되죠? 1천 달러짜리 양복을 차려입은 멋쟁이 러시아 중역이 비행기 1등석에 앉아 모스크바에서 날아와서 자기 몫을 내놓으라고 하면 어떨까요? '안녕하세요, 토미 씨? 나예요, 카르포프의 아들. 당신 아버지와 내 아버지가 옛날에 술친구였어요. 내 돈을 찾으러 왔어요.' 이런다면, 행장님은 어떻게 하시겠어요?"

"지금과 똑같이 행동할 겁니다." 그는 열성적으로 외쳤지만, 확신은 없었다.

이제는 아나벨 리히터가 패자고, 토미 브뤼가 승자였다. 그녀가 어쩔 수 없다는 듯 표정을 누그러뜨렸다. 그리고 천천히 숨을 들이쉬었다.

"좋아요. 절 좀 도와주세요. 이건 제 능력이 닿지 않는 문제예요. 제가 어떻게 해야 하는지 말해주세요."

"항상 하던 대로 하면 될 겁니다. 온몸을 던져 독일 당국의 자비를 호소하며 저 사람이 정상적인 자격을 얻게 해주는 거죠. 상황을 보니 빠를수록 좋을 것 같습니다."

"정상적인 자격이라니, 어떻게요? 저 사람은 젊어요. 저보다 더 젊다고요. 당국이 정상적인 자격을 안 주면요? 한창 젊은 나이에 저 사람이 얼마나 더 세월을 바쳐야 할까요?"

"그건 리히터 씨가 전문적으로 다루는 분야죠, 안 그렇습니까? 다행히도 내 분야는 아니에요."

"우리 둘 모두에게 해당되는 분야예요." 그녀가 쏘아붙였다. 그녀의 얼굴이 순식간에 붉게 달아오르더니 계속 그 상태를 유지했다. "행장님이 신경을 쓰지 않는 것뿐이죠. 아주 재미있는 얘기 하나 해드릴까요? 아마 듣고 싶지 않으실 걸요. 그래도 얘기해드리죠. 저더러 저 사람을 법정으로 데려가라고 했죠? 공식적으로 유언 검증을 받으라고요. 제가 그렇게 하는 순간 저 사람은 죽은 거나 마찬가지예요. 아시겠어요? 죽는다고요. 저 사람은 스웨덴을 통해서 이리로 왔어요. 스웨덴, 덴마크를 거쳐서 함부르크로 온 거죠. 저 사람이 탄 배는 원래 스웨덴에 들를 예정이 아니었는데 들렀어요. 가끔 그럴 때가 있죠. 스웨덴 당국은 저 사람을 체포했어요. 저 사람은 감옥에서 워낙 혼이 난데다가 배를 타고 오는 동안에도 심하게 고생했기 때문에 제대로 서지도 못할 것처럼 보였어요. 그런데도 달아났어요. 돈이 도움이 된 건 사실이죠. 저 사람은 그 부분에 대해서는 그냥 얼버무리기만 해요. 저 사람이 도망치기 전에 스웨덴 경찰이 저 사람 사진과 지문을 찍었어요. 그게 무슨 뜻인지 당연히 아시겠죠?"

"아직은 몰라요."

그녀는 마음을 가다듬고 평정을 회복했지만 그 과정이 쉽지는 않았다. "저 사람 지문과 사진이 모든 나라 경찰의 웹사이트에 올라와 있다는 뜻이에요. 1990년의 더블린 조약에 따라, 독일은 저 사람을 급행열차에 태워서 스웨덴으로 보낼 수밖에 없어요. 행장님도 그 조약 내용은 처음부터 끝까지 다 읽어보셨죠? 항소도 불가능하고, 정당한 절차 같은 것도 없어요. 저 사람은 도망친 죄수고, 스웨덴에서 불법입국을 시도한 사람이고, 러시아와 터키에서는 수배자예요. 게다가 무슬림 운동에 참여한 기록까지 있어요. 그러니까 독일이 아니라 스웨덴이 저 사람을 추방할 거예요."

"스웨덴도 다른 나라와 마찬가지로 인도적인 나라입니다."

"예, 그렇죠. 특히 불법 이민자에 대해서는 아주 인도적이죠. 스웨덴 입장에서 볼 때, 저 사람은 불법 이민자이고 도피 중인 테러리스트예요. 터키인들이 저 사람이 형기를 채워야 한다며, 물론 뇌물을 써서 탈옥한 죄로 몇 년을 더 살아야겠지만, 어쨌든 터키에서 저 사람을 돌려달라고 하면 스웨덴은 저 사람을 터키로 넘기고 그냥 잊어버릴 거예요. 뭐, 스웨덴에서 성자 같은 사람들이 개입할 가능성이 1천분의 1쯤 되기는 하죠. 그런데 제가 보기에는 성자가 그렇게 많지 않은 것 같더라고요. 터키는 저 사람을 실컷 데리고 논 다음에 러시아에 넘길 거예요. 너희도 데리고 놀아보라는 식으로. 아니면 터키가 저 사람이 더 이상 필요 없다고 하면 스웨덴이 저 사람을 곧장 러시아로 넘길 수도 있어요. 어느 쪽이든 저 사람은 또 감옥에 갇혀서 고문을 당하게 될 거예요. 행장님도 저 사람을 보셨죠? 그런 생활을 앞으로 얼마나 더 견딜 수 있을까요? 제 말 듣고 계세요? 얼굴만 봐서는 모르겠어요."

모르기는 그도 마찬가지였다. 자신이 어떤 표정을 지어야 하는지, 어떤 감정을 표정에 드러내야 하는지 알 수 없었다.

"마치 내가 인정이라고는 눈곱만큼도 없는 사람이라는 얘기 같군요." 그는 항변했지만 왠지 서투르게 들렸다. 그녀는 계속 그를 쏘아보았다.

"작년에 마고메드라는 고객이 있었어요. 스물세 살의 체첸인이었는데, 러시아에서 고문을 당했죠. 개인적으로 무슨 이유가 있었던 것도 아니고, 구체적인 근거도 없이 그냥 무지하게 얻어맞았어요. 마고메드는 착한 청년이었어요. 이사처럼 약간 제정신이 아닌 구석도 있었고요. 너무 맞아서 그렇게 된 건지도 모르죠. 우리는 난민 신청을 하면서 동정심에 호소하는 작전을 썼어요. 마고메드는 동물원을 좋아했어요. 저는 마고메드가 걱정스러웠어요. 그래서 생크추어리가 있는 돈을 탈탈 털어서 잘나가는 변호사를 고용했어요. 그 변호사는 동정심에 호소하는 작전이 압도적인 효과를 낳을 거라며 구체적인 방안을 짜기 시작했어요. 원칙적으로 독일은 난민 신청을 한 사람을 추방하면 안 되는 상황에 대해 법으로 엄격히 규정해 놓고 있어요. 우리는 결정을 기다리는 동안 하루 더 동물원에 가서 놀기로 했어요. 마고메드는 이사처럼 화려한 전과가 있지도 않았어요. 민병대원도 아니고, 수상쩍은 이슬람교도도 아니었으니까요. 인터폴이 수배령을 내리지도 않았고요. 그런데 당국은 새벽 5시에 마고메드를 침대에서 끌어내 상트페테르부르크 행 비행기에 태웠어요. 어쩔 수 없이 재갈을 물렸다고 하더군요. 마고메드는 그때의 비명소리를 끝으로 소식이 끊어졌어요." 그녀는 무슨 이유에서인지 얼굴을 붉히더니 숨을 들이쉬었다.

"법대에 다닐 때 우린 생명보다 법이 우선하는 현실에 대해 많은 이야기를 나눴어요. 그것이 우리 독일 역사의 진실이죠. 법은 생명을 보호하기 위한 것이 아니라, 생명을 학대하기 위한 것이라는 사실. 우리는 유대인들한테도 그렇게 굴었잖아요. 현재 미국은 그 원칙을 나름대로 변형해서 국가가 주도하는 고문과 납치를 용인하고 있고요. 그런데 이게 전염성이 있어요. 행장님의 조국도 거기에서 안전하지 않아요. 제 나라도 마찬가지고요. 전 그런 식의 법을 섬기는 종이 아니에요. 전 이사 카르포프의 종이에요. 이사가 제 고객이니까요. 행장님이 그걸 당혹스러워하신다 해도 전 사과할 생각 없어요."

하지만 그녀 자신이 당혹스러워하고 있는 것 같았다. 얼굴이 진홍빛으로 달아올라 있었다.

"리히터 씨의 고객은 지금 자신의 상황을 얼마나 알고 있습니까?" 긴 침묵이 흐른 뒤 브뤼가 물었다.

"그걸 말해주는 게 제 임무니까 제가 말해줬어요."

"어떻게 받아들이던가요?"

"우리한테는 나쁜 소식처럼 보이는 것을 이사도 항상 나쁜 소식으로 받아들이는 건 아니에요. 제 얘기에 흥미를 보이기는 했지만, 행장님이 문제를 해결할 수 있을 거라고 자신했어요. 혹시 행장님이 눈치채지 못하셨을까 봐 드리는 말씀인데, 지금 이 집은 감시당하고 있어요. 레일라를 찾아왔던 그 열과 성을 다하는 경찰관들 말인데요… 맞아요, 그 사람들은 정말로 열과 성을 다하고 있어요."

"리히터 씨가 그 사람들을 아는 줄 알았는데요."

"생크추어리 사람들은 그 사람들을 다 알아요. 그 사람들은 탐지견이에요."

그녀의 눈길에서 벗어나고 싶은 마음도 있고, 잠시 긴장을 좀 풀고 싶기도 해서 브뤼는 방을 한 바퀴 돌았다.

"리히터 씨의 고객에게 물어볼 것이 하나 있어요." 그는 그녀를 향해 방향을 돌리면서 말했다. "어쩌면 리히터 씨가 대신 대답할 수 있을지도 모르죠. 리히터 씨 고객의 선친이 남긴 계좌의 계약 조건 중에 어떤 도구가 포함되어 있습니다. 계좌에 대한 권리를 주장하려면 그 '도구'가 반드시 필요해요."

"그 도구라는 게 열쇠인가요?"

"그럴 수도 있죠."

"3면에 홈이 있는 작은 열쇠요?"

"그렇다고 할 수도 있겠죠."

"제가 물어볼게요."

저 여자가 지금 웃고 있는 건가? 브뤼 자신과 그녀 사이에 함께 일을 도모하는 사람들 특유의 유대감이 순간적으로 생겨난 것 같았다. 브뤼는 정말로 그런 유대감이 생겼기를 기원했다.

"물론 그건 리히터 씨의 고객이 권리를 주장하고 나설 때의 얘기입니다." 그가 엄격한 말투로 덧붙였다. "권리를 주장하라고 그 사람을 설득할 수 있다면 그렇다는 말이죠. 그렇지 않다면 우린 다시 원점으로 돌아가게 됩니다."

"거기에 돈이 많이 들어 있나요?"

"리히터 씨의 고객이 권리를 주장해서 성공을 거둔다면, 그 사람이 직접 리히터 씨에게 돈이 얼마나 되는지 말해줄 겁니다." 그가 점잔을 빼며 말했다.

그런데 순간적으로 그의 착한 마음씨가 느닷없이 그를 압도해버렸거나, 아니면 그가 태어났을 때부터 냉정한 은행가가 되는 교육을 받았다는 사실을 잊어버린 모양이었다. 으스스한 감각이 그를 휩쓸고 지나갔다. 마치 누군가가, 그러니까 그의 선천적인 인간애를 탄탄한 재정관리의 위협요소로 보기보다는 기꺼이 포용할 준비가 되어 있는 누군가가 그의 몸을 차지하고 그의 입을 빌려 대신 말하고 있는 것 같았다.

"하지만 혹시 내가 개인적으로 할 수 있는 일, 그러니까 도울 수 있는 일이 있다면, 솔직히 말해서 합리적인 판단을 벗어나지 않는 범위의 일이라면 무엇이든지, 기꺼이 도와드리겠습니다. 사실 내게는 오히려 기쁜 일이죠. 그렇게 도울 수 있다는 걸 특권으로 생각하겠습니다."

아나벨이 꼼짝도 하지 않고 자신을 지켜보기만 했기 때문에 브뤼는 자기가 정말로 입을 열어 말을 한 것이 사실인지 슬슬 의심스러워지기 시작했다.

"정확히 어떻게 돕겠다는 거죠?" 그녀가 물었다.

이제 그는 앞으로 나아갈 수밖에 없었다. 이미 그 방향으로 발을 내디딘 다음이었으니까. "합리적인 일이라면 무엇이든 할 수 있습니다. 리히터 씨의 인도에 따르겠습니다. 완전히. 내가 보기에는 리히터 씨 고객의 주장이 진실인 것 같습니다. 나로서는 그렇게 생각하는 수밖에 없어요."

"그건 저도 마찬가지예요." 그녀가 짜증스럽게 말했다. "전 진심으로 돕고 싶다는 행장님의 말이 무슨 뜻인지 알고 싶을 뿐이에요."

자기 말이 무슨 뜻인지 모르기는 브뤼도 마찬가지였다. 하지만 그녀의 시선에 이제 비난의 기색이 없는 것만은 확실했다. 그의 말이 그녀의 마음에 든 모양이었다. 비록 그녀 자신도 이제야 그 사실을 깨닫고 있는 것 같았지만.

"아마 '돈' 문제를 생각하고 그런 말을 한 것 같습니다." 그가 약간 겸연쩍은 표정으로 말했다.

"예를 들어, 이사의 미래를 믿고 지금 당장 미리 돈을 빌려주실 수 있다고요?"

그의 내면에서 은행가의 본성이 잠깐 다시 고개를 들었다. "은행을 통해서요? 아뇨. 리히터 씨 고객의 미래가 확실해지지 않는 한, 그리고 저 사람이 계좌에 대한 권리를 주장하지 않는 한 그럴 수는 없습니다. 그건 생각할 필요도 없는 일이에요."

"그럼 무슨 돈을 말씀하시는 거죠?"

"리히터 씨가 일하는 단체에 혹시 이런 상황에 대비한 기금 같은 것이 없습니까?"

"생크추어리 노스는 지금 저 사람을 가장 가까운 추방센터로 보내줄 교통비 정도밖에 없어요."

"그럼 저 사람이 임시로 머무를 수 있는 시설은요?"

"경찰이 5분 이내에 저 사람을 찾아내지 못할 시설이라면 없어요."

브뤼는 그래도 포기하지 않았다. "만약 저 사람이 정말로 아픈 거라면 요? 병을 핑계로 내세운다면 어떨까요? 설마 중병에 걸린 사람을 추방 하지는 않겠죠."

"병을 핑계로 내세우는 방법이라면 이미 난민들 중 절반이 그렇게 하 고 있어요. 마고메드 때 우리도 그 방법을 썼고요. 만약 의사들이 저 사 람이 여행을 할 수 있는 상태가 아니라는 소견서를 써준다면, 안전한 병 원에서 치료를 받다가 건강을 회복한 뒤 추방당할 거예요. 이제 다시 물 을게요. 아까 무슨 돈을 말씀하신 거죠?"

"음, 실제로 필요한 돈이 얼마인지에 따라서 총액은 달라질 수 있을 것 같습니다." 브뤼는 다시 은행가의 모습으로 돌아가 있었다. "리히터 씨가 그 돈으로 무엇을 할 계획인지 나한테 대략적으로 말해준다면…."

"그럴 수는 없어요. 그건 고객의 비밀이에요."

"물론 그렇겠죠. 당연합니다. 그렇고말고요. 하지만 비교적 크지 않은 금액이라면, 그러니까 저 사람이 지금 상황을 넘길 수만 있게…."

"그게 그렇게 적은 금액으로…."

"…그렇다면 지금 상황도 이렇고 하니 내가 개인적으로 돈을 빌려드리겠습니다. 물론 리히터 씨의 고객 앞으로요. 리히터 씨를 통해 빌려주는 거지만, 그 돈을 쓰는 건 저 사람입니다."

"거기에도 담보가 필요한 가요?"

"세상에, 그럴 리가요!" 그녀의 질문이 왜 이토록 충격적인 걸까? "이건 그냥 비공식적으로 빌려주는 돈입니다. 나중에 때가 되면 받을 수 있겠거니 하고, 못 받아도 어쩔 수 없는 일이고요. 물론 리히터 씨가 생각하는 금액이 얼마인지에 따라 조금 달라질 수도 있겠지만요. 어쨌든 그건 아닙니다. 담보가 필요하지도 않고, 담보를 요구할 생각도 없어요."

이 말을 하고 나서 생각해보니, 이것이 그의 진심이었다. 다시 같은 말을 하라고 해도 할 수 있을 것 같았다. 꼭 필요하다면, 몇 번이든 할 수 있을 것 같았다.

이번에는 그녀가 머뭇거렸다. "그 금액이… 저… 생각보다 아주 많을 수도 있어요."

"아, 그거야 '아주 많다'는 게 무슨 뜻인지에 따라 달라지겠죠." 그는 자기도 모르게 이렇게 대답했다. 그의 은행가다운 미소는 '당신에게는 많은 돈이 내게는 많지 않을 수도 있다'고 말하는 듯했다.

"만약 저 사람한테 그 돈이 필요 없어지면 제가 돌려드릴게요. 그건 걱정 마세요."

"걱정 같은 건 전혀 없습니다. 그래, 금액이 얼마나 될 것 같습니까?"

저 여자는 지금 무슨 계산을 하고 있을까? 브뤼가 빌려줄 수 있는 돈이 얼마나 될지 계산하는 걸까? 아니면 자기가 생각하는 금액 중에 얼마를 불러야 할지 생각하는 걸까? 저 여자는 언제부터 그 금액을 생각하고 있었을까? 그와 함께 이 집에 온 순간부터? 아니면 그가 돈 얘기를 꺼낸 뒤에야 비로소?

"저 사람이 꼭 해야 하는 일들이 있으니까… 그것도 제가 저 사람을

설득할 수 있을 때의 이야기지만… 그렇다면 액수가 적어도… 3만 유로
는 될 거예요." 그녀는 마치 이 액수를 실제보다 더 작게 포장하고 싶은
사람처럼 재빨리 말했다.

브뤼는 머릿속이 복잡해졌다. 액수를 듣고 놀란 탓이 아니었다. 그녀
는 수상쩍은 기업가도 아니고, 은행잔고보다 더 많은 수표를 발행한 고
객도 아니고, 악성 채무자도 아니고, 터무니없는 아이디어를 내세운 사
회적인 낙오자도 아니었다. 사실 터무니없는 아이디어를 내놓은 건 오
히려 내 쪽이지. 아냐, 내 아이디어는 터무니없지 않았어.

"그 돈이 언제 필요합니까?" 그는 마음이 바뀌기 전에 재빨리 물었다.
이것도 중요한 질문이었다.

"아주 빨리요. 아무리 늦어도 이틀 안에는 그 돈을 마련해야 돼요. 상
황이 빠르게 변할 수도 있으니까요. 만약 그렇게 되면 한시라도 빨리 돈
을 확보해야 해요."

"오늘이 금요일이니까 그냥 당장 해버리면 어떨까요? 그러면 나중에
후회할 일이 없을 것 같은데. 그리고 필요 없는 돈은 나중에 돌려주시겠
다니까, 예비비도 조금 준비해두죠, 어떻습니까?" 마치 그가 그녀와 함
께 뭔가 일을 꾸미고 있는 것 같은 기분이었다. 자기 몸이 자기 것 같지
않은 상태라서 그런지 정말로 그런 느낌이 들었다.

브뤼는 언제나 수표책을 들고 다니는 사람이기 때문에 지금도 대형
태환은행이 발행한 수표책을 지니고 있었다. 그런데 펜은 도대체 어디
있는 거지? 그는 주머니들을 두드리며 펜을 찾다가 거실 탁자 위에 메모
지와 함께 놓아두고 왔음을 기억해냈다. 그녀는 그에게 자신의 펜을 빌
려주고는 그가 아나벨 리히터 앞으로 5만 유로짜리 수표를 쓰는 모습을
지켜보았다. 날짜는 금요일인 오늘로 적어 넣었다. 브뤼는 재킷 안에 여
섯 장쯤 가지고 있던 명함을 하나 꺼내서 자신의 휴대전화 번호를 적었

다. 그리고 뒤늦게 생각났다는 듯이(이런 한심한 인간 같으니!) 은행 직통 번호도 적어 넣었다.

"나한테 전화할 일이 있을 겁니다." 그는 당황한 표정으로 중얼거렸다. 그녀가 여전히 그를 빤히 바라보고 있음을 알아차린 탓이었다. "어쨌든, 내 이름은 토미입니다."

거실에서 이사는 레일라의 설득을 받아들여 소파에 머리를 기댔다. 레일라는 그의 이마에 물수건을 놓아주었다. 브뤼는 탁자에 있던 황금색 볼펜을 집어 들었다.

"다시는 여기 오지 않는 게 좋을 거예요." 멜릭이 브뤼를 문까지 배웅하며 으르렁거렸다. "이 거리 이름도 머리에서 지워버리세요. 우리도 선생님을 기억하지 않고, 선생님도 우리를 기억하지 않는 겁니다. 아시겠어요?"

"알았네." 브뤼가 말했다.

"폰 에센스가 속임수를 썼어." 미치가 화장대 거울 앞에서 사파이어 귀걸이를 빼면서 단언했다. 브뤼는 침대에서 그녀를 지켜보고 있었다. 미치는 지금 쉰 살이지만, 관리를 열심히 하면서 인기 좋은 의사의 솜씨를 몇 번 빌린 덕분에 여전히 매혹적인 서른아홉 살처럼 보였다. 아니, 거의 그렇다고 할 수 있었다.

"폰 에센스는 고전적인 속임수란 속임수는 모조리 쓰고 있어." 그녀는 목의 주름살을 비판적인 시선으로 살피며 말을 이었다. "얼굴에 손가락 대기, 카드에 손가락 대기, 머리 긁기, 하품하기, 거울 사용하기. 게다가 그 집의 그 천박한 가정부는 우리한테 음료수를 억지로 권하면서 어깨너머로 우리 패를 훔쳐보거나, 아니면 베른하르트한테 자꾸 추파를 던져."

지금 시각은 새벽 2시였다. 두 사람은 기분에 따라 독일어를 쓸 때도 있고, 영어를 쓸 때도 있었다. 재미로 이 둘을 섞어 쓰기도 했다. 오늘 밤에는 독일어였다. 빈의 사투리가 섞인 미치의 부드러운 독일어.

"그러니까 당신이 졌다는 얘기군." 브뤼가 말했다.

"게다가 폰 에센스의 집에서는 냄새가 나." 그녀가 그의 말을 무시하고 말을 덧붙였다. "하수도 위에 세운 집이라는 걸 생각하면 무리도 아니지. 베른하르트는 킹 카드를 절대 내놓지 말아야 했어. 너무 성급하다니까. 베른하르트가 마음을 단단히 먹었다면, 우리가 세 판 중에 두 판을 이길 수도 있었어. 베른하르트도 이젠 철이 좀 들어야 하는데."

베른하르트는 그녀의 파트너였다. 브리지 게임 말고 다른 때도 파트너 노릇을 하는 것 같기도 했다. 하지만 어쩔 수 없는 일이었다. 인생이라는 게 원래 그런 것이니까. 베스터하임 노인이 미치를 함부르크 최고의 영부인감이라고 부른 건 정곡을 찌른 말이었다.

"오늘 늦게까지 일했어, 토미?" 미치가 욕실에서 큰 소리로 물었다.

"상당히 늦게까지 했어."

"가엾어라."

언젠가 당신은 나더러 어디서 뭘 했느냐고 진심으로 묻게 될 거야. 그는 속으로 생각했다. 아냐, 그런 걸 묻는 일은 절대 없겠지. 당신은 나한테서 듣고 싶지 않은 질문을 나한테 던질 사람이 아니니까. 현명한 여자야. 나보다 훨씬 더 현명해. 마음대로 하게 내버려두면, 당신은 한 2년 만에 은행을 완전히 바꿔놓을걸.

"목소리에 날이 서 있네." 그녀가 잠옷을 입고 나오면서 투덜거렸다. "당신을 보면 전혀 금요일 밤 같지 않아. 얼굴도 상기되고 바빠 보여. 수면제 먹었어?"

"응. 그런데 효과가 없어."

"술도 마셨어?"

"스카치 두어 잔쯤."

"무슨 걱정이라도 있어?"

"그럴 리가 있나. 모든 일이 다 잘 되고 있어."

"다행이네. 예순 살이 넘으면 원래 잠들기 싫어지는 건지도 모르지."

"그래, 그런 것 같아."

그녀는 불을 껐다.

"베른하르트가 내일 비행기를 몰고 실트에 있는 자기 집으로 가서 점심을 먹을 거라며 우리를 초대했어. 비행기에 좌석 두 개가 남는다고. 당신 갈 거야?"

"재미있을 것 같은데."

그래, 미치, 난 지금 얼굴이 상기됐고 마음이 바빠. 그래, 나한테는 지금이 금요일 밤 같지 않아. 난 조금 전에 누군가에게 5만 유로를 줬어. 돈을 주면서 이렇게 기분이 좋았던 건 처음이야. 그런데 지금도 내가 돈을 준 이유를 모르겠어. 그 친구한테 시간을 벌어주려고? 앞으로 그 친구를 어떻게 할 건데? 아틀란틱 호텔의 스위트룸이라도 잡아줄 건가?

오늘 밤에 난 혼자서 집까지 걸어왔어. 택시도, 리무진도 안 타고. 지갑은 5만 유로만큼 가벼워졌지만, 기분이 좋았어. 혹시 미행을 당하지는 않았느냐고? 그렇지는 않은 것 같아. 적어도 내가 에펜도르프에서 길을 잃기 전까지는 말이야.

나는 평평하고 곧게 뻗은 길을 성큼성큼 걸었어. 모든 길이 똑같아 보이더군. 내 머리는 어디로 가야 하는지 명령을 내리려 하질 않았어. 하지만 두려움 때문은 아니었어. 내가 미행자들을 떨쳐버리려고 일부러 그런 것도 아니고. 정말로 미행자가 있었는지는 모르겠지만. 그냥 내 머릿속 나침반이 고장 나버렸을 뿐이야.

오늘 금요일 밤에 나는 똑같은 네거리를 세 번이나 지났어. 지금 내가 그 자리에 다시 서 있다 해도 여전히 어느 쪽으로 가야 할지 모를 거야.

순탄하게 흘러온 내 인생을 되돌아보면 무엇이 보일까? 도망이야. 여자 문제든, 은행 문제든, 게오르기 문제든, 나 토미는 항상 문제가 터질 때쯤이면 벌써 문 밖으로 반쯤 발을 내밀고 있었어. 난 토미가 아니었어. 내 안에 두 사람이 들어 있는 것 같았지. 그 자리에 있는 사람은 내가 아니었어. 그런데도 문제는 항상 날 가장 먼저 공격했지. 이게 바로 당신이 알고 있는 늙은 토미야.

하지만 아나벨은… 내가 당신을 이렇게 불러도 될까? 어쨌든 당신은 완전히 반대야, 그렇지? 당신은 충돌을 좋아하는 아가씨야. 진짜지. 아마 그래서 내 머릿속에서 '아나벨, 아나벨'이라는 말이 맴도는 모양이야. '에드워드 아마데우스, 사랑받았지만 정신이 나간 채로 죽어버린 사람. 아버지 때문에 내가 지금 얼마나 골치 아프게 됐는지 한번 보세요!' 이런 생각을 하고 있어야 하는데 말이야.

아냐, 난 지금 골치 아프지 않아. 오히려 투자를 하고서 행복한 기분이야. 골치 아픈 문제에서 발을 빼려고 돈을 낸 것이 아니라 안으로 들어가려고 돈을 낸 거야. 그 5만 유로가 내 입장료야. 당신이 무슨 계획을 꾸미고 있는지는 몰라도, 난 그 일의 파트너야. 그건 그렇고, 내 이름은 토미야.

당신 곁에는 누가 있지, 아나벨? 당신은 누구랑 이야기를 하지? 바로 지금, 이 순간에 말이야. 눈앞이 막막할 때 당신은 누구에게 속내를 털어놓지?

게오르기와 같이 다니는 급진적인 떠벌이들에게? 장발에 5만 유로도, 예의도 없는 그놈들?

아니면 당신이 너무 흥분했을 때 말로 당신을 진정시킬 수 있는, 나이도 지긋하고 돈도 많고, 세상 물정에도 밝은 남자?

'아버지들이란.' 수면제가 점점 효과를 발휘하는 가운데 그는 속으로 이런 생각을 했다. 내 아버지와 이사의 아버지. 형제처럼 나란히 범죄를 저지르며 무슨 수를 써도 하얗게 변하지 않고 여전히 새까만 리피쟌더의 등에 올라타고 석양을 향해 달려 나갔지.

그럼 당신 아버지는? 집에서 당신 아버지는 어떤 사람이었지. 나 같은 사람이었나? 거부당하고 욕먹는 사람? 그것도 그럴 만한 이유가 있어서 그런 대접을 받는 사람? 설사 사랑을 받는다 해도, 8천 마일이나 떨어진 먼 곳에서나 사랑을 받는 사람? 그래도 당신 아버지 역시 당신의 일부야. 난 느낄 수 있어. 당신의 자신감, 언뜻언뜻 드러나는 사교계 인사 특유의 오만함을 보면 알아. 아무리 당신이 '대지의 저주받은 사람들'을 돕고 있어도 말이야.

'이사.' 그는 속으로 생각했다. 그녀가 주워온 아이. 고문당한 경험이 있고, 아직도 아이 같은 남자. 그녀의 체첸인. 반쪽 체첸인이면서도 온전한 체첸인이라고 우기며, 옛날에 턱수염을 기르고 몽파르나스 근처를 어슬렁거리던 러시아인 망명자들처럼 나한테 비꼬는 말을 해대는 사람. 그 러시아인 망명자들은 저마다 천재였지.

에펜도르프를 정처 없이 헤매야 할 사람은 바로 이사야. 내가 아니라.

권터 바흐만은 처음에 짜증이 났다가, 그다음에는 바짝 긴장했다. 일요일 한낮에 헌법수호부의 함부르크 지부장인 아르놀트 모르 씨 앞으로 다짜고짜 불려온 탓이었다. 살집이 있는 편인 모르는 자신이 기독교인임을 여봐란 듯이 드러내는 사람이었으므로, 지금쯤이면 함부르크 최고의 교회에서 자기 가족들을 뽐내고 있어야 마땅했다. 바흐만은 체첸 지하드 투사들의 배경에 관한 파일을 읽느라 밤을 지새운 참이었다. 그 파일을 준비해준 에르나 프레이는 아주 드물게 찾아오는 방종함에 빠져 조카의 결혼식에 참석한다며 하노버로 가버렸다. 바흐만은 파일을 다 읽은 뒤 코펜하겐으로 날아가 덴마크 경비 담당자들과 맥주나 한잔 할까 생각해보았다. 그는 그쪽 경비 담당자들을 좋아했다. 그들과 술을 마시다가 사정을 봐서 이사를 함부르크로 몰래 실어다주고 외투도 선물로 준 착한 동생 화물차 운전사에 대해 한마디 물어볼 수도 있을 터였다. 그래서 그는 그쪽의 지인에게 전화까지 미리 해두었다. 그쪽에서는 "걱정 마, 권터. 우리가 공항으로 자네를 마중할 차를 보낼게."라고 말했다.

그런데 그는 지금 덴마크로 가는 대신 마구간 건물 안의 자기 사무실에서 근심에 싸여 서성거리고 있었다. 에르나 프레이는 결혼식에 참석할 때 입었던 차림 그대로 자기 책상에 새침하게 앉아 베를린에 보내려고 작성 중인 월례 비용보고서를 열심히 들여다보고 있었다.

"켈러가 여기 와 있어." 그녀가 고개를 들지 않은 채 그에게 말했다.

"켈러? 어떤 켈러?" 바흐만이 짜증스럽게 말을 되받았다. "모스크바의 한스 켈러? 암만의 폴 켈러?"

"오토 켈러 박사. 모든 수호자들 중에서도 수호 의지가 가장 강한 그 사람이 쾰른을 출발해서 한 시간 전에 도착했어. 창밖을 내다보면 그 사람 헬리콥터가 주차장의 먼지를 흩어놓는 걸 보며 감탄할 수 있을 거야."

바흐만은 이 말을 들으며 밖을 내다보더니 역겨워 죽겠다는 듯 소리를 질렀다. "오토 아저씨가 이번에는 우리한테 뭘 원하는 건데? 우리가 또 교통신호를 어기기라도 했나? 우리가 그 사람 어머니를 도청한 것도 아니잖아."

"이번 회의 내용은 극비야. 작전상 회의고, 무지무지하게 급한 거래." 에르나 프레이는 차분히 하던 일을 계속하며 대답했다. "내가 저 사람들한테서 알아낸 건 이게 다야."

바흐만은 가슴이 덜컥 내려앉았다. "그럼 저쪽에서 벌써 그놈을 찾아낸 건가?"

"그놈이 이사 카르포프를 말하는 거라면, 저쪽이 열렬한 관심을 보이고 있다는 소문이야."

바흐만은 답답한 마음에 손으로 이마를 때렸다. "저 친구들이 그놈을 체포했을 리가 없어. 경찰이 우리한테 먼저 물어보지도 않고 그런 짓을 하지는 않을 거라고 아르니가 장담했단 말이야. '이건 자네 사건이야, 귄터. 자네 사건이라고. 하지만 우리도 협의는 할 수 있지.' 나랑 이렇게 약속했어." 이때 다른 생각이 떠올랐다. 훨씬 더 무서운 생각이었다. "설마 경찰이 순전히 아르니한테 누가 칼자루를 쥐고 있는지 보여주려고 그 놈을 체포한 건 아니겠지!"

에르나 프레이의 표정에는 아무런 변화가 없었다. "내 내부 정보원, 그러니까 무능하기 짝이 없는 아르니의 역첩보부 직원이고 테니스 솜씨가 형편없는 녀석 말로는 수호자들이 분명히 열렬한 관심을 갖고 있대. 그 친구가 보낸 메시지를 전체적으로 요약하면 그런 내용이야. 그 친구가 나랑 테니스를 치면서 두 세트 연거푸 여섯 번이나 러브 게임으로 졌으니 날 절대로 용서하지 않을 거야. 그래서 매점에서 떠도는 소문을 나한테 선물로 가져다주고는 나더러 당신한테 말하면 절대 안 된다고 하더라고. 그러니 내가 당연히 당신한테 말하고 있는 거지." 그녀는 이렇게 말하고 나서, 바흐만의 눈길을 받으며 다시 계산을 시작했다.

"오늘 아침에는 왜 이렇게 까칠해?" 그가 그녀의 뒤통수에 대고 물었다. "까칠한 건 원래 내 몫인데."

"난 결혼식이 싫어. 부자연스럽고 모욕적인 행사야. 결혼식에 참석할 때마다 훌륭한 여자가 또 궁지에 빠졌다는 생각밖에 안 들어."

"가엾은 신랑 놈은 안 불쌍해?"

"적어도 내 눈에는 그 가엾은 신랑 놈이 바로 원흉이야. 켈러는 중요 인물만 회의에 참석하기를 원하고 있어. 당신, 모르, 켈러."

"경찰은 없어?"

"있다는 소리는 못 들었어."

기분이 좀 누그러진 바흐만은 다시 마당을 유심히 살피기 시작했다. "그럼 2대 1이로군. 눈부시게 빛나는 수호자 두 명과 파문당한 검은 양 한 마리."

"뭐, 우리 모두 똑같은 적과 싸우는 처지라는 것만 잊지 마." 에르나 프레이가 신랄하게 말했다. "서로 싸우는 처지라는 것."

그는 그녀의 회의적인 태도에 충격을 받았다. 자신의 생각과 아주 비슷했기 때문이다.

"당신도 나랑 같이 가야 돼." 그가 반발하듯 말했다.

"웃기는 소리. 난 켈러가 싫어. 켈러도 날 싫어하고. 내가 가면 문제가 생길 거야. 말하지 말아야 할 때 나설 테니까."

하지만 꿈쩍도 하지 않는 그의 눈빛을 받으며 그녀는 이미 컴퓨터를 끄고 있었다.

바흐만이 걱정하는 데는 다 이유가 있었다. 베를린에서 수많은 소문이 들려왔다. 터무니없는 소문도 있고, 불안할 정도로 그럴듯한 소문도 있었다. 확실한 것은, 경쟁관계인 두 기관 사이의 경계선이 점점 사라지면서, 합동조정위원회가 원래 계획대로 현명한 자문단 역할을 하기는커녕 심한 내부분열을 일으키고 있다는 점이었다. 무슨 수를 쓰든 시민권을 수호하겠다는 쪽과 국가안보라는 더 커다란 목표를 위해 시민권을 희생시켜도 된다는 쪽 사이의 불화가 점점 한계에 다다르고 있었다.

좌파니 우파니 하는 낡은 구분이 지금도 무슨 의미가 있는지는 모르겠지만, 어쨌든 좌파의 수장은 해외정보국의 세련된 신사 미카엘 악셀로드였다. 악셀로드는 빈틈없는 유럽인이자 아랍 전문가였으며, 본인이 전적으로 인정하지는 않았지만 바흐만의 정신적 스승이기도 했다. 우파의 수장은 최고의 보수주의자인 디터 부르크도르프였다. 내무부 소속인 그는 새로운 정보기관의 기초가 놓인 뒤 정보계 차르의 자리를 노리는 악셀로드의 경쟁자였다. 부르크도르프는 워싱턴의 신보수주의자들과 친구라는 사실을 거리낌 없이 인정할 뿐만 아니라, 독일 정보계가 미국 정보기관들과 더 많이 통합되어야 한다는 주장을 독일 정보계에서 가장 큰 목소리로 지지하는 인물이었다.

이 두 사람 사이에 공통점이라고는 눈 씻고 찾아도 없을 정도였지만, 그래도 앞으로 석 달 동안은 두 사람 모두 똑같은 권한을 갖고 공감대 형성이라는 의무를 수행하겠다고 다짐하고 있었다. 하지만 이 두 사람의 사이가 점점 멀어질수록 두 사람 휘하의 부하들도 서로 멀어져서 조금이라도 유리한 자리를 차지하려고 이런저런 술수를 써댔다. 부르크도르프는 내무부 출신이고 모르와 켈러는 국내 정보기관들 소속이었으므로, 대단히 품위 있는 사람이면서도 뻔뻔하다 싶을 정도로 야심이 큰 부르크도르프에게 모르와 켈러가 부탁하는 입장이 되는 것이 당연했다. 또한 성격이 쾌활하지만 약간 나이가 많은 악셀로드는 해외정보국 출신이고 바흐만은 그의 후배이자 동료였으므로, 바흐만이 악셀로드의 가신처럼 행동하는 것도 당연했다. 하지만 두 기관 사이의 경계선이 유동적이고 거기에 연방경찰까지 가세해 혼란이 가중된 데다가 베를린의 권한도 아직 명확히 정해지지 않은 마당이니, 무엇이 당연한 일인지 누가 알겠는가?

바흐만은 에르나 프레이와 함께 마당을 가로질러 가면서 바로 이런 이유들 때문에 세상을 향해 노골적인 욕설을 퍼부었다. 아르니 모르가 두 사람을 맞이하려고 남학생처럼 자른 앞머리를 펄럭이며 뒤뚱뒤뚱 걸어왔다. 그는 두툼한 양손을 앞으로 내민 채 혹시 더 중요한 인물이 문 뒤에서 나타나지는 않는지 보려고 눈동자를 재빨리 굴려 두 사람 등 뒤를 바라보았다.

"귄터, 이 친구! 귀한 일요일을 이렇게 희생하고 나와주다니 정말 고마워! 프레이 씨, 정말 반갑습니다! 이렇게 훌륭하게 차려입으시다니! 당신을 위해서 당장 서류를 한 부 더 찍어야겠는데요!" 그는 이 대목에서 보안을 위해 목소리를 낮췄다. "회의가 끝난 뒤에 서류를 돌려주시기 바랍니다. 서류마다 번호가 붙어 있어요. 한 부도 밖으로 새나가면 안 됩니다. 아냐, 아냐, 자네가 앞장서, 귄터! 여긴 내 홈그라운드잖아!"

오토 켈러 박사는 마호가니로 만든 긴 회의용 탁자에 혼자 앉아 서류철을 들여다보며 그 안의 내용물을 길고 하얀 손가락 끝으로 까탈스럽게 이리저리 뒤적이고 있었다. 그는 세 사람이 들어오는 것을 보고 고개를 들더니 결혼식 참석복장을 그대로 입은 에르나 프레이를 한 번 보고는 다시 서류를 들여다보기 시작했다. 바흐만 앞으로 배정된 자리에도 서류철이 하나 놓여 있었다. 표지에는 '펠릭스'라는 암호명이 검은 글씨로 찍혀 있었다. 예전에 두 기관이 무슨 합의를 했든 이제는 이사 카르포프 사건이 모르의 것이 됐다는 뜻이었다. 펠릭스는 바로 모르가 이사에게 붙여준 이름이었다. 이 암호명은 또한 이사 카르포프 사건이 극비 중의 극비가 됐다는 뜻이기도 했다. 옆문에서 검은 치마 차림의 여자가 에르나 프레이에게 줄 서류철을 들고 가벼운 걸음으로 들어왔다가 나가버렸다. 바흐만과 에르나 프레이는 어깨를 나란히 하고 얌전히 숙제를 하듯 서류를 들여다보기 시작했다. 모르와 켈러는 망을 보았다.

긴급권고

국제적으로 수배된 이슬람 도망자 펠릭스 및 그와 관련된 자들에 대해 주 경찰과 연방경찰, 국토 수호 기관들은 공개적인 기소를 염두에 두고 즉각 포괄적인 수사를 실시해야 한다. 모르.

보고서 #1

헌법수호부 함부르크 지부의 현장요원(이름 생략)이 삼가 제출.

정보원은 최근 함부르크에 와서 무슬림 환자들을 돌보는 개인병원에서 일하는 터키 의사임. 정보원은 독일에 도착한 뒤 본 기관을 대신해서 열심히 활동하겠다고 본 요원과 합의했음.

동기: 주 당국의 호의적인 평가.

급료: 성과가 있을 때만 지급.

정보원의 진술

"지난 금요일에 저는 오스만 모스크에서 정오 기도를 드렸습니다. 이 모스크는 온건한 곳으로 여러분께도 잘 알려져 있는 곳입니다. 제가 기도를 끝내고 나오려는데 어떤 터키 여자가 제게 다가왔습니다. 모르는 여자였습니다. 그녀는 저와 은밀히 이야기해야 할 화급한 문제가 있다고 했습니다. 저는 제 수술실이나 거리에서 이야기를 나누자고 했지만 그녀는 거절했습니다. 그녀의 모습을 설명하자면, 나이는 55세가량이고 몸매는 땅딸막하며 커다란 회색 스카프로 머리를 가렸지만 머리카락은 금발인 것 같았고 성질이 급했습니다. 모스크로 통하는 계단 중간쯤에 이맘들과 귀빈들을 위해 마련된 사무실이 있었는데 마침 비어 있었습니다. 그녀는 사무실 안으로 들어온 뒤 달변을 늘어놓기 시작했지만 제가 보기에 진실을 말하는 것 같지는 않았습니다. 목소리를 들어보니 그녀는 터키 북동부의 농민 출신이었습니다. 그녀가 들려준 이야기에는 서로 모순되는 부분들이 있었습니다. 그녀는 또한 많이 울었는데, 제 생각에는 제 동정심을 사려고 그런 것 같습니다. 제가 보기에 그녀는 뭔가 꿍꿍이가 있는 교활한 여자였습니다.

비록 저는 사실이 아니라고 생각하지만, 어쨌든 그녀가 들려준 이야기는 다음과 같습니다. 그녀는 함부르크에 합법적으로 체류하고 있지만 시민권자는 아닙니다. 현재 조카가 그녀의 집에 머무르고 있는데, 자기처럼 독실한 무슬림이라고 했습니다. 이제 스물한 살이 된 조카는 다혈질이며 히스테리 발작, 고열, 구토, 정신적인 스트레스에 시달리고 있습니다. 조카가 이런 상태가 된

데에는 어린 시절의 일들이 많은 영향을 미쳤습니다. 소란을 일으킨다는 이유로 경찰에게 자주 얻어맞았고, 비행소년들을 수용하는 특수병원에 구금되었을 때 학대를 당했다는 것입니다. 조카는 밤낮을 가리지 않고 엄청나게 먹어대는데도 좀처럼 살이 찌지 않고, 심한 스트레스 탓에 밤마다 자기 방을 서성이며 혼잣말을 합니다. 잔뜩 흥분해서 발작을 일으킬 때에는 마치 화난 사람처럼 굴면서 위협적인 몸짓을 하지만 그녀는 조카를 무서워하지 않습니다. 헤비급 권투선수인 아들이 있기 때문입니다. 몸싸움에서 그녀의 아들을 이긴 사람은 한 명도 없었습니다. 하지만 그녀는 저더러 진정제를 처방해주면 고맙겠다고 말했습니다. 그래야 조카가 잠을 좀 자면서 신체적인 안정을 회복할 수 있을 것 같다고 말입니다. 조카는 착한 아이며, 저처럼 의사가 되겠다고 굳게 결심하고 있다고 했습니다.

저는 조카를 병원으로 데려오라고 했지만 그녀는 조카가 절대 오지 않을 거라고 말했습니다. 우선 조카가 너무 많이 아프고, 조카를 설득하기가 불가능하며, 우리 모두에게 위험한 일이라 그럴 수는 없다는 것입니다. 이 세 가지 이유가 서로 앞뒤가 맞지 않는 것 같아서 저는 그녀의 말이 거짓말이라는 확신이 더욱 굳어졌습니다.

저는 왜 위험하다고 생각하느냐고 물어보았습니다. 그랬더니 그녀는 훨씬 더 흥분해서 자기 조카가 불법체류자라고 말했습니다. 그런데 이제는 그를 조카라고 하지 않고 그냥 손님이라고 했습니다. 그 손님이 거리로 나가면 체포될 위험이 있으며, 자신과 아들까지 추방당할 수도 있다는 것이었습니다. 경찰에게 뇌물을 주던 남편은 이미 세상을 떠나고 없었습니다.

제가 그럼 직접 그녀의 집으로 가서 그 청년을 만나보겠다고 했더니 그녀는 제 직업을 위해 너무 위험한 일이라며 반대했습니다. 또한 제게 주소를 가르쳐주는 것이 자신에게 위험한 일이 될 것이라는 말도 했습니다.

제가 그 청년의 부모는 어디 있느냐고 물었더니 그녀는 자기가 조카의 말을 제대로 이해한 것이라면, 양친이 모두 세상을 떠난 것 같다고 대답했습니다. 먼저 아버지가 어머니를 살해했고, 나중에는 아버지도 죽어서 군복 차림으로 땅에 묻혔다는 것입니다. 그렇다면 그 청년이 괴로워하는 것도 이해가 갔습니다. 제가 왜 조카의 말을 잘 이해하지 못하느냐고 물었더니 그녀는 조카가 정신이 온전치 못해서 러시아어로만 말한다고 대답했습니다. 그러고는 가방에서 200유로를 꺼내 제게 처방료로 내밀었습니다. 제가 그 돈도 받지 않고 처방전도 써주지 않겠다고 하자 그녀는 분노에 차서 소리를 지르더니 계단을 뛰어 내려갔습니다.

저는 모스크로 가서 사람들에게 물어보았습니다. 그 이상한 여자를 아는 사람이 전혀 없는 것 같았습니다. 관용의 힘을 믿고 모든 종류의 테러에 반대하는 사람으로서 저는 이 이야기를 당국에 알리는 것이 제 의무라고 생각합니다. 그 여자가 바람직하지 않을 뿐만 아니라 급진주의자일 수도 있는 사람을 고의로 숨겨주고 있는 것 같다는 짐작이 들기 때문입니다."

"여기까지는 마음에 들지, 귄터?" 모르가 물었다. 지나치게 작은 그의 눈이 탐욕스레 귄터를 바라보고 있었다. "대충 짐작이 가?"

"이제 진술서 전문이야?" 바흐만이 물었다.

"요약본이야. 전문은 더 길어."

"그걸 좀 볼 수 있을까?"

"정보원 보호 때문에, 귄터. 정보원 보호."

오토 켈러 박사는 두 사람의 이야기에 관심이 없는 것 같았다. 어쩌면 그럴 필요가 없다고 생각하는 것 같기도 했다. 이런 계통 사람들이 대개 그렇듯이 그도 법률가였다. 단순히 전공뿐만 아니라 사고방식도 그랬다. 그가 인생에서 무엇보다 우선하는 것은 부하들을 격려하는 일이 아니라, 자기가 아는 유일한 무기인 법전을 부하들에게 던지는 일이었다.

보고서 #2

연방 범죄국의 현장요원(이름 생략)이 헌법수호부의 요청으로 작성한 보고서 발췌문

"합법적인 체류자이며 권투 헤비급 챔피언인 터키인의 정체를 밝히라는 명령을 받았다. 그는 시민권자가 아니며, 아버지는 죽었고, 어머니는 정보원이 말한 인상착의에 들어맞는 사람이어야 했다. 조사 결과 덩치 큰 멜릭으로 불리는 스무 살의 멜릭 옥테이가 후보로 떠올랐다. 멜릭 옥테이는 현재 헤비급 챔피언이며, 올해 터키 타이거즈 스포츠 연합의 주장을 맡고 있다. 알토나 무슬림 스포츠센터의 체육관에는 덩치 큰 멜릭이 권투경기용 반바지에 검은 리본을 붙이고 찍은 사진이 전시되어 있다. 멜릭 옥테이는 터키 출신으로 합법적인 체류자인 귈과 레일라의 아들이다. 귈 옥테이는 2007년에 사망해서 관습에 따라 함부르크 베르제도르프에 있는 무슬림 묘지에 묻혔다. 미망인이 된 레일라와 멜릭은 함부르크 하이더링 26번지의 자가(自家)에서 지금도 살고 있다."

부록

1987년 함부르크 출생 멜릭 옥테이의 개인 기록 요약

조사대상은 열세 살 때 비독일계 청소년들의 조직인 젱기스 키즈의 두목을 지낸 것으로 보고되어 있음. 외국인을 싫어하는 같은 또래의 거리 청소년들과 폭력적인 충돌을 빚었음. 두 번 체포되어 훈방되었음. 아버지는 아들의 미래 행동에 대한 담보로 보증금을 내겠다고 제의했다가 거절당했음.

조사대상은 열네 살 때 학교 토론회에서 미군이 터키와 사우디아라비아를 포함한 모든 이슬람 국가에서 추방되어야 한다고 주장.

조사대상은 열다섯 살 때 수염을 깎지 않고 이슬람 식 옷차림을 선호하기 시작함.

조사대상은 열여섯 살 때 18세 이하 전(全)이슬람 권투 챔피언과 수영 선수권자가 됨. 자신이 다니던 무슬림 스포츠클럽의 주장으로 선출됨. 조사대상은 수염을 깎고 다시 서양식 옷을 입음. 무슬림 록그룹에 드러머로 들어감.

모스크 출입

조사대상은 비에렉스트라세에 있는 아부 바크르 모스크에서 수니파 이맘의 영향을 받은 것으로 보고됨. 그 이맘이 시리아로 추방되고 2006년 12월에 모스크가 폐쇄된 뒤에는 급진적인 이슬람 신앙에 더 이상 빠져든 기록이 없음.

"지하로 들어갔어." 바흐만이 이 보고서를 옆으로 밀고 다음 보고서를 집어 들려 하는 순간 모르가 설명했다.

"지하로 들어가다니?" 바흐만이 물었다. 진심으로 궁금해서 던진 질문이었다.

"옛날에 공산주의자들도 그랬잖아. 세뇌를 당하고, 핵심간부 회의에 참석한 뒤 광신도가 되는 거지. 그러고는 지하로 들어가서 광신도가 아닌 척하는 거야. 그런 사람을 '동면요원'이라고 해." 그가 마치 이 용어를 혼자 발명하기라도 한 것처럼 말했다. "그 스포츠클럽 말이야, 믿을 만한 최고위급 정보원한테서 들은 얘긴데, 그 정보원이 거기 회원으로 침투해서 1급 정보들을 제공해주고 있거든. 과장이 아냐. 어쨌든 그 정보원은 이 옥테이라는 녀석이 그토록 높게 평가받고 있다는 그 스포츠클럽이 '위장조직'이라고 보고 있어. 거기 사람들은 권투도 하고 레슬링도 하고 훈련도 받고 몸매도 가꾸고 여자들 얘기도 해. 여러 명이 함께 있을 때는 아마 광신적인 발언을 안 하겠지. 우리가 항상 귀를 기울이고 있다는 걸 그쪽도 아니까 말이야. 하지만 비밀스러운 자리에서는, 그러니까 두세 명이 커피를 같이 마시거나 옥테이의 집에서 만날 때는 이슬람주의자가 돼. 호전적인 전사가 되는 거지. 그리고 가끔 그 집단의 이런저런 멤버들, 특별히 선택된 녀석이 살짝 사라져. 이것도 그 훌륭한 정보원한 테서 들은 얘기야. 그렇게 사라진 녀석들이 어디로 가느냐고? 아프가니스탄! 파키스탄! 이슬람 학교! 훈련캠프! 그런 데로 가는 거야. 거기서 훈련을 받고 돌아오는 거지. 훈련은 받았지만 아직 동면요원인 상태로. 나머지 내용을 읽어봐요, 프레이 씨. 끝까지 다 읽지도 않고 섣부른 판단을 내리면 안 됩니다. 우린 반드시 객관적인 시각을 유지해야 해요. 편견을 지니면 안 됩니다."

"이건 내 사건이라고 이미 합의한 것 아니었나, 아르니?" 바흐만이 말했다.

"자네 사건이야, 귄터! 합의한 것 맞아! 자네 사건이라고! 그래서 자넬 이 자리에 부른 거야! 자네 사건이라고 해서 우리가 눈도 가리고 귀도 가릴 필요는 없지. 감시도 하고 그쪽 이야기에 귀도 기울이지만, 자네 사건에 손을 대지는 않아, 알겠어? 자네랑 평행으로 달릴 뿐이야. 우리가 선을 넘어 자네 레인으로 들어가지도 않고, 자네가 우리 쪽으로 선을 넘어오지도 않아. 그리고 서로 아는 것을 함께 나누지. 이 멜릭 옥테이라는 친구는 곧 결혼식에 참석하러 터키로 갈 거야. 겉으로 드러난 사유는 그래. 어머니도 같이 가지, 당연히. 그래서 우리도 당연히 확인해봤어. 결혼식이 있는 건 맞아. 누이의 결혼식이지. 의심의 여지가 없어. 하지만 결혼식이 끝난 뒤, 아니면 결혼식 전에 이 친구가 어디로 사라질까? 어쩌면 겨우 며칠에 불과할지도 모르지만, 그래도 사라질 거야. 그럼 어머니는 뭘 할까? 자기가 한데 모을 수 있는 아이들을 많이 찾아내겠지, 아마도. 그래, 나도 알아. 모든 게 정황이고 가설일 뿐이야. 하지만 우린 가설을 생각해보라고 월급을 받는 사람들이야. 그러니 할 일을 해야지. 가설도 세우고, 객관적인 시각도 유지하고. 편견 없이."

보고서 #3

펠릭스 작전. 헌법수호부 함부르크 거리감시팀의 보고서

바흐만은 분노의 한계치를 지나 이제 작전을 수행할 수 있을 만큼 차분한 상태가 되어 있었다. 좋든 싫든 이것이 정보임에는 틀림없었다. 저들은 합의를 어기고 이 정보를 얻어냈으며, 그가 손을 쓸 수 없을 만큼 때가 늦은 뒤에야 그에게 이것을 내밀었다. 하지만 그도 몇몇 사람들에게 똑같은 짓을 한 적이 있었다. 이 보고서에는 분명히 실속 있는 정보가 들어 있었으므로 그는 그 정보를 원했다.

> **관련이 있을지도 모르는 소급 관찰 날짜 : 17일 전**
> 펠릭스의 인상착의와 일치하는 남자가 함부르크 최대의 모스크 밖에서 어슬렁거리는 것이 관찰되었다. 경비실 감시테이프에 찍힌 모습은 불분명하다. 조사대상은 모스크를 드나드는 신자들을 살피고 있다. 조사대상은 승용차를 향해 걸어가는 중년부부를 선택해서 10미터 거리를 두고 뒤따른다. 이란어로 무슨 일이냐고 묻자 조사대상은 방향을 돌려 도망친다. 부부는 그 뒤 수배자 사진을 보고 펠릭스를 확인해주었다.
>
> **요원의 메모**
> 엉뚱한 모스크? 이 모스크는 시아파다. 펠릭스는 수니파인가?
>
> **내근 요원의 메모**
> 정보원들의 보고에 따르면, 비슷한 인물이 같은 날 늦은 시각에 다른 모스크 두 곳의 밖에서 어슬렁거렸다. 두 곳 모두 수니파였다. 정보원들은 펠릭스를 확실히 알아보지 못했다.

"이놈은 도대체 뭘 찾고 있는 거야?" 바흐만은 큰 소리로 투덜거렸다.

벌써 그보다 두어 쪽 정도 앞서서 서류를 읽고 있는 에르나 프레이를 향해 한 말이었다. 하지만 대답이 없었다.

보고서 #3 (계속)

멜릭 옥테이는 사촌의 채소 도매점에서 임시로 일하고 있다. 삼촌이 운영하는 양초 공장에서도 시간제로 일하고 있다. 적당한 핑계를 대고 조심스레 탐문해본 결과 지난 2주 동안 그가 다음과 같은 이유들을 대며 제대로 출근하지 않았음이 밝혀졌다.

감기로 몸이 아프다.

곧 열릴 권투경기를 위해 훈련해야 한다.

뜻밖의 손님이 집에 찾아와서 접대해야 한다.

어머니가 우울해하신다.

레일라 옥테이는 이웃들에 따르면 같은 기간 동안 감정적인 행동을 보였으며, 알라께서 자신에게 귀한 선물을 주셨다고 말했으나 그 선물이 무엇인지 설명하지는 않았다. 그녀는 많은 물건을 사들이고 있지만, 병든 친척을 돌보고 있다는 이유로 누구도 집에 들이려 하지 않는다. 비록 정치적으로는 순진한 편이지만, 그녀는 '속이 깊고' '비밀이 많은 사람'으로 알려져 있으며, 한 이웃은 "급진적이고, 남을 조종하려 하며, 서구에 대한 분노를 감추고 있다."고 묘사했다.

"그래, 상황이 어떻게 돌아갔는지 좀 봐." 모르가 바흐만을 재촉했다.

바흐만은 여전히 상황에 적응하려고 애쓰는 중이었다. 모르는 양해도 구하지 않은 채 옥테이 일가의 집에 본격적으로 감시를 붙였다. 모르는 또한 함부르크 경찰국 홍보부를 끌어들여 혹시라도 그 수수께끼의 손님을 볼 수 있지 않을까 하는 희망을 품고 듣기 좋은 이유를 내세워 그 집을 찾아가보게도 했다. 모르는 정보국의 모든 원칙을 어겼지만, 그렇게 난장판을 벌임으로써 전리품을 획득한 것도 사실이었다.

펠릭스 작전
보고서 #4, 4월 18일 금요일 밤에 관하여

"20시 40분경 조사대상인 멜릭 옥테이는 하이더링 26번지의 집을 나섰다…. 21시 10분에 조사대상은 집으로 돌아왔으며, 15미터의 거리를 두고 작은 몸집의 금발 여성이 뒤따르고 있었다. 대략 스물다섯 살쯤으로 보이는 그녀는 커다란 배낭을 메고 있었는데, 그 안에 무엇이 들었는지는 알 수 없었다."

이 멍청한 놈들이 모르는 게 당연하지. 바흐만은 속으로 생각했다.

"그녀와 함께 온 남자는 쉰다섯 살에서 예순다섯 살 사이로 보이는 건장한 검은 머리 남자였다. 독일인일 수도 있고, 터키인일 수도 있고, 피부색이 엷은 아랍인일 수도 있다. 멜릭이 문을 여는 동안 금발 여자는 무슬림식으로 머리에 스카프를 둘렀다. 그녀는 건장한 남자와 함께 거리를 건넜다. 멜릭의 어머니인 레일라가 말쑥하게 차려입은 모습으로 두 사람을 맞아들였다."

"사진은 없나?" 바흐만이 쏘아붙이듯 물었다.
"우리 팀이 미처 준비를 못 했어, 귄터! 이런 일이 생길 줄 알았어야 말이지. 이건 뜻밖의 횡재였어! 지친 여성 요원 두 명이 두 번째 교대조로 나서서 행인인 척하고 있었지. 9시라 어두웠어. 그날 밤에 굉장한 일이 생길 줄은 전혀 몰랐어."
"그러니까 사진이 없다는 얘기군."
바흐만은 서류를 계속 읽었다.

"자정을 5분 넘긴 시각에 건장한 남자가 26번지에서 혼자 밖으로 나와 거리를 내려가 시야에서 사라졌다."

"이 남자를 잡았나?" 바흐만은 서류의 다음 장을 힐끔거리며 다그치듯 물었다.

"이놈은 훈련받은 공작원이었어, 귄터. 최고였다고!" 모르가 흥분해서 설명했다. "작은 골목길을 이용하면서 왔던 길을 되돌아가기도 했어. 새벽 1시에 텅 빈 거리에서 그런 사람을 어떻게 미행해? 우리 차 여섯 대가 이놈 옆을 스쳐 지나갔어. 스무 대를 배치했어도 소용없었을 거야. 이놈이 우릴 전부 따돌려버렸어!" 그는 자랑스러운 표정으로 말을 이었다. "물론 우리도 놈을 자극하고 싶은 생각이 없었어. 자네도 알겠지만. 훈련받은 공작원이 감시를 염두에 두고 있을 때는 신중하게 다뤄야 하잖아. 빈틈없이."

보고서 #4 (계속)
"02시 30분. 26번지 내부에서 흥분한 목소리들이 들려왔다. 레일라 옥테이의 목소리가 가장 잘 들렸다. 우리 요원들은 그들의 말을 정확히 알아들을 수 없었다. 그들은 터키어와 독일어 외에 또 다른 언어도 사용하고 있었는데, 슬라브어였던 것 같다. 신원불명의 여성 목소리가 간간이 끼어들었는데, 통역을 하는 것 같기도 했다."

"요원들이 이걸 실제로 들었단 말이야?" 바흐만은 서류를 계속 읽으면서 물었다.

"승합차에 타고 있던 새 감시팀이야." 모르는 만족스러운 표정이었다. "내가 직접 명령을 내렸지. 방향성 마이크를 설치할 시간이 없었는데도,

다 들었어."

"새벽 4시, 앞에서 설명했던 신원불명의 젊은 여성이 머리에 스카프를 쓰고 배낭을 멘 모습으로 집에서 나왔다. 우리 요원들이 본 적이 없는 남자가 그녀와 동행하고 있었는데, 인상착의는 다음과 같다. 키는 거의 2미터, 정수리 모자에 검은색의 긴 외투, 20대 초반, 보폭이 큰 걸음걸이, 차분하지 못한 모습, 엷은 색 가방을 어깨에 멨음. 두 사람이 나간 뒤 멜릭 옥테이가 문을 닫았다. 남녀는 빠른 속도로 좁은 골목길들을 걸어 내려가 사라졌다."

"그러니까 이 두 사람을 놓친 거로군." 바흐만이 말했다.

"일시적인 일일 뿐이야, 귄터! 겨우 한 시간 정도? 그래도 우린 상황을 재빨리 파악했어. 두 사람은 빠르게 걷다가 지하철을 잠깐 탔다가 택시로 갈아타더니 다시 걸었어. 감시를 따돌리려는 전형적인 행동이지. 두 사람보다 앞서 나왔던 그 건장한 남자처럼."

"이 사람들 전화는 어때?"

"다음 장에 있어, 귄터. 전부 자네를 위해 설명해두었다고. 휴대전화는 왼쪽에, 유선전화는 오른쪽에. 멜릭 옥테이가 아나벨 리히터에게. 아나벨 리히터가 멜릭 옥테이에게. 모두 합해서 아홉 통이야. 아나벨 리히터가 토머스 브뤼에게. 토머스 브뤼가 아나벨 리히터에게. 하루 동안 세 통. 금요일 하루. 지금 단계에서는 통화기록만 알 수 있어. 통화내용은 모르고. 나중에 통화내용을 일부 알아낼 수 있을지도 모르지. 켈러 박사가 허락한다면, 내일 통신정보 입수를 시도할 거야. 모든 일을 합법적으로 처리해야 한다는 사실은 굳이 말할 필요도 없겠지? 그런데 그 가방 속에는 도대체 뭐가 있었던 거야? 그 가방 속에 뭐가 있었죠, 프레이 씨? 이 두 용의자가 옥테이 일가의 안가에서 가지고 나온 게 무엇이며, 한밤중에 그걸 어디로 가져간 겁니까? 무슨 목적으로?"

"리히터는 대체 누구야?" 바흐만이 서류를 읽다가 힐긋 시선을 들며 물었다.

"변호사이고 러시아어를 할 줄 알아, 귄터. 가문이 끝내줘. 생크추어리 노스에서 일하고 있어. 함부르크에 있는 재단이야. 약간 좌파 성향의 사람들이 일부 소속되어 있기는 한데 신경 쓸 건 없어. 자선을 하는 사람들이야. 난민신청자와 불법 입국자를 돕고, 거처를 구해주고, 신청서 작성도 도와주는 등등의 일을 하지."

'등등'이라는 말 때문에 이 단체가 하찮은 것처럼 들렸다.

"그럼 브뤼는?"

"은행가야. 영국인. 함부르크에서 활동 중."

"어떤 은행가?"

"개인은행. 최고의 고객들만 상대해. 선단 소유주들. 그것도 대형선박으로."

"그 사람이 이 집에는 왜 왔는지 아무도 몰라?"

"완전히 수수께끼야, 귄터. 머지않아 우리가 이놈한테 직접 물어보게 될지도 모르지. 물론 켈러 박사의 승인을 얻어서. 이 은행은 빈에 있을 때 약간 문제가 있었어." 그가 말을 덧붙였다. "좀 음침한 친구야. 듣기로는. 준비됐어?"

"무슨 준비?"

모르는 집게손가락을 지휘봉처럼 들어 올려 조용히 하라는 시늉을 하더니 서류가방 속에서 갈색 봉투를 꺼냈다. 그 봉투에서 컴퓨터 출력물 두어 장이 나왔다. 바흐만은 켈러를 몰래 살펴보았다. 그는 미동도 없었다. 에르나 프레이는 이미 서류철을 닫고 의자에 등을 기대고 있었다. 분노 때문에 잔뜩 날이 서서 바닥을 노려보는 중이었다.

"⟨007 위기일발⟩(From Russia with Love)." 모르가 매끄럽지 못한 영어로 이렇게 말하며 두 사람 앞에 종이를 내려놓았다. "오늘 아침에 우리 번역부에서 막 가져온 거야. 괜찮겠습니까, 프레이 씨?"

"괜찮아요, 모르 씨."

그는 자료를 읽기 시작했다.

"2003년 러시아의 국가안보기관들이 러시아의 카바르디노발카리아 공화국의 수도인 날치크 지역에서 호전적인 집단들이 아무런 이유도 없이 정부 요원들을 무장공격한 사건들에 관한 조사를 시작했다." 모르는 의미심장한 목소리로 읊조리듯 서류를 읽었다. 그는 두 사람이 자신에게 집중하고 있는지 확인하려는 듯 잠시 시선을 들어 살펴보았다.

"이웃 체첸 출신의 반체제 지하드 전사들로만 구성된 이 범죄집단의 두목은 돔비토프라는 자로 밝혀졌다. 그는 '극단적이고 급진적인 견해'를 퍼뜨리기로 유명한 그 지역 모스크의 책임자였다. 이 돔비토프의 휴대전화 메모리에 저장된 정보 중에는…." 그는 잠시 뜸을 들였다. "조사 대상 펠릭스의 이름과 전화번호가 있었다." 그는 '펠릭스'라는 이름을 엄청나게 강조했다. "그 범죄조직에 속한 다른 조직원들의 이름과 전화 번호도 함께 있었다. 심문과정에서 돔비토프는 자기 휴대전화에 저장된 모든 이름들이 살라피라는 투쟁조직 조직원들의 것이라고 실토했다. 이 조직은 폭력적인 행위에 골몰하면서…." 그는 의미심장한 표정으로 또 뜸을 들였다. "폭발장치를 이용했다. 사제폭탄으로 품질은 조잡하지만 효과는 대단했다."

에르나 프레이가 고개를 살짝 치켜들었다. "그 사람들은 고문을 당했어요." 그녀가 일부러 사무적인 말투로 설명하듯 말했다. "이미 앰네스티 쪽에서 이야기를 들었어요. 우린 공개적인 소식통을 무시하지 않으니까요, 모르 씨. 앰네스티 쪽 목격자들의 주장에 따르면, 당국이 그 사람들을 구타하고, 전기고문을 했다더군요. 처음에는 돔비토프를 고문하고, 다음에는 돔비토프가 이름을 댄 사람들을 전부 고문했죠. 다시 말해서, 돔비토프의 모스크에 다니던 사람들을 전부 고문했다는 얘기예요. 그런데도 그들에게 불리한 증거는 손톱만큼도 발견되지 않았어요."

모르는 화난 기색이 역력했다. "이걸 이미 읽었습니까, 프레이 씨?"

"예, 모르 씨."

"저한테 주어진 권한을 무시하고 우리 번역부를 직접 찾아갔다는 겁니까, 프레이 씨?"

"우리 조사원이 어젯밤에 러시아 경찰보고서를 다운로드했어요, 모르 씨."

"러시아어를 아세요?"

"예. 바흐만 씨도 마찬가지고요."

모르는 이미 침착한 모습으로 돌아와 있었다. "그럼 이 펠릭스라는 놈의 기록을 알겠군요."

켈러 박사의 성마른 목소리가 끼어들었다. "계속 읽게. 일단 시작했으니 끝까지 읽어."

모르가 다시 서류를 읽기 시작했을 때 바흐만은 한쪽 발을 뻗어 에르나 프레이의 발 위에 부드럽게 올려놓았다. 하지만 그녀는 자신의 발을 치워버렸다. 바흐만은 그녀를 제어할 길이 없음을 깨달았다.

"펠릭스의 선동적인 주장과 테러활동은 공범들도 확인해주었다. 그들은 그가 '못된 양치기'라고 말했다." 모르는 고집스레 서류를 계속 읽었다. "범죄자 펠릭스는 따라서 미결수 구금센터에 14개월 동안 수감되었으며, 경찰서 두 곳을 공격한 혐의와 동료 무슬림들을 부추겨 테러를 저지르게 한 혐의로 기소되었다. 그는 모든 혐의에 대해 유죄를 인정했다."

"강제로 인정한 거겠죠." 에르나 프레이가 말했다. 목소리가 점점 가라앉고 있었다.

"이 모든 게 꾸며낸 얘기라는 겁니까, 프레이 씨?" 모르가 다그치듯 물었다. "우리가 범죄와 테러 분야에서 러시아와 훌륭한 협조관계를 유지하고 있다는 걸 몰라요?"

아무런 대답이 없자 모르는 다시 서류를 읽기 시작했다.

"2005년, 노게로프라는 가명으로 가짜 서류를 소지한 범죄자 펠릭스는 러시아 타타르스탄 공화국의 부굴마 지역에서 가스 파이프라인을 파괴한 혐의와 관련해서 국가안보기관원들에게 체포되었다. 그 지역 기관들의 신속한 조치로 반사회적인 반체제 집단이 파이프라인 공격지점 근처의 외딴 헛간에서 궁상맞은 생활을 하고 있음이 밝혀졌다."

"그 파이프라인은 낡아서 부식된 것이었어요. 러시아의 파이프라인이 모두 그렇듯이." 에르나 프레이가 설명하듯 말했다. 초인간적인 참을성이 배어 있는 목소리였다. "그 지역 발전소 책임자는 주정뱅이였는데, 경찰에 뇌물을 뿌려서 그걸 불순분자의 파괴사건으로 만들었죠. 경찰은 가장 가까이에 있던 무슬림 낙오자 집단을 데려다가 펠릭스를 두목으로 지목하라고 강요했어요. 휴먼라이트워치에 따르면, 경찰은 헛간 마룻널 밑에 폭탄을 가져다놓고는 그걸 발견한 척하며 거기 살던 사람들을 체포해서 한 명씩 고문하며 다른 사람들이 그 광경을 지켜보게 했어요. 가장 오래 버틴 사람은 이틀을 버텼죠. 경찰은 펠릭스에게 그 기록을 깰 수 있겠느냐고 물었어요. 펠릭스는 시도해봤지만 성공하지 못했어요."

바흐만은 그녀가 이쯤에서 멈춰주기를 바랐지만, 그녀는 정의로운 분노에 휩싸여 말을 계속 이어갔다.

"그 헛간은 폭발장소와 전혀 가깝지 않았어요, 모르 씨. 길을 따라 40킬로미터나 올라간 들판에 있었다고요. 게다가 거기 살던 아이들은 자동차는커녕 자전거도, 버스비도 없었어요. 그때는 라마단 기간이었어요. 경찰이 그 애들을 잡으러 왔을 때, 그 애들은 기분전환이나 하려고 직접 만든 막대기로 하키 게임을 하던 중이었어요, 모르 씨."

이제 쾰른에서 온 오토 켈러 박사가 회의를 이끌고 있었다.
"그러니까 이 보고서에 이의를 제기하는 건가, 바흐만?"
"그렇기도 하고 아니기도 합니다."
"그렇다는 건 왜지?"
"다른 사람들이라면 혹시 이의를 제기하더라도 저와는 이유가 다를 테니까요."
"다른 사람이라니?"
"처음부터 이걸 믿을 수밖에 없는 사람들 말입니다."
"그런데 자네한테는 중간이라는 게 없다? 펠릭스에게 불리한 주장들이 일부만이라도 진실일 가능성이 있다는 걸 인정하지 않는다? 예를 들면, 그 친구가 지하드 전사였다는 주장 같은 것 말일세."
"우리가 그놈을 이용할 생각이라면, 놈이 지하드 전사인 편이 훨씬 낫죠."
"골수 지하드 전사가 기꺼이 자네와 협조할 거라고? 지금 그런 얘길 하는 건가, 바흐만? 우린 그 방면에서 아직 그다지 성공한 적이 없는데."
"제 말은, 놈이 반드시 우리와 협조하지 않아도 된다는 겁니다." 바흐만이 반박했다. 목구멍이 점점 죄어드는 것 같았다. "놈이 우리와 협조하지 않는 편이 더 나을지도 모르죠. 우린 놈이 저 하고 싶은 대로 하게 내버려두면 됩니다. 우리가 오히려 놈을 도울 거예요."
"그건 순전히 자네 추측이겠지, 물론."
"지금 펠릭스의 상태를 보면 앞뒤가 맞지 않아요. 제독이라고 불리는 남자에 대한 저희 보고서를 보셨을 겁니다. 철도역에서 놈을 도와준 남자 말입니다. 펠릭스를 데려다준 화물차 운전사에 대한 보고서도 있습니다. 놈이 탈출하는 데는 틀림없이 엄청난 돈이 들었을 텐데, 놈은 지금 노숙자 신세입니다. 체첸인이지만, 진짜 체첸인은 아닙니다. 진짜 체첸인이라면 다른 체첸인들을 찾아다녔겠죠. 무슬림이지만 수니파와 시아파 모스크도 구분하지 못합니다. 어느 날 밤에는 민권 변호사와 영국인 은행가가 놈을 찾아왔습니다. 놈은 무슨 수를 쓰더라도 반드시 함부르크에 올 이유가 있었습니다. 그 이유가 뭘까요? 뭔가 임무를 띠고 여기에 온 겁니다. 그럼 그 임무는 뭘까요?"

모르가 불쑥 끼어들었다. "임무! 그렇지? 여자 테러리스트와 그 아들과 접촉해서 여기 함부르크에 전과가 없는 지하드 전사들로 이루어진 동면 세포를 확립하는 거야! 놈은 도주 중인 테러리스트이지. 그래서 터키인 폭력배의 집에 몸을 숨긴 거고. 그 폭력배는 이슬람주의 민중 선동가의 영향을 받아 턱수염을 길렀다가 자르고는 다시 서구식으로 돌아선 척 연기를 하고 있고 말이야. 놈은 한밤중에 무엇이 들었는지 알 길이 없는 가방을 들고 독일인 여자 변호사와 함께 몰래 빠져나갔어. 그런데 그런 놈을 놈이 눈치채지 못하게 이용하겠다고?"

켈러는 옥좌에 앉은 왕처럼 입을 열었다. 그의 메마른 목소리가 마치 사형선고를 내리는 것처럼 준엄했다.

"책임감 있는 국가안보기관원이라면 명확하지 않은 작전상의 욕심 때문에 분명히 존재하는 위협을 무시하지 않을 걸세. 수색작전을 벌여서 떠들썩하게 놈을 체포해야 이슬람주의 동조자들을 억제할 수 있을 거야. 그런 놈들을 찾아내는 임무를 맡은 요원들의 자신감도 회복될 테고. 때로는 사건을 반드시 확실하게 매듭지어야 하는 경우도 있는 법일세. 이번 사건도 그래. 따라서 자네가 이번 사건에 어떤 관심을 갖고 있는지는 몰라도 그런 건 옆으로 제쳐두고, 이번 사건을 연방경찰에 넘겨서 헌법에 따라 정당한 절차를 밟게 하는 편이 좋을 것 같네."

"체포하자는 말씀입니까?"

"법에 따라 필요한 조치를 취하자는 거야."

합동조정위원회에 소속된 당신의 극우파 친구 부르크도르프한테 점수를 딸 수만 있다면 당신은 무슨 짓이든 하겠지. 바흐만은 씁쓸한 생각이 들었다. 소리만 요란한 연방경찰의 등 뒤에서 활동하는 정보세계의 슈퍼두뇌 자리에 앉을 수만 있다면 당신은 무슨 짓이든 할 거야. 그러면 난 이것도 저것도 아닌 신세가 되겠지. 당신이 원하는 것도 그거고.

하지만 이번에는 이런 생각을 전부 입 밖에 내지 않고 참는 데 가까스로 성공했다.

에르나 프레이와 바흐만은 나란히 마당을 가로질러 초라한 마구간에 자리한 자기 사무실로 돌아왔다. 사무실에 들어선 뒤 바흐만은 소파 팔걸이에 상의를 휙 걸쳐 놓고 암호 처리가 된 보안 전화로 합동조정위원회의 미카엘 악셀로드에게 전화를 걸었다.

"전부 내 잘못이라고 말해." 에르나 프레이가 양손에 얼굴을 파묻은 채 말했다.

하지만 악셀로드가 생각보다 훨씬 더 기분이 나쁘지 않은 것 같아서 두 사람은 깜짝 놀랐다.

"식사는 했나?" 바흐만의 말을 끝까지 들은 뒤 그가 물었다. 평소처럼 유쾌한 말투였다. "그럼 가서 샌드위치나 하나 사다가 자리를 지키고 있게."

두 사람은 켈러의 헬리콥터가 이륙하기를 기다렸지만, 헬리콥터는 그대로 있었다. 두 사람은 더욱더 우울해졌다. 샌드위치를 먹고 싶은 생각도 들지 않았다. 보안 전화가 울린 것은 오후 4시였다.

"열흘을 주겠네." 악셀로드가 말했다. "열흘 뒤에 자네들의 주장을 뒷받침할 훌륭한 근거를 내놓지 않으면 저쪽에서 체포에 돌입할 거야. 그게 이쪽에서 일이 돌아가는 방식일세. 열흘이야. 열하루가 아니고. 행운을 빌어야 할 걸세."

이건 내 고객인 마고메드를 위한 일이야. 그녀는 어지러운 머릿속을 정리하려고 애쓰면서 스스로를 타일렀다.

이건 내 고객인 이사를 위한 일이야.

내가 이 일을 하는 건 법보다 생명이 중요하기 때문이야.

이건 나를 위한 일이야.

내가 이 일을 하는 건 은행가 브뤼가 나한테 돈을 주었고, 그 돈이 나한테 아이디어를 줬기 때문이야. 아냐, 전혀 그렇지 않아! 이 아이디어는 브뤼가 돈을 주기 훨씬 전부터 내 안에서 자라고 있었어. 브뤼의 돈은 그냥 촉매제 역할을 했을 뿐이야.

이사와 마주 앉아서 그가 겪은 일들을 듣는 순간 나는 체제를 따를 수 없다는 걸 깨달았어. 도저히 구해줄 수 없는 이 생명을 반드시 구해줘야 한다는 것, 변호사가 아니라 오빠 휴고처럼 의사의 입장에서 생각해야 한다는 걸 깨달은 거야. 이 상처 받은 사람에게 어떻게 해주는 것이 나의 의무일까? 만약 내가 법의 도랑에 빠져 피를 흘리고 있는 이 남자가 마고메드처럼 그냥 죽어가게 내버려둔다면 과연 독일의 변호사라고 할 수 있을까?

이런 생각을 간직하는 한, 난 용기를 낼 수 있어.

막 동이 트고 있었다. 검푸른 색의 우중충한 구름 조각들이 분홍색으로 물든 도시의 하늘 전체를 더럽히고 있었다. 아나벨은 1미터쯤 앞서서 걸었다. 검은색의 긴 외투를 입은 이사는 무슬림의 풍습과는 반대로 그녀의 뒤를 바짝 따랐다. 그녀는 자기들 두 사람이 영원한 난민 같다고 생각했다. 그녀 자신은 배낭을 메고, 그는 자전거 안장에 다는 가방을 들고 있는 모습이 그랬다. 레일라의 집을 떠나기 직전에 시끄럽게 오간 이야기들이 지금도 머릿속에서 울리고 있었다.

멜릭은 아무 말 없이 가만히 옆에 서 있고, 레일라는 도대체 왜 이사가 이 집을 떠나려 하는지 모르겠다며 갑자기 소란을 피웠다. 그녀는 하늘을 향해 호소하며 소리를 질러댔다. 저는 이사가 이 집을 나갈 생각이라는 것도 몰랐어요! 왜 아무도 저한테 미리 얘기를 안 해준 거죠? 이런 한밤중에 아나벨이 이사를 도대체 어디로 데려가겠다는 건가요? 친구들이 있다고요? 무슨 친구요? 미리 알았더라면 길 떠나는 이사를 위해 도시락을 준비해주었을 텐데! 이사는 제 아들이에요. 알라가 주신 선물이라고요. 제 집은 이사의 집이에요. 그러니 이사는 여기에 언제까지나 머무를 수 있어요!

500달러요? 레일라는 한 푼도 받을 수 없어요! 돈을 받으려고 한 일이 아니에요. 오로지 알라를 위해서, 이사를 사랑하기 때문에 그렇게 한 거라고요. 게다가 이사가 도대체 어디서 그만한 돈을 구한 거죠? 전에 왔다 간 그 부자 러시아인인가요? 게다가 요즘 50달러짜리 지폐를 받는 사람이 어디 있어요! 그런 지폐는 전부 위조지폐예요. 그리고 이사가 이렇게 저한테 돈을 줄 생각이었다면, 남자답게 처음부터 내놓을 일이지 왜 2주 동안 숨겨둔 거래요?

소란이 끝난 뒤 멜릭은 온통 눈물범벅이 된 얼굴로 이사에게 용서를 구하며 영원한 우정을 약속했다. 그리고 그 증거로 자신이 아끼는 아잔(이슬람 사원에서 하루에 다섯 번씩 기도시간을 알리기 위해 울리는 종소리—옮긴이) 호출기를 이사에게 주었다. 사랑하는 삼촌이 선물로 준 이 호출기는 무슬림들 사이의 신상품으로 전자 신호로 기도시간을 알려주는 물건이었다.

"가져 가, 형. 이제 형 거야. 항상 옆에 두고 써. 절대 고장 나지 않는 물건이니까 기도시간을 놓칠 염려가 없어."

그가 이 기계의 작동법을 가르쳐주는 동안(이사는 이런 물건에 익숙지 않았다) 아나벨은 멜릭 대신 창가에 서서 길 아래쪽으로 50미터 지점에 주차된 냉동식품 배달차를 감시했다. 차에서 내린 사람은 여전히 아무도 없었다. 그래서 그녀는 이사와 함께 거리로 나오자마자 좌우 어느 쪽으로도 방향을 꺾지 않고 승합차가 잘 보이는 곳에서 이사를 데리고 아무렇게나 길을 건너 골목길로 들어갔다.

행운이 따랐는지, 울타리가 있는 좁은 길을 지나자 멜릭의 집이 있는 대로와 평행으로 뻗은 큰길이 나왔다. 차들도 다니고 버스 정류장도 있는 길이었다. 처음에는 이사가 두려워서 뻣뻣하게 굳어 있었기 때문에 아나벨이 외투 소매를 잡아끌어야 했다. 분명히 말하지만, 그녀가 잡은 것은 팔이 아니라 외투 소매였다. 옷을 입고 있어도 팔을 잡을 수는 없었다.

"지금 어디로 가는 건지 알아요, 아나벨?"

"당연히 알죠."

하지만 조심해야 해요. 일반적인 길을 선택하면 안 돼요. 가장 가까운 지하철역은 걸어서 10분 거리에 있어요.

"지하철 안에서 나랑 이야기를 하면 안 돼요, 이사. 누가 말을 걸면 입을 가리키면서 고개를 흔들어요." 그가 말없이 이 말을 받아들이는 것을 보고 그녀는 속으로 생각했다. 난 러시아에서 아나톨리의 마피아 조직원들이 그랬던 것처럼, 이사를 탈출시키고 있을 뿐이야.

지하철은 돌아다니며 일하는 사무실 청소부들로 가득 차 있었다. 이사는 아나벨이 지시하는 대로 그들 사이에 자리를 잡고 그들과 마찬가지로 고개를 수그렸다. 아나벨은 검은 창문에 비친 그의 모습을 지켜보았다. 우린 아는 사이가 아냐. 그냥 우연히 같은 칸에 타게 된 독신 남녀일 뿐이야. 실제로도 그래. 이걸 사실로 믿는 편이 우리에게 좋아. 역에 차가 설 때마다 그는 그녀를 향해 눈을 들어 올렸지만, 그녀는 그를 계속 무시하다가 네 번째 역에서 내렸다.

크림색 택시들이 역 앞마당에 늘어서 있었다. 그녀는 맨 앞에 있는 택시의 뒷문을 열고 안으로 들어가 그가 탈 수 있게 문을 열어두었다. 하지만 순간적으로 그가 사라진 줄 알고 겁에 질렸다. 그는 운전사 옆 좌석에서 모습을 드러냈다. 아마 그녀와 몸이 닿지 않게 하려고 앞에 탄 모양이었다. 그가 정수리 모자를 이마 위로 어찌나 푹 잡아당겼는지 그녀가 볼 수 있는 것이라고는 모자에 가려진 머리뿐이었다. 그 안에서 무슨 생각이 오가고 있는지는 알 수 없었다.

그녀는 자신의 목적지에서 500미터 떨어진 네거리에서 운전사에게 돈을 지불하고 택시에서 내린 뒤 다시 걸었다. 아직 시간이 있어. 그녀는 속으로 생각했다. 다리가 눈에 들어오자 다시 용기가 꺾였다. 이사를 데리고 저 다리를 건너가서 경찰에 넘긴 다음에 고맙다는 인사를 듣고 나오기만 하면 돼. 그리고 평생 수치심 속에서 사는 거야.

아나벨의 어머니는 지방법원 판사였다. 아버지는 독일 외교계에서 활약하다 은퇴한 변호사 겸 외교관이었다. 언니 하이디는 검사의 아내였다. 그녀가 우러러보는 오빠 휴고만이 법조계를 벗어나 의사가 되는 데 성공했다. 처음에는 일반 개업의였지만, 지금은 다소 제멋대로이기는 해도 어쨌든 뛰어난 정신과의사가 되어 자기가 지상 최후의 순수 프로이트주의자라고 주장하고 있었다.

가족 내의 반항아인 아나벨은 자신이 결국 법 앞에 무릎을 꿇은 것을 아직도 이해하지 못하고 있었다. 부모님을 기쁘게 해드리려고 그런 걸까? 그건 절대 아니었다. 부모님과 같은 직업을 갖게 되면, 부모님이 이해하는 언어로 자신은 부모님과 다른 사람임을 증명할 수 있을 거라고 생각했던 것 같기도 했다. 부유하고 편안하게 살아가는 사람들의 손에서 법을 빼앗아 법이 가장 필요한 사람들에게 가져다주겠다고 생각했던 것 같기도 했다. 만약 그녀가 정말로 그런 생각을 했던 거라면, 생크추어리 노스에서 보낸 19개월은 그녀에게 그 생각이 얼마나 틀렸는지를 보여주었다.

재판을 하기도 전부터 이미 결과가 정해져 있는 거나 마찬가지인 법정에서 그녀는 외국 경험이라고 해봤자 스페인의 휴양지 이비자에서 2주동안 놀고 온 것이 전부인 하급 관료들이 그녀의 고객들이 털어놓는 끔찍한 경험들을 시시콜콜 물고 늘어지는 것을 보며 입술을 깨물었다. 그때부터 그녀는 자신이 언젠가 어떤 고객 때문에 그동안 마지못해 받아들이기는 했어도 어쨌든 지켜오던 직업적 원칙과 법적인 원칙들을 모두 버리게 될 것임을 알고 있었다.

그 짐작은 틀리지 않았다. 지금이 바로 그때였고, 이사가 바로 그 고객이었다.

하지만 이사 이전에 마고메드가 있었다. 멍청하고, 남을 잘 믿고, 학대를 당했으며, 특별히 정직하지는 않았던 마고메드. 그녀에게 다시는 그래서는 안 된다고 가르쳐준 사람이 바로 마고메드였다.

이미 때가 늦은 뒤에야 새벽에 공항으로 달려가는 일이 다시 있어서는 안 된다. 공항 활주로에는 상트페테르부르크행 비행기가 승객 탑승용 문을 열어둔 채 서 있었다. 그녀의 고객은 꽁꽁 묶인 채 사람들에게 끌려 계단을 올랐다. 그의 손… 그게 진짜 있었던 일일까, 아니면 그녀의 상상일까? 수갑을 찬 채 비행기 창문을 통해 그녀에게 작별인사를 하려고 무기력하게 흔들리던 그 손.

그러니 그녀에게 순간적인 충동으로 이런 결정을 내린 거라고 말하면 안 된다. 그녀는 그날 함부르크 공항에서 이미 마음을 정했다. 마고메드를 태운 비행기가 나지막한 구름 속으로 사라지는 모습을 지켜보면서.

지난주에 레일라의 집에서 이사를 만나 그에게서 지나온 이야기를 억지로 캐내는 순간 그녀는 이미 알고 있었다. 마고메드 이후로 줄곧 기다리던 사람이 드디어 나타났음을.

우선 그녀는 자기 가문 사람들의 규칙을 억지로 되새기며, 이번 사건의 기본적인 사실들을 차분히 살펴보았다.

이사는 스웨덴에 도착하는 순간부터 도저히 구제해줄 수 없는 사람이 되었다.

합법적으로 그를 구해줄 수 있는 길은 전혀 없다.

그를 데리고 있는, 가난하지만 용감한 사람들은 지금 위험을 무릅쓰고 있다. 그가 그 집에 오랫동안 머무르는 것은 불가능하다.

이렇게 상황을 살핀 뒤 그녀는 곧바로 현실적인 문제로 넘어갔다. 지금 이 상황에서, 튀빙겐대학과 베를린대학 법대를 졸업한 아나벨 리히터가 순수한 의미에서, 그리고 현실적인 의미에서, 고객에 대한 엄숙한 의무를 수행하려면 어떻게 해야 할까?

어떻게 하면 이 고객을 잘 숨기고 먹일 수 있을까? 잘 할 수 없다는 평계로 아무것도 하지 않는 것은 안 될 일이라는 것이 가문 사람들의 규칙이 아니던가?

"우리 법률가들은 빙산이 되어야 한다, 아나벨." 아버지는 이런 설교를 즐겨 늘어놓았다. 다른 사람도 아니고 아버지가! "우리는 자신의 감정을 인정하고 통제할 의무가 있어."

예, 아버지. 하지만 감정을 '통제'하는 게 사실은 파괴하는 행위라는 생각을 해보신 적이 있어요? '미안하다'는 말을 얼마나 많이 해야 더 이상 미안하다는 감정이 들지 않을까요?

그리고 죄송하지만요, '통제'라는 말이 정확히 무슨 뜻이에요? 잘못을 저지르면서 거기에 딱 맞는 '합법적인' 이유를 생각해내는 걸 뜻하나요? 그런 거라면, 우리의 훌륭한 독일 법률가들이 역사적인 대진공기, 달리 말해 나치 시대에 이미 그렇게 하지 않았던가요? 12년 동안 내내? 무슨 이유에서인지, 식구들끼리 토론할 때는 그런 이야기가 거의 나오지 않았지만요. 어쨌든 지금 이 순간부터, 저는 제 감정을 완전히 통제할 거예요.

제가 아버지에게 맞서서 엄청난 잘못을 저지르면 아버지는 이렇게 경고하곤 하셨죠. 살아가면서 무엇이든 원하는 대로 할 수는 있지만, 반드시 그 대가를 치를 각오를 해야 한다고. 만약 그 대가라는 것이 짧지만 아름다웠던 변호사 생활에 종지부를 찍는 것이라 해도 저는 그 대가를 치를 거예요.

그런데 공교롭게도 자비로우신 신의 섭리 덕분에, 우리가 정말로 신의 섭리를 믿는다면 그렇다는 말이지만, 어쨌든 그 덕분에 저는 일시적으로 아파트를 두 채 소유하게 됐어요. 한시라도 빨리 없애버리고 싶은 아파트와 제가 사랑하는 할머니의 돈 중 마지막으로 남은 돈으로 겨우 6주 전에 산 아파트. 항구 바로 옆에 자리 잡은 보석 같은 아파트죠. 지금 한창 내부수리 중이에요.

게다가 그것만으로도 부족했는지, 신의 섭리인지 죄책감인지 갑작스러운 연민의 감정인지(그녀는 이 셋 중 무엇이 정답인지 생각하고 있을 시간이 없었다) 알 수 없는 요인 덕분에 돈까지 생겼다. 브뢰의 돈. 이제 그녀는 단기적인 계획(지극히 한정된 기간 동안 편의를 도모하기 위한 응급 계획)을 세울 수 있을 뿐만 아니라, 인심 좋은 브뢰 덕분에 장기적인 계획도 세울 수 있게 되었다.

그녀는 이제 시간적인 여유를 갖고 해결책을 찾을 수 있었다. 사랑하는 오빠 휴고의 도움을 받아 신중히 실행하기만 한다면, 이사를 추격자들로부터 안전하게 보호할 수 있을 뿐만 아니라 건강까지 회복시켜줄 계획.

"나한테 전화할 일이 있을 겁니다." 브뢰는 이렇게 말했다. 마치 자기도 이사처럼 그녀의 구원을 기다리고 있다는 듯이.

무슨 구원? 감정이 죽어버린 삶에서 구원해달라는 건가? 브뢰도 물에 빠진 사람처럼 죽어가고 있는 거야? 나도 그 사람한테 손만 내밀면 되는 건가?

두 사람은 그녀의 집에 도착했다. 그녀가 고개를 돌려 보니 이사가 가지를 드리운 라임 나무 밑의 어둠 속에서 몸을 움츠리고 있었다. 검은 외투자락 속에 푹 파묻힐 만큼 가방을 꼭 끌어안은 채.

"왜 그래요?"

"당신네 KGB." 그가 중얼거렸다.

"어디에요?"

"택시에서부터 우릴 쫓아왔어요. 처음에는 큰 차를 타고, 그다음에는 작은 차를 타고. 남자 하나, 여자 하나."

"그냥 그 자동차들이 우연히 우리 옆을 지나간 거겠죠."

"무전기가 달린 차예요."

"독일에서는 모든 차에 무선통신 장비가 달려 있어요. 전화기까지 달린 것도 있고요. 이러지 말아요, 이사. 그리고 목소리를 낮춰요. 그러다 동네 사람들이 다 깨겠어요."

그녀는 도로 좌우를 훑어보며 이상한 점이 없음을 확인하고는 출입구로 향하는 계단을 내려가 자물쇠를 열고 그에게 내려오라고 고갯짓을 했다. 하지만 그는 한쪽 옆으로 물러나 그녀에게 먼저 들어가라고 고집을 부렸다. 자기는 그녀와 거리를 두고 뒤따라 들어가겠다면서.

아까 집을 나갈 때 급히 뛰어나갔기 때문에 더블베드는 헝클어진 채였고, 베개도 찌그러져 있었으며, 잠옷이 침대 위에 널브러져 있었다. 옷장은 두 칸이었는데, 왼쪽에는 그녀의 옷이 있고 오른쪽에는 카르스텐의 옷이 있었다.

그녀가 카르스텐을 쫓아낸 건 석 달 전이었지만, 그는 차마 용기가 나지 않는지 옷을 가지러 오지 못했다. 아니, 옷을 그냥 놓아둠으로써 자신이 이곳으로 돌아올 권리가 있음을 주장하려는 속셈인 것 같기도 했다. 웃기는 자식. 최고급 브랜드의 사슴가죽 재킷, 디자이너 청바지 한 벌, 셔츠 세 장, 부드러운 가죽 모카신 한 켤레. 그녀는 이 옷가지들을 침대 위로 던졌다.

"당신 남편 물건인가요, 아나벨?" 이사가 문간에 서서 물었다.

"아뇨."

"그럼 누구 물건이죠?"

"사귀던 남자 물건이에요."

"그 사람이 죽었나요, 아나벨?"

"헤어졌어요." 이사더러 그냥 이름을 불러도 좋다고 말하지 말걸 그랬다는 생각이 들었다. 하지만 그녀는 항상 고객들에게 그냥 이름을 부르라고 하면서 성은 가르쳐주지 않았다.

"왜 헤어졌어요, 아나벨?"

"서로 안 맞았으니까요."

"왜 안 맞아요? 서로 사랑하지 않았나요? 어쩌면 당신이 그 사람한테 너무 엄격했던 것일 수도 있어요, 아나벨. 그런 일은 가능해요. 당신은 때로 너무 엄격해요. 나도 느낀 적이 있어요."

그녀는 큰 소리로 웃어야 할지, 아니면 그에게 한마디 쏘아붙여야 할지 판단이 서지 않았다. 하지만 어떻게 해야 좋을지 살피려고 그를 바라보았을 때, 그의 눈에서 보이는 것은 두려움과 당혹감뿐이었다. 그녀는 그가 도망쳐 나온 세상에서는 사생활이라는 것이 존재하지 않았음을 기억해냈다. 그와 동시에 또 다른 생각이 떠오르면서 그녀는 부끄러움과 불안감을 동시에 느꼈다. 그가 오랫동안 감금생활을 하다가 지금 처음으로 여자와 단둘이 있게 되었으며, 지금 두 사람이 이른 새벽에 그녀의 침실에 서 있다는 생각이었다.

"저 가방 좀 내려줄래요, 이사?"

그녀는 그가 들어올 수 있게 큰 걸음으로 뒤로 물러나면서 휴대전화를 상의 주머니에 넣어두어야 할지 어떨지 고민했다. 비록 일이 잘못되더라도 누구한테 전화를 걸어야 할지 막막하기는 했지만. 카르스텐의 커다란 가방이 옷장 꼭대기에서 먼지를 뒤집어쓰고 있었다. 이사는 그것을 내려서 침대 위에 옷가지들과 나란히 놓았다. 그녀는 옷가지를 가방 안에 쓸어 담은 뒤 빨래 건조용 선반 밑에 둘둘 말아두었던 침낭을 가져왔다.

"그 사람도 당신처럼 변호사였어요, 아나벨? 당신이 사귀었다는 그 남자 말이에요."

"그 사람 직업이 뭐든 상관없잖아요. 당신이 알아야 할 필요도 없고, 우리 사이는 이미 끝났으니까요."

이제는 그녀 자신이 그와 더 거리를 벌려야 할 것 같은 절박한 심정이었다. 부엌에 서 있는 그는 그녀가 감당하기에는 키가 너무 크고 존재감이 너무 강했다. 그가 아무리 주춤거려도 소용없었다. 그녀는 마대자루를 식탁 위에 올려놓고 무뚝뚝하게 물건들을 차례로 들어 올리며 이사의 허락을 구했다. 통밀빵 괜찮아요, 이사? 예, 아나벨. 녹차는요? 치즈? 도로 저쪽의 슈퍼마켓이 싫어서 그녀가 자전거를 10분씩이나 타고 가는 수고를 감수하며 고집스레 이용하고 있는 괴팍한 유기농 전문점의 생요구르트? 예, 괜찮아요, 아나벨. 그는 모든 물건에 대해 이렇게 대답했다.

"고기는 줄 수 없어요, 괜찮죠? 내가 고기를 안 먹거든요."

하지만 사실 그녀가 하고 싶은 말은, 이상한 생각을 하지 말라는 것이었다. 지금 난 당신을 위해 내 목을 걸고 위험을 무릅쓰고 있어요. 난 당신의 변호사일 뿐이에요. 내가 지금 이렇게 하는 건 당신이 남자라서가 아니라, 원칙 때문이에요.

두 사람은 짐을 수레에 실어 네거리로 나갔다. 택시가 나타나자 그녀는 항구 위쪽의 어떤 지점으로 가달라고 말했다. 택시에서 내린 뒤 그녀는 아까처럼 그를 데리고 목적지까지 걸었다.

그녀가 새로 산 이 아파트는 금방이라도 무너질 것 같은 나무계단으로 8층이나 올라간 곳에 있었다. 옛날에 부둣가에서 창고로 쓰이던 건물을 개조한 이 아파트는, 주인의 말에 따르면, 영국인들이 함부르크에 무차별 폭격을 퍼부을 때 다행히도 후손을 위해 남겨준 유일한 건물이었다.

마치 배처럼 생긴 다락방인 이 아파트의 크기는 가로세로가 각각 14미터, 6미터였으며, 서까래는 쇠로 되어 있었다. 아치형의 멋들어진 창문으로는 항구가 내려다보였다. 한쪽 처마 밑에는 화장실이 비좁게 들어앉았고, 다른 쪽 처마 밑에는 주방이 있었다. 그녀가 이 아파트를 처음 본 것은 주인이 이 아파트를 구매 희망자들에게 공개하던 날이었다. 함부르크의 젊은 부자들 중 절반이 이 아파트를 사겠다고 아우성을 쳤지만 주인은 첫눈에 그녀에게 반해버렸다. 하지만 지금 그녀가 살고 있는 집의 주인과는 달리 동성애자라서 그녀를 침대로 데리고 갈 생각은 없었다.

주인이 집을 공개했던 바로 그날 저녁에 이 아파트는 기적처럼 그녀의 것이 되었다. 카르스텐이 없는 삶을 위한 준비가 시작된 셈이었다. 지난 6주 동안 그녀는 이 아파트를 애지중지하면서 전기배선, 회칠과 페인트칠 등을 놓고 법석을 피웠다. 썩어가는 마룻널도 교체했다. 그리고 낮 동안 역겨운 재판에 참석하거나 당국과의 싸움에서 지고난 뒤 저녁이 되면 자전거를 타고 이리로 달려와서 아치형 창턱에 팔꿈치를 괸 채 가만히 서서 해가 지는 모습을 지켜보았다. 크레인과 화물선과 여객선이 마치 사람들처럼 서로를 존중하며 충돌을 피해 조화롭게 관계를 맺고 있었다. 갈매기들은 하늘을 맴돌며 싸움을 벌이고, 아이들은 운동장에서 마음껏 뛰어놀았다.

이런 광경을 바라보다 보면 갑자기 장밋빛 낙관주의가 솟아올라서 그녀는 이제 곧 시작될 자신의 삶을 생각하며 속으로 자축하곤 했다. 일과 결혼하고, 생크추어리 노스에서 함께 일하는 가족 같은 친구들과 결혼한 삶. 리사, 마리아, 안드레, 막스, 호르스트, 그리고 용감한 상관인 우르술라. 이 사람들은 그녀와 마찬가지로 운명의 장난으로 인해 궁지에 몰린 사람들을 위해 선한 싸움을 벌이는 데 헌신하고 있었다.

아니, 이 삶을 다른 식으로 표현할 수도 있었다. 하루 일을 마친 뒤 기진맥진해서 자신을 기다리고 있는 아파트처럼 텅 빈 마음으로 집으로 돌아오는 생활. 하루 종일 아무리 열심히 노력해도 밤이 되면 항상 그녀 혼자뿐이었다. 하지만 그렇게 외로운 삶도 카르스텐과 함께하는 삶보다는 나았다.

두 사람은 천천히 계단을 올라갔다. 앞장을 선 아나벨은 한 층씩 올라갈 때마다 먹을 것이 든 자루를 내려놓고, 큰 가방과 침낭을 든 이사가 힘들게 따라 올라오는 모습을 확인했다. 그녀는 그의 짐을 조금 들어주고 싶었지만, 그녀가 말을 꺼낼 때마다 그가 화를 내며 손을 내저었다. 겨우 2층을 올라온 뒤에 벌써 겉늙은 말라깽이 아이 같은 몰골로 변해버렸는데도 말이다. 3층을 오른 뒤에는 그의 거친 숨소리가 계단에 울려 퍼졌다.

두 사람이 계단을 오르며 커다란 소리를 내고 있다는 사실이 마음에 걸렸지만, 그녀는 오늘이 토요일인 데다가 이 건물에 세입자가 한 명도 없다는 사실을 기억해냈다. 다른 층들은 모두 최고급 의상실, 디자이너 가구점, 고급 식품회사 등의 화려한 사무실로 쓰이고 있었다. 모두 그녀가 단호히 멀리하기로 결심한 물건들이었다.

이사는 마지막 층을 반쯤 올라오다 말고 그녀의 뒤쪽을 뚫어지게 바라보았다. 두려움과 당혹감으로 얼굴이 굳어 있었다. 그녀의 아파트 문은 무거운 빗장이 달린 낡은 강철문이었다. 거대한 자물쇠는 바스티유 감옥을 연상시킬 정도였다. 그녀는 서둘러 그에게 달려 내려가 자기도 모르게 그의 팔을 잡았다. 그가 움찔하는 것이 느껴졌다.

"당신을 여기 가두려는 게 아니에요, 이사." 그녀가 말했다. "당신의 자유를 지켜주려는 거예요."

"당신네 KGB를 피해서요?"

"모든 사람을 피해서요. 그냥 내가 시키는 대로 하세요."

그는 천천히 고개를 젓다가 무서울 정도로 순종적인 표정을 지으며 고개를 숙였다. 그리고 한 걸음, 한 걸음 계단을 올랐지만 어찌나 힘들어 보였는지 마치 두 발이 사슬에 묶인 사람 같았다.

그는 그녀의 뒤를 따라 계단을 끝까지 올랐다. 그러고는 다시 멈춰 섰다. 여전히 고개를 숙이고 양발을 하나로 모은 채 그는 그녀가 자물쇠를 열기를 기다렸다. 하지만 그녀는 그래서는 안 된다는 것을 본능적으로 깨달았다.

"이사?"

아무 대답이 없었다. 그녀는 그의 시선이 곧바로 닿을 수 있는 곳에 오른손을 뻗어 손바닥을 펼친 다음 그 위에 열쇠를 놓고 그에게 내밀었다. 어렸을 때 말에게 당근을 줄 때처럼.

"자요. 당신이 열어요. 난 간수가 아니에요. 당신이 이 열쇠로 문을 열어주세요. 부탁해요."

그는 그냥 가만히 서서 그녀의 손바닥과 그 위에 놓인 녹슨 열쇠를 빤히 바라보기만 했다. 그 시간이 마치 한평생처럼 길게 느껴졌다. 그는 그녀에게서 그 열쇠를 가져가는 일을 도저히 감당할 수 없다고 생각하는 것 같기도 했고, 그녀의 맨살에 자기 손이 닿을까 봐 두려워하는 것 같기도 했다. 그가 처음에는 머리를, 그다음에는 상체 전체를 갑자기 휙 돌리며 그녀를 거부하는 듯한 동작을 취한 것이 그 증거였다. 하지만 아나벨은 그의 거부를 그냥 받아들이고 싶지 않았다.

"내가 열어줬으면 좋겠어요?" 그녀가 다그치듯 물었다. "나한테 말해

쥐요, 부탁이에요, 이사. 내가 이 문을 열어도 된다는 말을 하고 싶은 거예요? 당신이 허락했다고 생각해도 돼요? 대답해줘요, 이사, 제발. 당신은 내 고객이에요. 당신이 지시를 내려야 해요. 이사, 당신이 이 문을 열라고 나한테 지시하지 않으면 우린 계속 여기 서서 추위와 피곤에 시달리게 될 거예요. 내 말 듣고 있어요, 이사? 팔찌는 어쨌어요?"

팔찌는 그가 손에 쥐고 있었다.

"다시 팔에 차요. 여긴 위험하지 않아요."

그는 팔찌를 다시 팔에 찼다.

"이제 나한테 문을 열라고 말해요."

"열어요."

"더 크게 말해요. 문을 열어줘요, 아나벨이라고."

"문을 열어줘요."

"아나벨."

"아나벨."

"자, 잘 봐요. 당신이 부탁한 대로 내가 문을 열 거예요. 자, 됐어요. 내가 먼저 들어갈 테니 당신은 날 따라서 들어와요. 여긴 감옥하고 완전히 달라요. 아뇨, 문은 그냥 열어두세요. 꼭 필요할 때가 아니면 문은 닫지 않을 거예요."

그녀가 여기 온 것은 사흘 만이었다. 재빨리 주위를 둘러보니 걱정했던 것보다 공사가 더 진척되어 있었다. 회칠도 거의 끝났고, 그녀가 주문한 타일은 한쪽에 쌓여 있었다. 어머니가 슈투트가르트에서 찾아낸 낡은 욕조는 이미 설치된 상태였고, 아나벨이 벼룩시장에서 산 놋쇠 수도꼭지도 제자리에 끼워져 있었다. 물도 다시 나오는 모양이었다. 그렇지 않고서야 인부들이 커피 잔을 싱크대에 남겨두고 갔을 리가 없지 않은

가? 그녀가 주문한 전화기는 거품 포장지에 싸인 채 바닥 한가운데에 놓여서 누가 선을 연결해주기를 기다리고 있었다.

이사는 아치형 창문을 발견하고는 그녀에게 등을 돌린 채 꼼짝 않고 서서 점점 밝아오는 하늘을 열심히 바라보았다. 그의 키가 다시 커진 것처럼 보였다.

"내가 다른 거처를 마련할 때까지 하루나 이틀 정도만 여기 있으면 돼요." 그녀가 방 반대편에서 그에게 가벼운 말투로 소리쳤다. "우리가 당신을 여기로 데려온 건 당신의 안전을 위해서예요. 내가 매일 책과 음식을 가지고 만나러 올게요."

"날면 안 돼요?" 그가 물었다. 그의 시선은 여전히 하늘에 못 박혀 있었다.

"안 돼요. 밖에 나가는 것도 안 돼요. 우리가 당신을 다른 곳으로 옮길 준비가 끝날 때까지."

"당신과 토미 씨 말이에요?"

"나와 토미 씨, 맞아요."

"토미 씨도 날 만나러 오나요?"

"토미 씨는 서류를 검토하고 있어요. 그게 그분 일이에요. 난 은행가가 아니에요. 당신도 아니고요. 모든 일을 한꺼번에 해결할 수는 없어요. 한 번에 한 걸음씩 움직여야 해요."

"토미 씨는 중요한 사람이에요. 내가 의사로 임명되면 그분을 임명식에 초대할 거예요. 그분은 마음씨가 착하고, 로마노프처럼 러시아어를 할 줄 알아요. 어디서 그걸 배운 거죠?"

"아마 파리일 거예요."

"당신도 거기서 러시아어를 배웠어요, 아나벨?"

이번에는 적어도 카르스텐에 관한 질문은 아니었다. 그는 이제 땀을 흘리지 않았다. 목소리도 다시 차분하게 돌아와 있었다.

"난 모스크바에서 러시아어를 배웠어요." 그녀가 말했다.

"모스크바에서 학교에 다녔어요, 아나벨? 정말 굉장한데요! 나도 모스크바에서 학교에 다녔어요. 아주 잠깐뿐이었던 건 사실이지만. 어떤 학교예요? 번호는요? 어쩌면 내가 아는 학교일지도 몰라요. 체첸 학생들도 받는 학교였나요?" 자신의 세계와 그녀의 세계를 이렇게 연결시키면서 그는 흥분한 기색이 역력했다. 어쩌면 자기들 두 사람이 동문일지 모른다는 상상까지 하고 있는 것 같았다.

"그 학교에는 번호가 없었어요."

"왜요, 아나벨?"

"그런 학교가 아니었어요."

"어떤 학교기에 번호가 없어요? KGB 학교였나요?"

"아뇨, 절대 아니에요! 사립학교였어요." 그녀는 갑작스러운 피로감을 느끼면서 자기도 모르게 학교에 관한 이야기를 모조리 털어놓았다. "모스크바에 사는 외국인 관리의 자녀들을 위한 사립학교였어요. 그래서 내가 거기 다닌 거예요."

"당신 아버지가 모스크바에 사는 외국인 관리였어요? 어떤 관리였는데요, 아나벨?"

그녀는 뒷걸음질을 치고 있었다. "우연히 외국인 관리의 집에 머무르게 됐을 뿐이에요. 내가 그 사립학교에 들어갈 자격을 인정받았기 때문에 거기서 러시아어를 배운 거고요."

당신한테 여기까지 말할 생각은 없었어. 아무리 당신이라 해도 나한테서 사실을 끌어낼 수는 없을 테니까. 이건 생크추어리도 모르는 사실이야. 우리 아버지가 모스크바 주재 독일 대사관의 법무관이었다는 건.

호출기가 악을 써대고 있었다. 그녀의 호출기는 아니었다. 그녀는 건

축 인부들이 남겨둔 교묘한 경보장치를 혹시 건드린 건가 싶어서 불안한 표정으로 주위를 둘러보았다. 하지만 소리를 내는 것은 멜릭이 이사에게 준 전자 호출기였다. 이사에게 하루 중 첫 번째 기도시간을 알리는 중이었다.

그런데 이사는 창가에서 움직이지 않았다. 왜지? KGB에서 그를 찾아온 추격자들을 찾고 있는 걸까? 아니었다. 그는 여명을 기준으로 메카가 어느 쪽에 있는지 찾는 중이었다. 그는 맨 바닥을 향해 연필처럼 가는 몸을 반으로 접었다.

"방에서 나가주세요, 아나벨." 그가 말했다.

주방에서 기다리면서 그녀는 바닥을 좀 치우고 봉투에 담아 온 물건을 꺼냈다. 장식용 탁자에 팔꿈치를 괴고 주먹으로 뺨을 받친 자세로 등받이 없는 의자에 앉은 그녀는 멍한 상태로 빠져들었다. 그러고는 프라이부르크 외곽의 가족 별장 거실에 아버지가 걸어 놓은 플랑드르 거장들의 소품을 물끄러미 바라보는 상상에 잠겼다. 피곤할 때 그녀가 자주 하는 행동이었다.

"네 할아버지가 뮌헨에서 경매로 산 거야." 반항적인 열네 살 시절에 아나벨이 그 그림들의 유래를 알아보겠다고 혼자 조사에 나섰을 때 어머니는 이렇게 대답했다. "네 아버지가 성화(聖畫)를 좋아하는 것과 마찬가지지."

"얼마에 사셨어요?"

"지금 가치로는 틀림없이 상당히 값이 나가겠지. 하지만 그 당시에는 푼돈이었어."

"경매에서 사신 게 언제인데요?" 그녀는 다그치듯 물었다. "누구한테서 사신 거예요? 할아버지가 뮌헨의 경매에서 푼돈을 주고 사시기 전에는 저 그림들이 누구 것이었어요?"

"네 아버지한테 물어보지 그러니?" 어머니가 말했다. 하지만 이미 의심을 품고 있던 아나벨이 보기에는 말투가 너무 다정한 것 같았다. "저 그림을 산 사람은 할아버지지 아버지가 아니잖아요."

그런데 아나벨이 아버지에게 그림에 관한 질문을 던지자, 아버지는 그녀가 생전 처음 보는 모습이 되었다. "그 시절은 이미 과거지사야." 아버지가 쏘아붙였다. 딸에게 한 번도 사용한 적이 없는 사무적인 말투였다. "네 할아버지는 예술적인 감각이 있었다. 그래서 통상적인 값을 지불하셨지. 모르긴 몰라도 저 그림들은 모조품일 거다. 다시는 이런 것 물어보지 마라."

그래서 다시는 안 물어봤지. 그녀는 속으로 생각했다. 그 뒤로 수많은 가족 토론이 벌어졌는데도 그녀는 사랑 때문이든, 두려움 때문이든, 아니면 그녀가 반항하던 가족의 규율에 굴복한 최악의 상황 때문이든 감히 그 질문을 다시 입에 담지 못했다. 그런데도 그녀의 부모들은 급진파라고 자처했다! 그들은 반체제였다. 아니, 예전에는 그랬다. 1968년의 학생시위 때 시내에서 바리케이드를 지키고, 미국은 유럽에서 물러나야 한다는 플래카드를 들고 다니던 세대! "너희 같은 요즘 젊은이들은 진짜 시위가 어떤 건지 몰라!" 그녀의 행동이 도를 넘었다 싶을 때 부모님은 크게 웃으며 그녀에게 이렇게 말하곤 했다.

아나벨은 배낭에서 공책을 꺼내 채광창에서 들어오는 불빛에 의지해 반드시 해야 하는 일 목록을 작성하기 시작했다. 식구들은 그녀의 비타협적인 태도와 마찬가지로 이처럼 목록을 작성하는 버릇도 농담거리로 삼았다. 아나벨은 전혀 정돈되지 않은 삶을 배낭에 잔뜩 쑤셔 넣고 다니며 혼란에 빠진 굼벵이처럼 굴다가도 금방 독일인답게 지나칠 만큼 꼼꼼한 사람으로 변해 자신이 앞으로 작성할 목록들의 목록을 작성하곤 했다.

비누.
수건.
더 많은 음식.
달고 맛있는 것.
신선한 우유.
화장지.
러시아 의학잡지: 어디서 찾지?
내 카세트플레이어. 클래식만. 쓰레기는 안 됨.

그래, 그 망할 놈의 아이팟은 절대 안 살 거야. 난 소비주의의 노예가 될 생각 없어.

이사가 아직도 기도 중인지 어떤지 알 수 없었기 때문에 그녀는 조심스레 방으로 돌아가 보았다. 방은 비어 있었다. 그녀는 창가로 달려갔다. 창문은 잠겨 있었고, 유리가 깨진 곳도 없었다. 그녀는 휙 돌아서서 빛을 등진 채 방 안을 바라보았다.

그는 인부들이 쓰던 사다리 꼭대기에 올라가 있었다. 그녀의 머리 위로 2미터쯤 되는 지점이었다. 마치 소련 시절의 동상처럼 그는 한 손에는 거대한 가위를, 다른 손에는 종이비행기를 들고 있었다. 사다리 발치의 벽지 두루마리에서 비행기를 오려낸 것 같았다.

"언젠가 난 투폴레프 같은 위대한 항공 기술자가 될 거예요." 그가 그녀를 내려다보지도 않고 선언하듯 말했다.

"의사가 아니고요?" 아나벨이 소리쳤다. 혹시 그가 자살을 생각하는가 싶어서 그녀는 열심히 맞장구를 쳤다.

"의사도 될 거예요. 그리고 혹시 시간이 있으면 변호사도 될 거예요. 난 다섯 가지 덕을 얻을 거예요. 다섯 가지 덕이 뭔지 알아요? 모른다면 교양 있는 사람이 아니에요. 난 이미 음악, 문학, 물리학의 기초를 잘 다졌어요. 혹시 당신이 이슬람으로 개종한다면 내가 당신과 결혼해서 당신의 교육을 돌봐줄지도 몰라요. 그게 우리 둘에게 모두 좋은 해결책이 될 거예요. 하지만 당신이 엄격하게 구는 게 문제예요. 봐요, 아나벨."

그는 중력의 법칙에 반항하는 것처럼 보일 만큼 기다란 몸을 움직여 적막한 공기 속으로 종이비행기를 부드럽게 놓아 보냈다.

이 사람은 그냥 고객일 뿐이야. 그녀는 문을 닫고 낡은 자물쇠를 탁하고 잠그면서 자꾸만 되뇌었다. 화가 났다.

특별한 주의가 필요한 고객인 건 맞아. 유별난 주의. 불법적인 주의. 그래도 고객은 고객이야. 그리고 조금 있으면 저 사람이 건강을 회복하기 위해 필요한 치료도 받게 해주어야 해.

저 사람은 사건이야. 서류가 딸린 법적인 사건의 대상. 물론 환자인 것도 사실이지. 저 사람은 유년 시절을 누리지 못한 채 상처만 남은 어린아이고, 난 저 사람의 변호사이자 보모이자 세상과의 유일한 접점이야.

저 사람은 어린아이지만, 고통과 감금생활, 살면서 겪을 수 있는 최악의 상황에 대해 내가 죽을 때까지 알 수 없을 만큼 많이 알고 있어. 저 사람은 오만하고 무기력해. 저 사람이 하는 말 중 절반은 저 사람이 실제로 생각하는 것과 아무 상관이 없어.

저 사람은 나한테 잘 보이려고 하는데 그 방법을 전혀 몰라. 나한테 잘 보이기 위해 필요한 말은 할 줄 알지만, 그 말이 저 사람한테 어울리지 않아.

나와 결혼해줘요, 아나벨. 내 종이비행기를 잘 봐요, 아나벨. 이슬람으로 개종해요, 아나벨. 엄격하게 굴지 말아요, 아나벨. 난 변호사도 되고, 의사도 되고, 위대한 항공 기술자도 되고 싶어요. 스웨덴으로 송환돼서 수용소로 끌려가기 전에 또 생각나는 것이 있다면 그것도 되고 싶어요, 아나벨. 방에서 나가주세요, 아나벨.

부두로 나와 보니 새벽이 이른 아침으로 바뀌어 있었다. 그녀는 부두의 벽을 따라 뻗어 있는 보도로 올라갔다. 새 아파트가 단장되기를 기다리던 지난 몇 주 동안 그녀는 이 길을 자주 걸으며 앞으로 자신이 이용하게 될 가게들과 친구를 만날 생선 요리 전문 카페들을 점찍어두었다. 출근할 때 어떤 길을 이용하게 될지 상상해보기도 했다. 하루는 사무실까지 쭉 자전거를 타고 가고, 그다음 날은 자전거를 들고 배에 타서 네 번째 선착장에 내린 다음 다시 자전거를 타고 가야지. 하지만 지금 그녀가 생각할 수 있는 것이라고는, 그녀가 그를 안에 남겨둔 채 다시 문을 잠가야 한다는 말을 했을 때 이사가 한 말이었다.

"내가 잠이 들면 감옥으로 돌아가게 될 거예요, 아나벨."

현재 살고 있는 아파트로 돌아온 아나벨은 아주 꼼꼼하고 정확하게 움직였다. 가족들은 그런 그녀를 항상 놀리곤 했다. 아까 그녀는 겁이 났지만 그 사실을 인정하고 싶지 않았다. 이제는 자신이 두려움을 물리치고 승리를 거뒀음을 축하해도 될 것 같았다.

우선 그녀는 자신에게 약속한 대로 샤워를 하면서 머리를 감았다. 한 시간 전만 해도 거의 기진맥진한 상태였지만, 이제는 빨리 행동에 나서고 싶어서 안달이 날 정도였다.

샤워를 마친 그녀는 외출을 하려고 옷을 차려입었다. 무릎 길이의 라이크라 반바지, 운동화, 더운 날씨에 맞는 가벼운 블라우스, 셰르파 조끼, 그리고 문 옆의 대나무 탁자 위에 있던 모자와 가죽장갑. 몸을 움직이고 싶은 욕구는 한이 없었다. 운동을 하지 않으면 일주일 만에 틀림없이 지방 덩어리가 될 것 같았다.

그녀는 옷을 차려입은 뒤 아파트 공사를 담당한 업체와 물품 배송 담당자에게 똑같은 내용의 긴급 이메일을 보냈다. 정말 죄송하지만, 제가 다시 연락드릴 때까지 아파트에서 절대로 공사를 진행하지 마세요. 아파트 임대와 관련된 뜻밖의 법적인 문제가 생겼습니다. 앞으로 며칠 안에 다 해결할 수 있을 겁니다. 그동안의 손실은 모두 보상해드리겠습니다. 안녕히 계세요, 아나벨 리히터.

한쪽 옆에 놓인 장보기 목록에 그녀는 '새 자물쇠'를 추가했다. 사람들이 월요일에 출근하러 가기 전 주말에 이메일을 반드시 확인해볼 거라고 장담할 수 없기 때문이었다.

그녀의 휴대전화가 울렸다. 8시였다. 토요일 아침마다, 설사 공휴일이라 해도, 8시 정각에 리히터 박사가 딸 아나벨에게 전화를 걸었다. 일요일이면 아나벨의 언니인 하이디에게 전화를 걸었다. 토요일이나 일요일에, 아니 어떤 날이든 아침 시간에 두 딸이 늦게까지 침대에 누워 있거나 사랑을 나누는 것은 가문의 윤리상 용납할 수 없는 일이었다.

어머니는 먼저 국정연설이라도 하듯이 엄숙하게 설교를 늘어놓았다. 아나벨은 벌써 슬그머니 웃고 있었다.

"내가 지금 완전히 경솔한 짓을 하고 있다는 걸 안다만, 하이디는 또 임신한 것 같다고 하더구나. 화요일이면 확실히 알 수 있을 것 같다고 하더라. 그때까지는 아무한테도 말하면 안 된다, 아나벨. 알겠니?"

"알았어요, 어머니. 어머니는 정말 좋으시겠어요. 벌써 네 번째 손주잖아요. 어머니 자신이 아직도 아이인데 말이에요."

"공식적으로 확인되자마자 네 언니한테 축하인사를 하면 될 거다, 당연히."

아나벨은 하이디가 머리끝까지 화가 나 있다는 말을 하려다가 참았다. 하이디가 낙태를 하지 않은 것은 순전히 남편의 애원과 간청 때문이었다.

"네 오빠 휴고는 쾰른에 있는 대형 대학병원의 인간심리 분과에서 일자리 제의를 받았지만, 그쪽이 진짜 프로이트주의를 따르는지 확신이 가지 않는다고 하더라. 그러니까 그 제의를 받아들이지 않을지도 몰라. 정말이지 네 오빠는 가끔 멍청하게 굴 때가 있어."

"쾰른이 오빠한테 잘 맞을지도 모르는데요." 아나벨은 일주일에 평균 세 번씩 오빠와 이야기를 나누기 때문에 오빠가 무슨 생각을 하는지 아주 잘 알고 있다는 말을 덧붙이지는 않았다. 오빠는 열 살이나 연상인 유부녀와의 열렬한 연애가 스스로 활활 타올라 끝장을 보든지 아니면 그의 면전에서 쾅 터져버리기 전에는, 또는 이 두 가지 일이 한꺼번에 일어나기 전에는(휴고에게는 이것이 상당히 일상적인 일이었다) 베를린에서 꼼짝도 하지 않을 사람이었다.

"그리고 네 아버지는 튜린에서 열리는 국제 법률가회의에서 기조연설을 하기로 했다. 네 아버지답게 벌써부터 연설문을 쓰기 시작했지. 9월까지는 나한테도 한 마디도 안 알려줄 거다. 카르스텐하고는 아직도 화해 안 했니?"

"노력 중이에요."

"다행이구나."

잠시 침묵이 흘렀다.

"검사는 어땠어요, 어머니?" 아나벨이 물었다.

"항상 그렇듯이 어이없지 뭐. 누가 나더러 결과가 부정적이라고 말해주면 난 우울해져. 타고난 낙천주의자니까. 그러면 생각을 다시 돌려세워야 해."

"결과가 부정적이었어요?"

"긍정적인 부분이 하나 있었지만, 부정적인 부분들이 즉시 그걸 파묻어버렸지."

"어떤 게 긍정적이었는데요?"

"멍청한 간."

"아버지한테 얘기하셨어요?"

"네 아버지는 남자야. 그러니 나더러 포도주를 더 마시라고 하든지, 아니면 속으로 내가 곧 죽을 거라고 생각해버릴걸. 아나벨, 넌 나가서 자전거나 타라."

이제 마스터플랜을 실행할 시간이었다.

휴고의 삶은 언제나 그렇듯이 위태롭게 균형을 유지하고 있었다. 그의 애인인 유부녀의 남편은 출장이 잦은 영업사원인데 주말에 집으로 돌아오는, 남을 전혀 배려할 줄 모르는 습관이 있었다. 따라서 휴고는 토요일 밤과 일요일 밤을 병원에서 보내며 스태프 숙소에서 대기했고, 낮에는 환자를 보았다. 그러므로 야간근무가 끝난 뒤인 오전 8시 이후나 회진을 시작하기 전인 오전 10시 이전에 연락하면 그와 통화할 수 있었다. 지금 시각은 8시 30분이므로 딱 좋았다.

보안을 생각하면 공중전화가 필요했고, 그녀 자신의 마음이 편안해지려면 평소 친숙한 장소로 갈 필요가 있었다. 그녀는 블랑케네즈의 사슴 사냥터에 있는, 사냥용 산장을 개조한 카페를 선택했다. 대개 자전거를 타고 열심히 달리면 15분 만에 갈 수 있는 곳이었다. 그녀는 12분 만에 그곳에 도착해서 허브차를 주문한 뒤, 찻잔을 뚫어지게 바라보며 앉아 숨을 골랐다. 화장실로 통하는 복도에 빨간색을 칠한, 옛날 영국식 전화박스가 있었다. 카운터에서 그녀는 동전을 한 줌 바꿨다.

휴고와 이야기할 때면 으레 그렇듯이, 두 사람의 대화는 농반진반으로 이어졌다. 어쩌면 그녀가 지금 너무 진지하기 때문에 일부러 농담을 더 과하게 하는 것 같기도 했다.

요즘 상대하는 고객이 있는데 아주 악몽이야, 오빠. 그녀는 이렇게 말문을 열었다. 머리는 진짜 좋지만 제정신이 아니거든. 게다가 러시아어밖에 몰라.

전문가가 그 사람 마음을 가라앉히고 좀 돌봐줘야 할 것 같아.

개인적으로도 상황이 너무 긴박해서 전화로는 이야기할 수 없을 정도야.

"오빠야말로 그 사람을 보자마자 정말로 전문가의 도움이 필요하다는 걸 절감할 거야." 그녀는 애원이나 간청처럼 들리지 않게 말하려고 애썼다. 하지만 휴고의 동정심에 호소한 것이 실수였다.

"내가? 글쎄, 정말 그럴까? 그 사람이 말하는 증상이라는 게 뭔데?" 휴고는 의사의 말투로 날카롭게 다그쳤다.

그녀는 대답을 미리 종이에 적어서 가지고 있었다. "망상. 자기가 세계를 정복할 거라는 생각을 하다가도 순식간에 생쥐처럼 벌벌 떨어."

"누구나 다 그래. 직업은 뭐야? 정치가야?"

그녀는 후후 하고 웃음소리를 냈지만 휴고의 말이 농담이 아닌 것 같아 마음이 불편했다.

"갑자기 화를 내기도 하고, 비굴할 정도로 남에게 의존하다가 순식간에 완전히 독립적인 인간이 되곤 해. 그게 말이 되는 거야? 난 의사가 아니라서 잘 모르겠어, 오빠. 그 사람 상태는 지금 내가 말한 것보다 더 나빠. 정말로 도움이 필요해. 당장. 빨리. 철저한 비밀보장도 필요하고. 그런 곳이 어디 없을까? 틀림없이 있을 텐데."

"좋은 데는 없어. 내가 아는 한은. 네가 원하는 그런 곳은 없어. 위험한 사람이야?"

"위험할 리가 없잖아."

"폭력적인 징후는 안 보여?"

"혼자 음악을 연주해. 몇 시간 동안 가만히 앉아서 창밖을 바라보기도 하고. 종이비행기도 접고. 그런 걸 보고 폭력적이라고 하지는 않잖아."

"창문 높이가 얼마나 돼?"

"오빠, 말도 안 돼!"

"널 이상한 눈으로 본 적 없어? 똑바로 대답해. 난 지금 진지하니까."

"날 안 봐. 시선을 돌린다고. 대개는 그냥 시선을 돌려버려." 그녀는 마음을 가라앉혔다. "알았어. 그럼 아주 좋은 데 말고 그다음으로 좋은 곳을 가르쳐줘. 그 사람을 받아들여서 돌봐주면서 이것저것 묻지 않는 곳. 그냥 그 사람이 있을 곳을 제공해주고, 그 사람이 정신을 차리게 도와줄 수 있는 곳이면 돼."

그녀는 생각보다 너무 많은 사실을 털어놓고 있었다.

"돈은 있는 사람이야?" 휴고가 다그치듯 물었다.

"응. 많아. 얼마든 말만 해."

"어디서 난 거야?"

"부잣집 마나님들하고 잠을 자주고 받은 거야."

"그걸 물 쓰듯 쓰고 있는 거야? 롤스로이스나 진주목걸이 같은 걸 사면서?"

"그 사람은 자기한테 돈이 있다는 것도 잘 몰라." 그녀는 점점 절박해졌다. "그래도 돈이 있는 건 사실이야. 문제없어. 그러니까, 경제적으로는 그래. 그 사람 대신 다른 사람들이 돈을 갖고 있어. 이러지 마, 오빠. 왜 이렇게 까다롭게 구는 거야?"

"러시아어밖에 못한다고?"

"아까 말했잖아."

"너 그 사람이랑 자는 사이지?"

"아냐!"

"그럴 생각은 있어?"

"오빠, 말도 안 되는 소리 좀 그만해, 정말."

"말도 안 되는 소리가 아냐. 그래서 지금 네가 화를 내는 거잖아."

"오빠, 내가 필요한 건⋯ 그 사람이 필요한 건⋯ 간단히 말하자면, 그 사람을 아주 빨리, 이를테면 일주일 안에 어디 집어넣을 수는 있는 거야? 완벽한 곳이 아니라도 괜찮아. 그냥 적당한 수준의 시설에 비밀을 잘 지켜주는 곳이면 돼. 생크추어리 사람들도 지금 내가 오빠랑 이런 얘길 하고 있다는 걸 몰라. 그만큼 비밀을 지켜야 되는 일이야."

"너 지금 어디 있어?"

"공중전화 박스. 내 휴대전화가 고장 났거든."

"오늘은 주말이야. 네가 혹시 모를까 봐 말해주는 거야." 그녀는 휴고의 다음 말을 기다렸다. "월요일에는 하루 종일 학회가 있어. 월요일 저녁에 내 휴대전화로 전화해. 9시쯤에. 아나벨?"

"왜?"

"아무것도 아냐. 내가 여기저기 좀 알아볼게. 전화해."

"엘리 씨." 브뤼는 조심스레 입을 열었다. 실트의 바닷가에 있는 베른하르트의 집에서 벌어진 점심 모임은 예상대로 흘러갔다. 여느 때처럼 늙어빠진 부자들과 권태에 지친 젊은이들이 한자리에 섞여 있었고, 가재요리와 샴페인이 나왔으며, 손님들은 모래언덕들 위를 걸었다. 그동안 브뤼는 혹시 아나벨 리히터의 전화를 놓치기라도 할까 봐 자꾸만 휴대전화를 들여다보았지만 슬프게도 전화는 오지 않았다. 저녁이 되자 날씨가 나빠져서 공항이 폐쇄되었기 때문에, 브뤼 부부는 손님용 오두막에서 밤을 보낼 수밖에 없었다. 베른하르트의 아내 힐데가르트는 코카인에 완전히 취해서 미치의 취향에 잘 맞는 더 좋은 숙소를 마련해주지 못해 미안하다며 지나칠 정도로 사과를 해댔다. 하마터면 싸움이 벌어질 뻔했지만 여느 때처럼 솜씨 좋은 브뤼가 상황을 정리했다. 일요일에는 골프를 쳤지만 성적이 형편없어서 1천 유로를 잃었다. 골프를 친 뒤에는 나이 많은 해운업계 거물과 함께 간을 넣은 만두와 옵스틀러(과일로 만든 브랜디-옮긴이)를 억지로 먹고 마셔야 했다. 이제 마침내 월요일 아침이 되었다. 간부 직원들과의 9시 회의를 끝낸 뒤 브뤼는 엘렌베르거 씨에게 혹시 시간이 있으면 잠시 남아달라고 말했다. 이건 주말 내내 그가 생각해낸 계획의 일환이었다.

"작은 부탁을 하나 하고 싶어서요, 엘리 씨." 그는 연극 같은 어조의 영어로 말했다.

"행장님, 작은 부탁이 아니더라도 명령만 내리세요." 그녀도 같은 어조로 대답했다.

두 사람이 이런 식으로 이야기를 주고받는 것은 원래 25년 전 빈에서 브뤼의 아버지가 시작해 지금까지 이어진 웃기는 의식이었다. 프레르 은행의 명맥이 계속 이어지고 있음을 축하하는 것이 이 대화법의 목적이었다.

"내가 만약 카르포프라는 말을 한다면, 엘리 씨, 그리고리 보리소비치 카르포프라는 말을 한다면, 그리고 거기에 리피잰더라는 말을 덧붙인다면, 어떻게 하시겠어요?"

그가 이 말을 마칠 때쯤에는 가볍게 농담을 주고받는 분위기는 이미 흔적도 없이 사라진 뒤였다.

"슬퍼질 것 같은데요, 행장님." 그녀가 독일어로 말했다.

"정확히 어떻게 슬퍼지는 거죠? 빈을 생각하며 슬퍼하는 건가요? 엘리 씨 어머님이 그토록 좋아하셨던 오페른가세의 작은 아파트 때문에 슬퍼지는 건가요?"

"행장님의 선친 때문에 슬퍼지는 거예요."

"아버지가 리피잰더와 관련해서 엘리 씨한테 무슨 부탁이라도 했습니까?"

"리피잰더 계좌들은 옳지 않아요." 그녀가 시선을 내리깐 채 조용히 대답했다.

사실 두 사람은 이런 이야기를 7년 전에 이미 나눴어야 했다. 하지만 브뤼는 비밀을 덮어둔 돌덩이를 쓸데없이 들어 올릴 필요가 없다고 생각했다. 특히나 그 돌 밑에 못된 진실이 숨어 있다면 더욱 그러했다.

"그런데도 엘리 씨는… 아주 충실하게… 그 계좌들을 관리해왔어요." 그가 부드럽게 말했다.

"전 그 계좌들을 관리하지 않아요, 행장님. 그 계좌들의 관리실태에 관해 가능한 한 알려고 들지 않겠다고 결심했거든요. 그 계좌들을 관리하는 건 리히텐슈타인의 펀드매니저가 알아서 할 일이에요. 그 사람은 그쪽 전문가이고, 그런 일을 해서 먹고 사는 사람이니까요. 윤리적인 면에서 우리가 그 사람을 어떻게 생각하는지는 상관없는 일이죠. 전 선친께 약속한 일만 하고 있어요."

"그 약속한 일이라는 것에 과거와 현재에 리피잰더 계좌를 소유한 사람들의 개인 서류철을 없애는 일도 포함되죠?"

"네."

"카르포프의 서류철도 그렇게 한 겁니까?"

"네."

"그럼 지금 남은 서류는…." 그는 서류철을 들어 올렸다. "이 서류철 안에 있는 것밖에 없는 건가요?"

"네."

"온 세상에 이것밖에 없는 거죠? 지하 창고에도, 글래스고의 지하실에도, 여기 함부르크에도?"

"네." 그녀는 힘주어 대답했다. 하지만 그녀가 대답하기 전에 잠시 망설이는 것을 브뤼는 놓치지 않았다.

"그럼 이 서류들 외에 혹시 개인적으로 카르포프에 대해 기억나는 게 있습니까? 그 시절에… 아버지가 그 사람에 대해 이상한 말을 하지는 않왔나요?"

"선친께서는 카르포프 계좌를 대할 때…."

"대할 때…?"

"정중하게 예의를 지키셨어요, 행장님." 그녀가 얼굴을 붉히며 대답했다.

"아버지는 모든 고객에게 정중하게 예의를 지키셨을 텐데요."

"선친께서는 카르포프의 죄를 모두 용서해주어야 한다고 말씀하셨어요. 아직 짓지 않은 죄까지도요. 선친께서 고객들에게 항상 그렇게 관대하셨던 건 아니에요."

"왜 죄를 용서해주어야 하는지 그 이유에 대해서도 혹시 말씀하시던가요?"

"카르포프는 특별했어요. 리피잰더들은 다 특별하지만, 카르포프는 아주 특별했습니다."

"그 사람의 죄가 뭔지, 아직 짓지 않은 죄는 또 뭔지 말씀하시던가요?"

"아뇨."

"그럼 혹시… 뭐라고 해야 하나…? 난잡한 애정관계에 대한 말씀은 없었습니까? 혼외정사로 낳은 자식들이 사방에 흩어져 있다거나 뭐 그런 얘기?"

"그런 얘기를 어렴풋이 암시하기는 하셨어요."

"하지만 구체적으로 말씀하시지는 않았다? 예를 들어 사랑하는 사생아 아들이 어느 날 갑자기 나타나서 신분을 밝힐지도 모른다는 말씀은 없으셨단 말이죠?"

"리피잰더들에게 그런 일이 발생할 가능성이 있다는 얘기는 하셨어요. 하지만 그 사람들 중 특별히 한 사람을 지목해서 그런 이야기를 하신 기억은 없습니다."

"이제 아나톨리라는 이름 말인데, 그 이름이 왜 내게 낯설지 않은 겁니까? 내가 어디서 얼핏 들은 이름일까요? 아나톨리는 일종의 해결사입니까?"

"중개인 역할을 하던 아나톨리라는 사람이 있었던 것 같아요." 엘리 씨가 내키지 않는 표정으로 대답했다.

"중개인이라면…?"

"에드워드 행장님과 카르포프 대령 사이를 이어주는 역할이죠. 카르포프와 연락이 되지 않거나, 카르포프 쪽에서 연락을 끊었을 때."

"그럼 카르포프의 변호사인가요?"

"그보다는…." 그녀는 잠시 망설였다. "본인은 돕겠다고 하는데 사실은 일을 망치는 쪽에 가까웠어요. 아나톨리는 단순히 법적인 문제 외에 많은 일을 맡아서 해줬어요."

"불법적인 일도 있었겠군요." 브뤼는 나름대로 재치를 부린 이 말에 엘리 씨가 아무런 반응을 보이지 않자 방 안을 한 바퀴 돌았다. "엘리 씨가 귀찮게 지하창고를 열지 않더라도, 혹시 이건 나한테 말해줄 수 있습니까? 리히텐슈타인 펀드 중 카르포프 계좌의 비율이 과연 몇 퍼센트나 되는지 나한테만 대략적으로 말해줄 수 있어요?"

"리피잰더 계좌 주인들은 각각 자신이 투자한 금액에 비례해서 자기 몫을 배당받았어요."

"그런 것 같더군요."

"계좌 주인이 언제든 투자금을 늘리기로 결정한다면, 그만큼 그 사람 몫도 늘어나죠."

"그래야겠죠."

"카르포프 대령은 초창기 리피잰더 멤버 중 하나일 뿐만 아니라, 돈을 가장 많이 투자한 사람이기도 했어요. 선친께서는 대령을 '창립멤버'라고 부르셨죠. 대령은 4년 동안 투자금을 아홉 번 증액했습니다."

"카르포프 본인이요?"

"계좌이체로 돈을 송금해왔어요. 카르포프 본인이 그 돈을 냈는지 아니면 다른 사람들이 그 사람 이름으로 돈을 보냈는지는 모릅니다. 이체가 일단 완료되면, 이체 서류는 파기되었고요."

"누가 파기했습니까?"

"선친께서요."

"그냥 현금을 예금한 경우는 없었습니까? 말하자면 가방에 지폐를 넣어서 가져온다거나 뭐 그런 구식 방법들 말이에요. 옛날 빈 시절은 어땠죠?"

"제가 있는 자리에서는 그런 일이 없었어요."

"그럼 엘리 씨가 없는 곳에서는요?"

"수시로 현금이 계좌로 입금되었습니다."

"카르포프 본인이 한 건가요?"

"그럴 거예요."

"제3자가 보낸 경우도 있나요?"

"그럴 수도 있어요."

"이를테면 아나톨리 같은?"

"입금 서류에 서명한 사람이 반드시 정식으로 신원을 밝힐 필요는 없었어요. 현금이 입금되면서 그 돈이 들어갈 계좌의 번호가 명시되면 입금자가 밝힌 이름 그대로 영수증이 발급되었습니다."

브뤼는 또다시 방을 한 바퀴 돌면서 엘리 씨가 계속 수동태를 사용하는 것에 대해 생각해보았다.

"그럼 카르포프의 계좌에 마지막으로 이체가 이루어진 것이 언제인 것 같습니까?"

"제가 알기로는 돈이 계속 들어오는 것 같아요. 지금까지도요."

"문자 그대로 지금까지라는 말입니까? 아니면 그냥 최근이라는 뜻인가요?"

"그건 제가 알 수 있는 일이 아닙니다, 행장님."

그래, 전혀 모른다고 하겠지. 브뤼는 속으로 생각했다. "그럼 리히텐슈타인 펀드의 가치는, 우리가 빈을 떠날 때쯤 대략 얼마나 됐죠? 계좌 소유자들에게 돈을 분배해주기 전의 가치 말입니다."

"우리가 빈을 떠날 때 계좌 소유자는 딱 한 사람뿐이었어요, 행장님. 카르포프 대령 혼자뿐이었죠. 다른 사람들은 도중에 떨어져 나갔어요."

"그래요? 어쩌다 그렇게 된 거죠?"

"저는 모릅니다, 행장님. 제가 알기로는, 다른 리피잰더들이 카르포프에게 매수되었거나 자연스레 사라진 것 같아요."

"자연스럽지 못하게 사라진 사람도 있나요?"

"제가 할 수 있는 말은 그게 전부예요, 행장님."

"대략적인 수치를 한번 말해보세요. 지금 생각나는 대로." 브뤼가 그녀를 다그쳤다.

"저는 리히텐슈타인 펀드 매니저가 아니니까 뭐라고 말씀드릴 수 없어요, 행장님. 그건 제 권한 밖의 일이에요."

"리히터 씨라는 사람한테서 전화가 왔습니다. 이미 알고 계시겠지만." 브뤼는 마음에 걸리는 일을 속 시원히 털어놓는 사람 같은 말투로 말했다. "변호사예요. 엘리 씨도 오늘 아침에 출근해서 주말 동안 걸려온 전화를 확인하다가 리히터 씨의 메시지를 보셨죠?"

"봤습니다, 행장님."

"리히터 씨는… 자신의 고객이… 우리 고객이기도 하다면서 나한테 몇 가지 물어볼 것이 있다고 했어요. 아주 화급한 일이라고 하더군요."

"저도 메시지 내용을 읽어보았습니다, 행장님."

그는 결단을 내렸다. 좋아. 계속 말을 피하겠다 이거지. 그녀는 나이가 많았다. 그리고 리피잰더에 관한 한 옛날부터 항상 말을 피했다. 하지만 그는 이번 일의 전말을 모조리 털어놓고 그녀를 자기편으로 만들 생각이었다. 그가 엘리 씨에게 속내를 털어놓을 수 없다면 이 세상에서 누구에게 그럴 수 있겠는가?

"엘리 씨."

"예, 행장님."

"엘리 씨랑 마음을 터놓고 허심탄회하게 이야기를 나누면 좋을 것 같군요. 뭐, 이것저것(원문은 'shoes and ships and…' 루이스 캐럴이 지은《거울 나라의 앨리스》중 한 구절-옮긴이)…."

그는 미소를 지으며 말을 끊고 그녀가 여느 때처럼 루이스 캐럴의 작품 한 구절을 인용하며 맞장구치기를 기다렸지만 허사였다.

"그러니까 내 말은…." 그는 말을 이었다. 엄청나게 좋은 생각이 떠오른 사람처럼. "엘리 씨가 맛 좋은 비엔나커피를 푸짐하게 타서 엘리 씨 어머님이 직접 만드신 부활절 쿠키와 함께 가져오시면 어떨까요? 커피는 두 잔으로. 그리고 교환원에게는 저와 엘리 씨가 회의 중이라고 미리 말해두는 겁니다."

하지만 이렇게 마주 앉아 이야기를 나누는 방법 역시 브뤼의 생각대로 굴러가지 않았다. 엘렌베르거 씨가 커피를 타서 들고 오기는 했다. 비록 커피를 준비하는 시간이 지나치게 오래 걸리기는 했지만. 그리고 엘리 씨는 여느 때와 마찬가지로 지극히 예의가 발랐다. 브뤼가 미소를 지어보라고 하면 미소를 지었다. 그녀의 어머니가 만든 부활절 쿠키는 정말이지 타의 추종을 불허했다. 하지만 브뤼가 카르포프에 관한 이야기를 꺼내는 순간 그녀는 벌떡 일어서서 마치 학예회 무대에 선 아이처럼 똑바로 앞만 바라보며 딱딱한 말투로 선언하듯 이렇게 말했다.

"행장님, 리피잰더 계좌가 법의 테두리를 벗어났다는 말을 행장님께 알려드린 것이 후회스럽습니다. 당시 제가 이 은행의 하위직 직원이었다는 점과 행장님의 선친께 약속했던 것을 생각하면, 행장님과 이 문제를 더 이상 논하지 않는 것이 현명할 듯 싶습니다."

"물론이죠, 물론이죠." 브뤼는 경쾌한 말투로 말했다. 그는 상황이 기대를 배신했을 때 자신이 최고의 능력을 발휘한다고 자부하고 있었다. "나도 다 이해해요, 엘리 씨. 우리 은행은 엘리 씨에게 감사하고 있어요."

"포어맨 씨가 전화하셨습니다." 그녀가 문 앞에서 말했다. 브뤼는 커피 잔이 담긴 쟁반을 같이 들어주려고 서둘러 그녀에게 달려가던 중이었다.

엘리 씨가 왜 그에게 등을 돌린 채 말을 하는 걸까? 왜 목덜미가 빨갛게 물든 거지?

"또요? 도대체 왜요?"

"오늘 점심 약속을 확인하려고 전화하신 겁니다."

"금요일에도 확인해 놓고 또 전화했다고요?"

"행장님이 혹시 가리는 음식은 없는지 알고 싶다고 하셨습니다. 라스칼라는 생선 전문식당이니까요."

"거기가 생선 전문이라는 건 나도 알아요. 난 적어도 한 달에 한 번은 거기서 밥을 먹는 사람이라고요. 그래서 그 집이 점심때는 문을 열지 않는다는 것도 알아요."

"포어맨 씨가 지배인과 타협을 본 모양이에요. 그리고 사업상 거래가 있는 분을 동반하겠다고 하셨습니다. 랜턴 씨라는 분입니다."

"그 사람한테는 빚과 같은 존재겠군요." 브뤼가 말했다. 자신의 재치에 뒤틀린 즐거움을 느끼면서. 그런데도 엘리 씨는 여전히 그를 피하고 있었다. 마치 그에게 악마의 눈이라도 있는 것처럼. 한편 브뤼는 라스칼라가 비록 작은 식당이기는 해도 그곳 주인인 마리오를 설득해서 다른 날도 아니고 월요일 점심때 문을 열게 만든 포어맨 씨라는 사람이 과연 어떤 사람인지 궁금하다는 생각을 하고 있었다.

엘렌베르거 씨가 마침내 그를 향해 얼굴을 돌렸다.

"포어맨 씨는 배경이 탄탄해요, 행장님." 그녀는 말을 하면서 몇몇 단어를 강조했다. 하지만 그는 그것이 무슨 의미인지 알 수 없었다. "행장님이 저더러 확인해보라고 하셔서 제가 확인해봤습니다. 포어맨 씨는 행장님이 이용하시는 런던의 법률회사와 런던 시티에 있는 주요 은행의 직접적인 추천을 받았습니다. 포어맨 씨는 특별히 런던에서 비행기를 타고 오실 예정입니다."

"빛과 같은 존재와 함께요?"

"랜턴 씨는 베를린에서 따로 오실 거예요. 제가 알기로 그분은 베를린에서 활동하십니다. 두 분은 서로 부담 없이 상대를 탐색하는 의미에서 점심 식사를 함께 하자고 제안한 거예요. 그쪽 프로젝트가 상당한 규모라서 철저한 타당성 조사가 필요할 거라고 했어요."

"내가 이 얘기를 처음 접한 게 언제죠?"

"정확히 일주일 전이에요, 행장님. 지난 월요일 이 시간에 제가 행장님과 이 이야기를 나눴죠. 감사합니다."

'감사합니다'는 도대체 왜 붙인 거지? 브뤼는 속으로 생각했다. "세상이 미친 건가요, 아니면 내가 미친 건가요, 엘리 씨?"

"선친께서도 그런 말씀을 자주 하셨습니다, 행장님." 엘렌베르거 씨가 지나치게 점잔을 빼며 대답했다. 브뤼는 다시 아나벨을 생각하기 시작했다. 자전거를 타고 돌아다니는, 독립적이고 활기 넘치는 젊은 여자. 그녀는 자신의 정체성을 찾기 위해 사회적인 지위 따위에 의존하는 사람이 아니었다.

포어맨 씨와 랜턴 씨가 비교적 유쾌하고 즐거운 사람들이라는 점이 놀랍고도 다행스러웠다. 그가 라스칼라에 도착해 보니 두 사람은 이미 마리오를 꾀어서 브뤼가 창가 좌석을 가장 좋아한다는 사실뿐만 아니라, 에트루리아산 백포도주를 좋아한다는 사실까지 알아내서 미리 준비시켜 두었다. 그래서 이미 마개를 뽑은 포도주 한 병이 얼음 통에 담겨 식탁 위에 놓여 있었다.

나중에 브뤼는 자기가 라스칼라의 단골이라는 사실을 두 사람이 어떻게 알아냈는지 궁금하다는 생각이 들었지만, 함부르크에서 은행 일을 하는 사람들이라면 대부분 그가 이곳의 단골임을 알고 있으므로 두 사람도 마찬가지일 거라고 생각해버렸다. 아니면 포어맨이 엘렌베르거 씨를 꾀어서 그 정보를 알아냈을 수도 있었다. 포어맨은 매력이 철철 넘치는 사람이었으니까 말이다. 살다 보면 자신과 쌍둥이처럼 닮은 사람을 만나서 즉시 호감을 느끼게 될 때가 있다. 포어맨은 브뤼와 같은 키에 같은 나이였으며, 머리 모양도 똑같았다. 그는 격식을 차리지 않는 느긋한 성격이었지만, 그것은 브뤼가 우러러보는 귀족적인 느긋함이었다. 그의 눈빛은 유쾌하고 미소에는 상대의 마음을 여는 힘이 있어서 상대방도 덩달아 미소 짓게 만들었다. 그리고 상대를 믿고 속내를 털어놓는 듯한 나지막한 목소리는 세상을 있는 그대로 받아들이고 순응하는 법을 이미 알고 있었다.

"토미 브뤼 행장님! 잘됐습니다, 잘됐어요, 우리 모두." 브뤼가 문으로 들어서자 포어맨이 일어서며 중얼거리듯 말했다. "이쪽은 이안 랜턴입니다. 제 공범이죠. 저희가 행장님을 토미라고 불러도 되겠습니까? 저는 에드워드입니다. 행장님 아버님과 같은 이름이지 싶은데… 저는 그냥 짧게 테드로 부른답니다. 선친께서는 그런 짓을 참아낼 분이 아니셨죠? 에드워드 외에 다른 이름은 용납하지 않으셨으니까요."

"판단이 잘 서지 않을 때는 '경'을 고집하셨죠." 브뤼가 말을 맞받았다. 다들 웃음을 터뜨렸다.

포어맨이 아버지에 대해 잘 아는 것처럼 말한 사실을 브뤼가 특별히 마음에 담아두었을까? 단 한 번도 균형을 잃은 적이 없는, 아니 지난 금요일 밤까지는 그런 적이 없는 마음속 깊은 곳에? 설사 그랬다 해도 그 자신은 인식하지 못했다. 에드워드 아마데우스 경은 살았을 때도 전설이었지만 지금도 전설이었다. 브뤼는 다른 사람들이 아버지와 잘 아는 사이인 것처럼 말하는 것에 익숙했으며, 그것을 찬사로 받아들였다.

랜턴의 첫인상도 좋은 편이었다. 브뤼가 영국의 요즘 젊은이들을 접한 적은 많지 않지만, 랜턴 같은 젊은이는 드물 것 같았다. 그는 몸집이 작고 옷차림이 깔끔했다. 적당히 사선을 그리고 있는 어깨에 걸쳐 입은 단추 하나짜리 쥐색 정장이 잘 어울렸다. 모든 것이 예전의 브뤼처럼 의욕 넘치는 젊은 중역다운 모습이었다. 밝은 갈색 머리는 군대식으로 짧게 깎았고, 말투는 부드럽고 사려 깊었으며, 예의바른 모습이 매력적이었다. 하지만 포어맨과 마찬가지로 그도 남의 말에 좌우되지 않는 조용한 자신감을 내뿜고 있었다. 그의 말투가 특정한 계층에 속하지 않는다는 점도 브뤼의 내면에 자리 잡은 민주적인 성향을 건드렸다.

"나까지 포함해서 '우리'라고 말해주니 정말 고맙습니다, 이안." 브뤼가 진심으로 말했다. 빨리 두 사람과 공감대를 형성하기 위해서였다. "우리처럼 개인은행을 경영하는 사람들은 요즘 조금 변방으로 밀려난 것 같은 느낌을 받고 있어요. 워낙 거물들이 우쭐거리고 있으니까."

"행장님을 만나게 돼서 영광입니다. 진심입니다." 랜턴이 브뤼의 손을 도저히 놓을 수 없다는 듯 한 번 더 꼭 쥐며 말했다. "행장님에 대해 정말

많은 말씀을 들었습니다. 그렇죠, 테드? 모두들 한목소리로 같은 이야기를 하더군요."

"여출일구(이구동성과 같은 뜻-옮긴이)였죠." 포어맨이 흔치 않은 표현으로 맞장구를 쳤다. 이 말을 신호로 세 사람은 자리에 앉았고, 마리오가 거대한 배스(농어의 일종-옮긴이) 한 마리를 들고 재빨리 달려왔다. 마리오는 세 사람을 위해 이 배스를 특별히 준비했다고 극구 주장했고, 세 사람은 그를 잠시 놀리며 농담을 주고받다가 바닷소금을 뿌린 구이로 요리해달라고 하기로 의견을 모았다. 그럼 요리가 나올 때까지 마늘소스를 뿌린 가리비를 좀 먹는 게 어떨까요?

오늘 점심은 저희가 내겠습니다. 포어맨과 랜턴이 고집을 부렸다.

무슨 일이 있어도 내가 내야 합니다. 브뤼가 반발하고 나섰다. 원래 은행가들이 항상 돈을 내는 법이에요.

하지만 그는 수적으로 불리했다. 게다가 점심을 먹자고 먼저 말을 꺼낸 것도 저쪽이었다. 그래서 브뤼는 자신이 마땅히 해야 하는 일을 했다. 느긋하게 등을 기대고 앉아서 식사를 즐길 마음의 준비를 갖추는 것. 그와 사업상 거래를 하는 사람들이 대부분 그렇듯이, 포어맨과 랜턴 역시 십중팔구 그를 이용해서 이득을 취하려 들 터였다. 그래, 한번 해보라지, 뭐. 설사 저들이 포식자라 해도, 최소한 교양 없는 무식한 포식자는 아니었다. 무식한 포식자도 분명히 존재한다는 걸 하느님은 알고 계신다. 힘든 주말을 보내고 아나벨에게서는 소식이 없는 데다가 엘리 씨와 대화 같지도 않은 이상한 대화를 나눈 뒤라 그는 공연히 까다롭게 굴고 싶지 않았다.

게다가 그는 영국인들이 좋았다. 타국에서 사는 사람으로서 브뤼는 자신의 모국에 대해 강한 향수를 품고 있었다. 스코틀랜드의 기숙학교에서 우울하게 보낸 8년 세월은 외국에서 아무리 오래 살아도 메울 수 없는 구멍을 그의 가슴에 남겨 놓았다. 처음부터 포어맨과 이토록 죽이 잘 맞는 것도 아마 십중팔구 그 때문일 것이다. 랜턴은 마치 황홀경에 빠져 넋을 잃은 엘프처럼 예의바른 미소를 띤 채 두 사람을 번갈아 바라보고 있었다.

"죄송하지만 이안은 술은 입에도 못 댑니다." 랜턴이 마리오가 따라준 포도주를 마시려 하지 않는 것에 대해 포어맨이 대신 사과했다. "신세대죠. 우리 같은 늙은 바보들과는 완전히 다릅니다. 늙은 바보들을 위해! 건배!"

그래, 아나벨 리히터에게도 건배. 이 여자는 자기 마음이 내킬 때마다 자전거를 타고 내 머릿속을 지나가는군 그래.

나중에 브뤼는 폭탄발언이 나오기까지 한참 동안 그 두 사람과 도대체 무슨 이야기를 나눴는지 기억해보려 했지만 잘 기억이 나지 않았다. 런던에 브뤼와 포어맨이 모두 아는 사이인 친구들이 있었다. 그런데 확실치는 않지만, 포어맨이 그 친구들에 대해 아는 것이 그다지 많지 않은 듯했다. 하지만 그건 별로 중요하지 않았다. 주위 사람들과 네트워크를 맺는 사람들에게 그런 일은 흔했다. 그건 전혀 이상한 일이 아니었다. 포어맨은 일 이야기를 해야 한다고 말했지만, 포어맨도 랜턴도 일 이야기를 하려고 서두르는 기색이 없었다. 그는 프레르 은행의 성실성과 탄탄함에 대해 뻔한 이야기를 늘어놓았고, 서브프라임 모기지니 뭐니 시끄러운 지금 월스트리트의 건전도에 대해서도 적당히 추측을 내놓았다 (그 방면에서는 프레르가 조심했으니 천만다행이지 뭡니까!). 세계 시장이 소프트 자산(기술, 인력, 브랜드 등을 일컫는 말—옮긴이)으로 주의를 돌리는 것에 물가상승이 영향을 미칠지, 아시아에서 다시 거품이 터질지, 중국의 국내 경제가 발전하고 있으니 우리가 값싼 노동력을 찾기 위해 다른 곳으로 눈을 돌려야 하는 건 아닌지 등에 대해서도 적당히 추측해보았다. 브뤼는 경제신문을 구독하고 있기 때문에 이런 주제들에 대해 그럭저럭 잘 알고 있었지만, 사실 이런 주제들에 관한 자기만의 생각 같은 것은 전혀 없었다. 그래서 그는 두 사람 몰래 속으로 아나벨 리히터에 관한 생각 속으로 빠져들었다.

그다음으로 나온 주제는 아랍 문제였다. 두 사람 중 누가 그 주제를 꺼냈는지 브뤼는 전혀 기억이 나지 않았다. 테드였을까, 이안이었을까? 테드는 1956년의 소란(2차 중동전쟁을 뜻함—옮긴이)이 지나간 뒤 불만에 잠긴 아랍 투자자들의 마음을 되돌린 최초의 영국 은행가 중에 브뤼의 아버지도 포함되어 있다는 사실을 제대로 알고 있었다. 하지만 둘 중 누가 먼저 이야기를 꺼냈는지는 중요하지 않았다. 둘 중 한 사람이 덫을 놓고, 나머지 한 사람이 토끼를 뒤쫓는 역할을 맡았으니 말이다. 브뤼는 두 사람의 질문에 조심스레 대답했다. 사우디와 쿠웨이트의 가문들에서 비교적 힘이 약한 사람 한두 명이 프레르에 계좌를 갖고 있는 것이 사실이라고. 하지만 이름은 전혀 언급하지 않았다. 그리고 브뤼 자신은 유럽인의 정서가 강했으므로 아버지처럼 그쪽 시장에 열심히 달려드는 편이 아니었다.

"그래도 나쁜 감정이 있는 건 아니죠?" 포어맨이 걱정스러운 표정으로 물었다. "원한 같은 게 있는 건 아니죠?"

그럼요, 그럴 리가 있나요. 브뤼가 대답했다. 모든 게 파이처럼 달콤하죠. 우리 고객 중 몇 명은 세상을 떠났고, 일부는 다른 곳으로 옮겨 갔고, 나머지 일부는 우리 은행에 그냥 남았습니다. 단지 아랍의 부자들은 다른 아랍 부자들이 이미 계좌를 갖고 있는 은행을 선호하는데, 요즘 프레르는 그렇게 커다란 황금우산을 펼쳐줄 만한 위치에 있지 않아요.

두 사람은 이 말을 듣고 만족스러운 표정을 지었다. 나중에 생각해보니, 두 사람이 확인해야 할 목록 속에 그 질문이 처음부터 대롱대롱 매달려 있었던 것 같았다. 그래서 두 사람이 그 질문을 일부러 대화 속에 끼워 넣은 것이다. 어쩌면 브뤼 자신도 이런 사실을 무의식적으로 의식하고 있었기 때문에 뒤늦게나마 두 사람에 관한 질문으로 화제를 돌린 것인지도 모른다.

"자, 그럼 이제 두 분 얘기를 좀 해보시죠. 우리 은행의 평판을 듣지 못했다면 이렇게 날 찾아오지도 않았겠죠. 우리 은행이 두 분을 어떻게 도와드리면 될까요? 아니면 우리가 흔히 쓰는 표현처럼, 거물들은 해줄 수 없지만 우리는 해줄 수 있는 일이 뭘까요?" 내가 경영하는 은행만 아니라면 당신들 두 사람이 날 찾아왔을 리가 없으니까 하는 말이야.

포어맨은 식사를 멈추고 냅킨으로 입술을 살짝살짝 닦으며 대답을 구하려는 듯 주위의 텅 빈 식탁들을 둘러보다가 랜턴에게 시선을 돌렸다. 랜턴은 포어맨과는 대조적으로 마치 아무 소리도 듣지 못한 사람처럼 굴었다. 그는 잘 손질한 젊은 손으로 마치 수술을 하듯이 농어를 자르고 있었다. 껍질과 가시를 각각 분리해서 접시 양편에 밀어두고, 중앙에는 농어 살을 자그마한 피라미드 모양으로 쌓았다.

"그 물건을 잠시 꺼달라고 부탁해도 될까요?" 포어맨이 조용히 물었다. "솔직히 그 물건이 지독히 거슬리거든요."

브뤼는 포어맨이 말한 물건이라는 것이 휴대전화임을 깨달았다. 혹시 아나벨에게서 전화가 올지 몰라서 그는 휴대전화를 한쪽 옆에 올려놓고 있었다. 잠시 어리둥절해하다가 포어맨의 말뜻을 이해한 그는 휴대전화를 꺼서 주머니에 넣었다. 포어맨은 그를 향해 식탁 위로 몸을 기울이고 있었다.

"이제 잠시 마음을 단단히 먹고 잘 들으세요." 그가 비밀을 털어놓는 사람처럼 속삭였다. "우린 영국 정보국 소속입니다, 아시겠어요? 공작원이란 말입니다. 여기 이안은 베를린 대사관에 근무하고, 난 런던 쪽에 있습니다. 우리 이름은 합법적인 것이니까 걱정 마세요. 그래도 걱정스럽다면 이안의 상관인 대사에게 확인해보시면 됩니다. 내 담당지역은 러시아입니다. 벌써 28년째예요. 하늘도 무심하시지. 어쨌든 그 덕분에 내가 행장님의 훌륭한 선친이신 에드워드 아마데우스 씨를 알게 되었습니다. 그때 내 이름은 핀들레이였죠. 선친을 만날 때는 그랬습니다. 혹시 아버님께서 가끔 내 얘기를 하신 적이 있습니까?"

"없는 것 같은데요."

"놀랍군요. 정말 에드워드 아마데우스 씨답습니다. 끝까지 입을 다무셨어요. 자랑하려는 건 아닙니다만, 아버님이 기사작위를 받으신 건 바로 내 덕분입니다."

브뤼는 이쯤에서 포어맨이 이야기를 멈추고, 자신에게 몇 가지 질문을 던질 기회를 줄지도 모른다고 기대했을 것이다. 그의 머릿속에 수천 가지 질문이 돌아다니고 있었으니 그럴 만도 했다. 하지만 포어맨은 그렇게 숨을 돌릴 시간을 줄 생각이 전혀 없었다. 브뤼의 방어막을 뚫어버렸으므로, 그는 승리를 확실히 하기 위해 계속 앞으로 밀고 나갔다. 이제 그는 느긋하게 의자에 등을 기대고 앉아 손끝을 한데 모은 채 세월의 풍상을 견딘 얼굴에 목가적으로 보이기까지 하는 표정을 짓고 있었다. 그 모습만 보면, 점심 식사를 함께 하면서 우주의 상태에 관해 자신이 관찰한 사실들을 들려주는 점잖은 손님 같았다.

가까운 사람만 들을 수 있게 볼륨을 줄인 그의 목소리는 경쾌했으며, 무슨 이유에서인지 심지어 행복하게 들리기까지 했다. 주방에서 음악소리가 들려왔다. 브뤼가 듣기에는 류트 소리인 것 같았다. 그런데 포어맨의 목소리는 그 음악소리보다 더 작았다. 그는 브뤼의 아버지처럼 이미 죽어서 사라져버렸는데도, 아버지의 유령처럼 가만히 드러누우려 하지 않는 시대의 초상을 그리고 있었다. 냉전 말기 말입니다, 행장님. 소련이라는 기사가 갑옷을 입은 채 죽어가고, 러시아 전체가 부패의 악취를 풍기던 시절이죠.

그는 자신을 위해 스파이 노릇을 하던 러시아인들이 충성심이나 이상이나 숭고한 동기 때문에 그런 행동을 했다고는 말하지 않았다. 소련 고위급 인사가 자본주의를 위해 목을 내걸게 만들려면, 분명히 말씀드리지만, 행장님, 자본주의에서 가장 중요한 것을 그 사람에게 제시해야 합니다. 바로 돈이죠. 그것도 엄청나게 많은 돈.

그렇다고 그냥 돈만 덜렁 안겨줘도 안 됩니다. 나를 위해 스파이 노릇을 하는 동안에는 그 사람이 그 돈을 쓸 수도 없고, 자랑할 수도 없고, 자식이나 아내나 애인한테 슬쩍 찔러줄 수도 없으니까요. 그런 짓을 하는 건 정신 나간 바보뿐이니, 그런 작자는 당국에 잡혀도 쌉니다. 대개는 실제로도 잡혔고요. 그러니까 어떤 사람을 이쪽 첩자로 꾀려면 패키지를 제공해야 합니다.

이 패키지에서 핵심적인 요소는 바로 오랜 전통을 자랑하며, 기반이 탄탄하고, 방침이 유연한 서구 은행이죠. 행장님도 저만큼 잘 아시겠지만, 러시아인들은 전통을 아주 좋아하거든요. 핵심적인 요소를 하나 더 꼽는다면, 힘들게 노략질한 돈을 후손들에게 넘겨주면서 일반적인 절차, 그러니까 유언 검인, 세금, 자세한 명세서 공개, 돈의 출처에 관한 질문 등 행장님도 잘 아시는 과정들을 거치지 않아도 되는, 철저한 비밀보장 시스템이 있습니다.

"그러니까 닭이 먼저냐 달걀이 먼저냐 하는 문제예요." 그는 여전히 다정한 말투로 말을 이었다. 브뢰는 생각을 정리하려고 애쓰는 중이었다. "이 경우에는 달걀이 먼저였지만 말입니다. 황금 달걀이죠. 붉은 군대의 대령 한 사람이 바람의 방향을 알아채고는 대붕괴가 일어나기 전에 자산을 팔아치우기로 한 겁니다. 대령은 금융계 사람들과 똑같은 생각을 했죠. 소련 주식회사의 주가가 폭락하고 있으니까 그 주식이 휴지 조각이 되기 전에 다 팔아치워야겠다는 거였어요. 그런데 대령이 팔아야 할 주식이 워낙 많았습니다. 우리한테 소개해주면 흥미를 끌 만한 친구도 몇 명 있었죠. 대령과 비슷한 사람들이라, 확실히 돈을 벌 수만 있다면 자기 어머니 목이라도 조를 작자들이었습니다. 그 대령을 블라디미르라고 부르겠습니다. 괜찮죠?" 그가 말했다.

난 그 사람 이름이 그리고리 보리소비치 카르포프라는 걸 알고 있어. 브뤼는 속으로 생각했다. 아나벨도 그 이름을 알지. 처음의 충격파가 지나가고 나자 뜻밖에도 마음이 차분해졌다.

"블라디미르는 똥 같은 작자였지만, 우리 똥이었습니다. 사람들이 흔히 하는 말과는 다르죠. 그런 작자들이 으레 그렇듯이 교활하고 게다가 부패하기까지 했지만, 최고급 군사기밀 접근권을 갖고 있었습니다. 우리 업계에서 그 정도면 순수한 사랑을 받을 만하죠. 대령은 정보위원회 세 군데에 소속되어 있었고, 아프리카, 쿠바, 아프가니스탄, 체첸에서 소련 특수부대에 복무했으며, 우리가 상상도 못할 온갖 종류의 부정부패를 저질렀습니다. 대령은 자기처럼 썩어빠진 장교들을 모조리 알고 있었습니다. 그런 작자들이 무슨 사기극을 꾸미고 있는지, 그 작자들을 어떻게 협박하고 어떻게 매수해야 하는지도 죄다 알고 있었고요. 대령은 러시아에 마피아가 있다는 사실이 외부에 알려지기 5년 전에 이미 붉은 군대 내에서 마피아를 운영하고 있었습니다. 붉은 군대 공군의 화물 항공편을 이용해서 아프가니스탄에서 피, 석유, 다이아몬드, 헤로인을 밀반출했어요. 대령은 자기 부대가 해산되자 부하들한테 아르마니 양복을 입혔지만 총은 그대로 갖고 있게 했습니다. 그렇지 않고서야 경쟁자들과 협상할 방법이 없으니까요."

브뤼는 이제 아무 말도 않고 열심히 이야기를 듣는 척하되 속으로는 초연한 자세를 유지하기로 마음을 굳히고 있었다. 포어맨이 왜 이 이야기를 이토록 자세히 들려주는지 궁금했다. 하지만 겉으로는 상대의 호감을 사는 자신의 막강한 능력을 모두 쏟아부어서 환한 미소를 띠며 그를 바라보았다. 아직 베일을 걷지 않고 막후에서 진행되는 사업을 통해 이 두 사람과 이미 형제처럼 가까운 사이가 되기라도 한 것 같았다.

"문제는, 우리가 일을 하다가 그런 문제를 만난 게 처음도 아니고 마지막도 아니지만, 블라디미르의 비위를 맞추기 위해 우리가 그 사람 돈을 은행에 넣어주어야 했을 뿐만 아니라 돈세탁까지 해줘야 했다는 겁니다."

놀랍게도 포어맨은 이 점에 대해 조금 변명을 해야 한다고 생각하는 모양이었다. 브뤼는 포어맨의 됨됨이가 점점 눈에 들어오면서 이 점도 알아차릴 수 있었다.

"그러니까, 내 말은, 우리가 그렇게 해주지 않았다면 미국이 그렇게 해주고서 일을 아주 망쳐버렸을 거라는 뜻입니다. 그래서 우리가 선친과 조용히 이야기를 나누게 된 겁니다. 블라디미르는 빈을 좋아했습니다. 거기에 무슨 대표단으로 간 적이 두어 번 있다고 하더군요. 왈츠와 유곽과 비엔나슈니첼(송아지고기로 만든 커틀릿—옮긴이)도 좋아했습니다. 그러니 대령이 가끔 자기 돈을 보러 오기에 빈만큼 좋은 곳이 어디 있겠습니까? 선친께서는, 글쎄요, 정말이지 놀라울 정도로 우리 얘기를 잘 받아들이셨습니다. 오히려 열의를 보이셨죠. 생각하면 참 재미있습니다. 대외적으로 존경받는 사람일수록 우리 스파이들이 휘파람을 불기만 하면 재빨리 달려오거든요. 우리가 리피젠더라는 제안을 내놓자마자 선친께서는 벌써 움직이기 시작했습니다. 만약 우리가 가만히 내버려두었다면, 선친께서는 당신 은행을 완전히 정보국 산하 기지로 바꿔버렸을 겁니다. 우리는, 행장님께 지금 우리가 당면한 사소한 문제를 설명하면서, 행장님도 같은 반응을 보이지 않을까 기대하고 있습니다. 그렇지, 이안? 산하 기지까지는 아니지만…." 두 사람 모두 유쾌하게 웃음을 터뜨렸다. "그런 건 바라지 않습니다. 천만다행이죠! 그냥 여기저기서 조금씩 도와주시면 됩니다."

"저희는 행장님을 믿고 있습니다." 랜턴이 부드러운 북부 말씨로 끼어들었다. 몸집이 작은 사람이 상대의 비위를 맞추려고 항상 미소를 지을 때처럼 미소 띤 얼굴로.

이번에도 포어맨이 잠시 이야기를 쉬어도 괜찮았겠지만, 점점 이야기의 핵심에 가까이 다가가는 중이었으므로 정신을 흐트러뜨리고 싶지 않은 모양이었다. 마리오가 디저트를 들고 주위를 어른거리고 있었다. 브뤼의 생각도 다른 곳을 어른거렸다. 그는 예전에 빈에 있던 아버지의 성소에서 리피잰더 계좌에 관해 아버지와 벌였던 말싸움의 결말 부분을 정신없이 완성하는 중이었다. '그러니까 아버지가 영국 스파이였다는 거죠. 저 사람들이 그렇게 말하네요. 영국 정부의 훈장을 받으려고 프레르를 팔아넘기셨어요. 그래도 이걸 차마 저한테 직접 말씀하실 수는 없었던 모양이네요. 불쌍한 양반 같으니.'

블라디미르의 마지막 임지는 체첸이라고 포어맨이 말했다. 그리고 브뤼가 그 지옥 같은 곳에 대해 들은 이야기를 모두 가져다가 열 배쯤 부풀리면 당시 그곳 상황이 어땠는지 대략 짐작할 수 있을 거라는 말도 덧붙였다. 러시아는 그곳을 마구 두들겨 잿더미로 만드는 중이었고, 체첸도 기회가 있을 때마다 받은 만큼 되돌려주었다.

"하지만 블라디미르 일당에게는 그게 아주 길고 행복한 파티나 마찬가지였습니다." 그는 여전히 친밀한 말투로 비밀을 털어놓듯이 말했다. 순전히 브뤼가 이 자리에 있다는 사실 때문에 오랫동안 마음속에 품고 있던 이야기를 꺼내놓는 것 같은 분위기였다. "폭격, 폭음, 강간, 노략질. 석유를 빼내서 가장 높은 값을 부르는 사람에게 팔기. 그다음에는 지역 주민들을 한 줄로 세워놓고 적의 공격에 대한 앙갚음으로 쏘아 죽이고 는 적을 괴롭힌 공로로 승진했죠." 이번에는 포어맨이 정말로 잠시 말을 멈췄다. 비록 이제부터 이야기의 방향이 바뀔 것이라는 사실을 알려주기 위해서였지만. "어쨌든 이것이 이야기의 배경입니다, 행장님. 이런 상황에서 블라디미르는 사랑에 빠졌어요. 전 세계에 현지처들을 두고 있었지만, 이 여자만은 무슨 이유에서인지 블라디미르의 마음을 사로잡았습니다. 블라디미르가 체첸의 미인을 붙잡아서 그로즈니의 장교 숙소에 데려다놓고는 완전히 마음을 빼앗겨버린 겁니다. 여자도 마찬가지였어요. 블라디미르의 말에 따르면 말이죠. 사랑과 블라디미르가 잘 어울리지 않는다는 건 나도 인정합니다. 적어도 우리가 아는 사랑과는 어울리지 않는 사람이죠. 하지만 블라디미르에게 그 여자는 마침내 찾아낸 진짜 사랑이었습니다. 블라디미르가 나한테 해준 얘기로는 그랬어요. 얼근하게 취해서 이런 이야기를 늘어놓았죠. 모스크바에서. 체첸 전선에서 세운 공로로 휴가를 즐기면서."

포어맨은 자신이 들려주는 이야기를 연기하는 배우 같았다. 그의 표정이 부드러워졌고, 비밀을 털어놓는 듯한 목소리도 부드러워졌다. 그가 브뤼에게 자신의 묘한 매력이 미치는 원 안으로 들어오라고 초대하는 것 같았다. 자전거를 탄 아나벨도 함께 데리고 들어오라고.

"우리 같은 일을 하던 사람들이 나이를 먹으면, 이런 이야기를 어디에든 털어놓고 싶어집니다. 그 대가로 눈을 내놓으라면 내놓을 수도 있을 정도예요. 하지만 그건 절대 불가능한 일이죠. 금융계도 우리랑 상당히 비슷할 텐데요?"

브뤼는 별 의미 없는 대답을 했다.

"그때 나는 모스크바 교외의 냄새나는 안가에서 끄나풀 노릇을 하던 그 작자와 함께 갇혀 있었습니다. 대사관의 지원을 받았는데도 사람들 눈에 띄지 않게 거기까지 가는 데 꼬박 하루가 걸렸죠. 그 작자와 함께 있을 수 있는 시간은 최대 한 시간이고, 계단에서 발소리가 나지 않는지 계속 신경을 곤두세워야 했습니다. 상대가 탁자 위로 마이크로필름을 건네주었습니다. 난 그 작자한테 보고를 받으면서 동시에 상황설명도 해주어야 했습니다. '아무개 장군이 당신한테 그런 말을 한 이유가 뭡니까? 아무개 도시의 로켓 발사대에 관해 말해보세요. 우리가 새로 도입한 신호체계를 어떻게 생각합니까?' 하지만 이 끄나풀은 내 얘기에 귀를 기울이지 않았습니다. 눈물을 줄줄 흘리면서 자기가 강간한 놀라운 여자에 대해서만 이야기하더군요. 세상에, 그 여자가 자기를 사랑한답니다. 자기 아이를 가졌대요. 그래서 세상 누구보다 행복하답니다. 자기가 이런 기분이 될 줄은 정말 몰랐다고 하더군요. 그런 말을 들으니 나도 기분이 좋았습니다. 우린 그 여자를 위해 건배했습니다. 옐레나를 위해 건배. 이게 정말 그 여자 이름인지는 모르겠지만. 이번에는 아기를 위해 건배. 신께서 축복하시길. 그게 내 일이었습니다. 옛날에는 그랬죠. 스파이 노릇은 반만 하고, 온통 복지에 신경을 써야 했어요. 이제 난 퇴직까지 일곱 달 남았습니다. 그 뒤에 내가 뭘 할지는 하느님만 아시죠. 민간 경비 회사들이 온통 달라붙어서 날 귀찮게 굴고 있지만, 그보다는 과거를 되돌아보며 살고 싶습니다." 그는 편안한 표정으로 이렇게 말하고는 슬픈 미소를 지었다. 브뤼는 예의바르게 마주 미소를 지어주려고 애썼다.

"블라디미르는 그렇게 사랑에 빠졌습니다." 포어맨이 좀 더 유쾌한 표정으로 다시 이야기를 시작했다. "그런데 모든 위대한 사랑이 그렇듯이 그 사랑도 오래가지 못했죠. 여자가 아들을 낳자마자 여자의 집안에서 여자의 오빠 한 명을 병영으로 몰래 들여보내 여자를 죽여버렸습니다. 블라디미르는 황폐해졌죠. 왜 안 그렇겠습니까? 부대가 다시 모스크바로 불려가서 해산되었을 때 블라디미르는 아이를 함께 데려갔습니다. 모스크바에서 아내 노릇을 하던 여자는 아이를 반가워하지 않았죠. 블라디미르에게 망할 놈의 사생아를 자기한테 떠넘기는 게 싫다고 말했습니다. 그래도 블라디미르는 아이를 포기하지 않았어요. 생애 한 번뿐인 사랑으로 태어난 아이를 사랑했거든요. 블라디미르는 더러운 돈을 모아서 만든 재산의 상속자로 아들을 지정하고는 무슨 일이 있어도 상속자가 바뀔 수 없게 조치를 취했습니다."

이제 이야기가 끝난 걸까? 포어맨은 눈썹을 치켜세우며 어깨를 으쓱했다. 마치 '원래 세상이 이런 걸 우리가 어쩌겠습니까?' 하고 말하는 듯했다.

"그래서요?" 브뤼가 물었다.

"그래서 이제 거대한 역사의 바퀴가 완전히 한 바퀴를 돌았습니다, 행장님. 과거는 과거고, 블라디미르의 아들은 아버지의 부동산을 손에 넣은 뒤 에드워드 아마데우스의 아들을 만나러 오는 중입니다. 자기 몫의 권리를 주장하려고요."

이번에는 두 사람이 기대했던 것처럼 브뤼가 두 사람의 이야기에 쉽게 넘어가지 않았다. 그는 점점 자기 역할에 익숙해져가고 있었다. 그 역할이 뭔지는 모르겠지만.

"죄송합니다만…." 그가 은행가답게 엄숙한 표정으로 잠시 생각에 잠겼다가 입을 열었다. "분위기를 망치고 싶지는 않습니다만, 내가 지금 은행으로 돌아가서 리피잰더 서류를 꺼내 두 분이 말씀하신 인상착의에 가장 가까운 고객이 누군지 알아낸 다음 그 고객이 상속자와 관련해서 규정한 내용을 살펴본다면….”

그가 더 이상 말을 이을 필요는 없었다. 포어맨은 상의 주머니에서 하얀 봉투를 하나 꺼냈다. 브뤼는 그 봉투를 보고 예전에 딸 게오르기가 밀라르드라는 쉰 살의 예술가와 짧은 결혼생활을 시작할 때 결혼식에 미처 오지 못한 친구들에게 보냈던, 끈적이는 결혼 케이크를 냅킨에 싸서 담은 하얀 상자를 떠올렸다. 봉투 안에는 볼펜으로 쓴 카르포프라는 이름 외에 아무것도 없는 종이 한 장이 들어 있었다. 종이 뒷면에는 리피잰더라고 적혀 있었다.

“들어본 적이 있습니까?” 포어맨이 물었다.

“이름 말입니까?”

“예. 말 이름 말고 사람 이름.”

하지만 브뤼는 그런 수작에 넘어갈 사람이 아니었다. 고집과 반발심이 그의 마음속에서 자라나 은행가의 의무인 신중함을 완전히 압도해 버렸다. 가끔 예고 없이 그를 찾아오기는 하지만 그가 재빨리 억제하곤 하는 스코틀랜드인 특유의 고집스러움과도 상대가 되지 않았다. 지금 그의 마음속에서 자라난 고집과 반발심은 여러 가닥으로 이루어져 있었다. 때가 되면 그가 그 가닥들을 하나씩 분리하겠지만, 거기 어딘가에 아나벨 리히터의 가닥이 섞여 있음을 그는 이미 알고 있었다. 그녀는 그가 보호해주어야 하는 사람이었다. 그렇다면 이사 역시 그가 보호해주어야 한다는 뜻이었다.

그는 가장 자연스럽게 느껴지는 반응을 보일 생각이었다. 에드워드 아마데우스가 ‘고슴도치 흉내’라고 불렀던 반응. 그는 잔뜩 몸을 웅크리고 바늘을 세운 채 말을 최소한으로 줄여 눈앞의 두 사람이 침묵의 공간을 스스로 채우게 할 작정이었다.

"우리 은행 출납국장과 상의를 해봐야 할 것 같습니다. 프레르에서 리피잰더는 좀 다른 세상 물건 같은 느낌이라서요." 그가 말했다. "선친께서 리피잰더에 대해 원래 그런 의도를 갖고 계셨거든요."

"그거야 나도 당연히 알지요!" 포어맨이 소리쳤다. "선친에 비하면 무덤에 누워 있는 망자들도 더럽게 시끄러운 수다쟁이처럼 보일 지경인데요! 그렇지 않아도 행장님이 오시기 전에 여기 이안에게 바로 이 말을 했습니다. 그렇지, 이안?"

"맞습니다, 행장님. 정확히 똑같은 말을 하셨죠." 랜턴이 그 예쁜 미소를 지으며 말했다.

"그럼 그 계좌에 대해 저보다 더 잘 아실지도 모르겠군요." 브뤼가 말했다. "저한테 리피잰더는 여전히 일종의 회색지대입니다. 20년 동안 우리 은행의 옆구리에 박힌 가시 같은 존재였죠."

포어맨과 달리 랜턴은 브뤼에게 비밀을 털어놓는 사람처럼 식탁 위로 몸을 내밀지는 않았지만, 북부 말씨가 섞인 그의 목소리는 포어맨의 목소리와 마찬가지로 음악보다 낮은 소리로 속삭이는 법을 잘 알고 있었다.

"행장님, 지금 대답해주시죠. 만약 문제의 그 청년, 또는 그 청년이 반드시 필요한 암호나 번호를 들려 보낸 대리인이 행장님 은행을 찾아온다면 말입니다…. 아시겠습니까?"

"계속 말씀하세요." 그래, 아나벨도 이 이야기를 열심히 들을 거야.

"그 사람이 리피잰더 계좌의 소유권을 주장하며 돈을 모두 찾아간다면, 그 과정 중 어느 시점에서 그 사실이 행장님께 알려집니까? 바로 보고가 올라오나요? 아니면 며칠 뒤에? 일이 어떤 식으로 돌아갑니까?"

고슴도치 행세를 하기로 한 브뤼는 한참 동안 이 질문에 대답하지 않았다. 어쩌면 랜턴은 브뤼가 자기 질문을 제대로 이해하지 못한 모양이라고 생각했을지도 모른다.

"우선, 그 사람이 우리 은행을 찾아오려면 용건을 밝히고 약속을 잡아야 할 겁니다." 브뤼가 조심스럽게 말했다.

"그다음에는요?"

"그러면 내 수석비서인 엘렌베르거 씨가 미리 내게 알려줄 겁니다. 아무런 문제가 없다면 내가 시간을 내서 그 사람을 만나겠죠. 만약 개인적인 요소가 얽혀 있다면, 이번 일이 그런 경우에 속하는지는 잘 모르겠지만 일단 그렇다고 칩시다. 개인적인 요소란 예를 들면 그 사람 아버지가 내 아버지와 잘 아는 사이였다든가 하는 경우를 말합니다. 만약 그 사람이 그 사실을 우리에게 미리 알린다면, 우린 당연히 그 사람을 더 반갑게 맞아들이려 할 겁니다. 프레르는 그런 식의 지속성을 아주 귀하게 여기니까요." 그는 두 사람이 이 말을 이해할 수 있게 잠시 뜸을 들이다가 말을 이었다. "반면 그 사람이 전혀 약속을 잡지 않았고 내가 회의 중이라든가 해서 자리를 비운 상태라면, 그래도 그럴 가능성은 별로 없지만, 어쨌든 내가 모르는 상태에서 일이 끝나버릴 가능성이 있습니다. 그렇게 된다면 안타까운 일이죠. 유감스러운 일입니다."

자기 말에 몰입한 듯한 브뤼의 모습은, 이미 유감스러워하고 있는 사람처럼 보였다.

"리피잰더는 당연히 아주 별도의 계좌로 분류되어 있습니다." 그는 마뜩잖다는 표정으로 말을 이었다. "솔직히 그다지 마음에 드는 계좌도 아니죠. 별로 생각하고 싶지 않은 계좌예요. 우리가 지금까지 남아 있는 계좌들을 휴면계좌나 장기증권으로 치부해버렸다고 봐도 됩니다. 고객들과 직접 편지를 주고받지도 않고, 모든 서류를 은행에서 보관하는 식으로 일을 처리하는 거죠." 그는 경멸이 섞인 표정으로 말을 마쳤다.

포어맨과 랜턴은 서로를 흘긋 바라보았다. 둘 중 누가 어디까지 이야기를 밀고 나가야 할지 마음을 정할 수 없는 모양이었다. 마침내 랜턴이 입을 열기로 한 것 같았다. 브뤼에게는 다소 놀라운 일이었다.

"그 청년을 시급히 만나서 이야기를 나눠야 합니다, 행장님." 그가 설명하듯 말했다. 중부 지방 사람처럼 중얼거리는 목소리가 한층 더 낮게 깔렸다. "그 청년을 당장 은밀히 만나야 합니다. 기록으로 남아서도 안 되고, 그 청년이 나타나자마자 즉시 만나야 해요. 그 청년이 다른 사람과 이야기를 나누기 전에 말입니다. 하지만 반드시 자연스러운 만남을 가장해야 합니다. 그 청년이 누가 자기를 감시하고 있다거나, 기관원들이 어떤 식으로든 신경을 곤두세우고 있다거나, 은행에서든 어디서든 자신과 관련된 문제가 제기되었다는 걸 눈치채는 건 결코 우리가 원하는 일이 아니니까요. 그랬다가는 모든 일이 수포로 돌아갈 겁니다. 그렇죠, 테드?"

"물론이지." 포어맨이 대답했다. 이제는 그가 맞장구치는 역할을 맡은 모양이었다.

"그 청년이 걸어 들어와서 신분을 밝히면, 누가 됐든 평소 그런 손님을 맞이하는 사람이 그 청년을 만나야 합니다. 그리고 그 청년이 계좌의 소유권을 주장하며 일을 처리하는 동안 행장님이 우리한테 상황을 알려주는 겁니다. 현재 우리가 원하는 건 그것뿐입니다." 랜턴이 말했다.

"상황을 알리다니 어떻게요?"

다시 포어맨이 나섰다. 랜턴의 말을 뒷받침하는 부관처럼. "베를린에 있는 이안에게 전화를 거는 겁니다. 청년이 나타나자마자. 청년과 악수도 나누기 전에, 커피나 한 잔 같이 하며 이야기를 나누려고 청년이 2층의 행장님 사무실로 안내받기도 전에. '그 청년이 왔다.' 행장님은 이 말씀만 하시면 됩니다. 나머지는 이안이 다 알아서 할 겁니다. 그런 일을 맡길 사람들이 있으니까요. 이안의 전화 옆에는 24시간 내내 사람이 붙어 있습니다."

"일주일 내내 그렇죠." 랜턴이 포어맨의 말을 거들며 탁자 너머로 브뤼에게 명함을 건네주었다.

왕가의 문장과 흡사한 문장이 흑백으로 인쇄된 명함이었다. 영국 대사관, 베를린. 이안 K. 랜턴, 국방 참사관 겸 연락관. 그리고 아래에 전화번호 여러 개가 있었다. 그중 한 곳에 파란 볼펜으로 그는 밑줄과 별이 있었다. 내 사무실이 2층에 있다는 걸 이 사람들이 대체 어떻게 아는 거지? 아나벨과 같은 방법을 쓴 건가? 자전거를 타고 내 방 창문 밑을 지나간 거야? 브뤼는 두 사람과 시선을 마주치지 않으려고 애쓰면서 '카르포프'와 '리퍼잰더'라는 말이 적힌 종이와 랜턴의 명함을 함께 주머니에 넣었다.

"그러니까 두 분이 말씀하시는 시나리오는 대략 이런 내용인 것 같군요." 그가 입을 열었다. "혹시 내가 잘못 이해한 부분이 있다면 말씀해주시기 바랍니다. 먼저 처음 보는 고객이 우리 은행에 들어옵니다. 지금은 세상을 떠난 중요한 고객의 아들이죠. 그 청년이 계좌의 소유권을 주장합니다. 틀림없이 상당한 액수가 들어 있겠죠. 나는 그 청년에게 우리가 그 청년을 대신해서 그 돈을 어떻게 굴리고 투자할지 설명하는 대신, 그 청년의 의견을 물어보지도 않고 그냥 두 분에게 그 청년을 넘깁니다…."

"아닙니다, 행장님." 랜턴이 그의 말을 바로잡았다. 미소는 여전했다.

"왜요?"

"설명하는 '대신'이 아닙니다. 설명하는 것에 '덧붙여서'죠. 우린 행장님이 두 가지 일을 모두 해주시길 바라고 있습니다. 우리한테 먼저 상황을 알린 다음, 아무 일도 없었던 것처럼 행동하는 겁니다. 그 청년은 행장님이 우리에게 정보를 줬다는 걸 몰라야 합니다. 모든 일이 완전히 정상적으로 돌아가야 합니다."

"그럼 속임수를 쓰는 거군요."

"행장님이 그렇게 생각하시고 싶다면 어쩔 수 없죠."

"얼마나 오랫동안 그래야 합니까?"

"그건 우리가 알아서 할 겁니다, 행장님."

랜턴이 자기도 모르게 생각보다 무뚝뚝한 말을 내뱉은 건지 아니면 포어맨이 연장자로서 보기에 그렇게 보였던 건지는 잘 모르겠지만, 어쨌든 포어맨은 잘못을 바로잡아야겠다고 생각한 모양이었다.

"이안이 그 청년을 아주 은밀하게 만나 대단히 유용한 대화를 나누기만 하면 됩니다, 행장님. 행장님의 새로운 고객은 털끝 하나 다치지 않을 겁니다. 만약 행장님이 사정을 전부 아시게 된다면, 사실상 우리에게 정보를 주는 것이 그 청년에게 상당한 도움이 된다는 걸 아시게 될 텐데 말입니다."

'그 사람은 지금 물에 빠져 죽기 직전이에요. 행장님은 그냥 손만 내밀어주시면 돼요.' 성가대 소년 같은 목소리가 들려왔다.

"그래도 두 분 역시 이것이 은행가에게 상당히 무리한 요구라는 데 동의하실 겁니다." 브뤼가 고집스레 말했다. 두 사람은 눈빛으로 의견을 교환하고 있었다. 이번에는 포어맨이 브뤼에게 대답하는 일을 맡았다.

"역사의 지저분한 조각을 정리하는 일이라고 해두면 어떻겠습니까, 행장님? 그러면 마음이 좀 편해지시겠습니까? 세상을 떠난 고객이 미처 정리하지 못한, 어지러운 부분을 정리하는 일이라고 생각하세요."

"지금 이 일을 정리하지 못한다면, 나중에 이 일이 되살아나서 아주 심각하게 우리 모두를 괴롭힐 겁니다, 행장님." 랜턴이 열성적으로 맞장구를 쳤다. 어지러운 부분이라. 우리를 괴롭히는 어지러운 부분.

"우리 모두라고요?" 브뤼가 물었다.

포어맨은 랜턴을 한 번 더 힐긋 바라본 뒤 체념한 표정으로 어깨를 으쓱했다. 기왕 여기까지 왔으니 죽이 되든 밥이 되든 끝까지 가보자고 생각한 모양이었다.

"내가 이런 말을 해도 되는지 잘 모르겠지만, 그래도 이야기해드리겠습니다, 행장님. 만약 우리가 이번에 일을 처리하지 못한다면 이 일이 행장님 은행에 어떤 영향을 미칠지에 관해서 런던 쪽이 다소 의구심을 품고 있습니다. 무슨 뜻인지 아시겠습니까?"

랜턴이 재빨리 나서서 그를 안심시키는 말을 덧붙였다. "저희는 지금 최선을 다하고 있습니다, 행장님. 최고위급에서요."

"그 이상의 고위급은 없을 정도죠." 포어맨이 맞장구를 쳤다.

"한 가지만 더 말씀드리겠습니다, 행장님." 랜턴이 끼어들었다. 마치 경고를 하는 듯한 말투였다. "이상한 독일인들이 행장님 주위에서 냄새를 맡고 돌아다닐 가능성도 있습니다. 만약 그런 일이 일어난다면, 즉시 저희에게 알려주세요. 그래야 저희가 일을 처리해드릴 수 있습니다. 저희가 연락을 받는 즉시 조치를 취할 테니 걱정 마세요. 하지만 그러려면 행장님이 저희에게 그럴 기회를 주셔야 합니다."

"도대체 독일인들이 왜 그런 짓을 한다는 겁니까?" 브뤼가 물었다. 적어도 독일인 한 명이 벌써 주위에서 냄새를 맡고 돌아다닌다는 생각을 하면서. 하지만 그녀는 이 두 사람이 말하는 그런 독일인이 아니었다.

"어쩌면 그 사람들은 영국인 은행가들이 자기네 땅에서 검은 은행을 운영하는 걸 별로 좋아하지 않을지도 모릅니다." 젊은 랜턴이 눈썹을 예쁘게 치켜세우며 말했다.

돌아오는 택시 안에서 브뤼는 휴대전화를 확인한 뒤 엘렌베르거 씨에게 전화를 걸었다. 아뇨, 그 여자 분에게서는 아무 소식이 없었습니다. 행장님. 행장님 직통번호로도 소식이 없었어요.

일반 대중에게 공개된 곳이지만, 브뤼만의 은밀한 공간이기도 한 곳이 있었다. 아주 소중한 곳. 브뤼는 살다가 숨이 막히는 기분이 들면 그곳을 찾았다. 조각가 에른스트 바를라흐의 작품만 전시한 자그마한 미술관이 바로 그곳이었다. 브뤼는 미술 애호가도 아니고, 바를라흐 역시 그의 머릿속에서 단순한 이름에 지나지 않았다. 그것도 아주 흐릿한 이름. 2년 전 어느 날까지는 그랬다. 하지만 그날 게오르기가 대서양 건너편에서 전화를 걸어 아무런 억양이 없는 목소리로 생후 6일 된 아들이 죽었다고 그에게 알려주었다. 이 소식을 들은 뒤 그는 거리로 걸어 나가 가장 먼저 눈에 띈 택시를 잡아타고 기사(나이가 지긋했으며, 면허증에 적힌 이름으로 보아 크로아티아 출신인 듯했다)에게 어디든 혼자 있을 수 있는 곳으로 데려가 달라고 말했다. 구체적인 장소를 말하지는 않았다. 그 뒤 30분 동안 두 사람 사이에는 단 한 마디도 오가지 않았다. 기사는 커다란 공원 끝자락에 있는 나지막한 벽돌 건물 앞에 차를 세웠다. 순간적으로 브뤼는 기사가 자신을 화장터로 데려온 줄 알고 속이 뒤집히는 듯했지만, 어떤 여자가 책상에 앉아 표를 팔고 있는 것이 보였다. 그는 표를 사서 유리 벽 뒤의 마당으로 들어갔다. 그곳에는 오로지 중간계의 신화적인 인물들만 살고 있었다.

그중 한 사람은 승려의 옷을 입고 공중에 떠 있었다. 우울증에 빠진 사람, 명상인지 절망인지 알 수 없는 것에 푹 빠진 사람도 있었다. 비명을 지르는 사람도 있었지만 그 비명이 고통 때문인지 쾌락 때문인지는 알 수 없었다. 하지만 각각의 인물들이 브뤼 자신만큼 고독하다는 점, 뭔가를 전달하려 애쓰고 있지만 아무도 그들의 말에 귀를 기울이지 않고 있다는 점, 다들 헛되이 위안을 찾고 있다는 점만은 분명했다. 그런데 이것이 나름대로 일종의 위안이 되었다.

전체적으로 보면, 바를라흐는 세상 사람들의 고통에 대해 깊은 당혹감에 젖은 연민을 표현하고 있었다. 그래서 그날부터 브뤼는 이곳을 열 번도 넘게 찾았다. 일시적으로 절망에 빠졌을 때(에드워드 아마데우스는 절망을 '검은 개'로 표현했다)나 은행 일이 심각하게 잘못됐을 때. 미치가 그에게 자신이 생각하는 연인의 수준에 그가 정확히 부합하지 않는다고 사실상 대놓고 말했을 때도 마찬가지였다. 그도 짐작은 하고 있었지만, 그녀한테서 그런 말을 직접 듣는 건 얘기가 달랐다.

그래도 그가 지금처럼 뒤늦은 분노와 당혹감을 느끼며 이곳을 찾은 적은 처음이었다.

나는 신뢰를 지켰어. 그는 바를라흐의 친숙한 조각상들에게 말했다. 난 그녀를 지켰어. 시치미를 떼면서. 그쪽과 마찬가지로 나도 이미 아는 사실을 말하지 않는 식으로 거짓말을 했어. 그 사람들이 워낙 빼먹은 이야기가 많았기 때문에, 그쪽 이야기가 마무리될 무렵에는 처음부터 끝까지 거짓말뿐이었지. 스파이들은 원래 거짓말을 해. 큰 소리로 떠들어대는 게 아니라, 중심부를 휑하니 비워두고 아는 사실을 말하지 않는 식으로 거짓말을 하지.

이사는 절대 무슬림이었던 적이 없어. 지금도 무슬림이 아냐. 그 사람들이 거짓말을 했어.

이사는 체첸 활동가였던 적도 없어. 무슨 일에든 활동가로 나선 적이 없다고. 이것도 그 사람들이 거짓말을 했어.

이사는 그냥 평범한 스파이의 아들일 뿐이야. 나처럼. 이사가 자기의 더러운 유산을 찾아가려고 지금 날 만나러 오는 중이라고? 이것도 거짓말이야.

그래, 이사는 고문을 당한 적도, 감옥에 갇힌 적도, 탈옥한 적도 없어. 없고말고!

그리고 이사는 스웨덴 당국이 수배 중이고 경찰의 모든 웹사이트에 이슬람 테러리스트로 기재되어 있는 사람과 전혀 상관이 없어. 경찰의 웹사이트라면, 당연히 모르는 게 없는 영국 비밀경찰의 웹사이트도 포함된다고 봐야겠지.

전부 다 거짓말이야! 이사의 문제는, 그게 정말로 이사의 문제인지도 잘 모르겠지만, 어쨌든 이사의 문제는 어지러운 역사와 관련된 거야. 어지러운 역사라는 게 무엇이든 간에. 우리 둘의 아버지들이 미처 정리하지 못한 어지러운 조각들. 뭐라고 콕 집어서 말할 수는 없지만, 바로 그 조각들이 우리 둘을 죄인으로 만들고 있어.

하지만 천만다행이지. 만약 내가 포어맨 씨와 랜턴 씨가 시키는 대로 하기만 한다면, 그 두 사람이 최고위급의 도움을 얻어 날 구해줄 테니 말이야. 독일인들한테서도 날 구해주겠다잖아.

하지만 바를라흐에게 작별을 고하고 햇빛이 비치는 공원으로 다시 나갈 때 브뤼의 마음은 가라앉아 있었다. 그는 실수를 저지르지 않았다. 그가 자기 감정의 실체에 점점 눈을 뜨게 되면서 고통과 쾌락을 모두 의미하는 바를라흐의 외침이 그의 마음속에서 부풀어 올랐다. 아틀란틱 호텔에서 아나벨 리히터를 만난 뒤로 영겁의 세월이 흐른 것 같았다. 그날부터 아나벨 리히터는 스승 같았다. 그에게 도덕적인 힘이 되었다고 해도 될 것 같았다. 그녀를 만난 순간부터 그는 무엇을 보고 무슨 생각을 하든, 항상 머릿속으로 그녀와 의논하는 상상을 했다. 이것이 옳은 길일까? 아나벨이 좋아할까?

처음에 그는 자신이 적대적인 인수합병의 피해자처럼 아나벨에게 점령당했다고 생각했다. 그러다가 자신을 조롱하기 시작했다. 나이 예순에 점점 시들어가는 남성성과 씨름하는 모습이라니. 사춘기 소년도 아니고, 이거야 원. 그가 자신과 나누는 대화 속에 '사랑'이라는 무서운 단어, 그 단어가 그에게 무슨 의미인지는 몰라도 어쨌든 그 무서운 단어는 한 번도 등장하지 않았다. 사랑은 게오르기를 뜻했다. 다른 모든 것, 그러니까 뜨겁고 끈적끈적한 숨결이나 영원한 사랑의 맹세 따위는 솔직히 다른 사람들의 일이었다.

하지만 겉치레를 걷어내고 나면, 그것이 다른 사람들의 일이라는 생각도 의심스러워졌다. 그거야 그 사람들이 알아서 할 일이었지만. 어쨌든 자기 나이의 절반밖에 안 되는 사람이 자기 삶 속으로 무작정 뛰어 들어와서 도덕적인 스승 행세를 하기 시작하면, 우리는 허리를 똑바로 펴고 귀를 기울인다. 그럴 수밖에 없다. 게다가 그 사람이 공교롭게도 대단히 매력적이고 흥미로운 여자이며 평생 가야 도저히 만날 수 없을 것 같던 사랑이라면, 더욱더 그럴 수밖에 없다.

그럼 섹스는? 미치와 결혼할 때 그는 이미 자신이 그녀를 감당할 수 없음을 알고 있었다. 그래도 그는 아무 불만이 없었다. 미치도 그런 것 같았다. 굳이 말한다면, 그가 익숙한 스타일을 유지하도록 그녀가 내버려두었으며, 돈 문제도 그가 알아서 하게 내버려두었다고 할 수 있을 것이다. 그만하면 공평한 편이었다. 그가 그녀의 욕구를 만족시켜주지 못했으면서, 그녀가 그런 욕구를 가지고 있는 것을 비난할 수는 없었다.

그는 이제야 자신을 이해할 수 있었다. 그동안 그는 자신의 욕구를 착각하고 있었다. 엉뚱한 곳에 자신을 투자했던 것이다. 그가 원하는 것은 교미가 아니었다. 바로 '이것'이었다. 이제 그는 '이것'을 찾아냈다. 자신의 본성이 이처럼 명확히 밝혀진 것이 그에게는 중요한 일인 동시에 다소 놀라운 일이었다. 시들어가는 남성성은 중요하지 않았다. 중요한 것은 '이것'이었다. 그리고 '이것'은 곧 아나벨을 뜻했다.

그가 랜턴 씨와 포어맨 씨에게 거짓말을 한 데에도 다른 이유들과 마찬가지로 '이것'이 큰 영향을 미쳤다. 두 사람은 그의 아버지가 마치 자기 소유물이라도 되는 것처럼 굴었다. 그리고 아버지의 이름을 들먹이며 아들을 마음대로 휘두르려 들었다. 자기들이 아들도 소유한 줄 아는 모양이었다. 두 사람이 그와 아나벨, 두 사람만의 세상에 너무 가까이 다가와 있었으므로 그는 두 사람을 막아냈다. 그러면서 의식적으로, 의도적으로, 그녀의 위험구역 안으로 들어갔다. 이제 그는 위험구역 안에 그녀와 함께 있었다. 그리고 그 결과 그의 삶이 생생하고 소중해졌다. 그는 그녀에게 진심으로 감사했다.

"브뤼 프레르 가문이 가라앉고 있다고 하던데." 미치가 말했다. 바로 그날 저녁이었다. 두 사람은 일광욕실에 앉아 정원을 바라보며 감탄하고 있었다. 브뤼는 프랑스인 고객이 선물로 준, 오래된 칼바도스를 마시고 있었다.

"그래?" 브뤼가 가볍게 대답했다. "난 몰랐는데. 그런 얘길 어디서 들었어?"

"베른하르트. 나이 많은 친구인 하우그 폰 베스터하임한테서 들었대. 그 노인은 이런 일을 잘 아는 사람이라며. 정말로 그래?"

"아직은 아냐. 내가 들은 얘기는 달라."

"당신 정말로 가라앉고 있는 거야?"

"눈에 띄게 그런 것 같지는 않아. 왜?"

"당신 자신이 내보내는 신호를 조절하지 못하는 것 같아서. 강아지처럼 폴짝폴짝 뛰어다니는 것 같더니 순식간에 우리 모두를 증오하는 사람처럼 굴잖아. 여자 때문이야, 토미? 요즘은 당신이 우리 사이를 포기해버린 것 같아."

두 사람이 따르는 게임의 규칙에 비추어 봐도 이 질문은 이례적으로 노골적이었다. 그래서 브뤼도 이례적으로 한참 동안 시간을 끌다가 반격을 가했다.

"사실은 남자야." 그는 머릿속으로 이사에게서 피난처를 구하며 말했다. 미치는 알 만하다는 미소를 지으며 다시 책을 읽기 시작했다.

건물은 생크추어리(성소라는 뜻-옮긴이)가 아니었다. 적어도 밖에서 보기에는 그랬다. 나치 시대의 죄 많은 공범인 이 건물은 이제 닳아빠진 모습으로 요란스러운 담배 광고판들에 에워싸인 채 교차로 한구석에 처박혀 있었다. 습기 때문에 눈물처럼 물방울이 맺혀 있는 벽에는 열대의 석양과 외설적인 장면을 묘사한 그래피티가 그려져 있었다. 건물 한쪽에는 양철로 지은 아실이라는 카페가 웅크리고 있고, 반대편에는 헌옷을 파는 아프리카-아시아 상점이 있었다. 하지만 건물 안은 분주함, 유능함, 단호한 낙관주의로 온통 가득 차 있었다.

이 화창한 봄의 월요일 아침에 아나벨은 여느 때와 똑같은 모습을 유지하려고 무진 애를 쓰면서 자전거를 들고 계단을 올라가 입구 로비에 항상 자전거를 두던 장소로 가서 홈통에 체인으로 매어두었다. 그리고 반짝이 페인트로 그린 화살표를 따라 타일로 장식된 계단을 통해 로비로 올라가서 손을 흔든 뒤 여느 때처럼 접수대의 반가자가 유리문 너머로 자신을 알아보고 단추를 눌러 자물쇠를 열어주기를 기다렸다.

문이 열리자 그녀는 로비 안으로 들어가 여느 때와 마찬가지로 그곳에 줄서 있는 갈색 정장 차림의 남자들과 히잡 차림의 여자들, 그리고 그늘진 눈빛의 아이들 옆을 지나갔다. 유리벽 뒤의 놀이방에서 집짓기 놀이를 하는 아이도 있고, 거북이 가족에게 양상추를 먹이는 아이도 있고, 몹시 갈망하는 표정으로 토끼장의 철망을 손가락으로 찔러보는 아이도 있었다(오늘 아침에는 왜 사람들이 전부 조용한 거지? 옛날에도 항상 이랬었나?).

그녀가 공개 회의실 안으로 들어가자 그녀와 같은 단체 소속의 아랍 전문가인 리사와 마리아가 벌써 오늘의 첫 고객과 머리를 맞대고 앉아 있었다. 아나벨은 두 사람에게 재빨리 인사를 건네며 미소를 지어 보이고는 변호사 구역으로 들어갔다. 아침 햇빛이 여러 개의 빛기둥 모양으로 쏟아져 들어와서 마치 낙원으로 통하는 길처럼 보였다(월요일 아침 이른 시간에 우르술라의 문이 왜 닫혀 있는 거지? '들어오지 마시오'라는 빨간 불이 왜 문 위에 켜져 있는 거야? 우르술라는 온 세상을 향해 문을 열어놓는 자신을 자랑스러워하면서 다른 사람들한테도 자기처럼 하라고 권하는 사람이잖아). 그녀는 자기 사무실로 들어가서 배낭을 벗어 바닥에 던지듯 놓았다. 이제는 그것이 무거운 죄책감 덩어리로 변해 있었다. 그녀는 자기 책상에 앉아 눈을 감고 잠시 손에 머리를 파묻었다가 컴퓨터를 피난처로 삼아 멍하니 화면을 들여다보았다.

바깥에 있다가 들어온 탓에 사방이 갑자기 조용해진 것 같았다. 우르술라의 추천을 받은 멜릭이 처음 전화를 걸어왔을 때, 그녀가 그 전화를 받은 곳이 바로 이 방이었다. 멜릭은 러시아어밖에 모르는 친구한테 도움이 절실히 필요하다며 그녀에게 제발 자기 집으로 와서 그 친구를 만나달라고 애원했다. 그 전화를 받았던 주말을 되돌아보니, 그때가 마치 평생처럼 길게 느껴졌다.

아직도 아귀가 잘 맞지 않았다. 지난 이틀 동안 그녀는 그를 다섯 번 찾아갔다. 아니 여섯 번인가? 처음에 그 사람을 그리로 데려갔을 때까지 포함하면 일곱 번? 토요일 저녁에 한 번 더. 일요일에 두 번. 오늘 아침 동 틀 무렵에 또 찾아가서 그 사람이 기도하는 걸 방해했지. 그럼 전부 몇 번이지?

하지만 실제로 그와 함께 보낸 시간이 얼마나 되는지, 그리고 그 시간 동안 무슨 일들(각자 팽팽하게 긴장한 채 무슨 이야기를 나눴는지, 어떤 대목에 서 웃음을 터뜨리고 어떤 대목에서 각자 자기만의 구역으로 물러났는지)이 있었 는지 이성적으로 정리해보려고 하면, 모든 것이 하나로 뭉뚱그려져서 뒤죽박죽이 되어버렸다.

캠프파이어를 하는 아이들처럼 어둠 속에서 휴대용 스토브로 양파 수프와 감자 요리를 함께 만들어 먹은 게 토요일 저녁이었나?

"왜 불을 안 켜요, 아나벨? 체첸인처럼 공습을 걱정하는 거예요? 오늘 밤에는 불을 켜는 게 불법인가요? 그렇다면 함부르크 전체가 불법을 저 지르고 있는 거네요."

"쓸데없이 주목을 끌 필요가 없어서 그래요. 그뿐이에요."

"때로는 빛보다 어둠이 더 주목을 끌 때가 있어요." 그는 오랫동안 생 각에 잠겼다가 이렇게 말했다.

그에게는 의미 없는 일이 하나도 없었다. 그녀의 세계가 아니라 그의 세계에서 뽑아낸 의미이기는 했지만. 그에게는 모든 일이 절망 앞에서 힘들게 찾아낸 심오한 의미를 지니고 있었다.

그녀가 그에게 기차역 가판대에서 산 러시아 신문을 가져다준 게 일 요일 아침이었던가? 아니 오후였나? 자전거를 타고 역으로 가서 적잖은 돈을 치르고 〈오고뇩〉, 〈노비 미르〉, 〈코메르산트〉를 산 기억이 났다.

그리고 뒤늦게 꽃을 사야겠다는 생각이 들어서 역구내 매점에 들렀던 기억도 났다.

처음에 아나벨은 이사가 기를 수 있게 베고니아 화분을 살 생각이었다. 하지만 그녀가 그를 위해 짜 놓은 계획을 생각해본 뒤 그냥 꽃병에 꽃을 꽂을 꽃을 사는 게 낫겠다는 결론을 내렸다. 그런데 무슨 꽃을 산다? 장미를 사면 그를 사랑한다는 뜻이 될까? 그건 절대 안 되지. 그녀는 튤립을 사기로 했지만 자전거 앞의 상자 속에 넣기에는 크기가 맞지 않아서 결국 마치 올림픽 성화처럼 한 손으로 꽃다발을 든 채 항구까지 가야 했다. 그런데 도착하고 보니 꽃잎 절반이 바람에 날려 떨어져버린 뒤였다.

두 사람이 다락방 양쪽 끝에 각각 떨어져 앉아 차이코프스키를 듣고 있을 때 그가 갑자기 벌떡 일어나 음악을 끄더니 원래 자리인 아치형 창밑의 포장 상자로 돌아가 체첸의 영웅시를 그녀에게 읊어주었다. 산, 강, 숲에 관한 시이자 고귀한 체첸인 사냥꾼의 이루지 못한 사랑이야기였다. 그는 도중에 마음이 내키면 몇 구절을 러시아어로 번역해주기도 했다. 자신이 번역할 수 있는 부분만 번역해주는 것 같았다. 시를 읊는 동안 그는 자신의 황금 팔찌를 움켜쥐고 있었다. 잠깐, 이게 어젯밤이었나, 토요일이었나?

그가 멍하니 회상에 잠겨서 옛날에 두 남자에게 이 방 저 방으로 끌려다니며 얻어맞은 기억을 털어놓은 건 또 언제였지? 그는 두 남자를 굳이 '일본인'이라고 불렀지만, 그 사람들이 정말로 일본인인지 아니면 감옥에서 일본인이라는 별명으로 불린 건지는 확실치 않았다. 그리고 그가 그렇게 얻어맞은 곳이 러시아인지 터키인지도 잘 모르는 눈치였다. 그는 자신이 끌려 다닌 방에만 관심이 있었다. 이 방에서는 일본인들이 내 발을 때렸고, 다른 방에서는 내 몸을 때렸고, 또 다른 방에서는 전기를 썼어요.

그녀가 그와 사랑에 빠질 것 같은 느낌을 가장 강렬하게 받은 것이 바로 그때였다. 그가 이렇게 은밀한 고백을 하는 것이 그녀에게 엄청난 호의를 베푸는 일처럼 느껴져서, 그녀의 존재 전체가 그에게 반응하고 있었다. 온 세상이 저 사람에게 빚을 졌어. 저 사람이 저렇게 굴욕적인 이야기를 털어놓는 건 내가 저 사람을 좀 더 이해하고 치유해주기를 바라기 때문이야. 내가 어떻게 해야 저 사람한테 빚을 갚을 수 있을까? 하지만 이 질문의 답이 모습을 드러내자마자 그녀는 자기도 모르게 움츠러들었다. 그 답을 실천하려면 자신이 스스로에게 한 약속을 부정해야 하기 때문이었다. 그의 목숨(그의 사랑이 아니었다)을 법보다 우선하겠다는 약속.

그녀는 또한 오랫동안 혼자 산 사람처럼 그가 한참 동안 거의 말을 하지 않거나 아예 말을 하지 않을 때가 있다는 것을 알고 있었다. 하지만 그의 침묵은 갑갑하게 느껴지지 않았다. 그녀는 그의 침묵을 일종의 찬사로 받아들였다. 신뢰를 나타내는 행동으로. 침묵의 시간이 끝나면 그가 어찌나 수다스러워지는지 마치 오랜 친구를 다시 만난 사람 같았다. 그럴 때면 그녀도 덩달아 수다를 떨며 언니 하이디와 세 명의 조카에 대해서, 그녀가 무척 자랑스러워하는 뛰어난 의사인 오빠 휴고에 대해서 재잘거렸다(이사는 휴고에 관해서 많은 것을 알고 싶어 했다). 심지어 어머니가 암에 걸렸다는 이야기까지도 털어놓았다.

하지만 아버지 이야기는 단 한 번도 하지 않았다. 그녀도 이유를 알 수 없었다. 어쩌면 아버지가 예전에 모스크바 주재 법무관이었기 때문인 것 같기도 했다. 아니면 카르포프 대령의 그림자가 지금도 느껴지기 때문일 수도 있었다. 아니면 이제야 비로소 아버지가 아니라 그녀 자신이 직접 자신의 삶을 좌우하고 있다는 확신이 들었기 때문인 것 같기도 했다.

어쨌든 그녀는 이사의 변호사였다. 단순히 그를 지키는 사람이 아니었다. 그녀가 그보다 우위에 서서 아버지의 유산에 대한 권리를 공식적으로 주장하라고 간청하기도 하고, 사실상 명령을 내리기도 한 적이 한두 번도 아니고 대여섯 번이나 되었다. 하지만 아무 소용이 없었다. 그녀는 그에게 권리를 주장하라고 그토록 권하는 이유에 대해서는 감히 생각할 수 없었다. 만약 브뤼가 암시한 것처럼 그가 상속받은 재산이 그토록 엄청난 규모라면, 그를 가로막고 있던 온갖 장벽들이 틀림없이 스르르 무너져 내릴 터였다. 그녀는 하늘까지 닿을 만큼 악취가 풀풀 풍기는 과거를 지닌 아랍과 아시아의 부자들이 독일 땅에서 소유한 자산과 훌륭한 독일 은행에 갖고 있는 계좌 덕분에 관대한 대우를 받았다는 이야기를 들은 적이 있었다(여기 생크추어리에서도 그런 이야기들이 귓속말로 오갔다).

우선 그 사람이 치료를 받게 하자. 그녀는 속으로 다짐했다. 그 사람이 건강하고 차분해졌을 때 본격적으로 설득하는 거야. 휴고의 해결책을 기다리자.

그럼 브뤼는? 현실적으로도 직관적으로도 그녀는 그가 어떤 사람인지 다 파악했다고 믿었다. 그는 말년에 접어들어 품위 있는 사랑을 찾고 있는, 고독하고 돈 많은 남자였다.

아나벨의 전화기가 울리고 있었다. 우르술라에게서 걸려온 내부전화였다.

"매주 월요일에 열리는 회의를 오늘 오후 2시로 미뤘어, 아나벨. 시간 괜찮아?"

"괜찮아요."

괜찮지 않았다. 우르술라의 똑 부러지는 말투는 경고였다. 방 안에 누군가 다른 사람이 와 있다는 경고. 그녀는 지금 그 사람에게 들으라는 듯이 말을 하고 있었다.

"베르너 씨가 여기 와 있어."

"베르너?"

"헌법수호부에서 나온 분이야. 네 고객에 관해서 너한테 몇 가지 물어볼 것이 있대."

"안 돼요. 난 변호사예요. 그 사람이 나한테 질문하는 것도, 내가 대답하는 것도 안 될 일이에요. 그 사람도 우리만큼 법을 잘 알고 있을 텐데요." 하지만 우르술라는 아무 말이 없었다. "그건 그렇고, 내 고객 중 누굴 말하는 거예요?"

그 사람이 우르술라 옆에 서 있는 모양이었다. 그 사람이 우리 얘기를 전부 듣고 있어.

"베르너 씨는 딩클만 씨와 함께 왔어, 아나벨. 그분도 헌법수호부 소속이야. 아주 진지한 신사분들인데, '곧 공개적인 불법행위가 일어날 우려가 있다'면서 너랑 시급히 이야기를 나눠야 한대."

우르술라는 지금 그 사람들 말을 그대로 인용하고 있어. 날 위해서 일부러 그 사람들 말을 필요 이상으로 강조하면서.

베르너 씨는 20대 후반의 살집 좋은 남자였다. 자그마한 눈은 물기가 어려 촉촉했고, 눈썹은 잿빛이 섞인 금발이었으며, 지나치게 영양상태가 좋은 얼굴은 하얗게 반짝였다. 아나벨이 방으로 들어갔을 때, 우르술라는 자신의 책상에 앉아 있었고 베르너 씨는 그녀의 뒤에 서 있었다. 아나벨이 상상했던 그대로였다. 베르너 씨는 고개를 살짝 뒤로 젖히고, 오만한 표정으로 입꼬리를 아래로 내린 채 눈으로 몸수색을 하듯이 한참 동안 아나벨을 바라보았다. 얼굴, 가슴, 엉덩이, 다리를 거쳐 다시 얼굴로 시선이 돌아왔다. 수색이 끝났는지 그는 뻣뻣하게 한 걸음 앞으로 나와 멋대로 그녀의 손을 잡고는 살짝 고개를 숙였다.

"리히터 씨. 저는 베르너입니다. 위대한 독일 국민이 밤에 평화로이 주무실 수 있게 돕는 일을 하면서 녹을 받는 사람이죠. 법에 따라, 제가 속한 부서는 책임만 있을 뿐 실행 권한이 없습니다. 저희는 공무원이지 정치가가 아니니까요. 리히터 씨는 변호사니까 잘 아실 겁니다. 이쪽은 저희 조정부서의 딩클만 씨입니다." 그는 그녀의 손을 놓았다.

하지만 조정부서에서 나왔다는 딩클만 씨는 금방 눈에 띄지 않았다. 그는 우르술라의 책상 뒤쪽 구석에 앉아 있다가 이제야 그녀의 시야에 모습을 드러냈다. 그는 40대 중반이었으며, 머리카락은 모래 빛깔이고, 몸집은 땅딸막했다. 왠지 사과하는 사람 같은 분위기가 배어 있어서 자신이 이미 전성기를 지난 사람임을 스스로 인정하는 듯했다. 그는 도서관 사서들처럼 구깃구깃한 리넨 상의에 낡은 격자무늬 넥타이를 매고 있었다.

"조정부서라고요?" 아나벨은 곁눈질로 우르술라를 흘깃 보며 물었다. "도대체 뭘 조정하시는 건가요, 딩클만 씨? 혹시 그건 저희가 알면 안 되는 정보인가요?"

우르술라의 미소는 기껏해야 어렴풋한 정도였지만, 딩클만 씨는 순간적으로 유쾌한 미소를 지었다. 광대뼈까지 함께 움직이는 광대의 미소였다.

"리히터 씨, 제가 없으면 이 세상이 조정되지 않아서 즉시 산산조각 날 겁니다." 그는 유쾌한 말투로 이렇게 말하며 그녀의 손을 잡았다. 그녀가 보기에는 그의 악수가 꼭 필요한 수준보다 살짝 더 긴 것 같았다.

네 사람은 나지막한 소나무 탁자 주위에 둥글게 앉았다. 허리를 꼿꼿이 세운 푸른 눈의 우르술라가 너무 빨리 세기 시작한 머리카락을 단단히 틀어 올린 모습으로 어머니 역할을 맡았다.

우르술라의 방에 있는 의자들이 워낙 푹신푹신했기 때문에 점잖을 빼기가 힘들었다. 각각의 의자에는 손으로 수를 놓은 쿠션이 하나씩 놓여 있었다. 수예는 내가 분노를 조절하는 수단이야. 예전에 그녀는 아나벨과 가벼운 잡담을 나누며 이런 말을 한 적이 있었다. 업소용이라고 해도 될 만큼 커다란 커피 보온병, 우유, 설탕, 머그잔과 함께 다양한 종류의 물이 자랑스레 놓여 있었다. 우르술라는 나처럼 좋은 물만 가려 마시는 사람이지. 물이 놓인 쟁반과 커피 보온병 사이 중간쯤에 번쩍이는 이사의 사진이 있었다. 정면 사진과 양쪽 측면 사진 모두.

하지만 아나벨은 이사의 사진을 바라보는 사람은 자기뿐임을 서서히 깨달았다. 다들 아나벨을 바라보고 있었다. 베르너의 얼굴에는 직업적인 교활함이 드러나 있었고, 딩클만은 광대 같은 미소를 짓고 있었으며, 우르술라는 위기의 순간에 일부러 공들여 짓곤 하는 무표정한 얼굴이었다.

"이 남자가 누군지 알아, 아나벨?" 우르술라가 물었다. "넌 변호사니까 너 자신이 수사대상이 아니라면 이 신사 분들한테 아무 말도 안 해도 돼. 그건 너도 잘 알고 있을 거야."

"그거야 저희도 알죠, 마이어 씨!" 베르너 씨가 느끼하게 말했다. "훈련 첫날부터 배우는 걸요! 변호사들은 접근금지 구역이라고 말입니다. 그 사람들한테는 손대지 마라. 여자 변호사들한테는 더욱더!" 그는 자신의 비꼬는 말을 즐기고 있었다. "리히터 씨가 고객에 대해 비밀을 보장해야 할 의무가 법으로 규정되어 있다는 사실도 물론 알고 있습니다. 저희도 당연히 그 점은 존중해요. 전적으로. 그렇죠, 딩클만 선배?"

광대의 미소를 띤 딩클만의 표정이 조심스레 "전적으로 그렇다."고 확인해주었다.

"저희가 리히터 씨에게 고객의 비밀보장 의무를 어기라고 설득하려 든다면, 그건 전적으로 불법입니다. 마이어 씨도 마찬가지죠. 마이어 씨도 리히터 씨를 설득하려 하면 안 됩니다! 리히터 씨 본인이 수사대상이 아닌 한은. 그런데 분명히 수사대상이 아니죠. 지금으로서는. 리히터 씨는 변호사이고, 이 나라 국민입니다. 틀림없이 충성스러운 국민이겠죠. 저명한 법률가 집안 출신이기도 하고요. 그런 사람이 수사대상이 되지는 않습니다. 대단히 예외적인 상황이 아니라면 말이죠. 그것이 우리 헌법의 정신입니다. 저희는 그 헌법의 정신과 법을 수호하는 사람들이고요. 그러니 당연히 저희도 알고 있습니다."

마침내 그가 말을 그쳤다. 그러고는 그녀를 지켜보며 그녀의 반응을 기다렸다. 다른 사람들도 마찬가지였다. 미소를 짓고 있는 사람은 딩클만뿐이었다.

"사실 난 이 사람을 알아요." 아나벨은 자신이 직업상의 의무를 진지하게 걱정하고 있다는 표시로 한참 시간을 끈 뒤 사실을 인정했다. "우리 고객 중 한 명이에요. 최근에 만난 고객이에요." 그녀는 오로지 우르술라만을 향해 다음 말을 이었다. "팀장님은 이 사람을 만난 적이 없지만, 이 사람을 나한테 소개해준 사람이 바로 팀장님이에요. 이 사람이 러시아어를 쓴다는 이유로요." 그녀는 차분히 사진을 집어 들고 자세히 살펴보는 척하다가 다시 내려놓았다.

"그 사람 이름이 뭔지 말씀해주시겠습니까, 리히터 씨?" 베르너가 그녀의 왼쪽 귀를 향해 불쑥 말했다. "강요하는 게 아닙니다. 어쩌면 이 사람 이름 또한 비밀에 부치는 것이 리히터 씨의 의무일 수도 있으니까요. 그런 거라면, 저희도 고집을 부리지 않겠습니다. 다만 공개적인 불법행위가 곧 자행될 우려가 있어서요. 하지만 뭐 신경 쓰지 마십시오."

"이 사람 이름은 이사 카르포프예요. 자기가 밝히기로는 그래요." 그녀는 여전히 일부러 고집스레 우르술라에게만 이야기를 하고 있었다. "러시아와 체첸의 피가 반씩 섞였어요. 자기 말로는 그렇대요. 가끔 고객들 말을 확실히 믿을 수 없을 때가 있잖아요. 팀장님도 잘 알죠?"

"아, 하지만 저희는 확실히 알아낼 수 있습니다, 리히터 씨!" 베르너가 뜻밖에도 아주 열렬한 말투로 그녀의 말을 반박하고 나섰다. "이사 카르포프는 러시아 출신의 이슬람주의 범죄자로, 호전적인 행위로 인해 수많은 전과기록을 갖고 있습니다. 독일에도 불법으로 들어왔죠. 다른 범죄자들이 밀입국시켜준 겁니다. 어쩌면 그놈들도 이슬람주의자일 가능성이 있어요. 그러니까 이 사람은 이 나라에서 아무런 권리도 행사할 수 없습니다."

"누구나 권리는 있어요, 틀림없이." 아나벨이 그를 가볍게 나무라듯이 말했다.

"이 사람은 그렇지 않습니다, 리히터 씨. 이 사람은 그렇지 않아요."

"카르포프 씨는 자신의 상황을 정상화하기 위해 생크추어리 노스를 찾아왔어요." 아나벨이 반박했다.

베르너는 웃음을 터뜨리는 시늉을 했다. "이런 세상에! 이 고객께서 자기가 타고 온 배가 고텐부르크에 도착했을 때 독일로 밀입국하려고 탈주했다는 얘기를 안 하던가요? 코펜하겐에서도 또 도망쳤다는 얘기는요? 그전에는 터키에서도 도망쳤고, 그보다 더 전에는 러시아에서도 도망쳤다는 얘기는요?"

"고객이 저한테 한 이야기는 저와 고객 사이의 문제입니다. 고객의 동의 없이 제3자에게 누설할 수는 없어요, 베르너 씨."

우르술라는 도무지 속을 읽어낼 수 없는 표정을 짓고 있었다. 그녀의 옆에 앉은 딩클만 씨는 아버지가 딸을 바라보며 미소를 짓는 것 같은 표

정으로 아나벨을 지켜보며 땅딸막한 손가락으로 자기도 모르게 입술을
자꾸 문지르고 있었다.

"리히터 씨." 베르너가 점점 인내심이 바닥나고 있음을 드러내며 다시
입을 열었다. "저희는 폭력적인 이슬람주의 탈주자를 시급히 찾아내야
합니다. 이자는 지금 필사적인 상황이고, 테러집단과 연결되어 있을 가
능성이 있어요. 이자로부터 국민을 보호하는 것이 우리의 임무입니다.
리히터 씨를 보호하는 것도 역시 우리의 임무고요. 리히터 씨는 무방비
상태의 독신 여성인 데다가, 이런 말씀을 드려도 되는지 모르겠지만 대
단히 매력적이기까지 합니다. 따라서 리히터 씨는 물론 마이어 씨에게
도 부탁드립니다만, 저희가 임무를 수행할 수 있게 도와주십시오. 이자
가 지금 어디 있습니까? 그리고 한 가지 더, 어쩌면 이게 더 중요한 질문
일 수도 있습니다만, 이자를 마지막으로 만난 게 언제입니까? 물론 대답
하고 싶은 질문만 대답하시면 됩니다. 리히터 씨가 테러리스트를 보호
하면서 공개적인 불법행위를 저지르게 하고도 별로 신경 쓰지 않는 사
람일 수도 있으니까 말입니다."

아나벨은 이 질문이 과연 적절한 것인지 물어보려고 우르술라에게
고개를 돌렸지만, 그녀가 이렇게 잠깐 지체하는 것조차 베르너 씨는 참
지 못했다.

"상관에게 물어볼 필요는 없습니다, 리히터 씨! 제가 질문을 던질 테
니 리히터 씨는 고객을 위해 올바른 답변이 뭔지 선택하세요. 리히터 씨
에게 답을 강요하는 사람은 아무도 없습니다. 저희가 바로 증인이에요.
토요일 새벽 4시에 레일라 옥테이 부인의 집을 나선 뒤 이사 카르포프와
무엇을 했습니까?"

그렇다면 저들도 알고 있다는 얘기였다.

하지만 일부만 알고 있을 뿐, 모든 걸 알지는 못했다.

저들은 밖으로 드러난 것만 알지 속내까지 파악하지는 못했다. 아니, 그녀로서는 그렇게 믿을 수밖에 없었다. 저들이 속내까지 다 파악하고 있다면 지금쯤 이사는 마고메드처럼 페테르부르크행 비행기에 타고 있을 것이다. 비행기 창문을 통해 그녀에게 수갑을 찬 손을 흔들면서.

"리히터 씨. 한 번 더 묻겠습니다. 옥테이 부인의 집을 나선 뒤 이사 카르포프와 무엇을 했습니까?"

"그 사람을 바래다줬어요."

"걸어서요?"

"걸어서요."

"새벽 4시에 말입니까? 모든 고객한테 그렇게 해주십니까? 새벽에 함께 거리를 걸어요? 매력적이고 젊은 여성 변호사가 그런 행동을 하는 것이 일상적인 일인가요? 만약 이것 역시 고객의 비밀보장 의무에 어긋나는 질문이라면, 질문을 철회하겠습니다. 리히터 씨가 수사를 방해하는 꼴이 되겠지만 신경 쓰지 마세요. 저희는 이자를 잡을 겁니다. 때가 너무 늦은 뒤에라도."

"얘기를 하다 보니 새벽이 됐어요. 동양이나 아시아에서 온 고객들의 경우 드문 일이 아니죠." 아나벨은 적당히 뜸을 들인 뒤 말을 이었다. "옥테이 부인의 집에서 분위기가 안 좋았어요. 카르포프 씨가 친절한 옥테이 모자에게 더 이상 폐를 끼치고 싶어 하지 않았거든요. 카르포프 씨는 아주 섬세한 사람이에요. 카르포프 씨의 불안한 상황 때문에 옥테이 모자가 점점 불안해하고 있었고, 카르포프 씨도 그걸 알고 있었어요. 게다가 옥테이 모자는 곧 터키로 휴가를 떠날 예정이었고요."

그녀는 여전히 베르너가 아니라 우르술라를 상대로 이야기하고 있었다. 그녀는 일부러 문장을 짧게 끊어서 우르술라의 승인을 받은 뒤에야 다음 문장으로 넘어갔다.

우르술라는 마치 스핑크스처럼 눈을 반쯤 감은 채 허공을 바라보았고, 딩클만 씨는 그녀의 옆자리에 편안히 앉아 계속 다정한 미소를 짓고 있었다.

"이동경로를 정확히 말씀해주세요, 리히터 씨! 이동수단도요. 미리 말씀드리지만, 지금 리히터 씨가 위험한 상황일 가능성이 있습니다. 이사 카르포프 때문만은 아니에요. 저희는 경찰이 아니지만, 그래도 수행해야 할 의무가 있습니다. 계속 말씀하세요."

"우리는 에펜도르퍼 바움까지 걸어가서 지하철을 탔어요."

"어디로요? 처음부터 끝까지 전부 말씀해주세요. 중간중간 끊어서 말씀하시지 말고."

"제 고객은 고민이 많았는데 지하철 때문에 더 불안해했어요. 그래서 네 정거장 뒤에 내려서 택시를 탔어요."

"택시를 탔군요. 계속 하나씩 끊어서 말씀하시네요. 왜 무슨 금화라도 내놓는 것처럼 그렇게 이야기를 아끼시는 겁니까, 리히터 씨? 택시를 타고 어디로 갔습니까?"

"처음에는 목적지가 없었어요."

"말도 안 돼! 운전기사한테 주소를 댔잖아요. 미국 영사관에서 1킬로미터도 채 안 되는 네거리로 가자고! 운전기사한테 목적지를 말해줬으면서 어떻게 목적지가 없었다는 말을 할 수 있는 겁니까?"

"그거야 아주 쉽죠, 베르너 씨. 아주 잠시 동안만이라도 우리 고객들 중 많은 분들의 입장이 되어볼 수 있다면 그런 일이 일상적으로 일어나고 있다는 사실을 이해하실 수 있을 거예요." 지금 그녀는 정말 눈부신 솜씨를 발휘하고 있었다. 단 한 마디도 허투루 하지 않았다. 실수도 없었다. 집에서 식구들과 합법적인 거짓말을 늘어놓는 토론게임을 할 때도 이렇게까지 잘한 적은 없었다. "카르포프 씨는 어떤 목적지를 염두에 두고 있었지만 나름대로 이유가 있어서 그걸 저한테 알려주고 싶어 하지 않았어요. 그 네거리는 여러 방향으로 이어져 있죠. 게다가 그곳은 제 목적에도 잘 맞았어요. 공교롭게도 제가 거기서 아주 가까운 곳에 살고 있으니까요."

"하지만 택시를 타고 곧장 댁의 아파트로 간 게 아니잖습니까! 왜 안 간 겁니까? 그자가 거기서부터 목적지까지 걸어 갈 수도 있었을 텐데요. 리히터 씨는 안전한 집에 들어가 쉴 수 있었을 테고요. 혹시 또 비밀보장 조항 때문에 넘을 수 없는 장벽에 부딪힌 겁니까?"

"아뇨, 제가 택시를 타고 아파트로 가지 않은 건 확실히 사실이에요." 그녀는 베르너의 얼굴을 똑바로 바라보며 말했다.

"왜죠?"

"제 목적지가 아파트가 아니었을 수도 있죠."

"왜요?"

"고객에게 제가 사는 곳이 어디인지 가르쳐주고 싶지 않던 것 아닐까요? 아니면 수많은 연인들 중 한 명의 아파트로 가기로 마음을 먹은 것일 수도 있고요. 베르너 씨." 당신도 그 연인 중의 한 명이 되고 싶겠지. 그녀는 속으로 생각했다.

"하지만 리히터 씨는 택시를 그냥 보냈습니다."

"그랬죠."

"그리고 걸었어요. 거기서 어디로 갔는지는 모르겠습니다만."

"맞아요."

"카르포프가 리히터 씨와 함께 걸은 것도 확실합니다! 새벽 4시 30분에 당신처럼 예쁜 여자를 길거리에 혼자 내버려두고 가지는 않았을 테니까요. 카르포프는 섬세한 사람입니다. 전혀 위험하지 않죠. 이건 리히터 씨가 아까 하신 말씀입니다. 맞죠?"

"아뇨."

"아니라니요, 뭐가요?"

"제 고객이 저와 함께 걸은 게 아니라고요."

"그럼 그자가 걷기는 했는데 리히터 씨랑 방향이 달랐군요!"

"맞아요. 제 고객은 북쪽으로 사라졌어요. 아마 어디 샛길로 들어간 거겠죠. 저는 고객이 어디로 가는지 봐둬야겠다는 생각보다 그 사람이 저를 따라오면 안 된다는 생각이 더 컸어요."

"그럼 그다음에는요?"

"그게 무슨 뜻이죠? 그다음이라니요?"

"그 뒤로 그자를 못 봤습니까? 연락도 안 했어요?"

"네."

"중간에 다른 사람을 통해 연락하지도 않았다고요?"

"네."

"그래도 그자가 전화번호는 가르쳐줬을 텐데요. 주소도. 절박한 상황에 처한 불법체류자가 젊고 유능한 여성 변호사의 도움을 얻기로 해놓고 금방 그 변호사를 내칠 리가 없죠."

"전화번호나 주소는 가르쳐주지 않았어요, 베르너 씨. 이쪽 일에서는 그게 정상이에요. 제 고객은 여기 생크추어리의 전화번호를 알고 있어요. 그러니까 저는 당연히 고객에게서 다시 연락이 오기를 바라고 있지만 소식이 없을 수도 있어요." 그녀는 또다시 우르술라에게서 무언의 확인을 받으려 했지만, 우르술라는 초연하기 짝이 없는 표정으로 고개만 끄덕할 뿐이었다. "여기 생크추어리에서 저희가 하는 일이 원래 그래요. 고객들이 나타났다가 사라지는 일이 빈번해요. 어려운 상황에 처한 동료들과 의논하거나, 기도를 드리거나, 건강을 회복하거나, 몸을 숨길 시간이 필요하니까요. 어쩌면 카르포프 씨의 아내와 가족들이 이미 이곳에 와 있는지도 모르죠. 고객들이 저희한테 모든 이야기를 털어놓는 경우는 거의 없어요. 어쩌면 카르포프 씨의 친구들, 그러니까 러시아인이나 체첸인들이 함께 와 있는지도 몰라요. 어디 종교단체에 몸을 의탁했을 가능성도 있고요. 저희는 자세히 몰라요. 고객들 중에는 바로 다음 날다시 찾아오는 사람도 있고, 6개월쯤 지난 다음에야 다시 오는 사람도 있고, 영원히 나타나지 않는 사람도 있어요."

베르너 씨는 이 말에 어떻게 반격하면 좋을지 고민했다. 그런데 그때계속 침묵을 지키던 그의 동료가 대화에 끼어들었다.

"그럼 금요일 밤에 그 터키인의 집에 같이 있던 또 다른 사람은 어떻게 됐습니까?" 딩클만 씨가 물었다. 재미있는 파티를 즐기는 사람처럼쾌활한 말투였다. "덩치가 크고 위엄 있는 사람이었죠. 옷차림도 훌륭하고요. 나이는 나 정도? 아니, 더 먹었을 수도 있겠군요. 그 사람도 카르포프의 변호사입니까?"

아나벨은 튀빙겐에서 법대에 다닐 때 교수가 교차심문 방법에 대해강의하면서 해준 말을 떠올렸다. 증인의 침묵을 절대 과소평가하지 말라. 교수는 이 말을 즐겨 하곤 했다. 많은 것을 웅변하듯 말해주는 침묵도 있고, 죄책감에 휩싸인 침묵도 있고, 진정한 당혹감에서 우러나온 침묵도 있고, 창의적인 침묵도 있다. 증인의 침묵이 어떤 종류의 것인지 알아내는 것이 요령이다. 하지만 이번에는 그녀가 침묵할 차례였다.

"이것도 그 '조정'의 일환인가요, 딩클만 씨?" 그녀는 장난스럽게 물었다. 하지만 속으로는 필사적으로 생각을 정리하고 있었다.

딩클만 씨가 또 광대의 미소를 지었다. 입꼬리가 완벽한 곡선을 그렸다. "날 유혹하지 마세요, 리히터 씨. 난 너무 약하답니다. 그냥 그 사람이 누군지만 말씀해주세요. 리히터 씨가 그 사람을 데려왔죠. 그 사람은 그 집에 몇 시간 동안이나 있었습니다. 그러고는 혼자 그 집을 나섰죠. 가엾은 친구 같으니. 시내를 여기저기 걸어다녔습니다. 마치 뭘 잃어버린 사람처럼. 그 사람은 뭘 찾고 있었던 걸까요?" 그는 우르술라에게 호소하듯이 말을 이었다. "지금 우리 이야기에서는 누구나 다 걸어 다니는군요, 마이어 씨. 듣다 보니 좀 지치네요." 그러고 나서 그는 느긋한 태도로 다시 아나벨에게 시선을 돌렸다. "어서 말해보세요. 그 사람이 누군지. 이름이 뭔지. 아무 이름이나 좋습니다. 그냥 하나 지어내세요."

하지만 아나벨은 아버지와 같은 표정을 짓고 있었다. 이 주제를 다시는 언급하지 말라고 말하는 표정.

"제 고객에게 도움을 줄 가능성이 있는 분이 여기 함부르크에 계십니다. 지위가 있는 분이라서 당분간 신분을 밝히고 싶지 않다고 하셨어요. 저는 그 뜻에 따르겠다고 약속했습니다."

"그럼 우리도 그 뜻을 존중해야죠. 그 익명의 독지가께서 뭐라고 말씀하시던가요? 아니면 그냥 가만히 앉아서 지켜보기만 하셨습니까?"

"말을 하다니 누구한테요?"

"댁이 맡은 아이 말입니다. 이사. 아니면 리히터 씨거나."

"제 고객은 아이가 아닙니다."

"저는 지금 댁의 고객을 도울 수 있는 익명의 독지가가 대화에 동참했는지 묻고 있는 겁니다. 그 대화의 내용을 말하라는 게 아니에요. 다시 묻겠습니다. 그 사람이 대화에 동참했습니까? 설마 귀머거리는 아니겠죠?"

"대화에 동참했습니다."

"그럼 삼각대화였군요. 리히터 씨, 독지가, 이사. 그 정도는 말씀해주셔도 되잖습니까. 그런다고 무슨 규정을 어기는 것도 아닌데요. 세 분이 함께 앉아서 장황하게 수다를 떨었군요. 네, 아니오로만 대답하시면 됩니다."

"그럼 대답은 '네'예요." 그녀는 이 말과 함께 어깨를 으쓱했다.

"자유로운 대화라. 세 분 사이에 의논이 필요한 주제가 있기는 했지만, 리히터 씨는 그걸 밝힐 수 없죠. 그래도 그 주제를 자유롭게 의논한 건 맞죠?"

"지금 무슨 뜻으로 그런 말씀을 하시는 건지 잘 모르겠군요."

"모르셔도 됩니다. 그냥 대답만 해주세요. 세 분이 아무런 방해나 구속도 받지 않고 자유롭게 이야기를 나눴습니까?"

"말도 안 돼."

"그래요, 말도 안 되죠. 자유롭게 대화를 나눴습니까?"

"네."

"그럼 그분도 러시아어를 하시는군요. 리히터 씨처럼."

"전 그런 말은 하지 않았어요."

"그렇죠. 안 하셨습니다. 그래서 다른 사람이 대신 해줄 수밖에 없는 거죠. 정말 대단한 분입니다. 댁의 고객은 정말 행운아예요."

베르너 씨는 주도권을 되찾으려고 마지막 노력을 기울였다.

"그럼 리히터 씨가 새벽 4시 30분에 이사 카르포프를 혼자 남겨두고 가버렸을 때 그자가 간 곳이 바로 거기군요!" 그가 외쳤다. "그 익명의 독지가한테 간 거예요! 어쩌면 테러조직의 경리 담당자인지도 모르죠! 리히터 씨는 부유한 동네의 네거리에서 고객과 헤어졌습니다. 그리고 그 고객은 방해가 되는 리히터 씨가 사라지자마자 그 독지가의 집으로 간 겁니다. 제 가설에 일리가 있는 것 같습니까?"

"모든 가설이 그렇듯이 일리가 있기도 하고 없기도 하죠, 베르너 씨." 아나벨이 반박했다.

그런데 놀랍게도 바로 그 순간, 젊고 성급하지만 직급이 높은 베르너 씨가 아니라 성격은 온화하지만 시대에 뒤떨어진 사람처럼 보이던 딩클만 씨가 마이어 씨와 리히터 씨의 시간을 너무 많이 빼앗았다며 그만 일어나자고 결단을 내렸다.

"아나벨?"
이제 둘뿐이었다.
예, 팀장님.
"넌 오늘 오후 회의를 빠지는 게 낫지 않겠어? 달리 중요한 볼일이 있을 것 같은데. 그 사라진 고객에 대해 나한테 더 말해줄 것 없어?"
아나벨은 더 말해줄 것이 없었다.
"알았어. 우리 일이라는 게 원래 미봉책 투성이니까. 완벽한 해결책은 우리 몫이 아니지. 아무리 우리가 그렇게 되기를 바란다 해도. 전에도 너랑 이런 이야기를 한 적이 있는 것 같은데."
그런 적이 있었다. 마고메드 때. 우리가 제도를 통해 자기만의 유토피아를 구현할 수 있을 거라고 기대해서는 안 돼. 아나벨이 마고메드 일을 항의하려고 다른 직원들을 이끌고 우르술라의 사무실로 쳐들어갔을 때 우르술라가 한 말이었다.

당황한 게 아니었다. 아나벨은 당황하지 않았다. 그녀 자신이 생각하기에는 그랬다. 그녀는 지금 곧 다가올 위기상황에 대처하는 중이었다.
그녀는 생크추어리를 나와 자전거를 타고 전속력으로 달려 시 경계에 있는 주유소로 갔다. 그동안 내내 미행하는 사람이 없는지 보려고 핸들에 붙어 있는 두 개의 거울에서 눈을 떼지 않았다. 하지만 미행하는 사람이 있다 해도 그걸 알아보는 방법에 대해서는 오리무중이었다.

그녀는 계산대에서 잔돈을 한 줌 바꿨다.

그러고는 휴고의 휴대전화로 전화를 걸었지만 음성사서함이 나왔다. 그녀가 미리 예상한 대로였다.

그녀는 전화번호 안내원에게서 어렵지 않게 휴고가 일하는 병원의 번호를 알아냈다.

월요일에는 하루 종일 회의가 있다고 휴고가 말해주었다. 그러니까 월요일 저녁에 전화하라고. 하지만 지금 상황에서 월요일 저녁은 너무 늦었다. 월요일 회의의 주제가 병원의 정신병동 개편이라는 이야기를 들은 기억이 났다. 그녀는 병원 교환원과 힘들게 입씨름을 한 끝에 총무부장 비서와 통화할 수 있었다. 그녀는 자신이 휴고 리히터 박사의 여동생인데 집에 급한 일이 생겨서 오빠와 꼭 통화를 해야 하니 오빠를 잠깐 불러줄 수 없느냐고 물었다.

"너 엉뚱한 얘기나 늘어놓으면 가만히 안 있을 거야, 아나벨."

"내 고객이 내 면전에서 폭발했어, 오빠. 당장 병원에 가야 돼. 당장."

"지금 몇 시야?"

휴고는 이 세상에서 유일하게 절대 시계를 차지 않는 의사였다.

"10시 30분. 오전."

"점심시간에 전화할게. 12시 30분에. 네 휴대전화로. 전화기 충전은 제대로 해놨지?"

그녀는 휴대전화는 안 된다고 말하고 싶었지만 그냥 "고마워, 오빠. 정말 고마워."라고 말했다. 휴대전화기에는 아무 문제가 없다는 말도 덧붙였다.

주차장 앞마당에서 여자 두 명이 낡아빠진 노란색 승합차를 만지작거리고 있었다. 그녀는 두 여자에게 신경 쓸 필요가 없다는 결론을 내렸다. 베르너 씨의 승합차라면 티끌 하나 없이 깨끗할 것이다. 시간을 보내기 위해 그녀는 평소 가장 좋아하는 쇼핑몰까지 자전거를 타고 가서 그가 좋아하는 신선한 청어 절임, 아무것도 첨가하지 않은 유기농 다크 초콜릿, 에멘탈 치즈를 샀다. 이것이 그 아파트에서 먹는 마지막 저녁 식사가 되기를 간절히 기원하면서. 그녀가 가장 좋아하는 생수도 샀다. 이제는 그도 이 생수를 좋아했다.

휴고는 정확히 12시 30분에 전화를 걸었다. 그녀는 그럴 줄 이미 알고 있었다. 손목시계가 없어도 그가 시간을 정확히 지키리라는 걸. 그녀는 가로등에 자전거를 기대어 놓고 공원 벤치에 앉아 있었다. 휴고는 열띤 말투로 이야기를 시작했다. 그녀는 이것이 좋은 징조이기를 바랐다.

"내가 그 사람을 이 병원에 추천해주는 형식을 취해야 하는 거야? 그 사람 이름도 모른 채 서류에 서명하라고? 그러면 될 일도 안 돼. 어쨌든 가짜 서류 같은 건 필요하지 않을 거야." 그는 그녀가 미처 뭐라고 대답하기도 전에 계속 말을 이었다. "거기 엉터리 의사가 한 명 있기 때문에 맥박도 재주고 진단도 내려줄 거야. 하루에 1천 유로면 돼. 지금 두 군데를 알아냈는데, 둘 다 바가지 씌우는 솜씨가 최고급이야."

그가 먼저 제시한 곳은 쾨니히스빈터였다. 그녀는 너무 멀다는 이유로 거부했다. 두 번째 장소는 이상적이었다. 후숨 근처의 농가를 개조한 곳으로 기차를 타고 함부르크 북쪽으로 두 시간 거리였다.

"가서 피셔 박사를 찾아. 구린 냄새가 좀 날 거야. 전화번호 받아 적어. 나한테 고맙다는 말은 말고. 그 사람이 이렇게 애써줄 가치가 있는 사람이면 좋겠다."

"그런 사람이야." 그녀는 이렇게 말하고서 휴고가 가르쳐준 번호로 전화를 걸었다.

피셔 박사는 즉시 상황을 이해했다.

아나벨이 친한 친구 대신 전화를 걸었다고 말하자 그는 그냥 그 말을 받아들였을 뿐, 그 친구와 정확히 어떤 사이냐고 묻지 않았다.

그는 또한 전화로 이야기하기가 조심스럽다는 그녀의 말을 즉시 이해하고 공감을 표시했다.

그는 이름을 밝힐 수 없는 환자가 러시아어밖에 할 줄 모른다 해도 문제가 되지는 않는다고 말했다. 그가 만약을 위해 그냥 '동방'이라고만 표현한 지역에서 온 노련한 간호사들이 여러 명 근무하고 있다는 것이었다.

그는 환자가 결코 폭력적이지는 않지만 불행한 일들을 연달아 겪으면서 많은 상처를 입었으며, 그 불행한 일들에 대해서는 직접 만나서 이야기하는 편이 좋을 것이라는 아나벨의 말도 그대로 받아들였다.

그는 철저한 휴식, 많은 음식, 도우미를 동반한 산책이 환자에게 반드시 필요한 치료방법이라는 그녀의 말도 받아들였다. 그리고 물론 환자를 자세히 진찰한 뒤 그런 결정을 내릴 것이라고 말했다.

그는 사정이 급하다는 말도 이해했다. 그래서 환자, 보호자, 상담자가 먼저 부담 없이 면담을 하는 것이 어떻겠느냐는 제안을 했다.

예, 내일 오후면 좋을 것 같습니다. 4시면 괜찮겠습니까? 그럼 4시 정각으로 약속을 잡죠.

몇 가지만 더 여쭤보겠습니다. 환자가 혼자 여기까지 올 수 있는 상태인가요? 아니면 혹시 도움이 필요하십니까? 비용을 추가로 부담하시면 훈련받은 도우미와 적절한 운송수단을 제공받을 수 있습니다.

그는 병원의 기본 이용료에 관해 대략적으로 알고 싶다는 아나벨의 말을 한참만에야 알아들었다. 전문의의 추가 진찰을 받지 않는 경우에도 이용료는 천문학적인 수준이었다. 하지만 브뤼 덕분에 그녀는 이렇게 말할 수 있었다. 네, 다행히도 제 친구가 상당한 액수의 계약금을 지불할 수 있어요.

그럼 내일 4시에 뵙죠, 리히터 씨. 모든 절차를 재빨리 마무리할 수 있을 겁니다. 그런데 성함이 어떻게 되신다고요? 주소는요? 혹시 직업을 여쭤봐도 될까요? 이게 댁이 항상 사용하는 휴대전화 번호죠?

그녀는 그에게 할머니의 체스 세트를 가져다주었다. 귀한 물건이었다. 이 생각을 진즉 떠올렸더라면 좋았을 텐데. 체스는 그에게 활동적인 스포츠였다. 말을 움직이기 전에 그는 꼼짝도 않고 앉아 있곤 했다. 그녀가 없을 때도 틀림없이 그 자리에 하루 종일 앉아 있을 것 같았다. 아치형 벽돌 창문의 창턱. 그는 긴 다리를 접어 턱에 붙이고 철학자의 손가락처럼 가느다란 손가락을 깍지 껴서 무릎을 잡은 자세로 앉아 있었다. 그러다가 매가 먹이를 덮치듯이 갑자기 손을 움직여 말을 옮기고는 벌떡 일어나서 다락방 반대편 끝으로 미끄러지듯 걸어가 종이비행기를 날린 뒤 차이코프스키의 음악에 맞춰 발레를 하듯 발끝으로 돌았다. 그동안 그녀는 자신의 말을 어떻게 움직일지 생각했다. 그는 음악이 예배에 방해가 되지만 않는다면 이슬람 율법에도 어긋나지 않는다고 분명히 말했다. 가끔 그의 종교적 발언은 믿음이라기보다 일반적인 지혜처럼 들렸다.

"내일 당신을 다른 곳으로 옮기려고 준비 중이에요, 이사." 이사의 기분이 가볍게 풀어진 순간을 틈타 그녀가 말했다. "여기보다 더 편안한 곳에서 적절한 보살핌을 받을 수 있을 거예요, 훌륭한 의사, 좋은 음식 등 서구의 퇴폐적인 편안함이 모두 있는 곳이에요."

음악은 이미 멈춘 뒤였고, 제멋대로 울리던 그의 발소리도 멈췄다.

"날 숨기려는 거예요, 아나벨?"

"당분간만 그러는 거예요."

"당신도 함께 있을 거예요?" 그는 한 손으로 어머니의 팔찌를 찾았다.

"만나러 갈게요. 자주. 내가 당신을 그리로 데려다주고 언제든 시간 날 때마다 만나러 갈 거예요. 여기서 그리 멀지도 않아요. 기차로 두 시간이면 돼요." 그녀는 계획대로 무심하고 태평하게 말했다.

"레일라와 멜릭도 올까요?"

"그렇지는 않을 걸요. 당신이 합법적인 신분을 얻기 전에는."

"거긴 감옥인가요? 당신이 날 숨기려는 그곳이요, 아나벨?"

"아뇨, 감옥이 아니에요!" 그녀는 흥분을 가라앉혔다. "거긴 쉬는 곳이에요. 일종의….'" 그녀는 이 말을 할 생각이 아니었지만, 그래도 입에 담고 말았다. "우리가 브뤼 씨를 기다리는 동안 당신이 건강을 회복할 수 있는 특별한 병원이에요."

"특별한 병원?"

"개인 병원. 엄청나게 비싸요. 시설이 워낙 좋아서 어쩔 수 없어요. 그래서 브뤼 씨가 갖고 있는 당신 돈에 대해 다시 이야기를 해야겠어요. 당신이 거기서 머무를 수 있게 브뤼 씨가 미리 돈을 내주는 호의를 베푸셨어요. 당신이 상속받은 돈에 대한 권리를 주장해야 하는 이유가 하나 더 생긴 거예요. 그래야 브뤼 씨한테 빚을 갚을 수 있잖아요."

"KGB 병원이에요?"

"이사, 이 나라에는 KGB가 없어요!"

그녀는 자신의 아둔함을 저주했다. 이사에게는 병원이 감옥보다 더한 곳이었다.

그는 기도를 해야겠다고 말했다. 그녀는 주방으로 물러났다. 얼마 뒤 방으로 다시 돌아가 보니 그는 여느 때처럼 창턱에 앉아 있었다.

"어머니한테서 혹시 노래를 배운 적 있어요, 아나벨?" 그가 생각에 잠긴 목소리로 물었다.

"어렸을 때 어머니가 날 데리고 교회에 다니셨어요. 하지만 어머니가 나한테 노래를 가르쳐줬다고 할 수는 없을 것 같아요. 특별히 누구한테서 노래를 배운 기억은 없어요. 누가 가르쳐줄 수 있는 일도 아니었던 것 같고요. 아무리 위대한 교사라도요."

"난 당신이 말하는 목소리를 듣는 것만으로 충분해요. 당신 어머니는 가톨릭 신자인가요, 아나벨?"

"루터파 신자예요. 기독교이지만 가톨릭은 아니에요."

"당신도 루터파 신자예요, 아나벨?"

"어렸을 때부터 그런 교육을 받았어요."

"예수님께 기도하나요, 아나벨?"

"지금은 안 해요."

"유일하신 하나님께는?"

그녀는 더 이상 참을 수 없었다. "이사, 내 말 잘 들어요."

"듣고 있어요, 아나벨."

"우리가 이 문제에 관한 이야기를 피한다고 해서 이 문제로부터 도망칠 수는 없어요. 거긴 좋은 병원이에요. 좋은 병원은 당신에게 안전한 곳이 되어줄 거예요. 좋은 병원에 머무르려면 당신 돈을 찾아야 돼요. 그러니까 당신이 예금에 대한 권리를 주장해야 된다는 뜻이에요. 난 지금 변호사로서 이런 얘길 하는 거예요. 당신이 그 돈을 찾지 않으면 여기는 물론이고 세계 어디서도 의대생이 될 수 없을 거예요. 의사가 아니라 다른 것이 되겠다고 생각이 바뀌더라도 마찬가지예요."

"신의 말씀이 모든 것보다 우선이에요. 신의 뜻대로 이루어질 거예요."

"아니에요! 당신의 뜻이 있어야 해요. 아무리 기도를 많이 드려도 결국 결정을 내리는 사람은 당신이에요."

무슨 말을 해도 이 사람을 설득할 수 없는 걸까? 그런 것 같았다.

"당신은 여자예요, 아나벨. 그러니까 당신은 지금 이성적이지 않아요.

토미 브뤼 씨는 돈을 사랑해요. 만약 내가 그 사람에게 그냥 돈을 가지라고 하면 그 사람은 나한테 고마워서 계속 나를 도와줄 거예요. 만약 내가 그 사람한테서 돈을 가져오면 그 사람은 날 도와주지 않고 화를 낼 거예요. 그 사람의 자리가 그런 자리예요. 그게 나한테도 편리해요. 그 돈은 나한테 더러운 것이니까. 난 더러운 것에 손대기 싫어요. 당신은 그 돈을 갖고 싶은 건가요?"

"말도 안 되는 소리 말아요!"

"그럼 그 돈은 우리한테 아무 소용이 없어요. 당신도 나처럼 돈을 좋아하지 않아요. 당신은 신의 진실을 받아들일 준비가 아직 안 되어 있지만, 그래도 도덕적이에요. 그건 우리 관계에 좋은 징조예요. 우린 이런 공감대를 바탕으로 관계를 쌓을 거예요."

말문이 막힌 그녀는 손에 얼굴을 묻었다. 하지만 그는 이런 몸짓에 별로 관심을 보이지 않았다.

"제발 날 그 병원으로 보내지 말아요, 아나벨. 난 여기 당신 집이 더 좋아요. 당신이 이슬람으로 개종하면 우리가 반드시 여기서 살아야 해요. 브뤼 씨한테도 그렇게 말해주세요. 이제 그만 가세요. 안 그러면 당신이 날 도발하게 될 테니까. 악수도 하지 않는 게 좋아요. 신께서 함께하시길, 아나벨."

그녀의 자전거는 입구 현관에 있었다. 흐릿한 항구의 불빛들이 어스름 속에서 반짝였다. 그녀가 눈을 여러 번 깜박인 뒤에야 불빛들이 선명해졌다. 자전거 길이 도로 반대편에 있음을 기억해낸 그녀는 횡단보도 앞에서 신호를 기다리는 군중 속에 자리를 잡았다. 누군가가 그녀의 이름을 부르고 있었다. 그 목소리가 자기 머릿속에서 들려오는 건가 싶었지만 그럴 리가 없다는 생각이 들었다. 머릿속의 목소리는 이사의 것인데, 자기 이름을 부르는 목소리는 여자의 것이었기 때문이다.

그녀의 귀에 들려오는 외부의 목소리, 이제 그녀가 제대로 귀를 기울여 듣고 있는 그 목소리는 그녀의 언니에 대해 이야기하고 있었다.

"아나벨! 세상에! 잘 지냈어? 하이디도 잘 지내? 하이디가 또 임신했다는 게 정말이야?"

그녀 또래의 튼튼한 여자였다. 초록색 무명 벨벳 상의에 청바지 차림. 짧은 머리, 화장기 없는 얼굴, 활짝 웃는 표정. 아나벨의 머리는 아직 현실 세계로 돌아오려고 애쓰는 중이었기 때문에 그녀는 우물쭈물하면서 이 여자를 어디서 보았는지 생각해내려고 열심히 머릿속을 뒤졌다. 프라이부르크? 학교? 오스트리아에서 스키를 탈 때? 헬스클럽?

"아, 난 잘 지내요." 그녀가 말했다. "언니도 잘 지내고요. 쇼핑하러 나온 거예요?"

신호등이 초록색으로 바뀌었다. 두 사람은 아나벨의 자전거를 가운데 두고 나란히 길을 건넜다.

"어머, 아나벨! 이쪽 동네에는 대체 웬일이야? 이젠 빈테르후데에서 안 살아?"

또 다른 여자가 아나벨의 왼쪽으로 다가왔다. 자전거가 없는 쪽이었다. 통통한 몸매에 뺨은 장밋빛이고 머리에 집시풍 스카프를 두르고 있었다. 도로 턱에 다다랐다. 이제 길에는 세 사람뿐이었다. 억센 손이 자전거를 잡고 있는 그녀의 손목을 움켜쥐었다. 또 다른 손이 그녀의 왼팔을 잡았다. 그러고는 남이 보기에 다정한 몸짓처럼 보일 수 있는 태도로 그녀의 등을 밀었다. 통증과 함께 아나벨은 이 두 여자가 누구인지 선명하게 떠올렸다. 아침에 주유소에서 본 여자들이었다.

"조용히 차에 타." 두 번째로 나타난 여자가 아나벨의 귀에 입술을 대고 설명하듯 말했다. "뒷좌석 가운데에 앉아줬으면 좋겠어. 소란 피우지 말고. 아주 다정하고 평범하게. 당신 자전거는 내 친구가 봐줄 거야."

낡아빠진 노란색 승합차의 뒷문이 열려 있었다. 앞쪽의 운전석과 조수석에는 남자 둘이 앉아 앞을 똑바로 바라보고 있었다. 아나벨은 어깨를 감싼 여자의 팔에 이끌려 뒷좌석에 올랐다. 뒤에서 자전거가 쾅 하고 부딪히는 소리가 나더니 뒤이어 쿵 하는 소리가 들렸다. 정신이 없어서 그녀는 배낭을 빼앗긴 것도 눈치채지 못했다. 두 여자는 느긋한 태도로 그녀의 양편에 자리를 잡고 앉아 각자 그녀의 손을 하나씩 잡더니 수갑을 채우고는 눈에 띄지 않게 자기들 몸 사이의 좌석에 쐐기처럼 박아 넣었다.

"그 사람을 어떻게 할 거예요?" 그녀가 속삭였다. "그 사람은 지금 갇힌 거나 마찬가지예요! 내가 없으면 음식을 줄 사람도 없다고요!"

검은색 사브 자동차가 앞서서 출발했다. 승합차는 그 뒤를 바짝 따라갔다. 아무도 서두르는 기색이 없었다.

분명히 알고 있는 사실들을 차분히 분명하게 정리해보자.

넌 변호사다.

가슴속에서 분노의 화산이 언제 터질지 모를 만큼 화가 난 여자인지는 몰라도, 지금부터 입을 열어 말을 하는 것은 그 여자가 아니라 변호사로서의 너다.

네가 지금 타고 있는 이 시끄러운 강철 승강기는 널 위로 데려가고 있다. 아래로 내려가는 게 아니다. 뱃속의 느낌이 그 증거다. 그 느낌은 네가 지금 느끼고 있는 다른 기분, 그러니까 구역질이 날 것 같은 기분이나 고통스럽게 유린당하는 기분과는 별개의 것이다.

따라서 넌 지하실이 아니라 위층으로 가고 있다. 그 점이 조금은 다행이라는 생각이 든다.

이 승강기는 중간에 한 번도 멈추지 않았다. 계기판도, 거울도, 창문도 없다. 디젤 기름과 들판의 냄새가 난다. 가축을 태우는 승강기다. 가을에 학교 운동장에서 나던 냄새가 난다.

이 승강기는 항상 타의로 끌려온 사람들을 태운다. 넌 네 친구인 척하며 너를 납치한 두 여자 사이에 서 있다. 또 다른 여자가 나타나 이 두 여자를 도왔지만, 그 여자는 네 친구인 척하지 않았다. 물론 셋 다 정체를 밝히지 않았다. 네가 듣는 곳에서 네 이름 외에 다른 이름을 부른 적도 없다.

아무도, 심지어 이사도 자유를 잃는 것이 어떤 느낌인지 설명해주지 못했지만, 이제 너는 그 느낌이 어떤지 조금씩 깨닫고 있다.

넌 그 느낌을 깨닫고 있는 변호사다.

검은색 사브가 앞에서 길을 이끄는 가운데 그들은 위풍당당하게 교회 첨탑들과 조선소를 지났다. 빨간 불을 꼬박꼬박 지키고, 좌우 깜박이도 꼬박꼬박 켜면서 창문에 불이 켜진 편안한 별장들이 늘어선 길을 중간 속도로 지나 황폐한 산업지대로 들어갔다. 그리고 그 길을 앞서 달린 강철 용들의 이빨 자국을 따라 가다가 레이저와이어 뭉치가 양쪽에 버티고 있는 경비실에서 속도를 늦췄다. 하지만 아주 멈춰 서지는 않았다. 사브는 빨간색과 하얀색이 칠해진 과속방지턱도 조심해서 넘었다. 일행은 조명이 환하게 켜지고 아스팔트로 포장된 마당에 도착했다. 한쪽에는 검은 눈처럼 창문들이 나 있는 사무실 건물들과 주차된 자동차들이 있고, 다른 쪽에는 프라이부르크에 있는 가족 별장 마구간의 먼 친척쯤 되어 보이는 낡은 마구간이 있었다.

하지만 승합차는 여기서도 멈추지 않았다. 승합차는 마당에서도 더 어두운 쪽을 향해 천천히 움직였다. 아나벨이 보기에는 눈에 띄지 않으려고 몰래 움직이는 것 같았다. 차는 마구간을 몇 미터 남겨둔 곳에서 멈춰 섰다. 그녀를 납치한 사람들은 좌석 쿠션 사이에 끼워둔 수갑을 풀어주고 그녀를 밖으로 끌어내 그녀의 양팔을 뒤에서 틀어쥐고는 사람 크

기만 한 입구로 향했다. 사람 크기만 한 문이 안에서 열리자 사람들이 그
녀를 안으로 거칠게 밀쳤다. 얼굴에 주근깨가 있고 머리를 남자처럼 짧
게 깎은 젊은 여자가 기다리고 있다가 일행을 도왔다. 그들은 마구가 없
는 마구실에 들어와 있었다. 쇠로 된 걸이못과 안장 걸이가 벽에서 튀어
나와 있었다. 연대 번호가 스텐실로 찍힌 낡은 말 물통 하나. 푹신하고
나지막한 의자 위에는 담요 한 장. 병원에서 쓰는 대야에 담긴 물. 비누.
수건. 고무장갑.

여자들은 각자 아나벨을 3분의 1씩 맡아 지키고 있었다. 주근깨가 있
는 여자의 눈은 아나벨의 눈과 같은 색이었다. 어쩌면 그래서 그녀가 아
나벨에게 말을 하는 임무를 맡게 된 것인지도 모른다. 그녀는 남부 출신
이었다. 아나벨과 같은 바덴뷔르템베르크 출신일 수도 있었다. 그것 역
시 아나벨을 맡은 이유가 될 수 있었다. 선택해요, 아나벨. 그녀가 설명
했다. 우린 테러리스트와 어울린 사람들을 다루는 일반적인 절차를 따
르고 있어요. 순순히 우리한테 항복하지 않으면, 신체의 자유를 구속당
하게 될 거예요. 어느 쪽으로 할래요?

난 변호사예요.

항복할 거예요, 어쩔 거예요?

아나벨은 항복하면서 자신의 고객들이 재판정에 서기 직전에 자신이
그들에게 해주었던, 아무 짝에도 쓸모없는 충고를 속으로 되뇌었다. '사
실대로 말해요…. 이성을 잃으면 안 돼요…. 울지 마요…. 목소리 높이지
말고 저들을 유혹하려고 하지도 마요…. 저 사람들은 당신을 미워할 생
각도 사랑할 생각도 없어요. 당신을 동정하는 것도 싫어해요…. 저 사람
들은 그저 자기가 맡은 일을 하고 월급을 받아 집으로 가고 싶어 할 뿐이
에요.'

승강기 문이 열리자 작고 하얀 방이 나타났다. 할머니가 돌아가셨을 때 사람들이 할머니를 안치해둔 방과 비슷했다. 아무것도 없는 나무 탁자에는 할머니가 누워 계셔야 맞을 것 같았지만, 오늘 오전에 딩클만 씨라고 이름을 밝혔던 남자가 앉아서 러시아산 담배를 뻐끔거리고 있었다. 그녀는 그 냄새를 금방 알아차렸다. 아버지가 모스크바에서 저녁 식사를 맛있게 먹은 뒤 피우던 바로 그 담배였다.

딩클만 씨 옆에는 키가 크고 깐깐한 여자가 서 있었다. 머리카락은 희끗희끗하게 세는 중이었고, 눈은 갈색이었으며, 아나벨의 어머니와 닮은 구석이 전혀 없는데도 어머니와 똑같이 총명한 사람 같은 분위기를 풍겼다.

두 사람 앞의 탁자에는 그녀의 배낭에 들어 있던 물건들이 법정에 제출된 증거물처럼 놓여 있었다. 증거물을 담는 비닐봉지와 꼬리표만 없을 뿐이었다. 그녀와 가까운 쪽의 탁자 옆에는 피고인인 그녀를 위한 의자가 하나 놓여 있었다. 그녀는 재판관들을 마주 보고 서서 가축용 승강기가 쿵쿵, 덜컹덜컹 아래로 내려가는 소리를 들었다.

"내 본명은 바흐만이에요." 딩클만이 말했다. 마치 그녀의 말을 반박하는 것 같은 말투였다. "우리를 고소할 생각이라면, 귄터 바흐만 앞으로 해요. 이쪽은 프레이 씨예요. 에르나 프레이. 배를 모는 사람이지. 스파이 노릇도 하고 배도 몰고. 나는 스파이 노릇을 하지만 배는 안 몰아요. 앉으시죠."

아나벨은 탁자로 걸어가서 앉았다.

"아예 지금 항의를 제기하겠어요?" 바흐만이 담배를 빨아들이며 물었다. "변호사라는 특수한 지위가 어쩌고저쩌고 하면서 고함을 질러대는 것 말입니다. 당신의 놀라운 특권이 어쩌고, 고객의 비밀보장이 어쩌고…. 내일이면 내가 쫓겨나게 만들겠다는 둥, 내가 규칙을 깡그리 무시했다는 둥, 헌법의 정신을 짓밟았다는 둥…. 그런 쓸데없는 소리를 지금 나한테 퍼부을래요, 아니면 그냥 했다고 칠까요? 아, 그건 그렇고 당신이 아파트에 몰래 숨겨둔 수배 중인 테러리스트 이사 카르포프와의 다음 약속은 언제죠?"

"그 사람은 테러리스트가 아니에요. 테러리스트는 당신이죠. 당장 변호사를 불러줘요."

"당신 어머니인 훌륭한 판사님 말인가요?"

"날 대변해줄 변호사 말이에요."

"화려한 경력의 아버지는 어때요? 아니면 드레스덴에 있는 형부는? 워낙 백이 든든하잖아요. 전화 몇 통만 걸면 사법부 전체를 동원해서 날 짓누르게 할 수 있어요. 문제는, 당신이 그걸 원하느냐는 거죠. 당신은 그걸 원하지 않거든요. 그건 전부 엉터리니까. 당신은 그 청년의 목을 구하고 싶어 해요. 지금 당신이 원하는 건 그뿐이에요. 누가 봐도 뻔히 보여요."

에르나 프레이가 훨씬 더 사려 깊은 표정으로 말을 덧붙였다.

"당신은 아무것도 아닌 사람과 우리 중에서 한 쪽을 선택해야 할 것 같네요. 지금 우리가 앉아 있는 이 자리에서 멀지 않은 곳에, 경찰이 이사를 체포하는 극적인 장면을 연출하고 그 공을 차지하기만을 원하는 사람들이 많이 있어요. 물론 경찰은 그 사람의 공범처럼 보이는 사람들도 체포할 수 있다면 좋아라하겠죠. 레일라, 멜릭, 그리고 모르긴 몰라도 브뤼 씨. 심지어 당신 오빠 휴고까지도요. 결과가 어찌 되든 화려하게 헤드라인을 장식하게 될 거예요. 내가 생크추어리 노스도 말했던가요? 가없은 우르술라의 후원자들이 뭐라고 할지 생각해 봐요. 당신 자신도 문제죠. 베르너 씨의 공식적인 수사대상. 베르너 씨는 이 표현을 아주 좋아하지만 우린 마음에 안 들어요. 당신은 변호사의 지위를 악용해서 이사가 수배 중인 테러리스트라는 것을 알면서도 숨겨주고, 당국을 비롯한 많은 사람들에게 거짓말을 한 걸로 될 거예요. 변호사로서 끝장이 나는 거죠, 감옥에서 나올 때쯤. 나이가… 한 마흔 살쯤 되려나?"

"당신들이 나한테 무슨 짓을 하든 상관없어요."

"하지만 우린 지금 당신 얘길 하는 게 아닌데요, 안 그래요? 이사 얘길 하는 거잖아요."

바흐만은 한 가지 일에 오랫동안 주의를 집중하는 성격이 아닌지 벌써 두 사람의 대화에 흥미를 잃고 그녀의 배낭에서 꺼낸 물건들을 뒤적이고 있었다. 스프링 노트, 다이어리, 운전면허증, 신분증, 머리에 쓰는 스카프. 그는 향수 냄새라도 맡으려는지 일부러 과장된 몸짓으로 스카프를 코앞으로 들어 올렸지만, 그녀는 향수를 사용한 적이 없는 사람이었다. 그는 토미 브뤼가 써준 수표에 자꾸만 관심을 보이며 그것을 불빛에 비춰보기도 하고, 앞뒷면을 자세히 살펴보기도 하고, 브뤼가 직접 쓴 숫자의 필체를 들여다보기도 하고, 일부러 어리둥절한 표정을 지으며 고개를 젓기도 했다.

"왜 이걸 은행에 예금하지 않았죠?" 그가 다그치듯 물었다.

"기다리고 있었어요."

"뭘요? 그 병원의 피셔 박사?"

"그래요."

"별로 오래 버티지도 못했겠는걸, 안 그래요? 5만이라. 거기서는 오래 못 가요."

"우리한텐 충분해요."

"뭐가 충분하다는 거죠?"

아나벨은 절망적인 표정으로 어깨를 으쓱했다. "시도해보기에 충분하다고요. 그뿐이에요. 그냥 시도만."

"브뤼가 이 돈을 주면서 돈이 더 있다고 하지 않던가요?"

아나벨은 막 대답을 하려다가 갑자기 마음을 바꿨다. "두 분은 왜 자신이 다르다고 확신하는지 그 이유를 알아야겠어요." 그녀는 에르나 프레이에게 시선을 돌리며 도전적으로 물었다.

"다르다니요?"

"경찰을 시켜 그 사람을 체포해서 러시아나 터키로 돌려보내고 싶어 하는 사람들과 다르다고 생각하는 이유 말이에요."

프레이 몫까지 대답을 맡고 나선 바흐만은 다시 브뤼의 수표를 들고 자세히 들여다보았다. 마치 거기에 대답이 있다는 듯이.

"아, 물론 우린 달라요." 그가 투덜거리듯이 말했다. "그건 확실합니다. 하지만 지금 당신은 우리가 그 청년을 어떻게 할 건지 알고 싶다는 건데…." 그는 수표를 앞에 내려놓았지만 잠시도 시선을 떼지 않았다. "글쎄, 우리도 아직 잘 모르는 것 같아요, 아나벨. 아니, 전혀 몰라요. 우린 웬만하면 상황에 몸을 맡기려고 해요. 그래서 그냥 차분히 앉아서 최대한 기다립니다. 그러면서 알라께서 우리한테 뭘 쥐어주시는지 보는 거죠." 그는 손가락으로 수표를 쿡쿡 찌르면서 말을 덧붙였다. "만약 알라께서 성공하신다면, 글쎄요, 그 청년이 자유로운 영혼이 되어 서구에 살면서 터무니없는 희망과 꿈을 마음껏 펼칠 수도 있겠죠. 그렇지 않으면, 그러니까 알라께서 성공하시지 못하면, 아니, 당신이 성공하지 못하면, 뭐 그럼 그 청년이 온 곳으로 돌아가야겠죠, 안 그래요? 미국이 그 청년을 데려가겠다고 나서지 않는 한. 그렇게 된다면 우린 그 청년의 행방을 알 수 없게 될 겁니다. 십중팔구 그 청년 본인도 자기가 어디 있는지 알 수 없을 걸요."

"우린 그 사람을 위해 최선을 다하려고 애쓰고 있어요." 에르나 프레이가 말했다. 그녀의 목소리에 어찌나 진심이 배어 있는지 아나벨은 순간적으로 그녀를 믿고 싶은 생각이 들었다. "귄터도 그걸 알고 있어요. 말을 잘 하지 못해서 그렇지. 우린 이사가 나쁜 사람이라고 생각하지 않아요. 그런 식의 판단을 내릴 생각이 전혀 없어요. 그 사람이 좀 불안정한 상태라는 것도 알고 있어요. 누가 안 그렇겠어요? 하지만 우리는 그래도 그 사람이 우리를 도와서 아주 나쁜 사람들을 잡게 해줄 수는 있을 거라고 보고 있어요."

아나벨은 웃음을 터뜨리려고 시도했다. "스파이가 되라고요? 이사한테? 제정신이 아니군요! 그 사람만큼 제정신이 아니에요!"

"뭐가 어찌 됐든 간에…." 바흐만이 짜증스러운 목소리로 반박하고 나섰다. "이 연극에서 각자 어떤 역할을 할 건지는 아직 하나도 정해지지 않았어요. 당신 역할도 마찬가지입니다. 우리가 확실히 아는 건, 만약 당신이 우리와 한편이 되고 우리가 원하는 결과에 도달하면 당신이 생크추어리 노스에서 그 망할 놈의 토끼 새끼들을 먹이면서 애쓸 때보다 훨씬 더 많은 무고한 생명을 구하게 될 거라는 사실이에요."

그는 탁자에서 수표를 집어 들고 더 이상 참을 수 없다는 표정을 지으며 일어섰다. "그러니까 내가 가장 먼저 알고 싶은 건, 러시아어를 할 줄 알고 예전에 빈에서 살았으며 일에서 그다지 성공을 거두지 못한 영국인 은행가가 도대체 무슨 이유로 금요일 밤에 이사 카르포프 씨를 만나러 왔느냐는 겁니다. 여기보다 좀 더 문명화된 곳으로 갈 겁니까, 아니면 그냥 그 탁자에 뚱하니 앉아 있을 겁니까?"

에르나 프레이가 부드럽게 그녀를 달랬다. "우리가 당신한테 모든 진실을 말해줄 수는 없어요. 하지만 우리가 하는 말은 모두 진실이에요."

자정이 지난 지 벌써 한참이었지만 그녀는 아직 울음을 터뜨리지 않았다.

그녀는 자신이 아는 것, 반쯤 아는 것, 추측한 것, 반쯤 추측한 것을 모조리 털어놓았다. 마지막 하나까지. 그래도 그녀는 울지 않았다. 심지어 투덜거리지도 않았다. 그녀가 어쩌다가 그토록 신속하게 그들 편이 되었을까? 그녀의 반항아 기질, 가족 토론회에서 그토록 칭찬을 받았던 토론실력과 반항심은 어디로 간 걸까? 그녀가 베르너 씨에게 했던 것처럼 또다시 거짓말을 늘어놓지 않은 이유가 무엇일까? 이건 스톡홀름 신드롬일까? 그녀는 예전에 갖고 있던 망아지를 떠올렸다. 녀석의 이름은 모리츠였고, 모리츠는 말썽꾼이었다. 어느 누구에게도 굴복하지 않아서 아무도 녀석을 탈 수 없었다. 바덴뷔르템베르크의 어느 가문도 녀석을 가지려 하지 않았다. 그러던 어느 날 녀석의 이야기를 들은 아나벨이 자신의 힘을 발휘해서 부모의 뜻을 누르고 친구들과 돈을 모아 녀석을 샀다. 그녀의 집에 배달된 모리츠는 마부를 발로 차고, 마구간의 제 방을 발로 차서 구멍을 내고, 마구간을 탈출해 울타리가 쳐진 풀밭으로 나갔다. 하지만 다음 날 아침 아나벨이 잔뜩 긴장해서 녀석을 보러 갔을 때, 녀석은 그녀에게 걸어와 고삐를 걸 수 있게 고개를 숙였다. 그리고 그 뒤로 내내 그녀의 노예가 되었다. 녀석은 반항심으로 가득 차 있었기 때문에 누구 다른 사람이 자기 문제를 맡아주기를 바라고 있었던 것이다.

그럼 지금 그녀도 녀석과 같은 상태인 걸까? 모든 걸 포기하고 "그래, 젠장, 당신 마음대로 해."라고 말해버린 걸까? 우둔할 정도로 끈질기게 구애하는 남자들 때문에 화를 내면서도 에라 모르겠다 하고 그들에게 굴복해버렸을 때처럼? 그런 적이 지금까지 두어 번 있었다.

아니, 악마는 논리 속에 숨어 있었다. 틀림없었다. 변호사로서의 그녀가 의지력으로 초연한 태도를 유지하며 한 발 물러서서 살펴본 결과 자신이 이 사건에서 승리하는 것은 고사하고 아예 내세울 주장 자체가 없다는 사실을 깨달은 것이다. 그녀의 고객을 위해서도, 그녀 자신을 위해서도 내세울 수 있는 주장이 없었다. 비록 그녀는 자신이 어떻게 되든 전혀 개의치 않았지만. 법정의 자비에 몸을 맡기는 것만이 유일한 희망이라고 그녀에게 말해준 것은 바로 이 고집 센 변호사로서의 그녀 자신이었다(그녀는 진심으로 이렇게 믿고 싶었다). 여기서 법정이란 다시 말해 지금 그녀를 심문하는 사람들을 뜻했다.

그녀가 감정적으로 녹초가 된 것은 사실이었다. 당연한 일이었다. 그토록 오랫동안 그토록 엄청난 비밀을 감추느라 긴장과 고독감에 지쳐 인내심이 한계에 이른 것도 사실이었다. 게다가 다시 아이로 돌아가서 자기보다 더 현명하고 나이 많은 사람들에게 인생의 중대한 결정을 맡겨버리면 마음이 놓이는 것도 사실이었다. 심지어 즐겁기까지 했다. 하지만 이런 요소들을 감안하더라도 결국 아는 사실을 모조리 털어놓으라고 그녀를 설득한 것은 바로 변호사로서의 자신이 제시한 논리였다(그녀는 이것이 사실이라고 단호하게 되뇌었다).

그녀는 브뤼와 리피젠더 씨에 대해, 열쇠와 아나톨리의 편지에 대해, 이사와 마고메드에 대해, 그리고 다시 브뤼에 대해 털어놓았다. 브뤼가 어떤 모습으로 어떤 말을 했는지, 레일라의 집에 가기 전에 아틀란틱 호텔의 카페에서 이런저런 순간에 어떤 반응을 보였는지. 아까 파리에서 공부했다는 얘기는 뭐죠? 그 사람이 갑자기 당신한테 그 많은 돈을 줬는데, 왜죠? 당신 속옷 속에 손을 집어넣고 싶어서였을까요? 이 질문은 바흐만이 아니라 에르나 프레이의 입에서 나왔다. 예쁜 여자들 앞에서 그는 너무 약했다.

하지만 지금 그녀는 은밀한 작전이나 협박이나 유도에 걸려 억지로 이런 이야기를 털어놓는 것이 아니었다. 아나벨 자신이 부끄럽게 자신의 욕구에 굴복해버린 탓이었다. 너무나 오랫동안 속에 담아두었던 지식과 감정을 털어놓으니 카타르시스가 느껴졌다. 마음속에 세워두었던 모든 장벽들이 한꺼번에 사라져버렸다. 이사를 막기 위해서, 휴고를 막기 위해서, 우르술라를 막기 위해서, 배관공과 실내장식업자와 전기기술자를 막기 위해서 세운 장벽들. 그리고 그녀 자신을 막기 위한 가장 높은 장벽까지도.

두 사람이 옳았다. 그녀에게는 선택권이 없었다. 모리츠처럼 그녀도 자신의 반항심 때문에 녹초가 되어 있었다. 이사를 구하려면 적이 아니라 친구가 필요했다. 이 사람들이 정말로 다른 사람과 다른 건지, 아니면 그냥 다른 척하는 건지는 모르겠지만.

좁은 복도를 지나니 자그마한 침실이 나왔다. 더블베드에 이불이 새로 깔려 있었다. 그녀는 너무 지쳐서 선 채로 잠이 들 수도 있을 것 같았다. 에르나 프레이가 샤워기 작동법을 가르쳐주는 동안 아나벨은 주위를 둘러보았다. 에르나 프레이는 쯧쯧 혀를 차면서 더러운 수건을 재빨리 치우고 서랍에서 새 수건을 꺼내 걸었다.

"두 분은 어디서 주무세요?" 아나벨이 물었다. 하지만 왜 물었는지 본인도 알 수 없었다.

"그건 걱정 말아요. 그냥 편히 쉬기나 해요. 오늘 하루도 힘들었지만, 내일도 오늘만큼 힘들 테니까요."

'잠이 들면 감옥으로 돌아갈 거예요, 아나벨.'

토미 브뤼는 감옥에 있지 않았지만, 그렇다고 잠들어 있지도 않았다.

같은 날 새벽 4시경에 그는 아내와 함께 쓰는 침대에서 몰래 빠져나와 맨발로 살금살금 아래층 서재로 내려갔다. 그의 전화번호 수첩이 거기 있었다. 게오르기라는 이름 아래에 기록된 번호는 여섯 개였다. 그중 다섯 개에는 가위표가 쳐져 있었다. 그리고 여섯 번째 번호에 그의 필적으로 'K의 휴대전화'라는 표시가 되어 있었다. K는 케빈을 뜻했으며, 이번호는 그가 알고 있는 그녀의 최근 연락처였다. 그가 이 번호로 전화한 것이 석 달 전이었지만 케빈을 설득해서 게오르기와 통화하는 데 성공한 것은 그보다 훨씬 더 오래전이었다. 하지만 이번에는 게오르기에게 뭔가 시급한 문제가 생겼다는 확신이 들었다. 예감 같은 것은 아니었다. 공황 발작도 아니었다. 이건 아버지로서 딸을 걱정하는 마음이었다.

그는 미치의 머리맡에 있는 전화기에 불빛이 들어오지 않게 자신의 휴대전화로 케빈의 번호로 전화를 건 뒤 눈을 감고 기다렸다. 케빈이 꾸물거리는 말투로 예, 뭐, 죄송하지만요, 게오르기는 지금 아버님과 통화할 기분이 아니라는데요, 잘 지냅니다, 아주 잘 지내요, 하지만 지금은 좀 기분이 나빠요 하고 말하기를. 하지만 이번에는 케빈에게 반드시 게오르기와 통화를 해야겠다고 고집을 부릴 작정이었다. 부모의 권리를 내세워서. 비록 그에게 그럴 권리는 없었지만. 갑자기 터져 나온 록 음악 소리가 그의 결심을 공격했다. 전화기에 녹음된 케빈의 목소리도 마찬가지였다. 케빈은 굳이 전화기에 메시지를 남겨야겠다면 그냥 남겨도 상관없지만 그 메시지를 들을 사람이 이 근처에는 하나도 없으니 그냥 전화를 끊었다가 나중에 다시 거는 게 나을 거라고 말하는 중이었다. 그런데 갑자기 어떤 여자의 목소리가 케빈의 말을 중간에서 끊고 튀어나왔다.

"게오르기?"

"누구세요?"

"정말로 게오르기냐?"

"그럼 누구겠어요, 아빠? 내 목소리도 못 알아들으시는 거예요?"

"아니, 네가 전화를 받을 줄은 정말 몰랐거든. 전혀 뜻밖의 일이라. 잘 지내니, 게오르기? 아무 일 없는 거야?"

"잘 지내요. 무슨 일이라도 생겼어요? 아빠 목소리가 아주 안 좋아요.

새 브뤼 부인은 어때요? 세상에, 거긴 지금 도대체 몇 시예요? 아빠?"

그는 전화기를 팔 길이만큼 멀리 떼어놓은 채 마음을 추슬렀다. 새 브뤼 부인이라. 벌써 8년이나 됐는데. 미치라고 이름을 불러주는 법이 없구나.

"아무 일 없다, 게오르기. 나도 잘 지내. 그 사람은 자고 있어. 그냥 왠지 네가 걱정돼서 견딜 수가 없어서 전화했다. 그런데 잘 지내는 것 같구나. 아주 잘 지내는 것 같아. 난 지난 주에 예순 살이 됐다. 게오르기?"

따님을 자극하지 마세요. 빈의 그 밉살스러운 정신과의사는 이렇게 말하곤 했다. 따님이 또 침묵해버리면, 다시 입을 열 때까지 기다리세요.

"목소리만 들으면 전혀 괜찮지 않은 것 같아요, 아빠." 그녀가 투덜거렸다. 마치 아빠와 매일 수다를 떠는 것이 일상인 사람처럼. "난 케빈이 슈퍼마켓에서 집으로 전화를 건 줄 알았어요. 하지만 아빠여서 좀 당황했어요."

"너희도 슈퍼마켓에 가는 줄은 전혀 몰랐다. 뭘 사러 간 거니?"

"가게 전체요. 그 사람은 미쳤어요. 지금 마흔 살인데 10년 전부터 잣만 먹고 살면서 아이를 낳으면 지금 생활이 끝장 날 거라고 말하던 사람이에요. 그런데 지금은 아기 이불, 토끼 귀가 달린 아기 옷, 옆구리에 프릴이 달린 요람, 차양이 달린 유모차 같은 것들만 머리에 가득 차 있어요. 엄마가 임신했을 때 아빠도 그러셨어요? 나는 그 사람한테 우리가 빈털터리니까 물건을 전부 가게에 돌려주라고 해요. 엄마도 그랬어요?"

"게오르기?"

"예?"

"정말 굉장하다. 굉장해. 난 몰랐어."

"저도 5분 전에야 알았어요."

"예정일이 언제니? 내가 물어봐도 되겠지?"

"앞으로 50년은 지나야 할 거예요. 세상에. 그런데도 케빈은 벌써 임신한 아버지처럼 굴고 있다고요. 심지어 출판사에서 자기 원고를 받아줬으니까 이제 나더러 결혼까지 하재요."

"원고? 그 친구가 책을 쓴다는 얘기는 전혀 못 들었는데."

"실용서예요. 뇌 활용법, 다이어트, 명상에 관한 책."

"굉장하구나!"

"아, 생일 축하해요, 됐죠? 언제 한번 오세요. 사랑해요, 아빠. 아이는 딸일 거예요. 케빈이 그렇게 정했어요."

"내가 돈을 좀 보내줘도 되겠니? 보탬이 되고 싶어서 말이야. 아기를 위해서. 프릴 달린 요람이나 뭐 그런 거라도 좀 사게." 5만 유로를 보내겠다는 말이 혀끝에 걸려 있었지만 그는 입을 다물고 딸이 침묵의 세계에서 다시 돌아오기를 기다렸다.

"나중에요. 케빈하고 얘기해본 뒤에 전화할게요. 프릴 달린 요람을 사라고 돈을 보내시는 건 괜찮을지도 몰라요. 사랑 대신 돈으로 때우려고 돈을 주시는 게 싫은 거니까. 아빠 전화번호 좀 다시 말해주세요."

지난 10년 동안 벌써 열아홉 번째인지 아흔 번째인지 모르겠지만 어쨌든 브뤼는 전화번호를 불러주었다. 휴대전화, 집 전화, 은행의 직통전화. 다 받아 적었을까? 이번에는 정말로 받아 적었겠지, 아마.

그는 스카치위스키를 한 잔 따랐다. 믿을 수 없을 만큼 반가운 소식이었다. 그가 꿈꿨던 최고의 소식.

아나벨도 그에게 잘 지내고 있다고 연락을 주었더라면 좋았을걸. 이제야 깨달은 것이지만, 그가 자다 말고 깜짝 놀라서 몰래 아래층으로 내려올 만큼 걱정했던 사람은 게오르기가 아니라 아나벨이었다.

빈의 그 밉살스러운 정신과의사가 이 얘기를 들었다면 이렇게 말했을 것이다. 그렇다면 간단히 말해서 엉뚱한 대상에게 걱정을 투사한 거로군요.

이 계단은 진짜 형편없어.

이 집을 사지 말걸 그랬어.

계단이 이리저리 휘어진 데다가 층계참이며 구석진 곳들도 위험하기 짝이 없어. 자칫하다간 목이 부러질 지경이야.

이 배낭은 또 왜 이렇게 무거운 거야? 우리가 이 안에 도대체 뭘 넣은 거지?

끈이 철사처럼 내 어깨를 파고들고 있잖아.

한 층만 더 내려가면 돼.

그녀는 잠을 잤다. 자신의 아파트에서 천장만 바라보며 이틀 동안이나 말똥말똥 뜬눈으로 밤을 지새웠는데 어젯밤에는 아이처럼 꿈도 꾸지 않고 깊은 잠을 잤다.

"당신이 한 일을 알면 이사가 아주 좋아할 거예요." 에르나 프레이가 커피 한 잔을 들고 와서 그녀를 깨우더니 침대 가장자리에 앉아 이렇게 그녀를 안심시켰다. "이사가 바라던 소식을 당신이 갖고 가는 꼴이니까요. 게다가 맛있는 아침 식사까지."

그녀는 차 안에서도 백미러를 향해 같은 말을 또 했다. 아나벨은 자전거와 함께 뒷좌석에 웅크리고 앉아서 차가 항구로 이어진 내리막길에 들어서기를 기다리고 있었다. "당신이 지금부터 하려는 일은 속임수도 아니고 부정직한 일도 아니라는 걸 명심해요. 당신은 이사에게 희망을 가져다주는 길이고, 이사는 당신을 믿고 있어요. 내가 마지막으로 요구르트도 넣었어요. 당신 열쇠는 겉옷 오른쪽 주머니에 있어요. 다 준비됐죠? 좋아요, 그럼 갑시다."

새 자물쇠가 열렸다. 철문을 밀어서 열려면 두 손을 다 써야 했다. 라디오에서 부드러운 음악이 흘러나오고 있었다. 브람스 같았다. 그녀는 두려움과 수치심에 사로잡혀 문간에 서 있었다. 자신이 이제부터 하려는 일에 역겹고 절망적인 슬픔이 느껴졌다. 그는 아치형 창문 밑의 침대에 엎드려 있었다. 그의 기다란 몸은 머리부터 발끝까지 갈색 담요에 덮여 있었고, 한쪽 끝에 모자가 살짝 보였다. 다른 쪽 끝에서는 카르스텐이 신던 고급 양말이 삐죽 튀어나와 있었다. 그의 옆에는 다음 감옥으로 옮겨 갈 때 가져가야 할 물건들이 깔끔하게 정리되어 있었다. 낙타가죽 가방, 작게 접어놓은 검은 외투, 카르스텐의 캐주얼 신발과 고급 청바지. 혹시 모자와 양말 외에는 알몸인 건가? 그녀는 등 뒤로 문을 닫았지만 그 자리에서 움직이지 않았다. 그와 그녀는 각각 아파트의 끝과 끝에 있었다.

"지금 당장 병원으로 출발해요, 아나벨." 이사가 담요 밑에서 선언하듯 말했다. "브뤼 씨가 창살이 달리고 악취를 풍기는 회색 버스와 무장 경비병을 제공해주었나요?"

"버스도 무장 경비병도 없어요." 그녀는 명랑하게 대꾸했다. "병원도 안 가요. 당신은 그냥 여기 있을 거예요." 그녀는 옆걸음질로 주방을 향해 움직였다. "그래서 축하하는 의미로 이국적인 아침 식사를 가져왔어요. 일어나서 나랑 같이 먹을래요? 혹시 지금 기도하고 싶어요?"

침묵이 이어졌다. 양말을 신은 발을 움직이는 소리가 들렸다. 그녀는 냉장고를 향해 몸을 웅크리고 문을 연 뒤 배낭을 그 옆에 놓았다.

"병원에 안 가요, 아나벨?"

"병원에 안 가요." 그녀는 그의 말을 그대로 되풀이했다. 이젠 그의 발소리가 들리지 않았다.

"어제는 반드시 가야 한다고 했잖아요, 아나벨. 그런데 지금은 절대 가면 안 된다고요? 왜요?"

이 사람이 어디 있는 거지? 그녀는 너무 무서워서 고개를 돌릴 수 없었다. "병원에 가는 게 생각만큼 현명한 일이 아니었어요." 그녀가 큰 소리로 말했다. "관료적인 절차가 너무 많더라고요. 작성해야 할 서류도 너무 많고, 대답하기 곤란한 질문도 많고…." 이제 에르나 프레이가 제안한 말을 할 차례였다. "그래서 우린 당신이 여기 있는 게 더 낫다는 결론을 내렸어요."

"우리?"

"브뤼 씨하고 나요."

브뤼의 존재를 계속 끼워 넣어요. 바흐만은 이렇게 조언했다. 이사가 브뤼를 높은 사람으로 본다면, 계속 그렇게 보게 해요.

"당신이 왜 이러는지 모르겠어요, 아나벨."

"우리가 생각을 바꾼 것뿐이에요. 난 당신의 변호사고, 브뤼 씨는 당신의 은행가예요. 우리는 여러 가지 대안을 살펴본 뒤 당신이 여기 내 아파트에 있는 게 제일 낫다는 결론을 내렸어요. 당신도 여기 있고 싶어 하잖아요."

그녀는 용기를 내서 고개를 돌렸다. 그는 문간을 가득 채우고 서 있었다. 갈색 담요를 몸에 두른 채. 그는 석탄처럼 까만 눈의 승려 같은 모습으로 그녀가 배낭 속의 물건들을 꺼내는 광경을 지켜보았다.

그녀가 에르나 프레이에게 말한 것처럼 배낭 속에는 그가 좋아하는 음식이 하나도 빠짐없이 담겨 있었다. 여섯 개들이 과일 요구르트, 오븐에서 금방 꺼낸 것처럼 따뜻한 양귀비 씨앗 롤빵, 그리스 꿀, 사워크림, 에멘탈 치즈.

"브뤼 씨가 병원비로 많은 돈을 내야 한다는 얘기를 듣고 싫어하시던 가요, 아나벨? 그래서 브뤼 씨가 생각을 바꾼 거예요?"

"이미 이유를 말했잖아요. 당신의 안전을 위해서라고."

"거짓말이에요, 아나벨."

그녀는 갑자기 벌떡 일어나서 몸을 홱 돌려 그를 마주 보았다. 두 사람 사이의 거리는 1미터에 불과했다. 다른 때 같았으면 그녀가 눈에 보이지는 않지만 이사와의 사이에 분명히 존재하는 배타적인 거리를 존중했을 것이다. 하지만 이번에는 한 발짝도 물러서지 않았다.

"거짓말이 아니에요, 이사. 분명히 말하지만, 당신을 위해서 계획을 바꿨어요."

"당신 눈이 충혈돼 있어요, 아나벨. 술 마셨어요?"

"아뇨, 그럴 리가 없잖아요."

"왜 그럴 리가 없어요, 아나벨?"

"난 술 안 마셔요."

"그분을 잘 알아요? 토미 브뤼 씨 말이에요."

"무슨 소리예요?"

"브뤼 씨와 술을 마신 거예요, 아나벨?"

"이사, 그만해요!"

"예전 아파트에서 불만스러운 남자와 맺었던 관계와 비슷한 관계를 토미 브뤼 씨와 맺고 있어요?"

"이사, 그만하라고 했죠!"

"토미 브뤼 씨가 그 불만스러운 남자의 후임이에요? 브뤼 씨가 당신한테 지나치게 힘을 행사하고 있어요? 레일라의 집에서 그분이 욕망이 가득한 눈으로 당신을 바라보는 걸 지켜봤어요. 브뤼 씨가 물질적으로 부유하기 때문에 그 사람의 속된 욕망에 굴복한 거예요? 브뤼 씨는 나를 여기 당신 집에 두면 당신을 자기 뜻대로 부릴 수 있을 뿐만 아니라 KGB 병원에 큰돈을 내지 않아도 될 거라도 생각하는 거예요?"

그녀는 다시 침착한 모습으로 돌아가 있었다. 당신이 고분고분하게 굴면 안 돼요. 바흐만은 이렇게 말했다. 창의력을 발휘해요. 얼음처럼 차가운 머리와 변호사다운 잔꾀가 필요해요. 미숙하고 감정적인 헛소리로는 아무것도 할 수 없어요.

"이봐요, 이사." 그녀는 다시 배낭으로 시선을 돌리며 달래듯 말했다. "브뤼 씨는 그냥 당신에게 먹을 것만 주면 된다고 생각하는 사람이 아니에요. 그분이 뭘 보냈는지 봐요."

투르게네프의 《봄의 급류》와 《첫사랑》의 러시아어 판이었다.

《체호프 단편집》러시아어 판도 있었다.

그녀의 낡은 테이프 플레이어보다 음질이 좋은 미니 시디 플레이어, 라흐마니노프, 차이코프스키, 프로코피에프 등의 클래식 음반도 있었다. 심지어 꼼꼼한 에르나가 챙겨 넣은 여분의 건전지도 있었다.

"브뤼 씨는 우리 둘을 좋아하고 존중해요." 그녀가 말했다. "그분은 내 애인이 아니에요. 당신이 방금 한 말은 당신의 상상일 뿐이에요. 절대 사실이 아니라고요. 우린 당신을 여기에 필요 이상으로 붙들어둘 생각이 없어요. 우린 당신이 자유를 찾을 수 있게 무슨 짓이든 할 거예요. 그것만은 믿어줘요."

노란색 승합차는 그녀를 내려준 자리에 그대로 서 있었다. 운전석에는 역시 예전의 그 청년이 앉아 있었다. 에르나 프레이도 여전히 조수석에 앉아 있었다. 그녀는 자동차 라디오를 통해 차이코프스키의 음악을 감상 중이었다. 아나벨은 자전거와 배낭을 차례로 어깨에 짊어지고 훌쩍 차 안에 올라타고는 문을 닫았다.

"내 평생 이렇게 더러운 일은 해본 적이 없어요." 그녀가 앞 유리창 밖을 바라보며 말했다. "당신 덕분이에요. 정말 즐거웠어요."

"말도 안 되는 소리 하지 마요. 아주 잘했으면서." 에르나 프레이가 말했다. "그 사람도 좋아하고 있어요. 들어봐요."

라디오에서는 여전히 차이코프스키가 흘러나왔지만, 수신 상태가 이상하게 거친 것 같았다. 마침내 이사가 카르스텐의 모카신을 신고 아파트 안을 쿵쿵 돌아다니며 음정이 맞지 않는 테너 목소리로 목청껏 노래하는 소리가 아나벨의 귀에 들어왔다.

"나도 저런 적이 있어요." 그녀가 말했다. "끝내주네요."

나무로 지은 현관 베란다 위에 등나무가 드리워져 있었다. 작지만 흠 잡을 데 없는 정원은 개구리 조각상이 물을 뿜어주는 백합 연못과 장미 덤불이 있는, 낭만주의 양식이었다. 집은 작았지만 아주 예뻤다. 백설 같 이 하얀 벽 위에 소박한 분홍색 기와와 기발한 모양의 굴뚝이 솟아 있는 이 집은 함부르크에서 가장 아름다운 운하 옆에 서 있었다. 정확히 저녁 7시였다. 바흐만은 시간을 정확히 지키는 것이 중요하다는 것을 알고 있 었다. 그는 관료의 분위기가 물씬 풍기는 최고의 정장 차림에 사무가방 을 들고 있었다. 검은 구두는 반짝반짝 광이 났고, 에르나 프레이의 스프 레이 덕분에 항상 반항적으로 삐죽 튀어나오던 머리카락도 일시적으로 나마 얌전히 가라앉아 있었다.

"슈나이더입니다." 그가 입구 전화기에 대고 중얼거리듯 이렇게 말하 자 즉시 정문이 열렸다. 엘렌베르거 씨는 그가 안으로 들어오자마자 재 빨리 문을 닫았다.

에르나 프레이가 아나벨을 침대에서 일으켜 세운 뒤로 약 열여덟 시간 동안 바흐만은 막시밀리안의 도움을 받아 정보국의 중앙컴퓨터를 공격해 카르포프에 관해 지금까지 알려진 사실들을 모조리 알아낸 뒤 오스트리아 안보국의 연락책에게 전화를 걸어 브뤼 프레르가 빈에서 사양길을 걷던 시절의 불행한 역사를 조사하게 했다. 그다음에는 거리 감시를 맡은 까탈스러운 성격의 아르니 모르를 붙들고 이 은행 행장의 생활방식에 대해 한참 이야기를 나눴으며, 함부르크의 재정 담당부서로 조사원을 보내 기록을 뒤지게 했고, 오후 중반쯤에는 베를린에 있는 합동조정위원회의 미카엘 악셀로드에게 보안전화를 걸어 꼬박 한 시간 동안 못살게 굴었다. 그러고는 독일 북부에 살면서 텔레비전에 출연해 기분 좋은 매너로 온건한 주장을 펼치기로 유명하며 대단히 존경받고 있는 한 무슬림 학자에 관한 모든 자료를 불러냈다.

그 자료들 중 일부에 대해서는 합동조정위원회의 돈세탁 분과로부터 특별 허가를 얻어야 했다. 에르나 프레이는 바흐만이 자료실과 자기 방을 휘청휘청 오가고, 헤아릴 수 없이 많은 담배를 피워대고, 책상 위에 어지럽게 널린 자료들을 공략하고, 자기가 보냈지만 잊어버리고 있던 메모를 보여달라고 다그치는 모습을 보며 어디가 잘못된 사람 같다고 생각했다. 그가 보낸 메모는 그녀의 컴퓨터 속 어딘가에 묻혀 있을 터였다.

"왜 하필이면 망할 놈의 영국인이야?" 그가 다그치듯 물었다. "러시아 사기꾼이 왜 오스트리아의 도시에 있는 영국 은행을 찾아간 거냐고? 좋아, 아버지 카르포프가 영국인들의 위선을 찬양했다고 쳐. 신사인 척하면서 거짓말을 늘어놓는 걸 존경했다고. 하지만 그 인간이 영국인들을 도대체 어떻게 찾아냈느냔 말이야. 대체 누가 그 인간을 그쪽으로 보낸 거지?"

그런데 오늘 오후 3시에 유레카의 순간이 왔다. 결정적인 자료가 그의 손에 있었다. 검찰청 지하실에서 뽑아온 얄팍한 갈색 파일. 폐기하라는 표시가 되어 있었지만 기적적으로 불길을 피한 모양이었다. 바흐만의 끈기가 또다시 성과를 거둔 것이다.

두 사람은 영국 분위기가 물씬 풍기는 그녀의 깨끗한 거실 창가에서 꽃무늬 팔걸이의자에 서로를 마주 보고 앉아 최고급 민턴 도자기잔으로 얼그레이 차를 마셨다. 벽에는 런던 구시가지와 콘스터블의 풍경을 그린 판화들이 걸려 있었다. 셰러턴 책장에는 제인 오스틴, 트롤로프, 하디, 에드워드 리어, 루이스 캐럴의 책들이 꽂혀 있었고, 창가의 웨지우드 화분에서는 봄꽃들이 솜털 같은 봉오리를 터뜨리고 있었다.

오랫동안 아무도 입을 열지 않았다. 바흐만은 혼자 사람 좋은 미소를 지었고, 엘렌베르거 씨는 레이스 커튼이 달린 창문을 바라보았다.

"녹음을 하면 안 될까요, 엘렌베르거 씨?" 그가 물었다.

"절대 안 돼요, 슈나이더 씨."

"그럼 녹음기 없이 하기로 하죠." 바흐만은 단호한 목소리로 이렇게 선언하며 기계 하나를 서류가방에 다시 집어넣고 다른 기계 하나만 켜두었다.

"하지만 메모는 해도 되겠죠?" 그가 무릎에 메모지를 놓고 펜을 들어 메모할 준비를 하며 물었다.

"댁이 자료에 포함시킬 내용을 전부 복사해서 제게도 한 부 주세요." 그녀가 말했다. "저한테 좀 더 일찍 연락하셨다면 제 오빠가 여기 대변인으로 와 있었을 거예요. 안타깝게도 오늘 밤은 일 때문에 다른 곳에 가 있어서 못 왔어요."

"엘렌베르거 씨의 오빠께서 원하신다면 언제든 저희 자료를 조사하셔도 상관없습니다."

"저도 바라는 바예요, 슈나이더 씨." 엘렌베르거 씨가 말했다.

그녀는 처음 그에게 문을 열어주었을 때 얼굴을 붉혔다. 하지만 지금 은 유령처럼 창백했으며, 아름다웠다. 크고 연약해 보이는 눈, 뒤로 쓸어 넘긴 머리, 긴 목, 젊은 아가씨 같은 옆모습이 아름다웠다. 바흐만은 이 렇게 아름다운 여자들도 부지불식간에 중년이 되어 사라져버리기 마련 이라고 생각했다.

"이제 시작할까요?" 그가 물었다.

"그러시죠."

"7년 전 당신은 당시 고용주의 활동에 관해 의구심이 든다며 제 전임 자이자 동료인 브레너 씨 앞에서 자발적으로 선서를 하고 진술서를 작 성했습니다."

"그 뒤로 제 고용주는 바뀌지 않았어요, 슈나이더 씨."

"그건 저희도 알고 있으니 고려할 겁니다." 바흐만은 공손하게 대답하 면서 그녀를 안심시키기 위해 일부러 여봐란 듯이 메모를 했다.

"저도 바라는 바예요, 슈나이더 씨." 엘렌베르거 씨가 다시 말했다. 시 선은 레이스커튼을 향하고, 손은 의자 팔걸이를 움켜쥐고 있었다.

"이런 말씀을 드려도 되는지 모르겠지만, 용기가 대단하십니다."

이 말을 한 것이 잘한 일인지 아닌지 알 수가 없었다. 그녀의 표정만 으로는 이 말을 들었는지 여부조차 알 수 없었기 때문이다.

"물론 성격의 고결함도 보여주는 행동이었지만, 무엇보다 용기 있는 행동이라고 해야 할 겁니다. 혹시 그런 행동을 하게 된 계기가 뭔지 여쭤 봐도 되겠습니까?"

"그럼 저도 여쭤볼 것이 있는데요, 저를 왜 찾아오셨죠?"

"카르포프." 바흐만은 즉시 대답했다. "그리고리 보리소비치 카르포프. 빈에 있다가 지금은 함부르크로 옮겨 온 브뤼 프레르 은행의 귀한 고객이었죠. 리피젠더 계좌의 소유주고요."

그가 이 말을 하는 동안 그녀가 그를 향해 고개를 홱 돌렸다. 그가 보기에는 그녀가 역겨움뿐만 아니라, 비록 죄책감이 섞여 있기는 해도 분명한 기쁨 또한 느끼고 있는 것 같았다.

"설마 그 사람이 또 옛날처럼 못된 짓을 꾸미고 있는 건 아니죠?" 그녀가 소리쳤다.

"카르포프는, 다행히도, 이미 이 세상 사람이 아닙니다, 엘렌베르거 씨. 하지만 그 사람의 작품은 지금도 살아 있죠. 그 사람의 공범들이 남기고 간 것들도 마찬가지고요. 그래서 제가 오늘 밤에 이곳을 찾아온 겁니다. 공식적으로는 계속 비밀을 엄수하면서. 역사가 숨을 돌리려고 잠시 걸음을 멈추는 법은 없다고들 하죠. 깊이 파면 팔수록 점점 더 과거로 거슬러 올라가게 되는 것 같습니다. 한 가지 여쭤볼 것이 있습니다. 혹시 아나톨리라는 이름을 아십니까? 고 카르포프 씨의 법률고문이었던 아나톨리 말입니다."

"어렴풋이 기억이 나요. 이름만요. 그 사람이 중간책이었어요."

"만난 적은 없습니까?"

"그 일에 중간책은 없었어요. 물론 아나톨리를 빼면 그렇다는 말이에요. 에드워드 행장님은 그 사람이 카르포프의 '최고급 중간책'이라고 하셨죠. 사실은 해결사에 더 가까웠어요. 카르포프 씨의 비뚤어진 행위를 올바른 것처럼 보이게 만드는 일을 맡았거든요."

바흐만은 이 엄청난 발언을 가슴속에 새겨두었지만 계속 물고 늘어지지는 않았다.

"그럼 이반은요? 이반 그리고레비치."

"이반이라는 사람은 몰라요, 슈나이더 씨."

"카르포프의 친아들인데요? 나중에는 스스로 이사로 이름을 바꿨지만요."

"친아들이든 아니든 저는 카르포프 대령의 소생에 대해서는 몰라요. 물론 자식이 많았겠지만요. 브뤼 주니어 행장님도 일전에 똑같은 걸 저한테 물으셨어요."

"그래요?"

"네."

이번에도 바흐만은 이 이야기를 그냥 흘려보냈다. 정보국의 신입요원들을 상대로 마음대로 말해도 되는 드문 기회가 오면 그가 즐겨 하는 말이 있었다. 조금이라도 점잖은 구석이 있는 수사관이라면 심문할 때 정문을 박차고 들어가는 대신, 정문 초인종을 울린 다음에 뒷문으로 들어가는 법이라고. 하지만 그가 나중에 에르나 프레이에게 고백했듯이, 이번에 그가 이야기를 흘려보낸 것은 그 이유 때문이 아니었다. 그녀에게 다른 속내가 있다는 느낌이 들었기 때문이었다. 그녀가 입으로 하는 이야기와 그의 귀에 들리는 이야기가 다르다는 느낌. 그녀의 귀에 들리는 이야기도 역시 다를 거라는 느낌.

"엘렌베르거 씨, 시간을 좀 거슬러 올라가서, 7년 전 그토록 용기 있는 발언을 하시게 된 계기가 무엇인지 말씀해주시겠습니까?"

그녀는 조금 시간이 흐른 뒤에야 그의 말을 이해한 표정을 지었다.

"저는 독일인이에요. 모르시겠어요?" 그녀가 짜증스러운 목소리로 대답했다. 그는 대답을 기다리다 지쳐 막 질문을 반복하려던 참이었다.

"예, 그렇군요."

"전 독일로 돌아갈 예정이었어요. 조국으로요."

"빈에서 독일로 오실 예정이었죠."

"프레르 은행이 독일에 지점을 열 계획이었거든요. 내 조국 독일에.

저는 소망이 있었어요. 예, 소망이요." 그녀는 성난 목소리로 이렇게 말하고는 레이스커튼 너머 정원을 향해 인상을 찌푸렸다. 마치 거기에 문제의 원인이 놓여 있는 것처럼.

"혹시 선을 긋고 싶으셨던 건가요? 과거를 구분하는 선을?" 바흐만이 나름대로 추측을 내놓았다.

"저는 '순수한 상태'로 조국에 돌아오고 싶었어요." 그녀가 갑자기 활기를 띠며 반박했다. "더러워지지 않은 상태로요. 모르시겠어요?"

"아직은 잘 모르겠습니다. 하지만 틀림없이 곧 이해할 수 있을 것 같습니다."

"저는 깨끗하게 새로운 출발을 하고 싶었어요. 은행 일에서도 제 삶에서도. 그게 인지상정 아닌가요? 새로운 출발을 소망하는 것 말이에요. 슈나이더 씨는 생각이 다를지도 모르겠군요. 남자들은 우리와 다르니까."

"제가 알기로는, 엘렌베르거 씨가 오랫동안 모셨던 훌륭한 고용주께서 세상을 떠나시고, 아드님인 브뤼 주니어가…" 그는 엘렌베르거 본인이 썼던 표현을 그대로 썼다. "은행을 맡은 지 얼마 안 된 때였을 텐데요." 바흐만은 그녀의 훈계조 말투에 굴복하듯이 목소리를 낮췄다.

"맞아요, 슈나이더 씨. 미리 사전조사를 하고 오셨군요. 다행이에요. 요즘은 그런 사람이 거의 없는데. 그때 저는 너무 어렸어요." 가차 없이 자아비판을 하는 것 같은 말투였다. "제 실제 나이보다 더 미숙했죠. 요즘 젊은이들과 비교해보면, 그때 저는 완전히 갓난아이였어요. 가난한 집에서 자라 넓은 세상을 경험한 적이 한 번도 없었거든요."

"하지만 엘렌베르거 씨는 그때 막 취직해서 세상에 첫발을 내디딘 참이었잖아요!" 바흐만이 그녀와 똑같이 흥분한 목소리로 반박했다. "엘렌베르거 씨는 위에서 내려온 명령에 복종했을 뿐입니다. 젊고 순수했으며, 신뢰받는 위치에 있었어요. 자신을 너무 가혹하게 몰아붙이는 것 아닙니까, 엘렌베르거 씨?"

저 여자가 지금 내 말을 듣고 있는 걸까? 왜 빙그레 웃는 거지? 그녀의 목소리가 바뀌었다. 더 젊은 목소리였다. 그녀가 입을 열자 아까보다 밝은 리듬이 목소리에 섞여 들었다. 더 부드럽고, 발랄하고, 빈 사람 특유의 경쾌한 말투였다. 그래서 그녀가 아무리 가혹한 말을 해도 왠지 너그럽게 들렸다. 목소리가 젊어진 만큼 얼굴도 젊어졌다. 여전히 새침하고, 여전히 예의바르게 허리를 꼿꼿이 세운 모습이었지만 몸짓은 더 활발하고 유혹적으로 변했다. 하지만 그보다 더 이상한 건 그녀의 말투가 자기보다 나이와 지위가 모두 위인 누군가에게 잘 보이려는 것처럼 들린다는 점이었다. 바흐만은 나이로나 지위로나 그녀보다 위가 아니었다. 그녀는 이처럼 자기도 모르게 과거의 모습을 재현함으로써 이미 사라져버린 젊은 시절의 목소리뿐만 아니라, 자신이 지금 설명하는 사람을 대할 때의 목소리도 재현하고 있었다.

"적극적인 사람들이 제 주위에 있었어요, 슈나이더 씨." 그녀는 아련한 추억에 잠긴 목소리로 말했다. "아주 적극적이었죠. 그렇게 해서 에드워드 행장님의 주의를 끌 수만 있다면요." 이것은 그녀만의 것으로 삼고 싶은 소중한 이름이었다. 음미해야 하는 이름이었다. "하지만 저는 전혀 그렇지 않았어요. 전혀. 제가 행장님의 눈에 띈 건 적극적이어서가 아니라 말수가 적었기 때문이에요. 행장님이 제게 직접 그렇게 말씀하셨어요. '엘리, 금요일에 시간을 함께 보낼 여자를 찾을 때는 많은 사람들 뒤쪽에서 고르는 편이 나아.' 행장님은 가끔 이렇게 거친 면을 드러내시곤 했죠." 그녀는 꿈을 꾸는 듯한 말투로 계속 말을 이었다. "처음에 저는 깜짝 놀랐어요. 행장님의 그 거친 면 때문에. 익숙해지려고 애써야 했죠. 에드워드 행장님처럼 세련된 신사 분한테 그런 면이 있을 줄은 몰랐거든요. 하지만 괜찮았어요. 그게 진짜 모습이었으니까요." 그녀는 자랑스러운 표정으로 이렇게 말하고는 다시 입을 다물어버렸다.

"그럼 엘렌베르거 씨는 당시 단순한… 어떤 사람이었습니까?" 바흐만이 마침내 물었다. 하지만 무슨 일이 있어도 지금의 분위기를 깨고 싶지 않았기 때문에 지극히 조심스러운 말투였다.

"스물두 살이었어요. 비서학교에서 최고점수를 받은 경력이 있었고요. 아버지는 제가 어릴 때 돌아가셨어요. 아버지의 죽음에는 지금도 의혹이 있어요. 목을 매서 자살하셨다고 들었는데, 공식적으로는 결코 그런 결론이 내려진 적이 없어요. 우린 가톨릭이에요. 외삼촌은 파사우에서 신부로 계셨는데, 우릴 거두어주실 만큼 좋은 분이었어요. 파사우에서 신부 말고 무슨 할 일이 있겠어요? 그런데 불행히도 세월이 흐르면서 외삼촌은 제게 지나친 애정을 품게 됐고, 저는 어머니께 근심을 안겨드릴 위험을 무릅쓰고 빈의 비서학교로 떠날 수 있게 된 걸 자랑스러워했어요. 예, 뭐. 그렇게 됐어요. 혹시 궁금하실까 봐 드리는 말씀인데, 삼촌이 절 범한 거죠. 그때는 그게 뭔지도 몰랐어요. 원래 그렇죠. 순진한 사람이라면 몰라요."

이 말을 하고 나서 그녀는 다시 입을 다물어버렸다.

"브뤼 프레르는 첫 직장이었습니까?" 바흐만이 물었다.

"제가 드릴 수 있는 말씀은, 에드워드 행장님이 저를 대할 때 '모범적인' 배려를 보여주셨다는 것뿐이에요." 엘렌베르거 씨는 그가 묻지도 않은 질문에 답을 내놓았다.

"물론 그러셨겠죠."

"에드워드 행장님은 예의범절의 모범을 보여주셨어요."

"저희 사무실에서도 그 점은 의심하지 않습니다. 그분이 어쩌다 보니 잘못된 길로 끌려 들어간 것 같다고 보고 있어요."

"그분은 영국인의 장점을 모두 지닌 분이셨어요. 에드워드 행장님이 제게 속내를 털어놓으셨을 때 저는 우쭐한 기분이었죠. 행장님이 사교적인 모임에 파트너로 저를 초대해주셨을 때, 그러니까 '그냥 간단한 저녁 식사 모임' 같은 것 말이에요···." 그녀는 '그냥 간단한 저녁 식사 모임'을 영어로 말했다. "힘든 하루 일을 마치고 집에 가서 가족과 함께 휴식을 취하기 전에 저를 그렇게 초대해주셨을 때 저는 선택받은 것이 자랑스러웠어요."

"당연하죠. 누구나 같은 기분일 겁니다."

"행장님이 제 삼촌뻘도 아니고 사실상 할아버지뻘이라고 해도 될 만큼 나이가 많다는 사실은 제게 그다지 문제가 되지 않았죠." 그녀는 마치 기록을 위해 발언할 때처럼 딱딱한 말투로 다시 입을 열었다. "저는 나이 많은 남자에게서 주목받는 일에 이미 익숙했기 때문에 저 같은 위치에서는 그런 관심을 받는 게 정상인가보다 하고 받아들였어요. 차이점이 있다면, 에드워드 행장님은 열정적이었다는 점이죠. 행장님은 제 삼촌도 아니었어요. 어머니한테 자초지종을 말씀드렸더니 어머니는 제 상황을 불행하다고 생각하지 않고 오히려 저더러 사소한 일로 일을 망쳐서는 안 된다고 충고하셨어요. 에드워드 행장님은 후손이라고는 아들 하나밖에 없는 분이니 말년에 애정과 우정을 주었던 예쁜 아가씨를 잊을 리가 없다고 하시면서요."

"행장님은 정말로 잊지 않으셨죠, 그렇지 않습니까?" 바흐만은 평가하는 듯한 시선으로 방 안을 둘러보며 그녀의 말을 재촉했다. 하지만 그녀의 관심을 다시 잃어버린 것 같았다. 그리고 그녀 자신도 거의 무아의 경지에 빠진 것 같았다.

"그렇다면 말입니다, 이런 표현을 써도 될지 모르겠는데, 카르포프 대령이 두 분의 행복에 침입해서 어두운 그림자를 던진 것이 정확히 어느 시점입니까, 엘렌베르거 씨?" 그는 다시 시작하는 기분으로 밝게 말했다.

정말로 내 말을 못 들은 걸까?

지금도?

그녀는 눈썹을 최대한 치켜세웠다. 그러고는 뭔가에 주의를 기울이듯이 한쪽으로 고개를 살짝 기울였다. 그리고 기록을 염두에 둔 듯한 진술을 다시 시작했다.

"그리고리 보리소비치 카르포프가 프레르의 주요 고객으로 등장한 시기는 저와 에드워드 행장님의 관계가 예상과 달리 완전히 꽃을 피우던 시기와 우연히 일치했어요. 그때나 지금이나 저는 둘 중 무엇이 먼저였는지 판단할 수가 없습니다. 에드워드 행장님은 그때 두 번째, 또는 세 번째로 젊음을 다시 맞이하신 것 같았어요. 제게 적극적으로 관심을 보이셨고, 정신적으로도 빈 금융계의 젊은 사람들보다 훨씬 더 모험적으로 변하셨죠." 그녀는 잠시 생각에 잠겼다가 뭐라고 말을 할 듯하더니 고개를 저으며 회상에 잠겨 짓궂은 미소를 지었다. "굳이 말하자면, 아주 적극적이셨어요." 회상의 순간은 이것으로 끝났다. "저한테 시기를 물으셨죠? 그 사람이 언제 등장했는지를 물으신 것 같은데… 카르포프 말이에요. 맞죠?"

"대충 그런 질문이었습니다."

"그럼 카르포프에 대해서 말씀드리죠."

"그렇게 해주십시오."

"카르포프를 전형적인 러시아 곰이라고 표현하면 맞을 것 같지만, 그건 그 사람의 반쪽만 보고 하는 말이에요. 에드워드 행장님에게 카르포프는 마치 활기를 불어넣어주는 약 같은 역할을 했어요. 행장님이 제게

'카르포프는 나한테 마약과 같다'고 말씀하실 정도였어요. 전통적인 삶의 규범을 무시하는 카르포프의 태도가 에드워드 행장님의 마음속에 숨어 있던 비슷한 일면에 불을 붙인 거예요. 리피잰더 시스템을 출범시키기 전 몇 주 동안 에드워드 행장님은 프라하, 파리, 동베를린을 다녀오셨어요. 순전히 그 새 고객을 만나려고요."

"엘렌베르거 씨도 함께 가셨나요?"

"같이 간 적도 있어요. 사실 자주 함께 다녔죠. 어떨 때는 젊은 아나톨리가 서류가방을 들고 따라오기도 했어요. 저는 그 가방 안에 뭐가 들어 있는지 항상 궁금했죠. 혹시 총인가? 에드워드 행장님은 그 안에 그 사람 잠옷이 있다고 하셨어요. 나이트클럽에서 서류가방을 들고 있는 모습을 상상해보세요! 게다가 그 사람은 돈을 낼 일이 있으면 항상 거기서 돈을 꺼냈어요! 가방 앞부분의 주머니에 현금을 넣어두었거든요. 우린 가방 안을 본 적이 없어요. 그 안은 최고 기밀이었으니까요. 그 사람이 대머리라서 그런 상황이 더 웃기게 느껴졌어요."

그녀는 어린 여자아이처럼 잠시 키득거렸다.

"카르포프와 함께 있을 때는 한시도 지루할 틈이 없었어요. 만날 때마다 무질서와 세련미가 뒤섞였죠. 이 두 가지 중 어떤 부분을 보게 될지는 아무도 몰랐어요." 그녀는 갑자기 인상을 찌푸리며 방금 한 말을 바로잡았다. "이건 말씀드릴 수 있어요, 슈나이더 씨. 카르포프 대령은 모든 종류의 미술, 음악, 문학은 물론 물리학에도 진심으로 열정적인 찬사를 보내는 사람이었어요. 물론 여자한테도 그랬죠. 그건 말할 필요도 없는 일이에요. 그 사람은 러시아어로 자기가 *kulturny*라고 했어요. 교양 있는 사람이라는 뜻이에요."

"고맙습니다." 바흐만은 수첩에 부지런히 말을 받아 적으며 말했다.

그녀는 여전히 엄격한 말투로 말을 이었다. "그 사람은 나이트클럽에서 밤새도록 흥청망청 놀면서 위층에 있는 방에 갔다 오곤 했어요. 두 번, 세 번까지 갔다 올 때도 있었죠. 그런데 그러면서도 짬짬이 문학에 대한 대화를 나눴어요. 그러다 날이 밝으면 밖으로 나가서 곧장 미술관을 돌아다니거나 문화적인 행사장을 찾아다녔죠. 잠을 자야 한다는 생각은 아예 하지 않는 것 같았어요. 에드워드 행장님과 제게 그 여행은 다시는 경험할 수 없는 교육적인 여행이었어요."

엄격한 말투가 사라지더니 그녀는 고개를 흔들며 부드럽게 웃기 시작했다. 바흐만은 맞장구를 치기 위해 예의 그 광대 같은 웃음을 지었다.

"그럴 때 리피잰더 계좌에 관한 이야기가 거리낌 없이 오가기도 했습니까?" 그가 물었다. "아니면 처음부터 끝까지 두 남자가 소리를 죽여가며 자기들끼리만 비밀스레 이야기를 나눴어요? 아나톨리도 카르포프를 따라왔을 때 그 대화에 끼었습니까?"

그녀는 또다시 불안한 침묵을 지키다 갑자기 차가운 표정으로 바뀌었다. 과거의 기억이 떠오른 모양이었다.

"아, 에드워드 행장님은 아무리 마음을 풀고 있을 때에도 항상 비밀스러운 분이었어요, 정말이지!" 그녀는 이렇게 불만을 털어놓으며 바흐만의 질문에 간접적으로 대답했다. "은행과 관련된 문제에서는 물론 그게 당연한 일이었겠죠. 하지만 개인적인 영역과 관련된 문제에서도 마찬가지였어요. 가끔은 브뤼 부인 외에 내가 유일한 사람인지 아닌지 궁금하다는 생각이 들 정도였으니까요. 그런데 브뤼 부인이 세상을 떠났어요." 그녀는 입을 삐죽거리며 말을 이었다. "행장님은 슬픔 때문에 경황이 없으셨겠죠. 정말 슬퍼하셨어요. 저는 우리가 결혼할지도 모른다고 생각했어요. 그런데 알고 보니 그 자리가 비어 있는 게 아니더라고요. 어쨌든 엘리가 차지할 자리는 아니었어요."

"엘렌베르거 씨의 진술서에는 행장님이 영국인 친구인 핀들레이 씨에 관해서도 비밀주의를 고수했다고 되어 있었던 것 같은데요." 바흐만은 처음부터 염두에 두고 있던 질문을 향해 조심스레 접근했다.

그녀의 얼굴이 어두웠다. 그녀는 턱을 앞으로 내밀고 입술을 꾹 다물며 거부감을 드러냈다.

"그 사람 이름 맞죠? 핀들레이. 그 정체를 알 수 없는 영국인 말입니다." 바흐만은 가벼운 말투로 끈질기게 질문을 계속했다. "엘렌베르거 씨의 진술서에 그렇게 되어 있던데요. 혹시 제가 잘못 안 겁니까?"

"아뇨. 잘못 아신 게 아니에요. 핀들레이가 생각을 잘못 했던 거죠. 아주 많이."

"핀들레이가 리피잰더 계좌를 배후에서 조종한 '사악한 천재'였던 겁니까?"

"아무도 핀들레이 씨한테 관심을 보이면 안 되는 걸로 되어 있었어요. 핀들레이 씨는 그때부터 영원히 망각 속에 파묻혀야 하는 존재였죠. '우리의 핀들레이 씨'는 반드시 그렇게 되어야 했어요." 분노에 가득 찬 목소리로 자장가를 부르는 것 같은 목소리였다. "핀들레이 씨를 아주 잘게 다져서 단지에 넣어 끝장을 내야 해요!"

그녀가 이 말을 하면서 갑작스레 화를 분출하는 모습은 바흐만이 조금 전부터 짐작하던 것이 사실임을 확인해주었다. 그는 비록 지금 자기들 두 사람이 은쟁반에 놓인 훌륭한 도자기 잔으로 영국 차를 마시며 집에서 직접 만든 스코틀랜드식 쇼트케이크를 맛있게 먹고 있고, 차를 거르는 도구와 우유가 담긴 물병과 끓인 물이 담긴 주전자가 모두 고급스러운 은식기이지만, 그녀의 말투에 가끔씩 배어 있는 분노의 불길에는 아주 깊은 뿌리가 있다고 짐작하고 있었다.

"그렇게 나쁜 사람이었습니까?" 바흐만은 탄성을 내뱉었다. "잘게 다져버리세요. 그 사람한테 걸맞은 대접을 해줘야지요." 하지만 그녀는 자신의 추억 속으로 이미 물러난 뒤였기 때문에 그는 사실상 혼잣말을 하는 것이나 마찬가지였다. "분명히 말씀드리지만, 무슨 뜻인지 저도 알겠습니다. 만약 누군가가 제 상관을 속여 넘겼다면 저도 굉장히 화가 날 겁니다. 상관이 엉뚱한 길로 끌려가는 걸 가만히 앉아서 지켜보기만 해야 한다니…." 그래도 아무 응답이 없었다. "그래도 그 사람이 과연 대단하긴 했던 모양입니다. 우리의 핀들레이 씨 말입니다. 그렇죠? 에드워드 행장님을 꾀어 줍고 곧은 길에서 벗어나게 만들었으니 말입니다. 카르포프 같은 러시아 사기꾼을 소개해주고 그 사람의 '최고급 중간책'도…."

이것이 분위기를 깨버렸다.

"핀들레이는 대단한 사람이 아니었어요. 그런 말씀 마세요!" 엘렌베르거 씨가 파르르 화를 내며 반박했다. "개성이고 뭐고 없는 사람이었다고요. 핀들레이 씨는 전적으로 다른 사람들한테서 훔쳐 온 특징들의 조립품이었어요!" 이 말이 끝나자마자 그녀는 손으로 자기 입을 막아버렸다.

"어떻게 생긴 사람이었습니까, 핀들레이 씨는? 말로 설명을 좀 해주세요. 핀들레이 씨를."

"말주변이 좋고, 사악하고, 번드르르하고, 피부가 지저분했어요."

"나이는요?"

"마흔 살이었어요. 그냥 그런 척한 건지도 모르지만요. 그 사람의 이면을 살펴보면 훨씬 더 나이가 많아야 맞거든요."

"키는요? 전체적인 외모는? 혹시 특별히 기억나는 신체적 특징은 없습니까?"

"뿔 두 개, 긴 꼬리 하나, 그리고 아주 강한 유황 냄새."

바흐만은 믿을 수 없다는 듯 고개를 절레절레 저었다. "그 사람을 정말로 싫어하셨군요, 그렇죠?"

엘렌베르거 씨의 표정이 또다시 갑작스레 변했다. 그녀는 여선생님처럼 허리를 꼿꼿이 세우고 앉았더니 입술을 꾹 다물고 엄하게 꾸짖는 듯한 표정으로 그를 뚫어지게 바라보았다. "어떤 사람이, 그러니까 내가 애정을 느끼고 있을 뿐만 아니라 여자로서 자신의 모습을 모두 내보인 사람을 누군가가 고의로 내게서 빼앗아간다면 말이죠, 슈나이더 씨, 그 누군가를 향해 미움과 의심의 시선을 보내는 것이 이상한 일이 아니랍니다. 그 사람이 나의… 에드워드 행장님을 유혹하고 타락시켜서 은행가로서의 도리를 저버리게 했다면 더욱더 그렇죠."

"그 사람을 자주 만났습니까?"

"한 번 만났어요. 그 한 번으로도 그 사람에 대해 판단을 내리는 데 충분했죠. 그 사람은 평범한 잠재고객 행세를 하면서 약속을 잡았어요. 그 사람이 은행으로 왔을 때 저는 대기실에서 그 사람과 가벼운 대화를 나눴죠. 그것도 제가 맡은 일 중 하나였으니까요. 그 사람이 은행에 모습을 나타낸 건 그때뿐이었습니다. 그 뒤로 핀들레이는 사악한 마법을 발휘했고 저는 완전히 배제됐어요. 두 분이 모두 저를 따돌렸죠."

"좀 자세히 설명해주시겠습니까?"

"우리가 은밀한 순간을 즐기고 있을 때, 그러니까 에드워드 행장님과 나 단둘이서 말이에요. 아니면 행장님이 제게 서류를 구술할 때도 마찬가지였죠. 그런 순간에 전화벨이 울리고 그것이 핀들레이의 전화라면, 에드워드 행장님은 그 사람 목소리만 듣고는 저더러 '엘리, 가서 화장이나 좀 고치고 와' 하고 말씀하셨어요. 핀들레이가 에드워드 행장님께 만나자고 하면 행장님이 시내로 나가셨죠. 은행에서 만난 적은 한 번도 없어요. 그럴 때면 행장님은 저를 또 따돌리셨어요. '오늘 밤은 안 돼, 엘리. 가서 어머니께 닭 요리나 해드려' 하고 말씀하시면서요."

"에드워드 행장님께 왜 나를 따돌리느냐고 불평한 적이 있습니까?"

"행장님은 이 세상에는 나조차 끼워줄 수 없는 비밀이 있는 법인데, 테디 핀들레이가 바로 그런 비밀 중 하나라고 말씀하셨어요."

"테디라고요?"

"그게 그 사람 이름이었어요."

"전에는 그런 말씀이 없으셨던 것 같은데요."

"그러고 싶지 않았으니까요. 우린 서로를 테디, 엘리로 불렀어요. 물론 항상 전화로만 이야기를 나눴죠. 대기실에서 딱 한 번 만났을 때는 서로 중요한 이야기를 한 마디도 하지 않았고요. 모든 게 겉치레고 거짓이었어요. 핀들레이가 원래 그런 사람이니까요. 전화로 이야기를 나누며 우리는 친한 척했지만, 실제로 만났다면 결코 그런 관계를 유지할 수 없었을 거예요. 행장님은 저더러 그 사람의 뻔뻔함을 그냥 재미로 받아들이라고 하셨어요. 그래서 당연히 저는 그냥 그렇게 했죠."

"핀들레이가 리피잰더 작전의 배후라고 그렇게 확신하시는 이유가 뭐죠?"

"그 사람이 그걸 만들었어요!"

"카르포프와 함께 만든 건가요?"

"가끔 카르포프의 대리인 행세를 하던 아나톨리와 함께 만들었어요. 제가 알기로는 그래요. 저야 멀리서 지켜봤을 뿐이지만. 그래도 그 계좌의 개념 자체는 그 사람 혼자만의 작품이에요. 그 사람은 그걸 자랑하곤 했어요. 내 리피잰더, 내 작은 작전, 나의 에드워드 행장님, 이런 식으로 말을 했죠. 모든 게 계획적이었어요. 가엾은 에드워드 행장님으로서는 그 사람 농간에 넘어가지 않을 도리가 없었어요. 그 사람이 행장님을 꼬여낸 거예요. 처음에는 전화로 흥미를 돋우고 매력적인 말솜씨를 동원해서 약속을 잡았죠. 당연히 제3자 없이 단둘이 만나는 약속이었어요.

기록에도 남지 않는 만남. 그다음에는 행장님을 영국 대사관으로 초대해서 우쭐하게 만들고, 대사와 술자리를 마련해서 그 만남을 공식적인 것으로 만들었죠. 그런데 도대체 뭐가 공식적이라는 건지 모르겠어요. 리피잰더의 어떤 것도 공식적이지 않았는데 말이에요! 공식적인 것과는 거리가 아주 멀었어요. 처음부터 속임수에 걸려 휘청거렸으니까요. 다리가 휘어진 엉터리 말들이 순혈종 행세를 한 거나 마찬가지라고요!"

"아, 그렇지, 대사관." 바흐만은 멍하니 중얼거렸다. 마치 대사관이 관련되어 있다는 사실을 잠시 잊어버리고 있었던 것처럼. 조금이라도 점잖은 구석이 있는 수사관이라면 심문할 때 정문을 박차고 들어가지 않는 법이니까. 하지만 사실 영국 대사관 얘기는 그에게 금시초문이었다. 에르나 프레이도 마찬가지였다. 7년 전 엘렌베르거가 작성한 진술서에는 빈 주재 영국 대사관이 관련되었다는 이야기가 한 마디도 없었다.

"대사관이 어떻게 관련되어 있었던 거죠?" 그는 당황한 시늉을 하며 물었다. "다시 한 번 말씀해주시겠습니까, 엘렌베르거 씨? 제 사전조사가 생각만큼 충분치 않았던 모양인데요."

"핀들레이 씨는 처음에 영국 외교관 행세를 했어요." 가차 없는 말투였다. "비공식적인 외교관이라고 했죠. 그런 외교관이 실제로 있을 것 같지는 않지만요."

바흐만의 표정을 보아하니 그도 같은 생각인 것 같았다. 사실은 그가 바로 그런 비공식적인 외교관인데도 말이다.

"나중에는 금융자문으로 변신했어요. 분명히 말씀드리지만, 그 사람은 외교관이었던 적도, 금융자문이었던 적도 없습니다. 처음부터 끝까지 사기꾼이었을 뿐이에요."

"그러니까 리피잰더 계좌가 생겨난 건 빈 주재 영국 대사관 덕분이군요." 바흐만이 머릿속에 떠오르는 생각을 큰 소리로 말했다. "맞아, 그랬지! 이제 기억이 납니다. 제가 잠깐 착각을 했나봅니다."

"리피잰더 계획을 짠 곳이 바로 거기예요. 틀림없어요. 에드워드 행장님이 처음으로 대사관에서 회의를 하고 온 날 밤에 전체 계획을 저한테 대략 설명해주셨거든요. 저는 충격을 받았지만, 그런 기색을 드러낼 수 있는 처지가 아니었어요. 그 뒤로는 계획을 다듬거나 '개선'할 때마다 반드시 핀들레이 씨와 의논하는 과정을 거쳐야 했어요. 외국의 어느 도시에서 그 사람을 만날 때도 있고 빈에서 만날 때도 있었지만, 은행에서 만난 적은 한 번도 없어요. 아주 솜씨 좋게 위장된 전화통화를 통해 이야기를 나눌 때도 있었죠. 에드워드 행장님은 그런 전화를 군이 '암호전화'로 지칭하셨어요. 행장님이 그런 용어를 사용하는 건 그때 처음 보았습니다. 이제 그만 돌아가주세요, 슈나이더 씨."

"예, 안녕히 계십시오, 엘렌베르거 씨."

하지만 바흐만은 꼼짝도 하지 않았다. 그녀도 마찬가지였다. 바흐만은 나중에 에르나 프레이에게 이때의 기분을 털어놓았다. 점쟁이처럼 직관적으로 사실을 알아차릴 수 있을 것 같은 기분이 그때만큼 강했던 적은 평생 한 번도 없다고. 엘렌베르거 씨는 그에게 그만 가달라고 했지만 그는 그 자리를 떠나지 않았다. 그녀가 말하고 싶어 안달하면서도 무서워서 차마 못하는 이야기가 더 있다는 확신 때문이었다. 그녀는 충성심과 분노 사이에서 갈등하고 있었다. 그러다 갑자기 분노가 승리를 거뒀다.

"그런데 이제 그 사람이 돌아왔어요." 그녀가 속삭이듯 말했다. 그녀는 눈을 크게 뜨고 경악에 찬 표정을 짓고 있었다. "가엾은 토미 행장님에게 그 짓을 처음부터 그대로 되풀이하고 있다고요. 토미 행장님은 아버님에 비하면 상대가 되지 않는 분이에요. 그 사람이 전화를 걸어온 순간 저는 그 사람 목소리를 냄새로 알아차렸어요. 유황 냄새, 바로 그거예요. 그 사람은 마왕이에요. 적이라고요. 이번에는 아예 이름도 포어맨(적이라는 뜻-옮긴이)으로 지었더군요. 틀림없이 이번에도 모든 작전을 지휘하고 있을 거예요. 항상 그랬으니까요. 그리고 다음 주에는 한 단계 더 강해질 거예요!"

바흐만의 차가 있는 곳에서 도로를 따라 겨우 100미터 떨어진 곳의 호숫가에는 구불구불한 산책로가 나 있는 자그마한 숲이 있었다. 바흐만은 서류가방을 운전기사에게 넘겨주면서 갑자기 그곳을 혼자 걷고 싶다는 욕망에 사로잡혔다. 벤치가 나오자 그는 거기에 앉았다. 어스름이 내리고 있었다. 함부르크의 마법의 시간이 시작된 것이다. 그는 깊이 생각에 잠긴 채 점점 어두워지는 호수와 그 주위에서 하나둘씩 모습을 드러내는 도시의 불빛들을 물끄러미 바라보았다. 한순간 마치 양심적인 도둑처럼, 엉뚱한 사람에게 강도짓을 했다는 후회가 들었다. 그는 이렇게 순간적으로 약해진 자신을 향해 고개를 절레절레 흔들며 공무원다운 정장 주머니에서 휴대전화를 꺼내 미카엘 악셀로드의 직통번호를 선택했다.

"그래, 귄터."

"영국도 우리와 같은 걸 원합니다." 그가 말했다. "우리를 빼고 가져가려고 해요."

전화로 이야기할 때 이안 랜턴은 그렇게 다정할 수가 없었다. 브뤼도 그것만은 인정할 수밖에 없었다. 그는 미안해하는 목소리로 토미의 일정이 정신을 차릴 수 없을 만큼 바쁘다는 말을 전적으로 받아들였으며, 런던 쪽에서 자신을 심하게 압박하지만 않는다면 세상 무슨 일이 있어도 그를 귀찮게 굴지 않았을 거라고 말했다.

"안타깝지만, 보안이 되지 않는 전화로는 더 이상 말씀드릴 수 없습니다. 한시라도 빨리 행장님과 1대 1로 만나야 합니다. 한 시간이면 됩니다. 시간과 장소만 지정해주시면 제가 나가겠습니다."

브뤼도 바보는 아니었으므로 처음에는 경계심을 품었다. "혹시 지난번에 우리가 점심을 먹으며 한참 동안 논의했던 그 일 때문입니까?" 그는 한치도 뒤로 물러서지 않았다.

"관련된 일입니다. 전적으로 그 일 때문은 아니지만, 밀접하게 관련된 이야기가 있습니다. 과거가 또 그 추악한 고개를 쳐들고 있어서요. 하지만 위협적이지는 않습니다. 누가 망신을 당할 일은 없을 겁니다. 사실 행장님께는 오히려 이득이 될 겁니다. 한 시간만 시간을 내주시면 다시는 귀찮은 일이 없을 겁니다."

이렇게 다짐을 받은 브뤼는 다이어리를 흘깃 바라보았다. 사실 굳이 그걸 볼 필요도 없었다. 수요일은 미치가 오페라에 가는 날이었다. 그녀와 베른하르트는 이미 예약을 해두었다. 그렇다면 브뤼는 냉장고에 있던 차가운 고기를 먹거나, 아니면 앵글로저먼에 가서 저녁을 먹고 당구나 쳐야 한다는 뜻이었다. 매주 수요일이면 그는 이 두 가지 중 하나를 고를 수 있었다.

"우리 집에서 7시 15분에 만나면 괜찮겠습니까?" 그는 주소를 불러주려고 했지만 랜턴이 말을 막았다.

"좋습니다, 행장님. 정각에 가겠습니다."

그는 이 말을 지켰다. 운전기사가 딸린 자동차가 밖에서 기다리고 있었다. 미치에게 줄 꽃도 가져왔다. 그리고 레몬 조각과 얼음을 띄운 물을 홀짝거리면서 그 망할 놈의 미소를 계속 짓고 있었다.

"아뇨, 괜찮다면 그냥 서 있겠습니다." 브뤼가 그에게 의자를 권하자 그는 사근사근한 말투로 이렇게 말했다. "꼬박 세 시간 동안 아우토반을 달려왔더니 다리운동을 좀 하는 편이 좋을 것 같아서요."

"기차를 타면 좋을 텐데요."

"예, 그래야 할 것 같습니다."

브뤼도 뒷짐을 진 채 그냥 서 있었다. 그는 바쁜 와중에 집까지 찾아온 손님을 갑작스레 맞아들인 뒤 손님이 방문 이유를 설명하기를 기다리는 사람처럼 예의바르지만 조금은 기분이 상한 분위기를 내려고 했다.

"시간이 촉박합니다, 행장님. 아까도 말씀드렸지만요. 그러니까 먼저 행장님이 어떤 곤경에 처해 계신지 설명하고 나서 혹시 시간이 나면 우리가 처한 곤경에 대해 살펴보겠습니다. 괜찮겠습니까?"

"좋으실 대로 하시죠."

"그건 그렇고, 저는 테러 담당입니다. 지난번에 점심을 먹을 때 이 이야기는 하지 않은 것 같은데요."

"그런 것 같군요."

"아, 그리고 부인에 대해서는 걱정하지 마십시오. 만약 부인과 친구 분이 중간 휴식 시간에 그냥 돌아오기로 하신다면 제 부하들이 먼저 알려줄 겁니다. 행장님은 자리에 앉아서서 손에 들고 계신 위스키를 드시는 게 어떻겠습니까?"

"난 이대로가 좋습니다."

랜턴은 실망한 기색이었지만, 어쨌든 말을 이었다.

"분명히 말씀드리지만, 기분이 그다지 좋지는 않았습니다, 행장님. 독일 측 상대에게서 행장님이 이사 카르포프의 행방을 모르기는커녕 목격자들과 함께 그를 만나 밤이 반쯤 샐 때까지 앉아 있었다는 이야기를 들었으니 말입니다. 우리 꼴이 우스워졌죠. 저희가 행장님께 그 질문을 드리지 않은 것도 아닌데 말입니다. 그렇죠?"

"두 분은 그 친구가 계좌의 소유권을 주장하고 나서면 알려달라고 하셨습니다. 그런데 그 친구는 그런 주장을 하지 않았어요. 지금도 마찬가지입니다."

랜턴은 브뢰의 말을 받아들였다. 자기보다 나이 많은 사람의 말을 받아들이는 젊은이의 태도로. 하지만 브뢰의 말에 그다지 만족하지 못했음이 분명했다. "솔직히 행장님이 저희한테 알려주셨더라면 좋았을 정보가 많습니다. 그런 정보를 알았다면 저희가 게임에서 앞서 나갈 수 있었을 텐데요. 지금처럼 맛없는 파이만 질겅질겅 씹지 않고 말입니다."

"게임이라니요?"

랜턴의 미소에 아차 싶은 기색이 희미하게 섞였다. "그건 말씀드릴 수 없습니다. 저희 쪽에서는 꼭 필요한 사람에게만 정보를 알려주는 게 기본이니까요."

"우리 쪽도 마찬가지입니다."

"저희는 사실 행장님이 그런 행동을 하신 동기에 대해 좀 알아보았습니다. 이쪽과 런던에서 모두. 가문의 배경, 첫 번째 부인과의 사이에서 낳은 따님, 이름이 게오르기죠? 첫 번째 부인인 수가 낳은 따님 말입니다. 두 분이 왜 갈라섰는지 이해하는 사람이 없더군요. 부부가 갈라서는 건 슬픈 일이죠. 전 항상 그렇게 생각합니다. 사실 일종의 죽음과 같아요. 불필요한 이혼이라는 건. 제 생각에는 그렇습니다. 제 부모님도 그걸 결코 극복하지 못하셨죠. 그건 제가 확실히 압니다. 저도 어떤 의미에서는 극복하지 못했다고 할 수 있고요. 어쨌든 임신하셨더군요. 잘된 일입니다. 게오르기 말입니다. 정말 기쁘시겠습니다."

"도대체 무슨 헛소리를 늘어놓는 겁니까? 당신 일에나 신경 써요."

"저희는 행장님이 왜 그렇게 비협조적이었는지, 뭘 보호하려 하시는 건지, 아니면 누굴 보호하려 하시는 건지 알아보기 위해 그렇게 했을 뿐입니다. 행장님 본인을 보호하고 싶으셨던 걸까? 저희는 이렇게 자문해

보았습니다. 브뤼 프레르를 보호하려는 걸까? 카르포프의 아들을 보호하려고? 행장님이 그자에게 반해버리신 건가? 행장님이 일부 거짓말을 하셨기 때문입니다. 정말로 저희를 속이셨어요. 속은 상하지만 그 솜씨는 정말 훌륭했습니다."

"내 기억으로는 그쪽도 진실을 다 털어놓지 않은 것 같은데요."

랜턴은 이 말을 못 들은 척하고는 쾌활한 말투로 말을 이었다. "하지만 브뤼 프레르의 조금은 위태로운 재정상태를 들여다보고 카르포프가 여기에 숨긴 금액이 얼마나 되는지 대략 계산해본 뒤 행장님의 행동을 이해할 수 있었습니다. 아, 토미 행장님의 생각이 이거였구나! 카르포프가 숨긴 거액의 돈으로 근사한 노년을 보내기를 바라는 거로구나. 이러니 다른 사람이 나서서 소유권을 주장하는 걸 바라지 않는 것도 무리가 아니지. 저희가 내린 이런 결론에 대해 하실 말씀 없습니까?"

"그냥 그쪽 생각이 옳다고 칩시다." 브뤼가 쏘아붙였다. "이제 당장 내 집에서 나가요."

랜턴의 젊은 얼굴에 떠오른 미소가 한층 더 환해졌다. 연민의 뜻을 표현하고 싶은 모양이었다. "그럴 수는 없습니다, 행장님. 행장님도 제 말을 이해하신다면 아실 겁니다. 게다가 이번 일에 어떤 아가씨도 관련되어 있다고 들었습니다."

"헛소리 말아요. 나한테 아가씨 같은 건 없습니다. 말도 안 되는 헛소리예요. 혹시 그 청년의 변호사를 말하는 거라면…." 그는 기억을 더듬는 시늉을 하려고 필사적으로 애썼다. "리히터 씨. 러시아어를 할 줄 알죠. 그 청년의 망명신청 등등을 맡고 있습니다."

"상당히 매력적인 여자라던데요. 저희가 듣기로는 말입니다. 혹시 자그마한 여자를 좋아하십니까? 저는 그렇습니다만."

"그런 건 내 눈에 들어오지도 않았습니다. 내 나이가 되면 여자를 보는 눈이 예전 같지 않아요."

랜턴은 브뤼가 지금 이 순간 자기 나이와 관련해서 부정적인 발언을 해야 하는 이유를 생각하며 조리대로 한가로이 걸어가 지극히 편안한 자세로 자신의 잔에 물을 더 따랐다.

"행장님이 곤경에 처했다는 말은 바로 이런 뜻이었습니다. 나중에 더 자세히 설명해드리죠. 그 전에 먼저 제가 처한 곤경에 대해 말씀드리고 싶습니다. 솔직히 행장님 덕분에 저도 행장님 못지않게 곤경에 처해 있습니다. 괜찮겠습니까?"

"괜찮다니 뭐가요?"

"방금 말씀드렸잖습니까. 행장님 때문에 우리가 얼마나 깊은 구덩이에 처박혔는지 설명하겠다고요. 들으실 겁니까, 말 겁니까?"

"듣고말고요."

"좋습니다. 내일 오전 9시 정각에 여기 함부르크에서 제가 지극히 조심스럽고 대단히 비밀스러운 회의에 참석할 예정입니다. 그 회의의 주제는 바로 이사 카르포프죠. 행장님이 한 번도 만난 적이 없는 척하셨지만 실제로는 만난 적이 있는 바로 그자 말입니다."

그는 이제 다른 사람이 되어 있었다. 말투는 설교조로 변했고, 나폴레옹이라도 된 듯 우쭐거리는 그를 아무도 막을 수 없을 것 같았다. 그의 목소리는 조율 상태가 형편없는 피아노를 연주할 때처럼 전혀 예상할 수 없는 단어들을 쏟아냈다.

"그 회의에서 말입니다, 행장님 덕분에 제가 좀 밀릴 것 같습니다. 저는, 아니 제가 속한 기관, 그러니까 지극히 조심스러운 상황에서 옳은 일을 하려고 애쓰고 있는 모든 사람들, 런던 사람들과 독일인들 외에 지금 제가 군이 언급하고 싶지 않은 기타 우호적인 기관들은 모두 브뤼 프레르 은행의 토미 브뤼 행장님이 영국의 훌륭한 애국자이자 테러를 적으로 규정한 사람답게 이 최고기밀 작전의 요구에 따라 제게 전적으로 협조해주기를 원하고 있습니다. 이 작전에 대해 행장님은 적어도 일시적으로나마 전혀 무지한 상태로 있어야 하겠지만 말입니다. 그러니까 제가 묻고 싶은 건 이겁니다. 제 생각이 맞습니까? 행장님은 테러와의 전쟁에서 저희와 협조하겠습니까, 아니면 지난번처럼 저희를 방해하겠습니까?"

그는 브뤼에게 반박할 시간을 전혀 허용해주지 않았다. 그는 이제 고함지르기를 그만두고 벌써 상대를 딱하게 여기는 말투를 쓰고 있었다.

"보세요. 좋은 뜻에서 하신 행동이겠지만, 지금 행장님의 처지가 어떻게 됐는지 보십시오. 행장님의 그 선한 마음에 호소합니다. 행장님은 지금 경제사범으로 끌려가기 직전입니다. 돈세탁 혐의를 적용하지 않는다 해도 그래요. 게다가 독일인들은 영국인 은행가가 수배 중인 이슬람 테러리스트로 알려진 인물과 어울리는 걸 어떻게 생각할까요? 굳이 생각해볼 필요도 없겠죠. 행장님 상황이 심상치 않아요. 그러니 그냥 이 상황을 조용히 즐기시는 게 어떨까요? 무슨 뜻인지 아시겠습니까? 제 설득이 효과를 발휘하는지 어떤지 잘 모르겠습니다. 아나벨 이야기까지 해야 하겠습니까?"

"결국 협박을 하겠다는 얘기로군요." 브뤼가 말했다.

"채찍과 당근 작전입니다, 행장님. 만약 우리가 성공한다면 이 은행이 과거에 저지른 죄는 망각 속에 묻히고, 런던 시티에서 행장님의 평판이 좋아지고, 브뤼 프레르는 살아남게 될 겁니다. 그보다 더 좋은 일이 어디 있겠습니까?"

"그럼 그 청년은요?"

"청년이라니요?"

"이사."

"아, 행장님은 마음씨가 착한 분이군요. 글쎄요, 그건 당연히 행장님이 맡은 역할을 얼마나 잘해주시느냐에 달렸습니다. 그 친구는 당연히 독일 소유예요. 저희는 독일 주권을 침해할 수 없습니다. 그러니 기본적으로 결정을 내리는 건 그쪽입니다. 하지만 이번 일이 끝난 뒤에 그 친구를 괴롭힐 사람은 하나도 없습니다. 그럴 리가 없죠. 이쪽 업계 사람들은 그런 짓 안 합니다."

"그럼 리히터 씨는요? 그 여자한테는 무슨 혐의가 있는 겁니까?"

"아니벨 말씀이군요. 아, 그분도 상황이 안 좋습니다. 이론적으로는 그래요. 그 친구랑 어울리고, 그 친구를 빼돌렸으니까요. 십중팔구 그 친구와 관계도 맺었을 걸요."

"그 여자는 어떻게 되느냐고 물었습니다."

"아뇨, 그걸 물으신 게 아니죠. 그 여자한테 무슨 혐의가 있느냐고 물었습니다. 그래서 말씀드린 거고요. 그 사람들이 그 여자를 어떻게 할지는 아무도 모릅니다. 조금이라도 분별이 있는 사람이라면, 먼지를 털어주고 다시 일으켜세우겠죠. 무서울 정도로 배경이 좋은 여자니까요. 행장님도 이미 아시죠?"

"몰랐습니다."

"최고급 법조가문이에요. 유서 깊고, 독일 외무부와도 관련이 있습니다. 그쪽에서는 그런 직함을 내밀지 않지만요. 프라이부르크에 재산이 상당합니다. 그 여자 손목이나 한 대 때려주고 집으로 돌려보낼 겁니다. 이 나라가 원래 그렇게 돌아가니까요."

"그럼 나더러 무조건 협조하겠다고 백지수표를 써내라는 겁니까? 그런 뜻이에요?"

"뭐, 솔직히 대충 그런 셈이죠, 행장님. 행장님이 서명만 하시면 지나간 일은 건드리지 않고 우리가 힘을 합쳐서 먼저 행동에 나서게 될 겁니다. 우리가 대단히 가치 있는 일을 하고 있다는 점을 인정해주세요. 우리 자신의 이익을 위해서 이러는 게 아닙니다. 우리 업계에서 하는 말처럼, 저 바깥의 모든 사람을 위해서예요."

놀랍게도 실제로 브뤼가 서명해야 하는 서류가 있었다. 게다가 자세히 살펴보니 그 서류는 여러 면에서 백지수표와 비슷했다. 그 서류는 랜턴의 상의 안주머니에 있던 두툼한 갈색 봉투에 들어 있었다. 그 서류에 따르면 브뤼는 구체적으로 밝혀지지 않은 '국가적으로 중요한 일'을 하게 되어 있었다. 공직 비밀엄수법의 여러 엄격한 조항들과 그가 이 조항들을 어겼을 경우 받게 될 처벌도 명시되어 있었다. 그는 당혹스러워서 도움을 청하는 심정으로 먼저 랜턴을 한 번 바라본 뒤 일광욕실을 한 번 둘러보았다. 하지만 자신을 도와줄 사람이 아무도 없었으므로 그는 서류에 서명했다.

랜턴은 떠났다.

브뤼는 분노 때문에 꼼짝도 할 수 없었다. 너무 화가 나서 랜턴의 말처럼 위스키를 마실 수도 없었다. 그는 자기 집 현관에 서서 닫힌 문을 빤히 바라보았다. 여전히 포장지에 싸인 채 현관 탁자 위에 놓여 있는 꽃다발로 그의 시선이 향했다. 그는 꽃을 집어 들고 쿵쿵 냄새를 맡아본 뒤 원래 자리로 돌려놓았다.

치자나무 꽃. 미치가 가장 좋아하는 꽃이었다. 꽃집에서 꽃다발을 묶은 솜씨도 괜찮았다. 우리의 이안은 구두쇠가 아니었다. 어차피 정부의 돈을 쓰는 것이니까.

그가 왜 꽃을 가져왔을까? 자기가 안다는 걸 보여주려고? 알다니 뭘? 미치가 치자나무 꽃을 가장 좋아한다는 걸? 내가 라스칼라에서 생선요리를 먹는다는 사실을 미리 알고 있었던 것처럼? 마리오를 설득해서 월요일 점심에 문을 열게 만든 것처럼?

아니면 그가 사실을 모른다는 걸 보여주려는 걸까? 그녀가 애인과 함께 오페라를 보러 갔다는 사실을? 그는 물론 그 사실을 알고 있었지만 그의 업계에서는 원래 잘 아는 사실을 모르는 척해야 하는 법이다. 따라서 공식적으로는 그가 그 사실을 모르는 것으로 되어 있었다.

그럼 아나벨은? '아, 그분도 상황이 안 좋습니다.'

브뤼는 랜턴의 말을 인정해주고 싶은 생각이 없었지만, 아나벨에 관한 말만은 믿었다. 그는 그녀와 조심스레 연락하는 방법을 나흘 동안 밤낮으로 강구했다. 프레르의 택배업체를 통해 생크추어리 노스에 직접 메모를 전달할까? 그녀의 사무실 전화나 휴대전화에 평범한 메시지를 남길까?

하지만 랜턴의 표현처럼 조심성 때문인지 아니면 순전히 비겁한 탓인지 그는 그녀에게 연락하지 않았다. 사무실에서 고상한 금융 문제를 생각하는 순간에도 그는 손으로 턱을 받치고 전화기를 뚫어져라 바라보며 벨이 울리기를 바라다가 깜짝 놀라서 정신을 차리곤 했다. 전화벨은 울리지 않았다.

그런데 지금 그가 걱정했던 그대로 그녀가 곤경에 처해 있었다. 랜턴이 아무리 그럴듯한 얘기를 늘어놓아도 그는 그녀가 이번 일에서 무사히 빠져나올 거라고 믿을 수 없었다. 그렇지 않아도 그럴 듯한 명분만 있으면 그녀에게 전화하고 싶은 생각이 굴뚝같았는데, 지금 분노에 휩싸인 그의 머리가 마침내 그 명분을 찾아냈다. 랜턴이 어찌 되든 내 알 바 아니지. 난 이 은행을 제대로 이끌고 나가야 해. 위스키도 마셔야 하고 말이지. 그는 단숨에 잔을 비우고 집 전화로 그녀에게 전화를 걸었다.

"리히터 씨?"

"그런데요."

"브뤼입니다. 토미 브뤼."

"안녕하세요, 브뤼 행장님."

"혹시 전화 받기 곤란할 때 전화한 건가요?"

그녀의 말투가 무미건조한 것으로 보아 그런 것 같았다.

"아뇨, 괜찮아요."

"그냥 두 가지 이유 때문에 전화를 거는 게 좋겠다 싶어서요. 정말로 통화해도 괜찮다면 말이지만. 괜찮은가요?"

"예, 예, 괜찮아요. 그럼요."

약을 먹었나? 포박당한 건가? 누가 옆에서 지시를 내리고 있는 걸까? 대답하기 전에 다른 사람과 의논하는 걸까?

"첫 번째 이유는, 전화로는 자세히 이야기할 수 없지만, 최근 수표가 한 장 발행됐는데 그게 어디서도 사용된 것 같지 않더군요."

"상황이 바뀌었어요." 그녀가 말했다. 이번에도 참을 수 없을 만큼 길게 느껴지는 침묵 뒤에 나온 대답이었다.

"그래요? 어떻게요?"

"우린 다른 식으로 일을 처리하기로 했어요."

우리? 당신과 누굴 말하는 거지? 당신과 이사? 지난번에 브뤼가 보기에 이사는 의사결정에 참여하는 입장이 아닌 것 같았다.

"그래도 좋은 쪽으로 상황이 바뀐 거겠죠?" 브뤼가 밝은 목소리로 말했다.

"그럴 수도 있고 아닐 수도 있어요. 뭐든 효과만 있으면 되죠. 안 그런가요?" 여전히 무미건조한 말투였다. 심연에서 올라온 것 같은 목소리. "그걸 찢어버릴까요? 아니면 돌려보낼까요?"

"아뇨, 아닙니다!" 말투가 너무 강하잖아. 진정해. "그래도 아직 그걸 쓰게 될 가능성이 있다면, 당연히 그러면 안 되죠. 이번 일이 진행되는 동안 리히터 씨가 그걸 쓰신다면 정말 기쁘겠습니다. 만약 아무 일도 생기지 않는다면, 나중에 쓰지 않은 부분만 돌려주세요." 그는 머뭇거렸다. 과감히 두 번째 이유를 말해야 할지 어떨지 확신이 서지 않았다. "그리고 또 다른 은행 문제 말인데요, 그쪽으로 조금이라도 진전이 있었습니까?"

아무 응답이 없었다.

"그러니까, 우리 친구의 권리로 추정되는 것 말입니다." 그는 농담을 시도해보았다. "우리가 전에 얘기했던 그 공연용 말. 우리 친구가 그 말을 인수하겠다고 하던가요?"

"아직은 뭐라고 말씀드릴 수 없습니다. 그 친구와 다시 이야기해봐야 해요."

"그럼 나중에 전화를 주시겠습니까?"

"그 친구와 좀 더 얘기를 나눈 뒤에는 혹시 모르죠."

"그럼 그동안 그 수표를 쓰실 겁니까?"

"그럴 수도 있겠죠."

"리히터 씨한테는 아무 문제도 없는 거겠죠? 뭐 어려운 일이나 문제 같은 건…. 그러니까 제가 도와드릴 일이 없느냐는 뜻입니다."

"전 괜찮아요."

"다행입니다."

두 사람 모두 한참 동안 말이 없었다. 그는 무력한 불안감 때문에, 그녀는 아주 깊은 무관심 때문인 듯싶었다.

"그럼 조만간 이야기를 나눌 필요는 없을까요?" 그는 마지막으로 열정을 담아 말했다.

이야기를 나눌 수도 있고 아닐 수도 있었다. 그녀는 이미 전화를 끊은 뒤였다. 누가 옆에서 우리 이야기를 듣고 있었어. 그는 속으로 생각했다. 아나벨과 함께 한 방에 있었어. 그 사람들이 성가대 소년 같은 아나벨의 목소리를 지휘하고 있는 거야.

아나벨은 휴대전화를 여전히 손에 든 채 예전 아파트의 자그마한 하얀색 책상에 앉아 창밖의 어두운 거리를 내다보았다. 그녀의 뒤에서는 이 방에 하나뿐인 안락의자에 에르나 프레이가 앉아 경계를 늦추지 않은 채 녹차를 마시고 있었다.

"이사가 계좌의 소유권을 주장할 거냐고 묻네요." 아나벨이 말했다. "그리고 자기가 써준 수표가 어떻게 됐느냐고도 물었어요."

"그리고 당신은 대답을 피했죠." 에르나 프레이가 잘했다는 듯이 말했다. "그것도 아주 깔끔하게. 그 사람이 다음에 전화할 때는 당신이 그 사람한테 반가운 소식을 말해줄 수 있을지도 몰라요."

"그 사람한테 반가운 소식이요? 아니면 당신들한테 반가운 소식? 누구한테 반가운 소식이죠?"

아나벨은 휴대전화를 책상에 내려놓고 손에 얼굴을 파묻더니 휴대전화를 뚫어지게 바라보았다. 마치 그 안에 우주적인 해답이 들어 있기라도 한 것처럼.

"우리 모두에게 반가운 소식이에요." 에르나 프레이가 일어서면서 말했다. 휴대전화가 두 번째로 울리고 있었다. 하지만 그녀가 늦었다. 아나벨이 마치 전화에 중독된 사람처럼 전화기를 낚아채듯 집어 들고 전화를 받았다.

멜릭이었다. 그는 어머니와 함께 터키로 떠나기 전에 작별인사를 하려고 전화를 걸었다면서 이사는 잘 있느냐고 물었다. 이사에게 죄책감이 느껴진다면서.

"저기, 저희가 터키에서 돌아오면, 변호사님이 우리 형한테 얘기 좀 해주세요. 우리 친구한테 얘기 좀 해줘요. 언제든 좋아요. 아셨죠? 형이 정식으로 체류할 자격만 얻으면 언제든지 환영이라고요. 형이 예전에 쓰던 방을 그대로 써도 되고, 집에 있는 음식이란 음식을 다 먹어치워도 좋아요. 형한테 정말 굉장한 사람이라고 말해주세요. 아셨죠? 멜릭이 그러더라고 전해주세요. 형은 1라운드에서 절 다운시킬 수도 있는 사람이라고요. 아셨죠? 링에서는 그럴 수 없을지 몰라도, 거기서는, 형이 있던 곳에서는 그럴 거예요. 무슨 말인지 아시겠어요?"

"그래요, 멜릭. 무슨 말인지 알아요. 레일라에게 인사 좀 전해주세요. 결혼식이 성대하게 잘 치러졌으면 좋겠다는 말도 전해주고요. 전통식으로 잘. 당신도 결혼식에 잘 참석하고 와요, 멜릭. 당신 누이와 예비 신랑도 오래오래 잘 살기를 빌어요. 행복하게. 무사히 잘 돌아와요, 멜릭. 어머니 잘 돌봐드리고요. 당신 어머니는 용감하고 착한 분이에요. 당신을 사랑할 뿐만 아니라 당신 친구에게도 훌륭한 어머니였어요…"

이런 말들을 계속해주고 싶었지만 에르나 프레이가 아나벨의 뻣뻣한 손가락에서 휴대전화를 부드럽게 빼내서 종료 버튼을 눌렀다. 그녀의 다른 손은 아나벨의 어깨를 부드럽게 짚고 있었다.

예전과 다른 삶을 살고 있는 아나벨에게는 멜릭에게 했던 것처럼 지나치게 길게 말을 늘어놓는 일이나 브뤼에게 했던 것처럼 쌀쌀맞게 구는 일이 한두 번 있는 일이 아니었다. 하루하루 시간이 흐를수록 그녀는 수치심, 자신을 감시하는 사람들에 대한 증오심, 비합리적으로 밝은 낙관주의 사이를 오갔다. 곤경에 빠진 자신의 처지를 무조건 받아들이는 상태가 오랫동안 지속되는 일도 반복되었다.

베르너 씨가 바흐만의 재촉으로 생크추어리의 우르술라를 방문해 이사 카르포프 문제에 당국이 더 이상 적극적인 관심을 갖고 있지 않다고 알렸지만, 정작 우르술라 본인은 이 일에서 빠져버렸다.

이제는 에르나 프레이가 그녀의 보호자이자 이웃이었다. 그녀는 노란색 승합차로 아나벨을 선창까지 데려다준 뒤 하루도 채 지나지 않아서 100미터도 떨어지지 않은 강철과 콘크리트 건물 1층에 집을 구했다. 그 아파트는 조금씩, 조금씩 아나벨의 세 번째 집으로 변해갔다. 그녀는 이사를 만나러 가기 전에 그곳에 들렀고, 만나고 온 뒤에도 그곳에 들렀다. 가끔은 위안을 얻고 싶어서 그곳에서 잠을 잘 때도 있었다. 거리의 광고판들 때문에 결코 어두워지는 법이 없는 어린이용 침실에서.

하루에 두 번씩 이사를 만나러 가는 일은 이제 모험이 아니었다. 에르나의 세심한 연출로 공연되는 연극이었다. 시간이 흐르면서 바흐만도 연출에 참가했다. 아나벨이 휘어진 나무계단을 올라 이사를 만나러 가기 전과 만나고 온 뒤에 항상 에르나와 바흐만은 안전한 아파트의 자그마한 응접실에서 커튼을 쳐 놓고 혼자 또는 둘이서 그녀에게 은밀히 연습을 시켰다. 그들은 이미 공연된 장면들을 재현해보면서 분석한 뒤 새로운 장면들을 기획해서 섬세하게 다듬었다. 이 모든 것이 이사에게 상속받은 돈에 대한 권리를 주장해서 추방의 공포로부터 스스로를 구원하라고 설득하기 위한 작전이었다.

아나벨은 두 사람이 품고 있는 더 커다란 목적을 어렴풋이 짐작하고는 있었지만, 두 사람이 자신을 이끌어주는 것에 내심 고마워하고 있었다. 하지만 자신이 두 사람에게 의존하게 되었음을 깨닫고는 절망적인 기분이 들었다. 세 사람이 녹음기 앞에 머리를 모으고 있을 때 그녀에게 현실을 일깨워주는 존재는 이사가 아니라 에르나와 귄터였다. 이사는 비록 그 자리에 없었지만 두 사람에게는 골칫덩이 문제아였다.

그녀는 북적이는 인도를 따라 100미터가량 고난의 길을 걸어 다시 이사 앞에 선 뒤에야 비로소 수치심 때문에 속이 뒤틀리면서 혀가 굳어버리곤 했다. 자신을 쥐고 흔드는 사람들에게 약속한 더러운 일들을 죄다 짓밟아버리고 싶었다. 그런데 설상가상으로 이사가 남의 마음을 읽는 죄수 특유의 능력 덕분에 그녀의 상태가 바뀌었음을, 예전보다 더 자신 있어졌음을 눈치챈 것 같았다. 그녀가 아무리 저항하려 해도 두 사람의 조종을 받으며 자신감이 더 강해지는 것을 어쩔 수 없었다.

"그 사람한테 당신을 가능한 한 많이 열어서 보여줘요. 안전한 거리만 유지한다면 괜찮아요." 에르나는 이렇게 조언했다. "그 사람을 부드럽게 유도할 수만 있으면 돼요. 그러면 그 사람은 정말로 결정을 내릴 때가 됐을 때, 이성보다 감정에 치우친 결정을 내리게 될 거예요."

아나벨은 그와 체스를 두고, 음악을 함께 듣고, 에르나의 지시대로 이틀 전까지만 해도 입에 올릴 수 없었던 주제들을 건드렸다. 그런데 묘한 것은, 두 사람의 관계가 편안해질수록 그가 그녀의 서구식 생활방식을 비난하는 것을 그냥 넘겨버리기가 힘들어진다는 점이었다. 특히 그가 카르스텐을 못마땅하게 여기는 말을 할 때가 그랬다. 카르스텐의 값비싼 옷들을 좋아라 입고 있는 주제에.

"그럼 어머니 외에 여자를 사랑해본 적 있어요, 이사?" 그녀는 이사와 반대편 끝에 앉아 다그치듯 물었다.

그는 한참 동안 침묵하더니 그런 적이 있다고 인정했다. 열여섯 살 때였다. 여자는 열여덟 살이었고 이미 고아가 된 뒤였다. 그의 어머니처럼 순수 혈통의 체첸인이었으며, 신앙심이 깊고, 아름답고, 정숙했다. 그는 자신과 그녀가 감정을 육체적으로 표현한 적은 없다고 아나벨에게 다짐하듯 말했다. 아주 순수한 사랑이었을 뿐이라고.

"그럼 그 아가씨는 어떻게 됐어요?"

"사라졌어요."

"그 아가씨 이름이 뭐죠?"

"그건 하찮은 일이에요."

"그럼 사라졌다는 건 무슨 뜻이에요?"

"이슬람의 순교자가 됐어요."

"당신 어머니처럼요?"

"순교자였어요."

"어떤 종류의 순교자예요?" 침묵이 이어졌다. "기꺼이 순교한 거예요?

그 아가씨가 이슬람을 위해 일부러 자신을 희생했다는 뜻이에요?" 또 침묵. "아니면 어쩔 수 없이 순교자가 된 건가요? 당신처럼 피해자가 된 거예요? 당신 어머니처럼?"

그건 하찮은 일이에요. 이사는 영원처럼 긴 시간이 흐른 뒤 아까 했던 말을 되풀이했다. 신께서는 자비로운 분이에요. 그러니 그 여자를 용서하시고 낙원에 받아들이실 거예요. 하지만 이사가 사랑을 해본 적이 있다고 인정한 것은 곧 그의 방어벽이 무너졌음을 뜻했다. 에르나 프레이는 이 점을 재빨리 지적했다.

"이건 그냥 갑옷이 우그러진 정도가 아니에요. 구멍이 난 거라고요!" 그녀가 소리쳤다. "사랑 얘기를 할 정도라면 못할 얘기가 없을 거예요. 종교든 정치든. 본인은 아직 모를지도 모르지만, 그 사람은 당신이 자기를 설득해주기를 바라고 있어요. 그 사람을 돕는 최선의 방법은 계속 두드리는 거예요." 에르나 프레이는 이 말 뒤에 여느 때처럼 설탕 조각을 던져주었다. 아나벨은 이미 이 설탕 조각에 중독되어 있었다. "정말 잘하고 있어요. 그 사람은 행운아예요."

아나벨은 계속 두드렸다. 다음 날 아침 6시 아침 식사. 에르나 프레이가 마련해준 커피와 방금 구운 크루아상. 두 사람은 이제 서로에게 익숙해진 자리에 앉아 있다. 이사는 아치형 창문 밑에, 아나벨은 거기서 가장 먼 구석에 웅크린 채. 그녀는 투박한 검은색 부츠 위까지 긴 치맛자락을 잡아당겼다.

"오늘도 바그다드에서 폭탄이 터졌어요." 그녀가 말했다. "오늘 아침에 라디오 들었어요? 85명이 죽고, 수백 명이 다쳤어요."

"그건 신의 뜻이에요."

"무슬림이 무슬림을 죽이는 걸 신께서 승인하신다는 뜻이에요? 그런

신이라면 난 이해를 못하겠네요."

"신을 판단하려 하지 말아요, 아나벨. 신께서 당신에게 가혹한 벌을 내리실 거예요."

"당신은 옳다고 생각해요?"

"뭘요?"

"사람을 죽이는 것."

"무고한 사람을 죽여서 알라를 기쁘게 할 수는 없어요."

"무고한 사람이 누군데요? 죽여서 알라를 기쁘게 할 수 있는 사람은 누구죠?"

"알라께서 아실 거예요. 알라는 항상 알고 계세요."

"그럼 우리는 어떻게 알아요? 알라가 그걸 대체 우리한테 어떻게 알려주죠?"

"알라께서는 신성한 코란을 통해 우리에게 말씀하셨어요. 알라께서는 예언자를 통해 우리에게 말씀하셨어요. 그분께 평화가 함께하기를."

'그 사람이 경계를 풀었다는 확신이 들 때까지 기다려요. 그다음에 달려드는 거예요.' 에르나 프레이는 이렇게 충고했다. 아나벨은 이제 확신이 들었다.

"난 요즘 유명한 이슬람 학자의 글을 읽고 있어요. 압둘라 박사라는 사람이에요. 당신도 들어본 적이 있는 사람인가요? 파이잘 압둘라 박사. 여기 독일에 살아요. 가끔 텔레비전에도 나오고요. 자주는 아니지만. 그러기에는 신앙심이 너무 깊거든요."

"왜 내가 그 사람 이름을 알고 있어야 하죠, 아나벨? 서구의 텔레비전에 나온다면, 그 사람은 훌륭한 무슬림이 아니에요. 타락했어요."

"그런 사람이 아니에요. 신앙심도 깊고, 금욕적이에요. 대단히 존경받는 이슬람 학자로서 이슬람 신앙과 실천에 관해 중요한 책도 많이 썼어요."그녀는 그의 얼굴에 이미 떠오르기 시작한 의심과 냉소를 무시한 채 그의 말을 반박했다.

"그 사람이 어떤 언어로 그 책들을 썼나요, 아나벨?"

"아랍어요. 하지만 여러 나라 말로 번역돼 있어요. 독일어, 러시아어, 터키어. 사실상 우리가 생각할 수 있는 거의 모든 언어로 번역됐다고 보면 돼요. 압둘라 박사는 많은 무슬림 자선단체의 대표로도 활동하고 있어요. 베풀기에 관한 무슬림 법칙에 대해서도 많은 글을 썼고요."그녀는 빈정대듯이 말을 마쳤다.

"아나벨."

그녀는 그의 다음 말을 기다렸다.

"그 압둘라라는 사람의 연구 이야기를 꺼낸 건, 나더러 카르포프의 더러운 돈을 받아들이라고 설득하기 위해서예요?"

"그렇다면 어쩔 건데요?"

"그럼 내가 절대 그런 짓을 하지 않을 거라는 점을 마음에 새겨두세요."

"물론이죠!" 그녀는 인내심을 잃어버리고 발끈했다. "마음에 새겨두고말고요."정말로 마음에 새겨둔 건가? 아니면 그냥 그런 척하는 걸까? 그녀 자신도 이제는 알 수 없었다. "당신이 절대 의사가 되지 않을 거라고 마음에 새겨둘게요. 아니, 오늘은 당신이 뭐가 되고 싶어 하는지 모르지만 그게 뭐든 절대 될 수 없을 거라고 마음에 새길 거예요. 내가 예전 생활을 절대 되찾을 수 없을 거라는 점도. 브뤼 씨가 당신을 보살펴주라고 나한테 준 돈을 절대 돌려받지 못할 거라는 점도. 언제 사람들이 들이닥쳐서 당신을 찾아내 터키나 러시아로 보내버릴지 모르니까요. 아니면 그보다 더한 곳으로 보낼 수도 있죠. 그런 건 신의 뜻이 아니에요. 당신이 멍청하고 고집스럽게 선택한 거예요."

숨을 몰아쉬고 있는 그녀의 마음 한편은 그에게 분노하고 있었지만,

다른 한편은 얼음처럼 차가웠다. 그는 자리에서 일어나 아치형 창문을 통해 햇빛이 비치는 발아래의 세상을 내다보고 있었다.

'화가 날 때는 자연스럽게 화를 내도 좋아요.' 바흐만은 그녀에게 이렇게 충고했다. '우리가 거리에서 당신을 붙잡아 철이 들게 만들던 밤에 우리한테 화를 냈던 것처럼 말이에요.'

아나벨이 안가로 돌아와 보니 에르나 프레이와 바흐만은 잔뜩 들떠 있으면서도 아직 결정을 내리지 못한 상태였다. 에르나 프레이는 한없이 칭찬을 늘어놓았다. 그녀는 아나벨이 훌륭히 해냈으며, 모든 기대치를 뛰어넘었다고 말했다. 자기들이 감히 기대했던 것보다 훨씬 빠르게 일이 진행되고 있다는 것이었다. 이제 문제는 이사에게 고민할 시간을 하루 더 줄 것인지, 아니면 점심 때 생크추어리로 찾아가서 평계를 대고 아나벨을 데리고 나와 이사에게 압둘라의 책을 내밀며 더욱 압박할 것인지 하는 점이었다.

그런데 커다란 성과를 이룩한 아나벨이 갑자기 풀이 죽어버렸다. 처음에 두 사람은 들뜬 나머지 탁자 끝에서 손에 얼굴을 묻고 앉아 있는 아나벨의 기분 변화를 알아차리지 못했다. 그냥 그녀가 어려운 일을 겪은 뒤 숨을 고르고 있는 모양이라고 생각해버린 것이다. 그런데 에르나 프레이가 손을 뻗어 그녀의 팔을 잡자 그녀는 마치 무엇에 물리기라도 한 것처럼 팔을 빼버렸다. 하지만 바흐만은 자기가 부리는 사람의 기분을 생각해주는 성격이 아니었다.

"도대체 왜 그래요?" 그가 다그치듯 물었다.

"난 당신이 끈에 묶어 놓은 염소예요. 그렇죠?" 아나벨은 여전히 손에 얼굴을 묻은 채였다.

"뭐라고요?"

"내가 이사를 유인하고 압둘라를 유인하면, 당신은 압둘라를 부숴요. 당신이 말하는, 무고한 생명을 구하는 일이라는 게 바로 그거예요."

바흐만은 탁자 옆을 돌아와서 그녀 옆에 섰다.

"웃기는 소리 그만해요." 그는 그녀의 귀에 대고 고함을 질렀다. "당신이 협조하기만 하면, 그자는 자유로운 통행권을 얻을 수 있어요. 당신이 궁금하다니까 하는 말인데, 난 압둘라의 그 훌륭하신 머리에서 머리카락 하나라도 건드릴 생각이 없어요. 그자는 사랑과 관용과 포용의 상징인데, 내가 왜 폭동의 빌미가 될 일을 하겠습니까!"

두 사람은 점심시간에 한 번 더 밀어붙이는 쪽으로 결론을 내렸다. 아나벨이 낮에 잠시 이사에게 들러 압둘라의 책을 주며 시간이 없다고 호소한 뒤 저녁에 다시 가서 그의 반응을 보는 것이 두 사람의 계획이었다. 아나벨은 무조건 동의했다.

"나한테 부드럽게 대하지 마, 에르나." 바흐만이 말했다. 아나벨이 자전거를 들고 노란 승합차에 타는 것을 확인한 뒤였다. "이번 작전에서는 그럴 여유가 없어."

"언제는 그런 여유가 있었어?" 에르나 프레이가 말했다.

아나벨과 이사는 여느 때처럼 아파트의 양쪽 끝에 앉아 있었다. 저녁이었다. 그녀는 점심 때 번개처럼 잠시 이곳에 들러 러시아어로 번역된 압둘라 박사의 자그마한 책 세 권을 주고 갔다. 그리고 지금 다시 돌아온 것이다. 그녀는 겉옷에서 종이를 한 장 꺼냈다. 지금까지 두 사람은 거의 대화를 나누지 않았다.

"내가 이걸 뽑아왔어요. 한번 들어볼래요? 독일어로 돼 있어요. 내가 번역해서 읽을게요."

그녀는 대답을 기다렸지만, 대답이 없자 큰 소리로 말했다.

"압둘라 박사는 이집트 태생이고 쉰다섯 살이에요. 세계적으로 유명한 학자일 뿐만 아니라, 이맘과 이슬람 법률학자와 교사들의 아들이자 손자예요…. 카이로에서 공부하던 젊은 시절에 무슬림 형제단의 교리에 빠졌다가 체포되어 감옥에서 고문을 받았어요. 호전적인 신념 때문이죠…. 석방된 뒤 박사는 다시 죽음의 문턱에 섰어요. 이번에는 예전의 동지들 때문이었죠. 박사가 형제의 길, 진리, 관용, 신의 모든 창조물을 존중하는 마음을 설교한 것이 문제였어요. 압둘라 박사는 개혁주의 정통파 학자로서 예언자와 그 동반자들의 모범을 강조해요."

그녀는 다시 반응을 기다렸다. "내 말 듣고 있어요?"

"난 투르게네프의 작품이 더 좋아요."

"결정을 내리기 싫어서 그러는 거예요? 아니면 신앙도 없는 멍청한 여자가 당신한테 훌륭한 무슬림이 돈을 어떻게 해야 하는지 가르치는 책을 가져다주는 게 싫어서 그러는 거예요? 난 당신의 변호사라는 말을 도대체 몇 번이나 해야 하는 거죠?"

빛이 점점이 찍힌 어둠 속에서 그녀는 눈을 감았다가 떴다. 저 사람은 이제 절박함이 없는 건가? 우리가 사소한 결정들을 저 사람 대신 내려주고 있으니, 저 사람이 굳이 큰 결정들을 내리려고 애쓸 필요도 없는 건가?

"이사, 제발 정신 차려요. 독실한 무슬림들이 도처에서 압둘라 박사에게 조언을 구해요. 그런데 당신은 왜 싫다고 하는 거예요? 박사는 많은 중요한 무슬림 자선단체에서 대표로 활동하고 있어요. 개중에는 체첸을 도와주는 곳도 있다고요. 압둘라 박사처럼 현명한 이슬람 학자가 당신에게 돈을 올바로 사용하는 방법에 대해 기꺼이 가르쳐주겠다는데, 당신은 도대체 왜 그 말을 안 듣겠다는 거예요?"

"그건 내 돈이 아니에요, 아나벨. 우리 어머니의 민족이 도난당한 돈이에요."

"그럼 당신이 그 돈을 그 사람들에게 돌려줄 방법을 찾으면 되잖아요. 그리고 기왕 하는 김에 진짜 의사가 돼서 고향으로 돌아가 그 사람들을 도와주는 게 어때요? 당신이 하고 싶은 게 그런 일 아니에요?"

"브뤼 씨가 이 압둘라라는 사람을 호의적으로 생각하나요?"

"브뤼 씨는 압둘라 박사를 모를 거예요. 어쩌면 텔레비전에서 봤을지도 모르죠."

"그건 하찮은 일이에요. 압둘라 박사와 관련해서 신자가 아닌 사람의 의견은 중요하지 않아요. 내가 직접 이 책들을 읽어보고, 신의 도움을 얻어 판단을 내릴 거예요."

그의 마지막 장벽이 마침내 무너진 건가? 그녀는 순간적으로 설명할 수 없는 두려움에 사로잡혀 장벽이 무너진 것이 아니기를 빌었다.

또 영원처럼 오랜 시간이 흐른 뒤 그가 다시 입을 열었다. "하지만 토미 브뤼 씨는 은행가이니 세속적인 관점에서 이 압둘라 박사라는 사람을 살펴볼 수 있을 거예요. 먼저 다른 올리가르흐들의 도움으로 이 사람이 세속적인 거래에서 정직하다는 평가를 받는지 알아보겠죠. 억압받는 체첸 민족은 수없이 강탈을 당했어요. 카르포프만 강도짓을 한 게 아니에요. 만약 박사가 정직한 사람이라면, 브뤼 씨가 내 대신 그 사람에게 몇 가지 조건을 제시하게 하세요. 그리고 압둘라 박사가 신의 명령을 해석해주는 거예요."

"그럼 그다음에는요?"

"당신은 내 변호사예요, 아나벨. 당신이 내게 조언을 해줘야죠."

그 작은 식당의 이름은 루이즈였고, 주소는 마리아-루이젠스트라세 3번지였다. 이 길은 이 바람직한 동네에 사는 수많은 부자 개들을 가꿔주는 가게, 건강용품점, 골동품점 등이 있는 이 아늑한 도시 속 마을의

대동맥 역할을 했다. 스스로 자유로운 영혼이라고 자부하던 시절 아나벨은 일요일 오전에 루이즈에 자리를 잡고 앉아 라테를 마시며 신문을 읽고 세상을 바라보는 걸 좋아했다. 그녀는 브뤼 프레르 은행의 토미 브뤼 행장과 만날 장소로 이곳을 골랐다. 이처럼 풍족하고 안전한 환경에서는 그가 불편함을 느끼지 않을 것이라는 확신 때문이었다.

에르나 프레이의 제안으로 그녀는 이 식당이 가장 한가하고, 브뤼 역시 촉박하게 연락하더라도 시간을 내기 쉬운 오전 중반 시간을 골랐다. 에르나는 만약 토미 행장이 정말로 은행가라면 틀림없이 점심 약속이 있을 것이라고 지적했다. 맞는 말이었다. 아나벨은 브뤼의 감정에 대해 자신이 품고 있는 의심을 감안하면, 그가 설사 세계은행 총재와 점심 약속이 있더라도 그 약속을 취소하고 그녀를 만나러 올 거라는 말을 할 수도 있었지만 하지 않았다.

그래도 그녀는 브뤼와의 만남을 위해 한껏 옷을 차려입기로 했다. 한참 동안 무미건조한 표정으로 거울을 바라본 끝에 순간적인 충동으로 내린 결정이었다. 토미 브뤼 행장도 그녀가 옷을 차려입은 모습을 좋아할 것이다. 지나치게 신경을 쓸 필요는 없지만, 그는 좋은 사람이고 그녀를 사랑하고 있으므로 그 정도 대접은 받을 자격이 있었다. 그리고 그의 앞에 모처럼 서구 여성의 모습으로 나타나는 것도 좋을 것 같았다. 그러니 무슬림인 이사 때문에 억지로 입었던 옷차림은 잊어버리자. 그녀는 그 옷차림이 죄수복 같다는 생각이 점점 들던 참이었다. 오랜만에 자신이 갖고 있는 최고급 청바지에 하얀 실크 블라우스를 입으면 어떨까? 두 개의 밴드가 서로 엇갈린 모양으로 장식돼 있는 그 블라우스는 카르스텐이 사준 것이지만 아직 한 번도 입은 적이 없었다. 여기에 이제는 많이 익숙해진 새 신발을 신는다면? 이 신발은 자전거를 타는 데도 무리가 없었다. 기왕 차려입는 김에 살짝 화장을 해서 병자처럼 보이는 뺨도 밝게 만들고 평소에는 잘 드러나지 않던 장점들을 강조하는 건 또 어떨까? 그녀가 오늘 아침 이사를 만나고 온 직후 사실상 잡혀 있는 거나 다름없는 에르나의 아파트에서 전화를 걸었을 때 브뤼가 보여준 솔직한 열광은 정말로 감동적이었다.

"좋습니다! 훌륭해요! 정말 잘했어요. 당신이 그 친구를 설득한 거로 군요. 절대 성공하지 못할 것 같다는 생각이 들던 참인데, 당신이 해냈어요! 시간과 장소만 말하세요." 그는 그녀를 재촉했다. 그녀는 압둘라 얘기를 살짝 꺼냈다. 하지만 그의 이름을 직접 거론하지는 않았다. 에르나가 아직 시기상조인 것 같다고 했기 때문이었다. "윤리적이고 종교적인 문제를 다뤘다고요? 변호사님, 우리 은행가들은 그런 문제를 매일 다룬답니다! 가장 중요한 건, 당신의 고객이 권리를 주장하는 거예요. 일단 그 문제가 해결되고 나면 프레르는 그 친구를 위해 온 힘을 다할 겁니다."

다른 남자가 그 나이에 그렇게 열광했다면 그녀가 경계심을 품었을지도 모른다. 하지만 지난번에 그가 전화를 걸었을 때 그녀가 건성으로 전화를 받았기 때문에 그의 반응에 커다란 안도감을 느꼈다. 심지어 황홀하기까지 했다. 요즘 들어 온 세상이 그녀의 행동을 좌우하려 한다는 생각을 하고 있었기 때문이다. 그녀의 말 한 마디, 미소 한 번, 찡그린 표정이나 몸짓은 이사, 바흐만, 에르나 프레이처럼 그녀를 소유한 사람들의 개인재산 취급을 받고 있었다. 생크추어리의 우르술라와 그녀의 가족들도 마찬가지였다. 그들 모두 은밀히 그녀를 관찰하면서 고의적으로 그녀의 시선을 피하고 있는 것 같았다.

그녀가 잠을 이루지 못한 것도 무리가 아니었다. 베개에 머리를 대기만 하면 낮에 자신이 했던 다양한 연기들이 생생하게 재현되었다. 생크추어리 교환원의 아기가 아프다는 말에 내가 지나치게 걱정스러운 기색을 내비친 건 아닌가? 우르술라가 나더러 휴가를 좀 다녀올 때가 됐다고 말했을 때 내 표정이 어떻게 보였을까? 우르술라는 도대체 왜 그런 말을 한 거지? 요즘 내가 하는 일이라고는 고개를 수그리고 내 방 문을 닫은 채 부지런히 일하는 척하는 것뿐인데. 왜 나는 날개만 펄럭여도 지구 반대편에서 지진을 일으킬 수 있다는 오스트레일리아의 나비가 된 것 같은 기분이 들지?

어젯밤 이사가 예금에 대한 권리를 주장하겠다고 결정한 것에 잔뜩 흥분해서 자신의 아파트로 돌아온 그녀는 압둘라 박사의 웹사이트에 다시 들어가 그가 텔레비전에 나왔을 때의 모습과 인터뷰 장면들을 찾아보았다. 귄터 바흐만이 이 훌륭하신 박사의 머리에서 머리카락 한 올도 해칠 생각이 없다고 말했을 때 그녀는 정말로 기뻤다. 사실 박사의 머리에는 머리카락이 한 올도 없어서 해치려야 해칠 수가 없었지만 말이다. 박사는 몸집이 자그맣고, 머리가 벗어졌으며, 눈이 반짝였다. *erhaben*(고귀하다는 뜻의 독일어―옮긴이). 기숙학교 시절 신학 교사가 즐겨 쓰던 이 단어가 머리에 떠올랐다. 왠지 고귀한 것을 보고 있는 것 같은 느낌이었다. 이사와 마찬가지로 박사의 고귀함에는 그녀가 훌륭한 사람에게서 보고 싶은 모든 것이 포함되어 있었다. 마음과 몸의 순수성, 절대적인 사랑, 그리고 하느님, 아니 이름이야 어찌 됐든 하여튼 신에게 이르는 길이 여러 가지임을 인정하는 태도.

박사가 이슬람의 부정적인 면이라고 해도 될 만한 부분을 전혀 언급하지 않는 것이 이상하다는 생각이 들기는 했다. 하지만 그의 호의적이고 학자적인 미소와 재치가 곁들여진 낙관주의는 흠을 들춰내려는 비판적인 태도를 손쉽게 잠재워버렸다. 어느 종교나 광신 때문에 옆길로 빠진 신도들이 있게 마련인데 이슬람도 예외가 아닙니다. 그는 이렇게 말했다. 모든 종교는 사악한 사람들에게 악용당할 위험이 있습니다. 다양성은 신께서 우리에게 주신 선물이니 우리는 그런 선물을 주신 신을 찬양해야 합니다. 지금 상황이 상황이니 만큼 그녀는 후하게 베푸는 것이 필요하다는 압둘라의 말이 가장 마음에 들었다. 그녀의 고객이자 그의 고객이기도 한, 이슬람의 '대지의 저주받은 사람들'에 관한 언급도 감동적이었다.

이처럼 산만하게 이런저런 생각들을 하며 신기하게도 마음의 위안을 얻은 그녀는 마침내 깊은 잠에 빠져들어 산뜻한 기분으로 깨어났다.

브뤼가 루이즈 식당의 유리문을 스르르 통과해 들어와서 마치 러시아 사람처럼 그녀를 향해 양손을 뻗은 채 다가올 때 생각보다 훨씬 더 행복해 보이는 그의 표정도 그녀에게 위안이 되었다. 식당에서 만나는 건 그만두고 그를 자기 아파트로 데려가서 커피를 대접하고 싶다는 충동이 들 정도였다. 자기가 그를 어려울 때의 친구로서 얼마나 소중히 생각하는지 보여주고 싶었다. 하지만 그녀는 신중해야 한다고 자신을 타일렀다. 자신이 머릿속에 너무 많은 것을 담아두고 있기 때문에 조금이라도 긴장을 풀면 모든 것이 한꺼번에 쏟아져 나와 금방 후회할 일을 저지를 것 같았기 때문이다. 그렇게 되면 그녀가 의리를 지켜야 하는 다른 사람들 또한 모두 유감스러운 상황에 빠질 터였다.

"뭘 먹을까요? 이런, 그건 나한테 별로 어울리지 않을 것 같은데요. 그렇죠?" 그는 그녀가 마시고 있는 바닐라향 우유를 향해 우스꽝스러운 표정을 지어 보이며 이렇게 말하고는 더블 에스프레소를 주문했다. "그래, 터키인들은 잘 지내고 있습니까?"

터키인들? 무슨 터키인들? 난 아는 터키인이 없는데. 머릿속에 생각이 너무 많아서 눈앞에 바글거리는 수많은 얼굴들 중 멜릭과 레일라의 얼굴을 찾아내는 데 시간이 좀 걸렸다.

"아, 잘 지내요." 그녀는 이렇게 말하고서 바보처럼 손목시계를 흘긋 보았다. 지금쯤이면 두 사람이 비행기를 타고 페테르부르크로 향하고 있을 것이라는 생각을 하면서. 아니, 페테르부르크가 아니라 앙카라겠지.

"그 사람들은 우리 누나 결혼식에 갔어요." 그녀가 말했다.

"당신 누나요?"

"멜릭의 누나요." 그녀는 말을 바로잡았다. 자신이 이 말실수가 너무나 재미있다는 듯이 브뤼와 함께 실컷 웃어대는 소리가 들렸다. 그가 훨씬 더 젊어 보인다는 생각이 들어서 그에게 직접 말해주기로 했다. 하지만 이 말을 하며 유혹적인 표정을 지은 것이 곧바로 부끄러워졌다.

"세상에, 정말로 그렇게 보여요?" 그가 살짝 얼굴을 붉히는 모습이 조금 귀여워 보였다. "뭐, 우리 집에 좋은 소식이 하나 있기는 하죠, 솔직히. 맞아요."

이 '맞아요'라는 말은 그가 지금은 그 좋은 소식에 대해 더 이상 자세히 말할 수 없다는 뜻인 것 같았다. 그녀는 그의 뜻을 완벽하게 이해했다. 브뤼는 확실히 점잖은 사람이라는 생각이 들었다. 이 사람과 평생 친구가 된다면 좋을 것 같았다. 비록 그는 다른 생각을 품고 있겠지만. 아니, 그런 생각을 품은 건 그가 아니라 그녀인 건가?

어쨌든 그녀는 이제 딱딱한 이야기를 할 때가 됐다는 결론을 내렸다. 에르나의 제안으로 그녀는 이사에게 보여주었던 컴퓨터 출력물을 한 부 가져왔다. 압둘라 박사의 전화번호, 집주소, 이메일주소도 가져왔다. 이런 정보는 모두 인터넷에서 쉽게 구할 수 있었다. 그녀는 이 모든 사실들을 순식간에 떠올리고는 배낭에서 자료를 꺼내 그에게 휙 넘겨주었다. 그녀의 눈은 거울에 비친 자기 모습을 들여다보고 있었다.

"이 사람이에요." 그녀가 자신이 낼 수 있는, 가장 딱딱한 목소리로 말했다. "이 사람은 온통 무슬림의 자선에 관한 이야기뿐이에요." 그는 다소 당혹스러운 표정으로 자료를 바라보았다. 그녀가 이 자료를 가져온 목적을 아직 설명하지 않은 탓이었다. 아직 설명할 기회가 없어서였지만, 그녀는 곧 설명할 작정이었다. 그녀는 유쾌한 표정으로 다시 배낭에 손을 집어넣어 현금으로 바꾸지 않은 5만 유로짜리 수표를 꺼냈다. 이런 수표를 끊어준 것에 대해 다시 한 번 감사의 뜻을 표해야 할 것 같았다. 그런데 감사의 말이 너무 과했는지 그는 압둘라 박사의 자료에 완전히 흥미를 잃어버렸다. 두 사람은 다시 웃음을 터뜨리며 서로의 눈을 똑바로 들여다보았다. 보통 때 같으면 그녀가 이런 상황을 허용하지 않았겠지만, 브뤼에게는 괜찮을 것 같았다. 그녀가 그를 믿고 있었고, 어쨌든 그보다 더 큰 소리로 웃고 있으니까 말이다. 그녀는 한참 웃다가 정신을 차리고 예의를 위해 거울 속의 자기 모습을 확인했다.

"복잡한 문제가 있어요. 맞죠?" 그녀는 여전히 그의 얼굴을 똑바로 바라보며 말했다. 그가 걱정스러운 표정을 지었다. 그의 얼굴에 주름살이 몇 개 생겨나는 것을 보니 슬펐다. 집안의 반가운 소식 덕분에 표정이 그렇게나 환했었는데. 하지만 어쩔 수 없었다.

그녀는 복잡한 문제가 뭔지 설명했다. 자기 고객이 훌륭한 무슬림 단체에 모든 것을 기부하고 싶다며 올바른 기부방법에 대해 훌륭한 압둘라 박사에게 조언을 구하고 싶어 한다는 얘기였다. 하지만 우리 고객이 극도로 민감한 상황이라는 게 문제예요. 그건 우리 둘 다 잘 알고 있으니 굳이 설명하지 않을게요. 그 사람은 박사에게 직접 접근할 처지가 아니니까 일단 아버지의 돈에 대한 소유권을 확실히 인정받고 나면… 저, 행장님께서 그건 문제될 것이 없다고 하셨죠? 어쨌든 그러고 나면 토미 행장님이, 이건 그 사람이 행장님을 부르는 애칭이에요, 토미 행장님이 그 일을 대신 해주시기를 바라고 있어요.

"브뤼 프레르 은행 입장에서 그것이 별 문제가 되지는 않겠죠?" 그녀는 여전히 그의 눈을 똑바로 들여다보며 말을 맺었다. 그러면서 최고로 빛나는 미소를 지어 보였지만 그가 확답을 해줄 수 없는지 함께 미소를 지어주지 않는 것을 보고 다시 슬퍼졌다.

"그럼 우리 고객은… 잘 지내고 있습니까?" 그가 걱정스러운 표정으로 물었다. 걱정 때문에 눈썹을 어찌나 치켜세웠는지 눈썹이 이마를 뚫고 올라갈 것 같았다.

"상황을 감안하면 잘 지내고 있어요. 감사합니다, 브뤼 행장님. 아주 잘 지내고 있어요. 일이 훨씬 더 나쁘게 풀렸을 수도 있는데 말이죠. 저는 그렇게 보고 있어요."

"그럼 아직… 그건…?"

"아뇨." 그녀는 그의 말을 중간에서 잘랐다. "아직은 아니에요, 브뤼 행장님. 우리 고객은 예전에 행장님이 봤던 모습과 똑같아요."

"안전한가요?"

"지금 상황에서 최대한 안전한 곳에 있어요. 사실 아주 안전하죠."

"그럼 당신은, 아나벨?" 그가 물었다. 목소리가 긴박하게 바뀌었고, 표정도 절박했다. 그는 탁자 너머로 몸을 기울이며 그녀의 팔을 잡고는 그녀를 한동안 바라보았다. 그 눈빛이 어찌나 다정한지 그녀는 본능적으로 그와 걱정을 함께 나누며 홍수처럼 눈물을 터뜨리고 싶은 충동을 느꼈지만 이내 급격히 몸을 움츠리며 변호사라는 자신의 직업에서 피난처를 구했다. 그가 멋대로 그녀의 이름을 부르는 것도 마음에 들지 않았다. 게다가 아주 친한 사이라도 되는 것처럼 염치없이 슬쩍 말을 놓으려 하다니. 이건 변명의 여지가 없는 일이었다.

그녀는 자신이 차갑게 굳어버렸음을 깨닫고, 그에게 탓을 돌렸다. 자신이 이를 악물고 말하게 된 것도 그의 탓이었다. 가슴이 아팠지만, 그러거나 말거나 신경 쓸 사람도 없을 터였다. 멋대로 그녀의 팔을 잡은 중년의 은행가는 확실히 아니었다.

"전 쓰러지지 않아요." 그녀가 선언하듯 말했다. "아시겠어요?"

그는 이 말뜻을 알아차린 모양이었다. 수치스러운 표정으로 이미 팔을 거둬들이고 있었다. 그런데도 어떻게 된 영문인지 여전히 그녀의 손목을 붙들고 있었다.

"전 절대 쓰러지지 않아요. 전 변호사예요."

'그것도 아주 훌륭한 변호사지.' 그는 어이없을 만큼 재빨리 이런 생각을 했다.

"아버지도 변호사고, 어머니도 변호사예요. 형부도 변호사고요. 애인도 변호사였어요. 카르스텐이라고. 내가 그 사람을 찬 건, 그 사람이 보험사를 위해 석면 소송을 지연시키는 바람에 원고들이 하나씩 죽어가게 생겼기 때문이에요. 우리 집에서는 직업상 감정에 이끌리는 게 허락되지 않아요. 욕도 마찬가지고요. 전에 제가 행장님에게 욕을 한 적이 있죠. 후회하고 있어요. 사과할게요. 그때 행장님에게 빌어먹을 은행이라고 했어요. 빌어먹을 은행이 아니라 그냥 은행이에요. 아주 점잖고 훌륭한 은행. 은행치고는 무척 점잖은 편이에요."

그는 그녀의 손목을 부여잡는 걸로는 만족하지 못하고 그녀의 등을 팔로 감싸려고 했다. 그녀는 그의 손을 떨쳐버렸다. 그러고는 자기 발로 일어설 수 있다는 걸 보여주었다.

"전 변호사지만 협상의 여지가 없어요, 브뤼 행장님. 이 세상에서 가장 어리석고 쓸모없는 존재인 셈이죠. 절 위로하려고 들지 마세요. 전 교묘한 계획에 동참할 생각이 없어요. 우리가 이걸 해내지 않으면 이사는 죽은 목숨이에요. 우린 '이사를 구하는 사람들의 모임'이에요. '이사를 위해 오로지 가능한 일, 합리적인 일만' 해야 해요. 무슨 말인지 아시겠어요?"

하지만 브뤼가 그녀를 달래기 위해 뭐라고 대답하기도 전에 그녀는 자기 의자에 털썩 주저앉았다. 식당 저편에서 여자 두 명이 서둘러 그녀에게 달려왔다. 한 명은 브뤼가 하려던 것처럼 그녀의 등을 팔로 감쌌고, 다른 한 명은 길가에 불법으로 주차돼 있던 볼보 스테이션왜건을 향해 통통한 손을 흔들어댔다.

권터 바흐만은 마구간을 나설 준비를 하고 있었다. 오늘 아침 9시부터 베를린에서 온 대형 바이어들이 삼삼오오 짝을 지어 아르니 모르의 대기실로 진군해 들어와 그의 커피를 맛보고, 부하들에게 딱딱거리며 지시를 내리고, 휴대전화를 향해 고함을 질러대고, 노트북 컴퓨터를 향해 오만상을 찌푸렸다. 주차장에는 관용 헬리콥터 두 대가 서 있었다. 일반 운전자들은 마구간 자리에 차를 세워야 했다. 형편없는 회색 양복 차림의 경호원들이 길 잃은 고양이처럼 마당을 어슬렁거렸다.

이 모든 사태의 원인인 바흐만, 지금까지 줄곧 상황을 주시했으며 현장에서 잔뼈가 굵은 그는 단 한 벌뿐인 그럴듯한 정장을 차려입고 방 안을 돌아다니며 고위관료와 낮은 소리로 열심히 의견을 나누는가 하면, 오래전 함께 일했던 동료와 어깨를 두드리며 반갑게 인사를 나누곤 했다. 누가 그에게 언제부터 이번 일을 꾸몄는지, 그리고 상대를 잘 아는지 묻는다면 그는 예의 광대 같은 미소를 지으며 '젠장맞을 25년'이 어쩌고 저쩌고 하며 중얼거릴 것이다. 그건 그가 이 비밀스러운 직장에서 일한 기간이었다.

에르나 프레이는 그를 버리고 어디론가 가버렸다. 틀림없이 그 '가엾은 아이'와 가까이 있을 것이다. 요즘 그녀는 아나벨을 그렇게 부르고 있었다. 만약 그녀에게 그것 말고 다른 핑계를 대보라고 하면, 그럴 사람은 없겠지만, 그녀는 퀼른의 켈러 박사와 같은 공기를 호흡하느니 차라리 지구 건너편으로 가버리겠다고 말할 것이다. 항상 자신을 굳건히 지탱해주던 그녀가 없었기 때문에 바흐만은 평소 때보다 더 빨리 움직이며 더 밝은 말투로 이야기를 나눴다. 그런데 말투가 너무 밝은 것 같기도 했다. 마치 톱니바퀴의 이가 하나 빠진 엔진처럼.

상냥한 미소를 띠며 곁눈질을 해대는 이 사람들 중에 오늘 그의 친구는 누구고, 적은 누구일까? 이 사람들은 과연 어떤 암흑단체, 정부부처, 종교단체, 정당을 위해 일하고 있을까? 그가 알기로 이들 중 분노를 주체하지 못하고 폭발해버린 경험이 있는 사람은 소수에 불과했다. 정보계통의 지도자 자리를 차지하려는 길고 조용한 전쟁에서 이들은 모두 현장에서 잔뼈가 굵은 베테랑들이었다.

바흐만은 9·11 이후 급속히 부상하고 있는 정보계통의 간부들에게 이런 주제에 관해 기꺼이 강연이라도 하고 싶은 심정이었다. 그가 베를린으로 다시 돌아갈 때를 대비해서 소매 속에 감춰둔 또 하나의 바흐만 칸타타인 셈이었다.

그가 이 강연을 하게 된다면, 스파이들을 위한 최신 장비를 아무리 많이 갖추고 있더라도, 마법의 암호를 아무리 많이 깨고 아무리 많은 신호를 도청하더라도, 그리고 적의 조직과 내분에 관해 아무리 훌륭한 추론을 해내더라도, 이미 상황에 길들여진 기자들이 엉터리 비밀정보와 떡고물을 노리고 진위가 의심스러운 자기들의 정보를 교환하려 드는 경우가 아무리 많더라도, 결국 확실한 정보를 제공해주는 것은 쫓겨난 이맘, 실연당한 비밀 전령, 파키스탄의 부패한 과학자, 승진에서 제외된 이란의 중간급 장교, 더 이상 혼자 잠드는 것을 참을 수 없는 고독한 사람이라고 경고할 것이다. 그런 확실한 정보가 없다면, 나머지 정보는 지구를 멸망으로 이끄는 선동가, 정치병 환자, 진실을 멋대로 왜곡하는 자들의 먹이가 될 뿐이었다.

하지만 누가 있어 그의 말을 들어줄까? 바흐만은 황야로 추방당한 예언자와 같았다. 바흐만 본인이 이 사실을 누구보다 먼저 알고 있었다. 오늘 이곳에 모인 베를린의 모든 정보계통 인사들 중에서 그의 동맹이라고 해도 되는 사람은 키가 크고, 나른하고, 영리하고, 약간 나이를 먹은 미카엘 악셀로드뿐이었다. 악셀로드는 지금 그에게 말을 건네려고 살짝 몸을 수그린 상태였다.

"일은 잘 되나, 귄터?" 악셀로드가 여느 때처럼 어렴풋한 미소를 띠며 물었다.

이건 그냥 던진 질문이 아니었다. 이안 랜턴이 막 안으로 들어와 있던 것이다. 어젯밤 악셀로드 본인이 주재한 억지 모임 덕분에 세 사람은 포시즌 호텔에서 정말로 다정하게 술을 마셨다. 젊은 랜턴은 영국인 중의 영국인이라 귄터의 영역에서 고기를 낚으려 드는 것을 민망하게 생각했으며, 런던이 혹시 이사를 잡으면 어떻게 할 생각인지 솔직하게 다 털어놓았다. "정말이지 솔직히 말해서 그자는 아주 피라미에 불과했습니다, 귄터. 내 절대적으로 확신하건대, 결국은 우리가 댁들을 찾아와서 '저기, 우리 힘을 합합시다. 무조건 당신들 하자는 대로 하겠소' 하고 말하게 될 거예요." 그래서 바흐만은 랜턴이 아예 믿지 못할 인간임을 더욱 확신하게 되었다.

하지만 마사가 나타날 줄은 예상하지 못했다. 마사는 랜턴의 뒤를 따라 아르니 모르의 대기실로 들어왔다. 마치 랜턴이 그녀의 전령이라도 되는 것 같았다. 어쩌면 정말로 그런지도 몰랐다. 위풍당당한 마사. 베를린에서 아무도 넘볼 수 없는 2인자. 거기서 활동하는 사람이 몇 명인지는 오로지 하느님만 아실 일인데, 그녀는 거기서 2인자였다. 오늘 그녀는 죽음의 천사처럼 검은색 반짝이로 뒤덮인 진홍빛 새틴 카프탄(터키 사람들이 입는 소매가 긴 옷—옮긴이)을 차려입고 있었다. 마사의 뒤에서 마치 그녀의 커다란 몸 뒤에 숨으려는 듯 바짝 붙어 살금살금 들어온 사람은 다른 누구도 아닌 뉴턴이었다. 일명 뉴트라고 불리는 그는 키가 180센티미터가 넘었으며, 예전에 베이루트 주재 미국 대사관의 작전차장으로서 바흐만의 상대였다. 그는 옛날 동료였던 바흐만을 발견하고는 마사의 옆에서 벗어나 성큼성큼 그에게 다가와서 그를 끌어안으며 이렇게 소리쳤다. "이런 세상에, 귄터, 지난번에 봤을 때는 코모도어 바에 뻗어 있더니! 도대체 함부르크에서 뭘 하고 있는 거야!"

바흐만은 농담을 건네고 웃음을 터뜨리며 대체로 착한 친구처럼 굴었지만, 뉴턴에게 소리 없이 같은 질문을 던졌다. CIA 베를린 지부가 도대체 왜 함부르크에서 내 일에 끼어드는 거야? 누가 왜 이자들을 불러들인 거지? 마사와 뉴턴이 다른 먹잇감을 찾아 가버리자마자 바흐만은 열을 내며 급박한 목소리로 악셀로드에게 머릿속에 떠오른 질문들을 던졌다.

"저자들은 그냥 상황을 지켜보러 온 거야. 진정해. 우린 아직 시작도 안 했잖아."

"지켜보다니 뭘요? 뉴트는 지켜보기만 하는 인간이 아닙니다. 남의 목을 그어버리려고 드는 인간이죠."

"압둘라가 자기들과도 관련이 있다고 생각해. 사우디아라비아에 있는 자기네 주택단지에서 테러가 일어났을 때 압둘라가 그 자금줄 중 한 명이었을 거라고 보거든. 쿠웨이트에 있는 미국 도청기지에 대한 테러

미수 사건도 마찬가지고."

"그래서요? 그렇게 따지면 그자가 쌍둥이 빌딩 공격에도 일부 자금을 댔을지도 모릅니다. 우린 지금 그자를 끌어들이려는 거지, 재판을 하려는 게 아니잖아요. 저자들이 어떻게 이 자리에 나타난 겁니까? 누가 연락한 거예요?"

"합동조정위원회. 누구겠어?"

"조정위원회의 누구요? 어느 부서? 거기 부서만도 여섯 개는 되잖습니까. 혹시 부르크도르프가 저자들을 불러들였다는 말씀입니까? 부르크도르프가 내 작전을 미국인들한테 바쳤다고요?"

"만장일치로 내린 결정이야." 악셀로드가 쏘아붙였다. 바로 그 순간 마사가 아르니 모르 곁에서 떨어져 나오더니 이안 랜턴을 꽁무니에 매달고 바흐만과 악셀로드를 향해 항해하는 대형 여객선처럼 다가왔다.

"아니, 귄터 바흐만 아니야!" 그녀가 우렁찬 목소리로 말했다. 마치 다른 배에 타고 있다가 저 멀리 수평선에 간신히 보이는 그의 모습을 발견한 사람 같았다. "왜 아직도 이런 데서 감옥살이를 하고 있어요?" 그녀는 그의 손을 움켜쥐고는 마치 그를 독점해야 한다는 듯이 자신의 풍만한 몸을 향해 그를 잡아당겼다. "내 귀여운 이안은 이미 만나보았나요? 당연히 그랬겠죠. 이안은 영국에서 온 내 푸들이에요. 내가 매일 아침 샤를로텐부르크에서 이 친구를 산책시켜주고 있죠. 안 그래, 이안?"

"거의 예배를 드리는 것처럼 열심이시죠." 랜턴이 고마운 기색으로 그녀 옆에 다가서며 말했다. "제 뒤치다꺼리도 해주세요." 그는 귄터를 향해 한쪽 눈을 찡긋하며 이렇게 덧붙였다.

악셀로드는 이미 다른 곳으로 가버린 뒤였다. 방 건너편에서 부르크도르프가 자기 오른팔인 오토 켈러 박사에게 뭐라고 중얼거리며 바흐만을 힐끔거렸다. 바흐만의 이야기를 하는 것 같았다. 확고부동한 우파라면 반드시 그럴듯하게 보여야 하는 법인데, 예순 살의 부르크도르프는 바흐만이 보기에 불만투성이 아이 같았다. 엄마가 자기보다 형이나 누나를 더 사랑한다며 토라진 아이. 방으로 들어오는 문이 두 짝 다 활짝 열려 있었다. 오늘 행사의 주최자인 아르니 모르가 가슴을 쭉 내밀고 양팔은 공손히 옆구리에 붙인 채 손님들에게 잔칫상이 준비되었다고 알렸다.

바흐만은 미국인들의 등장에 불안과 당혹감을 동시에 느끼면서 긴 회의 탁자 맨 끝의 미리 지정된 자리에 앉았다. 이 자리는 모르가 그에게 미리 잡아준 최고의 자리였다. 아니, 혹시 저능아에게 배정해주는 자리인 걸까? 바흐만이 이번 작전의 기안자이자 청원자인 것은 사실이었다. 하지만 일이 잘못되면 그 죄를 뒤집어쓰는 사람도 바흐만이었다. 악셀로드가 조금 전 일깨워주었듯이, 합동조정위원회는 내분에도 불구하고 철통같은 집단체제로 함께 결정을 내리는 것이 원칙이었다. 바흐만 같은 프리랜서 청원자들은 만장일치로 받아들여지거나 거부당할 위험을 무릅써야 했다. 때로는 그것이 이득이 되기도 했지만. 서로 라이벌 관계인 부르크도르프와 악셀로드 진영이 탁자 반대편 끝에서 서로 붙어 앉아 공동 방어망을 형성한 듯한 태도를 취한 것은 어쩌면 이런 인식 때문일 수도 있었다. 두 진영의 이러한 움직임 때문에 그들에게 의존하고 있는 관리들은 그들과 공격자들 사이에 앉을 수밖에 없었다.

모르는 마사와 뉴턴이 관찰자라는 사실을 강조하기 위해 별도의 탁자에 자리를 따로 마련해주었다. 하지만 바흐만은 두 사람이 갑자기 셋으로 늘어난 것을 보고 깜짝 놀랐다. 각진 어깨의 40대 여자가 그 자리에 함께 앉아 있었던 것이다. 치아가 완벽하고, 잿빛이 섞인 금발머리를 길게 기른 여자였다.

그런데 그것으로도 충분하지 않았는지, 180센티미터가 넘는 뉴턴이 바흐만과 포옹하며 인사한 지 얼마 되지도 않은 지금 턱수염을 기른 모습으로 변신해 있었다. 아니, 어쩌면 열렬한 포옹 탓에 바흐만이 미처 눈치채지 못한 것일 수도 있었다. 삽 모양으로 완벽하게 다듬은 검은 수염이 턱 끝에 작게 자리 잡고 있었다. 사람이 남의 얼굴을 때릴 때 주먹으로 겨냥하는 바로 그 지점이었다. 물론 이쪽에서 주먹을 날리기 전에 먼저 뉴턴의 주먹에 맞아 뻗어버리겠지만 말이다.

다정하고 예의바른 이안 랜턴은 외국인인데도 이쪽 편으로 흡수당한 모양이었다. 그는 중앙 탁자에 앉아 있었지만, 마사와 귓속말을 주고받을 수 있을 만큼 관찰자들의 탁자와 가까운 자리였다. 랜턴의 왼쪽에는 부르크도르프가 앉아 있었다. 하지만 두 사람 사이에는 상당한 거리가 있었다. 부르크도르프가 워낙 날씬하고, 발랄하고, 매력적인 사람이라 남들과 가까이 있는 것을 그다지 좋아하지 않기 때문이었다. 부르크도르프에게서 두 자리 건너에는 베를린의 돈세탁 팀에서 온, 강박증 환자 같은 여성 요원 두 사람이 앉아 있었다. 뉘른베르크의 무슬림 자선단체가 좋은 뜻으로 모금해 송금한 1만 달러가 바르셀로나의 후미진 차고에 쌓인 머리 염색약 500리터로 바뀌는 과정 같은 수수께끼를 풀면서 나이보다 빨리 늙어가는 것이 그들의 임무였다.

바흐만 앞에 앉은 나머지 사람들은 행정 관리들이거나 그보다 더한 사람들이었다. 재무부의 최고위급 인사들, 총리실에서 온 음울한 인상의 여자, 연방 경찰국 부장이라기에는 터무니없이 젊은 경찰관, 베를린의 한 신문사에서 국제부장을 지냈으며 기자들이 제출한 기사를 퇴짜 놓는 일이 전문인 언론인.

바흐만이 말을 시작해야 하는 걸까? 모르는 이미 문을 닫아 건 뒤였다. 켈러 박사가 자신의 휴대전화를 향해 인상을 찌푸리더니 주머니에 쑤셔 넣었다. 랜턴이 "얼른 하세요, 귄터."라고 말하는 듯한 거슬리는 미소를 지으며 바흐만을 바라보았다. 바흐만은 어차피 할 일을 얼른 끝내 버리기로 했다.

"펠릭스 작전." 그가 선언하듯이 말했다. "이 자리에 계신 모든 분이 자료를 미리 보셨겠지요? 혹시 안 보고도 본 척하시는 분은 없겠죠?"

그런 사람은 없었다. 다들 그를 바라보았다.

"그럼 아지즈 교수님께서 목표물의 프로필을 말씀해주시겠습니다."

'먼저 아지즈를 내세워. 그리고 힘든 일은 마지막으로 미루는 거야.' 이것이 악셀로드의 충고였다.

바흐만은 20년 전부터 아지즈를 좋아했다. 아지즈가 암만에서 그를 위해 일하는 최고급 요원일 때에도, 아지즈가 스스로 구축한 네트워크의 활동이 중단되고 그의 가족들은 몸을 숨긴 상태에서 아지즈 본인은 튀니지의 감옥에서 썩고 있을 때에도, 아지즈가 심하게 두들겨 맞은 맨발로 절룩거리며 감옥 정문에서 나와 미리 대기 중이던 독일 대사관 차에 오를 때에도 그랬다. 아지즈는 그 차를 타고 공항으로 가서 바바리아의 새로운 정착지로 향했다.

바흐만은 지금도 아지즈를 사랑했다. 옆문이 열리더니 막시밀리안이 미리 약속한 대로 살짝 모습을 드러냈다. 그리고 몸집은 왜소하지만 행동은 군인 같은 검은 머리의 남자가 어두운 색 정장 차림에 콧수염을 기른 모습으로 부드럽게 방 안으로 들어와 탁자 한쪽 끝의 연단으로 올라갔다. 근거지를 옮겨 새로 정착한 스파이 아지즈. 그는 '지하드주의'의 이면에 관한 합동조정위원회 최고의 전문가였다. 카이로 시절 그의 제자였던 압둘라 박사의 생각과 행동에 대해서도 마찬가지였다.

하지만 아지즈는 그를 압둘라라고 부르지 않았다. 그가 압둘라를 부르는 이름은 '폿말'이었다. 악셀로드가 모든 이슬람 투사들의 정신적 스승인 사예드 쿠툽이 이집트 감옥에 수감돼 있을 때 집필한 영적인 안내서 《길가의 푯말들》을 은밀히 일컫기 위해 충동적으로 결정한 암호였다. 아지즈의 목소리는 묵직했으며, 고통이 그 밑에 깔려 있었다.

"푯말은 딱 한 가지만 제외하고 모든 면에서 신의 사람입니다." 그는 국방부 자문의 신분으로 연단에 서서 입을 열었다. "그는 지극히 성실하고 박학한 학자입니다. 신앙심이 독실한 건 의심의 여지가 없고요. 그는 평화로운 길을 주장합니다. 부패한 이슬람 정권을 타도하기 위해 폭력을 이용하는 건 종교법에 어긋난다고 진심으로 믿고 있기 때문입니다. 최근 그는 예언자 무함마드의 말씀을 독일어로 새로 번역한 책을 출판했습니다. 번역이 아주 훌륭합니다. 그보다 더 나은 번역을 본 적이 없습니다. 그는 소박한 생활을 하며, 식사로 꿀을 먹습니다." 아무도 웃음을 터뜨리지 않았다. "그는 꿀을 아주 좋아합니다. 무슬림들 사이에서도 꿀을 열정적으로 좋아하는 사람으로 유명하죠. 무슬림들은 사람을 유형별로 분류하기를 좋아합니다. 그는 신의 사람, 책의 사람, 꿀의 사람입니다. 하지만 우리가 보기에는 불행히도 폭탄의 사람이기도 합니다. 아직 증명된 사실은 아니지만, 설득력 있는 증거가 있습니다."

바흐만은 탁자에 앉은 사람들을 슬쩍 훑어보았다. 꿀, 신, 폭탄. 모두들 자그마한 몸집의 군인 같은 교수를 바라보고 있었다. 예전에 꿀을 먹는 폭파범과 친구 사이였던 사람.

"5년 전까지 그는 맞춤 양복을 입었습니다. 멋쟁이 신사였죠. 하지만 독일 텔레비전에 출연해서 공개적인 토론에 참가하기 시작하면서 그는 더 소박한 옷차림을 선택했습니다. 소박한 사람으로 뚜렷이 주목을 끌고 싶었기 때문입니다. 금욕적인 생활을 하는 사람으로 말이죠. 이건 사실입니다. 하지만 그가 왜 이런 행동을 했는지는 저도 잘 모릅니다."

그의 말을 듣고 있는 사람들도 모르기는 마찬가지였다.

"푯말은 평생 동안 움마 내부의 분파주의를 극복하려고 진심으로 애썼습니다. 이 점에 대해서는 그에게 찬사를 보내야 한다고 생각합니다."

그는 여기서 잠시 머뭇거렸다. 이 자리에 있는 사람 전부는 아닐지라도 대다수는 그가 말한 '움마'가 전 세계 모든 무슬림의 공동체를 가리키는 단어임을 알고 있었다.

"푯말은 여러 분파의 자선단체에서 이사로 일하면서 기금모금 활동을 했습니다. 개중에는 서로를 심하게 적대시하는 단체들도 포함되어 있었죠. 그가 이런 행동을 한 것은 자카트(이슬람교에서 자선의 의무를 위해 걷는 세금―옮긴이)를 모금해서 나눠주기 위해서였습니다." 아지즈는 청중의 표정을 또다시 재빨리 살폈다.

"자카트는 무슬림의 수입 중 2.5퍼센트에 해당하는 돈입니다. 샤리아 율법에 따라 이 돈은 학교, 병원, 가난한 사람들에게 주는 음식, 학생들에게 주는 장학금, 고아원 등 좋은 일에 써야 합니다. 여기서 고아원은 무슬림 고아원입니다. 그는 고아원에 커다란 애정을 품고 있습니다. 푯말은 우리의 고아들을 위해 평생 동안 잠도 자지 않고 온 세계를 여행하겠다고 선언했습니다. 이 점에 대해서도 그에게 찬사를 보내야 합니다. 이슬람 세계에는 고아가 많습니다. 푯말도 어렸을 때 고아가 됐습니다. 그래서 아주 엄격한 코란 학교에서 교육을 받았죠."

하지만 점점 팽팽해지는 그의 목소리에서 드러나듯이, 푯말의 이러한 신앙에는 부정적인 면이 있었다.

"고아원은 사회주의자와 테러리스트들이 만날 수밖에 없는 여러 장소들 중 하나입니다. 고아원은 죽은 자의 아이들을 위한 피난처입니다. 죽은 자들 중에는 순교자도 있습니다. 이슬람을 수호하기 위해 목숨을 바친 사람들 말입니다. 그들이 전장에서 죽었든, 자살폭탄 공격에 나섰든 상관없습니다. 순교의 형태에 대해 질문을 던지는 것은 자선단체 기부자들의 일이 아닙니다. 따라서 유감스럽게도 테러를 퍼뜨리는 자들과의 접촉이 불가피하다고 할 수 있습니다."

이 자리에 모인 사람들이 홀린 듯한 표정으로 '아멘'을 외쳤더라도 바흐만은 놀라지 않았을 것이다.

"푯말은 용맹합니다." 아지즈 교수는 다시 국방자문의 역할로 돌아가서 강력히 주장했다. "평생을 건 사명을 수행하는 과정에서 그는 지구상에서 가장 환경이 열악한 지역들을 방문해 무슬림 형제자매들이 힘들게 살아가는 모습을 목격했습니다. 환경이 그냥 열악한 게 아니라 절대적으로 열악한 지역들이었습니다. 지난 3년 동안 그는 개인적인 위험을 무릅쓰고 가자, 바그다드, 소말리아, 예멘, 에티오피아 등을 다녀왔습니다. 레바논도 다녀왔죠. 거기서 그는 이스라엘이 그 나라를 얼마나 황폐하게 만들었는지 직접 경험했습니다. 그렇다고 해서 그것이 그를 위한 변명이 되지는 않겠지만요."

그는 깊이 숨을 들이쉬었다. 마치 용기로 자신을 가득 채우려는 것 같았다. 하지만 바흐만이 기억하기로, 아지즈에게는 용기가 전혀 부족하지 않았다.

"분명히 말씀드리지만, 이런 경우 상대가 무슬림이든 무슬림이 아니든 항상 똑같은 의문이 제기됩니다. 만약 설득력 있는 증거가 정확하다면, 푯말 같은 사람은 악행을 저지르기 위해 약간의 선행을 하고 있는 것인가, 아니면 선행을 하기 위해 약간의 악행을 저지르고 있는 것인가? 제가 보기에 푯말의 목적은 항상 선행을 하는 것입니다. 폭력의 사용을 허용해도 되느냐고 그에게 물어보면 그는 우리가 테러 문제를 다룰 때 점령세력에게 반발하는 합법적인 반란과 우리가 받아들일 수 없는 문자 그대로의 테러를 구분해야 한다고 말할 겁니다. 유엔 헌장은 점령세력에게 저항하는 것을 허용합니다. 우리도 같은 생각입니다. 자유주의를 믿는 유럽인들도 마찬가지입니다. 하지만…." 그는 갑자기 아련한 표정을 지었다. "하지만 우리가 이런 사건들에서 배운 것은, 설득력 있는 증거들을 통해서 본 폿말도 예외가 아닙니다만, 착한 사람들이 선행을 베푸는 데 꼭 필요한 요소로서 약간의 악을 받아들이고 있다는 점입니다. 어떤 경우에는 악의 비중이 무려 20퍼센트나 되기도 하겠죠. 12~10퍼센트인 경우도 있을 테고요. 겨우 5퍼센트밖에 안 되는 경우도 있을 겁니다. 하지만 악의 비중이 5퍼센트밖에 안 된다고 해도, 그것이 정말로 나쁜 일일 수 있습니다. 나머지 95퍼센트가 아주 선하다 해도 말입니다. 그들도 이런 주장이 있음을 알고 있습니다. 하지만 그들의 머리는…." 그는 자기 머리를 톡톡 두드렸다. "이 문제를 미결로 봅니다. 그들의 머릿속에 테러를 위한 공간이 있기는 한데, 그것이 전적으로 부정적인 공간은 아닙니다. 그들은 그 공간을…." 교수가 지금 압둘라의 입장이 되어 자신의 양심을 되돌아보고 있는 건가? "다양한 사람들이 모인 움마라는 위대한 단체에 바치는 고통스럽지만 반드시 필요한 공물로 봅니다. 불행히도 이것 역시 변명이 되지 못합니다. 하지만 감히 말하건대, 그들의 행동에 대한 설명은 될 수 있습니다. 따라서 폿말이 머리로는 올바른 길에 대한 확신을 갖고 있어도 이슬람 투사들 면전에서 당신들이 틀렸다고 말하지는 않을 겁니다. 내심 완전한 확신이 있는 것은 아니니까요. 이것은 그에게 해결할 수 없는 패러독스입니다. 이런 패러독스를 안고 있는 사람은 그뿐만이 아닙니다. 진정한 신자들은 모두 올바른 길을 찾고 있지 않습니까? 신의 명령이란 원래 이해하기 어려운 것 아닙니까? 폿말은 투사들이 하는 일에 깊은 반감을 품고 있을지도 모릅니다. 십중팔구 그럴 겁니다. 하지만 그가 어찌 감히 투사들의 신앙심이 자기보다 덜하다거나, 그들이 신의 뜻을 자기보다 잘 모르고 있다고 말할 수 있겠습니까? 물론 설득력 있는 증거가 옳다면 그렇다는 말입니다."

바흐만은 부르크도르프와 마사를 차례로 흘깃 바라보았다. 미국 최고의 스파이인 마사와 독일 정보계의 차르가 될 부르크도르프가 서로를 바라보고 있었기 때문이다. 두 사람의 시선에는 아무런 표정이 없었기 때문에, 두 사람 사이에 은밀한 유대감이 존재한다는 사실 외에는 아무것도 알아낼 수 없었다.

눈치 빠른 랜턴도 두 사람의 시선을 알아채고는 자기도 한 몫 참가하고 싶어서 의자에 앉은 채 몸을 뒤로 기울여 보석으로 장식된 마사의 귀에 최대한 가까이 다가가서 뭐라고 귓속말을 했다. 하지만 마사의 표정에는 아무런 변화가 없었다.

아지즈가 이런 움직임들을 보았는지는 몰라도, 겉으로는 아무런 내색도 하지 않고 그냥 무시해버렸다.

"이런 가능성도 반드시 고려해보아야 합니다." 그는 말을 이었다. "폿말이 자신의 입장과 그로 인해 생겨난 여러 관계들 때문에 동료 신자들로부터 '도덕적 압박'을 받고 있을 가능성 말입니다. 그런 일은 얼마든지 있을 수 있습니다. 동료들이 단순히 그의 협조를 예상하는 수준을 넘어 요구하고 다그치는 일 말입니다. 당신이 우릴 돕지 않는 건 곧 배신이라고 다그치는 식이죠. 폿말이 이 밖에 다른 형태의 압박에도 시달리고 있을 가능성이 있습니다. 예전에 결혼을 해서 사랑스러운 자식들을 낳은 적이 있는데, 지금 그 아이들이 사우디아라비아에 살고 있으니까요. 우리로서는 모를 일입니다." 그는 고통스러운 표정으로 강하게 말했다. "앞으로도 결코 모를 겁니다. 어쩌면 폿말 본인도 결코 알아차리지 못할 수도 있습니다. 자기가 어쩌다 지금의 모습이 되었는지. 물론 그가 우리가 생각하는 그런 모습이라면 그렇다는 말입니다만." 그는 잘 이해해주지 않을 것 같은 청중에게 마지막 호소와도 같은 말을 하려는지 마음을 다지는 모습이었다. "어쩌면 폿말은 알고 싶어 하지 않을지도 모릅니다.

정말로 모를 수도 있고요. 5퍼센트의 악이 궁극적으로 어디에 이를지. 끝까지 파고들다 보면 결국 아무도 그 답을 알 수 없을지도 모릅니다. 그는 지붕 공사가 필요한 모스크, 새로 병동을 지어야 하는 병원에 자선을 베풉니다. 그 중간에는 자비로우신 알라의 은총으로 이 돈을 직접 전달해주는 중재자들이 있습니다. 하지만 가난한 이슬람 기관들은 장부를 꼼꼼히 기재하지 않는 경우가 있습니다. 따라서 중재자들이 그 돈 중 일부를 빼돌려서 자살폭탄 공격을 위한 폭발물을 사는 것이 가능합니다."

이제 그가 끝까지 남겨둔 말을 할 차례였다. "폿말의 마음 중 95퍼센트는 자기가 무슨 일을 하는지 알고 있으며, 그 일을 사랑합니다. 하지만 나머지 5퍼센트는 자기가 무슨 일을 하는지 알고 싶어 하지도 않고, 알수도 없습니다. 죄송합니다."

죄송하다니 뭐가? 바흐만은 그에게 이렇게 물어보고 싶었다.

"그럼 그자는 뭐요?" 어떤 남자가 갑자기 답답하다는 듯이 교수를 다그쳤다. 부르크도르프였다.

"그의 행동을 기준으로 말씀하시는 겁니까, 부르크도르프 위원님? 아니면 그가 미치는 영향이 기준인가요? 증거가 옳다는 전제에서요?"

"우리가 지금 논의하려는 게 바로 그것 아니오? 이미 그런 가정을 했잖소. 그의 행동을 기준으로 본다면?"

심술쟁이 어린애 같은 부르크도르프는 모호한 열린 결말을 싫어하기로 유명했다. "보좌관들은 항상 입장이 뚜렷한 놈들로 보내, 미카엘." 그가 예전에 남들이 다 보는 자리에서 꼴사납게 승강이를 벌이며 악셀로드에게 이렇게 고함을 지른 적이 있다고 한다. "이런 입장에서 보면 이렇고 저런 입장에서 보면 저렇다는 식으로 말하는 인간들은 이세 보내지 말란 말이야!"

"폿말은 중심입니다, 부르크도르프 위원님." 아지즈 교수가 연단에서 슬픈 목소리로 인정했다. "그가 하는 일의 본질이 그런 게 아니라, 세부적인 면에서 그렇습니다. 여기서 조금 깎아내고, 저기서 조금 곁길로 빼돌리고… 이걸 다 합쳐도 금액이 크지는 않습니다. 현재 자행되는 테러의 형태를 보면, 그럴 필요가 없거든요. 몇 천 달러면 충분합니다. 환경이 더없이 열악한 곳에서는 몇 백 달러만 있어도 됩니다. 만약 하마스의 일이라면, 그보다 더 적어도 되죠."

그는 뭔가 말을 덧붙이려는 것처럼 보였다. 어쩌면 겨우 몇 백 달러로 벌어진 일이 막 기억난 것 같기도 했다. 그런데 부르크도르프가 그의 말을 잘랐다.

"그러니까 그자가 테러에 자금을 대는 거로군." 그가 큰 소리로 쏘아붙였다. 이 자리의 많은 사람들을 위해 문제를 명쾌히 정리한 셈이었다.

"사실 그렇습니다, 부르크도르프 위원님. 우리 생각이 맞다면요. 그의 마음 중 95퍼센트는 그런 일을 하지 않습니다. 그 95퍼센트는 움마의 가난하고 병든 사람들을 돕는 일을 합니다. 하지만 나머지 5퍼센트는 테러에 자금을 댑니다. 의식적으로, 독창적으로. 따라서 그는 사악한 사람입니다. 그것이 그의 비극이죠."

악셀로드는 이런 순간이 올 줄 미리 알고 있었으므로 이미 대비책을 마련해두었다.

"아지즈 교수님, 뭔가 다른 말을 하려던 것이 아닙니까? 교수님의 말에서 행간의 의미를 더듬어 보면, 적당한 유인책과 함께 압박과 불운을 적절히 섞어서 사용한다면 풋말이 우리가 평화로운 길로 끌어들일 수 있는 이상적인 대상이라는 말에 동의하실 것 같은데요. 오래전, 교수님께서도 직접적인 행동을 지지하는 무슬림 형제단의 일원이었다가 마음을 돌리셨지 않습니까."

아지즈 교수는 고개를 숙여 청중에게 작별인사를 한 뒤 안내를 받으며 방을 빠져나갔다. 그는 이곳을 마음대로 돌아다닐 수 있는 보안등급이었지만, 굳이 위험을 무릅쓸 필요가 없지 않은가? 바흐만은 그가 떠나는 모습을 지켜보며 마사가 일부러 들으라는 듯이 랜턴에게 속삭이는 말을 들었다.

"그거 알아, 이안? 지금 나라면 5퍼센트로 만족하겠어."

아지즈가 나간 뒤 사람들이 잠시 제멋대로 움직였다. 마사는 자리에서 일어나 잔뜩 힘을 모으더니 휴대전화를 귀에 댄 채 미끄러지듯 밖으로 나갔다. 뉴턴과 어깨가 넓은 금발 여자를 거느리고서. 모르는 알고 보니 자기 부서 사람들이 회의실 모습을 지켜볼 수 있는 사무실을 별도로 마련해둔 모양이었다. 부르크도르프는 자리에 앉은 켈러를 향해 몸을 수그리고 뭐라고 귓속말을 하고 있었지만, 두 사람의 시선은 각각 반대편을 향하고 있었다. 바흐만은 속에서 차오르는 불안감을 떨쳐버리려고 애쓰면서, 부하 직원들에게 들려주고 싶지만 미처 들려주지 못한 말을 속으로 기도처럼 되뇌었다.

'우린 경찰이 아니라 스파이다. 우린 목표물을 체포하지 않는다. 우린 그들을 개발해서 더 큰 목표물을 향해 방향을 재설정한다. 네트워크의 존재를 알아내면 우리는 그들을 지켜보고, 그들의 이야기에 귀를 기울이고, 그 안으로 뚫고 들어가서 점차 그들을 장악한다. 체포는 부정적인 결과를 낳는다. 체포는 귀중한 자산을 파괴한다. 체포를 하고 나면 우리는 다시 상황판을 바라보며 자신이 방금 파괴해버린 네트워크보다 가치가 절반밖에 안 되는 또 다른 네트워크를 찾으려고 여기저기를 뒤져야 한다. 만약 압둘라가 이미 알려진 네트워크의 일원이 아니라면, 내가 직접 그를 그런 네트워크에 집어넣을 것이다. 필요하다면 내가 순전히 압둘라를 위해 네트워크를 하나 만들어낼 것이다. 과거에 이 방법은 효

과가 있었다. 압둘라에게도 효과가 있을 것이다. 나한테 그럴 기회만 생
긴다면. 아멘.'

짐머만 씨라는 전설적인 여성 조사원(바흐만은 그녀가 베이루트 대사관
을 잠깐 방문했을 때 만난 적이 있었다)의 손에서 폿말은 5퍼센트의 결함이
있고 꿀을 먹는 종교학자에서 이에 피를 묻힌 테러단체 경리담당자로
변신하고 있었다.

짐머만 씨의 각진 머리 위의 화면에는 가계도처럼 생긴 그림이 떠 있
었다. 폿말이 관여하는 명망 있는 무슬림 자선단체 중 그가 테러를 위해
돈과 물자를 빼돌리는 데 악용하는 것으로 짐작되는 곳을 표시한 도표
였다. 그의 마음 중 5퍼센트가 하는 일이 모두 돈과 관련된 것은 아니었
다. 지부티의 빈민들이 설탕 100톤을 달라고 애걸하고 있다고? 폿말의
자선단체 중 한 곳이 그곳으로 당장 물건을 보낼 것이다. 하지만 그 물건
을 실은 구호선은 지부티로 가는 길에 전쟁으로 찢긴 소말리아 북부 해
안의 소박한 항구인 베르베라에 들러 다른 짐을 부릴 것이다. 짐머만 씨
는 마치 제멋대로 들어온 벌레를 없애려는 듯이 포인터로 스크린을 짜
증스럽게 찔러대며 설명했다.

그런데 베르베라에서 설탕 10톤이 실수로 하역되는 일이 발생한다.
뭐, 그건 얼마든지 있을 수 있는 일이다. 베르베라에서도 함부르크에서
도. 이 사소한 실수는 배가 항구를 떠난 뒤에야 발견된다. 배가 공식적인
목적지인 지부티에 도착했을 때, 이곳의 빈민들은 워낙 굶주린 상태라
설탕 90톤을 받게 된 것만으로도 고마워 어쩔 줄 모르기 때문에 묘하게
사라져버린 10톤에 대해 아무도 불평을 늘어놓지 않는다.

한편 베르베라에서는 설탕 10톤이 소말리아 민병대에게 폭탄, 지뢰,
권총, 어깨에 메는 로켓 발사대를 사주는 데 사용된다. 민병대 병사들은

특별 할인가격으로 파괴와 살육을 퍼뜨리는 일을 필생의 목적으로 삼은 사람들이다.

하지만 훌륭한 자선단체에 누가 탓을 돌릴 수 있겠는가? 이 자선단체는 지부티의 굶주리는 사람들에게 설탕을 보내는 착한 일을 했음이 분명한데 말이다. 또한 누가 감히 풋말에게 탓을 돌릴 수 있겠는가? 그의 마음 중 95퍼센트는 종교를 막론하고 모든 사람들이 관용과 포용의 정신을 발휘해야 한다고 역설하는 경건한 사람인데 말이다.

하지만 짐머만 씨는 그렇게 할 용의가 있었다.

그녀는 이 자리에 있는 사람들에게 펠릭스 자료를 보라고 말했다. 그 자료에는 그녀가 발견한 사실들을 뒷받침하는 합리적인 추론 내용이 상세하게 밝혀져 있었다. 한편 그녀는 멍청이들을 위해 또 다른 도표를 준비했다. 처음 도표보다 훨씬 더 단순한 그림이었다. 여기에는 전 세계에 흩어져 있는 크고 작은 상업은행들이 군도처럼 표시되어 있었다. 개중에는 친숙한 이름도 있고, 파키스탄의 산 속 어디쯤에 있는 오두막을 본거지로 활동할 것 같은 곳도 있었다. 이 은행들을 서로 연결해주는 요소는 하나도 없었다. 공통점이라고는 짐머만 씨가 포인터를 흔들어댈 때 화면에 나타나는 불빛 한 점뿐이었다. 짐머만 씨가 포인터를 흔드는 모습은 마치 어린 아가씨가 떠나는 버스를 향해 화를 내며 우산을 흔들어대는 모습 같았다.

어느 화창한 날, 이 은행으로 얼마간의 돈이 입금된다고 그녀는 말했다. 암스테르담에서 1만 유로가 입금됐다고 칩시다. 어떤 상냥한 남자가 은행으로 들어와 이 돈을 입금합니다.

그리고 이 돈은 은행에 그대로 머무릅니다. 돈이 입금된 계좌의 주인은 개인일 수도 있고, 기업일 수도 있고, 기관이나 자선단체일 수도 있습니다. 어쨌든 돈은 꼼짝도 하지 않습니다. 그 행운의 계좌 주인 소유로 계속 남아 있는 거죠. 어쩌면 6개월 동안이나 그런 상태가 계속될 수도 있습니다. 1년이 될 수도 있고요.

그런데 일주일 뒤에 수천 킬로미터 떨어진 곳, 이를테면 카라치 같은 곳에서 이 은행으로 같은 금액이 입금됩니다. 이 돈도 역시 이 은행에서 움직이지 않습니다. 이 돈과 관련해서 전화 통화가 이루어진 적도 없고, 누가 이 돈을 송금한 것도 아닙니다. 이번에도 역시 어떤 상냥한 남자가 은행으로 들어와 이 돈을 입금한 겁니다.

"그러다 한 달 뒤에 아주 비슷한 금액의 돈이 마침내 '여기'에 도착합니다." 짐머만 씨가 말했다. 그녀의 날카로운 목소리가 노기를 띠며 높아졌다. 포인터 끝은 키프로스 북부를 가리키고 있었다. "처음부터 여기가 목적지였습니다. 소리 없이 여러 단계를 거쳐 여기에 입금된 겁니다. 이 작전에 관한 상세한 정보가 없다면 우리는 이러한 자금 흐름을 도저히 추적할 수 없습니다. 이런 식의 거래가 매시간 헤아릴 수 없이 많이 이루어집니다. 그중에 테러 행위와 관련된 것은 극소수에 불과합니다. 여러 소식통들과 전산화 된 데이터 덕분에 우리는 가끔 이러한 자금 흐름을 알아낼 수 있습니다. 하지만 이것은 자금을 보내는 수많은 방법 중 하나일 뿐입니다. 그것이 바로 우리의 고민이죠. 이번에 우리가 자금 흐름을 추적할 수 있었다고 해서 다음번에도 추적할 수 있을 거라고는 장담할 수 없으니까요. 다음번에는 완전히 다른 방법이 쓰일 수도 있습니다. 그게 바로 이 시스템의 장점이에요. 물론 이 과정을 총괄하는 자가 부주의해지거나 게을러져서 같은 방법을 여러 번 되풀이해서 사용하게 된다면 또 모르지만. 그렇게 되면 어떤 패턴이 점차 형성될 테고, 시간이 흐르면 우리가 가설을 세울 수 있게 될 겁니다. 자금 흐름을 총괄하는 자의 정체와 자금 흐름도에서 그의 첫 번째 연결고리 역할을 하는 자의 정체를 알아내는 것이 가장 이상적입니다. 푯말은 바로 자금 흐름을 총괄하는 자인데, 최근 게을러진 모양입니다."

니코시아 시 위에서 포인터의 불빛이 타오르고 있었다. 포인터가 이 도시를 나무라듯이 한 번 툭 건드리더니 그대로 움직이지 않았다.

"암호해독과 눈에 보이지 않는 자금이전은 같은 특징을 지니고 있습니다." 전설적인 존재인 짐머만 씨가 남부 독일 사투리가 섞인 여교사 같은 말투로 다시 말을 이었다. "같은 패턴의 반복은 수사관들이 모두 꿈꾸는 것이죠. 우리는 지극히 하잘것없는 운송회사 한 곳을 3년 동안 관찰했습니다. 이 회사는 실수로 이상한 곳에 식량을 비롯한 여러 소비재들을 하역하고서는 그 물건들을 굳이 되찾아오려고 애쓰는 기색이 없더군요." 세븐 프렌즈 해운이라는 평범한 이름이 키프로스 섬 꼭대기에 빨간색으로 갑자기 나타났다. 포인터는 여전히 움직일 기색이 없었다. "퍗말이 이 은행의 이 자선단체 계좌에 먼저 돈을 입금한 것을 바탕으로…." 리야드에 불이 반짝 들어오면서, 은행 이름도 함께 밝아졌다. 은행 이름은 아랍어와 영어로 표기되어 있었다. "같은 금액의 돈이 이 은행에 입금됩니다." 포인터는 파리로 옮겨가 있었다. "그리고 같은 금액이 이 은행에 입금됩니다." 이번에는 이스탄불이었다. "이제 우리는 이 모든 계좌들을 사전에 파악할 수 있게 되었습니다. 그래서 퍗말이 테러자금을 대는 일에 관련되어 있다는 가정을 분명히 내세울 수 있죠. 만약 퍗말이 깨끗하다면, 이렇게 급이 낮은 1회용 운송회사와 직접 접촉할 이유가 전혀 없다고 우리는 확신하고 있습니다. 그런데 그가 이 회사에 직접 일을 맡긴 것이 한두 번이 아닙니다. 이 회사가 엉뚱한 곳에 물건을 배달한 적이 한두 번이 아니라는 사실을 알면서도 말입니다. 아니, 아마 그런 사실을 알기 때문에 그렇게 한 것인지도 모르죠. 증거는 없지만, 가정의 근거로 삼기에는 충분합니다."

화면이 돌돌 말려서 사라지자 짐머만 씨의 꼼꼼하고 정확한 목소리를 마사의 위풍당당한 목소리가 가로막았다. 마치 한 배에서 확성기를 이용해 다른 배를 향해 말을 걸 때처럼 커다란 목소리가 방 전체에 울려 퍼졌다.

"아까 가정을 분명히 내세울 수 있다고 하셨는데요, 샤를로트." 저 여자가 짐머만 씨의 이름을 도대체 어떻게 아는 거지? 바흐만은 속으로 생각했다. 게다가 저 여자가 이 방으로 다시 들어와 있는 걸 내가 몰랐단 말이야? "그럼 증거가 있단 말인가요? 그가 우리가 원하는 대로 움직여서, 그러니까 첫 번째 고리를 향해 움직여서 우리가 증거를 확보하게 된 겁니까? 미국 법정에서도 통할 수 있을 만큼 확실한 증거인가요?"

짐머만 씨는 당황해서 그건 자신이 대답할 수 있는 질문이 아니라고 반박했다. 그때 악셀로드가 노련한 솜씨로 답변을 떠맡고 나섰다.

"미국 법정이라니 어떤 법정을 말씀하시는 겁니까, 마사? 문을 닫아 걸고 비공개로 진행되는 군사법정인가요, 아니면 피고에게 죄목을 알려주는 구식 법정인가요?"

거칠 것 없는 사람들 몇 명이 웃음을 터뜨렸다. 나머지 사람들은 아무 말도 못들은 척했다.

"바흐만 팀장." 부르크도르프가 쏘아붙이듯이 말했다. "작전 제안서가 있지요? 어디 한번 들어봅시다."

상황을 주시하며 작전을 짜는 사람은 마법사처럼 솜씨를 부리는 동안 풋내기가 어깨너머로 자신의 솜씨를 훔쳐보는 것을 좋아하지 않는다. 바흐만도 창작의 과정을 남에게 공개하는 문제에 관해서는 예술가처럼 예민한 구석이 있었다. 그래도 그는 청중의 뜻을 따르려고 애썼다. 스파이 업계의 변방에 위치한 사람들의 마음을 움직이기 위해 그는 일부러 겸손하고 쉬운 말로 자신의 주장을 펼치기 시작했다. 그가 급히 작성한 원고를 에르나 프레이와 악셀로드가 손봐준 것이 발표 내용의 핵심을 이루고 있었다. 그는 풋말의 혐의를 입증하는 증거를 찾아내는 동시에 그의 평판과 명성을 변함없이 유지시키는 것이 이번 작전의 목표라고 설명했다. 장기적인 관점에서 보면, 풋말이 자선단체들과의 관계를 고스란히 유지한 채 오히려 더 평판이 높아지게 할 필요가 있었다. 이건 그의 마음에서 5퍼센트에 해당하는 부분을 이쪽이 접수해 그를 일종의 통로 겸 청취기로 활용하려는 작전이었다. 바흐만은 내키지 않는 마음을 억누르고 '테러와의 전쟁'이라는 용어를 억지로 사용했다. 이번 작전에서는 첫 번째 수가 가장 중요했다. 풋말의 입지를 완전히 손상시킨 뒤 그 사실을 그에게 알리고 선택권을 주는 것. 움마의 영혼을 대표하는 저명인사로 남겠습니까, 아니면….

"아니면 정확히 뭐죠, 귄터? 말해봐요." 순전히 관찰자 자격으로 왔다는 마사가 끼어들었다.

"공개적인 굴욕을 당하는 거죠. 어쩌면 감옥에 갇힐 수도 있고요."

"어쩌면?"

악셀로드가 구원자로 나섰다. "여긴 독일이에요, 마사."

"그래요, 독일이죠. 여기서 그자를 재판한다고 칩시다. 모처럼 법정에서 사건이 받아들여진다고 치자고요. 그래서 그자가 몇 년을 받을까요? 징역 6년에 자격정지 3년? 당신들은 감옥이 어떤 곳인지 모릅니다. 누가 심문을 맡을까요?"

악셀로드는 누가 심문을 맡을지 확실히 알고 있었다. "그자는 독일의 소유가 되어 독일 법에 따라 심문이 진행될 겁니다. 그자가 협조를 거절하면 그렇게 될 거라는 말이에요. 하지만 그자가 지금의 자리에 그대로 머무르면서 우리한테 협조한다면 훨씬 더 좋겠죠. 우린 그자가 이 편을 선택할 거라고 확신합니다."

"왜요? 그자는 광신적인 테러리스트예요. 차라리 자폭하는 편을 택할 수도 있습니다."

다시 바흐만이 나섰다. "우리가 보기에는 그럴 사람이 아니에요, 마사. 그자는 가정적인 사람이고, 안정된 생활을 하고 있으며, 움마 전체에서 존경을 받고, 서구 사람들에게도 찬사를 받고 있어요. 그자가 감옥에 다녀온 게 벌써 30년 전입니다. 우리가 그자에게 반역자가 되라고 요구하는 게 아니잖아요. 충성심의 새로운 정의를 제시해주는 것뿐입니다. 우린 여기서 그자의 위치를 확고히 다져주고, 독일 시민권도 약속할 거예요. 그자가 벌써 여섯 번이나 시민권을 신청했다 고배를 마셨거든요. 그래요, 처음에는 우리가 그자를 협박할지도 모릅니다. 하지만 그건 그냥 전초전이에요. 그러고 나서 우린 그자와 친구가 될 겁니다. '우리 쪽으로 넘어와서 더 낫고 더 온건한 이슬람을 위해 함께 창조적으로 일을 해봅시다' 하고 권유하는 거죠."

"그럼 과거의 테러 행위는 어떻게 하고요?" 마사가 말했다. 이젠 바흐만의 주장에 반대하기보다 한편이 되려는 것처럼 보였다. "그걸 사면해주겠다는 조건도 내걸 건가요?"

"그자가 모든 걸 자백한다면요. 그리고 베를린이 재가한다면. 그자에게 반드시 제시해야 할 조건 중 하나인 건 맞습니다."

적대적인 분위기는 이제 사라져버렸다. 마사는 활짝 웃고 있었다. "귄터, 멋쟁이. 당신 도대체 몇 살이에요? 150살?"

"149살입니다." 바흐만은 그녀의 장난에 맞장구를 쳤다.

"난 열일곱 살 하고 절반이 지났을 때 내 마지막 이상형을 제거해버린 줄 알았는데!" 마사가 이렇게 소리치자 이안 랜턴을 선두로 많은 사람들이 웃음을 터뜨렸다.

하지만 바흐만은 아직 승리와는 거리가 멀었다. 탁자에 둘러앉은 사람들의 얼굴을 은밀히 살펴본 결과 그가 처음부터 걱정하던 일이 현실로 확인되었다. 테러 자금책과 우정을 맺는 것이 모든 사람의 구미에 맞는 일은 아니라는 점 말이다.

"그럼 우리가 적들에게 시민권을 주는 셈이군요." 외무부에서 게으름뱅이로 유명한 자가 신랄한 말투로 말했다. "국제적인 테러리스트로 확인된 푓말뿐만 아니라, 러시아에서 무슬림과 관련된 여러 건의 폭력행위로 유죄판결을 받고 수감 중에 탈옥한 훌륭한 친구 펠릭스도 두 팔 벌려 맞아들이자는 겁니까? 외국인 범죄자들에 대한 우리의 호의에는 한계가 없는 것 같군요. 그자의 운명이 전적으로 우리 손에 달려 있으니 유인책으로 독일 시민권을 제시하자는 얘긴데, 우리가 얼마나 더 아량을 베풀게 될지 궁금합니다."

"이건 그 여자를 위해서입니다." 바흐만이 얼굴을 붉히며 으르렁거리듯이 말했다.

"아, 물론이죠. 그 아가씨. 내가 깜박했습니다."

"펠릭스가 자유의 몸이 될 거라고 우리가 분명히 약속하지 않았다면, 그 여자는 절대 우리를 위해 움직이지 않았을 겁니다. 그 여자가 없었다면 우린 결코 펠릭스를 움직일 수 없었을 테고요. 그 여자가 그의 마음을 움직여서 푓말을 찾아가게 설득했습니다."

바흐만은 자신의 말에 사람들이 드러내놓고 회의적인 반응을 보이지는 않을망정 도저히 믿을 수 없다는 듯 침묵해버리자 화가 나서 고개를 푹 수그렸다. "제가 분명히 약속했습니다. 우리 업계에서는 결코 깰 수 없는 약속이죠. 정보원을 부리는 사람이 정보원에게 하는 약속. 그게 우리의 거래조건이었습니다. 합동조정위원회도 승인했고요." 이 마지막 말은 부르크도르프를 직접 겨냥한 공격이었다. 악셀로드는 불편한 기색으로 인상을 찌푸렸다. "그 여자는 그자의 변호사입니다." 그는 이제 다시 방 안의 모든 사람들을 향해 고개를 들었다. "그자의 변호사로서 그 여자는 그자를 보호하기 위해 무슨 짓이든 하겠다고 맹세했습니다. 그 여자가 우리에게 협조하는 건, 이 편이 그자에게 이로울 거라고 우리가 그 여자를 설득했기 때문입니다. 그자는 자유의 몸이 돼서 마음대로 공부하고 기도할 수 있게 될 겁니다. 그자가 원하는 것도 그게 전부고요. 그래서 그 여자가 우리와 장단을 맞추는 겁니다."

"그 여자가 그자와 사랑에 빠졌다는 말도 있습니다." 아까의 그 신랄한 목소리였다. 자신의 발언을 후회하는 기색도 전혀 없었다. "그렇다면 그 여자가 우리에게 줄 사랑이 얼마나 남아 있는지 생각해봐야 하는 것 아닙니까?"

바흐만은 악셀로드가 경고의 시선을 보냈는데도 나중에 후회할지언정 이 조롱의 말에 똑같이 대꾸해주고 싶은 심정이었다. 하지만 랜턴이 솜씨 좋게 끼어들어 긴장을 누그러뜨리려 했다.

"제가 여기서 우리 영국 국기를 좀 흔들어도 되겠습니까, 악셀로드 위원님?" 그는 악셀로드를 대상으로 삼아 영국식 농담을 던졌다. "영국의 어떤 우량은행이 관련되어 있지 않았다면, 펠릭스가 자기 아버지의 돈을 상속받을 일도 없고, 그자가 그 돈을 쓰는 데 풋말이 도움을 줄 수도 없었다는 점을 반드시 지적해야 할 것 같군요!"

하지만 이 말에 사람들은 불안한 웃음을 터뜨렸을 뿐이다. 긴장은 조금도 풀리지 않았다. 마사는 뉴턴과 잿빛 금발의 정체 모를 여인과 함께 고개를 모으고 있다가 갑자기 번쩍 고개를 쳐들었다.

"귄터. 이안. 악셀로드. 좋아요. 내가 하나 물어보죠. 여러분이 정말로 이 작전을 해낼 수 있는 겁니까? 그러니까, 내 말은, 아이고, 지금 우리가 쥐고 있는 게 뭔지 한번 보자는 겁니다. 신경쇠약 발작을 일으키기 직전인 얼빠진 자유주의자 여 변호사 한 명. 힘도 별로 없으면서 그 여자한테 홀딱 반한 영국인 은행가 한 명. 그리고 체첸의 피가 반쯤 섞였으며 러시아 감옥에서 도망친 자유의 투사 한 명. 그자는 종이비행기를 날리고, 음악을 들으면서 언젠가 의사가 될 거라는 생각을 품고 있다지요? 그런데 여러분은 이 사람들을 한 방에 모아 놓으면, 이 사람들이 골수 이슬람주의자로 평생 경계를 늦추지 않고 살아온 돈세탁 담당자를 잡을 수 있을 거라고 생각하는 겁니까? 내가 지금 제대로 이해한 건가요? 아니면 혹시 내 머리가 좀 이상해진 건가요?"

바흐만은 악셀로드가 이번에는 강력한 어조로 대답하는 것을 보고 마음이 놓였다.

"펠릭스는 그냥 창공에서 뚝 떨어진 존재가 아닙니다. 적어도 콧말이 보기에는 그래요, 마샤. 자료를 보면, 우리가 장악한 이슬람주의 웹사이트에 그자에 관한 호의적인 기사가 상당히 많이 올라와 있다는 걸 알게 될 거예요. 우리의 노력이 성과를 거뒀다고 사람들이 내게 말해주는 듯한 징후도 있죠. 스웨덴의 지명수배 공고와 러시아의 경찰 보고서도 우리한테 해가 될 것이 없습니다. 우리가 들어본 적도 없는 웹사이트들이 그자를 찾아내서 체첸의 위대한 투사이자 탈옥 전문가로 올려놓았어요. 그 세 사람이 한 자리에 모일 때쯤이면, 펠릭스의 명성이 먼저 콧말의 귀에 들어가 있을 겁니다."

누군가가 작전의 절차에 관해 질문하고 있었다. 일단 콧말의 입지를 손상시켜 그자의 신병을 확보한 뒤, 사람들이 그자의 행방에 대해 의심을 품을 때까지 바흐만이 그자를 데리고 있을 수 있는 시간이 얼마나 될 것 같은가?

바흐만은 그날 밤 콧말의 일정에 모든 것이 달려 있다고 말했다. 시간은 이쪽에 유리하지 않았다. 그 여자와 펠릭스 모두 점점 신경이 날카로워지고 있었다.

이제 아르니 모르에게 초점이 옮겨갔다. 그는 자신의 존재를 알리려는 절박한 심정으로 어젯밤 경찰본부에 가서 소수의 선별된 사람들에게 이번 작전계획의 일부를 개괄적으로 설명해주었다고 말했다. 작전을 전부 알려주는 일은 당연히 하지 않았다.

바흐만은 이 말을 들으면서 마치 질병 같은 절망감에 사로잡혔다. 경찰은 혹시 퓻말이 폭탄을 몸에 두르고 나타날지도 모른다며 은행 주위에 저격수를 배치하자는 제안을 했다고 모르가 자랑스레 발표했다.

경찰은 또한 퓻말이 당연히 무장을 하고 나타날 거라고 가정해야 하므로 브뤼 프레르 은행에서 그 중요한 만남이 이루어질 때, 다섯 방향을 모두 감시해야 한다고 제안했다. 다섯 방향이란 알스터 해변, 거리 양편과 양끝을 뜻했다.

모르는 지붕도 포함되었다고 말을 이었다. 퓻말이 은행 안으로 들어가자마자 그 일대를 봉쇄하고, 자신이 보낸 사람들을 배치하자는 것이 그의 계획이었다. 그 사람들이 각자 자동차와 자전거를 타고 돌아다니거나 일대를 걸어 다니게 하자는 것이었다. 경찰의 협조로 근처 주택과 호텔도 비워야 했다.

켈러는 이 제안에 동의했다.

부르크도르프는 반대하지 않았다.

마사는 관찰자에 불과한데도 기꺼이 동의의 뜻을 표시했다.

뉴턴은 도움이 된다면 무슨 일이든 하겠다고 말했다. 갖가지 도구나 야간 투시경 등 아무리 작은 일이라도 돕겠다는 것이었다.

잿빛 금발의 정체 모를 여인은 입술을 꾹 다물고 전투용 손도끼처럼 생긴 얼굴을 한 번 끄덕이는 것으로 동의의 뜻을 표시했다.

악셀로드는 모르의 거창한 계획을 조금 누그러뜨리려고, 그와 경찰이 제안한 계획을 실행에 옮기더라도 푓말이 브뤼 프레르를 방문하기 전, 방문하는 도중, 방문한 뒤에 이쪽에서 아무런 흔적을 남기지 말아야 한다는 점을 지적했다. 푓말을 대단히 존경하는 무슬림 사회나 언론에 말이 새어나가기라도 하면, 푓말을 고급 정보원으로 활용할 수 있으리라는 희망을 모두 접어야 한다는 말도 했다.

악셀로드는 경찰이 푓말을 체포하는 장면을 연출할 때 아르니 모르 자신이 그 자리에 있어도 된다는 것이 자신의 의견이기는 하지만, 체포는 바흐만이 푓말의 호감을 사기 전에 그를 위협하기 위해 필요하다고 생각할 때에만 이루어질 것이라고 지적했다. 다들 이 점에 아무 불만 없겠지요?

바흐만을 제외한 그 어떤 사람도 불만이 없는 듯했다. 이렇게 해서 갑작스레 회의가 끝나버렸다. 사람들은 잠시 뒤로 물러나서 관찰자들의 도움을 얻어 어떤 판결을 내릴지 논의를 할 것이다. 바흐만은 이번에도 역시 자신의 마구간으로 돌아가 초조하게 결과를 기다려야 하는 처지였다.

"아주 잘했네, 바흐만." 부르크도르프가 그의 어깨를 두드리며 말했다. 그가 남의 몸과 접촉하는 것은 참으로 드문 일이었다.

부르크도르프의 칭찬은 바흐만의 귀에 부고처럼 들렸다.

바흐만은 손에 얼굴을 파묻고 자신의 책상에 앉아 있었다. 반대편에서는 에르나 프레이가 컴퓨터 앞에서 조직적인 방식으로 일에 파묻혀 있었다.

"그 여자는 어때?" 그가 물었다.

"그만하면 괜찮아."

"그만하면 괜찮다는 게 무슨 뜻이야?"

"이사의 처지가 지금 자기 처지보다 못하다고 생각하는 한, 그 애는 견딜 수 있어."

"다행이군."

"그래?"

바흐만이 더 이상 무슨 말을 할 수 있을까? 에르나 역시 그 여자에게 빠져버렸다면, 그것이 그의 잘못일까? 에르나의 잘못일까? 모두들 그 여자에게 빠지는 것 같은데, 에르나라고 그러지 말란 법이 없지 않은가? 사랑이 무엇이든, 우리는 그 감정을 참고 견디면서 계속 일을 해나갈 수 있는 법이다.

마구간의 다른 방에서도 분위기가 우울하기는 마찬가지였다. 막시밀리안과 니키는 암호를 풀면서 그날 들어온 정보를 확인했다. 집에 가지 않으려고 아무거나 닥치는 대로 하는 중이었다. 하지만 바흐만의 귀에는 사람의 목소리가 전혀 들리지 않았다. 웃음소리도 탄성도 없었다. 옆방의 조사원들에게서도, 복도를 따라 늘어선 사무실 안의 도청 담당자들에게서도, 아래층의 운전사들과 거리감시원들에게서도 아무 소리가 나지 않았다.

바흐만은 창가에 서서 기시감에 사로잡힌 채 켈러의 공무용 헬리콥터가 퀼른을 향해 이륙하는 모습을 지켜보았다. 곧이어 부르크도르프의 헬리콥터도 베를린을 향해 떠났다. 악셀로드와 다른 관리들이 함께 타고 있었다. 마지막으로 헬리콥터에 오른 사람은 마사였는데, 뉴턴이나 잿빛 금발은 보이지 않았다.

검은 메르세데스들이 한 줄로 늘어서 정문을 향했다. 붕붕거리는 엔진 소리가 크게 들려왔다.

바흐만의 책상에 놓인 보안전화기가 울렸다. 그는 수화기를 귀에 대고 가끔 투덜거리는 말투로 "예, 미카엘." 또는 "아뇨, 미카엘."이라고 말할 뿐이었다.

에르나 프레이는 자신의 컴퓨터 앞을 떠나지 않았다.

바흐만은 "안녕히 계세요, 미카엘."이라고 말하고는 전화를 끊었다. 에르나 프레이는 일을 계속했다.

"해냈어." 바흐만이 말했다.

"해내다니 뭘?"

"진행신호가 떨어졌어. 조건이 붙어 있지만. 일을 진행할 수 있게 됐어. 가능한 한 빨리. 저 사람들은 우리가 화산을 깔고 앉은 게 아닌지 걱정이야. 내가 그자와 가장 먼저 여덟 시간 동안 만날 수 있게 됐어."

"여덟 시간이라. 아홉 시간이 아니라."

"여덟 시간이면 될 거야. 그자가 여덟 시간이 지나도 미끼를 물지 않으면 아르니가 경찰을 시켜서 그자를 체포하면 돼."

"그럼 그 여덟 시간 동안 그자를 어디서 데리고 있을 건데? 내가 이런 걸 물어도 된다면 말이지만. 아틀란틱 호텔? 포시즌 호텔?"

"부두에 있는 당신 안가로 갈 거야."

"그자의 짧은 머리끄덩이를 붙잡고 거기까지 끌고 갈 거라고?"

"초대해야지. 그자가 은행에서 나오자마자. 박사님, 전 독일 정부의 대리인인데 박사님이 방금 실행하신 불법적인 금융거래와 관련해서 이야기를 좀 나누고 싶습니다, 이러면서."

"그럼 그자가 뭐라고 할까?"

"그때쯤이면 벌써 내 차에 탄 뒤일 거야. 말이야 마음대로 얼마든지 할 수 있지."

그녀는 꼼짝도 못하고 있다.

그 사람들이 그녀를 미칠 지경으로 몰아가고 있다.

이런 식으로 일주일만 더 지나면 그녀는 그들에게 옛날에 게오르기가 했던 것과 같은 짓을 할 것이다. 아니, 그 전에 먼저 그런 짓을 할 수도 있다. 그녀는 아마 나도 제정신이 아니라고 생각하고 있을 것이다.

아틀란틱 호텔에서 처음 만났을 때 나는 늙은 토미 브뤼 아저씨였다. 망해가는 은행의 망해가는 후손이자 망해가는 결혼생활을 하고 있는 사람. 공중에 뜬 풍선 같은 존재.

터키인들의 집에 갔을 때 나는 5만 유로로 그녀의 삶에 끼어들 권리를 얻으려 하는, 죄책감에 가득 찬 늙은 얼간이였다. 그녀는 그 돈에 손도 대지 않았다.

그럼 지금의 나는 어떤 사람일까? 규정대로 시속 130킬로미터의 속도로 북서쪽을 향해 차를 몰고 있는 나는? 돌아가신 아버지를 타락시킨 자들의 종인 나는 협박에 굴복해 5퍼센트만 나쁜 놈인 훌륭한 무슬림 학자를 감언이설로 꾀려고 가는 길이다. 아마도 그녀가 사랑하는 듯싶은 청년을 구하기 위해서.

"행장님은 지금 그저 부유한 고객의 요청에 따르고 있을 뿐입니다." 전날 저녁 랜턴은 불쾌한 느낌을 주는 자신의 안가에서 열띤 분위기 속에 브리핑을 진행하며 이렇게 그를 안심시켰다. 6층 아래의 마당에 있는 공동 수영장에서 올라온 염소 냄새가 신경에 거슬렸다. "비록 그 손님이 행장님 은행의 업무 중 어두운 면에 속하는 사람이지만 말입니다. 그래서 행장님이 이렇게 특별히 신중을 기하는 겁니다. 행장님은 그쪽에서 고른 투자 매니저와 의논하게 될 겁니다. 그 투자 매니저의 성향 같은 건 신경 쓰지 마세요. 그쪽에서 어떻게 나오든 행장님은 두둑한 수수료를 챙기려고 이 일에 뛰어든 겁니다." 그가 말을 덧붙였다. 브뤼가 증오해마지 않는 공립학교 시절 몸집이 왜소했던 반장의 독단적인 말투가 생각났다. "행장님은 은행가로서 지극히 정상적인 업무를 수행하시는 겁니다."

"내가 보기에는 그렇지 않습니다만."

"금융업의 관행에 비추어 봐도 정상적인 일입니다." 랜턴은 브뤼의 주제 넘는 항의를 관대하게 무시해버리고 고집스레 말했다. "행장님은 고객의 법률 자문을 통해 전달된 요청에 따라 그 사람이 이 일에 적합한지 보려고 찾아가는 길입니다. 뭐 이 정도면 이번 일을 제대로 요약한 건가요?"

"그게 일종의 요약이긴 하죠." 브뤼는 상대가 권하지도 않았는데 스카치위스키를 자기 잔에 마음껏 따르면서 말했다.

"행장님은 빈틈없고 객관적으로 판단을 내리셔야 합니다. 은행가로서 지니고 있는 지혜를 모두 발휘해서 양편 모두, 즉 행장님의 고객과 은행을 위해 최선의 방향이 무엇인지 결정을 내리시는 겁니다. 그 존경받는 무슬림 신사에게 자문을 구하기는 하겠지만, 그의 이익은 행장님에게 부차적인 문제일 뿐입니다."

"그리고 은행가로서 지니고 있는 지혜를 모두 발휘해서 나는 그자가 이번 일에 딱 맞는, 존경받는 무슬림 신사라는 결론을 내리게 되겠죠." 브뤼는 비슷한 말투로 말했다.

"뭐, 행장님께 달리 선택의 여지가 있다고 할 수는 없죠. 그렇지 않습니까?" 랜턴은 젊은 얼굴에 예의 그 매력적인 미소를 지으며 말했다.

12시간 전 미치가 그에게 새로운 소식을 하나 전했다.

"베른하르트도 이젠 지루해." 그녀가 말했다. 브뤼가 〈파이낸셜 타임스〉에 푹 빠져 있을 때였다. "힐데가르트가 그와 헤어질 거야."

브뤼는 커피를 조금 마시고 냅킨으로 입술을 톡톡 두드렸다. 두 사람의 게임에서 첫 번째 규칙은 '무슨 일이 있어도 놀라지 않는다'였다.

"그럼 힐데가르트야말로 지루한 사람이겠군." 그가 말했다.

"힐데가르트는 항상 지루했어."

"그럼 가엾은 베른하르트가 무슨 잘못을 저질렀기에 지루한 사람이 된 거야?" 브뤼는 남자로서 맡은 역할을 수행하기 위해 이런 질문을 던졌다.

"나한테 청혼했거든. 나더러 당신과 이혼하고 자기랑 같이 실트로 가서 여름을 보내자는 거야. 거기서 지내면서 앞으로 평생 우리가 함께 살 곳을 찾아보재." 그녀가 분노에 찬 목소리로 말했다. "베른하르트의 말년을 함께 보낸다는 게 말이 돼?"

"내 입장에서는 베른하르트랑 무엇이든 함께하는 게 힘들 것 같은데, 솔직히."

"힐데가르트는 당신한테 소송을 제기할 생각이야."

"나한테?"

"아니면 나한테 하든가. 그래봤자 달라질 것도 없지만. 자기 남편을 꼬여낸 죄를 묻겠다는 거야. 힐데가르트는 당신이 부자인 줄 알아. 그러니까 그 여자 입을 막으려면 당신이 베른하르트한테 소송을 제기해야 할 거야. 난 당신 친구 베스터하임에게 최고의 변호사를 소개시켜달라고 부탁할 참이야."

"힐데가르트는 지금 이 사실이 대중적으로 알려지는 경우도 생각해본 거야?"

"그 여자가 대중적인 관심을 얼마나 좋아하는데. 사족을 못 써. 내 평생 이렇게 천박한 일은 처음이야."

"당신은 베른하르트의 청혼을 받아들인 거야?"

"생각 중이야."

"아. 생각을 얼마나 해봤는데?"

"우리가 서로에게 이젠 별로 쓸모가 없는 것 같아, 토미."

"당신과 베른하르트 말이야?"

"당신과 나 말이야."

무미건조하고 매력 없는 시골 풍경 위로 검은색 하늘이 펼쳐졌다. 아우토반이 유리처럼 반짝였다. 다가오는 차들의 헤드라이트가 그를 향해 돌격했다. 그래, 이젠 우리가 서로에게 쓸모가 없단 말이지. 잘됐어. 난 혼자서도 잘 해나갈 거야. 은행을 팔 수 있을 때 팔아치우고 이제 사는 것처럼 살아봐야지. 캘리포니아로 훌쩍 날아가서 게오르기의 결혼식에나 갈까? 그는 자기가 곧 할아버지가 될 거라는 사실을 아직 미치에게 말하지 않았다. 지금 생각하니 기분이 좋았다. 어쩌면 미치에게 결코 그 이야기를 하지 않을 수도 있었다.

게오르기가 제 어머니에게도 비밀을 털어놓았을까? 그랬으면 좋겠다는 생각이 들었다. 수는 좋아서 어쩔 줄 모를 것이다. 수는 목소리만 컸지 사실은 전혀 무섭지 않은 여자였다. 처음의 사나운 인상만 극복한다면 말이다. 솔직히 이 사실을 조금만 일찍 깨달았더라면 좋았을 거라는 생각이 들었다. 그러니까, 미치를 만난 뒤가 아니라 만나기 전에 깨달았더라면…. 이제는 어쩔 수 없는 일이었다. 수는 포도주용 포도를 재배하는 이탈리아 남자와 편안히 잘 살고 있었다. 어느 모로 보나 좋은 남자였다. 어쩌면 두 사람이 새로 태어나는 아이의 이름을 딴 포도주를 만들지도 모른다는 생각이 들었다.

그가 이런 생각을 하며 잠깐이나마 느꼈던 기쁨이 젖은 도로의 소음 속으로 사라져버렸다. 그는 다시 아나벨에 대한 생각으로 돌아와서 그들이 그녀를 그렇게 바꿔 놓은 것에 대해 마치 보호자 같은 분노를 다시 느끼고 있었다. 그녀의 걸음걸이는 로봇 같았고, 성가대 소년 같던 목소리는 다른 일에 정신이 팔린 사람처럼 변해버렸다. 멜릭의 침실에서 열정적으로 그를 공격하던 모습과는 거리가 너무 멀었다. '행장님의 빌어먹을 은행만 아니라면 내 고객이 이리로 오지도 않았을 거예요!'

"우리 은행이 당신한테 빚을 졌어요, 리히터 씨." 그는 점잖을 빼는 시늉을 하며 앞 유리창을 향해 큰 소리로 선언했다. "그리고 나는 우리 은행이 이제 곧 그 빚을 갚을 작정이라는 말을 할 수 있게 돼서 기뻐요."

우리 은행은 당신을 사랑해요. 그는 속으로 말을 계속했다. 당신을 소유하고 싶어서가 아니라, 당신이 다시 용기를 얻어 내가 살지 못한 삶을 살 수 있게 돕고 싶어서예요. 당신은 이사를 사랑하고 있나요, 아나벨? 게오르기라면 이사를 보자마자 사랑했을 거예요. 그 애는 당신도 사랑했을 거예요. 그리고 당신에게 날 잘 보살펴달라고 말했겠죠. 게오르기는 원래 그런 아이예요. 모든 사람이 모든 사람을 잘 보살펴야 한다고 생각하죠. 그래서 그 애가 사람들한테서 그토록 많은 실망을 맛보는 거예요. 당신이 이사와 사랑에 빠졌는지 여부가 정말로 중요한 일이냐고요? 사전적인 의미의 사랑이? 그럴 리가 없죠. 당신이 그 친구를 자유롭게 해방시켜주는 게 중요해요.

"이 모든 잔치가 끝나고 나면 아나벨은 어떻게 되는 겁니까?" 브뤼는 전날 밤의 브리핑에서 스카치위스키를 홀짝거리며 랜턴에게 따졌다. 그가 들고 있는 위스키는 결코 첫 번째 잔이 아니었다. 랜턴은 생수를 벌써 몇 잔째인지도 모를 만큼 마시고 있었다.

어제는 정말 굉장한 날이었다. 브뤼의 기준으로도 그랬다. 아침 식사 때는 미치가 베른하르트에 대한 폭탄발언을 했고, 사무실에서는 회계부가 공휴일 교대근무와 관련해서 전면적인 반란을 일으켰다. 그다음에는 글래스고의 존경받는 변호사와 한 시간 동안 이야기를 나눴는데, 그 변호사는 마치 이혼이라는 말을 한 번도 들어보지 못한 사람처럼 굴었다. 그다음에는 알라카르트에서 올덴부르크에서 온 부유한 고객 두 명과 함께 두 시간 동안 점심을 먹으며 유머를 모르는 그 사람들을 위해 일부러 소란스럽게 농담을 늘어놓았다. 그리고 지금은 어젯밤 브리핑에서 마신 술 때문에 숙취에 시달리고 있었다.

"아나벨은 어떻게 되는 겁니까, 랜턴?" 그는 다시 물었다.

"그건 전적으로 독일 측 문제입니다, 행장님." 랜턴은 분별 있는 사람답게 대답했다. 이번에도 학창시절의 반장 같은 말투였다. "제 추측으로는, 그 사람들이 그분을 그냥 원래 있던 자리로 돌려놓을 것 같습니다. 그분이 회고록을 쓴다거나 하는 식으로 평지풍파를 일으키지만 않는다면 말이죠."

"그걸로는 충분하지 않아요."

"뭐가 충분하지 않단 말씀입니까?"

"당신의 추측 말이오. 확실한 보장이 필요합니다. 서면으로. 아나벨에게 한 부, 내게도 한 부."

"정확히 뭘 한 부 달라는 겁니까, 행장님? 조금 화가 나신 것 같은데, 맞습니까? 아무래도 이 얘기는 나중에 다시 하는 게 좋겠습니다."

브뤼는 그 더러운 방을 압도하고 있었다.

"나중이라는 게 있기는 하답니까? 아마 없을 걸요. 내가 발을 빼버리면 말입니다. 어때요? 어떻게 하시겠습니까?"

"글쎄요, 그렇다면, 런던 쪽에서 행장님 은행에 대해 모종의 제재를 가하는 방법밖에 없을 것 같은데요."

"그럼 그렇게 해요. 마음껏 한번 해봐요. 얼마든지. 프레르가 무너지고 있다며 술집에서 많은 사람들이 끙끙거리겠죠. 하지만 그게 얼마나 갈까요? 그리고 누가 신음을 터뜨릴까요? 누구한테?" 이제야 비로소 그는 강경하게 나서고 있었다. 이미 오래전에 이렇게 했어야 한다는 생각이 들었다. 이미 칼을 뽑았으니 될 대로 되라지.

"은행이 무너지는 건 일상다반사예요. 특히 우리 은행처럼 오래되고 비효율적인 곳은 더 그렇죠. 당신들이 꿈꾸던 작전이 실패로 돌아갔을 때와는 다릅니다, 그렇죠? 난 1킬로미터나 떨어진 곳에서도 큰 건의 냄새를 맡을 수 있는 사람이에요. 이건 큰 건입니다. '이안은 아직 젊은데 안 됐어. 옛날엔 그 친구를 아주 높게 평가했는데 말이야. 그 친구가 외부에서 괜찮은 직장이나 구할 수 있으면 좋으련만.' 당신과 동료들을 위해 건배나 하죠. 건배."

그는 상대도 '건배'라고 대꾸하기를 기다렸지만, 아무 대꾸가 없는 것을 보고 흡족해졌다.

"도대체 뭘 어떻게 해야 행장님 마음이 편안해질지 말씀만 해주세요."

랜턴이 말했다. 말하는 시계에서 흘러나오는 소리처럼 단조로운 목소리였다.

"우선 기사작위를 받아야겠죠. 여왕과 차도 한 잔 해야 하고. 그리고 프레르를 러시아인들의 세탁소로 만드는 대가로 1천만 파운드는 받아야겠습니다."

"설마, 농담이시겠죠."

"당연하죠. 그냥 한번 해본 소리입니다. 이번 작전 자체가 그런 것 아닌가요? 그것 말고도 요구할 것이 더 있어요. 아니, 사실은 내가 일을 시작하는 조건이라고 해야겠죠."

"그 요구조건이라는 게 뭡니까, 행장님?"

"첫째… 이걸 글로 쓸까요? 내 말을 다 기억할 수 있을 것 같습니까?"

"기억할 수 있습니다. 걱정 마세요."

"공식적인 서한이 필요합니다. 아나벨 리히터 씨 앞으로 된 것. 내게도 한 부 주셔야 하고요. 독일의 힘 있는 당국자가 서명한 것이어야 합니다. 아나벨의 협조에 감사하며, 법적으로도 다른 면에서도 그녀에게 불리한 조치가 취해지는 일은 없을 거라고 확언하는 내용의 편지. 이건 첫 번째 조건입니다. 아시겠습니까? 핵심은 아직 나오지도 않았어요." 랜턴의 어이없는 표정이 눈에 들어왔다. "난 지금 농담을 하는 게 아닙니다, 랜턴. 아주 진지해요. 내가 지금 완전히 만족스러운 대답을 듣지 못한다면, 무슨 일이 있어도 내일 압둘라를 찾아가지 않을 겁니다. 둘째, 이사 카르포프가 새로 발급받게 될 독일 여권을 미리 좀 봐야겠습니다. 제 아버지가 노략질로 모은 돈을 그 친구가 단체에 넘긴다고 서명하자마자 효력을 발휘하게 될 여권 말입니다. 본격적인 싸움이 벌어지기 전에 내가 그걸 아나벨에게 보여줄 수 있게 내 손에 쥐고 있어야겠습니다. 지금 아나벨을 조종하는 사람이 누구든 그 사람이 반드시 약속을 지킬 거라는 돌이킬 수 없는 증거로 보여주어야 하니까 말입니다. 무슨 말인지 알겠습니까? 더 자세히 설명할까요?"

"그건 절대 불가능합니다. 저더러 독일인들을 찾아가서 여권을 뺏어 행장님한테 빌려드리라는 말씀입니까? 그건 꿈속에서나 가능한 일입니다!"

"헛소리. 터무니없는 똥 같은 소리는 집어치워요. 이렇게 거친 말을 써서 미안합니다만, 당신은 마법의 지팡이를 휘두르는 일을 하는 사람 아닙니까. 지팡이를 한 번 흔들어봐요. 그렇게 소심하게 굴지 말고. 그리고 내가 할 말이 더 있습니다."

"뭡니까?"

"그 여권에 관해서."

"그 여권에 관해서요?"

"당신네 업계에서 여권은 아주 손쉬운 물건이라고 알고 있습니다. 위조, 취소, 철회가 가능하죠. 다른 나라 당국자들에게 보내는 고약한 메시지를 집어넣을 수도 있고요. 맞습니까?"

"그래서요?"

"난 당신에게 권리가 있습니다. 그걸 명심해요. 이사의 여권이 발행돼도 그 권리는 소멸되지 않습니다. 만약 당신이 그 친구한테 더러운 짓을 했다는 얘기가 들리면, 내가 당신을 상대로 소란을 피울 겁니다. 아주 시끄럽게, 아주 오랫동안. 베를린 주재 영국 대사관의 랜턴이라는 자는 약속을 저버리는 스파이라고 말이죠. 당신이 날 잡아봤자 이미 때가 늦을 겁니다. 이제 난 집으로 갈 테니 내 요구에 답변할 말이 생기거든 전화하세요. 언제든 좋습니다."

"행장님 부인은 어쩌고요?"

그래, 그 사람을 어쩐다? 그는 침대에 누워 천장이 흔들리는 것을 지켜보며 천장이 스스로 중심을 찾기를 기다리고 있었다. 미치가 남긴 메모가 있었다. '베른하르트랑 정상회담.'

미치에게 행운이 따르기를. 모든 사람이 정상회담을 해야 하는 건데.

랜턴에게서 전화가 온 것은 한밤중이었다.

"지금 통화 가능합니까?"

"지금 혼자 있냐고 묻는 거라면, 맞습니다."

랜턴이 정말로 마법의 지팡이를 휘두른 모양이었다.

브뤼는 오른쪽 깜박이를 켜고 백미러를 보았다. 나들목이 점점 다가오고 있었고, 그들은 여전히 그를 따라오는 중이었다. BMW에 탄 두 남자. 그들은 그가 집을 나섰을 때부터 줄곧 그를 따라오고 있었다. "행장님을 지켜줄 사람들입니다." 랜턴은 능글맞게 웃으며 이렇게 말했다.

도시는 안개 낀 들판에 붉은 벽돌 더미를 던져 놓은 것 같은 모습이었다. 교회도 빨간색, 기차역도 빨간색이었다. 소방서도 있었다. 중앙로 한편에는 방갈로 양식이 가미된 집들이 늘어서 있었다. 반대편에는 주유소 하나, 강철과 콘크리트로 지은 학교가 하나 있었다. 축구장도 있었지만 경기를 하는 사람은 하나도 없었다.

중앙로는 주차금지 구역이었으므로 그는 샛길을 찾아내서 차를 세운 뒤 걸어서 큰길로 나갔다. 랜턴이 붙여준 사람들은 어디로 사라졌는지 보이지 않았다. 십중팔구 주유소에서 커피를 마시며 평범한 사람 행세를 하고 있을 터였다.

아랍인처럼 생긴 땅딸막한 남자 두 명이 헐렁한 갈색 양복 차림으로 서서 그가 다가오는 것을 지켜보았다. 둘 중 나이가 많은 쪽은 묵주를 흔들고 있었고, 젊은 쪽은 싸구려처럼 보이는 노란색 담배를 피우고 있었다. 나이 많은 쪽이 양팔을 내밀고 그를 향해 한 걸음 앞으로 나섰다. 도로를 따라 50미터 떨어진 곳에서 정복 경찰관 두 명이 울타리 그림자 속에 서 있다가 상황을 살펴보려고 나왔다.

"괜찮겠습니까, 선생님?"

브뤼는 괜찮다고 했다. 어깨, 옷깃, 겨드랑이, 옆 주머니, 등, 엉덩이, 사타구니, 종아리, 발목, 성감대든 아니든 그의 몸 구석구석을 뒤져도 된다고. 젊은 남자의 주장으로 그의 가슴 주머니에 들어 있는 물건들도 모두 꺼내 보여주어야 했다. 그 남자는 이미 담배를 비벼 끈 뒤였다. "이건 평범한 만년필입니다." 랜턴은 이렇게 말했다. "모양도 그렇고, 글씨를 쓸 수 있다는 점도 그렇습니다. 이걸로 소리를 들을 수 있지만. 이걸 분해해 봐도 여전히 평범한 만년필처럼 보일 겁니다."

그들이 만년필을 분해하지는 않았다.

갑자기 햇빛이 나면서 이곳이 아름답게 변했다. 풀이 웃자란 집 앞 풀밭에서 검은색 옷으로 몸을 꽁꽁 감싼 여자가 아기를 안고 접의자에 앉아 있었다. 앞으로 7달 뒤 게오르기의 모습이었다. 정문은 열려 있었다. 정수리 모자를 쓰고 하얀 로브를 입은 남자아이가 문 뒤에서 밖을 내다보았다. 어쩌면 게오르기가 아들을 낳을지도 모른다는 생각이 들었다.

"어서 오세요, 브뤼 행장님." 아이가 영어로 웅변하듯 말하면서 입에 귀에 걸릴 만큼 활짝 웃었다.

브뤼는 현관 베란다에서 거실로 곧장 들어갔다. 발치에서 하얀 옷을 입은 여자아이 세 명이 레고 블록으로 농가의 마당을 만들고 있었고, 소리를 죽여 놓은 텔레비전 화면에는 황금빛 둥근 지붕과 뾰족탑들이 있었다. 계단 발치에 긴 줄무늬 셔츠와 카키색 바지를 입고 턱수염을 기른 젊은이가 서 있었다.

"브뤼 행장님, 저는 압둘라 박사님의 개인비서인 이스마일입니다. 어서 오십시오." 그는 오른손으로 자신의 심장 부위를 짚었다가 브뤼에게 내밀며 악수를 청했다.

랜턴의 주장처럼 압둘라 박사의 5퍼센트만이 나쁜 생각을 품고 있다 해도, 그가 워낙 작은 사람이라 5퍼센트도 작을 것 같았다. 압둘라 박사는 왜소한 몸집에 눈이 반짝거렸으며, 아버지 같은 분위기를 풍겼다. 머리는 벗어지고, 인상은 온화하고, 눈빛이 밝고, 눈썹이 짙고, 걸음걸이는 마치 춤을 추는 것 같았다. 그는 책상에서 벌떡 일어나 브뤼에게 다가와서 양손으로 브뤼의 손을 덥석 잡고는 놓아주지 않았다. 그는 하얀 셔츠를 끝까지 단추를 채워서 입고 그 위에 검은 양복을 입은 차림이었다. 발에는 끈 없는 운동화를 신었다.

"훌륭한 브뤼 행장님이시군요." 그가 아주 빠르고 유창한 영어로 말했다. "저희도 행장님의 성함을 알고 있었습니다. 행장님의 은행이 예전에 아랍과 관련되어 있었으니까요. 좋은 관계는 아니었지만, 그래도 관계는 관계죠. 혹시 행장님께서는 잊어버리셨는지도 모르겠습니다. 그것이 이 현대 세계의 커다란 문제 중 하나죠. 잊어버리는 것 말입니다. 피해자는 결코 잊는 법이 없습니다. 1920년에 영국이 아일랜드에서 무슨 짓을 했는지 아일랜드인에게 물어보면, 영국인들이 몇 월 몇 일 몇 시에 몇 명을 죽였는지 죽은 사람들 이름까지 일일이 말해줄 겁니다. 1953년에 영국이 이란에서 무슨 짓을 했는지 이란인에게 물어봐도 역시 마찬가지일 테고요. 그 일을 직접 겪지 않은 후손도 마찬가지일 겁니다. 아들도, 손자도, 모두. 혹시 증손자가 있다면 그 아이도 역시 마찬가지겠죠. 하지만 영국인에게 물어보면…?" 그는 짐짓 잘 모르겠다는 듯 양손을 치켜들었다. "설사 예전에는 알고 있었다 해도 지금은 다 잊어버렸을 겁니다. 미래를 봐요! 영국인들은 이렇게 말하죠. 앞으로 나아가요! 우리가 한 짓은 잊어버려요. 내일은 새로운 세상이 열릴 겁니다! 하지만 그렇지 않아요, 브뤼 행장님." 그는 아직도 브뤼의 손을 잡은 채였다. "내일은 어제의 창조물입니다. 그것이 제가 말씀드리려던 것이에요. 그저께의 창조물이기도 하죠. 역사를 무시하는 것은 문 앞에 와 있는 늑대를 무시하는 것과 같습니다. 아이고, 이런, 여기 앉으세요. 오시는 길에는 아무 일 없으셨겠지요?"

"예, 아주 좋았습니다. 감사합니다."

"좋지 않았습니다. 비가 왔으니까요. 이제 잠깐 햇빛이 나는군요. 살아가면서 우리는 반드시 현실을 직시해야 합니다. 제 아들 이스마일을 만나셨죠? 제 비서 말입니다. 이 아이는 제 딸인 파티마입니다. 돌아오는 10월이면 신의 뜻으로 파티마가 런던 정경대에서 공부를 시작할 겁니다. 이스마일은 때가 되면 제 아비의 길을 따라 카이로로 갈 겁니다. 저는 지금보다 외로워지겠지만 그래도 아이들을 자랑스러워하겠죠. 자녀가 있습니까, 행장님?"

"딸이 하나 있습니다."

"그럼 행장님도 축복받은 분이로군요."

"하지만 박사님만큼은 아닌 것 같은데요!" 브뤼는 유쾌한 목소리로 말했다.

파티마는 남동생과 마찬가지로 아버지보다 머리 하나쯤 더 키가 컸다. 넓적한 얼굴의 미인인 그녀는 갈색 히잡을 망토처럼 둘러 어깨를 덮고 있었다.

"안녕하세요." 그녀는 이렇게 말하고 나서 시선을 살짝 아래로 내렸다 들며 오른손을 심장에 갖다 댔다.

"미국인들은 영국인들보다 더하지만 그래도 변명의 여지가 있습니다." 압둘라 박사가 여전히 유쾌한 목소리로 말을 이으며 손님용으로 화려하게 치장된 단 하나의 안락의자로 브뤼를 안내했다. 여전히 그의 손을 잡은 채였다. "그 변명의 여지라는 건 바로 무지죠. 미국인들은 자기들이 뭘 잘못하고 있는지 모릅니다. 하지만 영국인들은 아주 잘 알죠. 오래전부터 알고 있었습니다. 그런데도 여전히 그런 짓을 저지르고 있어요. 제가 농담을 좀 해도 괜찮겠죠? 언젠가 유머 때문에 큰 코 다칠 거라고 사람들이 제게 말합니다만, 그렇다고 저를 철학자로 착각하지는 마세요. 철학은 행장님 같은 분에게나 어울리지 제게는 아닙니다. 제가 종교 분야의 권위자인 건 맞아요. 하지만 철학은 신을 모르는 세속인들을 위한 겁니다. 우리가 사는 세상은 지금 상태가 안 좋아요. 말할 필요도 없죠. 그것이 누구의 잘못이겠습니까? 1천 년 전 코르도바(중세에 이슬람 지배를 받았던 스페인의 도시-옮긴이)의 1인당 병원 수는 오늘날 스페인보다 많았습니다. 우리 의사들은 현대 의사들도 따라가지 못하는 수술을 실시했죠. 도대체 어디서 무엇이 잘못된 것일까? 우리는 이렇게 자문합니다. 외국의 개입? 러시아의 제국주의? 아니면 세속주의? 하지만 우리 무슬림들 역시 잘못이 있습니다. 우리들 중 일부가 자신의 신앙에 대한 믿음을 잃었으니까요. 우린 더 이상 진정한 무슬림이 아니었던 겁니다. 앞으로 나아갈 길이 보이지 않았습니다. 파티마, 차를 좀 갖다 주겠니? 저는 케임브리지 1학년생이었습니다. 카이어스 칼리지에 다녔죠. 행장님도 아실 겁니다. 인터넷과 텔레비전이 있으니 이젠 비밀 같은 건 존재하지 않죠. 하지만 정보는 지식이 아니라는 걸 아셔야 합니다. 정보는 죽은 고기입니다. 오로지 신만이 정보를 지식으로 바꾸실 수 있습니다. 케이크도 가져와라, 파티마. 브뤼 행장님이 빗속에서 함부르크에서부터 차를 몰고 오셨으니까 말이야. 혹시 너무 덥거나, 너무 춥지는 않습니까? 솔직히 말씀해주십시오. 저희는 상냥한 사람들입니다. 신의 명령을 수행하려고 최선을 다하는 거죠. 행장님을 편안하게 대접해드리고 싶습니다. 만약 저희한테 줄 돈을 갖고 오셨다면, 더욱더 편안하게 대접해드리고 싶습니다! 편안할수록 좋은 것이니까요! 이쪽으로 오시죠, 행장님. 저희 회의실로 안내해드리겠습니다! 행장님은 좋은 분입니다. 저희 표현대로, 얼굴이 좋아요."

5퍼센트가 나쁘다는 건 무슨 뜻일까? 브뤼는 불안감 속에서 성난 사람처럼 이런 생각을 하고 있었다. 랜턴에게 이걸 물어보았지만 자세한 설명을 듣지는 못했다. "그냥 제 말을 믿으세요, 행장님. 행장님은 5퍼센트라는 점만 아시면 됩니다." 이 세상에 5퍼센트쯤 나쁘지 않은 사람도 있나? 브뤼는 속으로 생각했다. 그는 총출동한 압둘라 가족들과 함께 좁은 복도를 진군하듯 걸어가는 중이었다. 수상한 투자기록, 수상한 고객, 리피잰더 계좌가 있는 브뤼 프레르는 어떤가? 우리는 들키지 않을 것 같다는 확신이 들면 내부자거래도 조금씩 하지 않는가? 우리 자신을 평가하라면, 난 15퍼센트가 나쁘다고 할 것이다. 우리의 훌륭한 행장이자 대표이사인 나는 어떤가? 훌륭한 아내와 이혼하고, 그 결혼에서 남은 아이를 사랑하는 법을 이제야 배워가고 있는데 이미 때가 늦은 듯하고, 자신의 분야에서도 일을 망쳤고, 바람난 여자랑 결혼했는데 이제 그 여자한테 버림받기 직전이다. 나 자신을 평가한다면, 5퍼센트가 아니라 50퍼센트가 나쁘다고 해야 할 것이다.

"그럼 그 사람의 나머지 95퍼센트는 어떻게 행동한답니까?" 그는 랜턴에게 이렇게 물었다.

"선한 일을 하죠." 랜턴은 이렇게 모호한 대답만 했을 뿐이다.

그럼 나는 어떤가? 아무것도. 우리 둘의 수치를 더해서 최저치를 보면, 우리 둘 중 어느 편이 5퍼센트 더 나쁜지 분간할 수 없게 될 것이다.

"자, 행장님. 이제 시작하시죠. 서두르지 않으셔도 됩니다만, 영어로 해주십시오. 아이들이 기회 있을 때마다 영어를 익히는 것이 무엇보다 중요하거든요. 이쪽입니다, 행장님. 감사합니다."

지금 그들이 있는 곳은 뒤뜰을 굽어보는, 소박한 학자의 방이었다. 책이 없는 곳에는 붓글씨가 걸려 있었다. 압둘라 박사는 아무런 장식이 없는 나무 책상에 앉아 양손을 포갠 채 앞으로 몸을 내밀고 있었다. 파티마는 미리 차를 준비해두었는지 금방 차를 들고 들어왔다. 설탕 비스킷을 담은 접시도 쟁반에 함께 놓여 있었다. 그녀의 뒤를 이어 아까 문을 열어주었던 작은 사내아이가 쪼르르 들어왔다. 그의 여동생들 중 가장 용감한 세 명도 함께였다.

브뤼는 아까 이스마일의 뒤를 따라 계단을 오르면서 오른쪽 반신에 땀 한 방울이 아주 차가운 벌레처럼 흘러내리는 것을 느꼈다. 하지만 이렇게 자리를 잡고 앉고 나니 다시 차분한 은행가의 모습으로 돌아갈 수 있었다. 지금 그는 홈그라운드에 들어와 있는 것이나 마찬가지였다. 그의 머릿속에는 랜턴의 지시에 따라 미리 연습한 말이 안전하게 들어 있었다. 이제 일을 해야 할 시간이었다. 언제나 그의 눈앞을 떠나지 않는 아나벨을 위해서.

"압둘라 박사님, 제가 용서를 구해야겠습니다." 그가 권위적인 목소리로 입을 열었다.

"아니, 행장님, 용서라니요?"

"제가 전화로 말씀드렸듯이 제 고객은 철저한 비밀보장을 고집하고 계십니다. 아무리 좋게 말해도, 아주 조심스러운 상황에 처해 있거든요. 그래서 우리끼리만 일을 처리해야 할 것 같습니다. 죄송합니다."

"행장님은 제게 그 고객의 이름조차 알려주시지 않았습니다! 그런데 제가 어떻게 누군지도 모르는 그 훌륭한 고객을 위험에 빠뜨릴 수 있겠습니까?"

그는 아랍어로 뭐라고 웅얼거렸다. 그러자 파티마가 일어서서 브뤼에게는 눈길 한 번 주지 않은 채 방을 나갔고, 아이들이 그 뒤를 따랐다. 마지막으로 이스마일도 방에서 나갔다. 브뤼는 문이 닫힐 때까지 기다렸다가 주머니에서 봉하지 않은 봉투를 꺼내 압둘라 박사의 책상에 놓았다.

"저한테 편지를 주려고 여기까지 먼 길을 오신 겁니까?" 압둘라 박사가 농담처럼 물었다. 하지만 브뤼의 진지한 표정을 보고는 흠집이 난 독서용 안경을 꺼내 쓰고 봉투를 열어 그 안에 있던 종이를 꺼내서 거기에 인쇄된 숫자들을 유심히 살펴보았다. 그러더니 안경을 벗고 손으로 얼굴을 한 번 쓸어내린 뒤 다시 안경을 썼다.

"설마 농담이시죠, 브뤼 행장님?"

"그렇다면 아주 값비싼 농담이 되겠군요."

"행장님께 값비싸다는 뜻인가요?"

"제 개인적으로는 아닙니다. 하지만 우리 은행에는 그렇죠. 그만한 액수에 작별인사를 하면서 좋아라하는 은행은 없습니다."

압둘라 박사는 여전히 믿을 수 없다는 표정으로 다시 한 번 숫자를 바라보았다. "저도 이만한 액수를 받아들이는 일에는 익숙하지 않습니다, 브뤼 행장님. 제가 뭐라고 해야 할까요? 고맙다고 할까요? 고맙지만 됐다고 할까요? 네라고 할까요? 행장님은 은행가이시죠. 저는 신을 위해 구걸하는 보잘것없는 사람이고요. 신께서 제 기도에 응답을 주신 걸까요? 아니면 행장님이 절 놀리시는 건가요?"

"그 돈에는 조건이 붙어 있습니다." 브뤼는 일부러 압둘라의 질문을 무시하며 엄격한 목소리로 경고했다.

"기꺼이 듣겠습니다. 조건이 많을수록 좋아요. 제가 일하는 모든 자선단체들이 이쪽 세계에서 한 해에 모금하는 돈을 모두 합하면 얼마나 되는지 아십니까?"

"모르겠는데요."

"은행가들은 모르는 것이 없는 줄 알았는데요. 기껏해야 이 액수의
3분의 1밖에 안 됩니다. 사실은 4분의 1에 더 가깝죠. 알라께서는 정말
자비로우십니다."

압둘라는 여전히 책상 위의 종이를 뚫어지게 바라보고 있었다. 그의
양손은 마치 소유권을 주장하듯이 종이 양편에 놓여 있었다. 브뤼는 오
랫동안 은행에서 일하면서 계층과 남녀를 막론하고 많은 사람들이 새
로 얻게 된 재산의 규모를 점점 실감하는 모습을 지켜보았다. 하지만 이
착한 박사처럼 순수하게 홀린 듯한 표정으로 눈부시게 빛나는 사람은
본 적이 없었다.

"이 액수가 우리 민족에게 어떤 의미인지 전혀 모르시죠?" 그가 말했
다. 그의 눈에 눈물이 가득 고이는 것을 보고 브뤼는 당황스러웠다. 박사
는 눈을 감고 고개를 떨어뜨렸다. 하지만 그가 다시 고개를 들었을 때,
그의 목소리는 날카롭고 예리했다.

"이렇게 많은 돈이 어디서 난 건지, 어떻게 얻어진 건지, 행장님 고객
의 손에 어떻게 들어가게 된 건지 여쭤봐도 되겠습니까?"

"이 돈 중 대부분은 우리 은행에 10년 내지 20년 동안 묻혀 있던 것입
니다."

"하지만 행장님의 은행에서 이 돈이 비롯된 건 아니군요."

"그렇다고 봐야겠죠."

"그럼 어디서 비롯된 겁니까, 행장님?"

"이 돈은 유산입니다. 제 고객은 이 돈을 얻은 과정이 명예롭지 못하
다고 생각합니다. 게다가 이 돈에 이자가 계속 붙는다는 점도 이슬람 율
법에 어긋난다고 알고 있습니다. 제 고객은 이 돈에 대한 소유권을 공식

적으로 주장하기 전에, 자신이 믿음에 어긋나지 않는 행동을 한다는 확신을 얻고 싶어 합니다."

"아까 조건이 있다고 하셨습니다, 행장님."

"제 고객은 자신의 재산을 박사님의 자선단체들에 나눠줄 때, 박사님이 체첸을 최우선적으로 생각해주기를 바라고 있습니다."

"그 고객이 체첸인입니까, 행장님?" 그의 목소리는 다시 부드러워졌지만, 그의 눈빛은 차가워졌고, 눈가에 자잘한 주름살이 생겨났다. 마치 사막에서 햇빛 때문에 찡그린 표정 같았다.

"제 고객은 억압받는 체첸인들을 깊이 걱정하고 있습니다." 브뤼는 이번에도 박사의 질문에 대답하지 않는 편을 택했다. "제 고객이 무엇보다 우선시하는 것은 체첸에 의약품과 의료시설을 공급하는 겁니다."

"그런 중요한 일에 헌신하는 무슬림 자선단체들이 저희 쪽에 많이 있습니다, 행장님." 박사의 작고 검은 눈은 여전히 브뤼의 눈에 못 박혀 있었다.

"제 고객은 언젠가 직접 의사가 되고 싶어 합니다. 체첸인들이 겪은 아픔을 치유해주기 위해서죠."

"치유는 신만이 하실 수 있습니다, 행장님. 인간은 신을 도울 뿐이죠. 그 고객의 나이를 여쭤봐도 되겠습니까? 나이가 완숙의 경지에 이른 분인가요? 혹시 합법적인 일로 재산을 일군 분입니까?"

"나이와 사회적 지위가 어떻든, 제 고객은 의학을 공부하겠다고 결심했습니다. 그리고 자신이 베푼 자선의 첫 번째 수혜자가 되기를 바라고 있죠. 제 고객은 부정하다고 생각되는 돈을 자신이 직접 쓰는 대신, 무슬림 자선단체의 재정지원을 받아 여기 유럽에서 의학공부를 하고 싶어 합니다. 기부 액수에 비하면, 그 비용은 아무것도 아닐 겁니다. 하지만 그런 방법을 택함으로써 제 고객은 자신의 행동이 윤리적이라는 확신을 얻을 수 있죠. 이 모든 문제들과 관련해서 제 고객은 박사님의 직접적인 지도를 바라고 있습니다. 함부르크에서 박사님과 제 고객이 모두 편안히 만날 수 있는 시간과 장소를 선택해야겠죠."

압둘라 박사는 다시 책상 위의 종이를 바라보았다가 브뤼를 바라보았다.

"행장님의 선한 본능에 호소해도 되겠습니까?"

"물론입니다."

"행장님은 명예로운 분입니다. 제 눈에는 분명히 보입니다. 상냥하고 명예로운 분이에요. 그 외의 다른 것은 상관없습니다. 행장님이 기독교인이든, 유대인이든. 제 눈에 보이는 행장님의 모습만이 중요할 뿐입니다. 행장님은 저처럼 자식을 키우는 아비이자 세상을 잘 아는 분이기도 합니다."

"제가 정말로 그런 사람이라면 좋겠습니다."

"제게 조언을 해주십시오. 제가 행장님을 믿어야 하는 이유가 정말 무엇인지."

"절 믿지 못할 이유는 또 무엇입니까?"

"이 굉장한 제안이 제 입에는 쓰게 느껴지기 때문입니다."

랜턴은 이렇게 말했었다. "행장님이 누굴 도살장으로 끌고 가는 건 아닙니다. 행장님은 그자에게 똑바른 길에 들어서서 품위 있는 일을 할 기회를 주시는 겁니다. 그러니 '내 탓이오, 내 탓이오' 하며 자책할 필요 없습니다. 1년만 지나면 그자는 행장님께 오히려 고마워할 겁니다."

"쓴 맛이 느껴진다 해도 그건 제 책임이 아닙니다. 제 고객의 책임도 아니고요. 아마 이 돈이 생겨난 사정 때문에 그럴 겁니다."

"그건 행장님 말씀이죠."

"제 고객은 이 돈의 출처가 그다지 좋지 않다는 걸 잘 알고 있습니다. 그래서 변호사와 오랫동안 의논한 끝에 해결책으로 박사님을 생각해낸 겁니다."

"변호사가 있습니까?"

"예."

"여기 독일에요?"

박사의 질문이 또다시 날카롭게 변했다. 브뤼는 그 질문에 답변할 수 있다는 사실이 반가웠다.

"예, 그렇습니다." 그가 열심히 대답했다.

"실력이 좋은 분입니까?"

"그런 것 같습니다. 제 고객이 그 여자 분을 택했으니까요."

"여자 분이군요. 여자들이 최고라고 들었습니다. 그 고객께서는 누군가의 조언으로 그 여변호사를 선택한 겁니까?"

"그런 것 같습니다."

"그 여자 분은 무슬림인가요?"

"그건 그분한테 직접 물어보셔야 할 것 같은데요."

"그 고객께서는 저처럼 남을 잘 믿는 편입니까, 행장님?"

"그자에게 여기까지만 말하고 더 이상은 말하지 마세요." 랜턴은 이렇게 말했다. "그자를 끌어들일 수 있을 만큼 발목만 살짝 보여주고 마는 겁니다."

"제 고객은 비극적인 일을 겪었습니다, 압둘라 박사님. 부당한 일을 많이 당했죠. 하지만 그걸 이겨냈습니다. 저항도 했고요. 그래도 상처는 남았습니다."

"그래서요?"

"그래서 제 고객은 변호사를 통해 저희 은행에 이렇게 지시했습니다.

자신이 보기에 이 돈은 오염되었으므로 박사님과 자신이 함께 선택한 자선단체에 곧바로 그 돈을 보내라고요. 박사님과 자신이 있는 자리에서. 브뤼 프레르 은행이 그 돈을 자선단체에 곧바로 보내는 겁니다. 제 고객은 중간 단계를 전혀 원하지 않습니다. 제 고객은 박사님의 명성을 잘 알고 있으며 박사님의 글도 유심히 읽어보았기 때문에 오로지 박사님의 조언만을 바랍니다. 하지만 돈이 전달되는 것을 자기 눈으로 직접 봐야겠다고 하더군요."

"그 고객께서 아랍어를 하십니까?"

"죄송합니다만 아닙니다."

"독일어는요? 프랑스어? 영어? 체첸인이라면 러시아어는 할 줄 알겠죠. 혹시 체첸어밖에 모릅니까?"

"제 고객이 어떤 언어를 할 줄 알든, 적절한 통역을 제공해드릴 테니 걱정 마십시오."

압둘라 박사는 소원을 비는 것 같은 표정으로 자기 앞의 종이를 만지작거리며 또다시 브뤼에게 시선을 고정시킨 채 생각에 잠겼다.

"행장님은 좀 이상합니다." 마침내 그가 투덜거렸다. "마치 해방된 사람 같아요. 왜 그렇습니까? 행장님의 은행이 엄청난 액수의 돈에 작별인사를 하게 생겼는데, 행장님은 미소를 짓고 있어요. 모순 아닙니까? 혹시 영국인들 특유의 기만적인 미소입니까?"

"제 영국식 미소에 다 그럴 만한 이유가 있을 수도 있죠."

"그렇다면 그건 제게 거슬리는 이유인가 보군요."

"이 돈의 출처를 마뜩잖아 하는 건 제 고객뿐만이 아닙니다."

"하지만 사람들은 돈에서는 냄새가 나지 않는다고 하죠. 확실히 은행가에게는 그렇지 않습니까?"

"그렇다 해도, 저희 은행이 작게 안도의 한숨을 내쉬고 있다고 말씀드려도 될 것 같군요."

"그렇다면 행장님의 은행은 도덕적인 면에서 찬양받을 만하군요. 다른 걸 좀 여쭤보겠습니다."

"제가 대답할 수 있는 거라면…."

땀이 한 방울 흘러내리는 것 같은 기분이 다시 느껴졌다. 이번에는 아까의 반대쪽이었다.

"이 모든 일이 화급하게 진행되고 있는 것 같습니다. 무엇이 그리 화급합니까? 우리를 몰아붙이고 있는 그 기묘한 엔진은 정확히 말해서 어떤 것입니까? 말씀해주세요, 행장님. 행장님이나 저나 정직한 사람들입니다. 이 자리에는 다른 사람도 없고요."

"제 고객은 지금 처지가 불안정합니다. 언제든 이 기부를 승인할 수 없는 처지가 될 수 있어요. 그래서 박사님이 추천하는 자선단체 목록과 그 단체들이 하는 일에 관한 설명이 가능한 한 빨리 필요합니다. 제가 그 서류를 변호사에게 넘겨주면, 변호사가 고객에게 그걸 보여주고 승인을 얻을 겁니다. 그래야 우리가 이 일을 마무리 지을 수 있으니까요."

브뤼가 가려고 일어서자 압둘라 박사는 활기차고 장난스러운 처음 모습으로 돌아갔다.

"그렇다면 제게는 시간도, 대안도 없는 셈이군요." 그는 양손으로 브뤼의 손을 잡고 악수하면서 투덜거렸다. 그는 반짝이는 미소를 지으며 브뤼를 올려다보고 있었다.

"저도 마찬가지입니다." 브뤼도 박사 못지않게 쾌활한 태도로 마치 투덜거리듯 맞장구를 쳤다. "그럼 곧 다시 뵐 수 있겠군요."

"댁까지 무사히 돌아가시기 바랍니다, 행장님. 저희 식대로 표현하면, 가족의 품으로 돌아가신다고 해야겠죠. 알라께서 함께 하시기를."

"박사님도 안녕히 계십시오." 브뤼는 박사와 어색하게 악수를 나누며 박사와 똑같이 따뜻한 말투로 말했다.

차를 세워둔 곳으로 돌아가면서 브뤼는 셔츠가 땀에 흠뻑 젖었을 뿐만 아니라 재킷의 목 부분도 축축하게 젖었음을 깨달았다. 그가 아우토반에 들어서자 그를 지키기 위해 배치됐다는 두 사람이 바보처럼 히죽거리며 그의 뒤에 따라붙었다. 브뤼는 자기가 무슨 짓을 했기에 저 두 사람이 저렇게 즐거워하는지 알 수 없었다. 자기가 지금만큼 자신을 증오한 적이 있었는지도 알 수 없었다.

8시간 전에 브뤼가 압둘라의 집을 나선 이후로 에르나 프레이와 귄터 바흐만은 거의 한 마디도 나누지 않았다. 막시밀리안의 방에 죽 늘어선 모니터들 앞에 겨우 몇 센티미터 사이를 두고 바싹 붙어 앉아 있는데도 말이다. 모니터 한 대는 베를린의 정보센터 신호와 연결돼 있고, 또 다른 모니터 한 대는 위성감시 신호와, 또 다른 모니터는 자동차를 타고 이동 중인 아르니 모르의 5인 감시조 신호와 연결돼 있었다.

15시 48분에 두 사람은 쥐 죽은 듯한 침묵 속에서 눈을 감은 채 브뤼와 압둘라의 대화에 귀를 기울였다. 랜턴이 브뤼에게 준 도청용 만년필의 신호를 랜턴의 감시조가 길 건너편의 차고에서 받아 암호화한 뒤 이곳 마구간으로 보내준 덕분이었다. 바흐만은 소리가 나지 않게 손바닥을 한 번 부딪친 것 외에 아무런 반응도 보이지 않았다. 에르나 프레이는 아예 반응이 없었다.

17시 10분에 압둘라의 집에서 발신된 전화를 중간에 가로챈 정보가 처음으로 들어왔다. 아랍어 통화내용을 독일어로 동시통역한 내용이 모니터에 떴다. 바흐만은 아랍어를 할 줄 알았으므로 번역이 필요 없었다. 하지만 에르나 프레이를 비롯한 바흐만의 팀원 대부분은 그와 달랐다.

전화가 발신될 때마다 전화를 받는 상대방의 이름이 화면 아래에 떴다. 그 화면과 나란히 놓인 또 다른 화면에는 개인적인 정보와 상세한 추적 내용이 나타났다.

압둘라의 집에서 발신된 전화는 모두 여섯 통이었는데, 전부 존경받는 무슬림 기금모금인과 자선단체 관리들에게 건 것이었다. 조사원들이 옆 화면에 올린 정보에 따르면, 전화를 받은 사람들 중 현재 수사대상에 포함된 사람은 하나도 없었다.

이들과의 통화 내용은 모두 동일했다. '기금이 들어왔다, 형제들. 무한히 자비로운 알라께서 우리에게 역사적인 선물을 받을 가치가 있다고 평가하신 모양이다.'

모든 통화에 공통적으로 나타난 이상한 점 하나는, 압둘라 박사가 미국 달러가 아니라 미국산 쌀이 선물로 들어온 척했다는 점이었다(하지만 거짓말을 하는 연기력은 그다지 좋지 않았다). 이 간단한 암호 덕분에 수백만 달러가 톤 단위로 바뀌었다.

옆 화면에 올라온 정보에 따르면, 압둘라가 이렇게 거짓말을 하는 것은 신중을 기하기 위해서였다. 혹시라도 누가 통화내용을 엿듣고 흥미를 느낄까 봐 그렇게 했다는 것이다. 통화하는 상대방이 바뀌어도 대화 내용은 거의 달라지지 않았다. 녹취록을 한 부만 작성해도 될 정도였다.

"최상품 12.5톤이야, 동지…. 미국식 톤…. 알겠나? …그래, 그렇다니까, 톤. 마지막 한 톨까지 신자들에게 나눠줄 거야. 그래, 이 사람아! 톤. 신께서 자네의 그 멍청한 귓가에서 자비롭게 박수라도 치신 건가 뭔가? 하지만 조건이 있어. 많지는 않지만, 그래도 조건은 조건이지. 아직 내 말 듣고 있는 건가? 체첸에서 억압받고 있는 형제들이 가장 먼저 물건을 받아야 해. 체첸의 굶주린 사람들에게 가장 먼저 음식을 줘야 한다고. 의사들도 더 훈련시킬 거야, 인샬라. 굉장하지 않은가? 유럽에서도 해야지. 벌써 후보가 하나 있어!"

이 대화는 샤이크 라시드 하산이라는 사람과 나눈 것이었다. 그는 카이로 시절 압둘라와 함께 공부했던 오랜 친구로 지금은 영국 서리의 웨이브리지 마을에 살고 있었다. 압둘라가 이 사람과 가장 오랫동안 가장 친밀한 대화를 나눈 것도 역시 오랜 친구이기 때문일 것이다. 하지만 이 통화를 마무리한 말이 암호였다는 사실을 조사원들은 놓치지 않았다.

"우리의 착한 친구가 뭐든 의논할 것이 있으면 나중에 자네한테 전화할 거야." 압둘라가 이렇게 말하자 상대는 의미를 알 수 없는 소리로 툴툴거렸다.

19시 42분에 생중계 화면이 처음으로 들어왔다.

푯말이 연한 색 버버리 레인코트에 앞에만 챙이 있는 영국식 모자를 쓴 대단히 유럽인 같은 차림으로 자기 집 현관 베란다를 나서는 모습이었다. 그는 혼자였다. 대문 앞에 검은색 볼보 승용차가 대기하고 있다. 그를 위해 뒷문이 열린다.

옆 화면에 뜬 조사원들의 메모: 이 볼보는 함부르크 북쪽으로 150킬로미터 떨어진 프렌스부르크에서 터키인이 소유한 렌터카 업체의 것으로 등록돼 있음. 그 업체나 터키인 소유주에 관한 불리한 정보는 전혀 없음.

푯말이 두 명의 경호원 중 나이 많은 쪽의 도움을 받아 볼보 뒷좌석에 올라타고, 나이 많은 경호원은 조수석에 올라탄다. 감시 카메라의 시점이 바뀌면서 볼보의 뒤를 따라가기 시작한다. 신앙심 깊은 사람들이 마지못해 길을 가고 있군. 바흐만은 속으로 생각했다.

그는 조수석에 앉은 경호원을 지켜보았다. 경호원은 백미러와 사이드미러를 지켜보고 있었다.

볼보가 아우토반에 들어서서 북동쪽으로 20, 40, 57킬로미터를 달려간다. 어스름이 내리고 있다. 감시 카메라의 야간 렌즈가 켜지면서 화면이 흐릿한 초록색으로 바뀐다.

이렇게 먼 거리를 달려오는 동안 경호원은 계속 고개를 움직이며 백미러와 사이드미러를 번갈아 보았다. 볼보가 휴게소에 들어서자 경호원은 한층 더 경계를 강화한다.

경호원이 앞좌석에서 내려 오줌을 누면서 혹시 반갑지 않은 사람이 주위에 있는지 살피는 듯하다. 그가 카메라를 응시한다. 자기 뒤쪽으로 50미터쯤 떨어진 곳에 서 있는 모르의 감시 차량을 확인하는 듯하다.

경호원이 볼보로 돌아가서 뒷좌석 문을 열고 차 안을 향해 뭐라고 말한다. 폿말이 밖으로 나와 바람에 날아가지 않게 모자를 붙들고 휴게소 동쪽 끝에 있는 유리 공중전화 부스로 간다. 그는 부스에 들어가자마자 미리 꺼내 들고 있던 체크카드를 전화기에 집어넣는다. '멍청이.' 바흐만은 속으로 생각한다. 하지만 그 카드 역시 볼보와 마찬가지로 폿말의 것이 아닐 수도 있다.

폿말이 전화번호를 누르자 막시밀리안의 모니터들 중 한 곳의 맨 아래쪽에 이름이 뜬다. 이번에도 웨이브리지에 사는 샤이크 라시드 하산이다. 폿말이 아까 자기 집에서 한 번 전화를 걸었던 자. 하지만 그동안 폿말의 목소리가 이상하게 변해 있다. 베를린 신호센터가 뒤늦게 그 전화신호를 포착하면서 주파수가 약간 어긋난 탓이다.

처음에는 바흐만도 통화내용을 거의 알아들을 수 없다. 그래서 옆방의 화면에 떠 있는 동시통역 자막에 의존할 수밖에 없다. 폿말이 아랍어를 쓰고 있는 것은 맞지만, 구어체가 심하게 섞인 이집트 사투리를 구사하고 있기 때문에 누가 혹시 이 대화를 우연히 엿듣더라도 알아듣기 힘들 것 같다.

하지만 그건 잘못된 생각이다. 동시통역사가 누군지는 몰라도 천재임이 틀림없다. 통역사는 전혀 머뭇거림이 없다.

폿말 샤이크 라시드입니까?

라시드 라시드입니다.

폿말 저는 파이잘입니다. 댁의 저명한 장인어른의 사촌이죠.

라시드 그래서요?

폿말 댁의 장인어른께 전할 말이 있습니다. 제 말을 대신 전해주시겠습니까?

라시드 (잠시 침묵하다 대답) 그러지요. 인샬라.

폿말 모가디슈에 있는 장인어른 남동생의 병원에 의족과 휠체어를 보내드리기로 했는데 좀 늦었습니다.

라시드 그래서요?

폿말 즉시 상황을 바로잡을 겁니다. 그러면 장인어른께서는 키프로스에서 자유로이 휴가를 즐기실 수 있을 겁니다. 이 말을 전해주시겠습니까? 장인어른께서 기뻐하실 겁니다.

라시드 장인어른께 전해드리지요. 인샬라.

샤이크 라시드가 전화를 끊었다.

"엘리 씨." 브뤼가 여느 때와 마찬가지로 인사를 하려는 것처럼 입을 열었다.

"토미 행장님." 엘렌베르거 씨도 여느 때처럼 인사가 오갈 것을 예상하며 대답했다. 그런데 그게 아니었다. 지금 브뤼는 직장 상사의 모습이었다.

"오늘 저녁이면 마지막 리피잰더 계좌를 폐쇄할 수 있다는 소식을 알려주게 돼서 아주 기뻐요, 엘리 씨."

"다행이에요, 행장님. 마침 잘됐네요."

"오늘 저녁 영업시간이 끝난 뒤 그 계좌의 소유권을 주장하는 손님이 올 겁니다. 그분이 그렇게 하고 싶다고 했어요."

"저는 오늘 저녁에 약속이 없어요. 그러니 추가근무를 해도 상관없어요." 엘리 씨가 이상하게 보일 정도로 열렬히 말했다.

리피잰더 계좌를 빨리 닫아버리고 싶어서 안달이 난 걸까? 아니면 그리고리 보리소비치 카르포프 대령의 사생아 아들을 보고 싶어 저러는 걸까?

"고맙지만 그렇게 하지 않아도 돼요, 엘리 씨. 고객이 철저히 은밀한 만남을 강력히 주장하고 있거든요. 하지만 필요한 서류를 꺼내서 내 책상에 놓아주면 좋겠어요."

"그 고객은 열쇠를 갖고 있는 거겠죠, 토미 행장님?"

"변호사 말에 따르면 딱 맞는 열쇠를 갖고 있답니다. 우리한테도 열쇠가 있죠? 어디 있습니까?"

"우블리에트에 있어요, 토미 행장님. 안전금고 안에요. 이중 잠금장치가 돼 있죠."

"고객들의 개인금고 옆에 있는 것 말인가요?"

"예, 개인금고 옆에 있는 금고요."

"개인금고 열쇠를 개인금고에서 가능한 한 멀리 떨어진 곳에 두는 게 우리 방침인 줄 알았는데요."

"그건 에드워드 행장님 시절의 얘기죠. 함부르크로 온 뒤 토미 행장님이 더 느슨한 방침을 채택하셨잖아요."

"뭐, 그럼 내 대신 그 열쇠를 꺼내오세요."

"그러려면 출납국장의 도움을 얻어야 해요."

"왜요?"

"두 번째 열쇠번호를 출납국장이 알고 있으니까요, 토미 행장님."

"아, 그렇지. 출납국장한테 왜 열쇠가 필요한지도 말해야 합니까?"

"아뇨."

"그럼 말하지 마세요. 그리고 오늘은 은행 문을 일찍 닫을 겁니다. 늦어도 오후 3시 이전에 은행 안에 있는 사람들을 모두 내보내야 해요."

"전부요?"

"나만 빼고 전부."

"알겠습니다, 토미 행장님."

하지만 그녀의 얼굴에 떠오른 분노의 표정 때문에 그의 마음이 불안해졌다. 그녀가 왜 화를 내는지 알 수 없기 때문에 더 불안했다. 오후 3시가 되자 그의 지시대로 은행이 텅 비었다. 브뤼는 랜턴에게 전화를 걸어 상황을 확인해주었다. 몇 분 지나지 않아 초인종이 울렸다. 건물에 혼자 남은 브뤼가 조심스레 아래층으로 내려가 보니 위아래가 붙은 파란색 작업복을 입은 남자 네 명이 문 앞에 서 있고, 그들 뒤의 은행 앞마당에는 뤼벡의 삼대양 전기회사라는 이름이 적힌 하얀 승합차가 주차되어 있었다. "우리 업계에서는, 당연히, 그 사람들을 업자들이라고 부릅니다." 랜턴이 그에게 이들이 찾아올 거라고 말해주면서 털어놓은 말이었다.

넷 중 가장 나이가 많은 사람은 금니가 두 개 있어서 해적 같은 인상이었다.

"브뤼 행장님?" 그가 이를 번쩍이며 물었다.

"무슨 일입니까?"

"이곳 시스템을 확인하기로 약속이 돼 있어서요." 그가 익숙지 않은 영어로 힘들게 말했다.

"아, 들어오시죠." 브뤼는 독일어로 짜증스레 말했다. "할 일이 있으면 하셔야죠. 그저 우리 회벽이나 더럽히지 마십시오."

그는 랜턴에게 프레르 은행 안팎에 감시 카메라가 잔뜩 있다고 말해주었다. 랜턴은 이 말을 듣고 질린 표정이었다. 만약 랜턴의 '업자들'이 감시 카메라를 설치하러 오는 거라면 그냥 기존 설비를 조정해서 써도 되지 않는가?

하지만 랜턴이 "우리 독일 친구들"이라고 부르는 사람들의 기준에 비춰보면 은행의 카메라는 부족한 점이 많았다. 남자들이 찾아온 뒤 한 시간 동안 브뤼는 무기력하게 자기 사무실을 서성거렸다. 남자들은 홀, 접수대, 계단, 출납계원들이 일하는 컴퓨터실, 비서실, 화장실, 우블리에트 등에서 작업을 했다. 브뤼는 개인용 열쇠로 이 모든 곳의 문을 열어주어야 했다.

"자, 이제 행장님 방 차례입니다. 괜찮겠죠?" 금니가 있는 남자가 미소를 지으며 말했다.

그들이 자기 사무실을 더럽히는 동안 브뤼는 아래층에서 서성거렸다. 그는 나중에 자기 방으로 돌아가서 열심히 찾아보았지만, 남자들이 작업한 흔적을 전혀 찾을 수 없었다. 그의 침실에도 누가 손을 댄 흔적은 전혀 남아 있지 않았다.

남자들은 의미 없는 인사를 남긴 채 가버렸고, 다시 혼자가 되어 자신이 혼자임을 갑자기 절감하게 된 브뤼는 자기 자리에 털썩 주저앉았다. 엘렌베르거 씨가 놓아두고 간 오래된 리피잰더 서류 더미를 향해 손을 뻗을 기운도 없었다.

하지만 곧 그의 또 다른 일면이 전면에 나섰다. 그것이 과거의 모습인지 새로운 모습인지는 중요하지 않았다. 그는 다시 돌아온 브뤼였다. 그는 손을 주머니에 찔러 넣고 방을 가로질러 손으로 작성한 브뤼 가계도를 열심히 들여다보았다. 지난 35년 동안 매일 그에게 자신이 얼마나 부족한 사람인지를 일깨워주던 그림이었다. 혹시 우리 독일 친구들이 도청장치를 이 뒤에 설치한 건 아닐까? 위대한 창설자가 내 일거수일투족을 직접 엿보고 있는 건 아닐까?

뭐, 그러려면 그러라지. 앞으로 몇 주만 지나면 위대한 창설자도 초록색 쓰레기통에 처박히는 신세가 될 테니까.

그는 발꿈치를 축으로 몸을 돌려 방을 다시 노려보았다. 내 방, 내 파트너의 책상, 글래스고의 랜덜이 나무로 만들어준 내 빌어먹을 옷걸이,

391

내 책꽂이. 내 아버지 것도 아니고, 그 사람 아버지 것도 아니고, 저 사람 아버지 것도 아니다. 그리고 거기 꽂힌 책들은, 비록 내가 한 번도 펼쳐 본 적이 없을지라도, 역시 내 것이다. 이제 저들도 그 사실을 깨달을 때가 되었다. 나도 그 사실을 깨달을 때가 되었다. 내 마음대로 처분할 수 있는 내 것이라는 사실을. 태워도 되고, 팔아 치워도 되고, '대지의 저주받은 자들'에게 기부해도 된다.

그러니까 내 마음대로 하자. 저 사람들도 금방 내 물건들을 마음대로 주물렀으니까. 하하.

이런 터무니없는 생각을 머릿속으로 이리저리 굴려보며 그 기분을 음미한 뒤 그는 큰 소리로 이 생각을 밝혔다. 훌륭한 영어로 예의바르게. 처음에는 랜턴을 위해서, 그다음에는 랜턴의 독일 친구들을 위해서, 그리고 마지막으로 사방에서 자신의 말을 도청하는 사람들을 위해서. 도청장치를 아직 켜지 않은 것은 아니겠지? 그러거나 말거나 무슨 상관이야.

그러고 나서 그는 아주 신중하게 무대를 준비하기 시작했다. 이사는 이쪽에, 압둘라는 저쪽에 앉고 난 여기 내 책상에서 움직이지 말아야지.

그럼 아나벨은?

아나벨이 뒷자리로 밀려나는 일은 없을 거야. 내 집에서는 안 돼. 아나벨은 내 손님으로 여기 오는 거니까, 내가 보기에 합당한 수준의 대우를 해줘야지.

이런 생각을 하면서 그는 가장 어두운 구석에 숨어 있는 할아버지의 의자를 발견했다. 그가 직접 구석에 처박아 둔 그 의자는 지나치게 조각 장식이 많은 고약한 물건이었다. 의자 등받이 맨 위에는 브뤼 가문의 문장이 새겨져 있고, 색 바랜 의자커버에는 브뤼 가문 특유의 격자무늬 수가 놓아져 있었다.

그는 그 의자를 끌어내서 쿠션 두어 개를 올려놓은 뒤 뒤로 물러나 자신의 작품을 감상하듯 바라보았다. 아나벨은 저렇게 앉는 걸 좋아해. 허리를 똑바로 세우고. 누가 자기를 괴롭히려 들면 그 사람이 오히려 위험해질 거라고 말하는 것처럼.

마지막으로 그는 벽이 약간 움푹 들어간 곳에 있는 냉장고로 진군하듯 걸어가서 탄산수 두어 병을 가져와 커피 탁자에 올려놓았다. 아나벨이 도착할 때쯤이면 물의 온도가 상온과 비슷해져 있을 것이다. 그는 기왕 음료수를 준비하는 김에 스카치위스키를 한 잔 따라서 마실까 생각해보았지만 그냥 참기로 했다. 오늘은 마지막으로 아주 중요한 거래를 처리한 뒤 저녁회의를 해야 하는 날이었다. 과연 일이 어떻게 풀려나갈지 궁금하기 그지없었다.

브뤼는 아무런 이유도 대지 않고 무조건 아틀란틱 호텔을 고집했다. 랜턴은 그곳을 정찰한 뒤 순순히 그의 말을 들어주었다. 약속시각은 7시. 그와 아나벨이 처음 만난 바로 그 시각이었다.

그때와 똑같은 향기가 로비에 퍼져 있었다. 슈바르츠 씨가 근무 중인 것도 그때와 똑같았다. 바에서는 그때와 똑같이 떠들썩한 소리가 흘러나왔다. 브뤼가 그때와 똑같은 상업적인 그림 밑의 똑같은 자리에 앉아 그때와 똑같이 회전문에 시선을 고정시킨 채 기다리는 동안 어느 누구의 주목도 받지 못한 채 혼자 사랑 노래를 연주하는 피아니스트도 그때와 똑같은 사람이었다.

다른 것은 날씨뿐이었다. 봄날의 태양이 하늘에 낮게 걸린 채 거리에 빛을 내리쬐고 있었다. 그 온기에 자유로워진 행인들의 키가 부쩍 더 커진 것처럼 보였다. 아니, 브뤼의 눈에는 그렇게 보였다. 아마도 그 자신이 더 자유롭고 더 커진 것 같은 기분을 느끼고 있는 탓일 것이다.

그가 약속 시간보다 일찍 왔는데도 랜턴이 부하 두 명을 이끌고 더 먼저 와서 브뤼가 앉은 구석자리와 회전문 사이에 기업체 중간간부들 같은 모습으로 앉아 있었다. 혹시 브뤼가 이사의 여권을 들고 문으로 달려나갈까 봐 미리 길을 차단한 모양이었다. 통로 건너편의 그릴 입구에 조금 못 미친 곳에는 루이자의 식당에서 아나벨을 도우려고 서둘러 달려왔던 두 여자가 앉아 있었다. 이번에도 그들은 만반의 준비를 갖춘 모습이었다. 그들은 시내 지도를 펼쳐 놓고 뭐라고 대화를 나누는 척했지만 웃음기 없는 표정과 지나치게 신중한 태도 때문에 진짜처럼 보이지 않았다.

아나벨은 배낭을 메고 있지 않았다.

그녀가 회전문을 통해 들어올 때 브뤼의 눈에 가장 먼저 띈 것이 그 점이었다. 배낭은 없고, 걸음걸이는 좀 느려졌고, 자전거도 없었다. 모래색깔 볼보가 그녀를 문 앞까지 데려다주었는데, 택시가 아닌 걸로 봐서 그녀의 안전을 위해 따라다니는 자동차인 것 같았다.

그녀는 레일라의 집에서 히잡으로 이용했던 스카프를 목에 두르고 있었다. 법률가들이 즐겨 입는 엄격한 검은색 치마와 긴소매 블라우스와 재킷이 처음에는 약간 놀라웠다. 그건 곧 법정에 나갈 예정이거나 법정에 갔다 온 변호사의 옷차림이었다. 하지만 그는 자기도 오늘 밤 압둘라 박사와의 약속에 짙은 색 정장을 골라 입고 나왔음을 기억해냈다.

"물 드시겠습니까?" 그가 조심스레 말했다. "레몬 없이? 상온으로? 지난번하고 똑같이요?"

그녀는 "예, 그렇게 해주세요." 하고 말했지만 미소는 짓지 않았다.

그는 물 두 잔을 주문했다. 한 잔은 자기 것이었다. 그는 그녀와 악수를 하면서 곁눈질로 한 번 그녀의 얼굴을 힐긋 바라보았다. 그녀가 어떤 표정일지 두려워서 자세히 볼 엄두가 나지 않았다. 그녀는 잠도 제대로 못 자고 지친 사람 같았다. 자신을 억제하려는 듯 입술을 꾹 다물고 있었다.

"여기 호위병들을 데려오셨죠?" 그가 여전히 유쾌한 말투로 말했다. "원하신다면 그 사람들한테 술을 한 병 보내줄까요? 샴페인 한 병쯤?"

그녀는 게오르기처럼 어깨만 으쓱했다.

그는 일부러 과장되게 굴고 있었다. 멍청한 영국인처럼 굴면서. 그는 희극적인 요소를 원래 목적과는 전혀 다르게 사용하고 있었지만, 그가 아는 방법이 그것뿐이니 어쩔 수 없었다. 그는 큰 무대를 위해 그녀를 준비시키며 자기가 그녀를 사랑하고 있음을 보여주고 싶어 하는 늙은 삼류 배우였다.

"내가 보기에는 사실 당신이 제대로 보호를 받지 못하는 것 같습니다, 아나벨. 우리를 부리는 사람들에게 우리가 얼마나 가치 있는 존재인지 생각해보면 말이죠. 당신한테는 그 작자들이 겨우 두 명밖에 붙어 있지 않아요. 난 세 명인데. 혹시 궁금하시다면, 내 호위병들은 저쪽에 있습니다." 그는 그들이 있는 방향을 여봐란 듯이 가리켰다. "정장을 입은 왜소한 젊은이가 저 사람들을 이끄는 두뇌예요. 랜턴이라는 이름이죠. 이안 랜턴. 베를린 주재 영국 대사관 소속입니다. 언제든 대사한테 확인해보면 될 거예요. 나머지 두 명은… 뭐 솔직히 조금 처지는 편이에요. 머릿속에 든 게 별로 없어요. 당신도 도청장치를 달고 왔겠죠?"

"예."

혹시 그녀가 지금 막 미소를 지으려 한 건가? 그런 것 같았다. "잘됐습니다. 그럴 듯한 청중이 있는 셈이네요. 아니면 혹시…." 그는 갑자기 불안감에 사로잡힌 것 같았다. "혹시 당신 호위병들은 당신 말만 듣고, 내 호위병들은 내 말만 듣는 걸까요? 아냐, 그럴 리가 없어요. 그렇죠? 내가 전자기기 쪽은 잘 모르지만, 서로 주파수가 다를 리가 없습니다. 아니,

혹시 그게 가능한 일인가요?" 그는 어깨너머로 좌우를 살피며 확인하는 척했다. "저자들에 대해서는 그리 걱정할 필요 없을 겁니다." 그는 자신을 꾸짖듯 고개를 절레절레 저었다. "어쨌든 오늘 밤의 스타는 우리들이니까요. 저자들은 그냥 청중일 뿐입니다. 저자들이 할 수 있는 일이라고는 듣는 것밖에 없어요." 그는 이 말의 보상으로 그녀의 미소를 얻었다. 지극히 무방비한 그 미소에 어쩌나 기운이 솟았는지 마치 그 안에 화려한 신세계가 들어 있는 것 같았다.

"그 사람 여권을 갖고 계시죠?" 그녀가 여전히 미소 띤 얼굴로 말했다. "행장님께서 호의를 베풀어 주실 거라고 그 사람들한테서 들었어요."

"글쎄요, 호의인지는 모르겠지만 당신이 그걸 보고 싶어 할 것 같아서요. 나라면 정말로 보고 싶었을 겁니다. 요즘은 자기가 지금 누굴 상대하고 있는지 전혀 알 수 없는 세상이잖아요. 안타깝게도 아직 그 여권을 당신한테 줄 수는 없습니다. 그냥 보여주기만 한 다음에 저 오른쪽에 앉은 젊은 랜턴 씨한테 돌려줘야 해요. 그러면 랜턴이 그걸 당신 쪽 사람들에게 돌려줄 거고, 우리 고객이 시키는 대로 일을 끝내고 나면 그 사람들이 그걸 발효시킬 겁니다. 이게 맞는 표현인지 모르겠네요."

그는 그녀를 향해 여권을 내밀고 있었다. 남몰래 보여주는 것 같은 분위기는 없었다. 그가 여권을 과시하듯 탁자 너머로 건네주었기 때문에 감시하지 않는 척 연기하던 양측 감시인들이 모두 딴 짓을 그만두었다.

"혹시 그쪽에 다른 점이 있습니까?" 그가 유쾌하게 말했다. "이 사람들하고는 양쪽 이야기를 맞춰보는 게 꼭 필요하거든요. 이 사람들은 진실에 그리 부담을 느끼는 편이 아니니까요. 내가 들은 이야기는 이렇습니다. 당신이 우리 고객을 은행으로 데려오면, 고객이 증여 문제를 처리한 뒤 사람들이 고객을 어딘가로 곧장 데려갈 겁니다. 그곳 주소는 내가 알아낼 수 없었는데, 어쨌든 그곳에서 우리 고객은 모종의 서류를 3부 작성한 뒤 독일 여권을 건네받을 겁니다. 지금 우리 앞에 있는 바로 이 여권이죠. 우리 고객이 이걸 받는 즉시 효력을 발휘하게 됩니다. 그쪽 이야기와 일치합니까? 아니면 혹시 문제가 있나요?"

"일치해요." 그녀가 말했다.

그녀는 그의 손에서 여권을 받아 자세히 살펴보았다. 처음에는 사진, 그다음에는 그다지 문제될 것이 없는 출입국 도장. 최근에 새로 찍힌 것은 하나도 없었다. 그다음에는 여권 만기일을 확인했다. 지금으로부터 3년 7개월 뒤였다.

"이걸 받을 때 제가 우리 고객과 함께 가야 할 거예요." 그녀가 말했다. 예전처럼 단호한 모습으로 돌아간 것이 그를 기쁘게 했다.

"물론 그렇겠죠. 변호사로서 선택의 여지가 없겠죠."

"그 사람이 아파요. 좀 쉴 필요가 있어요."

"당연히 그렇겠죠. 오늘 밤이 지나고 나면 얼마든지 시간을 내서 쉴 수 있을 겁니다." 브뤼가 말했다. "내가 당신을 위해서 개인적으로 준비한 서류가 좀 있는데…" 그는 여권을 다시 받은 뒤 봉하지 않은 봉투를 그녀의 손 위에 올려놓았다. "지금은 보지 마세요. 사람을 난처하게 만드는 보석 같은 건 아닙니다. 그냥 서류예요. 하지만 이것이 당신을 자유롭게 만들어줄 겁니다. 당신이 같은 짓을 또 저지르지만 않는다면 보복성 기소 같은 일은 당하지 않을 거예요. 물론 나야 당연히 당신이 또 같은 일을 하기를 바라지만요. 이 서류에는 또 당신이 한편이 되어줘서 고맙다는 내용도 있습니다. 말하자면 그렇다는 이야기예요. 이쪽 업계에서 이만하면 거의 청혼이나 다름없습니다."

"난 자유로워지든 말든 상관 안 해요."

"아뇨, 지금은 상관해야 합니다."

이 말을 할 때 그는 독일어가 아니라 러시아어를 사용했다. 그 때문에 통로 양편의 두 진영이 격렬하게 동요하는 것을 보니 기분이 좋았다. 그들은 고개를 번쩍 쳐들더니 통로를 사이에 두고 머리를 모아 급박하게 의견을 교환했다. 혹시 러시아어 아는 사람 있어? 다들 어리둥절한 표정인 것을 보니 아무도 러시아어를 모르는 모양이었다.

"이제 우리 둘이서만 몇 분 동안 있을 수 있게 됐으니… 이건 내 희망 사항이긴 하지만요." 브뤼는 파리에서 배운 고전적인 러시아어로 계속 말을 이었다. "대단히 개인적인 기밀사항 두어 가지를 당신과 의논하고 싶습니다. 그래도 될까요?"

그녀의 얼굴이 마법처럼 밝아져 있어서 그는 너무 기뻤다.

"그래도 돼요, 브뤼 행장님."

"지난번에 우리 은행에 대해 이야기하셨죠. 내 빌어먹을 은행에 대해. 우리 은행이 아니라면 그 사람이 여기로 오지도 않았을 거라고. 뭐 그 사람은 이미 여기에 와 있고, 앞으로 여기서 계속 머무를 수도 있을 겁니다. 지금도 그 사람이 여기에 오지 말았어야 한다고 생각하십니까?"

"아뇨."

"다행이군요. 또 한 가지 말씀드리고 싶은 건, 나한테 게오르기나라는, 아주 사랑하는 딸이 있다는 사실입니다. 난 그 애의 이름을 줄여서 그냥 게오르기라고 부르죠. 내가 결혼이 어떤 건지 모르던 시절에 했던 결혼으로 낳은 아이입니다. 사실 그때는 사랑이 뭔지도 몰랐어요. 난 결혼생활에도, 아버지 노릇에도 맞지 않는 사람이었습니다. 하지만 지금은 그렇지 않아요. 게오르기가 조금 있으면 아기를 낳을 텐데, 난 할아버지가 되는 법을 배울 겁니다."

"정말 좋으시겠어요."

"고맙습니다. 누군가한테 이 말을 할 순간을 고대하고 있었는데, 이렇게 말을 하고 나니 기쁘군요. 게오르기는 우울증을 겪고 있습니다. 난 그런 식의 용어들을 신뢰하지 않는 편이지만, 이 경우에는 그 아이의 증상이 잘 맞아떨어지는 것 같아요. 그래서 균형을 맞춰야 된답니다. 그쪽 용어로는 그랬던 것 같아요. 게오르기는 캘리포니아에 살고 있습니다. 작가와 함께. 예전에 거식증에 걸렸던 적도 있어요. 그때는 굶주린 새처럼 변했죠. 도저히 손을 쓸 수가 없었습니다. 그러니까 이건 듣기 좋은 이야기가 아니에요. 이혼도 한몫 했죠. 게오르기가 미국으로 떠난 건 현명한 일이었습니다. 캘리포니아로 가서 지금도 거기 살고 있어요.”

“그건 아까 말씀하셨어요.”

“죄송합니다. 내가 하고 싶은 말은, 게오르기가 스스로 깨끗한 물을 찾아갔다는 겁니다. 며칠 전 밤에 그 아이와 통화를 했어요. 거리가 멀수록 전화를 통해 그 아이가 행복한지 어떤지 알아내기가 더 쉬운 것 같다는 생각이 가끔 듭니다. 게오르기는 전에도 아이를 낳은 적이 있지만, 아이가 죽어버렸어요. 이번에는 다를 겁니다. 틀림없어요. 확신이 듭니다. 얘기가 옆길로 샜군요. 죄송합니다. 그래서 내가 무슨 생각을 했냐면, 이번 일이 끝난 뒤 나도 휴가를 좀 내서 그쪽으로 가서 게오르기를 만날까 합니다. 거기에 한동안 머무를 수도 있고요. 솔직히 은행은 죽어가고 있습니다. 그게 별로 안타깝지도 않아요. 모든 일에는 자연스러운 수명이라는 게 있으니까요. 그래서 이런 생각이 들었습니다. 일단 그쪽으로 가서 조금 자리가 잡히면 당신을 초대해도 되지 않을까, 당신이 우리에게 와서 며칠 동안 지내다 가지 않을까. 물론 경비는 제가 부담할 겁니다. 원한다면 다른 사람도 함께 데려오세요. 와서 게오르기나 아기와 안면을 익힐 수도 있겠죠. 게오르기의 남편을 만나볼 수도 있고요. 아마 틀림없이 굉장한 친구일 겁니다.”

“좋은 생각 같네요.”

"지금 당장 대답할 필요는 없습니다. 내가 무슨 수작을 거는 것도 아니에요. 그냥 한번 생각이나 해보세요. 내가 하고 싶은 말은 이것뿐입니다. 그럼 이제 다시 독일어로 돌아가 볼까요? 우리 청중이 너무 흥분하기 전에."

"갈게요." 그녀가 말했다. 아직 러시아어였다. "가고 싶어요. 생각해볼 필요도 없어요. 정말로 가고 싶어요."

"좋습니다." 그는 독일어로 대답했다. 마치 자기가 얼마 동안이나 자리를 비웠는지 확인하려는 듯 손목시계를 보면서. "처리할 일이 하나 더 있어요. 압둘라 박사가 체첸을 위해 하고 싶은 일을 적은 목록입니다. 박사는 무슬림 사회 전체를 위한 일반적인 제안들을 내놓았지만, 이건 체첸을 위해 추천하고 싶은 일들의 후보 목록입니다. 우리 고객이 오늘 밤 회의가 열리기 전에 이 목록을 보고 싶어 할지도 모른다면서 박사가 내놓았어요. 이 목록 덕분에 시간을 더 편안히 보낼 수 있을지도 모릅니다. 그럼 오늘 저녁 10시에 두 분을 만날 수 있을 거라고 생각해도 될까요?"

"그렇게 하세요." 그녀가 말했다. "그렇게 하세요." 그녀는 자기 말을 강조하려는 듯 힘차게 고개를 끄덕하더니 방향을 돌려 회전문을 향해 뻣뻣하게 걸어갔다. 그녀의 호위병들이 벌써 회전문 앞에서 기다리고 있었다.

"치안을 방해하는 일은 없을 겁니다, 이안." 브뤼는 이사의 여권을 랜턴에게 건네주며 가벼운 말투로 다짐했다. "그냥 자유의지를 행사해서 잠시 산책을 하는 것뿐이에요."

아나벨을 호위하는 여자들이 부둣가에 그녀를 내려준 시각은 8시 30분이었다. 그녀는 자신의 다락방 아파트까지 혼자 계단을 올라갔다. 이 계단을 오르는 것도 이번이 마지막이지 싶었다. 이사가 그녀의 죄수이고 그녀가 이사의 죄수인 것도, 아치형 창가에서 깜박이는 항구의 불빛들에 의지해서 함께 러시아 음악을 듣는 것도, 그녀가 그를 아이처럼 돌보며 먹여주고 달래주는 것도 마지막일 터였다. 그를 만질 수 없는 연인처럼, 참을 수 없는 고통과 희망을 가르쳐주는 가정교사처럼 생각하는 것도. 한 시간 뒤면 그녀는 그를 브뤼와 압둘라 박사에게 데려다줄 것이다. 한 시간 뒤면 바흐만과 에르나 프레이가 원하는 것을 손에 넣을 것이다. 이사의 도움으로 그들은 생크추어리가 평생 동안 노력해서 구할 수 있는 것보다 훨씬 더 많은 무고한 생명을 구할 수 있을 것이다. 아직 죽임을 당하지 않은 사람들을 미리 헤아리는 방법이 막막하기는 하지만 말이다.

"이것이 압둘라 박사의 추천목록이라고요?" 이사가 물었다. 약간 오만한 말투였다. 그는 방 한가운데에서 천장에 깊숙이 박힌 전구 바로 밑에 서서 박사의 목록을 읽었다.

"그중 몇 가지는 그래요. 박사는 체첸을 목록 맨 위에 올려놓았어요. 당신이 요청한 대로."

"현명한 사람이에요. 박사가 여기서 말한 자선단체는 체첸에서 유명해요. 나도 이 단체에 대해 들어본 적이 있어요. 이 단체는 산 속에서 싸우는 우리의 용감한 전사들에게 약과 붕대를 가져다줘요. 마취약도요. 우리 이 단체를 지원해요."

"좋아요."

"하지만 무엇보다 먼저 그로즈니의 아이들을 구해야 해요." 그는 목록을 계속 읽으며 말했다. "그다음에는 과부들이에요. 비자발적으로 더럽혀진 젊은 여성들은 처벌받지 않겠지만, 신의 뜻으로 특수 호텔에 수용될 거예요. 설사 협조 여부가 의심되는 여자들이라 해도 수용될 거예요. 그게 내가 원하는 거예요."

"좋아요."

"아무도 처벌받으면 안 돼요. 가족들도 그 사람들을 처벌할 수 없어요. 우린 이 여자들을 돌보아줄 전문가들을 구할 거예요." 그는 종이를 한 장 넘겼다. "순교자의 아이들에게도 호의를 베풀 거예요. 그것이 알라의 뜻이에요. 하지만 그 아이들의 아버지가 무고한 사람을 죽인 적이 없어야 해요. 만약 무고한 사람을 죽인 적이 있다면, 그건 알라가 허락하지 않는 일이지만, 그래도 우린 아이들을 수용할 거예요. 당신도 동의하나요, 아나벨?"

"아주 좋은 생각이에요. 좀 혼란스럽기는 하지만 그래도 굉장해요." 그녀는 미소를 지으며 말했다.

"그리고 이 자선단체도 내가 높게 평가해요. 이 단체 이름은 들어본 적이 없지만 높이 평가해요. 긴 독립전쟁을 하느라 우리 아이들의 교육이 그동안 무시됐어요."

"당신 마음에 드는 항목에 지금 표시를 하는 게 어때요? 연필 갖고 있어요?"

"전부 마음에 들어요. 당신도 마음에 들고요, 아나벨."

그는 목록을 접어 주머니에 쑤셔 넣었다.

말하지 마. 그녀는 자신이 항상 앉는 자리인 아파트 반대편 끝에서 그에게 애원했다. 나한테 약속하라고 하지 마. 믿을 수 없는 꿈을 늘어놓지 마. 난 이런 걸 감당할 만큼 강하지 않아. 그만해!

"당신이 신의 신앙으로, 그러니까 내 어머니와 내 민족의 종교로 개종하고 내가 서구의 자격을 갖춘 중요한 의사가 돼서 브뤼 씨처럼 자동차를 가질 정도가 되면 난 직업에 쏟지 않는 모든 시간을 당신을 위해 바칠 거예요. 이것이 내가 당신에게 주는 약속이에요, 아나벨. 당신은 임신 때문에 아주 힘들 때가 아니면 내 병원에서 간호사로 일할 거예요. 당신이 엄격하게 굴지 않을 때는 동정심이 아주 강하다는 걸 알게 됐어요. 하지만 먼저 간호사로 교육을 받아야죠. 법에서 정한 자격만으로는 간호사가 되기에 충분하지 않아요."

"그렇겠죠."

"내 말 듣고 있어요, 아나벨? 집중해줘요."

"난 그저 시계를 보고 있을 뿐이에요. 브뤼 행장님이 우리더러 압둘라 박사보다 훨씬 일찍 그리로 나와 달라고 했어요. 당신이 먼저 계좌 소유권을 주장하는 데 필요한 절차를 마쳐야 해요. 비록 그 돈을 갖고 싶지 않더라도."

"나도 알아요, 아나벨. 나도 그런 기술적인 문제들에 정통해요. 그래서 그 사람의 리무진이 시간에 맞춰 날 데리러 이리로 올 거예요. 멜릭과 레일라도 식장에 올 건가요?"

"아뇨. 그 사람들은 터키에 있어요."

"그렇다면 슬프네요. 내가 지금부터 하려는 일이 뭔지 알면 두 사람 마음이 편안해질 텐데. 난 우리 아이들에게 폭넓고 다양한 교육을 제공해줄 거예요. 안타깝지만 체첸에서는 안 돼요. 너무 위험하니까요. 먼저 아이들은 코란을 공부한 뒤에 문학과 음악을 공부할 거예요. 아이들은 다섯 가지 덕을 닦아야 해요. 하지만 설사 아이들이 실패하더라도 처벌하지는 않을 거예요. 우린 아이들을 사랑하고, 아이들과 함께 많은 기도를 드릴 거예요. 난 당신이 개종하는 데 필요한 절차를 잘 몰라요. 현명한 이맘이 그 일을 맡아줘야 할 거예요. 나는 이 압둘라 박사라는 사람의 글을 존경해요. 일단 그 사람을 직접 만나서 어떤 사람인지 판단이 선 뒤에 그 사람이 이 일에 적당한지 어떤지 고려할 거예요. 난 당신을 모욕한 적이 없어요, 아나벨."

"나도 알아요."

"그리고 당신은 날 유혹하려고 한 적이 없어요. 당신이 그럴 것 같아서 내가 걱정한 적은 몇 번 있어요. 하지만 당신은 훌륭하게 자제력을 발휘했어요."

"이제 출발준비를 해야 할 것 같은데요. 안 그래요?"

"라흐마니노프를 들어요."

그는 아치형 창문으로 걸어가서 시디 플레이어를 켰다. 그가 혼자 있을 때 즐겨 듣는 높은 볼륨으로 설정되어 있었다. 엄청나게 큰 음악소리가 천장을 향해 쿵쿵 울려 퍼졌다. 그는 창문을 향해 돌아섰다. 그가 외출준비를 위해 꼼꼼히 옷을 갈아입는 동안 그녀는 그의 실루엣을 지켜보았다. 카르스텐의 가죽재킷은 이제 그에게 매력이 없는 모양이었다. 그는 자기가 예전에 입던 낡은 검은색 외투와 모직 모자를 더 좋아했다. 그리고 어깨에 노란색 안장가방을 사선으로 멨다.

"자, 아나벨. 내 뒤를 따라와요. 내가 당신을 보호해줄게요. 그게 우리 전통이에요."

하지만 문 앞에서 그는 우뚝 멈춰 서더니 그녀를 뚫어지게 바라보았다. 전에 없이 솔직한 표정이어서 그녀는 순간적으로 그가 문을 다시 닫고 자기들 두 사람을 함께 이 안에 가둬버릴 것이라고 진심으로 믿었다. 이 높은 곳에 자리한 자기들만의 세상에서 지금까지 해왔던 자기들만의 생활을 계속하려고.

어쩌면 그가 정말로 그렇게 해주기를 바라는 마음이 그녀에게 절반쯤 있는 것 같기도 했다. 하지만 그는 이미 계단을 향해 가고 있었다. 그 순간은 지나가버렸다. 길고 검은 리무진이 기다리고 있었다. 운전사가 뒷문을 열어서 잡고 있었다. 그는 금발의 젊은이였다. 한창 나이의 청년. 그녀는 차에 올랐다. 운전사는 이사가 그녀의 뒤를 따라 올라타기를 기다렸지만 이사는 거부했다. 운전사가 조수석 문을 열어주자 그는 차에 올랐다.

 브뢰는 앞장서서 자신의 성소로 향했다. 이사와 아나벨이 차례로 그의 뒤를 따랐다. 아나벨은 변호사다운 검은 정장을 입고 머리에는 스카프를 두른 차림이었다. 브뢰는 이사의 분위기가 바뀌었음을 한눈에 알아차렸다. 신앙심 깊은 무슬림 도망자였던 그가 이제는 붉은 군대 대령이었던 백만장자의 아들이 되어 있었다. 그는 홀에 들어서면서 경멸이 가득 담긴 얼굴로 주위를 둘러보며 인상을 찌푸렸다. 마치 훌륭하게 꾸며진 은행의 모습도 자신이 평소 익숙하게 접하던 환경에는 미치지 못한다는 듯이. 그는 브뢰가 아나벨을 앉히려고 준비한 의자에 제멋대로 앉더니 팔짱을 끼고 다리를 꼰 채 상대방의 말을 기다렸다. 그의 이런 행동 때문에 아나벨은 맨 끝 자리로 밀려났다.
 "리히터 씨, 이쪽으로 좀 가까이 오시는 게 낫지 않겠습니까?" 브뢰가 그녀에게 물었다. 세 사람 모두 알아들을 수 있는 러시아어로.
 "고맙습니다만 여기도 편안합니다, 브뢰 행장님." 그녀는 일찍이 볼 수 없었던 미소를 지으며 대답했다.
 "그럼 시작하겠습니다." 브뢰는 실망감을 감추며 선언했다.
 그는 절차를 시작했다. 자기 앞에 약 2미터 거리를 두고 앉은 두 사람을 상대하는 것이 아니라 사람이 빽빽이 들어찬 강당에서 강연을 하는 것 같은 묘한 느낌이 들었지만. 그는 브뢰 프레르를 대표해서 은행의 오랜 고객의 아들인 이사에게 공식적으로 환영인사를 했다. 하지만 고객의 죽음에 조의를 표하는 발언은 알아서 삼갔다.
 이사는 화가 난 듯 새침한 표정을 지었지만 고개를 끄덕여 그의 말을 인정했다. 브뢰는 목을 가다듬었다. 그러고는 지금 상황이 상황이니 만큼 절차를 최대한 간략하게 하는 것이 좋겠다고 제안했다. 그는 이사가 유산에 대한 소유권이 확립되는 즉시 직접 고른 무슬림 자선단체에 돈을 주어버리는 조건으로 소유권을 주장하기로 했다는 말을 이사의 변호사에게서 들었다고 말했다(이 말을 하며 그는 아나벨 쪽을 향해 살짝 목례를 했다).

"또한 이를 위해 종교계의 저명한 권위자이신 압둘라 박사에게 지도를 요청할 것이라는 말도 들었습니다. 그래서 제가 압둘라 박사에게 손님의 지시를 전달했습니다. 압둘라 박사는 기꺼이 우리와 만나기로 했습니다. 곧 오실 겁니다."

"날 지도하는 건 알라십니다." 이사가 부루퉁한 목소리로 브뢰의 말을 바로잡았다. 하지만 그의 시선은 브뢰가 아니라 자신이 움켜쥐고 있는, 황금빛 코란이 달린 팔찌를 바라보고 있었다. "신의 뜻에 따르는 겁니다, 행장님."

하지만 브뢰는 아랑곳하지 않고 말을 계속했다. 정상적인 상황이라면 소유권을 주장하려는 사람에게 신원을 확실히 밝히라고 요구하겠지만, 리히터 씨의 설득력 있는 말솜씨 덕분에(그는 이 부분을 강조했다) 그런 절차를 생략한 채(여기서 그는 다시 아나벨을 바라보았다) 소유권 주장에 관해 그녀의 고객이 마음을 바꾸지 않았다면 지체 없이 소유권 확립 절차로 나아가도 될 것 같다는 내용이었다.

"바꾸지 않았습니다, 행장님! 소유권을 주장합니다." 아나벨이 미처 뭐라고 대답하기도 전에 이사가 외쳤다. "모든 무슬림을 위해 소유권을 주장합니다! 체첸을 위해 소유권을 주장합니다!"

"그렇다면 저를 따라오시죠." 브뢰는 이렇게 말하고 나서 미결 서류함에서 훌륭한 솜씨로 만들어진 자그마한 열쇠를 집어 들었다.

우블리에트의 문이 삐걱 하고 열렸다. 기술자들이 떠난 뒤 브뢰는 시스템을 하나만 켜두었다. 개인금고들이 한쪽 벽을 따라 죽 쌓여 있었다. 어두운 초록색인 개인금고 하나마다 두 개의 열쇠구멍이 있었다. 사물에 터무니없는 이름을 붙이길 좋아하던 에드워드 아마데우스는 이곳을 비둘기장이라고 불렀다. 이곳의 개인금고들 중에는 50년 동안 한 번도 열리지 않은 것도 있음을 브뤼는 알고 있었다. 그런 금고들은 어쩌면 영원히 열리지 않을 수도 있었다. 브뤼는 아나벨에게 시선을 돌렸다. 그녀는 얼굴을 빛내며, 조심스러우면서도 열성적인 표정을 짓고 있었다. 그녀는 그를 똑바로 바라보며 이사가 아나톨리에게서 받은 편지를 내밀었다. 금고번호가 굵은 글씨로 찍혀 있었다. 그는 그 번호를 외우고 있었다. 그 금고의 위치도 외우고 있었다. 비록 그 안의 내용물이 뭔지는 몰랐지만. 이웃의 다른 금고들보다 더 낡아 보이는 그 금고는 러시아산 탄약상자를 연상시켰다. 자그마한 쇠집게로 네 귀퉁이가 고정된 채 얼룩덜룩한 누런색으로 변색된 라벨에는 에드워드 아마데우스의 학자연하는 필체로 LIP라고 적혀 있었다. 그다음에는 선 하나, 금고 번호, 그리고 'EAB에게 말하지 않고는 아무런 조치도 취하지 말 것'이라는 문구가 있었다.

"열쇠를 주시겠습니까?" 브뤼가 이사에게 물었다.

이사는 팔찌를 다시 팔에 찬 뒤 긴 외투 단추를 열고 셔츠 앞섶 속으로 손을 넣어 영양 가죽 지갑을 꺼냈다. 그는 그 지갑의 주둥이를 벌리고 열쇠를 꺼내 브뤼에게 불쑥 내밀었다.

"미안하지만 이건 고객이 직접 해야 하는 일입니다, 이사." 브뤼는 아버지 같은 미소를 지으며 그에게 말했다. "내 열쇠는 여기 따로 있어요." 그는 이사가 볼 수 있게 은행이 보관하던 열쇠를 들어 올렸다.

"이사가 먼저 해야 하나요?" 아나벨이 물었다. 파티에서 게임을 앞둔 아이처럼 즐거운 기색이었다.

"그게 관습일 걸요. 그렇지 않습니까, 리히터 씨?"

"이사, 브뤼 행장님 말대로 해요. 열쇠를 구멍에 넣고 돌려요."

이사는 앞으로 다가서서 왼쪽 구멍에 열쇠를 꽂아 넣었다. 하지만 그가 열쇠를 돌려도 열쇠는 꼼짝도 하지 않았다. 그는 속이 상한 표정으로 열쇠를 꺼내 오른쪽 구멍에 넣었다. 이번에는 열쇠가 돌아갔다. 그가 뒤로 물러나자 브뤼가 앞으로 나서서 은행이 보관하던 열쇠를 왼쪽 구멍에 넣고 돌렸다. 그러고는 그 역시 뒤로 물러났다.

브뤼와 아나벨은 나란히 서서 그리고리 보리소비치 카르포프의 아들이 역겹기 그지없다는 표정으로 선친이 부당하게 취득한 엄청난 재산을 자기 것으로 만드는 모습을 지켜보았다. 에드워드 아마데우스 경이 생전에 영국 정보국의 지령으로 그를 위해 안전하게 보관해둔 돈이었다. 언뜻 보기에는 상자 안의 물건이 그렇게 가치가 높을 것 같지 않았다. 커다란 기름종이 봉투 하나가 주소도 없고 봉해지지도 않은 채 들어있을 뿐이었다.

이사의 비쩍 마른 손이 부들부들 떨렸다. 머리 위의 전등 불빛에 드러난 그의 얼굴은 감옥에 갇힌 죄수처럼 군데군데가 어둠 속에 잠긴 채 혐오스러운 표정을 짓고 있었다. 그는 집게손가락과 엄지로 커다란 지폐처럼 도안이 새겨진 종이를 꺼냈다. 까탈스러운 느낌을 풍기는 동작이었다. 그는 우선 봉투를 나중에 보려고 겨드랑이에 낀 뒤 종이를 펼치고는 브뤼와 아나벨에게 등을 돌린 채 종이를 자세히 들여다보았다.

하지만 그 종이에 적힌 정보를 보기보다는 무슨 유물을 대하는 것 같은 태도였다. 거기에 적힌 글이 러시아어가 아니라 독일어로 돼 있기 때문이었다.

"위층으로 다시 올라가서 리히터 씨가 저 글을 번역해주시면 어떨까요?" 이사가 꼼짝도 하지 않은 채 1분쯤 시간이 흐른 뒤 브뤼가 부드러운 목소리로 의견을 내놓았다.

"리히터?" 이사가 마치 생전 처음 듣는 이름이라는 듯이 브뢰의 말을 되받았다.

"아나벨 말입니다. 리히터 씨. 손님의 변호사. 오늘 밤 손님을 이곳으로 데려왔을 뿐만 아니라, 내가 이런 말을 해도 되는지 모르지만, 아주 많은 일들을 해준 숙녀 분 말이에요."

이사는 다시 정신을 차리고는 서류와 봉투를 차례로 아나벨에게 넘겨주었다.

"이게 돈이에요, 아나벨?"

"앞으로 그렇게 될 거예요." 그녀가 말했다.

다시 위층으로 올라온 뒤 브뢰는 일부러 무심한 척하려고 애썼다. 자기 아버지가 얼마나 끔찍한 인간이었는지를 보여주는 물리적 증거를 마주한 이사가 자칫 마음을 바꿀까봐서였다. 아나벨도 같은 생각을 했는지 그의 신호를 재빨리 알아들었다. 그녀는 봉투 안에 있던 무기명 채권의 조건들을 이사에게 재빨리 설명해주고는 더 질문할 것이 있느냐고 물었다. 이사는 그녀가 말을 할 때마다 그냥 묵인하겠다는 듯 애매하게 어깨를 으쓱할 뿐이었다. 질문도 하지 않았다. 그가 영수증에 서명을 해야 했으므로 브뢰는 아나벨에게 영수증을 넘겨주면서 이사에게 이 영수증의 목적을 설명해주라고 요청했다. 그녀는 조용하고 참을성 있게 영수증의 의미를 이사에게 말해주었다.

이 영수증은 그가 돈을 누군가에게 줘버리기 전에는 이 돈이 그의 것임을 뜻한다. 영수증에 서명한 뒤에는 *그가* 마음을 바꿔 돈을 그냥 갖기로 하든 아니면 다른 용도를 찾든 마음대로 할 수 있다. 브뢰는 아나벨이 이렇게 설명하는 것을 보면서 그녀가 자신을 배후에서 조종하는 사람들보다 고객에 대한 의리를 앞에 두었음을 깨달았다. 그리고 이것은 그녀가 이 자리에서 해야 하는 모든 일을 위험에 빠뜨리는 대단히 용감한 행위인 동시에 그녀에게 원칙의 문제이기도 하다는 생각이 들었다.

하지만 이사는 마음을 바꿀 생각이 전혀 없었다. 그는 오른손에 펜을 들고 왼손 손가락을 하나로 모아 이마를 누르며 성난 사람처럼 쓱쓱 영수증에 서명했다. 황금빛 사슬이 왼손 손가락에서 삐죽 밖으로 나와 있었다. 아나벨은 순간적으로 무슬림 예절을 잊어버리고 그에게서 펜을 받으려고 손을 내밀었다. 그 바람에 그와 그녀의 손이 스치자 그는 몸을 움츠렸지만 그녀는 개의치 않고 펜을 잡았다.

리히텐슈타인 재단의 운영자가 준비해준 재무제표가 있었다. 이사는 무기명채권과 방금 서명한 영수증 덕분에 이제 이 재단의 유일한 소유주였다. 브뤼가 압둘라 박사에게 알려준 이사의 총재산은 미화로 1천 250만 달러였다. 아니, 압둘라 박사가 서리 주 웨이브리지의 친구에게 썼던 표현을 빌리자면, 미국 쌀 12.5톤이었다.

"이사." 아나벨이 무아지경에 빠진 듯한 이사를 깨우려고 이름을 불렀다.

이사는 무기명채권을 뚫어지게 바라보며 자신의 움푹한 뺨을 손바닥으로 쓸었다. 그의 입술이 소리 없이 움직이며 기도를 드리고 있었다. 갑작스레 엄청난 재산을 얻은 사람들에게 나타나는 모든 증상, 즉 탐욕과 의기양양함과 안도감을 억누르는 표정을 잘 알고 있는 브뤼는 이사에게서 그런 표정을 찾아보려 했지만 헛수고였다. 압둘라에게서 그런 표정을 찾아보려 했을 때와 똑같았다. 설사 그런 표정이 그의 눈에 띄었다 해도, 그 표정은 먼저 아나벨을 향했다가 순식간에 사라져버렸기 때문에 잘 알아볼 수 없었다.

"자, 그럼." 그가 밝은 목소리로 말했다. "이제 더 논의할 문제가 없는 것 같으니, 내가 리히터 씨에게 제안했던 것처럼, 물론 손님이 동의한다는 가정 하에 임시로 결정한 것이지만, 이 돈을 모두 우리 은행 계좌에 일시적으로 예치하기로 합시다. 그래야 손님과 압둘라 박사가 윤리적이고 종교적인 기준에 비추어 선택하는 곳에 곧바로 돈을 보낼 수 있으니까요." 그는 팔을 뻗어 자신의 값비싼 손목시계를 흘깃 보았다. "음, 앞으로 7분 뒤면 오시겠군요. 내가 잘못 생각한 것이 아니라면, 아마 그보다 빨리 오시겠지만."

그의 판단은 틀리지 않았다. 자동차 한 대가 앞마당에 들어서고 있었다. 곧이어 나직한 목소리의 아랍어 대화가 오갔다. 운전사와 동승자가 서로에게 작별인사를 하는 중이었다. 브뤼는 '인샬라'라는 말을 알아들었다. 압둘라 박사의 목소리도 알아들을 수 있었다. 안녕을 뜻하는 '살람'이라는 말도 들렸다. 자동차가 떠난 뒤 한 사람의 발소리가 현관 베란다를 향해 다가왔다.

"잠시 실례하겠습니다, 리히터 씨." 그는 예의바르게 말하고는 연극의 다음 장을 공연하기 위해 부산하게 아래층으로 내려갔다.

아르니 모르는 새로 장만한 감시용 승합차가 자랑스러웠다. 그래서 자신과 경찰이 브뤼의 은행 주위에 설정한 출입금지 구역 바깥에 그 차를 배치한다는 조건을 내세운 뒤에야 그 차를 내놓았다. 출입금지 구역 안에는 아르니의 거리 감시조와 경찰의 저격수들이 배치되었고, 출입금지 구역 밖에는 아르니의 승합차, 바흐만과 부하 두 명, 광고로 도배된 크림색의 빈 택시 한 대가 있었다. 켈러와 부르크도르프가 승인한 안이 바로 이것이었다. 악셀로드가 반론을 제기했지만 소용없었고, 바흐만도 항의했지만 결국 받아들였다.

"내가 사사건건 그놈들과 싸울 수는 없어, 귄터." 악셀로드는 바흐만이 생각했던 것보다 훨씬 더 절망적인 목소리로 이렇게 주장했다. "놈들의 여왕을 잡기 위해 졸을 몇 개 내주는 건 괜찮아." 그는 베이루트 주재독일 대사관 지하의 방공호에서 바흐만과 함께 체스를 두던 기억을 떠올리며 이렇게 덧붙였다.

"그럼 여왕이 우리 것이 되는 건 확실한 거죠?" 바흐만은 불안한 목소리로 고집스레 물었다.

"미리 설명한 조건에 따라서 그렇게 될 거야. 자네가 푯말을 안가로데려갈 수 있다면, 그래서 우리가 미리 동의한 대로 이야기를 나눌 수 있다면, 그리고 푯말이 협조할 기색을 보인다면, 푯말은 우리 거야. 이거면대답이 되겠나?"

아니, 그걸로는 충분하지 않아요.

푯말이 우리 것이 되는 데 조건이 왜 셋씩이나 필요한지 물어보고 싶어지는군요.

그걸로는 마사가 왜 회의에 왔는지, 베이루트에서 상대의 목을 따던뉴턴을 왜 데려왔는지 설명이 되지 않아요.

어깨가 널찍하고 얼굴은 도끼처럼 생긴 잿빛 금발머리 여자가 누군지도.

그 여자가 왜 다들 자리에 앉은 뒤에 밀수품처럼 몰래 회의실에 들어왔다가 회의가 끝난 뒤 호텔에서 영업하는 창녀처럼 또 몰래 나갔는지도.

그리고 미국인의 존재를 나 못지않게 싫어하는 악셀로드가 왜 그런일을 사전에 막지 못했으며, 부르크도르프가 왜 그 일을 용인했는지도설명이 되지 않는단 말입니다.

아르니의 승합차는 다른 승합차들과 달리 가구운반차로 위장되어 있지 않았다. 이삿짐 차량이나 컨테이너 화물차로 위장되지도 않았다. 거대한 괴물처럼 거리를 돌아다니는 청소차로 위장되어 있었다. 원래 청소차였기 때문에 기존의 장비를 다 갖추고 있었다. 아르니는 이 승합차가 눈에 잘 띄지도 않는다고 자랑하곤 했다. 이 차량이 거리에 서 있어도 의아하게 생각하는 사람은 하나도 없었다.

특히 이 차가 한밤중에 시내 중심가를 돌아다니는 것이 가장 자연스럽게 보일 정도였다. 이 차는 이동 중일 때도 가만히 서 있을 때 못지않은 성능을 발휘했다. 이 차가 시속 3킬로미터의 속도로 거리를 순찰해도 불만을 터뜨릴 사람은 없었다.

바흐만은 이 차를 배치할 곳으로 알스터 해변과 중앙로 사이의 갓길을 택했다. 브뤼의 은행에서 겨우 500미터 떨어진 곳이었다. 오렌지색 가로등 불빛 속에서 앞 유리창 밖에 밤나무 숲이 보였다. 그리고 뒤쪽에 감춰진 기다란 구멍으로는 연을 날리려는 모습으로 영원히 굳어버린 두 소녀의 청동 동상이 내다보였다.

모르와 대조적으로 바흐만은 사람 수를 최소한으로 줄이고, 작전 계획도 간단하게 짰다. 그는 비디오 화면과 위성 화면으로 은행을 감시하기 위해 막시밀리안과 그의 애인인 니키를 데려왔다. 막시밀리안과 결코 떨어지려 하지 않는 니키는 러시아어와 아랍어가 유창했다. 바흐만은 또한 미처 예상치 못한 응급상황이 발생하는 경우 자신의 뒤를 받쳐줄 사람으로 자신의 거리 감시조 두 명을 데려와 최고의 설비를 갖춘 아우디 차량에 배치했다. 그들은 이쪽에서 부를 때까지 출입금지 구역 바로 바깥에서 대기하고 있을 터였다. 바흐만은 승합차 안에 머무르는 한 베를린의 합동조정위원회에 있는 악셀로드 및 아르니 모르와의 연락을 혼자서 모두 담당할 예정이었다. 그는 에르나 프레이에게 함께 있어달라고 간청했지만 이번에도 그녀는 단호히 거절했다.

"그 가엾은 아이가 나한테서 모든 관심을 가져갔어. 그 애가 알고 있는 것보다 훨씬 많이." 그녀는 이렇게 대답했다. 하지만 그가 계속 그녀를 빤히 바라보자 그녀는 한참 뒤에 이렇게 덧붙였다. "내가 그 애한테 거짓말을 했어. 우린 절대 거짓말하지 않을 거라고 해놓고서. 그 애한테 모든 진실을 말해주지는 않겠지만, 우리가 해주는 말은 항상 진실일 거라고 했잖아."

"그런데?"

"내가 거짓말을 했어."

"그건 아까 한 말이고. 무슨 거짓말?"

"멜릭과 레일라에 관한 거야."

"당신이 멜릭과 레일라에 대해 도대체 무슨 거짓말을 했다는 거야?"

"날 심문하려 들지 마, 귄터."

"지금 심문하는 거야."

"내가 아르니 모르 진영에 정보원을 갖고 있다는 걸 잊은 모양이지?"

"테니스 실력이 형편없는 놈 말이지? 안 잊었어. 그 테니스 못 치는 놈과 당신이 아나벨에게 멜릭과 레일라에 대해 거짓말한 것이 무슨 상관인데?"

"아나벨이 두 사람을 걱정하고 있었어. 한밤중에 내 방으로 오더니 멜릭과 레일라가 이사를 받아들여줬다는 이유로 고생하지 않을 거라는 확답을 해달라는 거야. 그 사람들은 옳은 일을 한 좋은 사람들이라면서. 아나벨은 꿈에 두 사람이 나왔다고 했어. 하지만 내 생각에는 아나벨이 그냥 뜬눈으로 누워서 걱정하고 있었던 것 같아."

"그래서 당신이 뭐라고 했는데?"

"두 사람이 레일라의 딸 결혼식에 참석한 뒤 새로운 기분으로 행복하게 돌아올 거라고. 멜릭은 권투 경기에서 모든 선수를 물리칠 거고, 레일라는 새로운 사람과 재혼할 거고, 두 사람 모두 영원히 끝내주는 삶을 살 거라고. 동화 같은 얘기였지."

"그게 왜 동화야?"

"아르니 모르와 쾰른의 켈러 박사가 두 사람의 체류허가를 철회하라 는 권고안을 냈거든. 두 사람이 이슬람주의 범죄자를 숨겨주고, 터키인 사회에서 호전적인 투쟁 분위기를 부추겼으니 체류 조건을 어겼다면서. 모르와 켈러 박사는 앙카라의 당국에게도 알려야 한다고 말했어. 부르 크도르프도 같은 생각이야. 터키에서 두 사람을 구금하는 것이 푯말 작 전에 방해가 되면 안 된다는 조건을 붙였지만 말이지."

이 말과 함께 그녀는 여봐란 듯이 컴퓨터를 끄고, 강철 벽장에 서류를 넣어 잠근 뒤 밤늦게 푯말이 올 것에 대비해야 한다며 부둣가의 안가로 가버렸다.

분노에 사로잡힌 채 혼자 남은 바흐만은 다시 한 번 악셀로드에게 호 소했다. 하지만 그의 답변은 걱정했던 대로였다.

"그만 좀 해, 귄터! 나더러 여기서 도대체 얼마나 더 싸움을 벌이라는 건가? 부르크도르프한테 쳐들어가서 우리가 수호부를 염탐하고 있었 다고 말해주기라도 하라는 거야?"

마지막 두 시간 동안 작전정보가 승합차 안으로 꾸준히 흘러들어왔 다. 모두 좋은 정보였다.

푯말이 전날 밤 차를 타고 나간 것은 평소와 다른 행동임이 분명했다. 지금까지 알려진 행동패턴을 보면, 그는 공중전화를 잘 사용하지 않는 사람이었다. 날이 어두워진 뒤에 아내와 아이들을 내버려둔 채 집을 나 서는 것도 그의 습관과는 거리가 멀었다. 오늘 밤 그는 여느 때처럼 퇴직 한 토목기사이자 마음씨 착한 친구이자 이웃인 푸아드라는 팔레스타인 인을 자기 집으로 불렀다. 그는 이 위대한 종교학자를 위해 운전기사 노룻을 하며 그와 심오한 말을 주고받는 것을 세상 무엇보다 좋아했다. 어젯밤 푸아드는 동네 문화센터에서 열린 강연을 들으러 갔었다. 하지만 오늘 밤에는 시간이 있었으므로 퇏말의 두 경호원은 집을 지키는 본연의 임무에 충실할 수 있었다.

하지만 퇏말이 함부르크로 왔을 때, 은행에서 협의를 마친 뒤 과연 어디서 밤을 보낼까? 그는 어디에 묵을 생각일까? 그를 기다리는 친구들이 있는 건지, 그가 호텔을 예약한 건지, 그가 늦게라도 집으로 돌아가서 잠자리에 들 생각인 건지 알 수 없었다. 경우에 따라서는 바흐만이 그를 독점할 수 있는 여덟 시간이 서너 시간으로 줄어들 수도 있었다.

하지만 이 점에 관한 한 신들이 작전 기획자들에게 미소를 지어주었다. 퇏말이 푸아드의 처남인 시루스라는 이란인의 초대를 받아들여 그의 집에서 밤을 보내기로 한 것이다. 퇏말은 전에도 자주 그 집에 머무른 적이 있었다. 시루스는 지금 식구들과 함께 뤼벡에 사는 친구를 만나러 가서 아침이나 돼야 돌아올 예정이라 집 열쇠를 이미 푸아드에게 맡겨두었다.

하지만 이보다 더 좋은 것은 퇏말이 은행에서 일을 끝낸 뒤 혼자 그 집까지 찾아갈 거라는 점이었다. 푸아드는 은행 밖에서 그를 기다리게 해달라고 간청했지만, 퇏말은 고집을 꺾지 않았다.

"신께서 지켜주시는 당신 처남 집으로 곧장 가서 쉬고 있어요, 푸아드." 그는 집 전화로 푸아드와 통화하며 이렇게 말했다. "이건 명령입니다. 당신은 너무 착해요. 조심하지 않으면 때가 되기도 전에 알라께서 당신을 데려가실 겁니다. 난 은행에서 곧장 택시를 타고 갈 테니 걱정 마세요."

그래서 승합차와 함께 빈 택시가 서 있게 된 것이다.

택시의 대시보드에는 바흐만의 사진이 붙은 택시 면허증이 붙어 있었다.

승합차 가운데 문에 바흐만의 소박한 재킷과 선원들이 쓰는 모자가 걸려 있는 것도 그 때문이었다. 만약 모든 것이 계획대로 진행된다면, 그는 바로 이 옷을 입고 푯말을 중간에서 가로 채 부둣가에 있는 안가로 데려가서 그를 억지로라도 올바른 길로 이끌려고 할 것이다.

"동이 틀 때까지 세 가지 소원이 이루어져야 해." 에르나 프레이는 보란 듯이 사무실을 나서기 전에 그에게 이렇게 말했다. "푯말을 확실히 데려와야 하고, 펠릭스와 그 가엾은 아이를 다시 자유롭게 풀어줘야 하고, 당신이 베를린 행 편도표를 끊어서 기차에 올라야 해. 이코노미 좌석으로."

"그럼 당신은?"

"연금을 받으며 바다까지 항해할 수 있는 요트를 사야지."

푯말은 22시에 브뤼 프레르에 나타나기로 되어 있었다.

모르의 감시조가 보내오는 보고에 따르면, 20시 30분에 푸아드가 자신의 자랑인 최신 BMW 335i 쿠페를 몰고 푯말의 집으로 갔다. 그가 이 차를 쓸 예정이라는 정보가 너무 늦게 들어왔기 때문에 이 차에 도청장치를 설치하지는 못했다.

집에서 나온 푯말은 기분이 좋아 보였다. 그가 아내와 식구들에게 지시를 내리는 소리가 길 건너편에 설치된 방향성 마이크에 포착됐는데, 경계를 늦추지 말고 신을 찬양하라는 내용이었다. 도청 담당자들은 그의 목소리에서 "남다른 분위기"를 감지했다고 주장했다. "불길한 예감" 같았다는 사람도 있고, 그가 "언제 돌아올지 모르는 오랜 여행을 떠나는 사람 같았다."는 사람도 있었다.

21시 14분에 감시 헬리콥터에서 BMW가 시내 북서쪽 교외에 무사히 도착했다는 보고가 들어왔다. 은행에서 만나기로 약속한 시간까지 기도도 드리고 시간도 보낼 겸 그곳 어딘가의 주차장으로 들어갔다는 것이었다. 아랍의 관습과는 반대로 폿말은 시간을 지키는 데 강박적으로 집착하기로 유명했다.

21시 16분, 그러니까 2분 뒤 바흐만의 거리 감시조가 펠릭스와 아나벨을 무사히 리무진에 태워 브뤼의 은행으로 오고 있다는 신호를 보냈다. 리무진은 펠릭스가 고집한 것이었는데, 아르니 모르가 기꺼이 리무진을 마련해주었다.

모르는 출입금지 구역에서 두 사람이 무사히 도착했음을 확인해주었다. 이건 전혀 필요 없는 일이었다. 바흐만이 막시밀리안의 화면으로 두 사람이 도착하는 모습을 지켜보았으니까 말이다. 하지만 아르니 모르가 중복되는 일을 한 것이 처음은 아니었다.

21시 29분 바흐만은 다름 아닌 베를린의 악셀로드로부터 이안 랜턴이 출입금지 구역 안으로 교묘히 들어와 은행이 잘 보이는 막다른 골목에 차를 세워놓고 있으며, 그의 푸조 승용차 앞좌석에 '정체불명의 승객'이 타고 있다는 정보를 입수했다.

바흐만은 아연실색했지만 이미 작전 모드로 접어들었기 때문에 화를 내며 소리를 질러봐야 소용없다는 사실을 잘 알고 있었다. 그래서 그는 보안전화로 악셀로드에게 조용히, 침착하게 물었다. 도대체 누가 랜턴을 파티에 초대한 거냐고.

"그자도 자네만큼이나 그 자리에 있을 권리가 있어, 귄터." 악셀로드가 지적했다.

"권리가 더 많은 건 아니고요?"

"자네는 그 여자를 맡고 있잖아. 그자는 은행가를 맡고 있고."

하지만 이 설명이 바흐만에게는 전혀 말이 되지 않았다. 랜턴이 브뤼를 조종하고 있다는 건 인정하더라도, 그가 이 자리에 온 건 브뤼가 실패하는 경우 그의 손을 잡고 직접 지휘하기 위해서일까? 바흐만이 아는 한 랜턴에게 남은 일은 회의가 끝나자마자 자기 꼭두각시를 만나서 이마의 땀을 닦아주고 상황을 알려주며 잘했다고 칭찬해주는 것밖에 없었다. 그리고 그 일을 위해 마치 아내의 출산을 기다리는 남편처럼 목표지점으로부터 겨우 100미터밖에 안 되는 곳에서 얼쩡거릴 필요는 없었다. 게다가 그와 동승한 사람은 도대체 누구란 말인가? 그 사람은 어떻게 해서 이 일에 끼어든 걸까?

하지만 악셀로드는 이미 전화를 끊은 뒤였고, 막시밀리안도 두 손을 들었다. 푯말은 퇴직한 토목기사 푸아드가 모는 차를 타고 이미 브뤼 프레르 은행에 도착해 있었다.

은행 위층에 있는 토미 브뤼의 성소에서는 그가 그동안 준비했던 일들이 마침내 결실을 맺고 있었다. 그는 아나벨을 '훌륭한 통역관'이라고 고집스레 부르면서 할아버지의 의자에 앉게 했다. 마침내 그녀를 한가운데 자리에 앉히는 데 성공한 것이다. 그녀는 그가 원했던 바로 그 자리에 앉아 있었다. 푹신한 쿠션 위에서 허리를 꼿꼿이 세운 모습으로. 그녀의 왼쪽에는 이사가, 오른쪽에는 압둘라 박사가 앉았고, 맞은편에는 브뤼가 그들을 마주 보며 자기 자리에 앉았다. 이사는 압둘라 박사를 보더니 또다시 사람이 달라졌다. 확신이 없고, 수줍음을 많이 타며, 자신이 새로 등장한 이 정신적 스승과 소통할 수 있는 언어를 모른다는 사실에 혼란을 느끼는 기색이었다.

압둘라 박사는 먼저 아랍어로 인사를 건넸다가 프랑스어, 영어, 독일어로 계속 같은 말을 반복했다. 심지어 이사를 위해 체첸어 단어도 몇 개 찾아본 모양이었다. 이사는 순간적으로 반짝하는 듯했지만 박사의 체첸어 실력이 바닥을 드러내자 이내 면목 없는 표정으로 바닥만 바라보았다.

브뤼가 보기에는 압둘라 박사 역시 어제와 다른 사람 같았다. 그렇지 않아도 불안해하던 브뤼는 설마 압둘라 박사가 자기보다 더 불안해할 거라고는 미처 생각하지 못했다. 박사는 아랍식 포옹을 하려고 양팔을 든 채 이사에게 조심스레 다가가면서도 정말로 이 인사를 끝까지 해내야 하는 건지 마지막 순간까지 확신하지 못하는 눈치였다. 그는 독일어로 말하고 아나벨이 통역해주기로 한 뒤 조심스럽고 예의바른 말투를 사용했지만 상대를 탐색하는 듯한 분위기도 느껴졌다.

"우리의 좋은 친구이신 브뤼 행장님께서는 당신의 이름을 내게 밝히지 않으셨습니다. 옳은 판단이죠. 당연히 그렇게 해야 하는 일이고요. 당신을 이제부터 X 씨로 부르겠습니다. 난 당신이 어디 출신인지도 모르는 걸로 하죠. 하지만 당신과 나 사이에는 비밀이 없어야 합니다. 나도 나름대로 소식통이 있고, 당신도 나름대로 소식통이 있겠죠. 그렇지 않으면 날 살피려고 영국인 은행가를 보내지 않았을 테니까요. 뭐, 당신이 나에 관해 들은 이야기는 사실입니다, 이사 형제. 나는 언제나 평화를 추구하는 사람입니다. 물론 내가 우리의 위대한 투쟁에서 물러나 있다는 말은 아닙니다. 난 결코 폭력에 호의적이지 않지만, 전장에서 우리에게 귀환한 사람들을 존경합니다. 그들은 포연을 경험했죠. 나도 그랬고요. 그들은 예언자와 신을 위해 고문을 당했습니다. 매를 맞고 감옥에 갇혔습니다. 내가 그랬던 것처럼. 그런데도 무너지지 않았습니다. 폭력은 그들이 시작한 것이 아닙니다. 그들은 폭력의 희생자입니다."

그는 대답을 기다리며 이사를 바라보았다. 연민과 호기심이 담긴 시선으로 자기 말이 이사에게 어떤 영향을 미쳤는지 살피는 중이었다. 하지만 이사는 아나벨이 통역한 말을 듣고도 그냥 고개 숙여 인사를 할 뿐이었다.

"따라서 난 당신을 믿을 수밖에 없습니다." 압둘라가 말을 이었다. "그 것이 신 앞에서 내가 수행해야 할 의무입니다. 신께서 우리에게 그런 부를 주고 싶어 하신다면 그분의 보잘것없는 종인 내가 뭐라고 그것을 거부하겠습니까?"

바로 이 순간, 브뤼가 전날 대화에서 보았던 바로 그대로, 압둘라의 목소리에 힘이 들어갔다.

"그러니까 말해보십시오, 형제. 알라의 어떤 자비로, 과연 어떤 정교한 수단으로, 이 나라에 자유로이 머무르고 있는 겁니까? 인터넷을 비롯한 여러 경로로 내 귀에 들어온 정보에 따르면 전 세계 경찰 중 절반이 당신에게 수갑을 채우고 싶어 한다는데 우리가 이렇게 마주앉아 이야기를 나눌 수 있는 것은 어찌 된 영문입니까?"

이사는 아나벨에게 시선을 돌려 그녀가 통역하는 말을 들은 뒤 다시 압둘라를 바라보았다. 아나벨이 이사 대신 압둘라 박사에게 대답하기 시작했다. 브뤼가 보기에는 그녀를 조종하는 사람들이 미리 써준 대답 같았다.

"제 고객은 독일에서 위태로운 처지입니다, 압둘라 박사님." 그녀는 먼저 독일어로 이 말을 한 뒤, 목소리를 낮춰 러시아어로 대략적인 내용을 옮겨주었다. "독일 법에 따라 제 고객은 고문을 시행하거나 사형제도가 있는 나라로 송환되지 않을지도 모릅니다. 하지만 불행히도 독일 당국은 다른 서구 민주국가들과 마찬가지로 이 법을 무시하는 경우가 많습니다. 그래도 우리는 독일에서 망명을 신청할 겁니다."

"망명을 신청할 거라고요? 댁의 고객께서 이 나라에 온 지 얼마나 됐습니까?"

"그동안 병석에 누워 있다가 이제야 회복되는 중입니다."

"그럼 그동안 어떻게 지낸 거죠?"

"그동안 제 고객은 나라도 없이 아주 위험한 상황에서 쫓기고 있었습니다."

"댁의 고객이 여기서 우리와 함께 있게 된 것은 신의 자비 덕분입니다." 압둘라 박사는 아나벨의 말을 받아들이지 않고 고집을 부렸다.

"그동안…." 아나벨은 단호한 목소리로 말을 이었다. "우리가 독일 당국으로부터 무슨 일이 있더라도 제 고객이 터키나 러시아로 추방당하지 않을 것이라는 확약을 받을 때까지 제 고객은 그들의 손에 자신을 맡기지 않을 겁니다."

"그럼 지금은 누구의 손에 자신을 맡기고 있는지 물어도 되겠습니까?" 압둘라 박사가 고집스레 물었다. 그의 시선이 아나벨에게서 이사에게로, 다시 브뤼에게로 재빨리 움직였다가 아나벨에게 돌아왔다. "이 사람은 속임수입니까? 당신도? 당신들 모두 속임수입니까?" 이제 그는 브뤼까지 자신의 시야에 포함시키고 있었다. "난 알라를 위해 이곳에 왔습니다. 내겐 선택의 여지가 없어요. 당신들은 누굴 위해 이 자리에 있는 겁니까? 진심으로 묻겠습니다. 당신들은 좋은 사람입니까, 아니면 날 파멸시키려고 나선 겁니까? 내가 이해할 수 없는 모종의 방법으로 날 바보로 만들거나 악당으로 만들려고 이 자리에 나선 겁니까? 내 질문에 기분이 상했다면 용서하십시오. 요즘 시절이 워낙 험하니까요."

브뤼는 아나벨을 변호하기 위해 무슨 말을 해야 할지 생각을 정리했다. 그런데 아나벨이 먼저 입을 열었다. 이번에는 자기 말을 러시아어로 통역하지도 않았다.

"압둘라 박사님." 분노 아니면 절망이 엿보이는 목소리로 그녀가 말했다.

"예?"

"제 고객은 박사님의 자선단체에 거액의 돈을 기부하려고 오늘 밤 커다란 위험을 무릅쓰고 이 자리에 나왔습니다. 제 고객이 원하는 것은, 자신이 기부하는 돈을 박사님이 받아주시는 것뿐입니다. 그 대가로 바라는 것도 없고…."

"신께서 보상해주실 겁니다."

"…자신이 돈을 기부한 자선단체 중 한 곳에서 의학 공부 비용을 대주겠다는 확약을 바랄 뿐입니다. 박사님께서 확약해주시겠습니까, 아니면 제 고객의 의도에 계속 의문을 제기하실 겁니까?"

"신의 뜻에 따라 의학 공부 비용이 마련될 겁니다."

"제 고객은 자신의 신원, 독일에서 처해 있는 상황, 박사님의 자선단체에 넘길 돈의 출처에 대해 박사님이 철저히 침묵해주시기를 강력히 바라고 있습니다. 그것이 우리의 조건입니다. 박사님이 그 조건을 지켜주신다면, 제 고객도 약속을 지킬 겁니다."

압둘라 박사의 시선이 다시 이사에게 향했다. 괴로움에 시달려 퀭한 눈, 고통과 혼란으로 인해 팽팽하게 긴장한 수척한 얼굴, 길고 앙상한 손을 오므려 얌전하게 한데 모은 모습, 해진 외투, 모직 모자와 좁게 다듬은 턱수염.

그를 바라보는 동안 압둘라의 시선이 부드러워졌다.

"이사, 내 아들."

"선생님."

"자네가 우리의 위대한 종교에 관해 그다지 지도를 받지 못한 것 같은데, 내 생각이 옳은가?"

"옳습니다, 선생님!" 이사가 큰 소리로 외쳤다. 급한 마음에 그의 목소리가 통제를 벗어난 모양이었다.

하지만 압둘라의 작고 밝은 눈은 이사가 불안한 듯 손가락 사이로 만지작거리고 있는 팔찌를 바라보고 있었다.

"그건 금으로 만든 건가, 이사? 자네가 끼고 있는 그 장식품 말일세."

"최고의 금입니다, 선생님." 아나벨이 이 말을 통역하는 동안 그는 두려운 시선으로 아나벨을 흘깃 바라보았다.

"거기 매달린 작은 책 말인데, 신성한 코란을 표현한 건가?"

이사가 고개를 끄덕였다. 아나벨이 박사의 질문을 다 통역하기도 전이었다.

"알라의 이름과 그분의 신성한 말씀이 그 책장에 새겨져 있는가?"

이사는 아나벨이 이 말을 통역한 뒤 한참 동안 침묵한 뒤에야 아나벨에게만 들리도록 "예, 선생님."이라고 대답했다.

"그럼 말일세, 이사, 그런 물건을 그런 식으로 드러내는 것이 기독교와 유대인의 관습, 그러니까 예를 들어서 다윗의 황금별이나 그리스도의 십자가 같은 것을 흉내 낸 한심한 짓이며 우리에게는 금지된 행위라는 말은 아직 듣지 못했나?"

이사의 얼굴이 어두워졌다. 그는 고개를 앞으로 수그리고 손에 쥔 팔찌만 뚫어져라 내려다보았다.

아나벨이 그를 도우려고 나섰다. "저것은 저분의 어머니 것입니다." 이사가 도움을 요청하지 않았는데도 그녀가 말했다. "이건 어머니 부족의 전통에 따른 것입니다."

압둘라는 그녀가 아예 말을 하지도 않은 것처럼 그녀의 말을 무시한 채 이사가 얼마나 심각한 잘못을 저질렀는지를 계속 지적했다.

"다시 팔목에 차게, 이사." 마침내 그가 말했다. "그 위로 소매를 덮어서 내 눈에 그게 보이지 않게 해." 그는 아나벨이 통역한 내용을 이미 들었으므로 이사가 자신의 명령을 따를 때까지 기다렸다가 훈계를 다시 시작했다.

"세상에는 말일세, 이사, 두냐(이슬람교에서 속세를 뜻하는 아랍어-옮긴이)에만 관심이 있는 사람들이 있네. 우리가 지상에서 살아가는 짧은 기간 동안 돈과 물질적인 지위에만 관심이 있다는 뜻이야. 그런가 하면 두냐에는 전혀 관심이 없고 오로지 아키라에만 관심이 있는 사람들도 있네. 아키라는 우리가 죽은 뒤에 잘한 일과 못한 일에 관한 신의 심판에 따라 부여받게 될 내세의 영생을 뜻하는 말이지. 두냐에서 우리의 삶은 씨앗을 뿌리는 기간일세. 아키라에서 우리는 자신이 무엇을 추수하게 될지 알게 될 거야. 이제 말해보게, 이사. 자네는 지금 누구를 위해 어떤 인연을 끊으려는 건가?"

아나벨이 통역을 다 마치기도 전에 이사가 벌떡 일어서서 소리쳤다. "선생님! 들어주십시오! 저는 신을 위해 제 아버지의 죄와 인연을 끊으려는 겁니다!"

바흐만은 막시밀리안 옆에 웅크리고 앉아 줄줄이 늘어선 모니터 밑의 작업대를 주먹으로 짚고 네 사람의 말투와 몸짓을 하나도 놓치지 않고 지켜보았다. 지금까지는 이사의 행동이 전혀 놀랍지 않았다. 그는 이사가 독일에 도착했을 때부터 그와 알고 지낸 것 같은 기분이었다. 퐛말을 처음으로 자세히 살펴본 결과 역시 기대와 어긋나지 않았다. 그가 텔레비전 화면과 신문에 실린 사진에서 헤아릴 수 없이 많이 본 모습이었다. 신문에 사진과 함께 실린 기사는 독일 무슬림 사회의 지도자인 그의 재치, 중용, 관용을 격찬하는 내용이었다. 퐛말은 한창때가 거의 끝나가는 남자로서 정력적이고, 카리스마가 강하고, 지적이었으며, 자신이 일부러 가꿔온 은둔자의 이미지와 자기홍보를 좋아하는 성격 사이에서 오도 가도 못하고 붙들려 있었다.

하지만 바흐만의 관심이 집중된 인물은 바로 아나벨이었다. 그녀가 압둘라의 심문을 솜씨 좋게 처리하는 모습을 보며 그는 감탄한 나머지 말문이 막힐 정도였다. 그런 반응을 보인 사람은 그만이 아니었다. 막시밀리안도 키보드 위에서 손가락을 움직이던 자세 그대로 굳어버렸고, 니키는 손으로 얼굴을 가린 채 손가락 사이로 화면을 바라보았다.

"하늘이 변호사들로부터 우리를 지켜주기를." 바흐만이 마침내 한숨을 쉬듯 이렇게 말하자 다들 이제야 긴장이 풀렸는지 웃음을 터뜨렸다. "그러게 내가 저 여자는 타고났다고 했잖아."

그는 속으로 이렇게 덧붙였다. '에르나, 당신의 가엾은 아이가 방금 어땠는지 당신도 봤어야 하는 건데.'

브뤼의 사무실 분위기는 여전히 엄숙했지만, 브뤼가 보기에는 긴장감이 넘친다기보다 지루한 쪽에 가까웠다. 이사의 학습에 빈틈이 있음을 발견한 압둘라 박사는 자신이 관여하는 광범위한 무슬림 자선단체들과 재정조달 시스템에 관해 한바탕 강연을 하고 있었다. 브뤼는 자신의 가죽의자에 등을 기대고 앉아 그의 말에 귀를 기울이며 아주 몰입해서 듣는 척 연기를 했다. 하지만 속으로는 아나벨의 통역 실력에 감탄하고 있었다.

압둘라 박사는 지치지도 않고 말을 계속했다. 무슬림 율법에서 자카트는 '세금'이 아니라 '신을 섬기는 행위'로 규정되었네.

"맞는 말씀입니다, 선생님." 이사는 아나벨의 통역을 들은 뒤 이렇게 중얼거렸다. 브뤼는 경건하게 찬성하는 표정을 지어보였다.

"자카트는 '이슬람의 베푸는 마음'이야." 압둘라 박사는 체계적으로 말을 이어가다가 아나벨이 통역할 수 있게 잠시 말을 멈췄다. "사람이 자신의 재산 중 일부를 기부하는 건 신과 예언자께서 명하신 일일세. 그분께 평화가 깃들기를."

"전 모든 걸 내놓을 겁니다!" 이사가 아나벨의 통역을 다 듣기도 전에 또다시 벌떡 일어서서 소리쳤다. "한 푼도 남김없이 전부요, 선생님! 두고 보십시오! 저는 100퍼센트를 내놓을 겁니다. 체첸의 제 형제자매 모두를 위해서요."

"하지만 움마 전체를 위해서이기도 하지. 우린 모두 한 가족이니까." 압둘라 박사가 참을성 있게 그를 일깨워주었다.

"선생님! 들어주십시오! 체첸은 제 가족입니다!" 이사가 한창 통역 중인 아나벨의 말을 가로막고 외쳤다. "체첸은 제 어머니입니다!"

"하지만 오늘 밤 우리는 서구에 있네, 이사." 압둘라 박사는 마치 그의 말을 듣지 못한 사람처럼 단호한 말투로 말을 이었다. "오늘날 서구의 많은 무슬림들은 개인적인 친구나 친척에게 자기 몫의 자카트를 내놓는 것보다 많은 이슬람 자선단체에 넘겨 필요에 따라 움마 내에서 분배되게 하는 편을 선호한다네."

그러고 나서 그는 아나벨이 통역하는 동안 말을 멈췄다. 이사가 이 말을 이해하고는 고개를 숙이며 눈썹을 모았다. 동의한다는 뜻이었다.

"이런 이해를 바탕으로…." 압둘라 박사가 마침내 요점에 이르렀다. "나는 자네의 자비를 받을 자격이 있는 것으로 보이는 자선단체의 목록을 준비했네. 내가 알기로는 자네가 이미 그걸 받아보았을 거야, 이사. 그리고 그중에 몇 군데를 선택했겠지. 맞나?"

이사는 맞다고 대답했다.

"그래, 그 목록이 만족스럽던가, 이사? 아니면 내가 추천한 자선단체들이 무슨 일을 하는지 더 정확한 설명을 원하나?"

이사는 이제 더 이상 참을 수 없다는 기분이 든 모양이었다. "선생님!" 그가 또 벌떡 일어서며 외쳤다. "압둘라 박사님! 내 형제! 제게 한 가지만 확실히 말씀해주십시오! 우리가 이 돈을 신과 체첸에 바치는 거라고요. 제가 듣고 싶은 말은 그것뿐입니다! 이건 도둑과 강간범과 살인자들의 돈입니다. 이건 리바(고리대금이라는 뜻-옮긴이)로 거둔 나쁜 이익금입니다! 하람('금지되다'라는 뜻의 아랍어-옮긴이)입니다! 이건 술과 돼지고기와 포르노로 거둔 이익금입니다! 이건 신의 돈이 아닙니다! 이건 사탄의 돈입니다!"

압둘라는 어려운 아랍어가 나오는 부분을 도와주기도 하면서 준엄한 표정으로 아나벨의 통역을 들은 뒤 신중하게 답변을 내놓았다.

"자네는 신의 뜻을 수행하기 위해 이 돈을 내놓는 걸세, 내 형제 이사. 자네가 이 돈을 내놓는 건 현명하고 옳은 일이야. 이걸 내놓고 나면 자네는 자유로이 공부하면서 검소하고 정숙하게 신을 섬기게 될 걸세. 어쩌면 그 돈이 훔친 것이며, 고리대금을 비롯해서 신의 율법에 금지된 일에 쓰였다는 말이 사실일 수도 있겠지. 하지만 곧 이 돈은 신만의 것이 될 걸세. 그리고 신은 이 지상의 삶이 끝난 뒤 무엇이 자네를 찾아오든 자비를 베푸실 거야. 천국에서든 지옥에서든 자네에게 어떤 보상을 줄지 결정하는 분은 오로지 신뿐이니까 말이야."

이 말이 끝난 뒤에야 브뤼는 마침내 자신이 움직일 때가 되었다고 생각했다.

"좋습니다." 그는 이사와 마찬가지로 자리에서 일어서면서 밝은 목소리로 말했다. "이제 출납국으로 가서 일을 마무리 지을까요? 물론 리히터 씨의 허락을 얻어야겠지만 말입니다."

리히터 씨는 좋다고 했다.

"이제 가세요?" 막시밀리안이 바흐만에게 물었다. 세 사람은 브뤼와 풋말이 문을 향해 움직이는 모습을 지켜보는 중이었다. 이사와 아나벨이 두 사람의 뒤를 따랐다.

막시밀리안의 말은, 당신이 택시에 오를 때가 되지 않았느냐, 내가 아우디에 타고 있는 감시조 두 명에게 당신 뒤를 따르라고 신호를 보내야 할 때가 되지 않았느냐는 뜻이었다.

바흐만은 승합차와 베를린을 연결해주는 화면을 엄지로 찔렀다.

"진행신호가 안 나왔잖아." 그는 이렇게 말하고 나서 베를린 관료들의 놀라운 작업방식을 향해 한껏 거친 미소를 지어 보였다.

최후의, 최종적인, 돌이킬 수 없는, 부정할 수 없는, 망할 놈의 진행신호가 아직 떨어지지 않았다. 부르크도르프도, 악셀로드도 소식이 없었다. 지나치게 뚱뚱한 몸에 정장을 걸치고 융통성이 없으며 불화를 잘 일으키고 변호사들에게 휘둘리는 그들 무리 전체가 진행신호를 주지 않았다.

저 사람들이 아직도 망설이고 있는 건가? 합동조정위원회가 지금도 이 작전을 중단시킬 구실을 찾으려고 그 화려한 가죽소파 밑까지 뒤지고 있는 건가? 혹시 5퍼센트 나쁜 것이 우리의 온건한 무슬림 사회의 상처받은 마음을 건드리는 구실로 충분한지 아직도 의견이 분분한 걸까?

난 지금 당신들한테 탈출구를 제시하고 있는 거라고, 젠장! 그는 마음속으로 그들에게 고함쳤다. 내 말대로 하면 아무도 눈치 못 챌 거란 말이야! 아니면 내가 이 작전을 전부 그만두고 헬리콥터로 베를린까지 날아가서 5퍼센트 나쁘다는 게 당신들이 그토록 열심히 지키려고 하는 현실세계 속에서 과연 무슨 뜻인지 설명해줘야 하는 건가? 5퍼센트 나쁘다는 건, 도살장에서 흘러나온 것 같은 피바다가 당신들의 구두 콧등을 핥고 지나가고, 1평방킬로미터 넓이의 마을 광장에 죽은 사람들의 몸이 5퍼센트짜리 조각으로 나뉘어 흩어지는 걸 뜻해.

하지만 그는 자신이 가장 두려워하는 일에 대해서는 마음속으로도 감히 입에 올리지 못했다. 마사 일당에 관한 두려움. 마사는 지켜보기만 할 뿐 참여하지는 않는다고 했다.

하지만 그녀가 그런 역할에 만족할 리가 없었다. 마사는 신보수주의자인 부르크도르프의 소울메이트였다. 마사는 펠릭스 작전을 비웃듯이 큰 소리로 웃어댔다. 마치 독일의 자유주의 아마추어들이 환상에 빠져 유럽식 게임을 하려고 한다는 듯이. 그가 짐작하기에 그녀는 지금 베를린에 있을 것 같았다. 그 흉악한 뉴턴이 그녀와 같이 있을까? 아니 그는 그 잿빛 금발과 함께 함부르크에 남았다. 바흐만은 마사가 합동조정위원회 작전실에서 부르크도르프에게 최고의 자리에 오르는 데 도움이 되는 일이 무엇인지 말해주는 모습을 상상했다. CIA는 결코 친구를 잊는 법이 없다고 말하는 모습.

"진행신호가 없군요." 막시밀리안이 그의 말을 확인해주었다. "지시가 있을 때까지 대기하랍니다."

그녀는 그의 변호사였고, 지금 아는 거라고는 자신이 해야 할 일밖에 없었다.

이사의 절망적인 상황 때문에 어쩔 수 없이 선택했고, 에르나 프레이가 거의 세뇌하다시피 그녀의 머릿속에 박아 넣은 그 일이란 자신의 고객을 탁자로 데려와 돈을 넘겨주는 서류에 서명하게 한 뒤 그에게 자유를 줄 여권을 주는 것이었다.

그녀는 어머니처럼 재판관도 아니었고, 아버지처럼 고집불통 외교관도 아니었다. 그녀는 변호사였고, 이사는 그녀의 책임이었다. 이 점잖은 무슬림 현자가 맞는지 틀리는지, 유죄인지 무죄인지는 그녀가 할 일과 아무런 상관이 없었다. 귄터는 이 사람의 머리카락 한 올도 해칠 생각이 없다고 말했고, 그녀는 그 말을 믿었다. 아니, 다른 사람들과 함께 브뤼의 은행에서 훌륭한 대리석 계단을 내려가며 그녀가 속으로 되뇐 말이 바로 그거였다. 그의 말을 믿는다는 것. 브뤼가 앞장서고 압둘라가 그 뒤를 따랐다(왜 갑자기 몸이 떨리지?). 이사와 아나벨은 맨 뒤였다.

이사는 뒤로 몸을 기울인 채 그녀가 잡을 수 있게 오른팔을 내밀었지만, 내민 것은 천뿐이었다. 언제나 천만 내밀 뿐. 그녀는 천을 통해 그의 체온을 느낄 수 있었다. 그의 맥박도 느껴지는 것 같았지만, 아마도 그건 그녀 자신의 맥박일 터였다.

"압둘라는 어떤 자예요?" 그녀는 점심 때 에르나 프레이에게 한 번 더 물어보았다. 작전이 임박했으니 그녀의 입이 좀 가벼워질지도 모른다는 희망을 품고.

"그자는 아주 크고 지저분한 배의 작은 일부에 불과해요." 배라면 사족을 못 쓰는 에르나는 수수께끼 같은 답을 내놓았다. "쐐기못과 좀 비슷하다고나 할까. 배를 아주 잘 알지 못하면 찾기 어려운 존재예요. 잃어버리기도 그만큼 쉽고요."

이사 앞쪽으로 압둘라 박사의 하얀 정수리 모자가 계단 여섯 개 밑에서 위태롭게 오르락내리락하는 것이 보였다. 저것이 지저분한 배의 작은 일부일까.

출납국 문이 열려 있었다. 게오르기나의 아버지인 브뤼는 컴퓨터를 내려다보며 서 있었다. 저 사람이 해낼 수 있을까? 저 사람에게 도움이 필요해지면 내가 도와야지.

승합차 안에서 바흐만과 부하 두 명은 출납국에 모인 네 명과 마찬가지로 침묵에 사로잡혀 있었다. 출납국 한쪽 벽에 설치된 카메라가 어안 렌즈로 전체적인 모습을 보여주었고, 두 번째 카메라는 키보드 앞에 앉은 브뤼의 모습을 클로즈업으로 보여주었다.

그는 압둘라 박사가 컴퓨터로 뽑아온 분류코드와 계좌번호를 두 손가락으로 컴퓨터에 열심히 입력하는 중이었다. 천장의 조명장치 속에 숨겨 둔 세 번째 카메라가 압둘라의 서류를 훑어내렸다. 베를린의 합동조정위원회와 연결된 별도의 화면에는 더듬더듬 자판을 치는 브뤼의 속도에 맞춰 압둘라의 자선단체 목록이 그대로 재생되는 중이었다. 압둘라 박사가 이사에게 미리 보낸 자료에 들어 있지 않던 자선단체들이 빨갛게 따로 표시되어 있었다.

"부탁입니다, 미카엘." 바흐만은 악셀로드에게 직통전화를 걸어 간청했다. "지금이 아니면 언제예요?"

"택시에 타지 마, 귄터."

"증거를 잡았잖아요, 젠장! 도대체 뭘 기다리는 거예요?"

"거기서 움직이지 마. 내가 직접 명령을 내릴 때까지 은행 쪽으로 더 가까이 움직이면 안 돼. 이건 명령이야."

더 가까이라니, 누구보다 더 가까이? 아르니 모르? 랜턴과 정체를 알 수 없는 동승자? 하지만 악셀로드는 이번에도 이미 전화를 끊은 뒤였다. 바흐만은 화면을 노려보다가 니키와 눈이 마주치자 시선을 피했다. 악셀로드는 명령이라고 했다. 누구의 명령이라는 거지? 악셀로드? 부르크도르프? 마사에게 귓속말을 듣고 있는 부르크도르프? 아니면 따뜻한 피 냄새가 결코 들어가지 않는 캡슐 안에서 내분이나 일으키며 살고 있는 위원회가 만장일치로 내린 명령인가?

그는 니키를 향해 시선을 홱 돌렸다. 모니터들 위의 선반에 놓인, 주위와 전혀 어울리지 않는 구식 검은색 전화기가 소박한 소리를 내며 울리고 있었다. 니키의 표정은 꿈쩍도 하지 않았다. 무슨 일이냐는 듯 그를 향해 눈썹을 치켜세우지도 않았고, 그에게 권고를 하지도 않았고, 그와 마찬가지로 망설이지도 않았다. 그녀는 전화가 울리도록 그냥 내버려둔 채 그의 신호를 기다렸다. 바흐만이 고개를 끄덕였다. 전화를 받으라는 뜻이었다. 그녀는 고개를 갸우뚱하게 기울인 채 그가 말로 지시하기를 기다렸다.

"전화를 받아." 그가 큰 소리로 말했다.

그녀는 수화기를 들고 마치 노래하는 것 같은 기운찬 목소리로 말했다. 승합차의 스피커를 통해 그 소리가 울려 퍼졌다. "한자 택시입니다! 전화 주셔서 감사합니다. 어디로 모시러 갈까요?"

브뤼는 오늘 밤 내내 내던 목소리에 비해 한결 느긋해진 목소리로 상대가 받아 적을 수 있게 천천히 은행 주소를 말했다.

"전화번호는요?"

브뤼가 전화번호를 말했다.

"잠시만 기다려주세요!" 니키는 노래하듯이 말하고는 컴퓨터를 확인하려는 것처럼 잠시 말을 멈췄다. 그녀는 검은 전화의 수화기를 손으로 가리고 또 바흐만의 지시를 기다렸다. 조금만 더. 그는 신중하게 시간을 쟀다. 그러고는 자리에서 일어나 문고리에 걸린 선원 모자를 집어 머리에 썼다. 작업복도 천천히 입었다. 그리고 어깨가 딱 맞게 떨어지도록 손으로 한 번 옷을 잡아당겼다.

"내가 곧 간다고 해." 그가 말했다.

니키는 수화기에서 손을 뗐다.

"10분 뒤에 가겠습니다." 그녀는 이렇게 말하고서 전화를 끊었다.

문 앞에서 바흐만은 마지막으로 모니터들을 살펴보았다.

"그냥 '가'라고 말해." 그는 막시밀리안과 니키에게 말했다. "진행신호가 떨어지면 나한테 가라고 말하기만 하면 돼."

"안 떨어지면요?" 니키가 막시밀리안 몫까지 한꺼번에 물었다.

"뭐가 안 떨어져?"

"신호가 안 떨어지면요. 진행신호요."

"그럼 아무 말도 안 하면 되지. 안 그래?"

브뤼는 첨단기술 장비들이 빽빽하게 들어차 있는 출납국 사무실을 보는 것만으로도 싫었다. 자신이 그 기계들을 잘 다룰 수 없어서만은 아니었다. 빈의 집 정원에서 전처 수와 딸 게오르기가 각각 양편에 서 있는 가운데 브뤼 프레르의 전설적인 카드 색인이 연기가 되어 사라지는 모습을 지켜보고 서 있던 그때는 그의 삶에서 가장 슬픈 순간 중 하나였다. 또 싸움에 져서 또 하나의 과거가 폐기됐어. 이제부터는 우리도 남들과 똑같아질 거야.

그는 부지런히 숫자를 입력하면서 압둘라 박사의 몸에서 베이비파우더 냄새가 난다는 사실을 알아차렸다. 전에 그의 집에서 만났을 때는 미처 눈치채지 못한 사실이었다. 혹시 이 사람이 오늘 이 자리를 위해 특별히 베이비파우더를 두 배로 뿌린 걸까. 아나벨도 이 냄새를 알아차렸는지 궁금했다. 그래서 일이 끝나면 그녀에게 한번 물어보아야겠다고 생각했다.

압둘라의 하얀 셔츠와 모자가 불빛 아래에서 밝게 타오르는 것 같았다. 그는 브뤼를 향해 몸을 기울인 채 어깨로 그를 쿡쿡 찌르며 검지로 숫자들을 열심히 가리켰다. 처음에는 분류코드, 그다음에는 온라인으로 송금할 돈의 액수.

솔직히 압둘라가 브뤼 자신에게 너무 바짝 다가서 있는 것이 마음에 들지 않았다. 몸이 서로 부딪히는 것도, 베이비파우더 냄새도. 방 안의 열기도 싫었다. 하지만 이것이 아랍 남자들에게는 아무렇지도 않은 일이라는 얘기를 어디선가 읽은 적이 있었다. 남자끼리 손을 잡고 거리를 걷거나 카페에 앉아 있어도 전혀 문제가 되지 않을 뿐만 아니라, 가장 남자다운 남자들도 그런 행동을 한다고 했다. 그래도 브뤼는 압둘라가 조금 물러나주었으면 싶었다. 압둘라의 행동이 신경에 거슬려서 일을 하기가 힘들었다.

이스마일. 왜 갑자기 이스마일이 생각난 걸까? 어쩌면 게오르기에게
남동생을 하나 낳아주었으면 좋았을 거라는 생각을 옛날부터 항상 했
기 때문인지도 모른다. 그 아이는 정말 대단했다. 내가 그 나이에 그런
모습이었다면 상당히 으스댔을 거야. 아냐, 내가 정말로 그런 모습이었
는데 으스대지 못했던 건지도 모르지. 그런 법이니까. 파티마는… 어디
로 간다고 했는데… 어디였지? …발리올? …런던 정경대학, 맞아. 게오
르기는 결코 그 수준까지 올라가지 못했지. 아주 똑똑하고, 순식간에 사
람을 꿰뚫어보는 능력이 있어서 무엇이든 그냥 놓치는 법이 없었지만,
공부에 적합한 아이는 아냐. 태어날 때부터 이미 여러 면에서 너무 많은
걸 알고 있던 아이니까. 그래서 정상적인 의미의 학습에는 적합하지 않
아, 게오르기는.

베이비파우더 냄새가 또 훅 끼쳤다. 압둘라가 그에게 몸을 밀어붙이
고 있었다. 이러다 아예 내 무릎에 올라앉겠군. 그 작은 아이들… 셋이던
가, 넷이던가? 정원에도 하나 더 있었지? 정말 굉장한 일이야. 그렇게 아
이를 낳다니. 사실상 아무 생각 없이 아이를 낳은 거잖아. 신의 뜻이라며
그냥 꾸준히 낳았을 뿐이야.

압둘라의 집게손가락이 숫자 두어 줄을 미끄러져 내려가 있었다. 키
프로스에 있는 어떤 해운회사 이름을 가리키는 중이었다. 저게 도대체
무슨 상관이야? 조금 전까지만 해도 리야드에 본부를 둔, 세계적으로 유
명한 무슬림 자선단체를 가리키더니 이번에는 니코시아에 있는 엉터리
해운회사라고? 브뤼는 압둘라와 거리도 좀 두고 마음의 위안도 얻을 겸
해서 아나벨에게 휙 고개를 돌렸다.

"두 분 다 동의하십니까?" 그가 독일어로 물었다. "이상한 점은 없는
것 같습니다만. 제가 아는 건 액수뿐입니다. 미화 5만 달러. 니코시아의
세븐 프렌즈 해운."

"아, 이 회사는 예멘의 불우한 사람들을 위해 아주 중요한 곳입니다." 아나벨이 브뤼의 질문을 이사에게 통역하기도 전에 압둘라가 설명하고 나섰다. "댁의 고객이 움마 전체에 의약품을 나눠주고 싶다면 이곳이야말로 그 목적을 가장 효율적으로 수행할 수 있게 해줄 겁니다."

브뤼는 자판 양편을 손으로 짚은 채 아나벨이 이 말을 러시아어로 통역하는 소리에 귀를 기울였다. "압둘라 박사님 말씀으로는 예멘 사람들이 가난 때문에 크게 고통받고 있다고 해요. 이 해운회사는 믿을 만한 곳으로 예멘 사람들에게 구호장비를 전달해준 경험이 많대요. 여기에도 돈을 보낼까요, 말까요?"

이사는 신중히 생각에 잠겼다. 좋다고 말할 것처럼 보였다가 표정이 바뀌더니 어깨를 으쓱했다. 마침내 뭔가 깨달음이 온 모양이었다. "터키 감옥에 있을 때 너무 아파서 죽어버린 예멘 사람이 있었어요! 그런 일이 다시 일어나면 안 돼요. 돈을 보내세요, 보내요, 토미 행장님!"

브뤼는 해운회사의 정보를 얌전히 입력했다. 그러면서 머릿속으로는 그 회사로 보낸 돈이 거치게 될 경로를 상상했다. 먼저 프레르는 반드시 어음교환 조합은행으로 돈을 보내야 한다. 컴퓨터가 등장하기 전 옛날에는 브뤼라는 이름만으로도 그 거래를 할 수 있었다. 돈은 거기서 앙카라로 갔다가 니코시아에 있는 지저분한 터키-키프로스 은행으로 갈 것이다.

그 은행은 십중팔구 옥외 변소처럼 더러운 몰골일 것이고, 문 앞 계단에는 더러운 개들이 잔뜩 모여들어 일광욕을 즐기고 있을 것이다. 아나벨이 그의 어깨를 두드렸다. 악수 외에 그녀가 그의 몸을 건드린 것은 이번이 처음이었다.

"거기에는 &가 들어가야 해요. 그런데 /를 입력하셨어요."

"제가요? 아, 어디죠? 세상에, 정말이네요. 이런 멍청한 짓을…. 고마워요."

그는 &를 집어넣었다. 이제 그의 일은 끝났다. 은행 14곳과 이상한 해운회사 한 곳. 이제 그가 할 일은 엔터 키를 누르는 것뿐이었다.

"그럼 이제 된 겁니까, 리히터 씨?" 그가 유쾌한 말투로 물었다. 그는 가운뎃손가락을 쭉 뺀 채 자판 위에 손을 올려놓고 있었다.

"이사?" 그녀가 이사에게 물었다.

이사는 정신이 다른 곳에 가 있는 표정으로 고개를 끄덕하고는 다시 생각에 잠겼다.

"압둘라 박사님은 어떻습니까?"

"저야 당연히 감사하고 만족하죠."

당신의 마음 100퍼센트가 다 같이? 브뤼는 속으로 생각했다.

그는 엔터 키를 내려다보면서 자기가 어떤 몸짓을 해야 할지 곰곰이 생각했다. 그 키를 누르는 순간 얼굴에 어떤 표정을 지어야 할까?

은행 자산 중 1천 250만 달러를 내놓게 돼서 기뻐하는 은행가처럼 굴어야 할까? 그건 말이 안 되는 일이었다.

오래전부터 이 은행의 고객이었던 사람의 아들 겸 상속인을 위해 서비스를 제공할 수 있어서 기뻐하는 표정을 지어야 할까?

아니면 아나벨과 이사를 각각 끔찍한 일과 끝없는 감금생활에서 구해줄 수 있게 된 것이 무엇보다 기쁘다는 표정을 지어야 할까?

사실 그는 이 세 번째 이유 때문에 기뻤지만, 안전을 위해 이사회에 참석할 때와 같은 표정을 지으며 엔터 키를 눌렀다. 예상대로 안도감이 밀려오면서 손가락에 생각보다 힘이 많이 들어갔다.

이렇게 해서 마지막 리피잰더가 사라지는군. 에드워드 아마데우스 경과도 안녕이다. 이안 랜턴과도 안녕이야. 하느님이 당신과 친구들을 보살펴주시기를.

이제 그가 할 일은 하나밖에 남지 않았다.

"압둘라 박사님, 제가 택시를 불러드리겠습니다. 경비는 은행이 부담할 테니 걱정 마세요."

그는 박사의 대답을 기다리지도 않고 랜턴이 이 순간을 위해 그에게 준 전화번호를 눌렀다.

바흐만은 모르가 설정한 출입금지 구역의 눈에 보이지 않는 경계선을 넘어 신기할 정도로 태평하게 보이는 자동차들과 정말 아무것도 모르는 척하는 것 외에는 할 일이 없는 건장한 보행자들 옆을 지나쳤다. 거리의 전선 배선함에서 가로등을 손보는 기술자인 척 엉성한 연기를 펼치는 사람들 옆도 지나쳤다. 그는 주위보다 약간 솟은 브뤼 프레르 은행의 앞마당에 택시를 세우고 작업복 상의 깃을 올린 뒤 손님을 기다리는 택시운전사들이 으레 그러듯이 라디오에 귀를 기울이며 앞 유리창 밖을 멍하니 바라보았다. 하지만 대시보드 위에서 조심스레 깜박이고 있는 내비게이션 화면을 바라볼 때는 그리 멍한 표정이 아니었다. 화면에는 영상이 떠 있었지만, 모르의 기술자들이 막판에 실수를 하는 바람에 소리는 들리지 않았다.

그가 차를 세우자마자 그의 감시조도 약간 떨어진 곳에 아우디를 세웠다. 그들이 그 자리에 온 것은 풋말이 낯선 곳으로 납치당하는 것을 깨닫고 반항하는 경우에 대비하기 위해서였다. 바흐만은 자기가 부를 때까지 절대 차에서 내리지 말라고 그들에게 단단히 일러두었다. 이 세계에서 매장당할 각오를 하면서까지 모르의 부하들 일에 끼어들어 일을 망칠 필요는 없었다.

바흐만은 거리 위아래의 집들을 은밀히 살펴보았다. 그런데 놀랍게도 지붕에 그림자처럼 보이는 형체 둘이 보였다. 비넨 알스터 해변에서

부터 이어진 막다른 길 입구에도 두 명이 더 있었다. 그의 내비게이션 화면에 떠 있는 무성영상에는 아나벨과 펠릭스가 홀에서 빈둥거리는 모습이 비쳤다. 브뤼는 1층의 휴대품 보관소로 먼저 풋말을 안내한 뒤 다시 2층으로 올라갔다. 아나벨과 펠릭스를 역시 1층으로 안내하기 위해서이거나, 아니면 재빨리 술을 한 잔 하기 위해서인 것 같았다.

화면에서 아나벨과 펠릭스는 서로 2미터쯤 거리를 두고 상대를 바라보며 조금 딱딱한 표정으로 웃고 있었다. 바흐만이 스카프를 쓴 아나벨을 보는 것은 이번이 처음이었다. 그녀가 웃는 모습을 보는 것도 처음이었다. 펠릭스는 양팔을 펼쳐 머리 위로 쳐들어 빠르게 움직였다. 바흐만이 보기에는 체첸의 전통 춤 동작인 것 같았다. 아나벨은 긴 치마 차림으로 조심스레 그의 파트너 역할을 했다. 춤은 제대로 시작되기도 전에 끝나버렸다.

바흐만은 눈을 감았다가 다시 떴다. 그래도 자신의 위치는 변함이 없었다. 그는 여전히 최종적인 진행신호가 떨어지기를 기다리는 중이었다. 악셀로드의 직접적인 지시가 아직 유효했다. 하지만 귄터 바흐만은 기회를 포착하기로 유명한 사람이었다. 세상의 어떤 일도 그를 바꿔놓지는 못할 터였다. 현장에서 뛰는 사람이 상황을 가장 잘 안다는 것이 바흐만의 지론이었다.

그런데 도대체 왜들 이렇게 꾸물거리는 거야? 왜, 왜? 베를린의 합동 조정위원회가 일을 완전히 망쳐버린 것이 아니라면, 물론 그런 일은 얼마든지 가능했지만, 압둘라는 아직 쓸만했고 이번 작전은 성공이었다. 그런데 왜 이렇게 조용한 걸까? 이제 시간이 얼마 없는데 왜 진행신호가 떨어지지 않는 걸까?

그의 휴대전화가 울리고 있었다. 니키가 막시밀리안의 말을 전했다. "서면 명령서예요. 방금 들어왔어요."

"읽어 봐." 바흐만이 낮은 소리로 말했다.

"프로젝트 연기. 당장 철수해서 함부르크 지부로 귀환할 것."

"서명자가 누구지, 니키?"

"합동조정위원회예요. 팀장님 상징이 맨 위에, 합동조정위원회 상징이 맨 밑에 있어요."

"이름은 없고?"

"이름은 없어요." 니키가 확인해주었다.

그렇다면 만장일치로 내린 결정이라는 얘기였다. 합동조정위원회의 결정은 항상 만장일치였다. 힘을 발휘하는 사람이 누구든 상관없이.

"프로젝트라고 돼 있는 거지? 프로젝트 연기? 작전 연기가 아니라?"

"프로젝트가 맞아요. 작전이라는 말은 없어요."

"펠릭스에 대해서도 아무 말 없고?"

"없어요."

"풋말에 대해서는?"

"풋말에 대해서도 아무 말 없어요. 제가 읽어드린 게 전부예요."

그는 휴대전화로 악셀로드에게 전화를 걸었지만 음성사서함이 나왔다. 합동조정위원회 직통전화로 전화했더니 통화 중 신호만 들려왔다. 교환대로 전화를 걸어도 응답이 없었다. 무릎께에 놓인 화면에서는 브뤼가 2층으로 돌아가는 중이었다. 이제 세 사람 모두 홀에 서서 풋말이 휴대품 보관실에서 나오기를 기다리고 있었다.

'프로젝트 연기.' 명령서에는 이렇게 돼 있다고 했다.

언제까지? 5분? 영원히?

악셀로드가 술수에 놀아난 거야. 악셀로드를 데리고 논 사람들이 악셀로드에게 명령서 초안을 작성해도 좋다고 했고, 악셀로드는 일부러 애매한 표현을 써서 내가 오해하게 만든 거야.

폿말이라는 말도, 펠릭스라는 말도, 작전이라는 말도 없이 그냥 프로 젝트란 말이지. 악셀로드는 나더러 내 판단대로 행동하라고 말하고 있는 거야. 밀어붙일 상황이면 밀어붙이되, 내 명령으로 그렇게 했다고는 말하지 마라, 그냥 명령서를 잘못 이해했다고 말해라, 명령을 알아들었다는 답변은 보내지 마라, 이런 뜻이지.

이사와 아나벨과 브뤼는 여전히 폿말이 휴대품 보관실에서 나오기를 기다리고 있었다. 그건 바흐만도 마찬가지였다.

저 인간은 저 안에서 이렇게 오랫동안 도대체 뭘 하고 있는 거지? 순교할 준비라도 하는 건가? 바흐만은 그가 처음 이사를 포용하려고 다가갈 때 지었던 표정을 기억해냈다. 내가 지금 형제를 포용하는 건지, 나자신의 죽음을 포용하는 건지 잘 모르겠다는 표정이었다. 그는 베이루트에서 광신자들이 스스로 목숨을 바치러 나갈 때 그런 표정을 짓는 것을 본 적이 있었다.

그가 나왔다. 폿말이 마침내 휴대품 보관실에서 나온 것이다. 그는 엷은 황갈색 버버리 레인코트 차림이었지만 하얀 모자는 보이지 않았다. 휴대품 보관실에 두고 나왔나? 아니면 가방에 넣었나? 우리한테 뭔가 말하려는 걸까? 자기가 지금까지 죽 무슨 생각을 했는지 말하려는 걸까? 자기를 데려가 달라고? 이것이 함정인 줄 알면서 걸어 들어왔다는 뜻인가? 그렇게 하지 않으면 신과 화해할 수 없으니 날 데려가 달라는 뜻인가?

폿말은 이사의 앞에 자리를 잡고 그를 올려다보며 애정 어린 시선을 보내고 있었다. 이사는 어리둥절한 표정으로 그를 내려다보았다. 폿말이 팔을 뻗어 이사를 따뜻하게 끌어안고는 어깨를 두드렸다. 내 아들. 폿말은 이사의 얼굴을 쓰다듬고, 그의 손을 잡아 자기 가슴에 부드럽게 갖다 댔다. 그 옆에서 두 서구인은 문화적 장벽을 느끼며 두 사람을 지켜보왔다. 이사가 자신의 안내인 겸 정신적 스승에게 뒤늦게 감사 인사를 하며 예의를 차렸다. 아나벨 리히터가 그의 말을 통역했다. 작별인사가 길어지고 있었다.

"아무 소식 없어, 니키?"

"먹통이에요. 우리 화면까지 전부."

그럼 나 혼자로군. 항상 그렇지 뭐. 현장에서 뛰는 사람이 상황을 가장 잘 안다. 저쪽에서 뭐라든 상관없어.

하지만 바흐만의 화면은 지금도 기적적으로 작동하고 있었다. 비록 소리는 없었지만. 홀은 텅 비어 있었다. 네 명 모두 사라져버렸다. 모르의 기술자들이 또다시 실수를 저지른 것이다. 현관 로비에는 카메라가 없었다.

은행 정문이 열리고 있었다. 카메라나 화면은 중요하지 않았다. 마침내 육안으로도 볼 수 있게 됐으니까. 지나치게 밝은 경계용 불빛들이 계단과 주위 기둥들을 밝혔다. 가장 먼저 푯말이 나왔다. 발걸음이 불안정했다. 그는 죽도록 겁에 질려 있었다.

이사도 그가 휘청거리는 것을 눈치채고 한 손으로 스승의 팔을 잡은 채 나란히 걷고 있었다. 이사는 환히 웃는 표정이었다.

그의 뒤를 따르는 아나벨도 환한 표정이었다. 마침내 자유로운 공기를 맡게 됐다. 별도 보이고, 심지어 달도 보인다. 아나벨과 브뤼가 뒤에서 나란히 걸어 나왔다. 브뤼까지 포함해서 모두들 활짝 웃고 있었다. 압둘라만이 기분 좋은 표정이 아니었다. 나야 상관없지. 먼저 내가 저자한테 당신이 가장 두려워하던 일이 현실이 됐다고 말해주고, 저자가 힘들 때 유일한 친구이자 최고의 친구가 되어줄 테니까.

저들이 내게 다가오고 있어. 이사와 아나벨이 저자에게 뭐라고 하니까 저자가 어떻게든 미소를 짓는군. 하지만 나뭇잎처럼 휘청거리고 있어.

바흐만은 모자를 쓴 채 머리를 천천히 들어 올려 자기 택시로 다가오는 사람들을 바라보았다. 이건 미리 연습한 동작이었다. 난 졸음에 겨운 함부르크 택시운전사야. 손님 한 명만 더 태운 뒤 오늘 일을 마감할 작정이지.

이제 브뤼가 맨 앞에서 걷고 있었다. 영국 신사 브뤼가 떠나는 손님을 안내하려고 사람들 맨 앞으로 불쑥 걸어나온 것이다.

모자를 쓰고 허름한 재킷을 입은 바흐만은 창문을 내리고(그가 내비게이션 화면을 끈 건 겨우 15초 전이었다) 브뤼에게 한밤의 택시운전사답게 그다지 공손하지 않은 인사를 건넸다.

"브뤼 프레르가 불러서 온 택시요?" 브뤼가 열린 창문 안으로 고개를 숙이며 유쾌하게 물었다. 한 손은 뒷문 손잡이를 잡고 있었다. "잘됐어요!" 그는 여전히 원기왕성한 태도로 푯말에게 다시 시선을 돌렸다. "어디로 가십니까, 박사님? 집까지 죽 가시겠다고 해도 저희는 상관없습니다. 경비 걱정은 마세요. 저는 그저 좋은 분위기로 일을 끝맺고 싶을 뿐입니다."

하지만 압둘라가 미처 대답하기도 전에 일이 벌어졌다. 아니, 설사 그가 대답을 했다 해도 바흐만은 결코 그의 말을 듣지 못했을 것이다. 하얀 미니버스 한 대가 은행 앞마당으로 돌진해 들어와서 바흐만의 택시를 들이받는 바람에 택시가 옆으로 휘면서 옆 유리창이 박살나고 운전석 문이 찌그러졌다. 깨진 유리조각이 비처럼 쏟아지는 가운데 조수석 쪽으로 널브러진 바흐만의 눈에 브뤼가 안전한 곳을 찾아 펄쩍 뛰듯 움직이는 모습이 슬로모션으로 들어왔다. 브뤼의 재킷이 마치 물 위에 뜬 것처럼 펄럭였다. 바흐만은 반쯤 몸을 일으켜 앉았다. 창문을 검게 칠한 메르세데스가 미니버스 뒤에 바짝 다가서고, 또 다른 메르세데스가 고속으로 방향을 바꿔 미니버스 바로 앞에 자리를 잡는 것이 보였다. 사고의 충격과 헤드라이트 불빛 때문에 멍한 상태에서도 그는 첫 번째 메르세데스가 끽 하는 소리를 내며 하얀 미니버스 뒤에 바싹 붙어 멈춰 설 때 도끼 같은 얼굴의 잿빛 금발 여자가 복면을 쓴 메르세데스 운전자와 나란히 앉아 있는 모습을 똑똑히 볼 수 있었다.

처음에 아나벨은 꿈이라고 생각했다. 하지만 이내 이것이 현실임을 깨달았다. 한 발을 내딛은 뒤 그녀는 움직이는 사람은 자신뿐임을 깨달았다. 압둘라는 제자리에 그대로 멈춰 서서 자그마한 발을 한데 모은 채 생각에 잠긴 표정으로 그녀 뒤의 거리를 바라보고 있었다. 만약 그가 위대한 무슬림 학자가 아니었다면 그녀는 본능이 시키는 대로 그의 팔뚝을 움켜쥐었을 것이다. 그의 몸이 흔들리기 시작했기 때문이다. 그가 무슨 발작 같은 것을 일으켜 금방이라도 기절할 것 같았다.

하지만 그렇지 않았다.

다행히도 그는 몸을 바로잡았지만, 고뇌와 경악에 찬 표정으로 거리를 뚫어지게 바라보았다. 가장 두려워하던 일을 목격한 사람 같은 표정이었다. 그녀는 또한 그의 깡마른 머리가 스스로를 보호하려는 듯 어깨 속으로 푹 들어가 있다는 것도 알 수 있었다. 마치 누군가가 뒤에서 자기를 마구 두드리고 있다고 상상하는 것 같은 모습이었다. 그의 등 뒤에는 그런 짓을 할 사람이 아무도 없는데도 말이다.

그녀는 시선으로 압둘라를 지나쳐 이사를 바라보았다. 그와 시선을 마주치며 자신의 불안감을 그에게 알리고 싶었다. 하지만 그녀는 자기도 모르게 이사를 지나쳐 이사와 압둘라가 아까부터 바라보던 곳을 바라보았다. 두 사람이 보고 있던 광경이 이제야 눈에 들어왔지만, 공포에 질린 표정의 압둘라와는 달리 처음에는 무섭다는 생각이 들지 않았다.

생크추어리에서 일하면서 그녀는 사람을 물리적으로 구속할 수밖에 없었던 경우에 대해 들은 적이 있었다. 추방 명령에 저항하는 사람들을 구타해서 굴복시킨 소수의 사례에 대해서도 들었다. 마고메드가 독일을 떠나는 비행기 창문에서 손을 흔들던 기억 역시 죽을 때까지 그녀의 머릿속을 떠나지 않을 터였다.

하지만 그녀의 경험은 그것이 전부였다. 그래서 그녀의 머리는 상상조차 하지 못했던 눈앞의 현실을 재빨리 이해하지 못했다. 은행 앞마당은 서 있던 크림색 택시 한 대와 갑자기 뛰어든 검은 창문의 메르세데스 두 대가 뒤엉킨 복잡한 교통사고 현장으로 변해 있었다. 하지만 이 사고의 원인임이 분명한 하얀 미니버스는 문이 활짝 열린 채 그녀에게 옆구리를 드러내고 서 있었다. 복면과 검은 보온 운동복, 운동화 차림의 남자 네 명, 아니 다섯 명이 거기서 느긋하게 내렸다.

그녀가 상황을 제대로 이해하지 못하고 있었기 때문에 그들은 마치 아이들 장난처럼 쉽게 일을 해치울 수 있었다. 그들은 그녀의 옆에 서 있던 압둘라를 낚아챘다. 마치 그녀의 핸드백을 낚아채듯 깔끔한 솜씨였다. 한편 폭력을 인식하는 문제에서는 한참 앞서 있는 이사는 앙상한 팔로 정신적 스승인 압둘라를 끌어안고 그를 자기 몸으로 보호하려고 그와 함께 무릎을 꿇으며 죽어라고 그의 몸에 매달렸다.

하지만 그것도 복면을 한 네다섯 명의 남자들이 두 사람 주위를 단단히 에워싸기 전의 일이었다. 아나벨이 라틴어 수업에서 배운 로마의 테스투도(고대 로마에서 성벽을 공격할 때 병사들을 보호하려고 세운 큰 방패-옮긴이) 같았다. 남자들은 두 사람을 미니버스까지 질질 끌고 가서 안으로 던져 넣고 자기들도 뒤따라 올라타더니 문을 쾅 닫아버렸다.

브뤼가 그녀의 옆으로 달려와 복면을 한 남자들을 향해 영어로 목청껏 소리치는 것이 보였다. 왜 영어를 쓰는 건지 이상했다. 하지만 복면을 한 남자들이 자기들끼리 뚝뚝 끊어지는 것 같은 말투로 미국식 영어를 썼다는 사실이 기억났다. 그래서 브뢰가 그들을 향해 영어로 소리를 지르게 된 모양이었다. 하지만 그가 아무리 소리를 질러도 저쪽은 아무런 반응이 없었다.

그녀가 조금이나마 정신을 차릴 수 있었던 것은 브뢰가 옆으로 달려와 함께 있어준 덕분이었다. 그녀는 막 떠나려는 미니버스를 향해 전속력으로 달려갔다. 자동차 앞으로 달려가서 가로막을 작정이었다. 미니버스의 찌그러진 보닛과 그 차를 향해 방향을 돌렸던 메르세데스 사이로 들어갈 수만 있다면.

바흐만은 오른팔로 조수석 문을 열고 기듯이 밖으로 나와 반은 달리고 반은 절뚝거리는 걸음으로 미니버스의 옆구리를 따라 달리며 성한 주먹으로 하얀 차체를 두드렸다. 그는 앞장선 메르세데스 보닛 위로 펄쩍 뛰어 올라가서 앞좌석에 무심한 표정으로 앉아 있는 복면 남자 두 명을 향해 발차기를 날렸다. 미니버스는 문을 닫으면서 출발하는 중이었지만, 바흐만은 문이 완전히 닫히기 전에 검은 복면과 운동복 차림으로 서 있는 남자들과 그들 발치에 얼굴을 아래로 한 채 널브러져 있는 두 사람을 얼핏 볼 수 있었다. 둘 중 한 명은 긴 검은색 외투 차림이었고, 다른 한 명은 황갈색 버버리 레인코트 차림이었다. 비명이 들렸다. 그는 그것이 아나벨의 비명임을 깨달았다. 그녀는 자동차 옆문 손잡이를 움켜쥐고 질질 끌려가며 영어로 고함을 지르고 있었다. "문 열어, 문 열어, 문 열어."

복면 운전사와 도끼 같은 얼굴의 잿빛 금발이 나란히 탄 메르세데스가 그 차와 나란히 달리며 아나벨을 떼어내려 했고 미니버스는 속도를 올렸다. 하지만 아나벨은 계속 차에 매달려 고함을 질렀다. "나쁜 자식들, 나쁜 자식들." 이것도 영어였다. 곧이어 그녀의 고함 소리가 다시 들렸다. "내가 당신을 다시 찾아올 거예요!" 이번엔 러시아어였다. 바흐만은 이것이 납치범들이 아니라 이사에게 하는 말임을 깨달았다. "내가 당신을 다시 찾아올 거예요. 그게 마지막…." 그녀가 하려던 말은 아마 '그게 내 생애 마지막 일이 되더라도'였을 것이다. 하지만 그녀는 이미 차를 놓치고 허공을 향해 주먹질을 하고 있는 중이었다. 브뤼가 그녀를 붙들고 자동차에서 떼어낸 탓이었다. 하지만 그가 그녀를 바닥에 내려놓았을 때도 그녀는 여전히 미니버스를 되돌리려는 듯 뻗은 팔을 거둬들이지 않았다.

바흐만은 은행 진입로를 따라 도로로 내려갔다. 그의 감시조 두 명이 아우디 안에 꼼짝도 않고 앉아서 여전히 그의 명령을 기다리고 있었다. 그는 아르니 모르가 통제본부를 차려 놓은 차량을 얼핏 보았던 막다른 길까지 있는 힘을 다해 걸었다. 차는 사라지고 없었지만, 아르니 모르가 가로등 밑에 서서 베이루트 시절에 알던 뉴턴과 이야기를 하고 있었다. 두 사람 옆에서는 이안 랜턴이 여느 때처럼 미소를 지으며 두 사람 이야기에 끼어들 기회를 기다리고 있었다. 바흐만은 랜턴의 차에 타고 있던 정체 모를 인물이 뉴턴이었던 모양이라고 생각했다.

바흐만이 다가가자 아르니 모르는 오랫동안 갈고 닦은 초연한 표정을 짓더니 전화를 걸어야겠다며 도로 아래쪽으로 가버렸다. 하지만 검은 턱수염을 새로 길러 좁게 다듬은 뉴턴이 상냥하게 앞으로 나서서 옛 동료를 맞이했다.

"이런, 귄터 바흐만이잖아! 자네도 막판에 이 일에 끼어든 거야? 마이크 악셀로드의 착한 부하인 줄 알았는데. 결국 부르크도르프 형제가 자네한테 쇼가 잘 보이는 자리를 마련해준 건가?"

하지만 뉴턴은 바흐만이 점점 가까워지면서 그의 박살 난 팔과 엉망이 된 몰골, 그리고 비난이 가득 찬 사나운 표정을 보고는 자신이 잘못 생각했음을 깨달았는지 그대로 멈춰 섰다.

"이봐, 택시 일은 미안하게 됐어, 응? 농장에서 온 그 촌뜨기들이 원래 운전을 그 따위로 해. 가서 팔이나 치료받아. 이안이 자네를 병원까지 데려다줄 거야. 지금. 그렇지, 이안? 그렇게 하겠다는군. 어서 가봐."

"그자를 어디로 데려갔어?" 바흐만이 물었다.

"압둘라? 그런 건 알아서 뭐하게? 모르긴 몰라도 사막 어디쯤에 파 놓은 구덩이로 데려갔겠지. 정의가 실현된 거야. 우리 모두 이제 집에 가도 된다고."

그는 마지막 두 마디를 영어로 말했지만 바흐만은 아직 멍한 상태라 이 말을 잘 이해하지 못했다.

"실현됐다고?" 그는 멍청하게 뉴턴의 말을 되풀이했다. "뭐가 실현돼? 정의라니 무슨 소리야?"

"미국식 정의 말이야. 멍청하기는. 그게 무슨 뜻인 줄 알았어? 아무 생각 없는 정의 말이야. 인정사정없는 정의! 길을 바꿔놓을 망할 놈의 변호사들이 없는 정의. 비상 작전이라는 말도 못 들어봤어? 자네들 독일인도 그런 말을 하나 만들 때가 됐어. 이봐, 벙어리가 된 거야, 뭐야?"

그래도 바흐만이 아무 말도 하지 않았기 때문에 뉴턴은 말을 계속 이었다.

"눈에는 눈이라고, 귄터. 보복을 위한 정의, 알았어? 압둘라는 미국인들을 죽이고 있었어. 우린 그런 걸 원죄라고 부르지. 가벼운 스파이 게임이라도 하고 싶은 거야? 그럼 가서 유럽 난쟁이들이나 찾아봐."

"내가 물은 건 이사야." 바흐만이 말했다.

"이사는 허당이었어." 뉴턴이 받아쳤다. 이제 그는 진심으로 화를 내고 있었다. "어차피 그 돈이 누구 거야? 이사 카르포프가 테러에 돈을 제공했다, 그걸로 끝이야. 이사 카르포프는 아주 나쁜 놈들한테 돈을 보냈어. 방금 그렇게 했다고. 꺼져, 귄터. 알았어?" 하지만 아직도 할 말이 더 남은 모양이었다. "그놈이 함께 어울리던 그 체첸 민병대원들은 어때? 응? 놈들이 애완용 고양이라도 된다고 말할 참이야?"

"이사는 죄가 없어."

"웃기시네. 이사 카르포프는 100퍼센트 공범이야. 앞으로 2주쯤 뒤면, 놈이 그때까지 버틴다면 말이지만, 놈도 그걸 인정할 거야. 그러니까 당장 내 앞에서 꺼져. 내가 자넬 던져버리기 전에."

키 큰 미국인인 뉴턴의 그림자 속에서 어른거리던 랜턴도 같은 생각인 모양이었다.

차가운 밤바람이 호수에서 가볍게 불어오며 항구의 기름 냄새를 실어왔다. 아나벨은 앞마당 한가운데에 서서 미니버스가 떠난 텅 빈 거리를 내려다보고 있었다. 브뤼가 그녀 옆에 서 있었다. 그녀의 스카프는 목까지 흘러내린 상태였다. 그녀는 멍하니 스카프를 머리로 올려 목 아래에서 매듭을 지었다.

브뤼가 발소리를 듣고 고개를 돌려 보니 박살 난 택시의 운전사가 절룩거리며 걸어오고 있었다. 아나벨도 고개를 돌려 그가 귄터 바흐만임을 알아보았다. 이번 작전을 짠 그 사람이 10미터쯤 떨어진 곳에서 감히 더 다가오지 못하고 있었다. 그녀는 그를 자세히 살펴본 뒤 고개를 젓더니 몸을 떨기 시작했다. 브뤼는 예전부터 항상 하고 싶었던 것처럼 그녀의 어깨를 팔로 감쌌다. 하지만 그녀가 그 사실을 알아줄 것 같지는 않았다.

〈끝〉

저자는 다음의 분들에게 감사의 뜻을 표한다.

지치지 않고 공들여 자료조사를 해주신 슈피겔 온라인의 야신 무샤르바시, 영국 자선단체 '리프리브'[주1]의 클라이브 스태포드 스미스, 사디야 초더리, 알렉산드라 제르노바, 브레멘에서 법적인 문제의 자문을 해주신 베른하르트 도크[주2], 작가이자 언론인으로서 좋은 분들을 소개해주고 초고를 꼼꼼히 읽어주신 함부르크의 미카엘 위르그스, 전직 개인은행가로서 원칙에 그다지 엄격하지 않았던 예전 동료들에 대해 이야기해주신 헬무트 란드베르, 작품 속에서 가상의 자매기관인 생크추어리노스와 가상의 직원 및 가상의 고객까지 만들어내는 것을 허락해주신 함부르크 플링크트·펑크트[주1]의 안 하름스와 아네트 하이즈, 작가이자 중동 전문가로서 현명한 말로 나를 격려해준 사이드 아부리시, 그리고 운명의 장난으로 날 이 길에 들여놓고 소중한 사실들을 알려주었을 뿐만 아니라 조언도 해주신 카를라 호른슈타인.

주1) 리프리브는 법을 이용해서 정의를 실현하고, 사형수에서부터 관타나모 수감자에 이르기까지 사람들의 생명을 구한다. 플링크트·펑크트는 함부르크 일대에서 난민 신청자와 무국적자들에게 법률 서비스를 비롯한 기타 도움을 제공한다. 두 단체 모두 자선단체로 등록돼 있다.
주2) 베른하르트 도크는 관타나모 기지에 4년 반 동안 부당하게 구금되었던 터키계 독일인 이슬람교도 무라트 쿠르나즈의 무료변론을 맡고 있다.

옮긴이 김승욱

성균관대 영문학과를 졸업하고 뉴욕시립대학교에서 공부했다. 동아일보 문화부 기자로 근무했으며, 현재 전문 번역가로 활동하고 있다. 옮긴 책으로는《시인》,《블랙 에코》,《다크니스 모어 댄 나잇》,《실종》,《밤의 의미》,《임기종료》,《탄환의 심판》,《사형집행인의 딸》,《듄》,《너의 문화지도》,《소크라테스의 재판》,《톨킨》,《퓰리처》,《다이아몬드 잔혹사》,《종교가 사악해질 때》,《회의적 환경주의자》,《살인자들의 섬》 등이 있다.

모스트 원티드 맨

초판 1쇄 발행 2009년 7월 6일
2판 2쇄 발행 2019년 6월 27일

지은이 존 르 카레
옮긴이 김승욱

발행인 양원석
본부장 김순미
편집장 김건희
해외저작권 최푸름
제작 문태일, 안성현
영업마케팅 최창규, 김용환, 양정길, 이은혜, 조아라, 신우섭,
　　　　　 유가형, 임도진, 김유정, 정문희, 신예은

펴낸 곳 ㈜알에이치코리아
주소 서울시 금천구 가산디지털2로 53, 20층 (가산동, 한라시그마밸리)
편집문의 02-6443-8902　　**구입문의** 02-6443-8838
홈페이지 http://rhk.co.kr
등록 2004년 1월 15일 제2-3726호

ISBN 978-89-255-5331-3 (03840)